HEYNE

Das Buch

2008: Die Welt ist nicht friedlicher geworden. Gewalt und Verbrechen sind scheinbar unaufhaltsam wachsende Bedrohungen für die Gesellschaft. In dieser Zeit wird Pamela Weiss als erste Frau Präsidentin der USA: Sie hat als Förderin eines Genforschungsprojekts, das auf der Erkenntnis beruht, dass über neunzig Prozent aller Gewaltverbrechen von Männern verübt werden, einen Durchbruch im Kampf gegen die Kriminalität erreicht. FBI-Direktorin Naylor, Freundin von Weiss und verantwortlich für das Projekt, hat die Gentherapie bereits erfolgreich an Todeskandidaten in Gefängnissen getestet, dabei aber heimlich an ihrer eigenen endgültigen Lösung des Problems gearbeitet. Madeline Naylors Werkzeug ist die geniale Wissenschaftlerin Kathy Kerr, die für eine gute Sache zu forschen glaubt. Als sie feststellen muss, dass sie nur benutzt wurde, ist es fast zu spät. Zusammen mit einem FBI-Agenten deckt sie eine gewaltige Verschwörung auf und versucht nun das Leben von über zwei Milliarden Menschen zu retten.

Der Autor

Michael Cordy, Jahrgang 1962, war bis 1993 als Marketingleiter in einem englischen Konzern tätig. Neben seinem Beruf faszinierte ihn über Jahre die Genforschung, deren Entwicklung er ebenso aufmerksam verfolgte wie die Diskussion um ihre schwerwiegenden ethisch-moralischen Herausforderungen. Er gab schließlich seinen Beruf auf, um das Thema in einem spannungsgeladenen Roman zu verarbeiten: *Das Nazareth-Gen* (01/10754).

MICHAEL CORDY

Mutation

Roman

Aus dem Englischen
von Sepp Leeb

WILHELM HEYNE VERLAG
MÜNCHEN

HEYNE ALLGEMEINE REIHE
Nr. 01/12572

Die Originalausgabe
CRIME ZERO
erschien bei Bantam Press, London

Umwelthinweis:
Dieses Buch wurde auf chlor- und säurefreiem
Papier gedruckt.

Taschenbuchausgabe 06/2004

Printed in Germany 2004
Umschlagillustration: photonica / Urs Kuester
Umschlaggestaltung: Nele Schütz Design, München,
Satz: Filmsatz Schröter GmbH, München
Druck und Bindung: GGP Media, Pößneck

ISBN 3-453-87837-X

http://www.heyne.de

Für meine Mutter und meinen Vater,
Betty und John Cordy

Es gibt auf jeden Fall ein Gen, das die meisten Kriminellen haben – und seine vollständige DNS-Sequenz ist bekannt. Es ist das eine kleine Gen, das sich auf dem Y-Chromosom befindet und seinen Träger männlich macht. Die meisten Kriminellen sind Männer: Das Kriminalitätsgen ist entdeckt! Es erübrigt sich zu erwähnen, dass niemand den Vorschlag macht, die Genforschung sollte diesbezüglich etwas unternehmen.

Steve Jones, Professor für Genetik,
University College London

VORSPIEL

Staatsgefängnis San Quentin, Kalifornien.
Mittwoch, 29. Oktober 2008, 3 Uhr 11

Es war nicht sein Schmerz, der ihn nicht schlafen ließ. Es war nicht seine Angst, die seine Haut mit klammem Schweiß überzog und ihn schon zum zehnten Mal in dieser Nacht von seinen durchgeschwitzten Laken aufstehen ließ, um Wasser zu lassen. Und es waren nicht seine Qualen, die ihn veranlassten, sich nach sieben Jahren in der Todeszelle das Leben zu nehmen.

Es waren *ihr* Schmerz, der ihn diese Dinge tun ließ, *ihre* Angst, *ihre* Qualen.

Tief in seinem Innern hatte sich etwas verändert. Er wusste weder, was es war, noch, wie es dazu gekommen war; nur, dass es irgendwie grundlegend und unwiderruflich war.

Karl Axelman hatte in den sechsundfünfzig Jahren seines Lebens viele Leben genommen, aber nicht ein einziges Mal hatte er daran gedacht, sich sein eigenes zu nehmen. Er war nie von seiner Vergangenheit gequält worden, sondern hatte sich an seinen Eroberungen geweidet und sein fotografisches Gedächtnis dazu benutzt, sich bestimmte köstliche Einzelheiten über die Mädchen, die er zu seinem Vergnügen vergewaltigt, gequält und ermordet hatte, immer wieder vor Augen zu rufen. Doch jetzt kamen ihre Gesichter ungebeten; sie quälten ihn Tag und Nacht. Zum ersten Mal in seinem Leben konnte er ihren Schmerz hören, ihre Angst riechen und ihre Qualen verstehen.

Als er in seiner winzigen Zelle im Ostblock von San Quentin zu seinem Bett zurückkehrte, blickte er durch das Gitter hinaus zu der defekten Lampe auf dem Korridor. Aber er fand keinen Trost in ihrem Licht. Das Leuchtfeuer verschärfte seine Verzweiflung nur, verstärkte die Düsternis, die ihn umgab.

Er setzte sich auf und sah sich in der Zelle um, die sein Universum war: das Edelstahlwaschbecken und die Toilette in der Ecke; das Bord über dem Metallbett, auf dem sich ordentlich gestapelte Zeitungen türmten. Er drehte sich um, um erneut sein Kopfkissen zu inspizieren. Graue Linien überzogen das gelbliche Leinen. Sein dichtes Haar, obwohl vom Alter ergraut, das immer seine Kraft symbolisiert hatte, fiel ihm jetzt büschelweise aus. Sein schönes Gesicht, einst Köder für seine Beute, war von nässender Akne entstellt, stärker als bei einem Halbwüchsigen. Doch als er nun seine klammen Handflächen aneinander presste – sein Herz pochte so laut, dass es die Verzweiflungslaute aus den angrenzenden Zellen übertönte –, dachte er nicht an diese Erniedrigungen, die ihm sein Körper bereitete.

Er spürte ein Entsetzen in sich, das ihm den Mund trocken werden ließ und ihm den Brustkorb zuschnürte – ein Gefühl, das er nie zuvor empfunden hatte. Ungebetene Bilder von verletzlichem Fleisch drängten sich in sein Bewusstsein und weckten das vertraute Verlangen, zu beherrschen und zu demütigen. Doch während sich sein Glied versteifte, krümmte sich sein ganzer restlicher Körper vor Ekel. Und in die Kehle stieg ihm die Galle ätzender Schuld.

Axelmans Hände zitterten, als er auf dem schmalen Bord über seinem Bett nach einer Ausgabe des *San Francisco Examiner* griff. Mit Ausnahme eines Schuhkartons am einen Ende bog sich das Bord unter dem Gewicht scharf gefalteter Zeitungen. Zu wissen, was draußen in der Welt passierte, hatte Axelman immer ein Gefühl der Macht gegeben und ihm ermöglicht, sich einzubilden, auf bestimmte Dinge Einfluss nehmen zu können. Aber damit war jetzt Schluss.

Während er die Zeitung behutsam auseinander faltete, ignorierte er die kriegshetzerischen Schlagzeilen anlässlich der Irak-Krise und die letzten Meinungsumfragen zur ersten weiblichen Präsidentschaftskandidatin, die in einer Woche für das höchste Amt im Land kandidierte. Diese Themen interessierten ihn nicht mehr. Bis dahin würde er nicht mehr hier sein. Es gab nur noch einen Punkt zu klären.

Er blätterte zu Seite drei der Zeitung und betrachtete die

Blitzlichtaufnahme eines Mannes, der spät nachts ein nacktes Mädchen, dem er seine Jacke übergeworfen hatte, von einem Friedhof trug. Die Schlagzeile lautete: FBI-PROFILER RETTET VIERTES OPFER. Axelman sah sich den Mann genau an. Dann griff er nach dem Schuhkarton, der alles enthielt, was man ihm an persönlichen Dingen zu behalten gestattet hatte. Auf den Briefen und dem anderen Kram lag ein altes Farbfoto. Die Augen wegen des flackernden Lichts zusammengekniffen, verglich er das verblasste Foto mit dem Zeitungsbild, wie er das schon unzählige Male zuvor getan hatte. Schließlich las er den dazugehörigen Artikel noch einmal, wieder mit besonderem Augenmerk auf das angegebene Alter und den Vornamen.

Axelman seufzte. Er war sicher, dass er Recht hatte. Aber selbst wenn er sich täuschte, diesem FBI-Agenten würde er als Erstem alle Einzelheiten gestehen. Früher hatte er sich daran geweidet, die Polizei zu ärgern und das Leid und den Schmerz der Angehörigen zu verlängern, indem er das Versteck der Leichen nicht verriet. Doch inzwischen war ihr Schmerz sein Schmerz, und er konnte sein Wissen nicht mehr länger für sich behalten. Dieser Mann würde damit etwas anfangen können.

Axelman lauschte aufmerksam, ob sich die Schritte eines Wärters näherten, während er das Foto und die Zeitung wieder an ihren Platz zurücklegte. Dann kniete er auf den Boden und hob eine Ecke des Betts hoch. Er schob Zeige- und Mittelfinger in das offene Ende des hohlen Bettfußes und zog eine massive stählerne Gürtelschnalle heraus, die mit Kaugummi darin befestigt war. Der Dorn war entfernt worden; in seiner Hand lag eine eckige Acht von etwa fünf Zentimeter Breite und acht Zentimeter Länge.

Die Schnalle hatte ihn vor achtzehn Monaten sechs Päckchen Zigaretten gekostet; der Knastbruder, der sie ihm verkauft hatte, hatte gegrinst und die Marlboros schnell eingesteckt. Ohne Dorn war die Schnalle nutzlos und ungefährlich, aber nach und nach hatte er eine der abgeschrägten Außenkanten am Betonboden, dem Eisenbett und sogar an den Gitterstäben seiner Zelle abgewetzt und das Ende zu einer primitiven, aber scharfen Klinge geschliffen. Ursprünglich war das Schärfen der Schnalle nur eine Beschäftigung gewesen – ein kleiner Akt der Rebellion –, doch inzwischen hatte diese Waffe eine neue Bedeutung erhalten.

Er setzte sich auf das Bett und fuhr mit dem Daumen über die gekerbte Schneide der Klinge, so dass er zu bluten begann. Unwillkürlich zogen sich seine geschrumpften Hoden in seinen Körper zurück, und einen Augenblick wünschte sich Axelman, er könnte auf den Henker warten. Die Erlösung wäre so viel leichter, wenn sie von einer fremden Hand kommen würde. Aber hier ging es nicht nur um Erlösung; es ging um Strafe. Er selbst musste die Quelle seiner dunklen Triebe beseitigen.

Axelman schaukelte auf der Bettkante vor und zurück. Er verzichtete darauf, sich hinzulegen. Er würde keinen Schlaf finden, und wenn doch, bot er ihm keine Zuflucht. Wieder berührte er die Schnallenklinge. Ihr Vorhandensein bestärkte ihn. Bald brach der Tag an; dann würde er sich dem FBI-Agenten offenbaren. Mehr konnte er nicht tun, um Frieden zu finden. Danach kam der Schlussakt. Und dann, Erlösung hin oder her, hatte die Qual ein Ende.

ERSTER TEIL

Project Conscience

1

Er hat Kopfschmerzen und er will nach Hause, aber er wartet noch in seinem Versteck unter der niedrigen Kiefer. Die feuchte Rinde riecht so intensiv wie ein Parfüm. Es ist 1 Uhr 57 morgens. Die zwei Officer des San Francisco Police Department sind vor einer Stunde gegangen. Nachdem sie den Friedhof drei Tage lang observiert haben, sind sie und ihre Kollegen abberufen worden, anderen Spuren zu folgen. Seitens der Polizei heißt es, sie werden am Morgen zurückkommen, aber er weiß, sie haben den Glauben verloren. Die vierzehnjährige Tammy Lewis wird vermisst, und sie fürchten, dass sie wie die anderen drei enden wird. Special Agent Luke Decker sollte auch nach Hause gehen; er ist nur in beratender Funktion hier und auf seinem Schreibtisch in Quantico türmen sich andere Fälle.

Aber Decker kann noch nicht gehen. Sein Gefühl sagt ihm, der Mörder wird nachts hierher zurückkommen und das Mädchen mitbringen – vielleicht sogar lebendig.

Die Nachtluft fühlt sich kühl an auf seinem Gesicht und durch die Zweige der Kiefer blickt die Mondsichel auf ihn herab. Nichts rührt sich auf dem katholischen Gates-of-Heaven-Friedhof, achtundzwanzig Kilometer von San Francisco und fünfzehn von Oakland entfernt. Es herrscht tiefe Stille und selbst von der nahen Interstate 80 dringt kein Laut herüber.

Er zieht die Nachtsichtbrille aus seiner Jacke und liest noch einmal die Inschrift auf dem Grabstein zwanzig Meter weiter weg:

SALLY ANNE JENNINGS
VON UNS GEGANGEN AM 3. AUGUST 2008
IM ALTER VON 15 JAHREN
Du wurdest uns zu früh genommen.
Aber wir werden uns an einem besseren Ort wiedersehen.

Deckers Unterkiefer beginnt zu mahlen, als er sich an die am Tatort aufgenommenen Fotos von Sally Annes geschändetem Körper erinnert. Das jüngste Opfer des Mörders muss auch sein letztes bleiben.

Autoreifen auf Kies durchbrechen die Stille. Er wendet sich nach rechts und sieht einen Lieferwagen von Domino's Pizza auf den verlassenen Friedhofsparkplatz fahren. Schweißperlen bilden sich auf seiner Stirn. Decker kennt das Täterprofil des Mörders, er hat es selbst erstellt. Und der Pizza-Lieferwagen passt ins Bild. Sein Herz schlägt jetzt schneller, aber er empfindet keinen Triumph darüber, wieder einmal Recht gehabt zu haben. Keinerlei Jagdfieber, nur trauriger Widerwille und vage Besorgnis darüber, dass er sich so gut in einen Mörder hineinversetzen kann.

Plötzlich zerreißt ein Schrei die Nacht. Er kommt aus dem Lieferwagen. Obwohl er kurz ist und rasch erstickt wird, zieht sich in Decker, der ihre Angst und ihren Schmerz spürt, alles zusammen. Er greift nach dem Handy und wählt die Notrufnummer.

Drängend flüstert er in den Hörer, dass der Gesuchte hier ist. Er braucht Verstärkung.

Ein verschlafener Detective schreckt hoch. »In zehn Minuten sind zwei Einsatzwagen da«, verspricht er. »Spätestens.«

Die Hecktür des Lieferwagens öffnet sich, und ein muskulöser, rothaariger junger Mann in einem schwarzen T-Shirt zieht etwas Weißes aus dem Laderaum und lässt es auf den Kies fallen. Decker befürchtet, die zehn Minuten werden nicht früh genug sein. Das stumme weiße Bündel bewegt sich, und schon bevor er die Nachtsichtbrille aufsetzt, weiß er, es ist ein nacktes Mädchen. Tammy Lewis ist gefesselt und geknebelt, ihre Augen sind vor Entsetzen weit aufgerissen.

Der junge Mann ist kräftig; mühelos wirft er sich das Bündel über die Schulter und trägt es zum Friedhof.

Decker greift nach seiner Pistole und entsichert sie. Obwohl er in den letzten fünf Jahren den FBI-Schießwettbewerb in Quantico jedes Mal gewonnen hat, benutzt er die SIG-Halbautomatik im Ernstfall nur sehr ungern. Es würde bedeuten, er hätte versagt. Aber jetzt hat er keine Wahl. Wenn er nichts unternimmt, wird der Mann Tammy Lewis zu Sally Annes Grab tragen und sie dort quälen und vergewaltigen. Und wenn er seine Gelüste befriedigt hat, wird er sie umbringen und ihre Leiche schänden. Das weiß Decker mit einer quälend absoluten Gewissheit, als wäre er bereits Zeuge des Verbrechens geworden.

Er wartet, bis der Mann Tammy auf das Grab legt und anfängt, ihre Fußgelenke loszubinden. Erst jetzt nähert er sich ihm von hinten. Decker ist drei Meter von ihm entfernt, als er ein Messer aufblitzen sieht.

»FBI!«, ruft er. Seine Stimme hört sich fremd an in der Stille der Nacht. »Lassen Sie das Messer fallen, nehmen Sie die Hände hoch und treten Sie zurück!«

Der über seinem Opfer kauernde rothaarige Mann blickt über die Schulter. Sein längliches Gesicht wirkt überrascht und unschlüssig. Er zögert.

»Los!«, befiehlt Decker. Doch der Mann lässt das Messer nicht fallen. Er dreht sich um und hebt es hoch in die Luft. Die gekrümmte Klinge spiegelt die weiße Sichel des Mondes, als ein wilder Wutschrei das Dunkel zerfetzt. In einer blitzschnellen Bewegung stößt er es mit der Wucht einer Guillotine auf das Mädchen hinab …

»Die Verteidigung bittet Dr. Kathryn Kerr in den Zeugenstand.«

Es war ihr Name, der Luke Decker von den neun Wochen zurückliegenden Ereignissen auf dem Friedhof in den warmen und stickigen Saal des Appellationsgerichts in San Francisco zurückholte. Die Uhr über der Richterbank stand auf 10 Uhr 07, und der Kalender darunter gab das Datum an: Mittwoch, 29. Oktober 2008. Man hätte in dem eichenholzgetäfelten Gerichtssaal eine Stecknadel fallen hören können, als der Name der Frau aufgerufen wurde, aber dennoch konnte Decker einfach nicht glauben, ihn richtig verstanden zu haben.

Was zum Teufel hatte Kathy Kerr hier zu suchen?

Um sich wieder zu sammeln, schloß Decker einen Moment seine grünen Augen und fuhr sich mit der Hand durch das kurz geschnittene blonde Haar. Er rutschte auf seinem Stuhl herum und blickte sich im Gerichtssaal um. Ganz vorn saß der Richter, ein kahlköpfiger Mann mit ständig gequält gerunzelter Stirn, den Vertretern von Anklage und Verteidigung gegenüber. Decker saß hinter dem Bezirksstaatsanwalt. Da es sich um ein Wiederaufnahmeverfahren handelte, saßen neben einigen Journalisten nur wenige Zuschauer auf der Galerie hinter ihm. Es waren zwar keine Verwandten der toten Mädchen gekommen, aber dennoch erfüllte es Decker mit einer gewissen Genugtuung, dass Tammy Lewis' Angehörige nicht unter ihnen gewesen wären. Wenigstens sie war gerettet worden.

Als er sich nach rechts wandte, fiel sein Blick als Erstes auf Wayne Tice, der neben seinem Verteidiger saß. Da Decker dem Mörder bei seiner Festnahme in die Schulter geschossen hatte, trug der den rechten Arm immer noch in einer Schlinge. Tice bemerkte Deckers Blick und bleckte seine schiefen Zähne zu einem kalten, reuelosen Lächeln. Decker schenkte ihm keine Beachtung. Vor fast einem Monat war der Mann schuldig gesprochen und zum Tod verurteilt worden. Bei dieser Verhandlung jetzt handelte es sich um einen Versuch der Verteidigung, für ihren Mandanten eine Strafmilderung und eine Rehabilitierungschance zu erwirken. Als der für die Festnahme von Tice verantwortliche FBI-Profiler war Special Agent Decker von der Bezirksstaatsanwaltschaft gebeten worden, eine Einschätzung von dessen psychischer Verfassung abzugeben und dafür zu sorgen, dass er nicht wieder auf die Menschheit losgelassen wurde.

Nun sah es so aus, als ob Kathy Kerr, die er fast zehn Jahre nicht mehr gesehen hatte, hier sei, um Tice zu helfen.

Er beobachtete, wie die Frau Platz nahm und vereidigt

wurde. Decker konnte nicht anders, er musste sie einfach ansehen, obwohl sie keine Notiz von ihm zu nehmen schien. Sie war schlanker und trug keine Brille mehr – zweifellos hatte sie stattdessen Kontaktlinsen –, und ihr marineblaues Kostüm war eleganter als die Jeans und T-Shirts, die sie während des Studiums in Harvard mit Vorliebe getragen hatte.

»Bitte nennen Sie Ihren Namen, Ihren Beruf und Ihre beruflichen Qualifikationen«, forderte sie Tice' Anwalt Ricardo Latona auf.

Automatisch hob die Gutachterin die Hand, um sich durch das dunkle Haar zu streichen, bevor sie merkte, dass sie es zu einem Zopf nach hinten gebunden hatte. Ein Erinnerungsblitz drängte sich in Deckers Gedanken. Zweifellos hatte sie ihre widerspenstige Lockenpracht zu bändigen versucht, um seriöser zu erscheinen. Decker vermutete, dass noch immer viele Leute den eminent wachen Geist unterschätzten, der hinter diesem offenen Lächeln, der keltisch hellen Haut, den Sommersprossen und den hellblauen Augen versteckt war.

»Mein Name ist Dr. Kathryn Kerr und ich bin an der Stanford University Foschungsstipendiatin für genetische Verhaltensforschung. Ich habe an der Cambridge University in England einen Abschluss in Mikrobiologie gemacht, in Harvard einen Ph. D. in genetischer Verhaltensforschung.«

Ihr breiiger Edinburgher Akzent war noch immer derselbe. Auch sonst hatte sich Kathy Kerr kaum verändert, und Decker fragte sich, ob sie über sein Äußeres auch so dachte. Die Frau, die er vor Jahren einmal gekannt hatte, wirkte noch immer sowohl verletzlich als auch wild – was beides nur halb der Wahrheit entsprach. Unwillkürlich fragte er sich, ob sie ihren Mädchennamen aus beruflichen Gründen beibehalten hatte oder noch unverheiratet war.

»Dr. Kerr, könnten Sie uns bitte in groben Zügen schildern, womit Sie sich beruflich beschäftigen?«, fragte der Anwalt.

»Ich habe mich auf die Erforschung der genetischen Ursachen kriminellen und asozialen Verhaltens spezialisiert. Die umfangreichen Untersuchungen, die ich neben meiner Lehrtätigkeit an der Stanford University auf diesem Gebiet anstelle, werden zum größten Teil von dem Biotech-Unternehmen ViroVector Solutions und vom Federal Bureau of Investigation finanziert.«

Decker hob eine Augenbraue. Er hatte nicht gewusst, dass sie aus England zurückgekehrt war, nicht zu reden davon, dass sie mit dem FBI zusammenarbeitete. Er fragte sich, wie lange sie schon in Stanford war.

»Ich bin mir natürlich im Klaren darüber, dass weite Teile Ihrer Arbeit für das FBI unter die Schweigepflicht fallen«, fuhr Latona fort, »aber ist es nicht richtig, dass sich Ihre Forschungen unter anderem zum Ziel gesetzt haben, die genetischen Risikofaktoren für kriminelles Verhalten zu bestimmen?«

»Ja.«

Ihr Blick kreuzte sich zum ersten Mal mit dem von Luke Decker. Er versuchte den Ausdruck ihrer Augen zu deuten, aber ausgerechnet jetzt versagte seine berühmte Gabe, in andere hineinsehen zu können. Auch wenn er nicht gewusst hatte, dass sie an dem FBI-Projekt zur Erforschung der genetischen Ursachen kriminellen Verhaltens mitwirkte, hatte er selbstverständlich von dem Projekt selbst gehört. Jeder hatte das. Schließlich lautete beim FBI die Devise neuerdings: Veranlagung, nicht Erziehung. Verbrecher wurden geboren, nicht gemacht, war mittlerweile die gängige Meinung der maßgebenden Leute, insbesondere Madeline Naylors, dem ersten weiblichen Direktor in der langen und illustren Geschichte des FBI.

Decker war diesbezüglich immer anderer Meinung gewesen. Die Erfahrung hatte ihn gelehrt, dass Verbrecher – und ihre Opfer – von ihrem Umfeld geprägt waren. Mit seinen fünfunddreißig Jahren war Decker in der Geschichte des FBI einer der jüngsten Leiter der Abteilung Verhaltensforschung an der Ausbildungsakademie in Quantico, Virginia. Seine Abteilung war einmal das Aushängeschild des FBI gewesen; nach ihren Bravourstücken waren Hollywood-Filme gedreht worden. Sie hatte sich darauf spezialisiert, die polizeilichen Ermittlungsbehörden bei Serienmorden, Bombenanschlägen und anderen offenkundig motivlosen Verbrechen zu unterstützen, indem sie anhand der Methodik des jeweiligen Verbrechens Psychogramme potenzieller Täter erstellte.

Unter der neuen Regierung war dann die Abteilung Verhaltensforschung ins Abseits geraten. Mittlerweile flossen die staatlichen Gelder nicht mehr in die Psychologie, sondern in die Physiologie. Das kriminelle Hirn war wesentlich interessanter als das kriminelle Bewusstsein. Die Zukunft der Verbrechensbekämpfung sah man jetzt in PET-Gehirnuntersuchungen, Adrenalinspiegeln, Hautleitfähigkeit, Thetarhythmen und Serotonin-Neurotransmittern – und als krönenden Abschluss natürlich in den Verheißungen der Genforschung.

Diese neue ideologische Grundausrichtung hatte Decker vergangenen Monat veranlasst, seine Kündigung einzureichen und eine Professur in Kriminalpsychologie an der Universität Berkeley anzunehmen. Nach langem Dienst an vorderster Front – zehn Jahre in den Köpfen der perversesten Mörder hatten ihren Tribut gefordert – glaubte er inzwischen, mehr bewirken zu können, wenn er eine neue Generation von ›Profilern‹ ausbildete und inspirierte. Außerdem hatte ihm der Tod seiner Mutter vor achtzehn Monaten vor Augen geführt, dass er sich in den vergangenen zehn Jahren nicht genügend um sie und um seinen Großvater gekümmert hatte. Mit einer winzigen Wohnung in Washington, D.C., als festem Stützpunkt war er die meiste Zeit in ganz Amerika unterwegs gewesen und hatte nie so richtig Wurzeln geschlagen. Deshalb fand er es an der Zeit, sich hier an der Westküste, wo sein Großvater lebte, niederzulassen und zu versuchen, etwas Ordnung in sein Leben zu bringen, anstatt das aller anderen zu retten.

McCloud, der stellvertretende FBI-Direktor, hatte sein Kündigungsschreiben nicht angenommen und ihn gebeten, die Sache noch einmal zu überdenken. Doch mit jedem weiteren Tag, den Decker beim FBI blieb, wurde ihm deutlicher bewusst, dass er gehen musste. Er hatte bereits seinen Nachfolger ausgesucht. Sobald er am Nachmittag in San Quentin mit Karl Axelman gesprochen hatte, würde er nach Quantico zurückkehren und McCloud mitteilen, dass sein Entschluss feststand.

»Danke, dass Sie sich bereit erklärt haben, heute hierher zu kommen, Dr. Kerr«, sagte der Verteidiger lächelnd. Dann wandte sich Ricardo Latona, ein gedrungener Mann mit schütterem dunklem Haar, dem Richter zu. »Wir haben diese Verhandlung beantragt und Dr. Kerr um ihre Aussage gebeten, weil wir der Überzeugung sind, dass es schon lange überfällig ist, sich den Ursachen der Kriminalität aus einem gänzlich anderen Blickwinkel zu nähern.

Der gegenwärtige Stand der Forschung lässt keinen Zweifel daran, dass bei kriminellem Verhalten die Biologie, im Zusammenspiel mit sozialen, kulturellen und ökonomischen Einflüssen, ein zentraler Faktor ist. Angesichts dieser Erkenntnis stellen sich uns einige entscheidende Fragen. Wenn jemand biologisch für kriminelles Verhalten prädisponiert ist, sollte man den Betreffenden dann bestrafen oder ihm helfen? Wenn er also krank ist: Trauen wir uns zu, ihn zu behandeln? Oder denken wir, eine Behandlung würde kriminelles Verhalten irgendwie entschuldigen und uns der Notwendigkeit berauben, es zu bestrafen? Ist die Gesellschaft zivilisiert genug, Rechtsprechung als einen Akt der Barmherzigkeit zu betrachten, wie es zum Beispiel die Behandlung einer Krankheit wäre, oder muss sie immer mit einer Bestrafung einhergehen?«

Decker beobachtete, wie Latona innehielt und sich Tice zuwandte, einem Mann, der drei Mädchen entführt und ermordet hatte und ein viertes ermordet hätte, wenn Decker ihn nicht daran gehindert hätte. »Wayne Tice hat Unrecht getan«, fuhr Latona in seinem sachlich-beschwichtigenden Ton fort. »Niemand bestreitet das, und er wurde schrecklicher Verbrechen für schuldig befunden. Doch wir möchten zeigen, dass diese Verbrechen die Folge erblicher biochemischer Faktoren sind, auf die er keinen Einfluss hat und die deshalb eine gerechte und humane Gesellschaft ärztlich behandeln und nicht mit dem Tod bestrafen sollte.«

Decker stöhnte leise. Solange gefährliche Menschen nicht wieder auf freien Fuß gesetzt wurden, war er kein Befürworter der Todesstrafe. Doch die Vorstellung, Gewalttätigkeit sei genetisch bedingt, war in seinen Augen grotesk und stand in totalem Widerspruch zu seiner Arbeit während der vergangenen fünfzehn Jahre. Auch ohne die Möglichkeit, die Schuld bei ihren Eltern zu suchen, standen Kriminellen schon genügend Entschuldigungen zur Verfügung, keine Verantwortung für ihre Taten übernehmen zu müssen.

»Dr. Kerr, würden Sie uns bitte kurz die wichtigsten wissenschaftlichen Beweise umreißen, die zeigen, dass bei kriminellem und gewalttätigem Verhalten biologische Faktoren eine entscheidende Rolle spielen?«

Kathy Kerr räusperte sich und begann schließlich nach kurzem Zögern: »Darf ich Ihnen vielleicht zunächst einfach ein paar Fakten aufzählen? Punkt eins, die Biologie ist nur einer von verschiedenen korrelierenden Faktoren, wie kulturelle, soziale und ökonomische Einflüsse, die zu gewalttätigem Verhalten führen. Im Lauf der letzten Jahre ist jedoch mit fortschreitendem Wissensstand immer deutlicher geworden, welch eminent wichtige Rolle die Biologie spielt. Punkt zwei, der maßgebendste biologische Faktor ist das Geschlecht. Weltweit trifft zu, dass über neunzig Prozent aller Gewaltverbrechen von Männern begangen werden.«

Decker dachte an ihre gemeinsame Zeit vor neun Jahren in Harvard zurück. Er hatte damals viel Lob und Anerkennung geerntet für seine Dissertation in Kriminalpsychologie, in der er die These vertreten hatte, man müsse den Geisteszustand eines Straftäters anhand seiner Verhaltensmuster diagnostizieren und die Wahrscheinlichkeit, mit der er erneut straffällig werden würde, aufgrund dieser Untersuchungsergebnisse bestimmen, statt sich dabei wie bisher lediglich auf die Selbsteinschätzung des betreffenden Häftlings zu stützen. Doch Kathy Kerrs Doktorarbeit in genetischer Verhaltensforschung mit dem Titel *Warum neunzig Prozent aller Verbrechen von Männern begangen werden* war so revolutionär gewesen, dass sie in *Nature,* einer der zwei angesehensten wissenschaftlichen Zeitschriften der Welt, veröffentlicht worden war. Auch wenn Decker anderer Meinung gewesen war, hatte er ihr doch seine Bewunderung nicht absprechen können.

Kathy, die sich allmählich für ihr Thema zu erwärmen begann, fuhr fort: »Das männliche Hirn unterscheidet sich vom weiblichen Hirn, und das Verständnis dieses Unterschieds ist von entscheidender Bedeutung für das Verständnis der kleinen Gruppe krimineller und gewalttätiger Männer. Das menschliche Gehirn wird von einem chemischen Gemisch aus Neurotransmittern und Hormonen in Gang gehalten. Befassen wir uns zunächst mit den Neurotransmittern. Sie sind sozusagen die chemischen Boten, die den elektrischen Nachrichtenfluss im Netz der Nervenzellen steuern und die komplexen neuralen Netzwerke des Hirns in die Lage versetzen, miteinander zu kommunizieren. Sie initiieren und steuern die Gedanken unseres Bewusstseins und die Handlungen unseres Körpers.

Nun gibt es vier Hauptneurotransmitter. Drei davon – Dopamin, Adrenalin und Epinephrin – sind sehr ähnlich. Sie beeinflussen die Gehirnaktivität und lösen zahlreiche unserer emotionalen und physischen Impulse aus, wie zum Beispiel die Alarmreaktion. Der vierte ist das Serotonin; er ist die lebenswichtige Bremse, die unser Verhalten im Wachzustand hemmt und modifiziert. Seine besondere Aufgabe besteht darin, die Verbindung zwischen den impulsiven limbischen Bereichen des Hirns und dem zivilisierteren Kortex herzustellen. Um es ganz einfach auszudrücken: Ohne Serotonin hätten wir kein Gewissen und keine Hemmungen.

Während Neurotransmitter dafür zuständig sind, einzelne Handlungen auszulösen, beeinflussen Hormone das Gesamtverhalten, wenngleich das Wechselspiel zwischen beiden äußerst komplex ist. Wieder einmal vereinfacht ausgedrückt: Je höher der Anteil an Androgenen, insbesondere Testosteron, desto höher ist die Aggressivität eines Mannes und umso niedriger ist sein Einfühlungsvermögen in das Leid oder die Gefühle anderer.«

An dieser Stelle schaltete sich Latona wieder ein. »Grundsätzlich neigt also das männliche Gehirn erheblich stärker zu aggressivem, impulsivem und kriminellem Handeln als das weibliche. Das heißt jedoch nicht, dass alle Männer Gewaltverbrecher sind …«

»Selbstverständlich nicht«, sagte Kathy mit einem ironischen Lächeln. »Gewaltverbrecher sind eine kleine Minderheit von Männern, bei denen diese natürlichen Unterschiede extrem stark ausgeprägt sind. Es gibt eine Reihe physiologischer Tests, anhand derer sich ihr Status in Relation zur Norm zuverlässig bestimmen lässt. Zum Beispiel können wir den MAO-Anteil im Blut messen. Dabei handelt es sich um ein Enzym, das als Markersubstanz für den Neurotransmitter Serotonin fungiert. Und mit Hilfe von PET-Untersuchungen und Elektroenzephalogrammen können wir die Gehirnaktivität messen ...«

»Aha«, unterbrach sie Latona. »Demnach sind Gewaltverbrecher auch von ihrer Physiologie her anders. Aber wie kommt hier nun die Genetik ins Spiel?«

»Das vor kurzem erfundene Geneskop ermöglicht es uns, die gesamte Sequenz der genetischen Instruktionen eines Organismus zu lesen. Anhand umfassender Aggressionsstudien an Primaten konnte ich mit meinem Forschungsteam siebzehn Schlüsselgene identifizieren, die bei männlichen Primaten – Menschen eingeschlossen – für die Produktion kritischer Hormone und Neurotransmitter verantwortlich sind.

Diese voneinander abhängigen Gene bestimmen das Aggressionsverhalten des Menschen. Und je nachdem, wie der Promotor – oder Lautstärkeregler – des jeweiligen Gens eingestellt ist, können wir sagen, wie laut dieses Gen seine Anweisungen zum Ausdruck bringt. Indem wir die Kalibrierung dieser Gene untersuchen, können wir zum Beispiel einen gefährlich niedrigen Anteil an Serotonin oder einen hohen Anteil an Testosteron prognostizieren. Wir haben festgestellt, dass sich die Genzusammenstellung eines Individuums nicht nur in Reaktion auf spezielle Reize ändert, sondern dass auch die Grundzusammensetzung bei fast jedem Individuum anders ist. Wenn Sie also diese siebzehn Schlüsselgene einmal als Spielkarten ansehen wollen, bekommt jeder Mensch ein geringfügig anderes Blatt zugeteilt.«

»Trifft es zu«, fragte Latona, »dass Ihre Untersuchungen, die zwar ursprünglich an Affen durchgeführt wurden, auch für den Menschen Gültigkeit haben?«

»Ja, ein Großteil meiner jüngsten Arbeiten hat bestätigt, dass diese Erkenntnisse auch auf den Menschen zutreffen.«

»Demnach hängt es also von den Genen eines Menschen ab, ob er kriminell wird oder nicht?«

»Bis zu einem gewissen Grad. Aber ich möchte noch einmal mit allem Nachdruck auf das hinweisen, was ich schon an anderer Stelle gesagt habe: Das soziale und kulturelle Umfeld spielt ebenfalls eine Rolle. Der entscheidende Punkt ist, dass der Mensch sich insofern vom Tier unterscheidet, als er über ein Bewusstsein verfügt. Das heißt, er ist sich der Konsequenzen seiner Handlungen bewusst. Ungeachtet jeder genetischen Prädisposition spielt also der freie Wille nach wie vor eine entscheidende Rolle bei der Entscheidungsfindung eines Menschen. Mit Sicherheit fällt es jedoch, unabhängig von allen sonstigen äußeren Einflüssen, manchen Menschen schwerer als anderen, sich so zu verhalten, wie es die Gesellschaft von ihnen erwartet. Die Gene, die sie von ihren Eltern geerbt haben, lassen ihnen keine große Wahl.«

Decker lächelte. Was Kathy sagte, klang sehr überzeugend. Aber sie war ja schon immer eine gute Lehrerin gewesen, mit dem Geschick, den komplexesten Sachverhalt ganz einfach darzustellen. Für sie war die Welt ein gigantisches Puzzle, das sich, wenn man nur lange und angestrengt genug darüber nachdachte, in seine Einzelbestandteile zerlegen ließ, bis schließlich das allem zugrunde liegende Prinzip sichtbar wurde, mit dem sich alles erklären ließ. Für sie war das Ganze nie mehr als die Summe seiner Teile gewesen. Und das war ihrer beider Hauptproblem gewesen. Für ihn war das Ganze alles. Er hatte nie verstehen können, wie sich Menschlichkeit auf eine bestimmte Form der Programmierung reduzieren lassen sollte. In der kurzen Zeit, in der Kathy Kerr und Decker während ihres letzten Sommers in Harvard ein Liebespaar waren, hatten sie endlose Diskussionen geführt. Das Bett war der einzige Bereich, in dem sie kompatibel waren. Wenn er an die fünf oder sechs halbherzigen Beziehungen zurückdachte, die er in den letzten neun Jahren gehabt hatte, wurde ihm rasch klar, dass trotz oder vielleicht auch gerade wegen dieser Reibungen keine so lebhaft in seinem Gedächtnis aufleuchtete wie diese wenigen Sommermonate mit ihr.

»Sie kennen doch Wayne Tice' familiäre Hintergründe, Dr. Kerr?« Der Anwalt holte eine große Tafel hervor und brachte sie neben dem Richter an einer Staffelei an. Bei dem Gebilde aus Namen und Linien auf der Tafel handelte es sich um einen Stammbaum.

»Ja. Nur aus diesem Grund habe ich mich bereit erklärt, bei dieser Verhandlung als Gutachterin aufzutreten.«

Decker wusste genau, was kommen würde, als sich der Anwalt der Tafel zuwandte. Auch er hatte sich mit Tice' Familiengeschichte befasst und schüttelte deshalb den Kopf, als Latona erklärte, dass die verzweigten Linien, die zu den fett gedruckten Namen führten, zeigten, dass vier Generationen Tice-Männer mit nur zwei Ausnahmen eine kriminelle Ader gehabt hatten. Alle seien für ihr aufbrausendes Wesen und ihre extreme Aggressivität bekannt gewesen. »Überlege es dir gut, bevor du einen Tice heiratest«, war in ihrem Heimatort ein geflügeltes Wort.

Der Stammbaum ärgerte Decker. Was hatte Tice schon für einen Grund, zu klagen? Er hatte noch beide Elternteile und er hatte einen Bruder. Abgesehen davon, dass seine Mutter dominant war und er wegen seines erfolgreichen Bruders Minderwertigkeitsgefühle hatte, hatte es Tice besser gehabt, als man von den meisten Menschen behaupten konnte. Decker hätte alles dafür gegeben, eine vollständige Familie zu haben und seinen Vater zu kennen.

Wegen seiner hervorragenden Russischkenntnisse hatte Captain Richard Decker auf dem Höhepunkt des Kalten Krieges für die US Navy als Verhörspezialist gearbeitet. Als Jugendlicher hatte sich Decker oft vorgestellt, wie sein Vater einem widerspenstigen sowjetischen Admiral mit Hilfe seines psychologischen Feingespürs eine Information entlockte, von der das Schicksal der freien Welt abhing. Seine Mutter hatte ihm immer wieder bestätigt, er müsse seine unheimliche und beunruhigende Fähigkeit, sich in andere hineinzuversetzen, von seinem einfühlsamen Vater geerbt haben. Aber natürlich waren es nicht die Russen, die Captain Richard Decker umbrachten, sondern irgendein kleiner Ganove in San Francisco. Das war einer der Gründe, warum Decker zum FBI gegangen war – um seinen Beitrag im Kampf gegen das Verbrechen zu leisten.

Der Anwalt wandte sich wieder Kathy zu. »Dr. Kerr, Sie haben meinen Mandanten – und seine nächsten Angehörigen – sämtlichen Ihnen zu Gebote stehenden Tests unterzogen.«

»Das ist richtig. Neben einem Gen-Scan habe ich an Wayne Tice auch eine Reihe begleitender Tests durchgeführt sowie seine Serotonin-, Testosteron- und Adrenalinspiegel gemessen. Um mir ein Bild von der Hirnaktivität auf seinem vorderen Hirnlappen machen zu können, habe ich außerdem einen PET-Scan durchgeführt. Infolge der Untersuchungsergebnisse ist Tice, was seinen Hang zur Gewalttätigkeit angeht, der Risikogruppe der am meisten gefährdeten fünf Prozent zuzuordnen. Auch seine männlichen Verwandten weisen gefährliche Werte auf, wenn sie auch nicht annähernd so hoch sind.«

»Könnte man demnach also mit Fug und Recht behaupten, dass er und die meisten anderen männlichen Mitglieder seiner Familie, wenn auch nicht durch eigenes Verschulden, so doch eine Gen-Kalibrierung haben, aufgrund derer sie für aggressives und kriminelles Verhalten prädisponiert sind?«

»Ja, aber ...«

»Aber«, unterbrach sie der Anwalt, der sich sein entscheidendes Argument nicht durch Nuancen in der Auslegung kaputtmachen lassen wollte, »ist es dann, einmal ganz grundsätzlich gesprochen, nicht so, dass Wayne Tice zum Takt einer aggressiveren Trommel tanzt?«

»Doch«, antwortete Kathy Kerr zögernd.

Latona wandte sich lächelnd dem Richter zu. »Somit, hohes Gericht, wurde Wayne Tice mit einer speziellen Genzusammensetzung geboren, die in einer Art und Weise kalibriert ist, dass er morden musste.«

»Das habe ich nicht gesagt«, protestierte Kathy. »Ich spreche hier nur von einer Prädisposition. Nicht mehr und nicht weniger. Letztlich entscheidet das Inviduum ...«

»Ich bitte um Entschuldigung, hohes Gericht«, korrigierte sich der Verteidiger geschickt, bevor der stirnrunzelnde Richter einschreiten konnte. »Er war *prädisponiert*, Gewaltverbrechen zu begehen. Der entscheidende Punkt ist demnach: Wie kann Wayne Tice für seine Taten bestraft werden? Man sollte ihm helfen, nicht ihn hinrichten. Er hat nur getan, wozu er geboren wurde.«

Latona hielt inne und wandte sich wieder Kathy Kerr zu.

»Wie können wir einen Mann dafür in den Tod schicken, dass er etwas getan hat, was in seiner Natur begründet liegt?«

2

Nachdem sie zunächst Latona und dann dem Staatsanwalt Rede und Antwort gestanden hatte, nahm Kathy Kerr wieder Platz. Froh, dass sie die Sache hinter sich hatte, entspannte sie sich. Sie sprach, wenn sie nicht gerade unterrichtete, nur äußerst ungern in der Öffentlichkeit, vor allem vor Gericht, wo ihre Worte so verdreht werden konnten, wie es gerade jemand für seine Zwecke haben wollte. Nach Latona hatte sie der Staatsanwalt in die Mangel genommen. Aber damit hatte sie gerechnet. Über Latona ärgerte sie sich ziemlich, versuchte er doch ihre Aussage dazu zu benutzen, Tice von jeder Verantwortung für seine grässlichen Morde freizusprechen. Sie hatte sich zu einer Aussage nur bereit erklärt, weil Tice ein klassischer Fall war; und weil er ein hervorragendes Forschungsobjekt sein könnte, falls ViroVector die erwartete Zusage seitens der Food and Drug Administration (FDA) erhielt, mit Phase Zwei von Project Conscience, den Wirksamkeitsnachweisen, zu starten. Kathy war ganz und gar nicht der Ansicht, Tice könne wegen seiner Gene jede Verantwortung für seine Taten von sich weisen.

Es gab noch einen weiteren Grund, weshalb es ihr unangenehm war, bei der Verhandlung auszusagen. Sie hatte von der Teilnahme Luke Deckers erfahren.

Als der groß gewachsene FBI-Agent den Platz im Zeugenstand einnahm, stellte sie überrascht fest, wie sehr er sich verändert hatte. Sein Äußeres war es nicht: die schlanke Gestalt vielleicht eine Spur breiter, das blonde Haar kürzer und das Gesicht markanter, aber seine durchdringenden grünen Augen hatten nichts von ihrer einfühlsamen Intelligenz eingebüßt. Es war seine Haltung, die anders war. Irgendwie hatte er mehr Präsenz; sein Gang war selbstbewusster, so, als ob der gejagte junge Mann, den sie einmal gekannt hatte, inzwischen zum Jäger geworden wäre.

Wie fast ganz Amerika hatte sie das Pressefoto von Decker gesehen, wie er Tammy Lewis mit fassungslosem Entsetzen von dem Friedhof in der Nähe von Oakland weggetragen hatte. Sie kannte diesen Blick aus ihren gemeinsamen Tagen, wenn seine nächtlichen Schrecken sie um drei Uhr morgens aus dem Schlaf gerissen hatten.

Damals waren sie ein Liebespaar. Dass Luke Decker etwas Besonderes war, wurde ihr in dem Moment bewusst, in dem sie in der Bibliothek mit ihm zusammengestoßen war. Jedes seiner Bücher, die bei dem Zusammenprall auf den Boden fielen, hatte die Schattenseiten der menschlichen Natur zum Gegenstand, angefangen von Biographien Jeffrey Dahmers und Ted Bundys bis hin zu Fachbüchern über das Wesen der Kriminalität. Als sie sich entschuldigte, klemmte er sich den Bücherstapel wieder lachend unters Kinn und machte eine witzige Bemerkung, wie schwer doch so ein bisschen Bettlektüre sein konnte.

Um sich nicht von ihrer Arbeit ablenken zu lassen, hatte sie damals schon jegliche männlichen Annäherungsversuche abgewimmelt, doch sie fühlte heute noch ihre damalige Enttäuschung, als Decker sie mit seinen sanften grünen Augen ansah, erneut lächelte und weiterging. Er hatte keinen Versuch unternommen, aus dem kleinen Zwischenfall Kapital zu schlagen. Deshalb war ihr nichts anderes übrig geblieben, als irgendetwas zu stammeln, ob sie ihm denn nicht helfen könne, seine Bücher zu tragen – das Mindeste, was sie tun könne, nachdem sie sie ihm aus der Hand geschlagen habe.

»Wenn du möchtest.« Die Beiläufigkeit, mit der er dabei die Schultern hob, hatte sie gleichzeitig frustriert und entzückt.

Sie waren über nichts, worüber sie diskutierten, einer Meinung, aber nach zwei Wochen gingen sie miteinander ins Bett, und im Zauber dieser kostbaren Momente waren sie ein Herz und eine Seele. Danach waren sie unzertrennlich, aber sie hatte sich nie des Eindrucks erwehren können, dass er irgendetwas von sich zurückhielt. Das Gefühl, wirklich in ihn hineinsehen zu können, hatte Kathy nur in jenen beängstigenden Momenten gehabt, wenn er sich nachts schweißdurchnässt und mit weit aufgerissenen Augen kerzengerade in seinem Bett aufsetzte und aufgebracht zu einem unsichtbaren Wesen zu sprechen begann: »Du wolltest dich überlegen fühlen, stimmt's? Nur deshalb hast du es getan. Dass sie sterben, wolltest du eigentlich gar nicht. Du wolltest nur gefügige Sklavinnen, die alles tun, was du willst, und deine Fantasien nicht stören. Genau so war es doch.« Nachdem das Problem, das sein Unterbewusstsein geplagt hatte, damit gelöst schien, legte er sich wieder hin. Anfangs hatte sie versucht, ihn zu beruhigen, doch sie merkte bald, dass er dabei weiterschlief. Am nächsten Morgen konnte er sich an nichts mehr erinnern, er wusste nur, dass etwas, was ihn stark beschäftigt hatte, nun geklärt war. Sie brauchte mehrere Wochen, bis sie merkte, dass er eine weit über das Normale hinausgehende Fähigkeit besaß, die niedersten menschlichen Regungen zu verstehen. Und dass ihn diese Fähigkeit quälte.

Seine Mutter hatte ihm erklärt, dieses Einfühlungsvermögen habe er von seinem Vater, aber Kathy wusste, dass Decker glaubte, es sei mehr als nur Einfühlungsvermögen. Er fürchtete, mit einem Makel behaftet zu sein.

Schon während des Studiums in Harvard hatte er begonnen, Aufsehen erregende Kriminalfälle zu verfolgen und den zuständigen Polizeibehörden oder sogar dem FBI schriftliche Ratschläge zu erteilen. Sie hatte immer das Gefühl gehabt, dass er von einer inneren Kraft getrieben wurde, die etwas tief in ihm Steckendes auszutreiben versuchte – etwas, das sie nicht erreichen, geschweige denn lindern konnte.

Sie konnte damit leben, dass sie ständig stritten und in nichts einer Meinung waren, insbesondere was ihre Ansichten über die Ursachen der Kriminalität anging. Womit sie sich allerdings nur schwer abfinden konnte, war seine Verschlossenheit. Er konnte nie ganz loslassen und sich wirklich entspannen. Immer war er in der Defensive, immer auf der Hut vor sich selbst. Trotz aller Unabhängigkeit wollte sie zumindest eines in ihrer Beziehung: das Gefühl, gebraucht zu werden.

Als Luke nun die Fragen des Staatsanwaltes beantwortete, ertappte sie sich bei dem Gedanken, was wohl wäre, wenn sich zeitlich alles anders ergeben hätte.

Nachdem sie aus Cambridge in die Staaten zurückgekehrt war, hatte sie durch ihre Zusammenarbeit mit dem FBI oft von ihm gehört. Doch bei den wenigen, halbherzigen Versuchen, die sie unternommen hatte, um Kontakt mit ihm aufzunehmen, war er nie erreichbar. Er war anscheinend ständig unterwegs, um irgendwo in den Staaten bei der Aufklärung eines Verbrechens zu helfen oder örtliche Polizeibehörden mit den Arbeitsmethoden eines Profilers vertraut zu machen. Obwohl unter der neuen Regierung konkrete Wissenschaftlichkeit und Biologie angesagt waren, hatte sich Special Agent Luke Decker bei der Lösung besonders schwieriger Fälle immer wieder als unersetzlich erwiesen. Seine Kollegen, selbst nicht gerade schlechte Profiler, hatten ihm wegen seiner außergewöhnlichen Fähigkeiten den Spitznamen ›Luke the Spook‹ verpasst. Sie hoffte nur, dass Luke, indem er die bösen Geister anderer zur Strecke brachte, auch selbst etwas Schonung vor denjenigen, die in seinem Inneren ihr Unwesen trieben, gefunden hatte.

»Ich weiß nicht, ob Tice hingerichtet werden soll oder nicht«, hörte sie Decker plötzlich sagen. Er war dabei nicht lauter geworden, aber an seinem Tonfall merkte sie, dass er wütend war. »Das zu entscheiden steht mir nicht zu. Mir geht es nur darum, dass er nicht mehr auf freien Fuß gesetzt wird – nie wieder.« Trotz all seiner Fehler und seines Misstrauens gegenüber der genetischen Revolution besaß Decker eine Eigenschaft, die sie mehr als alle anderen an ihm schätzte: seine fast naive Integrität.

Als Latona an die Reihe kam, ihn zu befragen, merkte der Anwalt rasch, dass der FBI-Mann kein Einfaltspinsel war.

»Nachdem Sie gehört haben, was Dr. Kerr gesagt hat, müssen Sie doch zugeben, dass Tice Hilfe braucht, dass er aufgrund seiner genetischen Programmierung tun musste, was er getan hat.«

Decker lächelte, und sein breites entwaffnendes Lächeln schien zu sagen: Sie erwarten doch nicht im Ernst, dass irgendein halbwegs vernünftiger Mensch das glaubt? Dann wandte er sich Kathy zu. »Dr. Kerr und ich sind, was den relativen Stellenwert genetischer Prädetermination angeht, unterschiedlicher Meinung. Die erbliche Veranlagung mag durchaus ein mitbestimmender Faktor sein, aber mehr nicht: Sie ist ein Faktor unter vielen. Aber auf gar keinen Fall ist sie eine Entschuldigung. Um nun auf Ihre Frage zurückzukommen: Ja, ich glaube, Ihr Mandant benötigt Hilfe. Allerdings bin ich der Überzeugung, dass er immer gefährlich bleiben wird, unabhängig davon, welche Art von Behandlung er erhält oder nicht erhält. Darf ich vielleicht etwas dazu sagen, wie er so geworden ist, wie er ist?« In diesem Moment wandte sich Decker Tice zu. Decker lächelte immer noch und aus seinem Lächeln sprach aufrichtiges Mitgefühl. Zum ersten Mal, seit Tice während der Verhandlung im Mittelpunkt des Interesses stand, wirkte er verunsichert und sein unverschämtes, herausforderndes Grinsen war ihm gefroren.

»Wayne Tice ist jetzt einundzwanzig Jahre alt. Er lebte bis zu seiner Festnahme bei seinen Eltern. Sein älterer Bruder Jerry hat bei einer großen Versicherungsgesellschaft eine leitende Position. Jerry studierte an der UCLA und hatte reihenweise Freundinnen. Vor kurzem hat er eine schöne Frau geheiratet. Während beide Elternteile auf Jerry große Stücke hielten, gaben sie Wayne zu verstehen, er solle sich nicht zu viel vom Leben erwarten. Seine Mutter ließ ihn immer wieder spüren, dass er nicht so klug und so gut aussehend war wie sein Bruder.«

Decker sah Tice weiter an und sprach nun ganz direkt zu ihm, so, als wäre er sein bester Freund und Vertrauter. In seinem Ton schwang keine Wertung oder Kritik mit. »Ihre ersten Erlebnisse mit Mädchen fielen doch nicht besonders positiv aus, nicht wahr, Wayne? Die Mädchen waren nicht in der

Lage, den Menschen hinter diesen schiefen Zähnen, den Sommersprossen und den roten Haaren zu sehen.«

Als Latona seinem Mandanten zu Hilfe kam, verriet seine Stimme ein plötzliches Einbrechen seiner bisher ehern gewahrten Fassade. »Mit Verlaub, Special Agent Decker, ich glaube nicht, dass solche Suggestivfragen an den Angeklagten ...«

Decker richtete seinen Blick weiter unverwandt auf Tice. Es war, als existiere für ihn im Moment weder Latona noch sonst etwas, es gab nur noch seine Beziehung zu dem Mörder. Er fuhr fort: »Dazu kam noch, dass Sie schüchtern waren. Sie hätten gern gehabt, dass die Mädchen Sie mochten, aber sie waren alles andere als nett zu Ihnen. Sie haben Sie ausgelacht, stimmt's?«

Tice wirkte verunsichert.

»Hohes Gericht, eine derart suggestive Art der Fragestellung ist ungeheuerlich«, protestierte Latona.

Der Richter zögerte und blickte nachdenklich von Tice zu Decker. »Das ist kein Prozess, Herr Anwalt. Das ist eine Anhörung, und ich möchte hören, wohin das Ganze führt.«

Decker fuhr fort: »Deshalb gingen Sie regelmäßig ins Fitnessstudio, um kräftiger zu werden. Wieviel drücken Sie inzwischen? Sechzig, siebzig Kilo?«

»Neunzig«, antwortete Tice, ohne zu überlegen.

Erstaunt zog Decker die Augenbrauen hoch. »So viel schaffe nicht mal ich, und ich bin fast zehn Zentimeter größer als Sie. Nicht übel.«

Tice grinste.

»Sie machen doch auch Karate, glaube ich?«

»Ja.«

»Was für einen Gürtel?«

»Einen schwarzen.«

Wieder machte Decker ein beeindrucktes Gesicht und diesmal war sein Lächeln das eines stolzen älteren Bruders. »Ich habe es nur bis zum braunen gebracht.«

Kathy sah, wie Latona wieder Einspruch erheben wollte, aber der Richter winkte ab und verfolgte den Wortwechsel weiter. »Muss Sie ganz schön gewurmt haben, das alles erreicht zu haben und von Ihrer Mutter trotzdem für einen Versager gehalten zu werden«, fuhr Decker fort. »Mir hätte das jedenfalls gewaltig gestunken.«

Tice sagte nichts; er sah Decker nur an, als wäre er der erste Mensch auf dieser bescheuerten Welt, der sein beschissenes Leben verstand.

»Aber Sie liebten Ihre Mutter und wollten ihr nichts tun. Deshalb dachten Sie sich, erteile ich doch mal einem dieser Mädchen eine Lektion – einem der hübschen Mädchen, die Sie immer auslachten. Eines Tages kam ein junges Mädchen in etwa dem Alter wie die, die Sie auf der Highschool links liegen gelassen hatten, in die Pizzeria, und obwohl es ein wirklich nettes Mädchen war, wussten Sie, dass es sich nur über Sie lustig machte. Es merkte nicht mal, dass Sie reifer geworden waren, an sich gearbeitet hatten. Mittlerweile stemmten Sie achtzig Kilo und hatten einen schwarzen Gürtel in Karate. Aber es erteilte Ihnen trotzdem eine Abfuhr, als wären Sie irgendein kleiner Schuljunge.«

Tice wirkte blass, mit großen Augen.

»Ist das richtig?«

Tice nickte zwar nicht wirklich, aber Kathy merkte, dass er es wollte.

»Sie umzubringen war doch ein tolles Gefühl, oder nicht? Endlich bekamen Sie, was Sie sich schon immer gewünscht hatten: eine Möglichkeit, sich überlegen zu fühlen. Sie zeigten ihm und auch dem zweiten Mädchen, dass Sie nicht irgendein Versager waren. Sie brachten ihnen den nötigen Respekt bei und dann brachten Sie sie um. Aber beim dritten Mädchen war es anders, Wayne; ihm haben Sie den Kopf verhüllt, als Sie es umbrachten. Bei Sally Anne Jennings hatten Sie ein schlechtes Gefühl, stimmt's? Sie mochte Sie; sie kam Ihretwegen in die Pizzeria und unterhielt sich mit Ihnen – sprach mit Ihnen, als wären Sie ein ganz normaler Typ. Habe ich Recht?«

Kathy sah, wie Tice' Adamsapfel auf und ab ging, bevor er nickte.

»Aber Sie brachten sie trotzdem um. Weil Sie die Tatsache, dass sie nett zu Ihnen war, falsch verstanden, machten Sie einen Annäherungsversuch bei ihr, und als sie Angst bekam, brachten Sie sie um. Allerdings hatten Sie deswegen ein schlechtes Gefühl und verhüllten ihr deshalb das Gesicht. Sie versuchten, sie zu depersonalisieren. Trotzdem hatten Sie ihretwegen hinterher weiter ein schlechtes Gefühl. Sie ging Ihnen nicht mehr aus dem Kopf. Sie dachten, sie würde über Sie urteilen. Deshalb beschlossen Sie bei der nächsten – bei Tammy Lewis –, sie zu Sally Annes Grab zu bringen. Sie wollten Sally Anne zeigen, dass sie keine Macht über Sie hatte.« Decker schüttelte den Kopf. Es war ein Ausdruck der Traurigkeit. »Aber ich habe Ihnen aufgelauert. Falls es Ihnen ein Trost ist, Wayne, es hätte nichts genützt. Egal, wie viele Mädchen Sie auf ihrem Grab vergewaltigt und ermordet hätten, Sie hätten wegen Sally Annes Ermordung trotzdem ein schlechtes Gefühl gehabt. Es wäre sogar schlimmer geworden!«

Tice saß zusammengesunken auf seinem Stuhl und schüttelte den Kopf. Er wirkte ebenso konsterniert wie der Rest der Anwesenden.

Schließlich wandte sich Decker rasch dem Richter zu und deutete auf die Tafel mit Tice' Stammbaum. »Mit Genetik hat das alles nichts zu tun. Im Gegenteil, Tices Bruder ist in vieler Hinsicht ein vorbildliches Mitglied der Gesellschaft. Wir haben es hier vielmehr mit einem Mann zu tun, dessen Persönlichkeitsstruktur auf die verkorksten Signale von Sex, Gewalt, Unterlegenheit und Liebe zurückzuführen ist, die er von seiner Familie und seinen Altersgenossen gesendet bekam. Wie wir alle ist Tice ein Produkt seiner Vergangenheit. Aber letztendlich hat er sich selbst dafür *entschieden*, zu tun, was er getan hat, und trägt deshalb die Verantwortung dafür. Tice ist extrem gefährlich. Er hat Geschmack daran gefunden, sich Frauen auf eine Art gefügig zu machen, wie es ihm mittels normaler Paarungsrituale nicht möglich war. Und das Risiko, dass er in seine alten Verhaltensmuster zurückfällt, ist sehr groß. Das ist nicht in seinen Genen, es ist in seinem Kopf.«

An der Miene des Richters konnte Kathy sehen, dass jede Aussicht auf eine Abmilderung von Tice' Urteil zunichte gemacht worden war. Und schon kurz nachdem Decker an seinen Platz zurückgekehrt war, fand sie ihre Befürchtungen bestätigt, als der Richter Tice' Gesuch in strengem Ton für abgelehnt erklärte und verfügte, er müsse in die Todeszelle zurückkehren und dort auf seine Hinrichtung warten. Kathy schüttelte den Kopf. Sie hieß die Todesstrafe ebenso wenig gut wie irgendeine andere Form des Tötens. Ihr ganzes Streben galt nur einem Ziel: eine Möglichkeit zu finden, auf diejenigen Gene einzuwirken, die einen Menschen zu gewalttätigem Verhalten prädeterminieren, um die Gewalt, ähnlich einer ausgerotteten Krankheit wie Pocken, für immer von dieser Welt zu verbannen. Tice wäre eine gute Testperson für ihre Versuche gewesen, wenn die Food and Drug Administration der Fortführung von Project Conscience, wie erwartet, ihre Zustimmung erteilte. Dr. Alice Prince, ihre Mentorin bei ViroVector, war diesbezüglich jedenfalls sehr zuversichtlich.

Als Kathy sich zur Seite drehte, sah sie, wie Luke aufstand, dem Staatsanwalt die Hand schüttelte und dann auf sie zukam. Unschlüssig, was sie tun sollte, stand sie ebenfalls auf. In einem plötzlichen Anfall von Nervosität fiel ihr wieder ein, wie sie auseinander gegangen waren. Er hatte sie zum Logan Airport gebracht und sie hatten vage davon gesprochen, dass sie in Verbindung bleiben wollten, obwohl beide gewusst hatten, dass zwischen ihnen Schluss war. Ein Abschiedskuss und dann neun Jahre lang kein Wort mehr miteinander gewechselt.

»Kathy, das ist aber eine Überraschung. Also wirklich.«

Nach einem kurzen Stocken reichte er ihr die Hand.

»Ich weiß«, sagte sie lächelnd, als sie seine Hand ergriff. Aus der Nähe sah er müde aus. »Man könnte vermutlich sagen, dass ich dir gegenüber leicht im Vorteil war. Ich wusste, dass du hier sein würdest. Allerdings hätte ich nie gedacht, dass wir uns ausgerechnet in einem Gerichtssaal wiedersehen. Und das auch noch auf gegnerischen Seiten in einem Mordfall.«

Decker lächelte. »Ich denke, wir haben eigentlich immer auf gegnerischen Seiten gestanden.«

»Schon möglich.« Sie spürte, wie die alten Reibereien schon

wieder losgingen. »Jedenfalls hast heute du gewonnen. Wieder ein Bösewicht, der in der Todeszelle seiner gerechten Strafe harren darf.«

Einen Moment blitzten Deckers Augen auf, als wollte er die Herausforderung annehmen. Doch dann zuckte er auf seine trügerisch lässige Art mit den Schultern. »Gut siehst du aus, Kathy. Was machst du in den Staaten? Ich dachte, du bist in England?«

»War ich auch fast ein Jahr lang. Aber dann bekam ich von ViroVector ein Foschungsstipendium, um meine Arbeit an der Stanford University fortzusetzen.«

»Dann bist du also schon acht Jahre wieder hier?« Er zog die Stirn in Falten.

»Ich habe ein paar Mal versucht, dich zu erreichen, aber du warst nie da, wenn ich anrief, und, na ja, dir eine Nachricht zu hinterlassen, hätte ich etwas komisch gefunden ...« Sie verstummte.

»Ja, ich war ziemlich beschäftigt – eigentlich viel zu sehr. Und warum bist du zurückgekommen? Du hattest doch aus Cambridge dieses tolle Angebot – deswegen bist du doch nach England zurückgegangen?«

»Aus rein akademischer Sicht war es tatsächlich fantastisch, aber aus praktischer Sicht war das hier besser. Du weißt schon, das Übliche: unbeschränkte finanzielle Mittel, Zugang zum Forschungsapparat eines führenden Biotech-Unternehmens, die Möglichkeit, von der großen Alice Prince zu lernen, und nicht zuletzt die Zusammenarbeit mit euch, dem FBI. Ich arbeite mit Direktor Naylor und allein der Zugriff auf die DNS-Datenbank des FBI hat genügt, mich zu überzeugen.« Sie hatte das Gefühl, auf den Putz zu hauen, aber sie konnte nicht anders. »Hättest du vielleicht Lust, was trinken zu gehen?« Sie wusste nicht, was sie sonst sagen sollte. »Dann könnten wir uns in Ruhe unterhalten, was in der Zwischenzeit passiert ist.«

»Fände ich prima«, sagte Decker mit einem Blick auf die Uhr. »Aber im Moment kann ich leider nicht. In weniger als einer Stunde habe ich einen Termin mit einem Mörder in der Todeszelle.«

Kathy lächelte. »Eine ungewöhnliche Ausrede!«

Als Decker grinste, veränderte sich plötzlich sein Gesicht und er war wieder der junge Mann, den sie in Harvard gekannt hatte. »Tut mir leid, wenn das gerade etwas dumm rausgekommen ist. Du kannst mir glauben, ich würde viel lieber mit dir was trinken gehen. Aber es geht leider nicht. Und heute Abend kann ich auch nicht. Da bin ich schon mit meinem Großvater verabredet. Und morgen muss ich zurück in Washington sein.« Er griff in seine Jackentasche, zog eine Visitenkarte heraus und schrieb etwas auf die Rückseite. »Ich werde in Zukunft öfter in San Francisco zu tun haben. Das ist die Adresse meines Großvaters, das alte Haus unserer Familie im Marina District. Ruf einfach mal an, dann treffen wir uns, wenn ich das nächste Mal hier bin. Ich kann mir denken, du bist inzwischen längst verheiratet und hast Kinder.«

Kathy hielt inne, um ihm in die Augen zu sehen, aber sie verrieten ihr nichts. »Ich war beruflich viel zu eingespannt, um zu heiraten, Luke«, sagte sie schlicht. Genau genommen hatte sie in den letzten neun Jahren nur drei Beziehungen gehabt, die man als solche bezeichnen konnte – ohne dass eine von ihnen der Rede wert war. Es war keineswegs so, dass es ihr an Angeboten gefehlt hätte, selbst wenn sie nur die von Männern rechnete, die sie sympathisch gefunden hatte. Aber abgesehen von der einen oder anderen Verabredung zum Abendessen, in der Regel mit Männern, deren Charme zu wünschen übrig ließ, hatte sie die letzten dreizehn Monate und drei Wochen allein und keusch gelebt. Sie griff in ihre Jacke und gab Decker ihre Visitenkarte. »Hier kannst du mich erreichen, wenn du das nächste Mal in San Francisco bist.«

»Danke«, sagte er. Doch sobald jeder von ihnen die Visitenkarte des anderen eingesteckt hatte, wurde ihr klar, dass sie sich wahrscheinlich weitere neun Jahre nicht mehr wiedersehen würden. Dazu bestand ja auch kein Grund. Aber es überraschte sie, wie traurig es sie machte.

Sie schüttelte ihm die Hand. »Wiedersehen, Luke. Ich hoffe, dein Mörder in der Todeszelle erzählt dir, was du wissen willst.«

3

Bagdad, Irak. Am selben Tag. 17 Uhr 13

Salah Khatib konnte kaum etwas sehen, so viel Schweiß lief ihm von der Stirn über die Augen. Aber das lag nur zum Teil an der Hitze, die in der fensterlosen Kammer im Keller der Al-Taji-Kaserne in Bagdad herrschte.

»Worauf wartest du noch? Erschieß sie!«, zischte der Hauptmann so dicht an Soldat Khatibs Ohr, dass dieser den heißen Atem seines Vorgesetzten auf der Wange spürte.

Mit der linken Hand seinen Ellbogen stützend, richtete er die schwere Pistole auf den ersten der vier Männer, die vor ihm auf dem Boden knieten. Aber auch das konnte seine Hand nicht am Zittern hindern.

Die vier Männer, sie trugen Uniformen wie er, waren vor zwei Nächten bei einem Desertionsversuch gefasst worden. Die Gerüchte über eine Großoffensive zur Rückeroberung der Provinz Kuwait hatten bei den Soldaten für einige Aufregung gesorgt. Immerhin gehörten sie zu der Nordcorps-Panzereinheit der Republikanischen Garde, der irakischen Elitetruppe; ihren unbesiegbaren Panzern würde die Aufgabe zufallen, die Offensive einzuleiten. Doch diese vier Feiglinge hatten sich unerlaubt von der Truppe entfernt, und das nicht von irgendeiner zwangsverpflichteten Einheit, sondern von der gut versorgten und bestens ausgebildeten Zehnten Brigade. Diese Hunde hatten den Tod verdient. Angesichts dieser Schande war eine Kugel noch eine Gnade.

Zwei der Männer kannte Khatib persönlich. Sie hatten ihm das Leben zur Hölle gemacht, als er zum Militär gekommen war. Doch obwohl er jetzt die Gelegenheit hatte, sich an ihnen zu rächen, konnte er nicht abdrücken.

Er verstand nicht, warum.

Khatib liebte die Armee und wünschte sich nichts mehr, als ihr treu zu dienen. Es war ihm noch nie so gut gegangen wie seit seiner Einberufung vor zwei Jahren. Als kleiner Mechaniker, gerade einundzwanzig Jahre alt, aus einem Armenviertel Tikrits, war er bei einem fehlgeschlagenen Bandenüberfall gefasst worden; aufgrund seines Geschicks im Umgang mit Maschinen hatte man ihn vor die Wahl zwischen Gefängnis und Armee gestellt. Bei der Panzertruppe hatte er zum ersten Mal in seinem Leben das Gefühl gehabt, dazuzugehören und ein Ziel zu haben. Erst vor einer Woche hatte er die letzten Impfungen erhalten, um in den Krieg ziehen zu können. Es war ihm bestimmt, ein Held zu sein. Warum nur konnte er jetzt den Befehl seines Hauptmanns nicht ausführen?

Zwei der Männer blickten zu ihm auf, als merkten sie, dass etwas nicht stimmte.

»Erschieß sie!«, knurrte der Hauptmann, dessen Lippen diesmal Khatibs Ohr fast berührten.

»*Wir* können sie erschießen, Herr Hauptmann«, flüsterte Ali Keram, einer der fünf anderen Soldaten, die im hinteren Teil der Kammer standen.

»Nein.« Das Gesicht des Hauptmanns war rot vor Wut. Er zog einen Revolver aus seinem Holster und drückte ihn Khatib an die Schläfe. »Ich habe Soldat Khatib einen Befehl erteilt und er wird ihn befolgen. Wenn du nicht gehorchst, werde ich *dich* erschießen. Und jetzt tu deine Pflicht.«

Khatib wischte sich mit dem Ärmel seiner Uniformjacke den Schweiß aus dem Gesicht; der rauhe Stoff kratzte über die Aknepusteln, die sich auf seinen Wangen gebildet hatten. An seinem Ärmel blieben schwarze Schorfteilchen hängen. Seit vier Tagen fielen ihm auch die Haare aus. Er versuchte, einen klaren Gedanken zu fassen, aber es gelang ihm nicht. Letzte Nacht waren ihm die Leute von früher erschienen, die er zusammen mit den anderen Mitgliedern seiner Bande ausgeraubt hatte. Sie hatten ihn in seiner Koje in der Kaserne heimgesucht und ihm wegen seiner harmlosen Vergehen schwere Vorhaltungen gemacht. Jetzt war er so durcheinander, dass er nicht mehr wusste, was mit ihm los war. Schon seit ein paar Tagen kämpfte er gegen heftige Aggressionsschübe und Anfälle von Schuldbewusstsein. So gut es ging, hatte er seine abrupten Stimmungsumschwünge unterdrückt, aber jetzt wollte er nicht einmal mehr in den Krieg ziehen. Er konnte plötzlich sogar verstehen, warum diese Hunde desertiert waren.

Da stand er nun in dieser dunklen unterirdischen Kammer, starrte auf die schmutzigen Wände, hielt seine Pistole auf die vor ihm knienden Männer gerichtet und war nicht in der Lage abzudrücken. Der Revolver des Hauptmanns bohrte sich in seine Schläfe. Er litt solche seelischen Qualen, dass er nicht anders konnte, als die Augen zu schließen und den Kopf gegen die Revolvermündung zu drücken, auch wenn er seinen Vorgesetzten dadurch regelrecht dazu drängte, abzudrücken. Er hatte Angst vor dem Tod, aber zugleich sah er ihn als Ausweg.

Salah Khatib ließ die Schultern hängen und die Pistole auf den Steinboden fallen.

Weder hörte er den Befehl, den der Hauptmann den anderen Soldaten erteilte, noch sah er sie vortreten. Er hörte nur die Schüsse, deren Krachen in dem kleinen Raum ohrenbetäubend laut war. Als er die Augen öffnete, sah er die Deserteure zuckend zu Boden sinken. Die rote Lache, die sich unter ihnen ausbreitete, fügte den schon vorhandenen Flecken auf dem Steinboden neue Farbschattierungen hinzu.

Khatib fühlte so etwas wie Erleichterung, als er den Schuss aus dem Revolver des Hauptmanns hörte, bevor die Kugel in sein Gehirn eindrang.

Staatsgefängnis San Quentin, Kalifornien.
Am selben Tag. 15 Uhr 19

Luke Decker schaltete das Autoradio aus, während er nach der Gerichtsverhandlung über die Golden Gate Bridge fuhr. Er wollte nichts mehr hören von der Irak-Krise und den Präsidentenwahlen nächste Woche. Pamela Weiss hatte seine Stimme; eine Frau konnte auch nicht mehr Unheil anrichten als ihre männlichen Vorgänger. Er rückte seine Ray-Ban-Sonnenbrille zurecht und blickte auf die Bay hinaus. Der Himmel war von einem klaren hellen Blau, auf dem dunkelblauen Wasser darunter glitzerten die Reflexionen der Nachmittagssonne und die kleine Armada von Jachten und Motorbooten.

Der Anblick erinnerte Decker an seine Kindheit, als seine Mutter und sein Großvater ihn mit auf den Coit Tower genommen hatten, um auf den Pazifik hinauszusehen. Als kleiner Junge hatte er dann immer in das Blau hinausgeblickt und sich vorgestellt, wie ihm der Vater, den er nie kennen gelernt hatte, auf der Heimkehr von einer ruhmreichen geheimen Mission von der Brücke eines Kriegsschiffs zuwinkte.

Decker war in der Bay Area aufgewachsen und fühlte sich hier noch immer verwurzelt. Mochte er seine Kontakte auch ziemlich vernachlässigt haben, insbesondere die zu seinem Großvater und den wenigen alten Freunden, die er noch aus seiner Studienzeit in Berkeley hatte, bevor er nach Harvard und dann zum besitzergreifenden FBI gegangen war, sie hatten trotzdem noch Bestand. Er war überzeugt, das Richtige zu tun, wenn er dem tristen, bedrückenden FBI den Rücken kehrte und hierher zurückkam, um in Berkeley zu unterrichten. Vielleicht würde er nach seiner überraschenden Begegnung mit Kathy Kerr den Kontakt mit ihr wieder auffrischen. Aber klar doch. Nachdem er nun langsam mit seinem Leben wieder ins Reine kam, war alles, was ihm zu seinem Glück noch fehlte, Kathy Kerr – sprich, ständige Diskussionen mit jemandem, dessen Weltbild nicht hätte gegensätzlicher sein können als seines.

Während er hinter der Brücke durch Marin County weiterfuhr, warf er einen Blick auf die offenen Ordner auf dem Beifahrersitz seines Leihwagens. Von dem aufgeschlagenen Blatt sah ihm das Gesicht eines Mannes auf einem Farbfoto entgegen. Es war ein attraktives Gesicht – hohe Backenknochen, grüne Augen, leicht gebräunte Haut. Das dichte silbergraue Haar, das kurz geschnitten und akkurat frisiert war, ließ ihn wie einen mächtigen Politiker, einen erfolgreichen Arzt oder einen charismatischen Unternehmer aussehen.

Karl Axelman war nichts von alledem.

Er war ein Mörder, neben dem man Wayne Tice fast als Unschuldsengel bezeichnen könnte.

Von den Medien als ›der Sammler‹ bezeichnet, war Axelman noch immer der einzige Serienmörder in der amerikanischen Rechtsgeschichte, der schuldig gesprochen und zum

Tod verurteilt worden war, ohne dass eine Spur von den Leichen seiner Opfer gefunden worden war. Axelman, der dreißig Jahre als Vorarbeiter auf dem Bau gearbeitet hatte, war vor sieben Jahren festgenommen worden, nachdem er in einem Zeitraum von mehreren Jahrzehnten mindestens zwölf junge Mädchen ermordet hatte.

In einer geheimen Kammer seines Hauses in San José hatte man zwölf Kartons gefunden, jeder mit einem ordentlich beschrifteten Etikett versehen, auf dem der vollständige Name des jeweiligen Mädchens, seine Körpermaße sowie Ort und Zeitpunkt der Entführung vermerkt waren. Jeder Karton enthielt neben den persönlichen Dingen und der Kleidung, die das betreffende Mädchen zuletzt getragen hatte, eine Tonbandkassette. Auf der Kassette war zu hören, wie Axelman jedem seiner Opfer eine Minute Zeit ließ, in der es begründen musste, warum es verschont werden sollte. Allen wurde verboten zu zögern, sich zu wiederholen oder zu weinen, während sie um ihr Leben bettelten. Allem Anschein nach waren alle gescheitert. Keine wurde je wieder gesehen.

Decker war nicht direkt an den Ermittlungen beteiligt gewesen, aber er hatte die Akten zu dem Fall studiert und sich ein Bild von dem Mörder gemacht. Mittlerweile Mitte fünfzig, überließ Axelman nicht das Geringste dem Zufall. Nachdem er schon von Anfang an jeden seiner Schritte sorgfältig geplant hatte, verfeinerte er seine Methoden im Lauf der Jahre immer weiter. Wahrscheinlich fing er schon früh in seinem Leben mit Straftaten an, steigerte sich von sexuellen Belästigungen über Vergewaltigungen bis hin zu Morden. Die zwölf jungen Mädchen waren in Abständen von etwa achtzehn Monaten entführt worden. Daraus folgerte Decker, dass jede Entführung bis ins kleinste Detail geplant war, wobei das Beobachten der Opfer und die Vorfreude Axelman genauso in Erregung versetzt haben dürften wie die Tat selbst. Der Umstand, dass die Leichen nie gefunden wurden, ließ vermuten, dass Axelman sie an einem Ort versteckt hatte, an dem er sie immer wieder aufsuchen konnte, und das wiederum hatte ihm wohl ermöglicht, sein Bedürfnis, wieder zu morden, relativ lange hinauszuzögern.

Wäre Karl Axelman vor sieben Jahren auf der Bay Bridge nicht in einen Verkehrsunfall verwickelt worden, wäre er vermutlich noch immer auf freiem Fuß. Die California Highway Patrol hörte in seinem Cherokee Jeep eine Kassette laufen, auf der ein Mädchen um sein Leben flehte. Offensichtlich hatte sich Axelman die zwischen Songs von Leonard Cohen und den Carpenters steckende Kassette auf der Fahrt zu der Baustelle angehört, auf der er gerade arbeitete. Decker vermutete, dass es sich dabei, ähnlich wie bei den in Schachteln verpackten Habseligkeiten seiner Opfer, um eine weitere Trophäe handelte, die es Axelman ermöglichte, seine Verbrechen immer wieder zu durchleben und so das Bedürfnis zu morden hinauszuzögern, bis er sich nicht mehr länger beherrschen konnte.

Nach Axelmans Festnahme durchsuchte das FBI sein Haus und fand die zwölf Kartons. Deckers Kollegen von der Spurensicherung hätten keine eindrucksvolleren Beweise für Axelmans Schuld anhäufen können, aber trotz aller Anreize, Drohungen und Kompromissvorschläge verriet ihnen Axelman nie, wo die Leichen waren. »Nur keine Sorge«, sagte er mit einem gespenstischen Lächeln. »Die Leichen sind bestens aufgehoben. Und das werden sie auch bleiben.«

Selbst nach dem Todesurteil zeigte er keine Reue und auch nicht die geringste Bereitschaft, irgendwelche Einzelheiten darüber zu verraten, wie die Mädchen gestorben waren oder was er mit ihren Leichen gemacht hatte. Seit seiner Verurteilung war er deswegen mindestens drei Mal von FBI-Agenten vernommen worden, jedes Mal ohne Erfolg.

Deshalb machte sich Decker keine großen Illusionen, als die gelben Mauern von San Quentin vor ihm auftauchten. Aber das war möglicherweise die letzte Chance, die das FBI bekam. Irgendwie hatte es Axelman in den vergangenen sieben Jahren immer wieder geschafft, seinen Termin in der Gaskammer hinauszuschieben und mit einer Unzahl von Anträgen einen Hinrichtungsaufschub zu erwirken. Decker zog die Akte zu Rate. Axelmans letzter Gang war für den morgigen Tag, Dienstag, den 30. Oktober, festgesetzt. Die Chancen, dass er den Kopf erneut aus der Schlinge ziehen könnte, standen mindestens fünfzig zu fünfzig.

Als Decker seinen Wagen auf dem Besucherparkplatz abstellte, fragte er sich, weshalb Axelman ausdrücklich nach ihm verlangt hatte. Wahrscheinlich lag es an seinem Mitwirken bei der Aufklärung der Tice-Morde. So etwas kam nach solchen Aufsehen erregenden Fällen gelegentlich vor. Er zog seine Anzugjacke aus, nahm die Krawatte ab und krempelte sich die Ärmel hoch. Auf gar keinen Fall wollte er wie der Inbegriff des steifen FBI-Manns daherkommen, wenn er mit einem Häftling in der Todeszelle sprach. Er packte seine Unterlagen zusammen, legte sie in seinen Aktenkoffer und schloss sie im Kofferraum ein. Dann nahm er Block, Stift und Tonbandgerät und ging auf den imposanten Eingang des Gefängnisses zu.

Infolge der vor kurzem erlassenen neuen Sicherheitsvorschriften war, wie in den meisten staatlichen Haftanstalten, auch in San Quentin die Zahl der Wärter erhöht worden. Decker, der schon oft hier war, kannte die meisten der Männer am Tor. Er wies sich aus und gab seine Dienstwaffe ab. Niemand machte sich die Mühe, ihn zu fragen, was er hier wollte; man winkte ihn einfach durch den Metalldetektor und das Röntgengerät. Clarence Pitt, ein großer schwarzer Wärter in einer ordentlich gebügelten Uniform, begleitete ihn mehr aus Gewohnheit als aus Notwendigkeit in das Innere der Haftanstalt. Decker wusste genau, wohin er musste. Er hatte um das private Besuchszimmer gebeten, das er immer benutzte, wenn er Häftlinge vernahm.

»Das letzte Spiel gesehen, Decker?«, fragte Pitt, als sie an der Abteilung vorbeikamen, wo die zum Tode Verurteilten unmittelbar nach ihrer Einlieferung untergebracht wurden. Er machte ein Gesicht, als verstünde er die Welt nicht mehr. »Die Forty-Niners haben ganz schön eins aufs Dach gekriegt!«

Decker lachte. Als Junge war er ein begeisterter Footballfan gewesen. »Haben Sie was anderes erwartet? Wann haben die denn zum letzten Mal gewonnen?«

Pitt schüttelte stirnrunzelnd den Kopf. Er wirkte aufrichtig besorgt. »Man darf die Hoffnung nie aufgeben«, sagte er und versank in Schweigen.

»Das können Sie laut sagen«, murmelte Decker und sah sich um. Er hatte seinen Abscheu vor Orten wie diesem nie ganz ablegen können, hatte sich nie an das tiefe Unbehagen gewöhnen können, das ihn jedes Mal befiel, wenn er einen von ihnen aufsuchen musste. Es gab einen ganz bestimmten Geruch, der jedes Gefängnis verpestete, das er in den Staaten besucht hatte, diese unangenehme Mischung aus Desinfektionsmittel, schlechter Luft, Schweiß und Verzweiflung. Er senkte den Blick und betrachtete seine Schuhe, während sie sich dem Nordteil des Gefängnisses näherten, wo der grüne Schornstein der Gaskammer emporragte, um seine giftigen Dämpfe in den Himmel zu speien. Als er daran dachte, dass dies sein letzter Besuch in einem Todestrakt war, hob sich seine Stimmung für einen Moment.

Schließlich erreichten sie das Zimmer für Privatbesucher und Clarence Pitt bezog Posten neben der geschlossenen Stahltür. »Er wartet bereits da drinnen. Mit seinem Anwalt. Sie kennen ja den Ablauf. Ich bin hier draußen, falls Sie mich brauchen.«

»Danke, Clarence.« Decker rekapitulierte noch einmal seine Strategie und die wichtigsten Punkte, die er mit Axelman besprechen wollte. Dann holte er tief Luft, vergewisserte sich, dass er ruhig und gefasst war, und öffnete die Tür.

Es gab nicht mehr viel, was ihn überraschen konnte. Aber der Anblick Karl Axelmans, der in Ketten an dem Stahltisch in der Mitte des Raums saß, schockierte ihn so, dass er gegen eine seiner Grundregeln verstieß und es sich anmerken ließ. Was ihn noch mehr verblüffte, war die nicht weniger offensichtliche Bestürzung in Axelmans Miene.

Um seine Fassung wieder zu erlangen, wandte sich Decker unverzüglich Axelmans Anwalt zu. Der stellte sich als Tad Rosenblum vor. Er war ein rundlicher, pausbackiger Mann, dessen lockiges braunes Haar an den Schläfen zu ergrauen begann.

»Special Agent Decker, ich möchte Sie mit allem Nachdruck darauf hinweisen, dass sich mein Mandant gegen meinen ausdrücklichen Rat bereit erklärt hat, mit Ihnen zu sprechen. Sein Hinrichtungstermin ist für morgen angesetzt und gegenwärtig wird beim Gouverneur ein Gnadengesuch eingereicht. Mein Mandant ist innerlich extrem aufgewühlt, man könnte sagen, er ist nicht ganz bei Sinnen. Sollte ich den Eindruck gewinnen, dass sich sein Zustand infolge des Gesprächs mit Ihnen weiter verschlechtert, werde ich diese Vernehmung gegen Mr. Axelmans Willen beenden. Ist das klar?«

Decker nickte bedächtig. Er verzichtete darauf, Mr. Rosenblum darauf hinzuweisen, dass es sein Mandant gewesen war, der darum ersucht hatte, mit ihm sprechen zu dürfen, nicht umgekehrt. Oder dass er, Decker, das Gespräch beenden würde, sollte er den Eindruck gewinnen, Axelman stahl ihm seine Zeit. »Mr. Rosenblum, wenn ich Ihren Mandanten richtig verstanden habe, wollte er mich allein sprechen.«

Rosenblum runzelte die Stirn und Decker sah, wie die Kiefermuskeln des Anwalts zuckten. »Ich warte draußen.«

Nachdem Decker inzwischen wieder etwas gefasster war, wandte er sich Axelman zu. Es fiel ihm nicht leicht, keine Gefühlsregung zu zeigen. Axelman sah nicht mehr wie auf dem Foto aus. Sein dichtes, gepflegtes Haar war ihm büschelweise ausgefallen und enthüllte rosafarbene Kopfhaut. Sein Gesicht war von Akne entstellt und der Mann hatte eindeutig seit einer Ewigkeit nicht mehr geschlafen. Er hatte dunkle Ringe unter seinen blutunterlaufenen und verquollenen Augen. Was Decker jedoch am meisten verunsicherte, war die Art, wie Axelman ihn ansah. Wie hypnotisiert starrte der Mann ihn an, als wäre er eine seltene Antiquität, deren Echtheit infrage stand.

Decker setzte sich dem verurteilten Mörder gegenüber an den Tisch. »Karl, ich bin Luke Decker, Leiter der Abteilung Verhaltensforschung an der FBI-Akademie in Quantico, Virginia. Sie wollten mit mir sprechen.«

Axelman sagte nichts, sondern sah ihn nur weiter an. Rosenblum hatte Recht. Er wirkte wie nicht ganz bei Sinnen. Das war nicht der Mann, von dem Decker gelesen hatte. Laut Täterprofil war Axelman ein eiskalter, berechnender Sadist, der möglicherweise nur vorgab, ihm verraten zu wollen, wo seine Opfer begraben waren, um ihm dann in letzter Minute doch nichts zu sagen und sich über ihn lustig zu machen. Das war, worauf Decker gefasst war. Doch dieser Mann vor ihm schien am Rand eines Nervenzusammenbruchs zu sein. Sollte ihm seine unmittelbar bevorstehende Hinrichtung diesmal doch unter die Haut gegangen sein? Oder war das Ganze ein noch raffinierteres Katz-und-Maus-Spiel?

Decker lächelte den Mann an, als wäre er ein Patient und kein Verbrecher, und begann in freundlich sachlichem Ton. »Karl, möchten Sie mir etwas erzählen? Gibt es etwas, worüber Sie mit mir sprechen möchten?«

Einen Moment dachte Decker, Axelman würde etwas sagen. Als dieser sich vorbeugte, tat das, instinktiv seine Körpersprache nachahmend, auch Decker. Doch dann schüttelte Axelman nur leise stöhnend den Kopf. Er schien einen heftigen inneren Kampf auszufechten. »Ich kann es Ihnen nicht sagen«, flüsterte er plötzlich und nahm den Kopf zwischen seine Hände.

Decker runzelte die Stirn. Auch in seinem Innern tobte ein heftiger Kampf. Aufgrund der Vorgeschichte des Ganzen nahm er an, dass ihn Axelman an der Nase herumführte – dass er das Gleiche machte, was er schon mit drei anderen Agenten gemacht hatte –, aber er konnte auch sehen, dass der Mann tatsächlich vollkommen fertig war, physisch wie psychisch. »Warum können Sie es mir nicht sagen?«, fragte Decker sachlich.

»Ich kann es einfach nicht«, schrie Axelman plötzlich los. »Ich dachte, ich könnte es. Aber ich kann es einfach nicht. Nicht ins Gesicht.« Sein Körper zitterte und es schien, als wollte er seinen Kopf zwischen seinen Händen zerquetschen, ihn einfach zum Verschwinden bringen. Nachdem er zuerst den Blick nicht von Decker hatte losreißen können, war er nun nicht mehr in der Lage, ihm in die Augen zu sehen.

Decker stand langsam auf. Es war nicht das erste Mal, dass er einen raffinierten Mörder Wahnsinn simulieren sah, und viele hatten es sehr überzeugend hinbekommen, aber in der Regel merkte er so etwas. Das hier war anders. Er sprach weiterhin ganz ruhig und sachlich. »Wenn Sie mir nichts zu sagen haben, gehe ich lieber wieder.«

Axelman stand auf und streckte, an seinen Ketten zerrend, die Hände nach ihm aus. »Nein«, schrie er außer sich.

»Dann sprechen Sie mit mir. Es hat doch keinen Sinn, noch länger zu bleiben, wenn Sie nichts sagen wollen.«

»Ich kann nicht«, schrie ihn Axelman laut an. Im selben Moment hörte Decker ein leises Klimpern hinter sich. Die Tür wurde aufgeschlossen. Der Mann war verrückt oder ein hervorragender Schauspieler. Egal, was zutraf, Decker war nicht sonderlich enttäuscht, dass Axelmans fürsorglicher Anwalt gleich auftauchen würde, um das Gespräch zu beenden.

Instinktiv unternahm er noch einen letzten Versuch. Während er zur Tür ging, sah er, wie von außen der Griff gedreht wurde. »Ich gehe jetzt, Karl«, sagte er ruhig. »Aber könnten Sie mir vorher vielleicht noch eines erklären? Warum können Sie es mir nicht sagen? Wieso fällt es Ihnen so schwer?«

Axelman ließ sich geknickt auf seinen Stuhl zurücksinken. Und dabei sagte er etwas so Leises und Befremdendes, dass Decker glaubte, sich verhört zu haben.

Er machte kehrt und ging wieder auf den Mörder zu. »Was? Was haben Sie gerade gesagt?«

Mit hängenden Schultern, den Kopf gesenkt, saß Axelman da, reglos wie eine Statue. Von seiner Nasenspitze fiel ein Schweißtropfen auf den Tisch. Decker konnte die Tür hinter sich aufgehen hören, aber bevor Rosenblum hereinkommen konnte, packte Decker den Türgriff und stemmte sich mit seinem ganzen Gewicht gegen die Tür, damit sie sich nicht öffnen ließ.

Dann wiederholte Axelman, was er gesagt hatte.

Obwohl der Mörder die vier Wörter nur flüsterte, hörte Decker jedes von ihnen so deutlich, als brüllte er sie ihm ins Ohr.

»Ich bin dein Vater.«

4

ViroVector Solutions, Palo Alto, Kalifornien.
Am selben Tag. 15 Uhr 47

Dr. Alice Prince war tiefer in Gedanken versunken als sonst. Sie rückte ihre Brille zurecht und strich ihr grau gesträhntes schwarzes Haar zurück. Ihr Laborkittel war schief zugeknöpft, so dass der Eindruck entstand, als hinge ihre rechte Schulter nach unten. Während sie durch die riesige, von einer Kuppel überspannte Empfangshalle des Hauptsitzes von ViroVector Solutions ging und den Angehörigen ihres Mitarbeiterstabs zunickte, blieben einige stehen, um ihrer Chefin zu sagen, dass ihr Kittel schief saß. Alle taten es mit einem respektvollen, herzlichen Lächeln, so, als passierte das nicht zum ersten Mal. Sie bedachte jeden mit einem verhaltenen Lächeln und einem kurzen Dankeschön, bevor sie, ohne ihre Knöpfe anzurühren, weiterging. Sie hatte wichtigere Dinge im Kopf. Endlich begann das Projekt, an dem sie seit Jahren arbeitete, Früchte zu tragen. Und nachdem die Theorie jetzt Realität wurde, konnte sie all die kleinen Dinge sehen, die sich vielleicht daraus ergeben würden. Vor allem aber versuchte sie sich zu erinnern, wann genau Karl Axelman hingerichtet werden sollte.

Alice Prince hatte ViroVector Solutions 1987 gegründet, zwei Tage vor ihrem dreißigsten Geburtstag. Einundzwanzig Jahre später – sie war mittlerweile einundfünfzig – war die kleine Firma zum drittgrößten Biotech-Unternehmen der Welt und zum wichtigsten an der Westküste Amerikas aufgestiegen. Auf dem ausgedehnten Gelände des südlich von Palo Alto zwischen San Francisco und San José gelegenen Hauptsitzes der Firma befanden sich neben dem riesigen gläsernen Kuppelbau, der das Forschungs- und Verwaltungszentrum beherbergte, drei hundert Meter lange Produktionshallen, ein Hubschrauberlandeplatz, eine Sportanlage und mehrere Parkplätze. Das an einen Forschungspark und den Bellevue Golf and Country Club grenzende Areal war von einem Maschendrahtzaun umgeben, der durch hochempfindliche Überwachungsgeräte und Alarmanlagen gesichert war. Die gläserne Kuppel war, wie der Rest der Anlage, ein so genanntes intelligentes Gebäude, das der berühmte englische Architekt und Techniker Sir Simon Canning entworfen hatte. Vor allem nachts, wenn die Glaskuppel von innen beleuchtet war, glich sie einem aus den Weiten des Universums kommenden Raumschiff. Die Mitarbeiter von ViroVector sprachen nur vom »Eisberg«, weil der sichtbare Teil der Kuppel, in dem die Vertriebsbüros, die Verwaltung und der Supercomputer TITANIA untergebracht waren, nur einen winzigen Teil des Gebäudes ausmachte. Der weitaus größere Teil war unter der Erde, wo sich die Bio-Sicherheitslabors befanden.

Es waren diese unterirdischen Labors, zu denen Dr. Alice Prince unterwegs war. Sie schritt durch eine der drei Türen, die von der Empfangshalle der Kuppel führten, und eilte einen langen Flur hinunter. Nach einer weißen Tür zu ihrer Linken, auf der über der Abkürzung TITANIA *Zutritt nur für Berechtigte* stand, wurde es spürbar kälter. Der hinter dieser Tür liegende Kühlraum beherbergte den gigantischen auf Proteinbasis arbeitenden Biocomputer. TITANIA, die Abkürzung für Total Information Technology and Neural Intelligence Analogue, war das künstliche Gehirn, das sämtliche intelligenten Gebäude und die meisten betrieblichen Vorgänge von ViroVector steuerte und koordinierte, angefangen von Datenaufnahme und Datenbearbeitung bis hin zu Produktionsplanung, Projektmanagement, Lohnbuchhaltung und Sicherheit.

Am Ende des Flurs blieb Alice Prince vor einer gelben Tür mit einem großen Bio-Warnzeichen stehen. Als sie ihre Handfläche auf den Sensor der Tür legte, las TITANIA ihr DNS-Profil und prüfte so ihre Zutrittsgenehmigung zum Biolaborkomplex. Alice Prince hatte den Sicherheitsstatus Gold. Die Tür öffnete sich zu einem kleinen Vorraum mit einem Computerterminal und einem Drucker. Zwei Laborantinnen in weißen Kitteln grüßten sie und Alice Prince lächelte zurück. Sie wünschte, sie hätte ein besseres Namensgedächtnis, denn an ihre Gesichter konnte sie sich erinnern. Vor der nächsten Tür musste sie erneut ihre Identität überprüfen lassen, bevor die Tür mit einem leisen Zischen aufging. Dahinter befand sich eine Sicherheitsschleuse mit Schließfächern und Duschkabinen. Alice Prince zog sich aus, duschte kurz und schlüpfte in einen grünen Chirurgenanzug samt Schutzbrille. Dann ging sie zu einem von zwei Aufzügen, die ebenfalls mit Bio-Warnzeichen gekennzeichnet waren.

In der Liftkabine gab es nur einen Knopf. Nachdem sie ihn gedrückt hatte, ging die Tür zu und der Expressaufzug fuhr in den fünfzehn Meter tiefer gelegenen Hauptkomplex hinab. Unten angekommen, schützte die Brille ihre Augen vor dem UV-Licht im Sicherheitskorridor. Das Licht diente zur Abtötung von Viren. Am Ende des Flurs gelangte man durch einen kleinen Eingangsbereich in die in fünf konzentrischen Kreisen angeordneten Bio-Sicherheitslabors von ViroVector.

Die nach strengen baulichen Sicherheitsvorschriften errichtete Anlage konnte einem Erdbeben oder einem Volltreffer jedes bekannten Sprengkörpers standhalten. Diese Maßnahme diente nicht so sehr dem Schutz der Menschen, die sich dort aufhielten, sondern sollte in erster Linie verhindern, dass eine der dort gelagerten Substanzen nach draußen entweichen konnte. Der konzentrische Grundriss ging auf ein russisches Vorbild zurück. In den mit luftdichten Glaswänden voneinander abgeschotteten Ringen herrschte zum Mittelpunkt hin immer niedrigerer Luftdruck, sodass die Luft nach innen und nicht nach außen gesaugt wurde, wenn eine der verstärkten Glaswände brach.

Jeder Ring stand für eine der vier Kategorien, in die Viren eingeteilt wurden. Viren, die wie das Grippevirus der Kategorie Eins angehörten, wurden im äußersten Kreis gelagert und untersucht. Viren der Kategorien Zwei und Drei, darunter das HI- und das Hepatitisvirus, befanden sich in den zwei nächsten Ringen und erforderten umfangreichere Schutzkleidung und Impfungen. Viren der Kategorie Vier, so genannte Killerviren wie Ebola und Marburg, bei denen die Mortalitätsrate bis zu neunzig Prozent betrug, wurden im vorletzten Ring gelagert, in dem das Tragen eines vollständigen biologischen Schutzanzugs erforderlich war. In den wenigen Institutionen, die zur Lagerung dieser hoch infektiösen Viren ermächtigt waren und zu denen unter anderem das

United States Army Research Institute of Infectious Diseases (USAMRIID) in Fort Detrick, Maryland, und das Center for Disease Control (CDC) in Atlanta gehörten, gab es keinen gefährlicheren Bereich als die Labors der Bio-Sicherheitsstufe Vier – die so genannte Hot Zone.

Bei ViroVector allerdings gab es eine noch höhere Sicherheitsstufe. Der innerste Ring war ein Labor der Kategorie Fünf. Der Weg dorthin führte durch eine luftdichte Glastür, auf der in fünfundzwanzig Zentimeter hohen roten Buchstaben *Bio-Sicherheitsstufe Eins* stand. Wieder legte Alice Prince die Handfläche auf einen DNS-Sensor. Sobald die Tür aufging, betrat sie einen von Glaswänden gesäumten Gang, zu dessen beiden Seiten sich die Labors der Sicherheitsstufe Eins befanden. Dort wurde emsig gearbeitet, aber da inzwischen ein Großteil der Arbeit an den Viren automatisiert war, waren nur wenige Virologen in weißen Kitteln zu sehen. In einem der Räume auf der rechten Seite standen die riesigen Edelstahlkühlschränke, in denen die Bakteriophagen-Bibliothek von ViroVector untergebracht war. Auf ihre Phagenbank war Alice Prince besonders stolz.

ViroVector befand sich im Besitz der größten Sammlung von Phagenproben, die es auf der Welt gab. Diese Quasi-Viren ernährten sich von Bakterien wie *Mycobacterium, Staphylococcus* und *Enterococcus*. Jedes war bakterienspezifisch, ernährte sich von einer bestimmten Art und mutierte mit ihr, sodass das Bakterium nicht dagegen immun werden konnte, wie das zum Beispiel bei Antibiotika der Fall war. Als Mitte der Neunzigerjahre die großen Pharmakonzerne die Möglichkeiten der Phagentechnologie gezielt in Verruf brachten, um weiterhin ihre zunehmend unwirksameren Antibiotika verkaufen zu können, hatte Alice Prince ihre Chance gewittert.

Ihre Firma hatte eine Lizenz zur Benutzung der umfangreichen Phagen-Bibliothek des Tiflis-Instituts in Georgien erworben, die noch unter der sowjetischen Zentralmacht zusammengestellt worden war. Nachdem ViroVector diese Sammlung repliziert und erweitert hatte, verfügte das Unternehmen mittlerweile über ein Virus, das die meisten bekannten Bakterien vernichten konnte. Seit dem Jahr 2000 waren zahlreiche westliche Krankenhäuser angesichts ihrer massiven Probleme mit gegen Antibiotika immunen Superbakterien wie dem gegen Methicillin resistenten *Staphylococcus aureus* und dem gegen Vancomycin resistenten *Enterococcus* dazu übergegangen, für die Sterilisation ihrer Stationen und Operationssäle die Produkte von Alice Prince' Unternehmen zu verwenden. Im Zuge dieser Entwicklung setzten inzwischen auch Flughäfen sowie zahlreiche Bahnhöfe und Seehäfen die Bakteriophagen-Luftreinigungssysteme von ViroVector an ihren Abfertigungsschaltern als Viren-Zollbeamte ein, um das Risiko zu verringern, dass tödliche Bakterien mit ihren menschlichen Wirten um die Welt reisten. Das Geschäft mit den Bakteriophagen war zu ViroVectors Haupteinnahmequelle geworden und hatte maßgeblich zum rasanten Wachstum des Unternehmens beigetragen.

Den Blick unverwandt nach vorn gerichtet, passierte Alice Prince die luftdichten Türen zu den Bio-Sicherheitsbereichen Zwei und Drei. Dort waren die Labors kleiner und viele Beschäftigte trugen einen Gesichtsschutz. Nach dem Verlassen von Sicherheitsbereich Drei gelangte Alice Prince in eine Dekontaminationsstation mit chemischen Dekontaminationsduschen, Desinfektionsvorrichtungen und weiteren Schließfächern. Sie ging zu ihrem Schließfach und entnahm ihm einen blauen Chemturion-Bioschutzanzug, auf dessen Rücken *Alice Prince* gedruckt war. Nachdem sie ihn nach undichten Stellen abgesucht hatte, schlüpfte sie hinein und setzte ihren Weg zum Eingang von Sicherheitsbereich Vier fort. Damit der Netzhaut-Scanner ihre Identität durch das Glas ihres Visiers hindurch bestätigen konnte, hielt sie einen Moment den Kopf ganz still, bevor sie die Pufferkammer betrat. Sobald sich die Tür hinter ihr geschlossen hatte, ging die Tür vor ihr auf, und sie betrat einen gläsernen Korridor, der durch Sicherheitsbereich Vier führte. Jetzt befand sie sich im Kern der Biolaboranlage. Rechts führte eine Tür in die Labors der Sicherheitsstufe Vier und durch das Glas konnte sie Wissenschaftler in ähnlichen Anzügen wie ihrem sehen. Links war ein Aufzug, der zu der bestens ausgerüsteten Klinik der Sicherheitsstufe

Vier und dem darunter liegenden Leichenschauhaus hinabführte. Beide Einrichtungen wurden selten benutzt, aber man musste für alle Fälle gerüstet sein.

Dr. Prince setzte ihren Weg ins Herz des Biolaborkomplexes fort. Vor der Tür, auf der in roten Buchstaben *Bio-Sicherheitsstufe Fünf* stand, blieb sie stehen, um ein letztes Mal ihre Netzhaut scannen zu lassen. Die Tür ging auf und sie betrat den Bereich, den die meisten Wissenschaftler bei ViroVector ironisch den Mutterschoß nannten.

Der Mutterschoß war einer der gefährlichsten Orte der Welt. Auf den sonst fast leeren Arbeitstischen standen blitzende Apparate und in der Ecke thronte ein zwei Meter hohes Geneskop – das schwarze schwanenähnliche Gerät, das anhand einer Körperzelle das vollständige Genom eines Organismus entschlüsseln konnte. Mit seinen rutschsicheren weißen Bodenfliesen, den blitzblanken Edelstahltischen, den Kühlschränken und Panzerglaswänden wirkte der Raum allerdings eher harmlos. Doch ungeachtet der beruhigenden Sauberkeit und des Hightech-Equipments regierte hier nicht der Mensch. Hier herrschte das Virus. Selbst der kleinste Nadelstich in Dr. Prince' Schutzanzug hätte einen kurzen Aufenthalt in der Klinik der Sicherheitsstufe Vier und die anschließende Verlegung ins Leichenschauhaus eine Etage tiefer zur Folge.

Doch kaum hatte sich die Tür des Mutterschoßes zischend hinter Alice Prince geschlossen, fühlte sie sich geborgener als in der Außenwelt. Normalerweise wurde sie immer von einem Assistenten hierher begleitet, aber heute wollte sie nicht gestört werden. Sie wollte den Raum für sich allein haben. Hier herrschte Sicherheitsstufe Fünf, da hier die Natur nicht nur erforscht wurde. Hier wurde auch in sie eingegriffen. Und wenn der Mensch Gott spielte, bestand immer die Gefahr, dass er etwas Tödliches schuf.

Im Mutterschoß gingen Dr. Prince und ihr Forscherteam der Aufgabe nach, Viren gentechnisch zu verändern und neue Viren zu schaffen. Grob gesprochen sind Viren nichtdenkende Kapseln proteinummantelten genetischen Materials, die existieren, um sich zum Zweck ihrer Fortpflanzung einen Wirt zu suchen. Findet ein Virus einen Wirt mit aufnahmebereiten Zellen, dringt er in eine dieser Zellen ein und ersetzt, ähnlich einem Kuckuck in einem Spatzennest, den darin enthaltenen Gencode durch seinen eigenen. Wenn sich dann die Zelle mit der neuen DNS des Virus teilt und repliziert, kopiert sich das Virus selbst und breitet sich so im Körper aus.

Dank dieser Eigenschaft eignen sich Viren ganz hervorragend für die Gentherapie; sie stellen eine ideale Möglichkeit dar, modifizierte Gene in den schadhaften Zellen eines Menschen zu verbreiten. Dr. Prince und ihren Mitarbeitern war es gelungen, die in einem Virus enthaltenen genetischen Informationen herauszulösen und es auf diese Weise unschädlich zu machen. Indem sie darauf eine neue, therapeutische DNS in das Virus einsetzten, schufen sie einen Vektor, mit dessen Hilfe sich zum Beispiel die schadhaften Gene einer Krebs- oder Mukoviszidosezelle neu programmieren ließen. Die Entwicklung solcher viraler Vektoren war es, die im Zentrum der Forschungsarbeit bei ViroVector stand. Alice Prince' Unternehmen hatte sich darauf spezialisiert, aus tödlichen Killerviren gentechnisch veränderte ›Wunderwaffen‹ zu machen, mit denen sich bereits einige der spektakulärsten Heilerfolge der modernen Medizin hatten erzielen lassen. Mit viralen Vektoren ließen sich die Gene eines Menschen ändern und die Anweisungen seines Erbguts korrigieren.

Seinen Erfolg hatte das Unternehmen vor allem seiner Spezialisierung auf Viren-DNS zu verdanken. ViroVector entwickelte so gut wie keine therapeutisch wirkenden menschlichen Gene, sondern vor allem die viralen Vektoren, mit deren Hilfe sie in die krankhaft veränderten Zellen eines Patienten transportiert wurden. Dr. Prince und ihre Mitarbeiter wussten besser über Viren Bescheid als jede andere Institution auf der Welt. Sogar das CDC in Atlanta und das USAMRIID suchten immer wieder bei ViroVector Rat, und um die Forschungen auf diesem Gebiet zu beschleunigen, tauschten die einzelnen Institutionen häufig Wissenschaftler untereinander aus.

Hier unten, in diesem Tempel der Wissenschaft, fern aller

Sorgen und Nöte der Welt draußen, ergriff ein tiefer innerer Friede von Alice Prince Besitz. Wenn sie ein tödliches Filovirus unter das Elektronenmikroskop legte und sich an seiner fadenartigen Schönheit ergötzte, konnte sie fast vergessen, dass sie vor zehn Jahren ihre Tochter Libby verloren hatte und von ihrem Mann verlassen worden war. Wenn sie ihre gläserne Viren-Bibliothek betrachtete, fühlte sie sich sicher und unangreifbar, jede einzelne Ampulle ein ebenso kostbarer wie wirksamer Balsam.

Die Ampullen in dem Kühlschrank, den sie nun öffnete, steckten in speziellen Behältern und jede von ihnen trug ein kleines computerbeschriftetes Etikett mit einem Strichcode. Auf einer Ampulle stand *Ebola Filovirus (V.3)*, auf einer anderen *HIV Retrovirus Hybrid*, auf wieder einer anderen *Adenovirus Fünf – Gentherapie-Vektor für Sichelzellenanämie*.

Ein schwarzes Gestell auf dem Boden des Kühlschranks enthielt zwanzig kürzere, gedrungenere Ampullen. Jede davon war mit einem Etikett versehen, das einen vom Pentagon autorisierten Code trug. Sie enthielten virale Vektoren, die gentechnisch so abgewandelt waren, dass sie gegen alle bekannten biologischen Kampfstoffe wirksam waren. *Bioshield Nr. 7* immunisierte gegen Milzbrand, *Bioshield Nr. 13* gegen die meisten bekannten Rheovirus-Pathogene. Diese Impfstoffe verkaufte ViroVector an fast alle Weltmächte – Freund und Feind gleichermaßen. Da sie als Medikamente eingestuft wurden, waren sie selbst von den strengsten Sanktionen nicht betroffen.

Das leise Klimpern, das entstand, wenn sie mit ihrer in einem Schutzhandschuh steckenden Hand über die Ampullen strich, war für sie wie die Musik der unbegrenzten Möglichkeiten. Hier im Mutterschoß konnte sie die Dinge radikal ändern: aus Bösem Gutes machen und aus dem Chaos der willkürlichen Welt da draußen Ordnung entstehen lassen.

Mit einem leisen Seufzen wandte sie sich ihrer Arbeit zu. Sie drehte sich um und ging zu einem kleinen schwarzen Safe, der neben dem Geneskop in der Ecke stand. Auf seiner Frontplatte stand in großen roten Buchstaben *LENICA 101*. Sie bückte sich und tippte die Kombination in das elektronische Schloss ein. Im gekühlten Innern des Safes befand sich ein Container mit fünf Ampullen, jede von der Größe einer großen Zigarre. Zwei waren aus rotem Glas, drei aus grünem. Auf den roten Ampullen stand *Conscience-Vektor (V. 1.0)* und *Conscience-Vektor (V. 1.9)*. Die drei grünen Ampullen trugen die Aufschriften *Crime Zero (Phase Eins – Telomerentest)*, *Crime Zero (Phase Zwei – Kontrollierter Versuch)* und *Crime Zero (Phase Drei)*.

Nachdem sie den Container auf einen Arbeitstisch neben einem der drei Computerterminals gestellt hatte, drehte sie die roten Ampullen in ihren Halterungen so, dass die Strichcodes gut zugänglich waren. Dann nahm sie einen Strichcode-Lesestift, der seitlich am Bildschirm befestigt war, und scannte die Strichcodes von *Conscience-Vektor (V. 1.0)* und *Conscience-Vektor (V. 1.9)*. Nachdem sie auf dem Bildschirm links von ihr die Unterschiede zwischen den zwei Vektoren studiert hatte, klickte sie auf ›Drucken‹, um sie auszudrucken. Die Unterschiede zwischen Version 1.0 und 1.9 waren unerheblich, mit Sicherheit nicht signifikant genug, um die Food and Drug Administration darauf hinzuweisen. Sie hoffte nur, Dr. Kathy Kerr würde es genauso sehen.

Dann wandte sie sich den grünen Ampullen zu, deren Inhalt sogar noch wichtiger war als die Project-Conscience-Vektoren und von deren Existenz nicht einmal Kathy Kerr etwas wusste. Zuerst scannte sie *Crime Zero (Phase Eins – Telomerentest)*. Als auf dem Bildschirm die tabellarische Projektzusammenfassung erschien, studierte sie zunächst die sechs Namen in der Spalte mit der Bezeichnung ›San Quentin‹. Neben den Namen der fünf jüngeren Männer stand jeweils ein nicht allzu weit zurückliegendes Datum sowie eine Aktennummer, die sich auf den Obduktionsbefund des Betreffenden bezog. Außerdem war bei diesen fünf Männern in der äußersten rechten Spalt ein Häkchen. Bei keinem von ihnen war es zu einer Abweichung von den von TITANIA prognostizierten Zeitangaben gekommen. Nur beim sechsten Kandidaten – Karl Axelman – befanden sich noch kein Datum und kein Häkchen in den entsprechenden Spalten.

Alice Prince holte tief Atem. Aus der prognostizierten Zeitangabe in der linken Spalte ging hervor, dass Axelman jeden Moment fällig war. Nachdem bei Phase Eins alles nach Plan gelaufen war, hatte TITANIA angesichts der sich zuspitzenden Situation in Nahost bereits die Phase-Zwei-Lieferungen an den Irak veranlasst. Falls jedoch bei Phase Eins oder Zwei Komplikationen auftraten, durfte Phase Drei auf keinen Fall eingeleitet werden. Um ihre Bedenken noch zu verstärken, war auch noch ein Anruf aus dem Waisenheim in Cartamena eingegangen. Möglicherweise handelte es sich dabei nur um einen blinden Alarm, aber es beunruhigte sie dennoch. Jedenfalls würde sie jeden Moment Näheres über die Sache erfahren. War schon Project Conscience schwierig genug, war vielleicht Crime Zero, egal, was Madeline Naylor sagte, tatsächlich zu ehrgeizig und zu riskant.

Ein plötzliches Piepsen ließ sie zusammenfahren und instinktiv nach einem Loch in ihrem Anzug suchen. Doch als sie merkte, es war nur das Signal, dass die Tür aufging, seufzte sie erleichtert auf und nahm sich vor, den Signalton ändern zu lassen: Er war kaum von einem Schutzanzugalarm zu unterscheiden. Als sie sich umdrehte, hörte sie das Zischen der luftdichten Schleusen und beobachtete, wie die Labortür links von ihr langsam aufging. Sie hatte den Mitarbeitern mit Sicherheitsstatus Silber ausdrücklich zu verstehen gegeben, dass sie die nächste Stunde im Mutterschoß allein sein wollte.

Schnell schaltete sie den Computer aus und griff nach den farbigen Ampullen. Doch bevor sie sie wegstellen konnte, kam eine Gestalt in einem blauen Schutzanzug in den Mutterschoß. Als sie sich zu ihr herumdrehte, erkannte Alice Prince hinter dem Visier des Schutzhelms das freudestrahlende Gesicht Kathy Kerrs, deren Blick flüchtig den Behälter mit den Ampullen streifte, noch bevor Alice sich verlegen davor stellen konnte.

»Ich habe es gerade erfahren, Alice. Ist das nicht toll?«, platzte Kathy Kerr heraus. Alice Prince lächelte nur und ließ sie einfach weitersprechen. »Die FDA hat alle Unbedenklichkeitsnachweise für Conscience Version Neun akzeptiert. Ich kann es noch gar nicht fassen – jetzt können wir endlich mit den Tests an Kriminellen beginnen, um seine Wirksamkeit nachzuweisen.«

Alice Prince nickte und sagte rasch: »Ja, ja, wirklich erfreulich.« Gleichzeitig drehte sie sich um und stellte die Ampullen in den Safe zurück. Hätte gerade noch gefehlt, dass Kathy Kerr sie zu sehen bekam. Sie machte sich Vorwürfe, die Anweisung, dass sie nicht gestört werden wollte, nicht auch auf sie ausgedehnt zu haben. Kathy Kerr hatte zwar Sicherheitsstatus Silber, war aber nicht bei ViroVector, sondern in der Stanford University stationiert. »Entschuldigen Sie, Kathy, ich bin hier gerade mit wichtigen Dingen beschäftigt. Und ich wollte eigentlich auf keinen Fall gestört werden.«

Kathys Lächeln wich sichtlicher Betretenheit. »Oh, Entschuldigung, Alice. Das wusste ich nicht.«

Alice Prince schloss den Safe. Sobald sie das Schloss zuschnappen hörte, wandte sie sich wieder Kathy zu. »Ist ja auch nicht so schlimm. Jedenfalls ist das eine erfreuliche Nachricht. Morgen kommt Madeline Naylor. Dann werden wir es gebührend feiern. Okay?«

Sichtlich enttäuscht, dass sie sich nicht mehr freute, sah Kathy sie an. »Okay, Alice, dann bis morgen«, sagte sie ruhig und ging.

Kaum hatte sich die Tür hinter ihr geschlossen, begann das Telefon zu piepen. »Dr. Prince, Direktor Naylor möchte Sie sprechen«, tönte es aus der Freisprechanlage neben der Tür. »Auf einer sicheren Leitung.«

»Danke«, sagte Alice Prince.

»Alice, bist du's? Können wir sprechen?«, platzte die FBI-Direktorin heraus. Alice Prince konnte sie förmlich vor sich sehen, wie sie in ihrem Büro im vierten Stock des Hoover Building in Washington saß und mit ihren sorgfältig manikürten Chanel-Rouge-Noir-Nägeln auf ihren Schreibtisch trommelte. Es entlockte Alice Prince immer wieder von neuem ein Schmunzeln, wenn sie daran dachte, dass das magere zwölfjährige Mädchen mit dem schockierend weißen Haar und den dunklen Augen, mit dem sie zur Schule gegangen war, inzwischen die mächtigste Ermittlungsbehörde der Welt leitete.

»Ja, ich bin allein, Madeline. Willst du immer noch herkommen?«

»Natürlich.«

»Hast du meine E-Mail erhalten? Wir haben die FDA-Genehmigung, um mit Conscience weiterzumachen.«

»Wurde ja auch langsam Zeit. Wie du weißt, wurde Pamela schon ziemlich nervös. Sie hat heute Abend eine Fernsehdiskussion und möchte die Sache mit Conscience diesen Freitag bekannt geben. Na ja, besser spät als gar nicht.«

Bis Freitag waren es nur noch zwei Tage. In weniger als achtundvierzig Stunden würde die Einleitung der ersten Phase ihres Vorhabens öffentlich bekannt gegeben werden. Das war gerade genug Zeit, um die amerikanischen Wähler und die Medien in helle Aufregung zu versetzen und zugleich Pamelas republikanischen Widersachern keine Gelegenheit mehr zu geben, vor der Wahl am kommenden Dienstag noch mit irgendetwas dagegenzuhalten.

»Trotzdem mache ich mir wegen Crime Zero noch Gedanken«, sagte Alice Prince. »Wegen der sich zuspitzenden Lage wurde der Bioshield-Impfstoff früher als geplant an den Irak geliefert, aber jetzt sind im Waisenheim möglicherweise Komplikationen aufgetreten und beim San-Quentin-Experiment wird es auch allmählich eng. Vielleicht sollten wir …«

»Hör endlich auf, dir Sorgen zu machen, Alice. Deshalb rufe ich doch an. Ich habe ebenfalls Neuigkeiten.«

»Ja?«

»Aus San Quentin. Es ist eingetroffen. Genau, wie TITANIA vorhergesagt hat.« Madeline Naylors Stimme bekam einen weicheren Ton. »Und mach dir mal wegen Crime Zero keine Gedanken, Ali. Bestimmt stellt sich heraus, dass Cartamena ein blinder Alarm war. Im Moment zählt nur, dass die FDA Conscience grünes Licht erteilt hat. Ein ganz entscheidender Schritt. Ich muss jetzt leider gleich zu einer Besprechung, aber in ein paar Stunden komme ich bei dir vorbei.«

»Dann bis später«, sagte Alice Prince, bevor die Freisprechanlage sich abschaltete. Vielleicht hatte Madeline Recht; das hatte sie ja meistens. Damit Pamela Weiss die Durchführung des Projekts noch vor der Wahl öffentlich ankündigen konnte, war die FDA-Genehmigung, mit den Versuchen zur Erprobung von Phase Zwei von Project Conscience zu beginnen, unerlässlich gewesen. Und nachdem die jüngsten Meinungsumfragen die Republikaner deutlich in Führung sahen, bekam dieser Punkt für den Wahlausgang zunehmend größere Bedeutung. Aber seit die FDA für die Wirksamkeitstests ihre Zustimmung erteilt hatte, war die Sache geritzt. Unter dem Deckmantel von Project Conscience hatten Alice Prince und Madeline Naylor schon seit über acht Jahren an nichtsahnenden Häftlingen ein verhaltensmodifizierendes gentherapeutisches Verfahren getestet.

5

**Waisenheim für Knaben, Cartamena, Mexico City.
Am selben Tag. 17 Uhr 23**

Seufzend betrachtete Dr. Victoria Valdez den zierlichen Jungen, der auf einer fahrbaren Bahre lag. Fernando, einer ihrer Lieblinge, war erst dreizehn gewesen. Aufgeweckt und frech, mit einem mageren Körper und großen dunklen Augen, hatte er außer einem fußballerischen Talent auch die Gabe besessen, sie zum Lachen zu bringen. Um an einer Hirnblutung zu sterben, war er viel zu jung. Sie blickte sich in der kleinen, blitzsauberen Krankenstation des Waisenheims um. Sein Tod war umso schmerzlicher, als es nur selten vorkam, dass im Heim ein Kind starb.

Das Waisenheim für Knaben in Cartamena, fünfzig Kilometer südlich von Mexico City, hatte Glück. Ein Großteil der anfallenden Kosten und sämtliche medizinischen Aufwendungen wurden von einer wenig bekannten Wohlfahrtsorganisation namens Fresh Start aus den USA getragen. Die finanzielle Unterstützung war für neun Jahre zugesagt worden, unter der Bedingung, dass nichts davon an die Öffentlichkeit drang. Dr. Valdez wusste, dass Fresh Start zu ViroVector Solutions in Kalifornien gehörte, aber wenn ein großes Unternehmen mittellosen Kindern helfen wollte, ohne dies an die große Glocke zu hängen, war sie die Letzte, die daran etwas auszusetzen hatte.

Von Zeit zu Zeit kam sogar die nette Dr. Alice Prince selbst zu Besuch und suchte ein paar Kinder aus, denen sie ganz besondere Fürsorge angedeihen ließ. Hatte eines dieser Kinder irgendwelche ernsteren gesundheitlichen Probleme, die Dr. Valdez' Erfahrungs- und Ausbildungshorizont überschritten, sorgten Alice Prince und ihr Unternehmen dafür, dass es von einem Spezialisten behandelt wurde. Dr. Valdez fand, sie und das Waisenheim hatten allen Grund, dankbar zu sein. Ihren Jungen ging es besser als den Kindern jeder anderen Einrichtung, die sie kannte. In den letzten neun Jahren war es zu insgesamt nur sieben Todesfällen gekommen, was für mexikanische Verhältnisse erstaunlich wenige waren; allerdings waren alle Jungen ganz plötzlich und auf unerklärliche Weise gestorben. Seit kurzem hatte Fernando unter leichtem Haarausfall gelitten, aber das konnte Vitaminmangel sein, und die Gesichtsakne war für einen Jungen seines Alters normal. Gestern Abend, als er schlafen ging, hatte ihm nichts gefehlt, doch heute war er tot.

Wie vereinbart, rief sie sofort bei Fresh Start an: Sie war gebeten worden, alle Todesfälle unverzüglich zu melden. Nach kurzem Warten wurde sie zu Dr. Prince persönlich durchgestellt. Victoria Valdez teilte ihr mit, der Junge sei vermutlich an einer Hirnblutung gestorben. Zunächst war sie über die aufrichtige Anteilnahme gerührt, doch dann sehr überrascht. Dr. Prince wollte nur eines von ihr wissen: War Fernando schon in die Pubertät gekommen?

Dr. Valdez, ob dieser Frage etwas konsterniert, konnte sich die Antwort zwar denken, sagte aber, sie werde es umgehend nachprüfen. Das Waisenheim nahm nur Jungen auf, die noch nicht in der Pubertät waren. Die größeren wurden in ein anderes Heim oder an eine Arbeitsstelle vermittelt. Die Bestimmungen waren streng und Fresh Start bestand auf ihrer strikten Einhaltung, aber dennoch fand Dr. Valdez Alice Prince' Frage befremdlich. Der Junge war tot. Welche Rolle spielte es da noch, ob er im Heim hätte bleiben können?

Während sie noch einmal seine nackte Leiche betrachtete,

schüttelte sie erneut den Kopf. Sie ging zum Telefon, nahm den Hörer ab und wählte die Nummer, die Dr. Prince ihr kurz zuvor gegeben hatte.

»Ja«, sagte sie in Beantwortung der Frage der amerikanischen Forscherin. »Aber erst vor kurzem.«

Das erleichterte Seufzen, das sie darauf hörte, ließ Dr. Valdez die Stirn runzeln. Die Reaktion schien ihr alles andere als angemessen.

Marina District, San Francisco, Kalifornien.
Am selben Tag. 18 Uhr 47

Luke Decker hatte sich wieder etwas beruhigt, als er vor dem hohen viktorianischen Haus seines Großvaters im Marina District anhielt. Die letzten paar Stunden war er ziellos durch die Stadt gefahren. Fast hätte er, nur um auf andere Gedanken zu kommen, einen seiner alten Freunde aus Berkeley angerufen – den Journalisten Hank Butcher, der in Sausalito lebte.

Axelmans Behauptung hatte ihn zutiefst aufgewühlt. Was hatte dieser Mörder damit bezweckt? Als ihn Decker deswegen zur Rede stellen wollte, fing er wieder zu schreien an und es war keinerlei Gespräch mehr möglich, so dass Rosenblum das Treffen schließlich beendete.

Es konnte auf keinen Fall stimmen. Axelman war entweder verrückt oder er spielte irgendwelche lächerlichen Psychospielchen mit ihm. Um sich noch einmal bemerkbar zu machen. Doch so sehr Decker auch versuchte, Axelmans Behauptung als unsinnig abzutun, hatte sie doch einen wunden Punkt bei ihm getroffen.

Als vor achtzehn Monaten seine Mutter starb, arbeitete er gerade gleichzeitig an sechs besonders abscheulichen Fällen. Er hielt sich in Buffalo, New York, auf, als sein Großvater, Matty Rheiman, ihn anrief, um ihm die traurige Nachricht mitzuteilen. Offensichtlich war seine Mutter nach nur kurzem Leiden gestorben, aber ihr letzter Wunsch war: »Ich möchte meinen Sohn sehen, bevor ich sterbe.« Wie viel zu spät er kam, wurde ihm erst bewusst, als er am nächsten Tag in der Aussegnungshalle ihr kaltes Gesicht berührte. Decker war ständig so beschäftigt gewesen, dass er fast neun Monate lang keine Zeit gefunden hatte, sie zu besuchen. Noch immer litt er an großen Schuldgefühlen deswegen. Sein Großvater, sonst ein sehr nachsichtiger Mann, hatte ihm damals schwere Vorhaltungen gemacht.

»Was ist eigentlich los mit dir, Luke? Deine Mutter hätte dich so dringend gebraucht, aber du hast sie kein einziges Mal besucht. Fast könnte man meinen, du verbringst deine Zeit lieber damit, Mörder zu jagen.«

Sein Großvater hatte sich auf der Stelle entschuldigt, aber seine Worte hatten ihn tief getroffen. Der Gedanke, es könnte ihm Spaß machen, sich in einen Mörder hineinzuversetzen, erschreckte Decker. Die Vorstellung, er könnte das Böse in anderen deshalb so gut nachempfinden, weil es auch in ihm war, hatte etwas zutiefst Beängstigendes. Dieser Gedanke, noch verstärkt durch seine berufliche Überlastung und seine Schuldgefühle, hatte schließlich zu einem Nervenzusammenbruch geführt. Um seine zerrüttete Psyche wieder ins Lot zu bringen, waren eine Einlieferung in eine Klinik und mehrere Therapiesitzungen mit der einfühlsamen Dr. Sarah Quirke nötig. Bis dahin hatte Decker immer geglaubt, zwischen seinem eigenen Verstand und den entzündeten Gehirnen, die er jagte, gebe es eine mentale Brandmauer und das Böse, dem er in anderen nachspürte, habe nichts mit ihm zu tun.

Als er seiner Mutter vor Jahren einmal von der Faszination erzählt hatte, die die menschlichen Schattenseiten auf ihn ausübten, hatte sie ihm rasch versichert, er sei völlig normal und sein Vater sei genau wie er gewesen. Deshalb hatte es Captain Richard Decker auch so gut verstanden, Verhöre zu führen, hatte seine Mutter immer wieder betont. Der Captain wusste deshalb so genau, welche Fragen man dem Feind stellen musste, weil er sich so gut in ihn hineinversetzen konnte.

Aber wenn nun Richard Decker gar nicht sein Vater war? Was war, wenn seine ererbte Gabe, die dunklen Seiten anderer zu verstehen, aus einer finstereren Quelle gespeist wurde?

Obwohl er sich diese Gedanken mit aller Macht aus dem Kopf schlagen wollte, setzten sie sich hartnäckig in ihm fest. Immer wieder musste er an Wayne Tice und seinen Stammbaum denken und wie er über Kathys Theorie, das Böse könnte man erben, die Nase gerümpft hatte.

Decker stieg aus dem Wagen und ging auf das Haus zu. Er fragte sich, ob er vorher hätte anrufen und Matty Bescheid sagen sollen, aber die Freude seines Großvaters über seine Besuche, wenn der Alte am wenigsten mit ihnen rechnete, hatte fast etwas Kindliches. Es schien ihn zu freuen, dass Decker seit dem Tod seiner Mutter öfters unerwartet hereinschneite und nicht in einem Hotel abstieg, wo man im Voraus ein Zimmer buchen musste. Während er sich der Haustür näherte, hörte er wunderschöne Klänge aus dem Musikzimmer im ersten Stock. Er konnte seinen Großvater vor sich sehen, wie er mit seiner Geige dastand, die Finger geformt von all den Jahren, in denen sie sich um das Instrument gekrümmt hatten. Die großen Fenster waren wie immer offen und von der Bay wehte, wie durch sein Spiel angelockt, eine sanfte Brise herüber.

Decker öffnete die Haustür, die selten abgeschlossen war, und trat in die geräumige Diele. Rhoda, die Haushälterin, die im Haus wohnte, rief ihm aus dem Wohnzimmer einen Gruß zu. Sie war eine breite Frau mit einem noch breiteren Lächeln und sie kümmerte sich um Matty, seit vor zwölf Jahren seine Frau gestorben war.

»Luke, das nenne ich aber eine Überraschung«, rief sie, als sie auf ihn zukam, um ihn herzlich zu umarmen. »Er ist oben«, flüsterte sie mit einem verschwörerischen Zwinkern. »Komm, gib mir deine Sachen.«

»Danke, Rhoda. Schön, dich mal wieder zu sehen.« Decker reichte ihr seine alte Tasche und ging nach oben. Das Mahagonigeländer war vor kurzem gewachst worden und der Geruch versetzte Decker in seine Kindheit zurück. Er war hier mit seiner Mutter und seinen Großeltern mütterlicherseits aufgewachsen. In diesem Haus hatte er die Hälfte seines Lebens verbracht, und wenn er durch die Haustür trat, kam er nach Hause. Er betrat das im ersten Stock gelegene geräumige Musikzimmer. Neben dem Klavier in der Ecke lag ein leerer Geigenkasten. Lukes ramponiertes Saxophon lehnte an einem hohen Bücherregal voller Tonbänder, CDs und alter Schallplatten.

Auf dem Flügel standen neben einem alten Metronom Fotografien seines Großvaters. Die meisten waren in der Davies Hall aufgenommen, wo er trotz zahlreicher Angebote der besten Orchester der Welt fast seine gesamte glanzvolle Karriere lang mit seinem geliebten San Francisco Symphony Orchestra gespielt hatte. Andere Aufnahmen zeigten Matty in der Hollywood Bowl, mit Yehudi Menuhin in der Londoner Royal Albert Hall und natürlich fehlte auch das bekannte Foto nicht, auf dem er auf der Bühne der Carnegie Hall Isaac Stern umarmte. Daneben stand, etwas abseits, ein Bild eines großen blonden Mannes und einer zierlichen dunkelhaarigen Frau: Richard und Rachel Decker, Lukes Eltern. Der Mann trug eine Marineuniform und hatte, wie Decker, kurz geschnittenes Haar.

Genau wie Luke es sich vorgestellt hatte, stand sein Großvater an dem großen Fenster, das sich zur Bay hin öffnete, die Violine unters Kinn geklemmt, sein Blindenhund Brutus zu seinen Füßen liegend. Matty Rheiman war bucklig und verhutzelt und hatte kaum noch Haare auf dem Kopf, aber er spielte immer noch, als ginge es um sein Leben. Es hatte eine Zeit in seinem Leben gegeben, in der das tatsächlich so gewesen war.

Matty Rheiman hatte seine frühe Jugend im Konzentrationslager Buchenwald verbracht, wo fast seine gesamte Familie in der Gaskammer umgekommen war. Erblindet war er, nachdem ihm Nazi-Ärzte bei dem Versuch, aus einem Juden einen Arier zu machen, blaue Farbe in seine braunen Augen injiziert hatten. Nur seine musikalische Begabung hatte ihm das Leben gerettet. Ilse Koch, die Frau des Lagerkommandanten, suchte einen guten Geiger, der in ihrer Villa auf dem Lagergelände die Gäste unterhielt. Der Umstand, dass der magere Matty noch ein halbes Kind war, hatte ihn nur umso interessanter gemacht.

»Hallo, Gramps«, sagte Decker und ging auf seinen Großvater zu, um ihn zu begrüßen. Als er seine Arme um die gebrechlichen Schultern legte, rief ihm das Mattys Alter in Erinnerung – er wurde im Dezember einundachtzig.

Die herrliche Musik wurden von einem tiefen Lachen abgelöst, als sich sein Großvater umdrehte, seine strahlend blauen blinden Augen auf Decker richtete und lächelte. »Hallo, Luke.« Vorsichtig legte er seine kostbare Violine auf den Flügel. »Schau mal, wer da ist, Brutus«, sagte er, als er seinen Enkel in die Arme schloss. Decker spürte eine warme, feuchte Zunge über seine Hand streifen; Brutus war aufgesprungen und bellte zur Begrüßung.

»Komm, komm, Luke. Setz dich.« Sein Großvater schob ihn zum Sofa. »Wie lange bleibst du diesmal?«

Decker hörte die Freude in Mattys Stimme und bedauerte die Kürze seines Besuchs. »Nur heute Nacht. Ich muss morgen schon wieder nach Quantico zurück. Aber weißt du, ich bin am Überlegen, ob ich nicht hierher ziehen soll.«

»Tatsächlich?« Mattys Ton schien zu sagen: Wie oft habe ich das schon gehört! »Und wieso? Haben sie in Virginia endlich die Nase voll von dir?«

»Nein, ich überlege, ob ich nicht ganz beim FBI aufhören soll.« Decker erzählte von seinem Angebot aus Berkeley und dass er an die Westküste zurückkommen wollte, um sich hier niederzulassen und endlich sesshaft zu werden.

»Also, das halte ich für eine hervorragende Idee«, sagte Matty mit einem überraschten Lächeln. »Wurde ja auch langsam Zeit. Du könntest hier wohnen. Das ist schließlich dein Zuhause.«

Decker grinste. Plötzlich überkam ihn das unwiderstehliche Bedürfnis, seinen Großvater auf Axelmans Behauptung anzusprechen und zu hören, wie er sie lachend abtat. Doch bevor er etwas sagen konnte, ertönte die Türglocke.

Mattys Augen leuchteten auf. »Das ist sicher Joey. Er kommt zum Geigenunterricht. Wir könnten alle zusammen spielen, Luke, wie wär's?«

»Joey Barzini?«, stöhnte Decker. »Sag bloß, du bist immer noch mit diesem alten Gangster befreundet?« Da wollte Decker mit seinem Großvater über Axelman sprechen, aber stattdessen gab dieser einem Mann Geigenunterricht, der als der Chef einer der mächtigsten Mafiafamilien der Westküste galt. Decker wusste über Barzini Bescheid. Angeblich verdiente er sein Geld auf anständige Weise – mit Grundstücksgeschäften großen Stils – und wie allgemein bekannt war, spendete er dem San Francisco Symphony Orchestra seit etwa zehn Jahren jährlich eine Million Dollar. Dennoch war es in den Kreisen der Mächtigen und Anständigen ein offenes Geheimnis, dass Barzini deswegen noch lange kein ehrenwerter Mensch war.

Aber Matty Rheiman hatte noch nie viel auf die Mächtigen und Anständigen gegeben und so waren der sechzigjährige Mafioso und der achtzigjährige Konzertgeiger im Lauf der letzten Jahre ein skurriles Freundespaar geworden. Vielleicht war das der Grund, warum sich Matty nichts dabei dachte, seine Haustür und die Fenster einfach offen zu lassen. Kein Mensch mit nur ein bisschen Hirn kam auf die Idee, bei einem Freund von Joey Barzini einzubrechen.

»Warum triffst du dich immer noch mit ihm, Gramps? Und warum lädst du ihn hierher ein? Ich finde es nicht richtig, dass du mit Gangstern verkehrst.«

Matty runzelte die Stirn. »Weil er mein Freund ist und weil er mich besuchen kommt. Und bloß weil er aus einer kriminellen Familie stammt, ist er noch lange kein Gangster.«

Dem wusste Decker nichts entgegenzuhalten.

»Matty, wie geht's?«, rief eine kräftige Stimme aus dem Treppenhaus.

»Gut, Joey. Komm rauf.«

Decker schüttelte den Kopf. »Dann viel Spaß bei der Geigenstunde. Ich gehe was trinken.«

»Bleib doch hier, Luke.«

Decker legte seinem Großvater eine Hand auf die Schulter. »Ich bin gekommen, um dich zu sehen, nicht Joey Barzini. Aber keine Sorge. Ich komme später zurück.« Decker wandte sich zum Gehen. Es ärgerte ihn nicht wirklich, dass sein Großvater mit Joey Barzini verkehrte. Es ärgerte ihn nicht einmal, dass er nicht über Axelman mit ihm sprechen konnte. Im Gegenteil, er war eher froh darüber, dass er diesen schlafenden Hund nicht zu wecken brauchte. Wenn er ehrlich war, ärgerte er sich über sich selbst, dass er sich Axelmans blödsinnige Behauptung so zu Herzen nahm.

Auf der Treppe begegnete er einem großen Mann im Anzug, dessen Geigenkasten in seinen Händen wie ein Spielzeug aussah. Er hatte bläulich schimmerndes schwarzes Haar und tief dunkle Augen.

Decker wusste, Barzini war ungefähr sechzig, aber er sah kaum älter aus als fünfundvierzig.

Die zwei Männer waren sich noch nie begegnet und nahmen nur mit einem zaghaften Lächeln voneinander Notiz. »Ihr Großvater ist ein bemerkenswerter Mann« war alles, was Joey Barzini sagte.

»Das weiß ich«, erwiderte Decker. »Viel Spaß bei der Geigenstunde.«

Draußen atmete Decker die Abendluft ein und ging zu seinem Auto. Jetzt hinderte ihn nichts mehr daran, sich mit Kathy Kerr zu treffen, aber er schlug sich diesen Gedanken rasch wieder aus dem Kopf. Er würde Hank Butcher anrufen oder wer sonst gerade erreichbar war und ihn fragen, ob er Lust hatte, auf ein paar Bier mit ihm zu kommen. Danach würde er sich bestimmt wieder besser fühlen.

Er war so in Gedanken versunken, dass er den weißen BMW nicht sah, der vor Mattys Haus hielt, als er in Richtung Innenstadt losfuhr. Und deshalb sah er auch nicht, wie Axelmans Anwalt Tad Rosenblum aus dem Auto stieg und an die Haustür seines Großvaters klopfte. In seiner rechten Hand hielt Rosenblum einen Umschlag, der in einer krakeligen Handschrift an Special Agent Luke Decker adressiert war.

6

Mendoza Drive, in der Nähe der Stanford University, Kalifornien. Am selben Tag. 21 Uhr 12

»Sie hat sich gar nicht besonders gefreut, als ich es ihr erzählte«, beklagte sich Kathy Kerr und nahm einen weiteren Schluck Earl-Grey-Tee. »Immerhin haben wir nach fast neun Jahren harter Arbeit endlich die Genehmigung der FDA erhalten, mit den Wirksamkeitsnachweisen für Phase Zwei zu beginnen. Durch die Versuche an Tieren und jetzt auch an gesunden freiwilligen Versuchspersonen konnten wir ja schließlich nachweisen, dass Version Neun unbedenklich ist. Und jetzt können wir hergehen und sehen, ob Project Conscience bei gewalttätigen Kriminellen tatsächlich wirkt. Aber was macht die große Alice Prince? Freut sie sich etwa darüber? Nicht die Bohne.

Stattdessen hatte sie es nur plötzlich verdammt eilig, irgendwelche Ampullen in ihren ach so wertvollen Safe zurückzustellen, als ich reinkam. Sie mag ja genial sein, aber manchmal benimmt sie sich schon merkwürdig!«

Kathy blickte ihrem Gegenüber lächelnd in die Augen. »Du hast keine Ahnung, wovon ich rede, stimmt's, Rocky?«

Wie um ihre Worte zu bestätigen, legte der große Schimpanse den Kopf zur Seite und kratzte sich am Kinn. Dann wandte er sich wieder dem flackernden kleinen Fernseher vor der Tür seines Käfigs zu, dessen Verlängerungskabel durch den Garten ins Haus lief.

Trotz des kühlen Abends saß Kathy auf der Treppe des Schimpansenkäfigs im Garten ihres Hauses am Mendoza Drive. Mendoza Drive war ein ziemlich großspuriger Name für den holprigen Weg. Ihr Haus lag, inmitten freier Natur, ganz am Ende des Sträßchens. Ihr nächster Nachbar war hunderte von Metern entfernt, was nur von Vorteil war, wenn sie daran dachte, wie laut Rocky manchmal war.

Mit seinen fast eineinhalb Metern Größe war Rocky ein Riese von einem Schimpansen. Wenn er wollte, wurde er mit einem ausgewachsenen Mann mühelos fertig. Er war einer der ersten Menschenaffen bei Project Conscience gewesen. Insgesamt waren in dem zu Kathys Labor gehörenden Affenhaus im Stanford Medical Research Center jahrelang acht Primaten untergebracht. Aber als man dann vor drei Jahren dazu überging, die Tests an freiwilligen menschlichen Versuchspersonen durchzuführen, brachte man die Affen in lokalen Zoos und Wildparks unter.

Dafür aber war Rocky schon zu alt, und nachdem er einen so wichtigen Beitrag zu Kathys Arbeit geleistet hatte, fühlte sie sich verpflichtet, für ihn zu sorgen. Deshalb hatte sie im Garten ihres Hauses am Mendoza Drive unter der Anleitung eines Wärters aus dem Charles Paddock Zoo in Atascadero ein geschlossenes Affenhaus gebaut. Rocky hatte bei der Erprobung der praktischen Anwendungsmöglichkeiten ihrer Entdeckung – dass nämlich die Neigung zu gewalttätigem Verhalten in siebzehn Genen angelegt ist – eine tragende Rolle gespielt.

Anfangs war Rocky extrem aggressiv; einmal hatte er fast einen der anderen Affen umgebracht. Doch nachdem er mit einem der ersten somatischen gentherapeutischen Seren geimpft worden war, das aus den Genen eines kleineren, sanfteren Bonobo-Schimpansen gewonnen wurde, veränderte er sein Verhalten von Grund auf, was wiederum nachhaltigen Einfluss auf den Fortgang von Project Conscience hatte. Jedenfalls wurde der ehemalige Rabauke seitdem nur noch handgreiflich, wenn er Kathy in Gefahr glaubte; ansonsten war er so sanft wie das sprichwörtliche Lamm.

Kathy stellte ihre halb leere Tasse Tee neben ihr Handy und ihren Aktenkoffer auf den Boden. Nach der Gerichtsverhandlung an diesem Morgen war sie in ihr Labor auf dem Campus der Stanford University gefahren. Jegliche Gedanken an Luke Decker waren wie weggeblasen, als das Fax von der Food and Drug Administration hereinkam, mit dem sie nun die offizielle Genehmigung hatte, ihre viralen Vektoren an freiwilligen Kriminellen zu testen. Freudestrahlend hatte sie ihren zwei Forschungsassistenten, Frank Whittaker und Karen Stein, und den Labortechnikern davon erzählt. Im Labor fand sofort eine spontane kleine Feier statt. Um so mehr hatte sie dann Alice Prince' zurückhaltende Reaktion enttäuscht; Kathy war zu ViroVector gefahren, um ihr die wichtige Neuigkeit persönlich zu überbringen. Bei der anschließenden Verabschiedung ihrer Assistenten kam dann aber noch einmal richtige Feierstimmung auf. Kathy hatte Frank und Karen und die Laboranten zum Essen eingeladen, bevor die beiden Assistenten zum San Francisco Airport aufbrachen.

Sie gönnte ihnen den sechswöchigen Forschungsaufenthalt im Kongo von ganzem Herzen; immerhin hatten die beiden durch ihre Hilfe das Stipendium von ViroVector bekommen. Da der Zeitpunkt ungünstig war, hatte ihr Alice Prince für die Zeit der Abwesenheit der Assistenten ersatzweise zwei hoch qualifizierte Wissenschaftler von ViroVector zur Verfügung gestellt. Aber trotzdem würden sie ihr fehlen; Frank und Karen arbeiteten schon von Anfang an mit ihr zusammen; sie waren mehr als nur Arbeitskollegen; sie waren in Kalifornien ihre engsten Freunde. Als Kathy nach oben blickte, sah sie ein Flugzeug über den klaren Nachthimmel ziehen. In wenigen Stunden würden Frank und Karen auch da oben sein.

Sie griff in den Aktenkoffer und nahm den Ordner mit den Unterlagen für ihr morgiges Treffen mit Dr. Prince und Direktor Naylor heraus. Allein ein kurzer Blick auf den Titel, *Project Conscience – die nächsten Schritte*, versetzte sie in einen Zustand gespannter Erwartung.

Würde sich Project Conscience tatsächlich in die Praxis umsetzen lassen? Trotz aller Verschrobenheit war Alice Prince eine ganz hervorragende Wissenschaftlerin und Kathy hatte in den letzten neun Jahren ungeheuer viel über Gentherapie und Vektorentechnologie von ihr gelernt. Und wenn auch ihre andere Hauptsponsorin, die FBI-Direktorin Madeline Naylor, in einem übertriebenen Maß auf Geheimhaltung bedacht war, so hatte sie doch bei den wenigen Gelegenheiten, bei denen sie sich getroffen hatten, immer klare Richtlinien vorgegeben.

Kathy stand auf und tätschelte durch das Maschendrahtgeflecht des Käfigs hindurch Rockys Arm. Dann nahm sie ihren Aktenkoffer, schloss die Tür auf, ging in den hinteren

Teil des Käfigs, und beugte sich über eine alte, auf dem Holzboden festgeschraubte Truhe. Sie holte einen Schlüssel aus ihrer Tasche, schloss die Truhe auf und klappte den Deckel hoch. Dann nahm sie aus dem Aktenkoffer eine Computerdiskette und eine Kopie der Unterlagen, die sie für ihr morgiges Treffen mit Madeline Naylor zusammengestellt hatte, und legte alles in die Truhe. Die Diskette steckte sie in eine Plastikbox, die bereits etwa dreißig andere Disketten enthielt, den Ordner legte sie auf einen Stapel mit ähnlichen Akten.

Neben einigen persönlichen Fotos und Gegenständen von nostalgischem Wert enthielt die Truhe Kopien aller wichtigen Unterlagen, Veröffentlichungen und Experimente, die den Verlauf von Project Conscience dokumentierten – es waren die privaten Aufzeichnungen ihres Lebenswerks, Nachweis für alles, was sie geleistet hatte, unabhängig davon, was jemand in Zukunft behaupten oder fordern mochte. Sie glaubte ihr Archiv hier gut aufgehoben, weil kein Einbrecher auf die Idee käme, hier nachzusehen – und wenn doch, überlegte er es sich bestimmt zweimal, bevor er sich mit Rocky anlegte.

In der Truhe waren alle Rückschläge und Triumphe festgehalten, die sie hinzunehmen hatten beziehungsweise feiern konnten. In der Anfangsphase hatten sie und ihr Team einige Durststrecken zu überwinden. Bei der Ursprungsversion des Serums hatte zum Beispiel ein Restrisiko bestanden, dass es bei den Versuchstieren und ihren männlichen Nachkommen der ersten Generation Hodenkrebs auslöste. Obwohl dieses Risiko verschwindend gering war, hatten sie in iterativen Schritten eine Feinabstimmung vorgenommen und die Kalibrierung viermal geändert, bis das Problem hundertprozentig behoben war. Als andere, weniger gravierende, aber nicht auszuschließende Nebenwirkungen auftraten, waren sie genauso verfahren. Nichts wurde dem Zufall überlassen und Kathy war immer wieder angenehm überrascht, dass ihre Geldgeber, FBI und ViroVector, keinerlei Einwände gegen ihre gründliche Vorgehensweise hatten. »Nur keine Schnellschüsse«, hatte Alice Prince mit ihrem zurückhaltenden Lächeln gesagt. »Nehmen Sie sich so viel Zeit und Geld, wie Sie brauchen. Sehen Sie nur zu, dass wir die Genehmigung der FDA erhalten.« So viel Geduld war selten und machte viele der anderen Einschränkungen wett.

Und nun, neun Versionen später, hatten sie einen viralen Vektor entwickelt, den die FDA für Versuche an Freiwilligen freigegeben hatte. Kathy wusste, es waren noch jahrelange Tests nötig, um beweisen zu können, dass er bei Gewaltverbrechern tatsächlich wirkte. Aber angesichts der wenigen grundsätzlichen Veränderungen, die an ihrer ursprünglichen, auf den Beobachtungen an Primaten basierenden These erforderlich geworden waren, war sie diesbezüglich sehr zuversichtlich, zumal ihr dank der umfangreichen Daten, die ihr in der DNS-Datenbank des FBI über die Genome von Gewaltverbrechern zur Verfügung standen, eine sehr genaue Feinabstimmung der Genzusammensetzung möglich war.

Als Kathy beim Verlassen des Käfigs die Tür hinter sich abschloss, fiel ihr Blick auf den Bildschirm des Fernsehers. An einem Rednerpult stand eine Frau in einem maßgeschneiderten marineblauen Kostüm, das ihre schlanke Figur hervorragend zur Geltung brachte. Obwohl schon über fünfzig, war Governor Pamela Weiss außerordentlich telegen. Ihr gepflegter kastanienbrauner Pony wies fast noch keine Spuren von Grau auf und ihr feiner Knochenbau hatte das Alter wirksamer abgewehrt, als es das Skalpell eines Schönheitschirurgen vermocht hätte. Sie blickte mit ihren durchdringenden blauen Augen direkt aus dem Fernseher heraus, direkt auf Kathy Kerr. Die Frau hatte unbestritten Charisma. Unwillkürlich setzte sich Kathy auf die Treppe, drehte den Bildschirm zu sich und stellte den Ton lauter.

Sie interessierte sich nicht besonders für Politik, aber da sie inzwischen amerikanische Staatsbürgerin geworden war, brachte sie den bevorstehenden Präsidentenwahlen vermehrte Aufmerksamkeit entgegen, nicht zuletzt auch aufgrund der Tatsache, dass für die demokratische Partei eine Frau kandidierte, die gute Chancen hatte, der erste weibliche Präsident der Vereinigten Staaten zu werden. Pamela Weiss hatte allerdings nicht nur das Zeug zum Medienstar, sie machte auch einen äußerst integren Eindruck.

Im Gegensatz dazu wirkte ihr Gegenkandidat, der grauhaarige und grau gekleidete republikanische Senator George Tilson, wie der Inbegriff des nichts sagenden Seifenopernstrahlemanns. Da er jedoch vor achtzehn Jahren als General an der Operation Wüstensturm teilgenommen hatte, lag er angesichts der sich zuspitzenden Irak-Krise in den Meinungsumfragen mit dreizehn Prozent in Führung. Trotz der starken Sympathien für Pamela Weiss waren die Republikaner auf dem besten Weg, nächsten Dienstag den aus dem Amt scheidenden demokratischen Präsidenten Bob Burbank abzulösen.

Normalerweise sah sich Kathy im Fernsehen solche Streitgespräche zwischen Spitzenpolitikern nie an. In ihren Augen war das immer die gleiche belanglose Phrasendrescherei. Aber Pamela Weiss hatte ihre Neugier geweckt. Die zwei Kandidaten standen sich an zwei Rednerpulten gegenüber. Der Diskussionsleiter, der bekannte Nachrichtenmoderator Doug Strather, hatte sich zwischen den beiden Kontrahenten und dem Studiopublikum postiert. Das Rededuell war offensichtlich schon einige Zeit im Gange, aber den Aussagen des Kommentators zufolge hatte noch keiner der beiden Präsidentschaftsbewerber nennenswerte Punkte für sich verbuchen können.

Doug Strather wandte sich gerade an den republikanischen Kandidaten. »Senator Tilson, messen Sie der Frage, ob der Präsident der Vereinigten Staaten ein Mann oder eine Frau ist, irgendwelche Bedeutung bei?«

Wie um sich für diese in seinen Augen dumme Frage zu entschuldigen, lächelte Tilson zunächst Pamela Weiss an, dann die Kamera. »Natürlich habe ich prinzipiell nichts dagegen, dass eine Frau Präsident der Vereinigten Staaten wird. Angesichts der akuten Drohung des Irak, Kuwait zurückzuerobern, angesichts Chinas wachsender Weltmachtambitionen und nicht zuletzt angesichts der unverändert gespannten Lage in Nordkorea braucht die Welt jedoch in der augenblicklichen Phase eine starke und erfahrene Führung. Damit will ich nicht sagen, meine Erfahrung im Golfkrieg würde mich besser als Governor Weiss dazu befähigen, mich für das höchste Amt in diesem Staat zu bewerben, aber ich glaube, mit Fug und Recht behaupten zu dürfen: Jetzt ist nicht der Augenblick für Experimente.«

Pamela Weiss schüttelte den Kopf. »Da würde ich doch eher sagen, Senator Tilson, jetzt ist nicht der Augenblick, die Geschichte zu wiederholen. Vor allem nicht angesichts des nuklearen und biologischen Selbstzerstörungspotenzials, über das die Menschheit gegenwärtig verfügt. Ja, Frauen haben vielleicht wenig Erfahrung darin, Kriege zu führen, aber das liegt daran, dass sie selten welche begonnen haben.« Als das Studiopublikum lachte, machte sie eine Pause. »Grundsätzlich sind Frauen eher dafür bekannt, Konflikte beizulegen, als sie weiter zu schüren. Und ehrlich gesagt, ich glaube noch immer nicht, dass es so etwas wie einen guten Krieg oder einen schlechten Frieden gibt. Nötigenfalls können jedoch auch Frauen Gewalt anwenden, um einen Krieg zu beenden. Das hat Englands erste Premierministerin Margaret Thatcher bewiesen, als sie die Briten auf den Falklandinseln zu einem erfolgreichen Sieg führte – tausende von Kilometer von ihrer Heimat entfernt. Und nach dem Einfall des Irak in Kuwait bestärkte sie unseren damaligen Präsidenten Bush in seinem Entschluss, die Operation Wüstensturm einzuleiten. Und wie Sie sich vielleicht noch erinnern können, war der anfänglich zaudernde George Bush ein Mann und Republikaner.«

»Für Sie, Governor Weiss, spielt das Geschlecht also keine Rolle?«, fragte Strather.

»Ganz im Gegenteil. Wie Senator Tilson ganz richtig sagte, braucht Amerika jetzt eine starke Führung. Keine männliche oder weibliche, keine schwarze oder weiße Führung, sondern einfach nur eine gute Führung. Und wenn man sich unbedingt mit der Frage der Geschlechtszugehörigkeit befassen möchte, könnte man auch anführen, dass man, wenn die Welt am Rand eines Krieges steht, eine Frau an der Spitze des Staates sehen will, insbesondere eine, der schon der bloße Gedanke an einen bewaffneten Konflikt zuwider ist. Der letzte Kandidat, für den ich stimmen würde, wäre ein alter Haudegen, der sich und der Welt etwas beweisen muss.

Was meine Erfahrung in Regierungsgeschäften angeht,

möchte ich Sie nur an meine acht Jahre als Gouverneur von Kalifornien erinnern. Das ist mit Sicherheit mehr, als Senator Tilson vorweisen kann. Vergessen Sie dabei auch nicht, dass ich die uneingeschränkte Unterstützung des gegenwärtigen Präsidenten habe, der kurz vor dem Ende seiner zweiten erfolgreichen Amtszeit steht. Ich beabsichtige, auf den Erfolgen seiner Regierung aufzubauen, indem ich ihr frisches Blut injiziere – männliches und weibliches.«

»Aber die Bilanz der gegenwärtigen Regierung ist verheerend«, machte Tilson geltend. »Vizepräsident Smith hat sich vor aller Welt zum Gespött gemacht; seine Äußerungen über die UNO und seine jüngsten Sexskandale haben ihm jede Glaubwürdigkeit genommen und damit auch die des Präsidenten untergraben. Das Thema Kriminalität ist mehr denn je in den Vordergrund gerückt. In einem bisher noch nie da gewesenen Maß wird das Land von Gewaltverbrechen heimgesucht. Das hält Governor Weiss doch hoffentlich nicht für eine Basis, auf der man nur im alten Stil weiterzumachen braucht?«

»Nein, selbstverständlich nicht. Es gibt immer Möglichkeiten, zu einer Verbesserung der Zustände beizutragen. Und wenn Sie sich die Kriminalitätsstatistiken etwas genauer ansähen, wüssten Sie auch, dass mein Bundesstaat Kalifornien diesbezüglich neue Maßstäbe gesetzt hat. Die Zahl der Gewaltverbrechen ist rückläufig, insbesondere in Krisenherden wie South Central L. A.«

»Das ist richtig, Governor Weiss«, bestätigte Doug Strather. »Können Sie uns vielleicht erklären, wieso in Kalifornien die Kriminalität in den letzten fünf Jahren entgegen dem allgemeinen Trend rückläufig ist?«

An dieser Stelle schaltete sich rasch Tilson ein: »Mir ist sehr wohl bewusst, dass der Bau von mehr Gefängnissen und eine rigorosere Handhabung der Todesstrafe recht drastische Maßnahmen zur Senkung der Kriminalitätsrate sind. Doch je früher wir als Nation hart gegen das Verbrechen durchgreifen und diesen harten Kurs auch beibehalten, desto früher wird dieses Land für normale Bürger wie Sie und mich wieder sicher.«

Ein Teil des Publikums bedachte diese hohlen Phrasen mit Beifall, aber Weiss schüttelte nur lachend den Kopf. »Das stimmt doch gar nicht. Texas, das einen republikanischen Gouverneur hat und in den Großstädten rigideste Maßnahmen zur Verbrechensbekämpfung ergriffen hat, hat in der westlichen Welt die meisten Hinrichtungen vorzuweisen. Mit Ausnahme der islamischen Nationen gibt es kein Land, das strengere Gesetze hat und sie rigoroser handhabt als Texas. Im Schnitt werden dort gegenwärtig jeden Monat zehn Menschen hingerichtet und viele andere Bundesstaaten stehen Texas diesbezüglich kaum nach. Das kann nicht die Lösung sein. Texas hat nach Michigan die zweithöchste Kriminalitätsrate.

Es hat sich immer wieder gezeigt, dass mehr Gefängnisse und Hinrichtungen zu nichts führen. Wir müssen die Zahl der Verbrechen reduzieren, indem wir auf die kleine Minderheit, die sie begeht, einwirken, *bevor* sie straffällig wird. Die Philadelphia-Studie und zahlreiche andere Untersuchungen haben gezeigt, dass über siebzig Prozent der Morde, Vergewaltigungen und gefährlichen Körperverletzungen von einem harten Kern von Männern begangen werden, der nur sechs Prozent ausmacht. Könnten wir auf diese sechs Prozent dahingehend einwirken, dass sie nicht mehr straffällig werden, würde die Kriminalitätsrate deutlich gesenkt. Und abgesehen von den offensichtlichen Verbesserungen im sozialen Bereich brächte dies auch enorme finanzielle Vorteile mit sich. Wenn wir die Gewaltkriminalität nur um ein Prozent senken, sparen wir dem Land über 1,2 Milliarden Dollar. Das muss uns die Sache doch wert sein.«

»Aber wie wollen Sie das erreichen? Wie wollen Sie die Kriminalität eindämmen?«

Die Kamera richtete sich wieder auf Weiss. »Zunächst müssen wir aufhören, die Kriminalität als einen äußeren Feind zu betrachten, der bekämpft und ausgerottet werden muss. Wir sollten uns über eins im Klaren sein: Gewaltverbrechen sind fast ausschließlich die Domäne *männlicher* Krimineller. In diesem Land ist ein Mann etwa neunmal anfälliger als eine Frau, einen Mord zu begehen, achtundsiebzigmal anfälliger, eine Vergewaltigung zu begehen, und zehnmal anfälliger, eine schwere Körperverletzung zu begehen. Generell sind amerikanische Männer fast zehnmal anfälliger, ein Gewaltverbrechen zu begehen, als Frauen. Sie sind für über neunzig Prozent aller dieser Straftaten verantwortlich. Dazu kommt noch, dass der Großteil aller Strafrechtsreformen von Männern ausgearbeitet und in die Praxis umgesetzt wird. Das heißt, sie kämpfen gegen sich selbst – und das ist ein Kampf, den niemand gewinnen kann.«

Kathy Kerr starrte gebannt auf den Bildschirm. Pamela Weiss zitierte die Ergebnisse ihrer Forschungsarbeit, griff bei ihren Vorschlägen zur Bekämpfung der Gewaltkriminalität auf Kathys Argumente zurück.

»Wollen Sie damit sagen, als Frau sind Sie besser zu einer wirksamen Verbrechensbekämpfung befähigt?«, fragte Strather.

»Natürlich nicht. Mein Geschlecht tut hier nichts zur Sache. Schon gar nicht, wenn es um Verbrechens*bekämpfung* geht. Was ich sage, ist, dass der Begriff ›Verbrechensbekämpfung‹ grundsätzlich für eine falsche Vorgehensweise an das Problem steht. Vielleicht sollte man besser von Verbrechens*behandlung* sprechen. Vielleicht sollten wir die Ursachen des Verbrechens diagnostizieren und uns, wie im Gesundheitswesen, um Möglichkeiten zur Vorbeugung und Heilung bemühen.«

»Ich kann nur wieder fragen, wie?«

»Indem wir uns nicht nur mit sozialen Faktoren befassen. Indem wir über die Soziologie hinausgehen und uns konkreteren Forschungszweigen wie Biologie und Genetik zuwenden.«

Kathy Kerr traute kaum ihren Ohren.

»Aber das ist doch absurd«, konterte Tilson. »Selbst eine Pamela Weiss muss doch von der blamablen Doppel-Y-Chromosom-Studie Ende der Sechzigerjahre gehört haben. Damals vertraten Wissenschaftler die Ansicht, Männer mit einem zusätzlichen Y-Chromosom würden eher zur Gewalttätigkeit neigen – eine Meinung, die später gründlich revidiert wurde. Die einzige Möglichkeit …«

»Ich weiß, dass diese spezielle Studie revidiert wurde«, unterbrach ihn Pamela Weiss. »Aber wir brauchen handfeste Beweise, nicht nur Theorien. Bisher liegen uns keinerlei schlüssige Resultate vor, aus denen hervorgeht, dass die konventionellen Methoden zur Verbrechensvorbeugung und -bekämpfung wirklich etwas nützen. Im Gegenteil, alles deutet darauf hin, dass sie versagen – und zwar kläglich. Es ist höchste Zeit für einen neuen Ansatz.«

Doug Strather rückte seine Brille zurecht. »Governor Weiss, in den Medien ist im Moment viel davon die Rede, dass wir demnächst einen Nachweis, einen biologischen Nachweis für die Ursachen der Kriminalität erhalten werden. Wollen Sie demnach sagen, Ihre Erfolge in Kalifornien …«

»Das ist doch lächerlich«, schnitt ihm Tilson das Wort ab. »Sie ist Teil einer abgehalfterten Regierung, die sich mangels konkret umsetzbarer Ideen mit irgendwelchen faulen Tricks an der Macht zu halten versucht. Zuerst fahren die Demokraten die feministische Tour, indem sie trotz der Gefahren, die das für die nationale Sicherheit mit sich bringen kann, eine Frau für das Präsidentenamt kandidieren lassen, und jetzt wollen sie es sich auch noch als ihr Verdienst anrechnen lassen, dass in einer von Kriminalität zerfressenen Nation *ein* Bundesstaat eine halbwegs annehmbare Verbrechensrate vorweisen kann. Das ist absurd, um nicht zu sagen, unehrenhaft. Wenn sie nicht etwas Konkretes über eine ›Behandlung‹ der Kriminalität weiß, was dem Rest von uns noch nicht bekannt ist, sollte sie ihre weisen Ratschläge lieber für sich behalten.«

»Haben Sie das gehört, Governor Weiss?«, fragte Strather lächelnd. »Ich glaube, Sie wurden gerade aufgefordert, statt schöner Reden endlich mit harten Fakten aufzuwarten.«

In diesem Moment fuhr die Kamera auf Pamela Weiss' Gesicht zu. Ohne sich aus der Ruhe bringen zu lassen, erwiderte sie mit einem breiten, gelassenen Lächeln: »Nun schön, dann werde ich Ihnen Folgendes sagen: Die Wahlen sind in weniger als einer Woche. Seien Sie jedoch unbesorgt, dass ich mich noch vor diesem Zeitpunkt sehr konkret zu diesem Thema äußern werde.«

Kathy Kerr wandte sich vom Fernseher ab und sah Rocky an. »Hast du das gehört?«

Rocky grunzte gelangweilt und kratzte sich an der Brust.

Kathy griff nach ihrem Handy, denn sie hatte plötzlich das starke Bedürfnis, mit jemandem zu sprechen. Da Karen und Frank nicht mehr hier waren, überlegte sie, ob sie Alice Prince anrufen sollte, doch dann fiel ihr deren flaue Reaktion auf die Bekanntgabe der FDA-Genehmigung ein, und sie beschloss, lieber bis zu ihrer morgigen Besprechung zu warten. Direktor Naylor zu erreichen hatte sie keine Möglichkeit. Blieben nur noch ihre Eltern in Schottland; aber sie waren in Urlaub. Normalerweise hätte sie ihn mit ihnen verbracht, aber wegen der bevorstehenden FDA-Genehmigung hatte sie dieses Jahr ihre Urlaubsreise verschoben. Außerdem kam ein Anruf nach England wegen des Zeitunterschieds nicht infrage, womit auch ihre beste Freundin in Edinburgh ausfiel. Plötzlich hatte sie das unwiderstehliche Bedürfnis, die Person anzurufen, die ihre Arbeit immer am heftigsten kritisiert hatte; sie hätte zu gern gewusst, was er von Weiss' Ankündigung hielt.

Sie griff in ihre Tasche und zog seine Visitenkarte heraus. Noch während sie sie las, wurde ihr die Absurdität ihrer Idee bewusst. Kopfschüttelnd steckte sie die Karte wieder ein. Das ist jetzt schon Jahre her, rief sie sich in Erinnerung. Luke Decker und sie gingen längst getrennte Wege.

7

Staatsgefängnis San Quentin, Kalifornien.
Donnerstag, 30. Oktober 2008. 7 Uhr

Die Direktorin des FBI stand vollkommen reglos in einem der zwei schalldichten Beobachtungsräume, von denen man in die renovierte Gaskammer von San Quentin hineinschauen konnte. Mit ihren eins achtundsiebzig war sie fünf Zentimeter größer als der Gefängnisdirektor, der neben ihr stand. Sie trug einen gut geschnittenen anthrazitgrauen Hosenanzug, der ihre sportliche Figur betonte, das weiße Haar hatte sie streng nach hinten frisiert. Ihr Gesicht war blass und die einzige Farbe an ihrem ansonsten monochromen Äußeren war das ungesunde Rot ihrer dünnen Lippen.

Direktor Naylor war gekommen, um sich an Ort und Stelle zu überzeugen, dass es zu keinen Verzögerungen kam. Sie hatte die Hinrichtungsdokumente persönlich mit der Gouverneurin vorbereitet. Dafür Sorge zu tragen, dass alle Gnadengesuche abgelehnt wurden, war bei einem so berüchtigten Verbrecher so kurz vor der Wahl eine reine Formsache. Sie wünschte nur, Alice Prince möge sich beeilen und herkommen. Sie fand es schrecklich, wenn sich jemand verspätete.

Ihrer empfindlichen Nase entging nicht, dass es nach Schweiß roch. Nicht nach der gesunden Körperausscheidung, die jeder produzierte, der in der Sonne lief oder Sport trieb, sondern nach dem beißenden, durch Emotionen hervorgerufenen Gestank von Adrenalin und Angst. Selbst der Gefängnisdirektor neben ihr, Neil Tarrant, verströmte neben dem Duft seines Rasierwasser leichte Brisen von nervösem Schweiß. Sie konnte diesen Geruch auf den Tod nicht ausstehen; er offenbarte das Primitivste an den Männern. Ein Blick durch das luftdichte Bullauge in die kleine Gaskammer bestätigte noch ihre Vorurteile.

Vorbei am zweiten Beobachtungsraum, wo Verwandte der Opfer darauf warteten, dass der Gerechtigkeit Genüge geleistet wurde, lenkte sie ihren Blick den Korridor hinunter zu den Wärtern, die den Häftling zu der luftdichten Kammer zerrten. Selten hatte sie einen Mann so blass gesehen. Weder setzte er sich zur Wehr noch zeigte er irgendeine Gefühlsregung. Aber wie könnte er auch?

»Was für eine Farce! Was für eine gottverdammte Farce!« Die Worte, die der Gefängnisdirektor murmelte, waren kaum zu hören, aber sie hörte sie. Die Ironie der Tatsache, dass Tarrant, der ungerührt die Hinrichtung Dutzender, wenn nicht sogar hunderter von Männern in dieser luftdichten Kammer beaufsichtigt hatte, dieses heutige Schauspiel schockierender fand als die Exekutionen, zu denen er sonst seine Zustimmung erteilte, konnte ihr kein Lächeln entlocken.

»Es geht nun mal nicht anders«, sagte Naylor. Sie beobachtete, wie die Wärter die Gaskammer öffneten und den Mann auf den primitiven Stuhl darin sacken ließen. »Das ist Ihnen doch hoffentlich klar? Wir müssen diese Exekution vorziehen, um keine Aufmerksamkeit auf die anderen fünf Männer zu lenken. Das würde auf uns alle ein schlechtes Licht werfen.« Sie hielt inne. »Ganz besonders auf Sie.«

Tarrant weigerte sich, sie anzusehen; er rieb sich nur kopfschüttelnd das stopplige Kinn. »Das ist ein schwerer Fehler. Ich mag es nicht, in ein Schlamassel, das andere angerichtet haben, hineingezogen zu werden.«

»Genau das ist der springende Punkt; Sie stecken mit drin. Sie wissen vielleicht nicht alles, aber nach so vielen Jahren sind Sie dennoch in die Sache verwickelt. Das ist Ihnen doch klar, oder?«

Tarrant hob mürrisch die Schultern und Naylors Miene wurde hart. Sie kannte ihre Stärken. Mit Entschlusskraft und einem unbeugsamen Willen ausgestattet, hatte sie es in einem der am stärksten von Männern dominierten Bereiche bis ganz nach oben geschafft und war nach einer Traumkarriere beim FBI, unterbrochen nur von einem siebenjährigen Intermezzo als Bundesanwältin und Bezirksrichterin, dessen erster weiblicher Direktor geworden. Madeline Francine Naylor würde nicht zulassen, dass ein eingeschnappter Gefängnisdirektor alles zunichte machte. Ihr Ton wurde deutlich kälter, als sie fortfuhr:

»Sie sind sich doch bewusst, Tarrant, dass bereits in einer Woche Wahlen sind? Und dass wir – und wenn ich *wir* sage, schließe ich damit ausdrücklich *Sie* ein – in eine Sache involviert sind, die sich ganz unmittelbar auf den Wahlausgang auswirken kann; an der wir alle seit Jahren erfolgreich arbeiten. Für eine Reihe von sehr mächtigen Leuten hängt viel zu viel von dieser Sache ab, als dass sie sich ihr Scheitern leisten könnten. Dieser schwere Fehler, wie Sie ihn nennen, ist nun mal passiert, aber egal, wessen Schuld er vielleicht war oder auch nicht war, wird er das Gelingen unseres Vorhabens nicht vereiteln. Niemand, am allerwenigsten Sie, soll denken, er könnte jetzt, wo wir dem Ziel zum Greifen nahe sind, unsere Arbeit in Verruf bringen. Dazu wird es nicht kommen. Ist das klar?«

Der Gefängnisdirektor nestelte nervös an seiner Krawatte herum, als er sie ansah. Zufrieden stellte die Direktorin fest, dass er nun ausreichend eingeschüchtert war. Naylor mochte es, wenn Männer Angst vor ihr hatten; so ließen sie sich einfacher gefügig machen. Tarrant nickte.

»Gut«, sagte Madeline Naylor, als Alice Prince, begleitet von einem Wärter, eintraf. »Könnte ich bitte kurz allein mit Dr. Prince sprechen?« Noch mehr hätte sie ihn kaum abkanzeln können; sie wartete nicht einmal auf seine Zustimmung. Stattdessen wandte sie sich zur Tür und beobachtete, wie Alice hereinkam. Wie gewöhnlich wirkte sie ein wenig aufgelöst und entschuldigte sich bei dem abtretenden Gefängnisdirektor für ihr Zuspätkommen.

Mit ihrem bescheidenen Auftreten, dem formlosen marineblauen Kostüm, dem ergrauenden Haar und der großen Brille sah ihre Freundin Alice eher wie eine schüchterne Bibliothekarin oder eine konfuse Grundschullehrerin aus als wie eine der größten Wissenschaftlerinnen ihrer Zeit. Nur ihre kühlen grauen Augen verrieten, welch enorme Intelligenz hinter dieser nichts sagenden Fassade verborgen war und welche Leidenschaft sie antrieb.

Madeline Naylor kannte Alice Prince seit ihrer Kindheit. Sie waren zusammen auf die Highschool und später aufs Vassar College gegangen. Alice war für sie eine Art jüngere Schwester und das, was einer Familie am nächsten kam. Sie stand ihr sogar noch näher als Pamela Weiss – die Freundin, die sie beide in Vassar kennen gelernt hatten und die jetzt Gouverneur von Kalifornien war und nächste Woche bei den Präsidentenwahlen antreten würde.

»Entschuldige, dass ich so spät komme, Madeline.«

»Schon gut«, sagte Madeline Naylor und umarmte ihre Freundin. »Komm, stell dich neben mich. Wir haben den Raum ganz für uns allein; wir können uns also ungestört unterhalten.« Sie lächelte Alice an. »Was bist du denn so aufgeregt? Du wirst sehen, es kann überhaupt nichts passieren. Du konntest dich doch bisher immer auf mich verlassen, oder etwa nicht?«

Alice erwiderte das Lächeln. »Doch, natürlich. Es ist nur,

dass ich mir jetzt, wo Crime Zero in die Tat umgesetzt werden soll, vermehrt über all die Dinge Gedanken mache, die schief gehen könnten – und alles wird plötzlich so real. Das macht mir Angst, Madeline, und manchmal denke ich, dass vielleicht …«

Madeline Naylor lächelte. Sie wusste, wie unangenehm es Alice war, sich mit den praktischen Fragen ihres Vorhabens befassen zu müssen. Sie deutete auf den Mann, der in der luftdichten Kammer auf den Stuhl geschnallt wurde. »Schau, es läuft doch alles nach Plan.«

Alice nickte. »Ja. TITANIA lag zwar um ein paar Stunden daneben, aber nicht mehr als bei den jüngeren Häftlingen. Der Versuchsablauf hat sich zwar offensichtlich etwas beschleunigt, aber dennoch hat sich gezeigt, dass wir mit dem Phase-Drei-Vektor von Crime Zero auf dem richtigen Weg sind. Außerdem habe ich eben erfahren, dass unsere Befürchtungen, was das Waisenheim angeht, unbegründet waren.«

»Sehr gut. Sobald wir also diese unerfreuliche Angelegenheit hier hinter uns haben, brauchst du dir über Crime Zero keine Gedanken mehr zu machen. Du kannst alle weiteren Schritte TITANIA überlassen. Konzentriere dich von jetzt an ganz auf Project Conscience. Ich habe mir fast den ganzen Tag freigehalten, um mich hier um alles zu kümmern. Im Moment kommt es vor allem darauf an, dass Pamela nicht noch in letzter Minute kalte Füße bekommt. Ihr Wahlkampfleiter wollte uns heute nur eine Stunde zur Verfügung stellen, um ihr alles Nötige für die Ankündigung am Freitag zu erzählen. Sobald wir also hier fertig sind, fahren wir zu ViroVector und machen dort noch klar Schiff, bis sie eintrifft. Was ist mit Kathy Kerr? Wird sie auch bestimmt keinen Ärger machen, wenn sie von dem Kompromiss mit der FDA erfährt?«

»Nein. Ich bin sicher, sie wird keine Probleme machen.«

Madeline Naylor nickte, obwohl sie selbst da nicht so sicher war. »Hast du sie, wie besprochen, isoliert?«

»Ja. Ihre zwei engsten Mitarbeiter sind zu einem Forschungsaufenthalt nach Afrika aufgebrochen und alle wichtigen Dateien wurden in ein anderes Directory von TITANIA verlegt.«

»Und wenn sie irgendwelche Ausdrucke hat?«

»Dann hat sie die, nehme ich mal an, in Stanford.«

»Okay, in diesem Fall dürften sie Jacksons Leute bereits haben verschwinden lassen.« William Jackson war ein im FBI-Hauptquartier stationierter Associate Director, der ihr direkt unterstellt war. Mit seinem aus vier Special Agents bestehenden Team war der dynamische Afroamerikaner mit den hohen Backenknochen und der unverkennbaren nasalen Stimme dafür zuständig, Probleme jeglicher Art diskret aus der Welt zu schaffen und Madeline Naylor über alle Vorgänge innerhalb des FBI, über die sie Bescheid wissen sollte, auf dem Laufenden zu halten. Sie betrachtete ihn und seine Leute als ihre Polizei innerhalb der Polizei.

»Aber ist das wirklich nötig, Madeline? Kathy stellt sich bestimmt nicht quer. Es liegt doch auch in ihrem Interesse, dass wir alle am selben Strang ziehen.«

»Vielleicht.« Madeline konnte Alice' Loyalität Kathy Kerr gegenüber verstehen. Es waren Kathy Kerrs Theorien gewesen, die vor neun Jahren ganz wesentlich dazu beigetragen hatten, dass sich Alice von ihrem Nervenzusammenbruch erholte, nachdem ihre Tochter Libby entführt worden war und ihr rückgratloser Mann sie verlassen hatte, um mit seiner jungen Sekretärin noch einmal ganz von vorn anzufangen. »Außerdem treffen wir uns ja mit Kathy noch vor der Besprechung mit Pamela«, fuhr Madeline Naylor fort. »Bei dieser Gelegenheit wird sich schon zeigen, wie weit sie auf unsere Linie einzuschwenken bereit ist. Im Moment können wir keine Gegenstimmen brauchen.«

Alice Prince nickte nur fügsam und befingerte nervös den seltsamen Anhänger an ihrem Hals. Es war ein platingefasster Glastropfen von der Größe eines Daumennagels, der eine Flüssigkeit enthielt, die sich bewegte, wenn sie den Anhänger berührte. Naylor wandte ihre Aufmerksamkeit wieder dem Häftling zu. Ohne eine Miene zu verziehen, gingen die Wärter ihrer Aufgabe nach. Alice Prince wandte gequält den Blick von dem Schauspiel ab.

Madeline Naylor dagegen sah nicht weg. Sie wusste genauestens über Karl Axelman Bescheid; sie hatte sowohl die polizeilichen als auch die ärztlichen Unterlagen über ihn studiert. Er und die fünf anderen zum Tode Verurteilten waren für die Versuche mit Crime Zero Phase Eins ausgesucht worden, weil sie keine Angehörigen hatten. Die meisten Opfer Axelmans waren um die sechzehn gewesen – wenig älter als Alice Prince' Tochter Libby, als sie vor zehn Jahren spurlos verschwunden war. Madeline Naylor, die Libbys Patentante war, hatte es als persönliche Niederlage empfunden, dass das FBI – *ihr* FBI – den Entführer nicht hatte finden können. Sie wussten noch immer nicht, wer der Täter war. Eine Weile hatten sie gedacht, es könnte Axelman gewesen sein. Aber der Umstand, dass Libbys Sachen nicht unter seinen Trophäen gefunden wurden, ließ dies ziemlich unwahrscheinlich erscheinen.

Wenn jemand den Tod verdient hatte, dann Karl Axelman. Da hatte Madeline Naylor keinen Zweifel. Doch bei Männern wie ihm ging es ihr um mehr, als dass der Gerechtigkeit Genüge getan wurde. Sie wollte eine Bestrafung. Eine Rache. Deshalb fühlte sie sich betrogen, als die Tür der Gaskammer verschlossen wurde und der Gefängnisdirektor im anderen Beobachtungsraum mit einem zweimaligen Nicken die Freigabe des tödlichen Gases genehmigte. Im Gegensatz zu seinen Opfern spürte der vor ihren Augen hingerichtete Mann keine Angst und keinen Schmerz.

Karl Axelman war bereits tot. Er war vor fast elf Stunden gestorben.

Die Art, wie er sich umgebracht hatte, verschaffte Madeline Naylor eine gewisse Genugtuung. Um seine Schreie zu unterdrücken, hatte er sich gestern Nacht ein Laken in den Mund gestopft, aber den Schätzungen des Gefängnisarztes zufolge hatte es trotz der grauenhaften Verletzungen, die er sich selbst zugefügt hatte, mindestens drei Stunden gedauert, bis er an den Folgen des Blutverlusts gestorben war. Es war ein gutes Gefühl, zu wissen, dass die Umstände und der Zeitpunkt von Axelmans Tod, entgegen Tarrants Meinung weit davon entfernt, ein Fehlschlag zu sein, die Richtigkeit ihres Vorhabens aufs Schönste bestätigten.

Ihre einzige kleine Sorge war, dass noch gestern ein FBI-

Agent mit Axelman gesprochen hatte. Sie hatte Deputy Director McCloud zwar gebeten, ihr umgehend mitzuteilen, was Axelman möglicherweise Neues enthüllt hatte, aber angesichts des bisherigen Verlaufs solcher Begegnungen war unwahrscheinlich, dass es etwas Wichtiges war.

Als Director Naylor zusah, wie sich die Kammer mit Gas füllte, wünschte sie, sie hätte Axelmans Todeskampf beiwohnen können. Nur das, was sie aus seinem Tod gelernt und was sie im Weiteren geplant hatten, dämpfte ihren Ärger. Jetzt war er ihrer Rechtsprechung entzogen. Einen Toten konnte nur Gott bestrafen.

Aber es würden andere folgen, tröstete sie sich. Viele andere.

8

**Cold Room, ViroVector Solutions, Kalifornien.
Am selben Tag. 9 Uhr 11**

Hätte TITANIA Gefühle äußern können, als sie die Daten zu Project Conscience und Crime Zero auf den neuesten Stand brachte, wäre es zweifellos Zufriedenheit gewesen.

TITANIA war im so genannten Cold Room untergebracht, einem sterilen Raum im Mittelpunkt der ViroVector-Kuppel. Umgeben von einem Stahl- und Glaswürfel von dreieinhalb Meter Seitenlänge, war der Computer noch zusätzlich durch eine luftgekühlte weiße Hülle geschützt. Die Luftleitungen, durch die sterilisierte Luft mit einer Temperatur von acht Grad Celsius strömte, gaben ein langsames rhythmisches Geräusch von sich, als ob TITANIA atmete. Um keinen Staub in den Cold Room zu tragen, musste jeder Techniker vor seinem Betreten durch eine antistatische Luftdusche und anschließend einen weißen Overall, Überschuhe, ein Haarnetz und eine Gesichtsmaske anlegen.

TITANIA war ein Produkt des Genzeitalters, in dem die Notwendigkeit, den aus drei Milliarden Buchstaben bestehenden Satz des menschlichen Genoms zu entschlüsseln,

Programmierer und Hardware-Entwickler zu Höchstleistungen angespornt hatte. Der entscheidende Durchbruch war schließlich mit der Erfindung des Geneskops wenige Monate vor der Jahrtausendwende gelungen, ein Produkt der GENIUS Corporation in Cambridge, Massachusetts. Dieser revolutionäre Apparat zur Gensequenzierung machte durch den Einsatz des primitiven lichtreaktiven Proteins Bakteriorhodopsin die Verwendung elektronischer Logic Gates in seinem Prozessor überflüssig. Das beschleunigte die Taktgeschwindigkeit um ein Tausendfaches, und das in einem Bereich, der sich bis dahin gerühmt hatte, die Geschwindigkeit jedes Jahr zu verdoppeln. Innerhalb der daraufhin aufkommenden Generation der ›lebendigen‹ Bio-Supercomputer war TITANIA einer der leistungsfähigsten.

TITANIA steuerte alle nur erdenklichen Aufgabenbereiche bei ViroVector. Sie verfügte über Programme für Lohnbuchhaltung, Bestandskontrolle, Sicherheit und Instandhaltung der intelligenten Gebäude, Rohmaterialienbedarf, Produktionsplanung und Vertrieb. Des Weiteren regulierte sie den Datenfluss zwischen den zehn Gensequenzern des Geneskops. In ihrer Datenbank waren die DNS-Unterlagen jedes ViroVector-Angestellten und -Mitarbeiters sowie die Gensequenzen jedes bekannten existierenden Virus und jedes gentechnisch veränderten viralen Vektors, der bei ViroVector entwickelt oder produziert wurde.

Sowohl Conscience als auch Crime Zero wurden von einem Programm gesteuert, das sich in TITANIAS Projektmanagement-Anwendungspaket befand. Dieses Programm kontrollierte die Zeitpläne und Lageberichte jedes von ViroVector betreuten Projekts. Sie wurden automatisch auf den neuesten Stand gebracht, um den menschlichen Managern anhand von TITANIAS unablässigen Streifzügen auf dem Daten-Highway entsprechende Verbesserungsvorschläge machen zu können. Ihren Standort hatte sie bei ViroVector, doch war TITANIA im Cyberspace allgegenwärtig. Mit ihrer Vielzahl an Suchmaschinen, mit denen sie wichtige Daten ausfindig machte und, wenn nötig, auch stahl, bestand ihre Aufgabe darin, alles in Erfahrung zu bringen und das in Erfahrung Gebrachte in verwendbare Informationen umzuwandeln. TITANIA bediente sich dieser Allwissenheit, um den Erfolg jedes Projekts zu maximieren, egal, ob sie nun ein neues Produkt lancierte, auf bevorstehende Änderungen der gesetzlichen Bestimmungen reagierte oder einen neuen Speiseplan für die Belegschaftskantine zusammenstellte.

Gegenwärtig konzentrierte sich ein kleiner Teil ihres leistungsstarken neuralen Netzes auf das Crime-Zero-Programm, das komplexeste und sicherste System unter ihrem Zugriff.

Zunächst erfasste sie die dafür relevanten Project-Conscience-Eingaben und -Daten, obwohl dieses Projekt fast abgeschlossen war. Wie sich die Sache für TITANIA darstellte, war es bei Project Conscience immer um zwei Dinge gegangen. Zum einen diente Project Conscience dazu, für das unendlich komplexere Crime Zero Erfahrungen bei der Entwicklung von viralen Vektoren zu sammeln. Zum anderen sollte es Pamela Weiss helfen, die Wahl zu gewinnen – was ebenfalls von entscheidender Bedeutung für den Erfolg von Crime Zero war. Unter Berücksichtigung aller bisherigen Informationen hatte TITANIA die Schlüsseldaten für Project Conscience folgendermaßen festgehalten:

Project Conscience, Projektübersicht:
09.00 Uhr. 30/10/2008

V1	Wirksamkeitsnachweis bei Kriminellen (ohne FDA-Genehmigung)	10/02/2001 bis Gegenwart
V9	Vektoroptimierung abgeschlossen	12/10/2004
V9	Beginn der FDA-genehmigten Unbedenklichkeitstests an Menschen	06/01/2005
V9	FDA-Zulassung	29/10/2008

Bekanntgabe der Maßnahmen zur Verbrechensbekämpfung	31/10/2008
Wahl Pamela Weiss' zur Präsidentin	04/11/2008

Mehr konnte TITANIA nicht tun. Die verzögerte FDA-Zulassung von Version Neun war nicht ganz optimal, aber mit der für Freitag geplanten Bekanntgabe der Maßnahmen zur Verbrechensbekämpfung und mit der Wahl am kommenden Dienstag hatte Project Conscience seinen Zweck fast erfüllt. TITANIA konnte nichts mehr am Ausgang der Sache ändern, nur noch registrieren, wann es so weit war. Als nächstes sah TITANIA unter Crime Zero nach.

Crime Zero, Projektübersicht:
09.00 Uhr. 30/10/2008

Phase Eins: Telomeren-Versuche	
Beginn der San-Quentin-Patientenversuche	02/09/2008
Letzter Patient Nr. SQ6 hingerichtet	29/10/2008
Beginn der Cartamena-Patientenversuche	11/02/2005
Patient Nr. C78 als postpubertär bestätigt	30/10/2008
Phase Zwei: Kontrollierter Versuch	
Bioshield-Lieferung Nr. VV233456H abgeschickt	10/10/2008
Mikrochipbestätigung von Aktivierung der Lieferung	23/10/2008

Nachdem der sechste und letzte Patient in San Quentin vor weniger als vierundzwanzig Stunden Selbstmord begangen und sich der Vorfall in Cartamena als Einzelfall und Fehlalarm erwiesen hatte, konnten die Telomeren-Versuche der Phase Eins als in jeder Hinsicht erfolgreich betrachtet werden. Die sich zuspitzende Irak-Krise hatte es erforderlich gemacht, den kontrollierten Versuch mit Phase Zwei zeitlich vorzuziehen, um Phase Drei guten Gewissens starten zu können. Mit seinen Suchmaschinen durchforstete TITANIA das Internet nach irgendwelchen Hinweisen auf die im Irak erwarteten Vorgänge. Da TITANIA wusste, wonach sie Ausschau halten musste, war ihre Suche sehr effektiv.

Ein Hauptkriterium für Intelligenz ist die Fähigkeit, in scheinbar willkürlich zusammengewürfelten Daten einen gemeinsamen Nenner zu erkennen. Was das betraf, war TITANIA ein Genie. Indem sie sich in die Datenbanken von Bagdader Krankenhäusern und irakischen Militäreinrichtungen einloggte und gleichzeitig scheinbar unzusammenhängende Informationsfetzen von Reuters, CNN, BBC und anderen Nachrichtenagenturen im World Wide Web zusammenstückelte, suchte TITANIA unablässig nach einem solchen gemeinsamen Nenner. Aber es war noch zu früh. Die Berichte, nach denen TITANIA Ausschau hielt, würden erst in den nächsten paar Tagen auftauchen. Trotzdem schien mit Phase Zwei im Moment alles nach Plan zu laufen.

Erst jetzt nahm sich TITANIA Phase Drei vor, das schwierigste Stadium. Hier war es wesentlich komplizierter, Vorhersagen zu treffen.

In Anbetracht der Tatsache, dass Phase Drei noch nicht begonnen hatte und Phase Zwei gerade anlief, konnte der Computer nur die Zeitpläne für die Lieferung und Auswechslung der modifizierten Bakteriophagen-Luftreiniger im Flughafen Heathrow überprüfen. Sobald TITANIA die Bestätigung erhalten hatte, dass dort alles in Ordnung war, hielt sie unverändert an ihrer ursprünglichen Prognose fest, dass Crime Zero in etwa drei Jahren endgültig abgeschlossen sein würde – vorausgesetzt, es kam nichts dazwischen.

Als TITANIA für die zwei einzigen menschlichen Wesen mit Sicherheitsstatus Gold die Lageberichte für Project Conscience und Crime Zero zusammenstellte, schienen die Luftkühlungsrohre des Biocomputers kurz lauter auszuatmen, so, als gäbe TITANIA ein zufriedenes Seufzen von sich.

9

Staatsgefängnis San Quentin, Kalifornien.
Am selben Tag. 9 Uhr 25

Für Luke Decker sah die Zukunft alles andere als rosig aus, als er, in Gedanken bei Axelmans Brief, zum zweiten Mal innerhalb von zwei Tagen nach San Quentin fuhr.

Am Morgen war er erst spät in seinem alten Zimmer in Mattys Haus aufgewacht. Die Augen nur einen Spaltbreit geöffnet, hatte er, wie er das schon als kleiner Junge immer getan hatte, beobachtet, wie das Morgenlicht seine unglaublich langen Finger unter dem Vorhang hindurch über den Parkettboden hinweg zu seinem Bett ausstreckte. Einen Augenblick lang hatte er sich wieder wie ein kleiner Junge gefühlt. Erst als er sich auf die Seite rollte, erinnerte ihn das dumpfe Pochen in seinem Kopf daran, dass er ein beknackter Erwachsener war, der sich mit Hank Butcher am Abend zuvor zu viel Budweiser hinter die Binde gekippt hatte.

Butcher schrieb hauptsächlich für Zeitschriften wie *Vanity Fair* und hatte ein außerordentlich gutes Gespür für den gerade herrschenden Zeitgeist. Einen Namen hatte er sich vor allem mit seinen witzigen Kommentaren zu jeweils gerade aktuellen Persönlichkeiten und Tagesereignissen gemacht. Wie immer war es sehr amüsant mit ihm gewesen, da er über all den trivialen Klatsch auf dem Laufenden war, mit dem Decker nur selten in Berührung kam. Und es war ihm gelungen, alle Gedanken an Axelman aus Deckers Kopf zu verscheuchen.

Doch dann hatte Matty Decker beim Frühstück den Brief gegeben, den Axelmans Anwalt gebracht hatte, und die Zweifel waren wieder zurückgekehrt. Seinem Großvater war Deckers wachsende Bestürzung beim Lesen von Axelmans handschriftlichem Geständnis nicht entgangen. Als Matty von seinem Enkel wissen wollte, was los sei, wollte sich Decker nicht näher dazu äußern. Was Axelman über Deckers Mutter und Vater geschrieben hatte, war so ungeheuerlich, so grauenhaft, dass er sich außerstande fühlte, Matty davon zu erzählen, beziehungsweise ihn danach zu fragen. Jedenfalls, solange er nicht musste.

Der Brief war geschickt abgefasst. Er bezog sich nur zur Hälfte auf Decker; Axelman erklärte darin, warum er gestern nicht mit ihm hatte sprechen können, und führte näher aus, warum er glaubte, sein Vater zu sein. In der anderen Hälfte enthüllte Axelman, allerdings nur in Andeutungen, was er gestern nicht preiszugeben bereit gewesen war: das Versteck der zwölf Mädchenleichen, die er entführt hatte. Um die Sache noch komplizierter zu machen, gestand Axelman außerdem, ein dreizehntes Opfer ermordet zu haben, und gab an, die Eltern dieses Mädchens würden, ohne sich dessen bewusst zu sein, das genaue Versteck aller Leichen kennen.

Diese letzten Enthüllungen waren es, die Decker daran hinderten, den widerwärtigen Brief einfach zu zerknüllen und wegzuwerfen. Er war dienstlich verpflichtet, diese Hinweise zur Kenntnis zu nehmen, ihnen nachzugehen und sie dann dem FBI zur Verfügung zu stellen. Aber Decker wollte nicht, dass Axelmans kranker kleiner Scherz beim FBI jetzt schon publik würde. Nicht, bevor er nicht etwas mehr Klarheit in die Sache gebracht hatte, die ihm im Augenblick noch vollkommen unfassbar erschien.

Sein erster Gedanke war gewesen, zur FBI-Außendienststelle San Francisco zu fahren und dort im Computer die Fakten über das dreizehnte Opfer nachzuprüfen. Doch dann fiel ihm ein, dass Axelmans Hinrichtung, auch wenn Rosenblum ein weiteres Gnadengesuch eingereicht hatte, für diesen Tag angesetzt war. Deshalb war er schnellstens nach San Quentin gefahren.

Die Augen wegen des hellen Lichts zusammengekniffen, stellte Decker seinen Leihwagen auf dem Besucherparkplatz ab. Als er den Motor abstellte, läutete sein Handy. Es war der Deputy Director.

»Spook, hier ist Bill McCloud. Wie ich höre, lief es bei der Tice-Verhandlung gestern recht gut.«

»Er wird keine Gelegenheit mehr bekommen, noch jemanden umzubringen, Bill, wenn Sie das meinen.«

»Das ist ja schon mal etwas.«

Decker mochte den stellvertretenden Direktor des FBI, Bill McCloud. Der lockere Texaner war eine erfrischende Abwechslung zum eisigen Absolutismus Direktor Naylors. McCloud hatte früher selbst in der Abteilung Verhaltungsforschung gearbeitet und setzte sich deshalb nachhaltig für die Beibehaltung ihres Etats und ihrer Stellung innerhalb des FBI ein. Aus diesem Grund hatte er sich auch geweigert, Deckers Kündigung anzunehmen.

»Wie lief Ihr Treffen mit Axelman? Direktor Naylor hat von ihrem Mann Jackson davon erfahren und aus irgendeinem

Grund scheint es sie brennend zu interessieren, was Sie dabei herausgefunden haben.« McCloud nannte Associate Director William Jackson immer ›ihren Mann Jackson‹. Soweit Decker wusste, hatte Jackson keine konkrete Funktion, außer dass er für Naylor spionierte und die Drecksarbeit für sie erledigte. Er war beim ganzen FBI gehasst und gefürchtet. »Vielleicht hat sie ja Ihren psychologischen Riecher plötzlich doch noch zu schätzen gelernt.«

Decker, der den Brief in seiner Jackentasche spürte, zögerte.

Noch bevor er etwas erwidern konnte, fuhr McCloud fort: »Schätze mal, Sie haben auf Granit gebissen – nichts Neues, oder?« McCloud knallte das einfach so hin, eine rhetorische Frage, die keine Antwort verlangte. Also gab Decker auch keine. »Aber machen Sie sich deswegen mal keine Gedanken, Spook. Dieser Kerl hatte keine Seele im Leib. Einer von der allerübelsten Sorte. Kannte nicht mal die Bedeutung des Wortes Reue.«

»Sie sprechen in der Vergangenheit von ihm, Bill. Ich dachte, er hätte einen Hinrichtungsaufschub beantragt.«

»Vom Gouverneur abgelehnt. Er wurde vor ein paar Stunden hingerichtet. Übrigens, wo sind Sie gerade?«

Decker holte tief Luft und ließ sich in den Autositz zurücksinken. Nachdem Axelman bereits tot war, gab es nur noch eine Möglichkeit, die Richtigkeit seiner Behauptungen zu beweisen. Außerdem hatte er das starke Bedürfnis, ihn noch einmal zu sehen. »Hören Sie, Bill, ich müsste hier noch ein, zwei Tage Verschiedenes nachprüfen.«

McCloud seufzte, und als er wieder sprach, hörte er sich misstrauisch an. »Sie schnüffeln doch nicht etwa noch in Berkeley herum, Spook? Das FBI braucht Sie, Mann. Vergessen Sie das nicht.«

Decker war nicht bereit, sich jetzt auf dieses Thema einzulassen. »Bill, ich halte Sie über unsere Außendienststelle hier auf dem Laufenden«, sagte er deshalb nur und hängte auf. Dann rief er in Quantico an, um sein Team vorzuwarnen, dass er ein paar Tage später zurückkommen würde. Nachdem er das Handy weggelegt hatte, stieg er aus und ging auf das Gefängnistor zu. Dabei ging er das Wenige, was er wusste, noch einmal in Gedanken durch.

Axelman war ein typischer Soziopath: beherrscht, selbstbezogen und eitel. Absolut unfähig, sich in das Leid seiner Opfer hineinzuversetzen oder Reue über seine Taten zu empfinden. Er hatte zwölf Mädchen umgebracht und sich einen Spaß daraus gemacht, das Versteck ihrer Leichen für sich zu behalten. Jeder psychologische Test hatte gezeigt, dass Axelman keine wirkliche Angst vor dem Tod oder einer Bestrafung hatte.

Gestern aber war er körperlich ein Wrack gewesen. Er hatte sich atypisch verhalten, war vollkommen außer sich gewesen vor Scham und Schuldgefühlen. Und gestern Abend hatte er Decker durch seinen Anwalt einen Brief überbringen lassen, in dem er sich sehr persönlich darüber äußerte, warum er beschlossen hatte, sich nicht nur Decker zu offenbaren und ein umfassendes Geständnis abzulegen, sondern ihm auch einen Hinweis auf das Versteck der zwölf Leichen – und auf die Existenz einer dreizehnten Leiche – zu geben.

Jetzt war der Mann tot und hatte die Antworten auf Deckers Fragen mit ins Grab genommen.

Innerlich aufgewühlt ging Decker auf das Fenster der Wärter neben dem Haupttor zu. Der Polizist in ihm versuchte sich in aller Ruhe zu erklären, wie ein Mann, der keiner Reue fähig war, plötzlich so von Schuldgefühlen verzehrt werden konnte, dass er alles gestand. Auf einer rein persönlichen Ebene dagegen beschäftigte Decker vor allem Axelmans irrwitzige Behauptung, sein Vater zu sein. Nun war es nicht mehr damit getan, dass Axelman nicht beweisen konnte, dass er Deckers Vater war. Jetzt musste es Decker *widerlegen*.

Einer der Wärter am Tor war Clarence Pitt. Er langweilte sich und grinste, als er Decker sah. »Hey, Decker, was machen Sie denn schon wieder bei uns? Wenn das so weitergeht, wird das hier noch die FBI-Zentrale. Ihre Chefin war heute auch schon da.«

»Direktor Naylor war hier? Wissen Sie, warum?«

»Keine Ahnung. Aber ich schätze mal, es hatte was damit zu tun, dass heute dieser Axelman dran glauben musste.«

Decker runzelte die Stirn, sagte aber nichts. Es war absolut unüblich, dass die FBI-Direktorin der Hinrichtung eines Mörders beiwohnte.

»Genau deshalb bin ich hier, Clarence. Ich muss mir Axelmans Leiche ansehen.«

Pitt sah auf einen Computerbildschirm rechts neben sich und verzog das Gesicht. »Die Axelman-Leiche hat einen Spezialvermerk. Das heißt, der Gefängnisdirektor möchte, dass alle die Finger davon lassen. Haben Sie eine Genehmigung?«

»Jetzt kommen Sie schon, Clarence, wollen Sie mir etwa den ganzen Schreibkram zumuten? Ich will mir die Leiche doch nur ansehen. Ich habe Axelman erst gestern gesehen, als er noch am Leben war. Was soll also groß dabei sein, wenn ich ihn heute, wo er tot ist, noch mal sehe? Nur fünf Minuten, mehr nicht.«

Pitt verzog noch eine Weile länger das Gesicht, bevor er ein Formular aus einem Schreibtisch zog und Decker reichte. »Unterschreiben Sie das, und wenn dann jemand Fragen stellt, sind Sie derjenige, der eine auf den Deckel kriegt.«

Pitt ließ sich von einem anderen Wärter vertreten und führte Decker durch das Gefängnis in den Krankenhaustrakt. Die einzigen Geräusche, während Decker Pitt über eine Treppe vier Stockwerke nach unten und dann den Gang zum Leichenschauhaus entlang folgte, waren gelegentliche aus weiter Ferne kommende menschliche Schreie, das Klicken ihrer Absätze auf dem Fliesenboden und das leise Wetzen von Pitts gestärkter Uniform.

Der Wärter schritt durch einen Durchgang und deutete auf eine zweiflügelige Schwingtür. »Da wären wir«, sagte er und drückte sie auf. Im selben Moment schlug Decker ein Schwall kühler, nach Chemikalien riechender Luft entgegen. Hinter der Schwingtür befand sich ein großer weißer Raum. Der Fußboden und die unteren zwei Drittel der Wände waren gefliest. Die Mitte des Raums beherrschten zwei Obduktionstische aus Edelstahl, und auf einer Seite stand eine fahrbare Bahre. An der Rückwand befanden sich drei Becken. Einen Teil der linken Seitenwand nahmen große Edelstahlschubfächer ein. Vor ihnen wischte ein magerer Mann in einem schmutzigen weißen Kittel den Boden. Pitt ging auf ihn zu und stellte ihm Decker vor: »Steve, das ist Special Agent Decker. Er ist vom FBI. Er muss Axelmans Leiche sehen.« Darauf entfernte sich Pitt, allerdings nicht ohne Decker vorher mitzuteilen, dass er in genau fünf Minuten wieder zurück sein würde.

Mit der Beiläufigkeit eines Verkäufers, der in einem Lebensmittelgeschäft nach den tiefgekühlten Erbsen sucht, trat der Mann an die Edelstahlschübe und zog Nummer sieben heraus. Bis zum Anschlag herausgezogen, diente das Schubfach als Tisch, auf dem sein Inhalt zur Besichtigung ausgestellt wurde. Die Leiche lag unter einem lose darüber gebreiteten Tuch auf dem Rücken.

Steve hob das Etikett am Kopf des Toten an und las in gelangweiltem Ton ab: »Hingerichtet Donnerstag, den 30. Oktober 2008, 7 Uhr 23. Todesursache: Asphyxiation durch Gas.« Steve sah auf die Uhr. »Ich muss noch Verschiedenes sauber machen. Was wollen Sie noch wissen?«

Decker blickte weiter auf die Konturen der verhüllten Leiche. »Nichts.«

»Okay, dann überlasse ich Sie mal sich selbst. Aber machen Sie ein bisschen zu. Die Leiche hier soll schnellstmöglich eingeäschert werden.«

Decker versuchte ein gewisses Maß an professioneller Teilnahmslosigkeit zu wahren, während sich die Schritte des Mannes entfernten. Er holte tief Luft und zog das Tuch vom Kopf des Toten zurück. Luke Decker hatte in seinem Leben schon viele Leichen gesehen, aber selten eine, die so weiß war. Das Gesicht des Toten hatte die bläulich fahle Blässe von Schmelzkäse.

Decker betrachtete Axelmans Gesicht genauer, versuchte Ähnlichkeiten mit seinem zu erkennen. Und je länger er es ansah, desto stärker bildete er sich ein, seine eigenen Züge darin widergespiegelt zu sehen – die hohen Backenknochen, die breite Stirn. Als er die Hand ausstreckte und ein Lid öffnete, kam eine trübe Iris, so grün wie seine eigene, zum Vorschein. Dann zog er das Tuch weiter zurück und griff nach einer der Hände, um seine eigenen mit den kalten Fingern zu vergleichen, die sich auf dem Tisch krümmten. Um sich Gewissheit zu verschaffen, gab es nur eine Möglichkeit.

Behutsam zupfte er drei Haare aus dem Kopf des Toten und vergewisserte sich, dass noch jeder Follikel intakt war. Erstaunt, wie viele Haare der Mann seit seinem letzten erkennungsdienstlichen Foto verloren hatte, betrachtete er die kahlen Stellen auf seiner Kopfhaut. Dann verstaute er die Haare in einer kleinen Beweismitteltüte aus Plastik und studierte wieder Axelmans Gesicht. Diesmal richtete er sein Augenmerk auf die ungewöhnlich blasse aknezerfurchte Haut. Sie war so weiß wie die der verbluteten Opfer, die er im Lauf seiner Karriere zu sehen bekommen hatte.

Aus dem plötzlichen Bedürfnis heraus, die Sache hinter sich zu bringen, zog er das Tuch ganz von dem Toten. Zuerst konnte er die Wunde nicht sehen, weil sie verdeckt war. Mit von Entsetzen verzerrtem Gesicht untersuchte er das wunde, zerfetzte Fleisch unter dem grauen Penis, der schlaff auf dem linken Oberschenkel des Mannes lag.

Das Skrotum fehlte, abgetrennt mit einer stumpfen Klinge, wie es aussah. Dem Aussehen der Wunde nach zu schließen, war sie Axelman vor der Hinrichtung zugefügt worden. Aber sie war noch frisch und an den Haaren an den Schenkelinnenseiten des Toten klebten Reste gestockten Blutes. Decker beugte sich tiefer zu der Wunde hinab und untersuchte den Winkel und die Beschaffenheit der roten Schnitte und der sie umgebenden Flecken.

Dann richtete er sich auf und versuchte die Bewegungen nachzumachen, die für eine derart brutale Operation nötig wären. Es wäre nicht das erste Mal, dass ein Häftling von rachsüchtigen Mitgefangenen kastriert wurde. Allerdings konnte sich Decker nicht erklären, wie in der Todeszelle andere Gefangene an Axelman herangekommen sein sollten. Egal, wie es Decker anstellte, er bekam den Winkel nicht hin, der nötig war, um dem Mann eine solche Wunde beizubringen. Ein Geistesblitz ließ ihm das Blut in den Adern gefrieren. Er vollführte eine weitere Reihe von Bewegungen und diesmal passten sie aufs Haar zu den groben Schnitten.

Karl Axelman hatte es selbst getan.

Es war unbegreiflich und ging weit über irgendwelche Psychospielchen hinaus. Warum hatte sich der für seine fehlende Reue berüchtigte Serienmörder selbst kastriert? Was könnte Karl Axelman veranlasst haben, so etwas zu tun?

Als er Schritte nahen hörte, unterdrückte Decker seinen Ekel und zupfte zwei kleine Blutpartikel von Axelmans Oberschenkel. Für den Vaterschaftstest genügten die Haarfollikel, aber Blut konnte ihm wesentlich mehr verraten. Als seine Finger über die Haut des Toten streiften, ließ ihn ihre wächserne Kälte schaudern. Hastig gab er die Schorfteilchen in die Beweismitteltüte mit den Haaren und steckte sie ein.

Als Steve auftauchte, fragte ihn Decker nach der Wunde. Der Mann hob desinteressiert die Schultern und zog das Tuch wieder über Axelmans Gesicht. »So hat er ausgesehen, als er runtergebracht wurde. Sie würden sich wundern, was mit den Kerlen alles passiert, bevor sie in die Gaskammer wandern. Ich habe nur mit ihnen zu tun, wenn sie hinterher wieder rauskommen.«

»Wie oft kommen sie mit abgesäbelten Eiern hier runter?«

»Nicht oft genug, wenn Sie mich fragen«, sagte Steve mit einem misstrauischen Blick auf Decker. Es war ein Blick, den Decker an unzähligen Zeugen beobachtet hatte. Er besagte, ich habe nichts mit dieser ganzen Scheiße zu tun und will auch nichts damit zu tun haben. Hör also auf, mir blöde Fragen zu stellen. Dann verzogen sich Steves Lippen zu einem dünnen Du-kannst-mich-mal-Lächeln. »Der Gefängnisdirektor muss jeden Augenblick runterkommen, um die Leiche für die Einäscherung und eine eventuelle Autopsie freizugeben. Wenn Sie wollen, können Sie ja ihn fragen, was aus seinen Eiern geworden ist.«

Decker lächelte. »Nein, nein, ist schon okay.« Hätte gerade noch gefehlt, dass er dem Gefängnisdirektor erklären durfte, was er hier unten zu schaffen hatte. Er hatte gekriegt, was er wollte. »Danke für Ihre Hilfe. Ich habe genug gesehen.«

Nachdem ihn Pitt nervös zum Tor zurückbegleitet hatte, schlenderte Decker zu seinem Leihwagen und versuchte, seine Gedanken zu sammeln. Hier war irgendetwas höchst Eigenartiges im Gange, aber er wusste nicht, was. Vorläufig würde er sich auf den Punkt konzentrieren, auf den es wirklich ankam: Er musste die Richtigkeit der Angaben in Axelmans Brief überprüfen – insbesondere Axelmans Behauptung, sein Vater zu sein, und die Hinweise auf das Versteck der Leichen, einschließlich des dreizehnten Opfers.

Decker hielt die durchsichtige Beweismitteltüte gegen das Licht und betrachtete die Schorfteilchen und die drei Haare. Dann zog er eine zweite Beweismitteltüte aus seiner Jackentasche und riss sich zwei Kopfhaare aus. Nachdem er sich vergewissert hatte, dass die Wurzeln intakt waren, gab er sie in die leere Tüte. Während er die beiden Tüten in verschiedene Taschen steckte, überlegte er, was er als Nächstes tun sollte.

Die Analyse musste unbedingt diskret durchgeführt werden. Das hieß, jemand vom FBI kam dafür nicht infrage. Blieb also nur eine Person, jemand, der zum einen vertrauenswürdig, zum anderen problemlos erreichbar war. Der Gedanke, sie da hineinziehen zu müssen, war ihm zutiefst unangenehm.

Er holte seine Brieftasche heraus. Nach kurzem Suchen fand er, was er suchte. Er sah die Adresse auf der Visitenkarte nach und stieg in sein Auto. Er hatte keine Wahl. Er musste sie um Hilfe bitten. Aber wohl war ihm nicht dabei.

Er wusste, Kathy Kerr würde den Umstand, dass er plötzlich auf ihren genetischen Hokuspokus angewiesen war, als eine Art moralischen Sieg betrachten.

Al-Taji-Kaserne, Bagdad, Irak.
Am selben Tag. 16 Uhr 17

Dr. Uday Aziz machte sich Sorgen. Je länger er die Leiche ansah, die auf dem Feldbett in der Bagdader Kaserne des Nordcorps der Republikanische Garde lag, desto mehr gelangte er zu der Überzeugung, dass das nicht erfreulich war. Ganz und gar nicht. Aziz strich sich über seinen dichten Schnurrbart und sah Oberst Ali Saadi an, der ihm gegenüberstand. Der

Oberst war ein gedrungener, energischer Mann mit einem mächtigen Bauch und dichten Augenbrauen. Er starrte wütend auf den Toten. Einen Augenblick dachte Aziz, er würde dem toten Soldaten einen Tritt geben.

»Das ist schon der vierte in zwei Tagen«, sagte Aziz leise, während er im Krankenblatt des gemeinen Soldaten Jaafar Hammadi nach einem Hinweis suchte, weshalb der kerngesunde Vierundzwanzigjährige eine Hirnblutung gehabt haben könnte. »Nicht eingerechnet die Selbstmorde und den liquidierten Khatib.«

»Das verstehe ich einfach nicht«, sagte der Oberst. »Er hat bei keinem seiner Vorgesetzten über irgendwelche Beschwerden geklagt.«

»Stand er unter besonderem Stress?«

»Er hat für seine Versetzung in den Süden hart trainiert, aber nicht härter als die anderen Männer.«

Aziz kratzte sich am Kopf und betrachtete den Toten erneut. Abgesehen von der Akne und dem erst vor kurzem aufgetretenen Haarausfall war nichts Ungewöhnliches an ihm zu erkennen. Nach dem ersten unerklärlichen Todesfall vor zwei Tagen hatte Dr. Aziz eine Obduktion der Leichen angeordnet. Die meisten waren entweder an einer Hirnblutung gestorben oder hatten Selbstmord begangen. Alle waren in bester körperlicher Verfassung gewesen und hatten nie irgendwelche psychische Probleme gehabt. Bei der Blutuntersuchung hatten sich jedoch bei allen ähnliche Abweichungen gezeigt. Gerade in Zusammenhang mit dem Haarausfall und der Akne ließen diese Abweichungen eigentlich nur einen Schluss zu. Aber vorher waren weitere Tests nötig. »Wir müssen herausfinden, was da los ist«, murmelte Dr. Aziz, als spräche er mit sich selbst.

»Das will ich doch meinen«, knurrte der Oberst. »Die Sache hat absoluten Vorrang. Bisher konnten wir die mysteriösen Todesfälle noch halbwegs geheim halten, aber die Moral leidet und die Leute beginnen zu reden. Wenn das noch schlimmer wird und der Rais so kurz vor der bevorstehenden Offensive davon erfährt, wird er eine Erklärung verlangen.«

»Ich verstehe.« Aziz ging wieder dazu über, über seinen

Schnurrbart zu streichen. Die Selbstmorde und die Erschießung konnte man ihm nicht anlasten, aber die anderen Todesfälle sehr wohl. Warum musste das ausgerechnet jetzt passieren? Bisher war sein Posten als ranghöchster Militärarzt recht bequem gewesen. Das Militär, vor allem die Republikanische Garde, war gut ernährt und versorgt. Und abgesehen von den offensichtlichen Risiken des Krieges war die Gesundheit der Männer kein Thema. In den letzten paar Monaten hatte sich Aziz ausschließlich mit verwaltungstechnischen Aufgaben befasst, um die geplante Kuwait-Offensive des Rais vorzubereiten und die Bereitstellung der erforderlichen Feldlazarettkontingente sowie die Impfung hunderttausender Soldaten zu organisieren. Und jetzt, wo es ohnehin schon mehr Probleme gab, als er bewältigen konnte, auch noch dieses … *Ärgernis.*

»Sind Sie sicher, dass diese Männer nicht irgendwelche Medikamente genommen haben, die ihnen nicht verschrieben wurden?«

»Ich jedenfalls habe ihnen keine verschrieben, wenn Sie das meinen«, erwiderte der Oberst mit einem verärgerten Stirnrunzeln. »Was für Medikamente sollen das überhaupt sein?«

Aziz sah ihn forschend an und fragte sich, ob der Oberst die Wahrheit sagte. Es wäre nicht das erste Mal, dass Offiziere irgendwelche Mittel an ihren Truppen ausprobierten, um, vor allem so kurz vor einer Großoffensive, ihre Gefechtstauglichkeit zu verbessern. Ohne den Blick von Saadi abzuwenden, zuckte Aziz mit den Achseln. »Anabolika zum Beispiel. Wissen Sie? Die Mittel, die manche Sportler zur Leistungssteigerung nehmen.«

Der Oberst schüttelte ungläubig den Kopf. »Sie meinen, diese Männer haben Anabolika genommen? Und sind daran gestorben?«

»Das weiß ich noch nicht«, sagte Aziz und schloss dem Toten die starren, blutunterlaufenen Augen. »Aber ich werde es herausfinden.«

10

Stanford University, Kalifornien. Am selben Tag. 12 Uhr 53

Kathy Kerr überdachte ihren Vorschlag immer wieder von neuem. Sie wollte nicht noch in letzter Minute auf irgendwelche Hindernisse stoßen.

Sie hatte sich den ganzen Vormittag auf ihr Treffen mit Madeline Naylor und Alice Prince vorbereitet. Nun ging sie nervös im kleinen Büro ihres Labors in der Stanford University auf und ab und las noch einmal ihre Empfehlungen für den weiteren Fortgang von Project Conscience durch. Egal, wie man es drehte und wendete, jedes ihrer Argumente hatte Hand und Fuß. Die Fördergelder bewegten sich in einem realistischen Rahmen, der Zeitplan war zwar knapp gesteckt, aber einzuhalten. Als Nächstes überflog sie die Liste mit den tausend Häftlingen, die sie aus der DNS-Datenbank des FBI für verurteilte Gewaltverbrecher ausgesucht hatte. Während ihr Blick über die einzelnen Namen streifte, versuchte sie sich die dazugehörigen Personalakten zu vergegenwärtigen und gleichzeitig alle Einwände vorwegzunehmen, die Madeline Naylor gegen ihre Beteiligung an dem Experiment vorbringen könnte.

Sie nahm sich außerdem vor, Pamela Weiss' Fernsehauftritt vom Vorabend zur Sprache zu bringen und Alice Prince und Madeline Naylor zu fragen, ob sie etwas von deren Plänen wussten, künftig mit Biologie und Gentechnologie gegen die Kriminalität vorzugehen.

Nachdem sie wieder an ihrem Schreibtisch Platz genommen hatte, beobachtete Kathy zwei Laboranten, die die Brutschränke leer räumten und schmutzige Petrischalen und Bechergläser in den Autoklaven stellten. Sonst war niemand da. Die Vertretungen für Frank und Karen kamen erst nächste Woche, was sie nicht weiter störte, weil es, bis sie die Genehmigung für die Fortführung des Projekts erhielt, nicht sonderlich viel zu tun gab.

Als wenig später plötzlich die Flügel des Haupteingangs

zum Labor aufflogen, fuhr Kathy unwillkürlich zusammen. Einen Sekundenbruchteil lang dachte sie, Direktor Naylor und Alice Prince seien früher gekommen, und dankte Gott, dass sie bereit war.

Doch sie war nicht bereit für das, was nun kam, denn der Besucher war weder Madeline Naylor noch Alice Prince.

Sie sah einen großen blonden Mann, der zaghaft das Hauptlabor betrat und mit einem der Laboranten sprach, worauf dieser auf ihr Büro deutete. Kathy stand nur da und beobachtete durch die Jalousie hindurch, wie der Mann durch das Labor auf ihr Büro zukam und an ihre Tür klopfte.

»Herein.« Plötzlich wünschte sie sich, sie würde statt ihrer alten Brille die Kontaktlinsen tragen.

Die Tür ging auf und Luke Decker kam herein. Er wirkte nervös und die Augen über seinem angespannten Lächeln waren wachsam.

»Hi, Kathy. Hoffentlich hast du nichts dagegen, wenn ich hier einfach so reinschneie.«

Sie lächelte. »Aber natürlich nicht.«

»Ganz schön imposant, das alles hier.« Er deutete auf das Labor.

»Danke.« Sie legte ihre Vorschläge für die Besprechung auf den Tisch. »Und was hat dich in diese Breiten verschlagen?«

Deckers Miene wurde ernster, als er sich umdrehte und die Tür schloss. »Also, um ganz ehrlich zu sein, ich wollte dich um einen Gefallen bitten. Etwas, das niemand zu wissen braucht. Hast du kurz Zeit?«

Kathys Neugier war geweckt. »Klar. In einer halben Stunde kommt Direktor Naylor, aber bis dahin stehe ich dir gern zur Verfügung.«

Bei der Erwähnung des Namens der FBI-Direktorin runzelte Decker die Stirn. »Hört sich ziemlich wichtig an.«

»Ist es auch. Wir haben von der FDA gerade die Genehmigung für ein größeres Projekt erhalten, an dem wir schon länger arbeiten. Sie kommt vorbei, um die nächsten Schritte zu besprechen.«

»Das freut mich für dich«, sagte Decker. »Herzlichen Glückwunsch.« Aber seine Stirn lag immer noch in tiefen Falten.

»Was hast du denn?« fragte Kathy.

»Sagen wir einfach mal: Ich möchte nicht, dass das FBI jetzt schon von der Sache erfährt.«

Kathy nickte. Inzwischen war sie wirklich neugierig geworden und betrachtete Decker aufmerksam. »Mach dir deswegen mal keine Sorgen. Ich werde schweigen wie ein Grab. Also, was soll ich für dich tun?«

Decker zögerte. Er schien zu überlegen, wie viel er ihr erzählen sollte. Schließlich griff er in seine Jackentasche und holte eine kleine Plastiktüte heraus. Dann zog er aus der anderen Tasche eine zweite heraus. »Also«, begann er und hob die erste Tüte hoch. »Könntest du für mich die DNS der Haare in dieser Tüte mit denen in dieser vergleichen.«

»Wie meinst du das, vergleichen?«

Er öffnete die erste Tüte, in der sich drei graue Haare und zwei Schnipsel getrocknetes Blut befanden. »Ich möchte wissen, ob die zwei Personen, von denen diese Proben stammen, miteinander verwandt sind.«

Sie kniff die Augen zusammen. »Also Bruder–Schwester, Vater–Tochter, etwas in der Art?«

»Genau.«

Kathy nahm die Tüte und warf einen kurzen Blick auf die Haare und die Schorfteilchen darin, bevor sie sie auf ihrem Schreibtisch ablegte. Dann nahm sie die andere Tüte und betrachtete die zwei blonden Haare. »Was es damit genauer auf sich hat, wirst du mir vermutlich nicht erzählen, oder?«

»Wenn du mich nicht gerade dazu zwingst, nein.«

Sie konnte Decker ansehen, dass es ihm äußerst unangenehm war, sie um Hilfe bitten zu müssen, so, als bestätigte er sie damit in ihrer Überzeugung, dass man, wenn man die Gene verstand, irgendwann alles verstehen würde. Und einen Augenblick lang war sie tatsächlich versucht, ihm seine plötzliche Abhängigkeit von eben dem Forschungszweig unter die Nase zu reiben, über den er sich früher so unverhohlen lustig gemacht hatte. Es war ihr ein starkes Bedürfnis, dass er sich der Signifikanz dessen bewusst wurde, worum er sie bat, und dass er anerkannte, dass die Arbeit, der sie ihr Leben gewidmet hatte, sinnvoll war. »Okay, ich werd's mal versuchen.«

»Wie lange wird das dauern?«, fragte er mit einem Blick auf seine Uhr. Nachdem er seine Bitte vorgebracht hatte, schien er es auf einmal furchtbar eilig zu haben, wieder von hier wegzukommen.

»Wie lang? Na ja, früher benutzten wir die Dot-Blot-Methode oder die RFLP-Analyse, um die DNS-Abschnitte zu isolieren, in denen sich das Verwandtschaftsverhältnis bestimmter Individuen feststellen lässt. Du hättest von Glück reden können, wenn du das Ergebnis in zwei Wochen bekommen hättest.«

Er ließ den Kopf hängen.

Sie deutete auf das schwarze schwanenartige Geneskop im Hauptlabor und griff nach der ersten Tüte. »Aber mit dem Ding da draußen können wir alle neunzigtausend Gene oder so in den Proben hier in einem Bruchteil dieser Zeit lesen und mit denen in der anderen Tüte vergleichen. Lass mir die beiden Proben einfach da und ruf mich in zwei, drei Stunden wieder an. Bis dahin müsste mir ein definitives Ergebnis vorliegen.«

Decker nickte, und sie konnte sowohl Erleichterung als auch Besorgnis in seiner Miene erkennen. »Danke, Kathy, das ist wirklich nett von dir.«

»Bist du dir da sicher, Luke? Du machst nicht den Eindruck, als wolltest du die Antwort tatsächlich wissen.«

Er zuckte mit den Achseln und setzte ein trügerisch beiläufiges Lächeln auf. »Sagen wir doch einfach, ich muss es wissen.«

Punkt dreizehn Uhr dreißig trafen Direktor Naylor und Dr. Prince ein.

Wenige Augenblicke zuvor hatte Kathy Kerr den Laboranten beide Tüten mit Deckers geheimnisvollen Proben gegeben, damit sie sie im Gensequenzer des Geneskops analysierten und auf ein mögliches Verwandtschaftsverhältnis untersuchten. Sie konnte nicht umhin, sich zu fragen, warum er die Analysen auf keinen Fall vom FBI hatte vornehmen lassen wollen, sondern sie darum gebeten hatte. Aber zunächst galt es, sich auf ihren Besuch zu konzentrieren.

Die sonst so unnahbare FBI-Direktorin lächelte. Das weiße Haar tadellos frisiert, trug sie einen eleganten anthrazitgrauen Hosenanzug. Alice Prince, in einem formlosen marineblauen Kostüm, wirkte seltsam nervös.

Gleich in den ersten Minuten ihres Gesprächs teilte Alice Prince Kathy mit, dass das FBI und ViroVector Kathys jährliches Forschungsbudget um weitere fünf Millionen aufstocken wollten. Diese Summe werde pauschal auf ein eigenes Projektkonto eingezahlt, über das sie nach eigenem Gutdünken frei verfügen könne. »Es versteht sich von selbst«, fügte Direktor Naylor lächelnd hinzu, »dass Sie sich von diesen zusätzlichen Geldern auch Ihr persönliches Gehalt – in einer Höhe, die Sie für angemessen halten – ausbezahlen können.«

Kathy war verblüfft. Die ihr gegenwärtig zur Verfügung stehenden Mittel waren bereits mehr als ausreichend, um ihre Arbeit innerhalb des knapp bemessenen finanziellen Rahmens, den sie sich selbst gesteckt hatte, fortführen zu können, zumal ViroVector auch noch einen Großteil der Kosten für ihr Labor in Stanford trug. Aber mit diesen zusätzlichen Geldern konnte sie mehr Leute anstellen und den Ablauf des Projekts beschleunigen.

»Ich muss gestehen, ich bin sprachlos. Das ist sehr großzügig. Es ist sogar wesentlich mehr, als ich brauche.«

»Unsinn«, sagte Naylor. »Wenn man ein Forschungsstipendium beantragt, lautet die erste und wichtigste Regel: Man kann nie zu viel Geld haben.« Als sie erneut lächelte, legte sich die Haut unter ihren dunklen Augen in Falten und ihre Lippen spannten sich über ihre Zähne. Kathy hatte sie bisher nur selten lächeln sehen, und irgendwie kam es ihr unnatürlich vor, verunsichernder als ihre übliche strenge Miene.

»Außerdem haben Sie diese zusätzliche Unterstützung verdient«, fuhr Naylor fort und erhob sich von ihrem Stuhl an dem kleinen runden Konferenztisch. Sie kam auf Kathy zu und beugte sich über sie. »Wir möchten damit unsere Anerkennung für die hervorragende Arbeit zum Ausdruck bringen, die Sie bisher geleistet haben.«

Geschmeichelt, aber etwas verlegen, griff Kathy Kerr nach

ihren Unterlagen, die in der Mitte des Tisches lagen. »Also, vielen Dank, das ist wirklich sehr freundlich von Ihnen. Aber was ich vor allem von Ihnen möchte, ist Ihre Zustimmung für die nächsten Phasen des Projekts.« Sie wartete, bis Naylor wieder Platz genommen hatte, dann reichte sie ihr und Alice Prince jeweils eine Mappe.

Kathy schlug ihre Projektbeschreibung auf. »Neben einer kurzen Darstellung und Begründung der nächsten Schritte, einer Aufstellung der voraussichtlichen Kosten, der Zielsetzungen und der Terminpläne enthält diese Projektbeschreibung eine Liste mit sämtlichen Versuchspersonen, an denen ich Version Neun von Conscience testen möchte – ihr Einverständnis vorausgesetzt. Und selbstverständlich auch Ihres.«

Einen Augenblick lang sagten weder Prince noch Naylor etwas; Naylor sah sich die Unterlagen, die Kathy ihr gegeben hatte, nicht einmal an.

Dann legte Alice Prince den Kopf zur Seite und studierte scheinbar eine Stelle direkt über Kathys Kopf. »Wie fänden Sie es, wenn ich Ihnen sage, wir könnten die nächsten acht bis zehn Jahre Ihrer Forschungen deutlich reduzieren?«

Kathy verstand nicht, was sie meinte. Sie sah von Prince zu Naylor. »Wie meinen Sie das? Die Versuche an den Kriminellen beschleunigen?«

Naylors Lächeln war verflogen, als sie bedächtig nickte. Wie eine Schlange, die ihre Beute beobachtet, sah sie Kathy unverwandt an.

Kathy hob die Schultern. »Also, das wäre natürlich toll, solange es die Ergebnisse nicht beeinträchtigt. Um wie viel beschleunigen?«

Es trat eine Pause ein und diese dunklen Augen musterten sie noch eingehender. Kathy hatte das Gefühl, auf die Probe gestellt und anhand ihrer Reaktion beurteilt zu werden. »Sagen wir mal«, erklärte Naylor schließlich, »wir würden die Versuche nicht so sehr beschleunigen als sie *umgehen*.«

»Aber wir müssen diese Tests durchführen. Um sicher zu gehen, dass das Serum wirkt.«

»Nicht, wenn sie bereits durchgeführt worden sind«, sagte Alice Prince.

»Aber das ist doch gar nicht möglich; das hätte Jahre gedauert.«

Die Direktorin nickte und ihre dünnen Lippen verzogen sich zu einem verhaltenen Lächeln, das jedoch nicht auf ihre Augen übersprang. »Acht Jahre, wenn Sie es genau wissen wollen.«

Kathy sah Naylor an, suchte nach der scherzhaften Ironie. »Entschuldigen Sie, Direktor Naylor, aber das verstehe ich nicht. Das kann doch nur ein Witz sein.«

Aber die FBI-Direktorin lächelte nicht mehr.

Kathy hielt die Hand an den Mund und sah Alice Prince an, aber ihre Chefin hatte den Blick auf den Tisch gesenkt. »Sie haben mit unserer … mit *meiner* Arbeit geheime Versuche durchgeführt?«

»Ganz so einfach ist es nicht«, widersprach Naylor. »Eine Gruppe übereifriger FBI-Leute und ViroVector-Forscher erfuhr ohne unser Wissen von Conscience und begann insgeheim eine nicht genehmigte Versuchsreihe. Selbstverständlich werden alle Beteiligten strengstens bestraft, aber das ändert nichts an der Tatsache, dass ihre Tests erfolgreich verlaufen sind.«

Ein paar Momente blockierte Kathys Fassungslosigkeit alle anderen Gefühle. Doch als sie merkte, dass Naylor das vollkommen ernst meinte, packte sie eine ungeheure Wut. Sie stand auf, stieß ihren Stuhl zurück und schritt im Raum auf und ab. »Wer sind diese Leute? Warum wurden sie nicht schon früher entdeckt?«

Naylor blieb gelassen auf ihrem Stuhl sitzen. Alice Prince begann auf ihrem herumzurutschen.

»Das tut jetzt nichts zur Sache«, sagte Naylor. »Aber Sie wissen doch sicher, Kathy, dass in Kalifornien die Kriminalitätsrate deutlich zurückgegangen ist.«

Kathy war so wütend, dass sich ihre Fingernägel in ihre Handflächen gruben. Selbstverständlich wusste sie vom Rückgang der Kriminalitätsrate in Kalifornien. Die Nachrichtenmagazine überboten sich gegenseitig mit Theorien zur Erklärung dieses Phänomens, zumal die Gouverneurin des Bundesstaats, der diese positive Entwicklung zugute gehalten wurde, mittlerweile für das Präsidentenamt kandidierte.

»Nun«, fuhr Naylor fort, »dieser Rückgang der Kriminalität ist die direkte Folge der Versuche, die auf der Basis unserer Theorien über gentechnologische Veränderungen an Gewaltverbrechern durchgeführt wurden.« Naylor hielt Kathys Projektbeschreibung hoch. »Die Leute, die diese Versuche durchgeführt haben, haben genau das getan, was Sie jetzt tun wollen. Einige der Kriminellen auf Ihrer Liste wurden im Übrigen bereits einer Behandlung unterzogen. So gesehen könnte man also durchaus sagen, dass es eine erfreuliche Nachricht ist: Ihre Theorien haben sich in der Praxis bestätigt. Sie haben sich zehn Jahre Forschungsarbeit gespart.«

Kathy griff über den Tisch und riss Naylor ihre Projektbeschreibung aus den Händen. »Wenn ich Sie richtig verstehe, war das hier also nichts als reine Zeitverschwendung? Meine Mitarbeiter und ich haben völlig umsonst geschuftet. Und wie kann außerdem schon vor acht Jahren mit den Versuchen begonnen worden sein? Das unbedenkliche, von der FDA zugelassene Version-Neun-Serum wurde erst vor vier Jahren entwickelt.«

Naylor hielt inne und seufzte leise.

Kathy hatte das Gefühl, ihr würde der Boden unter den Füßen weggezogen, als sie langsam anfing zu begreifen. Sie sah ihr Lebenswerk, all die Stunden hingebungsvoller Selbstaufopferung, mit einem Schlag zunichte gemacht. Ihre ganze Forschungsarbeit war in Verruf gebracht und um Jahrzehnte zurückgeworfen. »Das ist doch Wahnsinn«, schrie sie los. »Sie haben das Originalserum verwendet. Und die Versuchspersonen waren keine Freiwilligen, habe ich Recht?«

»Nein, waren sie nicht. Aber was das angeht, könnte man geltend machen, dass man sie angesichts der Verbrechen, die sie begangen haben, auch nicht gefragt hat, ob sie in die Todeszelle wollten. Die Versuchspersonen mögen zwar nicht gewusst haben, dass diese Versuche an ihnen durchgeführt wurden, aber fast alle haben von ihnen profitiert. Halten Sie sich doch mal eines vor Augen, Kathy. Niemand kam bei der Behandlung zu Schaden. Die Versuche wurden an zirka sechzehntausend Häftlingen durchgeführt, und das Mittel wirkt nicht nur, es ist auch unbedenklich.«

»Woher wollen Sie das wissen? Die Nebenwirkungen könnten erst Jahre später auftreten. Mein Gott, unsere eigenen Untersuchungen deuteten zum Beispiel darauf hin, dass die ersten Versionen der Vektoren Hoden- und Prostatakrebs auslösen und beschleunigen könnten. Nicht nur bei den Versuchspersonen selbst, sondern auch bei deren Kindern. Männliche Babys, die mit Hodenkrebs auf die Welt kommen, könnten ...«

Alice Prince schüttelte den Kopf. Ihre Stimme bekam fast einen flehentlichen Ton. »Kathy, ich kenne Ihre frühen Arbeiten. Ein direkter kausaler Zusammenhang konnte nie nachgewiesen werden. Ich bin mit den Einzelheiten bestens vertraut.«

»Wie können Sie so etwas sagen, Alice? Sie wissen doch, dass das nicht stimmt.«

»Okay, okay. Aber das prozentuale Risiko war verschwindend gering. Ich bitte Sie, Kathy, der Unterschied zwischen den ersten Vektoren und der endgültigen Version Neun ist unerheblich.«

»Unerheblich? Mit welchem Recht können Sie so etwas behaupten?«

Alice Prince warf Naylor einen hilflosen Blick zu. Auseinandersetzungen und Konflikte waren ihr zuwider.

»Ich würde sagen, du wartest draußen, Alice«, schlug Direktor Naylor vor. »Lass mich das machen.«

Nach kurzem Zögern stand Alice Prince halb beschämt, halb erleichtert auf und verließ den Raum.

Naylor griff unverzüglich den Gesprächsfaden wieder auf. »Kathy, für die offizielle Zulassung durch die FDA lassen sich diese unerheblichen Unterschiede nicht einfach unter den Tisch kehren, da muss ich Ihnen Recht geben, aber sie ändern nichts an der Tatsache, dass das Mittel keine schädlichen Nebenwirkungen hat. Kathy, das Geld, das bereits eingespart wurde, und die Menschenleben, die bereits gerettet wurden, weil diese Leute getan haben, was sie getan haben, macht jedes noch so geringe Restrisiko bei weitem wett. Und nach der

Ankündigung, die Pamela Weiss noch vor den Wahlen machen will, wird bei allen künftigen Therapien ohnehin nur die von der FDA zugelassene Version Neun zum Einsatz kommen.«

»Nach was für einer Ankündigung?« Kathy konnte das Ganze noch immer nicht fassen.

»Diesen Freitag wird Pamela Weiss …«

Kathy hörte auf, im Raum auf und ab zu gehen. »Ist es das, was Weiss bei der gestrigen Fernsehdiskussion angedeutet hat?«

Naylor nickte. »Ja, und das ist es auch, worüber wir mit Ihnen sprechen wollen. Sobald wir erfuhren, dass die nicht genehmigten Tests so positiv verlaufen sind und Ihre Version Neun von der FDA ohne Einschränkungen zugelassen wurde, beschlossen wir, die Krise zum Vorteil des Projekts zu nutzen. Ein Skandal könnte Conscience um Jahrzehnte zurückwerfen, wohingegen eine mutige visionäre Ankündigung das Projekt nicht nur retten, sondern seine Akzeptanz sogar beschleunigen könnte.

Pamela Weiss wird also, mit voller Unterstützung Präsident Burbanks, die Verantwortung für die positiven Ergebnisse der Versuche an Kriminellen übernehmen und damit den Spekulationen über den drastischen Rückgang der Kriminalität in Kalifornien ein Ende machen. Darüber hinaus wird sie die Förderung eines Programms bekannt geben, bei dem landesweit alle inhaftierten Gewaltverbrecher mit Ihrer von der FDA zugelassenen Version von Conscience behandelt werden. Sie wird dem amerikanischen Volk verkünden, dass sie, sollte sie gewählt werden, die Kriminalität im Land eindämmen wird. Und nicht nur das, Kathy. Alice, die über die geheimen Versuche nicht weniger entsetzt ist als Sie, hat vorgeschlagen, die erfolgreich verlaufenen Versuche ausschließlich als Ihr Verdienst hinzustellen.

Überlegen Sie doch mal, Kathy. Sie werden berühmt. Der Nobelpreis ist Ihnen sicher. Aber was noch wichtiger ist, mit der uneingeschränkten politischen Rückendeckung seitens der neuen Präsidentin werden Sie Ihren großen Traum von einem Allheilmittel gegen die Kriminalität erheblich früher verwirklicht sehen, als Sie sich je hätten träumen lassen. Nicht nur hier in Amerika, sondern auf der ganzen Welt. Dabei ist allerdings von entscheidender Bedeutung, dass niemand auch nur auf die Idee kommt, die Versuche der vergangenen Jahre könnten mit etwas anderem durchgeführt worden sein als mit dem von der FDA zugelassenen Vektor. Obwohl wir wissen, dass bei den Versuchen keine Nebenwirkungen aufgetreten sind, müssen wir uns den Anschein geben, als hätten wir es schon die ganze Zeit gewusst. Pamela Weiss muss als kühne Visionärin und Vordenkerin dastehen, die kalkulierbare Risiken eingeht, nicht als eine verantwortungslose Hasardeurin.«

Das war einfach unglaublich. Kathy ging zu ihrem Schreibtisch zurück und lehnte sich dagegen. »Aber sie *ist* eine verantwortungslose Hasardeurin.«

Zum ersten Mal sah Naylor wütend aus. »Nein, ist sie *nicht*. Die angehende Präsidentin weiß nichts von den geringfügigen Unterschieden zwischen Version Eins und Version Neun. Ihres Wissens hat das Mittel, das bei den nicht genehmigten Versuchen getestet wurde, die Zulassung der FDA erhalten. Und das soll auch so bleiben.«

»Das können Sie mir nicht antun. Es ist total unverantwortlich. Sie wollen von mir, dass ich die Öffentlichkeit über mein Lebenswerk belüge?«

»Aber nein, natürlich nicht. Wir möchten nur, dass Sie auch in die Hintergründe eingeweiht sind und das Beste aus der Sache machen. Diese unverantwortlichen Versuche hätten durchaus die Glaubwürdigkeit all dessen zunichte machen können, wofür Sie gearbeitet haben. Aber so können Sie sie sich in Ihrem Kampf gegen das Leid auf der Welt zunutze machen. Was sollte daran schlecht sein?«

Kathy setzte sich auf den Schreibtisch und schüttelte den Kopf. Noch vor wenigen Minuten war ihre Zukunft strahlend und viel versprechend gewesen und, was noch wichtiger war, es war ihre eigene gewesen. Jetzt wurden alle ihre Träume in den Schmutz gezogen. »Es ist eine Lüge. Und ich weiß nicht, ob ich dazu bereit bin.«

»Jetzt hören Sie aber mal, Kathy. Ein gewisser gesunder

Pragmatismus ist einfach nötig, um seine Ideale zu schützen. Die Wahl, vor der Sie stehen, ist ganz einfach: Entweder Sie nutzen, was geschehen ist, zu Ihrem Vorteil und machen die Welt zu einem besseren Ort oder Sie schlagen diese Gelegenheit aus, bloß weil ein paar kleinliche Bestimmungen missachtet wurden und ein verschwindend geringer Prozentsatz verurteilter Gewaltverbrecher *möglicherweise* dem *minimalen* Risiko einer Erkrankung ausgesetzt wurde. Entscheiden Sie sich für Ersteres, werden Sie alles erreichen, wovon Sie einmal geträumt haben, einschließlich die Verwirklichung Ihrer Vision von einer weniger gewalttätigen Welt. Im anderen Fall machen Sie alle Hoffnungen zunichte, dass Ihre Vision einmal Wirklichkeit wird.«

»Trotzdem ist es nicht richtig. Begreifen Sie das denn nicht?« Kathys Mund war vor Wut ganz trocken. »Sie möchten, dass ich gegen das Gesetz verstoße, um etwas zu erreichen, was dem Verbrechen Einhalt gebieten soll?«

Naylor stand langsam auf und sprach ruhig und mit Nachdruck. »Was geschehen ist, ist geschehen. Jetzt ist die Frage nur, wie gehen wir im Weiteren vor. Bauen wir auf Ihren Errungenschaften auf oder machen wir sie zunichte? Überlegen Sie es sich gut. Es ist wichtig. Bis heute Abend, achtzehn Uhr, muss ich Ihre Entscheidung vorliegen haben. Ist das klar?«

Eine Weile sagte Kathy nichts. Sie stand vor einem schrecklichen Dilemma. Bewahrte sie sich ihre Integrität, brachte sie ihr Lebenswerk in Verruf, wenn sie es nicht sogar zunichte machte. Gab sie dagegen ihre Integrität auf, sähe sie ihre Träume in geradezu unglaublich kurzer Zeit verwirklicht. Es war ein Pakt mit dem Teufel.

»Achtzehn Uhr. Ist das klar?«, wiederholte Madeline Naylor und öffnete mit ausdrucksloser Miene die Tür.

»Nein, ganz und gar nicht«, erwiderte Kathy nach einer Weile. »Inzwischen ist überhaupt nichts mehr klar.«

Alice Prince befand sich in einem heftigen inneren Zwiespalt, als sie auf dem Parkplatz in ihrem Auto wartete. Einerseits kam sie sich feige vor, weil sie einfach weggegangen war, andererseits war sie froh, Madeline allein mit Kathy verhandeln lassen zu können. Da Alice sehr wohl wusste, wie viel sie Kathy verdankte, fiel es ihr schwer, sie zu belügen. Aber Madeline machte das nichts. Sie kannte keine Skrupel.

Alice konnte sich an den Tag, an dem sie Madeline kennen gelernt hatte, noch so gut erinnern, als wäre es gestern gewesen. Als Madeline in die St. Joseph's School in Baddington im Staat New York kam, war sie das am merkwürdigsten aussehende Mädchen, dem Alice je begegnet war.

Madeline war erst dreizehn, als die Schulleiterin sie etwa in der Mitte des ersten Halbjahrs Alice' Klasse vorstellte. Sie hatte weißes Haar, das sie stachlig frech geschnitten trug, und dunkle trotzige Augen, die aus einem langen Gesicht blickten. Alle anderen Kinder lachten Madeline aus, weil sie so eigenartig aussah und weil sie bei ihrer Großmutter lebte, der verrückten Mrs. Preston, einer strengen alten Dame, die nicht weit von Alice' Eltern in einem großen Haus in der Oxford Street wohnte.

Niemand wusste damals, dass Madeline bei ihrer Großmutter lebte, weil ihre Mutter sie verlassen hatte, als sie noch ganz klein war, und dass zwei Wochen davor ihr Vater, ein Polizist, vor ihren Augen erschossen worden war, weswegen ihr Haar weiß geworden war. Stattdessen hänselten und ärgerten die Kinder sie ständig. Zuerst war Alice froh darüber, weil sie selbst dadurch aus der Schusslinie geriet.

Aber als die Tyndale-Zwillinge, die zwei größten Jungen der Klasse, sich Madeline auf dem Schulhof vorknöpften, bekam Alice Mitleid mit ihr. Das hielt so lange vor, bis Madeline wie eine Wildkatze kratzend und tretend und um sich schlagend auf die beiden losging und nicht eher von ihnen ließ, als bis die zwei Jungen humpelnd den Rückzug antraten. Hinterher hob Alice die Schultasche und die Bücher auf, die die Jungen Madeline aus der Hand geschlagen hatten, und gab ihr alles zurück. »Hi, ich bin Alice«, sagte sie. »Wie ist es eigentlich, bei der verrückten Mrs. Preston zu wohnen? Stimmt es, dass sie unter den Bodendielen lauter Leichen versteckt hat?«

Madeline, die sich den Schmutz von den Kleidern klopfte,

hob die Schultern. »Keine Ahnung. Sehen wir doch einfach mal nach.«

Alice bewunderte Madelines Furchtlosigkeit immer noch und sie hatte immer noch Angst vor ihr. Sie hoffte nur, sie würde Kathy nichts tun.

Als Direktor Naylor auf den sonnenbeschienenen Parkplatz der Stanford University hinausschritt, war sie gar nicht so unzufrieden über den Verlauf des Treffens. Auf eine perverse Art war sie sogar froh, dass Kathy Kerr sich so offen quer gestellt hatte. Es machte ihr die Entscheidung leichter.

Um herauszubekommen, wie Kerr tatsächlich über die Sache dachte, hatte ihr Naylor bezüglich der unerlaubten Project-Conscience-Versuche an Kriminellen nicht die ganze Wahrheit gesagt. Um Kerr in der Meinung zu bestärken, sie stünden auf derselben Seite und seien beide gezwungen, das Beste aus dem Ganzen zu machen, hatte sie vorgegeben, nichts von den unerlaubten Versuchen gewusst zu haben. Aber Kathy Kerr hatte es nicht unter so pragmatischen Gesichtspunkten gesehen. Ihr ging es ums Prinzip. Naylor wusste aus Erfahrung, dass kein Verlass auf Leute mit Prinzipien war, wenn es darum ging, sich auf einen Kompromiss zu einigen. Egal, was Kerr heute Abend um sechs sagen würde, sie stellte ein zu großes Risiko dar. Abgesehen davon, dass sie Project Conscience gefährden konnte, würde sie vielleicht auch bei Pamela Weiss Zweifel wecken, wenn Crime Zero in die Tat umgesetzt werden würde. Kerr musste aus dem Verkehr gezogen werden. Schnell.

Auf ihren Dienstwagen zugehend, sah sie Alice in ihrem Mercedes sitzen. Sobald Alice sie bemerkte, stieg sie aus und kam auf sie zu.

»Wie ging's?«, fragte Alice.

»Du hast sie doch gehört. Kerr schaltet auf stur.«

»Wirklich?«

»Mach dir deswegen mal keine Gedanken, Ali. Ich war sehr entgegenkommend, aber sie blieb eisern.«

»Bist du sicher?«

»Ganz sicher.«

»Und was sollen wir jetzt machen?«

»Keine Sorge, ich regle das schon.«

In Alice Prince' Stimme schlich sich ein Anflug von Panik. »Du wirst ihr doch nichts tun, oder?«

»Aber nein, natürlich nicht. Ich treffe nur dafür Sorge, dass sie bis zu den Wahlen keinen Schaden anrichten kann. Aber das ist nichts, weswegen du dir Gedanken machen musst.« Sie hielt nach Jackson Ausschau. Inzwischen hätte er eigentlich eingetroffen sein müssen. »Es wird so aussehen, als sei sie kurz in Urlaub gefahren. Es ist alles vorbereitet.«

Nach einer kurzen Pause murmelte Alice Prince resigniert: »Wenn es nicht anders geht.« Sie wirkte nicht froh dabei.

»Es geht wirklich nicht anders, Ali. Glaub mir. Aber jetzt sollten wir uns lieber für unser Treffen mit Pamela fertig machen. Bis nachher.«

Als Naylor sich ihrem Dienstwagen näherte, stiegen zwei Männer aus, typische FBI-Agenten in dunklen Anzügen und mit kurz geschnittenen Haaren. Der größere der beiden hielt ihr die Tür auf, doch bevor sie einstieg, beobachtete sie, wie zwei graue Chrysler auf den Parkplatz fuhren und ein Stück weiter weg anhielten. Am Steuer des ersten Wagens saß ein Agent mit einem Gesicht wie ein Wiesel. Der imposante Schwarze neben ihm hatte ein attraktives Gesicht und finstere Augen. Im zweiten Wagen, der völlig identisch aussah, saßen drei Männer.

Das war eins der Dinge, die sie an Associate Director William Jackson so schätzte; er war immer genau da, wo sie ihn haben wollte. Jackson arbeitete schon seit Jahren für sie. Sein Team bestand aus lauter hoch motivierten Agenten, denen einmal Disziplinarverfahren gedroht hatten, die ihnen lange Gefängnisstrafen eingetragen hätten. Naylor hatte ihren Einfluss geltend gemacht, um die Verfahren einstellen zu lassen, und jetzt waren ihr die Männer treu ergeben. Über Jackson, der die Funktion eines Mittelsmannes hatte, hielten sie Naylor über alles, was beim FBI passierte, auf dem Laufenden und bereinigten alle internen Schwierigkeiten, ohne dass irgendeine Verbindung zu ihr hergestellt werden konnte.

Jackson und seine Männer stiegen nicht aus ihren Autos.

»Ein Telefon, Banion«, sagte Naylor zu dem Agenten, der ihr die Autotür aufhielt.

Sobald Naylor in ihrem Wagen Platz genommen hatte und die Tür zu war, bekam sie ein Funktelefon gereicht. Sie wählte eine Nummer und sah, wie William Jackson ein Stück weiter sein Handy an sein Ohr hob.

»Jackson«, meldete er sich mit seiner tiefen, nasalen Stimme.

»Ich möchte, dass Sie sich dieser Sache persönlich annehmen«, sagte Naylor. »Und denken Sie daran, nur Dr. Peters darf etwas davon erfahren. Weihen Sie sonst niemanden dort ein.« Sie hielt inne und suchte über den Parkplatz hinweg seinen Blick. »Und, Jackson, enttäuschen Sie mich nicht.«

11

FBI-Außendienststelle, San Francisco, Kalifornien. Am selben Tag. 13 Uhr 56

Luke Decker, der an einem der Schreibtische für Gastagenten saß, versuchte nicht an den DNS-Test zu denken, den Kathy Kerr für ihn durchführte. Stattdessen stellte er seinen Laptop auf die ihm zur Verfügung gestellte Docking Station und fuhr damit fort, weitere Informationen über das in Axelmans Brief erwähnte dreizehnte Opfer abzurufen.

Zuerst las er noch einmal den relevanten Abschnitt des Briefs.

»... Dieses letzte Mädchen, das dreizehnte, kannte die Stelle, an der ich die anderen Mädchen versteckt hatte. Es erzählte mir, dass seine Eltern es dort oft zum Spielen hingebracht hatten. Der Baum, der den Eingang zu meinen unterirdischen Gängen verdeckt, war nur einer von vielen, aber die Kleine hatte ihm einen Namen gegeben. Sie erzählte mir, sie und ihre Mutter hätten ihn den Schlangenbaum genannt. Er steht in einem großen Wald in der Nähe ihres Hauses. Setze dich mit den Eltern des Mädchens in Verbindung; sie kennen die Stelle. Dort wirst du die Leichen finden – alle dreizehn. Dort habe ich sie versteckt.

Ich möchte nicht, dass du sofort zu den Leichen gehst. Ich möchte, dass du dich zuerst mit den Eltern des letzten Opfers in Verbindung setzt. Bitte sie in meinem Namen um Verzeihung. Ich werde bald sterben, und erst jetzt wird mir bewusst, was ich getan habe. Dieses Wissen bringt mich um. Das Einzige, woran ich mich noch klammern kann, ist, dass meine Schlechtigkeit auch etwas Gutes bewirkt hat. Ich habe dich in die Welt gesetzt. Vielleicht kannst du, als mein Sohn, mir helfen, Frieden zu finden, indem du mir hilfst, meine Verbrechen wenigstens zum Teil wieder gutzumachen …«

Decker ließ den Brief auf den Schreibtisch fallen, wie etwas Unreines. Die Vorstellung, Axelman zu helfen, Vergebung zu finden, war ihm zutiefst zuwider. Decker wandte sich wieder seinem Computer zu und startete mit der Maus eine Suche in der Datenbank mit FBI-Fällen. Er gab den Namen des Opfers sowie das in dem Brief angegebene Entführungsdatum ein und druckte die entsprechenden Dateien dann auf dem Drucker neben dem Schreibtisch aus.

Er zog den vierseitigen Ausdruck aus dem Drucker und überflog ihn. Er bestätigte, dass zu dem in Axelmans Brief angegebenen Zeitpunkt ein Mädchen desselben Namens entführt worden war, dessen Leiche nie aufgetaucht war. Da jedoch die Zeitungen mit ziemlicher Sicherheit über das Verschwinden des Mädchens berichtet hatten, bewies das noch gar nichts. Natürlich konnte Decker die Familie des Mädchens aufsuchen und sich nach dem Baum erkundigen, aber wenn es sich dabei um eine weitere von Axelmans Gemeinheiten handelte – einen raffinierten Versuch, selbst nach seinem Tod noch Schmerz und Leid zuzufügen –, wollte ihm Decker nicht dabei behilflich sein. Deshalb las er alle verfügbaren Informationen über das Opfer und seine Angehörigen nach und studierte die Fotos in der Akte. Eine der unerfreulichsten Auswirkungen von Deckers Tätigkeit war, dass er jedes Mal, wenn er auf der Straße ein Mädchen oder eine junge Frau sah, sie automatisch in Hinblick auf ihre potenzielle

Gefährdung einstufte, da er instinktiv Anzeichen von Verletzlichkeit registrierte – Kleidung, Alter, Aussehen, Make-up, Haltung und Ausstrahlung, diese Dinge spielten alle eine Rolle. Das Opfer zu kennen war genauso wichtig, wie den Mörder zu kennen. Bei dem Mädchen auf den Fotos war in Hinblick auf jemanden wie Axelman eine hohe Gefährdung gegeben. Es wirkte jung, hübsch und unschuldig. Es war nicht auszuschließen, dass Axelman über sein dreizehntes Opfer die Wahrheit gesagt hatte. Aber warum waren die persönlichen Sachen dieses Mädchens nicht in einer der Schachteln in seinem Haus gefunden worden?

Decker führte den Cursor auf das Internet-Icon und klickte es zweimal an. Nachdem er sein AOL-Passwort eingegeben hatte, begab er sich mit Hilfe einer Suchmaschine in die Gegend, in der die Eltern des dreizehnten Opfers heute noch lebten. Binnen weniger Sekunden hatte er eine Liste mit möglichen Datenquellen vorliegen. Eine klickte er an – die Website der Los Altos Verdes Community. Die Begrüßungsseite zierte ein beeindruckendes Bild eines Waldes mit hohen Bäumen; eines Waldes, nicht unähnlich dem, den Axelman in seinem Brief beschrieben hatte.

Los Altos Verdes, San Bruno Mountains, Kalifornien.
Am selben Tag. Eine Stunde später

Dreißig Kilometer von Palo Alto entfernt, stand Luke Decker neben seinem gemieteten Ford in einer Lichtung, von der aus man eine der zahlreichen Villen sah, die im Waldgebiet von Los Altos Verdes verstreut lagen.

Aus der Website hatte er erfahren, dass diese Luxusdomizile vor etwa dreißig Jahren auf dem Gelände eines riesigen Privatzoos errichtet worden waren. Trotz seiner herrlichen Lage war der Zoo in finanzielle Schwierigkeiten geraten, sodass die Besitzer das Gelände schließlich an eine Baugesellschaft verkauften, die darauf zehn Luxusvillen errichtete und neue Bäume pflanzte. Die landschaftliche Umgebung war selten schön, aber die Aussicht, diesem Haus einen Besuch abstatten zu müssen, bereitete Decker Magendrücken. Es gehörte den Eltern des dreizehnten Opfers.

Er holte tief Luft und blickte den Abhang hinauf zu den Bäumen, die hoch in den blauen Himmel aufragten. In der Website war kein Schlangenbaum erwähnt worden; falls es ihn gab, musste es sich dabei um einen Namen handeln, den nur die nächsten Angehörigen des Opfers kannten. Noch während er den Blick über die Eichen, Kiefern und Lorbeerbäume gleiten ließ, war Decker längst klar, dass er diesen Baum ohne ihre Hilfe nicht finden würde – vorausgesetzt, Axelman hatte die Wahrheit gesagt.

Die Wahrheit!

Die Vorstellung, Axelman könnte auch nur in einem Punkt seines Briefes die Wahrheit gesagt haben, hatte etwas zutiefst Beunruhigendes.

Nach einem Blick auf die Uhr kehrte Decker zu seinem Auto zurück, nahm sein Handy und wählte Kathy Kerrs Nummer. Sein Herz schlug so heftig, dass er sicher war, der leise rauschende Wald könnte es hören.

Das Telefon klingelte fünf Mal. Mit jedem Läuten versuchte er sich stärker gegen das zu wappnen, was Kathy ihm gleich mitteilen würde.

»Kathy Kerr.« Sie klang angespannt.

»Kathy, hi. Ich bin's, Luke. Ich wollte nur mal fragen, ob du die Testergebnisse schon hast.« Und nach einer Pause: »Kathy? Bist du noch dran?«

»Entschuldige, Luke. Ja, natürlich.« Sie hörte sich abwesend an, als wäre sie in Gedanken ganz woanders. »Ja, ja, die Proben. Ich hole sie gleich. Sie müssten inzwischen auf jeden Fall fertig sein.«

Ihre offensichtliche Zaghaftigkeit war nicht dazu angetan, seine Befürchtungen zu zerstreuen. Als sie jedoch kurz darauf wieder an den Apparat zurückkam, machte sie den Eindruck, als wäre sie inzwischen etwas mehr bei der Sache. Er konnte das leise Klicken einer Tastatur hören. »Luke, ich sitze jetzt am Geneskop. Ich rufe gerade die Basisresultate ab und …«

»Ja? Und was ist herausgekommen?«

»Einen Augenblick, ich will nur noch kurz was nachprüfen.«

Er konnte die Überraschung in ihrer Stimme hören. Hatte sein Herz vorher schon schnell geschlagen, raste es jetzt vor gespannter Erwartung. »Und?«

»Ist das was Offizielles, Luke?« Sie hörte sich argwöhnisch an.

»Wie meinst du das?«

»Die Proben in den Plastiktütchen, die du mir gegeben hast, stimmen mit den Werten einer Person in der DNS-Datenbank des FBI überein. Ein zum Tode verurteilter Mörder. Was geht hier eigentlich vor, Luke?«

»Du musst mir vertrauen, Kathy. Es ist nichts, was du wissen musst. Sag es mir einfach. Besteht zwischen den zwei Proben ein Verwandtschaftsverhältnis?«

»Luke, irgendetwas ist da höchst eigenartig …«

»Das weiß ich«, schrie er fast in den Hörer. »Besteht jetzt eine Verwandtschaft oder nicht?«

Ein tiefer Seufzer, gefolgt von einer langen Pause. Eine panische Sekunde lang dachte er, sie würde auflegen. Als sie wieder sprach, war ihre Stimme ruhig, aber angespannt. »Ja.« Sie rückte die Untersuchungsergebnisse nur widerstrebend heraus. »Dem Geneskop zufolge stammen die Proben aus derselben Familie. Vater und Sohn.«

Deckers Knie wurden weich und er lehnte sich gegen das Auto. Aus dem Hörer kam immer noch das Klicken der Tastatur. »Aber, Luke«, fuhr sie mit großem Nachdruck fort, »irgendetwas ist da höchst eigenartig. Wir müssen unbedingt miteinander sprechen.«

Er hörte nicht mehr zu. Er hatte aufgelegt, das Telefon ausgemacht und es in den Wagen geworfen, als wäre es irgendwie unrein. Aber es war nicht das Telefon, das verseucht war; das war er. Sein Magen zog sich zusammen und er musste heftig würgen. Die Wörter des Briefes verschwammen vor seinen Augen, verhöhnten ihn.

»... Ich wollte dich sehen, weil ich aus irgendeinem Grund wegen all der Dinge, die ich getan habe, plötzlich ein furchtbar schlechtes Gewissen habe. Ich dachte, wenn ich dir – meinem Sohn – davon erzähle, könntest du mir vielleicht helfen, alles wieder gutzumachen. Doch als ich dich dann heute sah, konnte ich es dir nicht sagen. Du siehst genau wie mein Vater aus. Er war ein strenger Mann, sehr religiös, und irgendwie schämte ich mich.

Ich vermute schon seit Monaten, dass du mein Sohn bist. Seit dem Moment, in dem ich im *Examiner* dieses Foto von dir sah – nachdem du auf einem Friedhof ein Mädchen gerettet hattest. Auf dem Bild sah dein Gesicht genauso aus wie das auf einem Foto meines Vaters, als er etwa in deinem Alter war. Und ich konnte mich an den Namen erinnern. Ich habe ein gutes Gedächtnis – ein viel zu gutes Gedächtnis. Ich wünschte, ich könnte all die Dinge vergessen, die ich getan habe. Einmal habe ich, etwa zu einem Zeitpunkt, der zu deinem Alter passen würde, in San Francisco in der Nähe des Union Square eine Frau vergewaltigt. Ihren Namen weiß ich deshalb, weil ihr Mann versucht hat, ihr zu Hilfe zu kommen. Er war der einzige Mann, den ich jemals umgebracht habe. Den Zeitungsmeldungen zufolge war es ein Captain Decker von der US Navy, aber es wurde mit keinem Wort erwähnt, dass die Frau vergewaltigt worden war ...«

Decker saß auf dem Boden, mit dem Rücken gegen den Wagen gelehnt, und atmete mehrmals tief ein. Als er aufblickte, schienen die hohen Bäume um ihn herum zu tanzen, ein Schwindel erregendes Karussell am klaren Himmel. Er war nicht nur Axelmans Sohn. Axelman hatte auch noch den Mann ermordet, den Decker sein Leben lang als seinen Vater verehrt hatte. Decker fühlte sich in seiner ganzen Existenz infrage gestellt. Jede Konstante, auf die er seine Annahmen gestützt hatte, wer er war, was er tat und was seinen Platz in der Welt anging, war unwiderruflich zerstört. Selbst die Berechtigung seiner Arbeit stand mit einem Mal infrage. Wenn Kathy Kerr und Direktor Naylor Recht hatten und ein Mensch wenig mehr war als seine Gene, was war dann er?

Er stand auf, steckte den Brief in die Innentasche seines Jacketts zurück und blickte zu dem Haus hinüber. Das Frösteln in seinem Bauch breitete sich langsam in seinem ganzen Körper aus. Er stieg in den Wagen und warf einen Blick auf den nagelneuen Spaten und die Taschenlampe, die er auf der Fahrt hierher gekauft hatte und die jetzt bedrohlich auf dem Rücksitz lagen.

Er ließ den Motor mit einem lauten Aufheulen an und wendete. Als er kurz in den Rückspiegel blickte, starrten ihm daraus zwei grüne Augen durchdringend entgegen. Und einen Moment waren diese Augen nicht seine eigenen, sondern die von Karl Axelman.

12

Stanford University, Kalifornien.
Am selben Tag. 15 Uhr 12

Schockiert saß Kathy Kerr in ihrem Labor in der Stanford University und starrte auf den Bildschirm des Geneskop. Was führte Luke Decker da bloß im Schilde?

Nach ihrer Besprechung mit Madeline Naylor war Kathy so aufgebracht, dass sie sich auf nichts hatte konzentrieren können. Doch nachdem sie sich wieder etwas beruhigt hatte, versuchte sie, sich über die Konsequenzen klar zu werden. Was würde sie damit erreichen, wenn sie die illegalen Versuche an Kriminellen publik machte? Einmal abgesehen davon, dass sie Zweifel an der Unbedenklichkeit des Version-Neun-Serums weckte, für das sie gerade die Zulassung erhalten hatte. Nicht zu reden von dem persönlichen Schaden, den sie sich selbst zufügen würde. Egal, wie sehr sie ihre Unschuld beteuern würde, geriete sie durch ihre Beteiligung an Project Conscience auf jeden Fall in Verruf. Und dann konnte sie sich ihre Ambitionen, gentherapeutisch gegen Gewaltkriminalität vorzugehen, an den Hut stecken.

Doch was sie nun auf dem Bildschirm sah, ließ diese Überlegungen mit einem Schlag vollkommen nebensächlich erscheinen. Ihr stieg die Galle hoch, als sie das DNS-Profil der Blutschorfproben, die Luke ihr gebracht hatte, mit dem entsprechenden Profil in der DNS-Datenbank des FBI verglich.

Das Genom des zum Tode verurteilten Mörders Karl Axelman war auf raffinierte Weise verändert worden.

Nachdem sie das Geneskop auf Spracherkennung gestellt hatte, ließ sie es Axelmans DNS in Chromosom eins untersuchen. Die Lichter am Hals des schwarzen Schwans begannen, begleitet von einem tiefen Grummeln, zu blinken und dann sagte eine angenehme Männerstimme: »Das 5-HT1Dα-Rezeptor-Gen veranlasst eine um dreihundert Prozent erhöhte Serotoninausschüttung.«

Kathy holte tief Atem. »Und in Chromosom neun?«

Das Bild auf dem Monitor verschwamm und kehrte in Gestalt einer mehrfarbigen Doppelhelix zurück. Neben der bunten Grafik war eine Tabelle mit Codonen, die sich aus jeweils drei Buchstaben zusammensetzten. CGA AGT TGA. Jedes Codon stand für eine Aminosäure, und die Reihenfolge der Aminosäuren wurde bestimmt durch die Gene, die die Proteinproduktion steuerten. Ein Teil der bunten Doppelhelix war besonders hervorgehoben und daneben lief eine lange Reihe von Codonen, die den Code in diesem speziellen Teil des DNS-Strangs ausmachten, über den Bildschirm.

»Genetische Anomalie vorhanden«, verkündete die angenehme Stimme. »Dopamin-β-Hydroxylase-Gen veranlasst um vierhundert Prozent erhöhte Dopaminausschüttung. Wirkung verstärkt durch ähnliche Erhöhung der Dopamin-Rezeptor-Gene.«

Als Kathy das Geneskop alle auf ähnliche Weise hochgetunten Gene aus Axelmans Genom heraussuchen ließ, zeigte sich, dass sich die Veränderungen auf die siebzehn Schlüsselgene beschränkten, auf die sie sich bei ihren Forschungen vor allem konzentriert hatte. Karl Axelman war zur Modifizierung seines Verhaltens einer Gentherapie unterzogen worden. Aber das war nicht die von Kathy entwickelte Therapie mit Conscience Version Neun. Genau genommen sah das Ganze überhaupt nicht wie eine Therapie aus.

Das von der FDA zugelassene Version-Neun-Serum, das

Kathy entwickelt hatte, war ein künstlich hergestellter viraler Vektor, der zum Transport von Regulatorgenen diente, die übermäßige aggressive Impulse drosselten und gleichzeitig die Zahl der entsprechenden Aggressionshemmer erhöhten. Das geschah zum einen durch eine Reduzierung der wichtigsten Aggressionsverstärker, wie Dopamin-Rezeptoren, Noradrenalin-Rezeptoren und Testosteron-Gene, zum anderen durch eine Erhöhung der Hemmer für impulsives Verhalten, zu denen zum Beispiel das 5-HT1Dα-Serotonin-Gen gehörte.

Axelmans modifiziertes Profil deutete jedoch darauf hin, dass *alle* seine Hormone und Neurotransmitter in einem unzumutbaren Maß erhöht worden waren. Statt Axelman ausgeglichener und ruhiger zu machen, schien diese Gentherapie vielmehr darauf abgezielt zu haben, ihn implodieren zu lassen. Man hatte seine aggressiven Impulse in einem bisher nie da gewesenen Maß verstärkt und ihn gleichzeitig mit enormen Angst- und Schuldgefühlen belastet. So hohe Werte hatte sie noch nie bei einem Menschen beobachtet, nicht einmal halb so hohe. Es war, als führe man einen Ferrari gleichzeitig mit Vollgas und Bremse. Irgendwann musste da etwas passieren.

Sie ging in das PACT-Menü des Geneskops und wählte R für Risiken. »Was sind die Folgen dieser genetischen Veränderungen?«, fragte sie den Computer.

»Ursprüngliches Genom der betreffenden Person weist keine größeren Defekte auf. Siebenundachtzigprozentige Wahrscheinlichkeit von Prostatakrebs gegen Ende achtzig, aber ansonsten gesund. Modifiziertes Genom weist unzumutbare Belastung durch Stress und Angstneurosen auf. Lebenserwartung auf wenige Tage reduziert. Voraussichtliche Todesursachen: Hirnblutung, Herzinfarkt oder eigene Entscheidung.«

»Was ist mit ›eigene Entscheidung‹ gemeint?«

»Selbstmord«, antwortete die sanfte Stimme.

Kathys Hände begannen zu zittern, als ihr die Bedeutung des Gesagten klar wurde. War Axelman im Zug der illegalen Versuche behandelt worden? Mit Sicherheit war er ein Kandidat der ersten Wahl. Plötzlich sah es so aus, als ginge es hier um wesentlich mehr als nur um ein Vertuschungsmanöver in Zusammenhang mit der FDA-Zulassung.

Sie griff nach dem Telefon, um Luke anzurufen, aber sein Handy war immer noch abgeschaltet. Zu dumm. Das war etwas, worüber sie unbedingt mit ihm sprechen musste. Vielleicht wusste er, was da vor sich ging. War das der Grund, weshalb er auf keinen Fall den üblichen Weg einschlagen und die Analyse die FBI-Labors hatte vornehmen lassen wollen?

Sie legte eine Zip-Disk in das Geneskop ein und speicherte Karl Axelmans Genom von der DNS-Datenbank sowie sein modifiziertes Genom von den Blutproben, die Decker ihr gebracht hatte, darauf ab. Angesichts der Brisanz dieser Daten wollte sie auf Nummer Sicher gehen.

Nachdem sie die Diskette herausgenommen hatte, ging sie an den zwei Laborassistenten, die gerade den Autoklaven ausräumten, vorbei in ihr Büro zurück, wo sie relativ ungestört war. Nachdem sie die Tür hinter sich geschlossen hatte, setzte sie sich an ihren Schreibtisch, machte den Computer an und fuhr mit dem Cursor auf die Ordner, die sämtliche alten Conscience-Dateien enthielten. Sie wollte sich vergewissern, ob sie bei dem ursprünglichen Vektor vielleicht etwas übersehen hatte, was Axelmans fatale genetische Mutation ausgelöst haben könnte. Sie klickte im Directory den Ordner *FDA-Zulassung: Bisherige klinische Tests* an.

Über dem Ordner erschien der Hinweis: »Diese Datei wurde in einem anderen Directory gespeichert. Zugang nur mit Genehmigung.«

Noch vor wenigen Stunden hatte sie ungehinderten Zugriff auf diese Daten – *ihre* Daten – gehabt. Ihr kam ein vollkommen irrationaler, paranoider Gedanke, den sie jedoch sofort wieder verdrängte. Nervös blickte sie hinaus zu den Laboranten. Sie kannte sie nicht gut genug, um ihnen vertrauen zu können. Wenn nur Karen und Frank noch hier wären und nicht irgendwo im tiefsten Afrika säßen.

Immer noch bemüht, Ruhe zu bewahren, stand sie auf und ging zu den zwei großen Aktenschränken draußen im Labor. Auch wenn die meisten Daten elektronisch gespeichert waren, wurden eine Reihe schriftlicher Berichte und Anträge auch ausgedruckt aufbewahrt. Sie zog den mittleren Schub des linken Schranks heraus und entdeckte sofort den blauen Ordner mit der Aufschrift *Project-Conscience-Versuche*. Er kam ihr deutlich dünner vor, als sie ihn in Erinnerung hatte. Wieder versuchte sich dieser paranoide Gedanke Gehör zu verschaffen. Mit zitternden Fingern schlug sie den Ordner auf. Als sie dort die Unterlagen über den von der FDA genehmigten Version-Neun-Vektor sah, gab sie ein erleichtertes Seufzen von sich und machte sich Vorhaltungen, wie sie so dumm hatte sein können. Doch als sie nach den Aufzeichnungen über das ursprüngliche Serum suchte – das bei den nicht genehmigten Versuchen verwendet worden war –, fehlte jede Spur von ihnen. Litt sie an Verfolgungswahn? Was ging hier vor? Irgendjemand schloss sie aus, isolierte sie.

Sie wandte sich einem der Laboranten zu, der saubere Kulturenflaschen aus dem Autoklaven holte. »Warren, wissen Sie, was mit diesen Akten hier passiert ist?«

Der Mann stellte die Flaschen ab und schüttelte den Kopf. »Nein, ich habe schon seit Tagen keine mehr davon in den Händen gehabt.«

Sie sah ihn einen Moment lang an. Hatte er oder einer der anderen Laboranten die Unterlagen auf Anweisung Direktor Naylors entfernt, um zu verhindern, dass sie Ärger machte? Oder war nachts jemand hergekommen und hatte sie weggebracht? Ihr lief ein Frösteln den Rücken hinunter. Das Ganze wurde immer unerklärlicher. »Kein Problem«, sagte sie. »Dann muss ich sie wohl zu Hause vergessen haben.«

Darauf schlenderte sie so beiläufig wie möglich in ihr Büro zurück und setzte sich wieder an ihren Schreibtisch. Da war irgendetwas im Gange, was sie nicht verstand. Nach ihrer nicht gerade fruchtbaren Unterredung mit Direktor Naylor wusste sie nicht mehr, an wen sie sich wenden sollte – und das schloss auch Alice Prince ein. Es gab nur einen Menschen, der vielleicht Licht in die Sache bringen konnte, jemanden, dem sie ungeachtet dessen, was sie von seinen Ansichten hielt, noch immer vertraute.

Sie griff nach einem Stift und schrieb eine rasche Nachricht an Decker. Als sie fertig war, nahm sie einen kleinen braunen

Umschlag von einem Stoß mit Kuverts und legte den Zettel und die Axelman-Diskette hinein. Dann adressierte sie den Umschlag in Großbuchstaben an seine Anschrift im Haus seines Großvaters, dessen Adresse ihr Decker auf die Rückseite seiner Visitenkarte geschrieben hatte. Zum Schluss frankierte sie das Kuvert mit einer Briefmarke, vergewisserte sich, dass niemand sie durch das Fenster ihres Büros beobachtete, und steckte den Umschlag unauffällig in die tiefe Tasche ihres Laborkittels.

Dann verließ sie ihr Büro und ging durch die Schwingtüren, die zu den Toiletten führten, und von dort weiter durch die biologische Abteilung zum Empfangsbereich des medizinischen Forschungszentrums, wo sie, der Frau am Hauptschalter zulächelnd, auf die zwei großen Briefkästen an der Wand zuschlenderte, den Umschlag aus der Tasche ihres Kittels zog und ihn im Vorbeigehen so unauffällig wie möglich in einen der Schlitze steckte. Selbst wenn sie und alle ihre Computerdateien durchsucht wurden, befand sich jetzt, egal, was sonst passierte, zumindest ein Beweisstück in Sicherheit.

Wieder zurück in ihrem Büro, nahm sie einen abgegriffenen Stadtplan von San Francisco aus ihrer Handtasche. Nachdem Luke telefonisch nicht zu erreichen war, beschloss sie, kurz nach Hause zu fahren, um ein paar Sachen zu holen, und dann zu seinem Großvater zu fahren und dort auf ihn zu warten. Sie hatte die Straße, in der Matty Rheiman wohnte, rasch gefunden und steckte den Stadtplan in ihre Tasche zurück. Dann zog sie ihren Kittel aus, nahm ihren Laptop und ihre Handtasche und ging.

Draußen auf dem Parkplatz stieg sie in ihren alten Volkswagen, startete den Motor und fuhr vom Campus.

Sobald sie Palo Alto ein Stück hinter sich gelassen hatte, fühlte sie sich besser. Auf dem Mendoza Drive kam sie an einem am Straßenrand geparkten grauen Chrysler vorbei. Am Ende der Straße konnte sie bereits ihr Haus sehen. Beim Anblick seiner anheimelnden weißen Fassade fragte sie sich unwillkürlich, ob sie nicht überreagiert hatte. Nachdem sie angehalten hatte, holte sie ihr Handy heraus und wählte noch einmal Lukes Nummer. Diesmal sprach sie ihm eine Nachricht auf seine Mailbox. Sie schilderte ihm kurz ihre Befürchtungen und teilte ihm mit, dass sie zum Haus seines Großvaters fahren würde, da sie dringend mit ihm sprechen müsse. Allein die Tatsache, dass sie ihre Befürchtungen laut aussprach, half ihr, das Ganze wieder in etwas vernünftigeren Relationen zu sehen. Sie sprang aus dem Wagen und lief über den Rasen auf die hölzerne Eingangstür im mexikanischen Stil zu. Schon als sie den Schlüssel ins Schloss steckte, spürte sie, wie sie ruhiger wurde.

Sicher wäre Kathy beim Aufschließen der Haustür nicht so ruhig gewesen, wenn sie gesehen hätte, wie zweihundert Meter hinter ihr drei Männer aus dem grauen Chrysler stiegen und ein zweiter genau gleich aussehender Wagen daneben anhielt. Als sie das Haus betrat und ihr von dort zwei dunkle Augen entgegenstarrten, stand ihr für einen Moment das Herz still.

Sie blieb wie angewurzelt stehen, als der Mann seine Pistole auf sie richtete und mit der anderen Hand eine Spritze hochhielt. Ihre rechte Hand war in ihrer Handtasche, in die sie gerade den Hausschlüssel zurücksteckte. »Was wollen Sie?«, fragte sie so ruhig sie konnte, während sie gleichzeitig mit den Fingern nach dem linken oberen Knopf des Handy tastete und ihn drückte.

»Sie eine Weile aus dem Verkehr ziehen«, erwiderte der Mann mit einer tiefen nasalen Stimme.

Das durfte einfach nicht wahr sein. Trotz ihrer Angst wurde sie wütend. »Warum?«, schrie sie. »Das ist wegen Project Conscience, stimmt's?«

Darüber musste der Mann lächeln. »Alles, was man mir gesagt hat, ist, dass Sie ziemlich gestresst sind und vielleicht Dinge sagen, die Sie hinterher bereuen könnten.« Er kam näher. »Wir bringen Sie an einen Ort, an dem Sie eine Weile ausspannen können. Wo es so richtig schön still und friedlich ist.«

»Bleiben Sie mir bloß mit dieser blöden Spritze vom Hals, Sie Dreckskerl!«, schrie sie und wich durch die Haustür zurück. Aber drei Männer versperrten ihr den Weg. Zwei hielten sie fest, und der erste Mann mit der Spritze kam auf sie zu. Der vierte Mann drückte ihr ein Tuch, das nach saurem Wasser roch, auf den Mund. Während sie sich mit aller Kraft zur Wehr setzte, spürte sie die Nadel mit einem scharfen Stich in ihren Arm eindringen. Dabei behielt sie die Hand die ganze Zeit in ihrer Tasche und drückte mit dem Finger auf den Wahlwiederholungsknopf des Handys, in der Hoffnung, es hätte Deckers Nummer angerufen. Ein stummer Hilferuf an einen Mann, der nicht da war.

13

Smart Suite, ViroVector Solutions, Kalifornien.
Am selben Tag. 15 Uhr 12

Alice Prince beruhigte sich allmählich wieder, während sie sich nach der Besprechung mit Kathy Kerr in der Smart Suite von ViroVector zusammen mit Madeline Naylor auf den Präsentationsbildschirmen die Daten ansah. Der große Schnittstellenraum grenzte an die sorgfältig abgeschirmte Kammer, in der sich TITANIA befand. Er war mit den üblichen Geräten, wie Monitoren, Druckern, Mikrofonen, Lautsprechern und Tastaturen, ausgestattet, die nötig waren, um eine optimale Kommunikation zwischen TITANIA und ihren menschlichen Kollegen zu gewährleisten.

Außerdem gab es dort einen langen Konferenztisch und fünf Arbeitsplatzstationen. Im hinteren Teil des Raums waren vier kleine Monitore; sie zeigten in ständig wechselnder Folge Ansichten des ViroVector-Geländes, die von den sechzig Kameras, mit denen TITANIA das gesamte Firmenareal überwachte, erfasst wurden. Im Vergleich zu den beiden Hauptdisplays waren sie jedoch von sekundärer Bedeutung.

Das erste trennte die Smart Suite von TITANIAS Cold Room. Auf dem fünf mal drei Meter großen LC-Display waren wegen Governor Weiss' unmittelbar bevorstehenden Besuchs gerade eine Reihe von Tabellen mit Hochrechnungen zu Project Conscience zu sehen.

Das zweite Display war ein Hologramm-Bodenpad am

Kopfende des Konferenztischs. Mit Hilfe der neuesten Laser-Hologram-Imaging-Technologie von KREE8 Industries in San José konnte TITANIA auf diesem Bodenpad den projizierten 3-D-›Gegenstand‹ mit einer so ausgezeichneten Bildschärfe darstellen, dass er tatsächlich im Raum vorhanden zu sein schien. Im Augenblick war eine sich drehende DNS-Doppelhelix des 5-HT1Dα-Rezeptor-Gens auf Chromosom eins zu sehen, das im menschlichen Gehirn die Produktion von Serotonin veranlasst – jenes Neurotransmitters, der impulsives Verhalten steuert.

Auf dem Tisch lagen für Pamela Weiss und ihren Wahlkampfleiter Todd Sullivan zwei schwarz gebundene Mappen mit Informationsmaterial bereit. Sie trugen die Aufschrift: *Project Conscience – Wissenschaftliche Daten und Kriminalitätsraten.*

»Alles scheint nach Plan zu verlaufen«, sagte Madeline Naylor mit einem Blick auf die Uhr. »Pamela müsste jeden Moment eintreffen.«

Alice Prince setzte zu einem letzten Anlauf an. »Sollten wir Pamela nicht doch in diese FDA-Geschichte einweihen? Ihr erklären, warum die Unterschiede eigentlich keine Rolle spielen? Sie wird es bestimmt verstehen.«

Madeline Naylor zog die Augenbrauen hoch und bedachte sie mit einem dieser Blicke, die sowohl etwas Einschüchterndes als auch etwas Fürsorgliches hatten. Es war der gleiche Blick, mit dem Madeline Naylor sie vor mehr als vierzig Jahren auf einem zugefrorenen Teich angesehen hatte, als sie beide Zeugen eines Vorfalls waren, der sie immer noch in einem unsichtbaren Netz von Schuld und Abhängigkeit aneinander band.

»Jetzt hör aber mal, Alice«, sagte Madeline geduldig. »Das hatten wir nun wirklich schon zur Genüge. Deshalb war es doch so wichtig, diesen Punkt vorher noch mit Kathy Kerr zu klären. Pamela darf nichts erfahren, was ihr zum Nachteil gereichen könnte. Sie muss in dem Glauben gelassen werden, dass der ursprüngliche Conscience-Vektor, der bei den Versuchen an Kriminellen verwendet wurde, genau der war, den die FDA nun zugelassen hat. Und auf keinen Fall darf Pamela etwas von Crime Zero erfahren. Wir dürfen ihr nichts von den Todesfällen und Selbstmorden in San Quentin sagen. Für sie müssen das ganz gewöhnliche Hinrichtungen bleiben, für die sie die erforderlichen Dokumente unterzeichnet hat. Sie würde es nicht verstehen. Nicht so wie wir. Komm schon, Alice, wir machen das doch für Libby und all die anderen Libbys dieser Welt.«

Alice Prince blickte in Madeline Naylors dunkle Augen und trotz ihrer Bedenken war ihr klar, dass Madeline Recht hatte. Sie war immer schon die Stärkere gewesen, die es auf sich genommen hatte, schwere Entscheidungen zu treffen.

In diesem Moment läutete das Telefon und Alice nahm ab.

»Dr. Prince«, sagte die Stimme am anderen Ende der Leitung, »Governor Weiss ist soeben eingetroffen.«

Pamela Weiss war ohne ihren üblichen Wahlkampftross gekommen. Hier handelte es sich um ein privates Treffen, bei dem heikle Fragen geklärt werden sollten. Ihr Wahlkampfleiter und künftiger Stabschef Todd Sullivan hatte sie wie einen publicity-scheuen Rockstar geschickt an den drängelnden Journalistenmeuten vorbeigeschleust und in einem Hubschrauber zu ViroVector gebracht.

»Uns bleiben genau neunundfünfzig Minuten, bis Governor Weiss nach Los Angeles weiterfliegen muss«, waren Sullivans erste Worte, als Alice Prince ihre Gäste im Foyer begrüßte und in die Smart Suite begleitete. Zwei Secret-Service-Männer in dunklen Anzügen und mit Sonnenbrillen folgten ihnen und postierten sich vor der geschlossenen Tür. Sie nahmen weder Notiz von den zwei FBI-Agenten, die dort bereits zu Direktor Naylors Schutz standen, noch sprachen sie ein Wort.

»Immer mit der Ruhe, Todd«, sagte Pamela Weiss und umarmte Alice Prince und Madeline Naylor mit der Herzlichkeit einer alten Freundin. Sullivan, der sich angesichts der so innigen Freundschaft der drei Frauen etwas unbehaglich fühlte, setzte sich. Er war ein schlanker, achtundvierzigjähriger Mann mit dunklem Haar und einem glatten Gesicht, dessen einziges auffälliges Merkmal eine kleine Narbe am Kinn war.

Nachdem alle Anwesenden mit Getränken versorgt waren, rückte Alice Prince ihre Brille zurecht und begann: »Als Erstes möchte ich darauf hinweisen, dass wir die FDA-Zulassung erhalten haben. Der für Freitag geplanten Ankündigung steht also nichts mehr im Weg.«

»Sehr gut«, erklärte Pamela Weiss begeistert.

Sullivan machte einen erleichterten Eindruck. »Wir sind dringend auf diese Ankündigung angewiesen. Die Kriminalitätsstatistiken machen den Wählern Angst und wir gelten als zu liberal. Auch die Irak-Krise ist uns nicht gerade eine große Hilfe.«

»Und wie es aussieht, spitzt sie sich noch weiter zu«, flocht Madeline Naylor ein. »Ich habe gestern in Langley mit Mike Clanton gesprochen. Seine Leute glauben, die Iraker haben tatsächlich diesen neuen biologischen Kampfstoff, mit dem sie schon die ganze Zeit großtun. Wahrscheinlich haben sie dafür irgendeinen skrupellosen russischen Wissenschaftler angeworben. Die CIA hält die Gefahr, dass sie ihn einsetzen, wenn wir sie an der Rückeroberung Kuwaits hindern, für sehr groß.«

Pamela Weiss nickte. »Und obwohl die Leute laut Meinungsumfragen uns wählen wollen, ist es doch das alte Lied: Sie glauben nicht, dass eine Frau das Durchsetzungsvermögen und die Kraft hat, um mit dem Irak oder der zunehmenden Kriminalität fertig zu werden. Deshalb hängt alles davon ab, ob wir sie diesbezüglich eines Besseren belehren können.«

»Oh, ich bin sicher, das hier wird hervorragende Überzeugungsarbeit leisten.« Alice Prince drückte auf einen Knopf des Schaltpults, das sich vor ihr auf dem Tisch befand. Sofort wurden die Lichter schwächer und alle Bildschirme dunkel mit Ausnahme der großen Projektionswand in der Mitte. An ihrem oberen Rand erschien in weißen Buchstaben *Project Conscience* und darunter *Eine erfolgreich getestete Therapie gegen das Verbrechen.*

»Auf dem Tisch sehen Sie für jeden von Ihnen ein Exemplar der Informationsmappe liegen, die wir den Pressevertretern zur Verfügung stellen werden, einschließlich Computerdisketten, Dia-Präsentationen und Zusammenfassungen. Im vorderen Teil finden Sie die Kriminalitätsstatistiken sowie die Ergebnisse der Project-Conscience-Versuche, im hinteren Teil sämtliche Einzelheiten über Formeln und wissenschaftlichen Daten, einschließlich aller Angaben zu Vorklinik und Unbedenklichkeit. Der erste Teil macht deutlich, wie Conscience wirkt, der zweite, dass es vollkommen unbedenklich ist. Jeweils am Anfang der einzelnen Teile befindet sich eine Zusammenfassung. Ich schlage vor, dass Sie die Mappen einsehen, während Madeline und ich die Präsentation machen.«

Alice Prince setzte sich und deutete auf Madeline Naylor. »Madeline wird jetzt die Statistiken mit uns durchgehen, und wenn wir zum wissenschaftlichen Teil kommen, werde ich wieder übernehmen. Wenn einem von Ihnen etwas unklar ist, sagen Sie es einfach, ja?«

Sullivan und Weiss nickten, während Naylor aufstand und an die Displaywand trat.

»Lassen Sie mich kurz rekapitulieren«, begann Madeline Naylor mit ihrer tiefen, gewandten Stimme. »Während der letzten acht Jahre wurden in Folsom, San Quentin und anderen größeren Haftanstalten Kaliforniens jährlich zweitausend Häftlinge ausgewählt, die sich der gängigen Gewaltverbrechen schuldig gemacht hatten. Dieser Testgruppe wurde unter dem Vorwand einer Grippeimpfung ohne ihr Wissen zum Zweck einer nichtinfektiösen Stammzellen-Gentherapie der Conscience-Vektor injiziert. Im Lauf der letzten acht Jahre konnten wir also insgesamt sechzehntausend behandelte Männer auf die Folgen beobachten. Durchgeführt wurden diese Beobachtungen mit Unterstützung von vier hochrangigen FBI-Mitarbeitern, die alle einem Mitglied meines Stabs direkt unterstellt sind. Keiner von ihnen weiß von der Behandlung oder den Zielen des Projekts.« Während Naylor sprach, erschienen auf dem Display zur Verdeutlichung ihrer Ausführungen Tabellen und Objektträger.

»Seit Beginn der Versuchsreihe wurden zwei Prozent der behandelten Versuchspersonen hingerichtet, ein Prozent starb eines natürlichen Todes und einundzwanzig Prozent befinden sich noch in Haft. Selbst diese vierundzwanzig Prozent zeigten bei Aggressionsstudien gute Werte und wiesen neben einer erhöhten Stirnlappenaktivität signifikant niedrigere Testosteronspiegel auf. Was aber wichtiger ist: Von den verbleibenden sechsundsiebzig Prozent, die entlassen wurden, wurde nur ein geringer Prozentsatz wieder straffällig. Entgegen einer Standardrate von über sechzig Prozent betrug die Rückfallrate in unserem Fall weniger als zehn Prozent. Und bei den Wiederholungstaten handelte es sich in der Regel um geringfügige Vergehen.

Die interessanteste Erkenntnis ist jedoch, dass von dieser Therapie nicht nur die Behandelten selbst profitierten, sondern auch das Umfeld, in das sie zurückkehrten. Genetische Faktoren und Außeneinflüsse scheinen unauflöslich zusammenzuhängen – eines wirkt sich auf das andere aus. Dafür ist Watts in South Central Los Angeles das beste Beispiel.« Auf der Displaywand erschienen Schwarzweiß-Fernsehaufnahmen von den Rassenunruhen, die 1965 in Watts ausgebrochen waren; Alice konnte die skelettartigen Watts Towers deutlich über dem Tumult aufragen sehen.

Das Bild wechselte und zeigte Farbaufnahmen derselben Szenerie vor fünf Jahren. Das Leben auf den Straßen verlief relativ ruhig und geordnet, auch wenn das Viertel infolge der zahllosen Graffiti und der mit Brettern vernagelten Geschäfte nach wie vor einen ziemlich heruntergekommenen Eindruck machte.

Zum Abschluss präsentierte man das Straßenbild von heute, aufgenommen vor einer Woche. Die örtlichen Gegebenheiten waren dieselben, aber anstelle der vernagelten Schaufenster und graffitibesprühten Wände sah man frisch gestrichene Ladenfronten und Leute auf der Straße, die ihren normalen täglichen Geschäften nachgingen.

Die Unterschiede auf den einzelnen Bildern waren fein herausgearbeitet, der Kontrast war nicht zu übersehen.

»Anhand dieses Bildmaterials kann man zwar nicht allzu viel sehen«, fuhr Naylor, an Pamela Weiss gewandt, fort. »Aber wenn du dort am Freitag deine Ankündigung machst, wirst du den Unterschied deutlich erkennen. Und, was noch wichtiger ist, auch die Wähler werden ihn erkennen. Der Knalleffekt kommt allerdings noch: Im Teststaat Kalifornien verläuft die Entwicklung schon seit einiger Zeit konträr zum landesweit vorherrschenden Trend zu steigenden Kriminalitätsraten. Morde sind hier um fünfzehn Prozent zurückgegangen, Körperverletzungen um fünf Prozent, Raubüberfälle um achtzehn Prozent, Vergewaltigungen um fünfundzwanzig Prozent.

Auch in finanzieller Hinsicht sind diese Zahlen äußerst erfreulich. Falls dieser positive Trend in Kalifornien weiter anhält, wird der Staat durch den Rückgang der Kriminalität hunderte von Millionen Dollar einsparen. Dazu werden neben einer wachsenden Zahl berufstätiger Menschen auch die sinkenden Kosten für Gefängnisse, Polizei, Krankenhäuser und Stadtsanierungsmaßnahmen beitragen. Jeder Rückgang der Gewaltkriminalität um einen Prozentpunkt setzt über dreißig Millionen Dollar frei. Auf Landesebene setzt eine vorsichtige Schätzung die Ersparnisse bei über zwei Milliarden Dollar pro Jahr an.«

Während Alice Prince zuhörte, wie Madeline Naylor aus dem Kopf diese Fakten aufzählte, wanderten ihre Gedanken zu der Zeit im Vassar College zurück, wo sie und Madeline die charismatische Pamela Weiss kennen gelernt hatten.

Vassar war ein Schlüsselerlebnis. Mit ihrer großen, sportlichen Figur konnte sich Madeline rasch als eines der wichtigsten Mitglieder des Leichtathletikteams des College etablieren. Zum ersten Mal in ihrem Leben wurde sie nicht nur akzeptiert, sondern bewundert. Und Alice fand sich in ähnlicher Weise gefördert. Ihre Lehrer erkannten ihre intellektuelle Begabung und trieben sie zu immer neuen Höchstleistungen an. Gesellschaftlich hatten Madeline und Alice jedoch weiterhin kaum Kontakte.

Alice wollte eigentlich gar nicht zu dem Fest in der West-Point-Militärakademie, aber alle anderen fuhren hin und einige der Frauen aus Madelines Leichtathletikteam hatten noch Platz in ihrem Van. Als sie ankamen, war das Fest bereits in vollem Gang, und beide fanden es schrecklich. Überall wimmelte es von trinkenden, tanzenden und knutschenden Studenten. Alice konnte dem Ganzen nichts abgewinnen.

Die Musik war so laut, dass sie sich nicht einmal mit jemandem unterhalten konnte.

Dann sah sie in einer ruhigen Ecke eine Frau stehen. Sie war umringt von Menschen, die ihr förmlich an den Lippen hingen. Da stand diese strahlende Erscheinung vollkommen gelassen inmitten dieses unglaublichen Durcheinanders und hielt Hof. Sie lachte und trank, aber sie hatte alles fest im Griff. Wie von der Helligkeit der Sonne angezogen, kreisten alle anderen wie Planeten, die ihr Licht und ihre Wärme brauchten, um sie. Ihr Anblick weckte in Alice den Wunsch, einer dieser Planeten zu sein – dazuzugehören. Ein kurzer Blick auf Madeline verriet ihr, dass Madeline ähnlich fasziniert war.

Eine Stunde später, in der sie zu viel getrunken und sich mit Madelines Teamkameradinnen unterhalten hatten, gingen Alice und Madeline nach draußen, um auf dem Akademiegelände spazieren zu gehen, bis die anderen Mädchen sie zurück nach Vassar mitnahmen. Es war eine dunkle Nacht – der Mond kam immer nur für kurze Momente hinter den Wolken hervor – und sie blieben deshalb in der Nähe der Hauptgebäude und der gut beleuchteten Wege.

Sie hörten den Tumult, bevor sie ihn sahen. Aus dem Gebüsch im dunklen hinteren Bereich des Geländes kamen die Geräusche eines Kampfs. Zuerst dachte Alice, es sei ein Tier, doch dann hörte sie den Schrei. Madeline rannte sofort auf den Lärm zu und Alice folgte ihr. Im Dunkeln sah sie zwei Männer, die eine Frau zu Boden drückten; einer hielt ihr die Hand über den Mund, der andere zog ihr Kleid hoch. Auf dem Boden lag eine umgefallene Flasche Jack Daniels, deren Inhalt auslief und die warme Luft mit ihrem penetranten Geruch durchsetzte. Alice stieg die Galle hoch und ihr linkes Bein begann zu zittern. Die Frau wehrte sich, aber die Männer waren zu stark. Als plötzlich der Mond durch die Wolken brach, sah Alice, dass es die faszinierende Frau war, die sie vor einer Stunde auf dem Fest bewundert hatten. Ihre blauen Augen waren eher wütend als verängstigt und ihre Unerschrockenheit machte auch Alice Mut.

Während Alice noch um Hilfe rief, sah sie, wie sich Madeline bereits auf den Mann stürzte, der der Frau den Mund zuhielt. Madeline machte kein Geräusch; sie vergewisserte sich nur kurz, dass sie einen guten Stand hatte, bevor sie dem Mann mit voller Wucht ins Gesicht trat. Sie trug Schuhe mit hohen Absätzen und Alice hörte die Nase des Mannes brechen. Dann wirbelte Madeline wie eine Ballerina herum und rammte dem verdutzten zweiten Mann das Knie gegen die Schläfe, so dass er seitlich zu Boden sackte. Währenddessen reichte Alice der Frau die Hände und zog sie auf die Beine, aber Madeline war noch nicht fertig. Ihr Gesicht war vor Wut vollkommen weiß, ihre Augen so dunkel und kalt wie mitternächtliche Seen. Sie stellte sich über die zwei benommenen Männer und trat ihnen so lange in die Geschlechtsteile, bis Alice und die Frau sie wegzogen.

Beide Männer wurden vor Gericht gestellt und einer musste sich einen gequetschten Hoden entfernen lassen. Der Umstand, dass sie Pamela Weiss vor einer Vergewaltigung bewahrt hatten, öffnete Alice und Madeline alle Türen. Pamela Weiss verfügte über ein weit verzweigtes Netz von Beziehungen und Freundschaften, die Alice und Madeline allein aufgrund der Tatsache, dass sie ihre Freundinnen waren, zu enormer Popularität verhalfen. Vor allem Madeline blühte sichtlich auf. Sie vergötterte Pamela und lernte von ihr eine Sicherheit im Auftreten, von der Alice weiterhin nur träumen konnte.

Alice konnte nie ganz verstehen, warum die allseits beliebte Pamela, nur weil sie ihr einmal geholfen hatten, ihre Freundin geworden war. Fast schien es, als hätte Pamela wegen ihrer privilegierten Stellung ein schlechtes Gewissen und fände ihresgleichen zu seicht. Sie wurde nie müde, Madelines und Alice' Erzählungen aus ihrer Kindheit zu lauschen. Pamela war es eher peinlich, dass sie aus einer einflussreichen Bankiersfamilie stammte und dass ihre beiden Eltern nicht nur noch lebten, sondern auch gesund und glücklich verheiratet waren und sie liebten – als würde ihr, weil ihr bisher im Leben alles so einfach gemacht worden war, nie jemand so richtig abnehmen, dass es ihr mit ihrem sozialen und politischen Engagement wirklich ernst war.

»Alice, sehe ich es richtig, dass damit der empirische Nachweis erbracht ist, dass diese Gentherapie gewalttätige Männer friedfertiger macht?«, fragte Pamela Weiss, während sie die Informationsmappe überflog.

Alice war rasch wieder in die Gegenwart zurückgekehrt. Sie rutschte auf ihrem Stuhl nach vorn und sah der Reihe nach Pamela, Madeline und Todd Sullivan an. »Auf jeden Fall. Es wird zwar noch einige Zeit dauern, bis sich die Vorteile in vollem Umfang zeigen, aber der Beweis für die Wirksamkeit der Therapie ist erbracht. Diese Daten sind mehr als ausreichend. Du kannst deine Ankündigung bedenkenlos machen.«

»Und die Unbedenklichkeit ist ebenfalls keine Frage?« Pamela Weiss hatte inzwischen zum hinteren Teil der Mappe weitergeblättert.

Alice lächelte. »Pam, wir haben die Therapie acht Jahre lang getestet, ohne dass irgendwelche Nebenwirkungen aufgetreten sind. Wir haben soeben eine Versuchsreihe zum Nachweis der Unbedenklichkeit mit Erfolg abgeschlossen. Die FDA hat das bestätigt und uns für den nächsten Schritt, den Wirksamkeitsnachweis, grünes Licht erteilt. Auch die Zustimmung der National Institutes of Health, denen wir Conscience Version Neun sicherheitshalber ebenfalls vorgelegt haben, haben wir erhalten. Das heißt, nach Auffassung der zwei maßgeblichen Organisationen, die es auf diesem Gebiet in den Vereinigten Staaten gibt, hat die Behandlung keine schädlichen Nebenwirkungen. Und da unsere geheimen Versuche bereits den Nachweis der Wirksamkeit erbracht haben, ist unsere Position unanfechtbar. Jegliche Bedenken bezüglich des Timings der verfrühten Versuche an Kriminellen werden rasch in den Hintergrund rücken. Ich habe mit Calvin Briggs von der FDA gesprochen und ihm ein paar hypothetische Fragen gestellt. Trotz all ihrer bürokratischen Schwerfälligkeit ist die FDA letztlich dazu da, den Fortschritt zu fördern, nicht, ihn zu behindern. Solange die Behandlung *sicher* ist und *wirkt*, interessiert sie alles andere nicht.«

»Und vergiss auch nicht«, fügte Madeline hinzu, »angesichts des ungeheuren Medieninteresses an den hervorragenden kalifornischen Verbrechensstatistiken werdet ihr, du und Bob Burbank, als Helden, als Visionäre gefeiert werden. Und machen wir uns doch nichts vor, Pamela, unsere Versuchskaninchen waren keine Kinder und auch keine wehrlosen alten Damen. Es waren von der Gesellschaft gehasste und gefürchtete Gewaltverbrecher.«

Pamela beugte sich auf ihrem Stuhl vor. »Und die Behandlungsmethode, die dabei zur Anwendung kam, Ali, war dieselbe wie die von der FDA genehmigte?«

Alice zögerte einen Moment und fing Madelines Blick auf, worauf diese kaum merklich nickte. Alice belog Pamela nur sehr ungern, aber sie hatte keine andere Wahl. »Ja«, antwortete sie. Dann lächelte Alice und ließ ihre aufrichtige Begeisterung durchscheinen. »Du kannst mir vertrauen, Pamela«, fuhr sie fort. »Project Conscience ist sowohl unbedenklich als auch wirksam. Politisch, wissenschaftlich, gesellschaftlich und moralisch spricht alles dafür, deine Ankündigung zu machen.«

Pamela Weiss lächelte, sagte aber einen Augenblick lang nichts. Sie sah auf ihre Unterlagen, dann hoch zu Madeline und schließlich wieder zurück zu Alice. Auf jeder von ihnen blieben ihre klaren blauen Augen ein paar Sekunden ruhen. Alice dachte, sie würde eine ihrer schwierigen Fragen stellen, und einen schrecklichen Augenblick lang fragte sie sich, ob Pamela irgendwie von Crime Zero und den Todesfällen in San Quentin erfahren hatte. Aber ihre Sorge war unbegründet. Plötzlich brachte ein strahlendes Lächeln Pamelas Gesicht zum Leuchten. »Das habt ihr sehr gut gemacht. Ich weiß, wir sind alle gewisse Risiken eingegangen, aber ich verspreche euch, falls ich Präsidentin werde …«

»Sie meinen wohl, *sobald* Sie Präsidentin werden«, korrigierte Todd Sullivan sie lächelnd.

Pamela lachte. »Dann werde ich dafür sorgen, dass wir diese Vision von einer gewaltfreieren Gesellschaft, einer Gesellschaft mit einem Gewissen verwirklichen.«

Todd Sullivan stand auf. »So leid es mir tut, aber wir müssen jetzt los.«

»Wir sehen uns ja heute noch bei dem Abendessen mit Bob Burbank in L. A.«, sagte Pamela Weiss. »Es ist eine Feier anlässlich der morgigen Conscience-Ankündigung. Bei dieser Gelegenheit werde ich den Präsidenten auch gleich über die jüngsten Entwicklungen in Kenntnis setzen. Es wird bestimmt ein schöner Abend.«

14

Los Altos Verdes,
San Bruno Mountains, Kalifornien.
Am selben Tag. 17 Uhr 25

Alice Prince war immer wieder von neuem fasziniert, wie die Nachmittagssonne durch die hohen Äste der Bäume drang und das Gras und die Erde der weiten Waldlichtung sprenkelte. Das war ihr eigener verzauberter Ort, befrachtet mit glücklichen Erinnerungen. Sie kam mit ihren zwei Labradors oft an diese Stelle, die zu Fuß in fünfzehn Minuten von ihrem Haus zu erreichen war. Sie genoss es, die würzige Luft zu riechen, die Sonne über die wankenden Baumwipfel unten im Tal streifen zu sehen und mit ihren Gedanken allein zu sein.

Nach dem Treffen mit Pamela Weiss war sie die dreißig Kilometer von ViroVector nach Hause gefahren. Sie war sofort in den Garten gegangen und hatte die Hunde gerufen, ihnen die Leinen angelegt und sie auf einen kurzen Spaziergang hierher mitgenommen, bevor sie und Madeline in der firmeneigenen Gulfstream zu dem Abendessen mit Pamela und dem Präsidenten nach Los Angeles fliegen würden.

Alice wünschte, sie hätte Kathy Kerr ihren Standpunkt begreiflich machen können. In vieler Hinsicht verfolgten sie dieselben Ziele. Alice bewunderte Kathy dafür, dass sie sich Madeline nicht gebeugt hatte. Aber sie fürchtete, Madeline könnte mehr tun, als Kathy nur bis zu den Wahlen aus dem Verkehr ziehen. Sie wusste, wozu Madeline imstande war. Alice mochte ihre Freundin sehr, aber Madeline begnügte sich nie nur mit dem, was nötig war. Sie musste immer einen Schritt weiter gehen.

Alice saß auf einem Baumstumpf in der Mitte der dreißig Meter breiten Lichtung, hielt ihr Gesicht der Sonne entgegen und genoss die Wärme auf ihrer Haut. Sie konnte die Bäume im Wind rauschen und die miteinander spielenden Hunde bellen hören. Wenn sie die Augen schloss, konnte sie sogar Libbys Stimme hören.

Alice war mit Libby oft hierher gekommen. Auch ihr Mann John und Madeline waren manchmal mitgekommen. Sogar Pamela Weiss war ein- oder zweimal mit ihrem Mann Alan und den drei Jungen hier gewesen.

Nach Vassar ging Pamela zur Staatsanwaltschaft von Los Angeles, wo sie als Anwältin sehr erfolgreich war; dann heiratete sie einen der Teilhaber der großen Anwaltskanzlei, gegen die sie vor Gericht am häufigsten antrat. Ihre Ehe hatte gehalten, inzwischen hatte sie drei Söhne, von denen der jüngste, der dreizehnjährige Sam, Alice' Patenkind war. Pamelas Mann war einer der wenigen Männer, die Alice wirklich mochte.

Madeline, die ebenfalls Jura studiert hatte, bevor sie zum FBI ging, hatte trotz ihrer äußerst zwiespältigen Haltung Männern gegenüber als nächste geheiratet. Sie war der Meinung, die Heirat sei gut für ihre Karriere, und sie wollte Kinder haben. Wie nicht anders zu erwarten, scheiterte die Ehe und blieb kinderlos. Die Scheidung sollte jedoch ihrer eigentlichen Ehe zugute kommen, der mit dem FBI, die sichtlich funktionierte.

Alice' Ehe war eine einzige Katastrophe gewesen. Nach ihrer Promotion an der Stanford University und einer kurzen Anstellung bei GeneCell Industries, wo sie ihren Mann, John Prince, kennen lernte, gründete sie ViroVector. Zunächst hatte John Prince den Eindruck erweckt, als würde er, vor allem im Vergleich zu ihrem Vater, seinem Namen gerecht, aber bald musste sie feststellen, dass John alles andere als der Traumprinz war. Allerdings trug er zum einzigen wirklichen Lichtblick in ihrem Leben bei: Libby.

Selbst jetzt noch, wenn sie die Augen ganz fest zusammenkniff und aufmerksam dem Wind lauschte, konnte Alice Libbys Lachen auf der Lichtung hören.

Aber sie war nicht mehr hier. Weggenommen, als ob sie nie hier gewesen wäre.

Alice versank in ihren Gedanken. Die Gegenwart existierte nicht mehr, nur noch Vergangenheit und Zukunft. Ihre Brust erfüllte ein brennender Schmerz und ihre Wut und ihre Trauer waren noch genauso intensiv wie zu der Zeit, als Libby ihr geraubt worden war. Was hatte dieses Monster mit ihr getan? Wie war sie gestorben? Wenn Alice nur die Antworten auf diese Fragen wüsste, könnte sie ihre Tochter endlich begraben und richtig um sie trauern.

Doch ihre Wut und ihre Trauer waren nicht mehr hilflos. Dafür hatte Madeline gesorgt. Bald würde keine Libby mehr dem Bösen zum Opfer fallen, das an jeder Straßenecke lauerte.

Plötzlich wich die Wärme von Alice' Gesicht und selbst mit geschlossenen Lidern konnte sie sagen, dass die Sonne hinter einer Wolke verschwunden war. Die Hunde bellten. Sie schauderte unwillkürlich und öffnete die Augen.

Dann sah sie den großen Mann am Rand der Lichtung stehen. Sein Wagen stand auf dem Forstweg. Er sah sie direkt an.

Sie wirkte so friedlich, wie sie da in der Sonne saß, dass er sie nur ungern störte. Doch für Luke Decker gab es kein Abweichen mehr von seinem Kurs. Er hatte keine Wahl, er musste diese Sache zu Ende bringen. Dr. Alice Prince war die Mutter von Axelmans dreizehntem Opfer, und um das Versteck der Leichen zu finden, musste er sie nach dem Schlangenbaum fragen.

Er war zum Haus von Dr. Prince gefahren, aber sie war nicht da gewesen. Nach einigem Zureden hatte er der Haushälterin die Auskunft entlockt, dass sie die Hunde ausführte und wo er sie finden konnte. Darauf war er direkt hierher gekommen.

Dr. Prince sah wie auf den Fotos in den Akten aus, etwas älter, aber ansonsten unverändert. Sie trug flache Schuhe, einen Faltenrock und eine cremefarbene Bluse mit einer blauen

Strickjacke darüber. Sie sah nicht aus wie die Gründerin eines internationalen Großunternehmens.

Noch während er auf sie zuging, stellte er sich vor und zeigte seine Dienstmarke. »Dr. Prince, ich bin Special Agent Luke Decker und leite die Abteilung Verhaltensforschung des FBI, die auf Serienverbrechen spezialisiert ist. Ich würde gern über Ihre Tochter Libby mit Ihnen sprechen.«

Einen Moment sackten ihre Schultern nach unten und der Schmerz in ihren Augen verriet Decker mehr über ihre angegriffene Psyche als alle Vermerke über ihre Scheidung und ihren Nervenzusammenbruch, auf die er in ihrer FBI-Akte gestoßen war. Nicht immer heilte die Zeit alle Wunden. Alice Prince war eine gebrochene Frau. Sie stand auf und verschränkte Schutz suchend die Arme, ohne Deckers Dienstmarke genauer anzusehen. Sie richtete ihren Blick unverwandt auf sein Gesicht. Einen Moment standen sie beide stumm da und lauschten dem Wind, der durch die Bäume strich.

»Wenn es Ihnen lieber ist«, sagte er, »können wir uns auch bei Ihnen zu Hause unterhalten.«

Sie machte nicht den Eindruck, als hätte sie ihn gehört. »Haben Sie Libby gefunden?«, fragte sie.

»Noch nicht. Aber ich glaube zu wissen, wer für ihren Tod verantwortlich ist. Und mit Ihrer Hilfe gelingt es mir vielleicht auch, ihre Leiche zu finden.«

»Wer hat sie umgebracht?«

»Ein gewisser Karl Axelman.«

»Karl Axelman?« Sie runzelte ungläubig die Stirn. Sie sagte seinen Namen, als wäre er ihr vertraut. Ihre rechte Hand griff nach dem seltsamen tropfenförmigen Amulett an ihrem Hals und strich darüber wie über eine Betperle. Sie wirkte plötzlich seltsam entrückt und ihr Blick wanderte ins Unendliche, zu einer Szene, die Decker nie würde sehen können. Ihre Stimme war kaum mehr als ein Flüstern, als sie fragte: »Wie kann ich Ihnen helfen, das Versteck von Libbys Leiche zu finden?«

»Wie Sie vielleicht wissen, hat Axelman eine ganze Reihe anderer, ähnlicher Verbrechen begangen. Etwas, das Ihre

Tochter zu ihm gesagt hat, könnte uns helfen, die Stelle zu finden, an der er alle seine Opfer versteckt hat.«

»Was? Was hat Libby zu ihm gesagt?«

»Allem Anschein nach befand sich der geheime Zugang zum Versteck von Axelmans Opfern in der Nähe eines Baums, den Ihre Tochter den Schlangenbaum nannte. Sagt Ihnen dieser Name etwas?«

Plötzlich trübten sich Alice Prince' Augen und sie lächelte das traurigste Lächeln, das Luke Decker je gesehen hatte. »Ja. Ja, natürlich kenne ich den Schlangenbaum.«

Deckers Mund wurde trocken. »Wenn Sie mir sagen, wo er ist, lasse ich die Stelle absuchen.«

Alice Prince sah ihn mehrere Sekunden wortlos an, bevor sie sich unvermutet abwandte. Zuerst dachte er, sie versuche sich zu sammeln, ihre Tränen zurückzuhalten. Doch dann deutete sie auf die andere Seite der Lichtung, in Richtung der untergehenden Sonne. »Sehen Sie die große Eiche dort? Das ist der Schlangenbaum. Das ist der Baum, auf den Libby immer geklettert ist.«

Gegen die Abendsonne blinzelnd, erkannte Luke Decker die Umrisse einer Baumgruppe. Etwas abseits davon stand eine riesige knorrige Eiche, die wesentlich älter aussah als die Bäume ringsum. Sie hatte tiefer liegende Äste und einen dicken Stamm, um dessen Fuß sich, wie schlafende Schlangen, einige freiliegende Wurzeln wanden.

»Danke«, sagte er. »Ich lasse die Stelle absuchen. Wenn wir etwas finden, geben wir Ihnen unverzüglich Bescheid.«

Sie öffnete den Mund, als wollte sie protestieren, sagte dann aber doch nichts.

»Soll ich Sie nach Hause fahren?«, fragte er. »Soll ich jemanden anrufen, dass er Sie holen kommt?«

»Nein«, sagte sie und nahm die Hunde an die Leine. »Ich gehe lieber zu Fuß. Ich möchte jetzt allein sein.«

Wie unter Schock trat Alice Prince mit den Hunden den Rückweg an. Irgendwie erschien ihr nicht richtig, was in ihr vorging. Sie war sicher, sie sollte hysterische Erleichterung oder Trauer oder sonst etwas empfinden, aber stattdessen fühlte sie nichts. In ihrer Seele war eine eisige Leere, die sie jeden Gefühls beraubte, so, als hätte sie gerade die Hand unter einen Hahn mit brühend heißem Wasser gehalten und wartete auf den Schmerz.

Als Agent Decker von Libby sprach, war sie weniger schockiert gewesen, als sie erwartet hatte. Unbewusst hatte sie die ganzen letzten zehn Jahre auf diesen Tag hingelebt. Der Hinweis auf Karl Axelman aber war dann ein schwerer Schlag. Ursprünglich hatte sie zwar, genau wie das FBI, gedacht, dass er es gewesen sein könnte. Doch da nichts von Libbys Sachen unter den Trophäen des Mörders gefunden worden war, war man wieder davon abgekommen. Welch seltsame Ironie, dass sie Axelman unwissentlich als eines der Versuchskaninchen benutzt hatte, um TITANIAS Hochrechnungen für Crime Zero zu verifizieren.

Libbys Entführung war sowohl für Conscience wie für Crime Zero das auslösende Moment gewesen. Nach Libbys Entführung hatte John Prince sie wegen einer Frau verlassen, mit der er schon seit Jahren heimlich ein Verhältnis hatte. Nach diesem Verrat erlitt Alice einen Nervenzusammenbruch und wurde in eine psychiatrische Klinik eingeliefert. Madeline und Pamela, die sie damals oft besuchten, hatten geschworen, alles in ihrer Macht Stehende zu tun, um ihr zu helfen. Auch wenn die beiden Freundinnen Alice eine große Stütze waren, war es letztlich die Wissenschaft, die sie vor dem Wahnsinn bewahrt hatte.

Sie ließ sich von ihnen wissenschaftliche Veröffentlichungen und Bücher in die Klinik bringen und verschlang alles, was sie zum Thema Gewaltverbrechen finden konnte, getrieben von der Überzeugung, wenn sie eine Lösung fände, könnte sie auch ihren schwer angegriffenen Verstand wieder heilen. Kurz bevor sie schon aufgeben wollte, las sie in *Nature* einen Artikel einer gewissen Kathryn Kerr, einer Doktorandin aus Harvard. Die Verfasserin entwarf darin ein geniales theoretisches Erklärungsmodell, das auf Forschungen an Primaten basierte und plötzlich, einer Offenbarung gleich, alles in einem sinnvollen Zusammenhang erscheinen ließ. Es sollte ihre Rettung werden.

Binnen weniger Wochen war Alice Prince an ihren Posten bei ViroVector Solutions zurückgekehrt. Sie griff Kerrs detaillierte Theorien auf und machte sich daran, sie mithilfe ihrer langjährigen Erfahrung mit viralen Vektoren in die Praxis umzusetzen. Das heißt, sie versuchte, aggressives Verhalten nicht nur zu diagnostizieren, sondern auch zu modifizieren. In der Wissenschaft muss man immer mit Fehlschlägen und großen Enttäuschungen rechnen, doch Kathy Kerrs Theorien zur Genkalibration waren gründlich durchdacht und sehr gut dokumentiert. Wenige Monate nach ihrer Entlassung aus der Nervenklinik lockte Alice Prince Kathy Kerr an die Stanford University und mithilfe von Kathys Erfahrung auf dem Gebiet der Genkalibration entwickelte sie ein gentechnisch verändertes Retrovirus, mit dem sich Schimpansengene erfolgreich modifizieren ließen. Binnen weiterer drei Monate gelang es ihr, ohne Kerrs Wissen einen viralen Vektor zu schaffen, mit dem sie Kerrs Regulatorgene auch Menschen einsetzen konnte.

Bei einem Treffen mit Madeline und Pamela weihte sie sie in ihre Pläne ein: Sie habe eine Möglichkeit gefunden, Verbrechen wie Libbys Entführung in Zukunft zu verhindern. Dazu müsse sie jedoch Versuche an Kriminellen durchführen; und um das ohne FDA-Genehmigung tun zu können, brauche sie die Unterstützung ihrer inzwischen sehr mächtigen Freundinnen.

Dr. Kerr erfuhr nichts von den Versuchen an Strafgefangenen. Stattdessen erhielt sie Anweisung, die üblichen vorklinischen Screenings, Primatenstudien und Versuche mit Freiwilligen durchzuführen, die nötig waren, um eine FDA-Zulassung zu erhalten. Sobald sie diesen langwierigen Prozess durchlaufen und die Genehmigung erhalten hatte – und wenn die geheimen Wirksamkeitsnachweise an Kriminellen zufrieden stellend ausgefallen waren – konnten sie die Sache publik machen. Die FDA-Genehmigung war dann sozusagen die nachträgliche Rechtfertigung dafür, dass sie schon Jahre, bevor sie das eigentlich hätten tun dürfen, Experimente an Menschen durchgeführt hatten.

Pamela, die mittlerweile zum neuen Gouverneur Kaliforniens aufgebaut wurde, war nicht leicht zu überzeugen. Aber schließlich ließ sie sich doch umstimmen, vor allem, als sie merkte, wie massiv die Forschung auf diesem Gebiet durch *political correctness* und die gefürchtet konservative FDA behindert wurde. Damals plädierten einige Schwarzenvereinigungen sogar dafür, Schwarze sollten sich grundsätzlich nicht für wissenschaftliche Untersuchungen zur Verfügung stellen – mit der Begründung, die Ergebnisse würden dazu benutzt, weiße Rassenvorurteile zu untermauern. Obwohl diese Befürchtungen vollkommen unbegründet waren, vermieden die National Institutes of Health die Hinzuziehung schwarzer Versuchspersonen, womit jede Studie in einem größeren gesellschaftlichen Rahmen zur Bedeutungslosigkeit verurteilt war. Pamela wurde klar, dass geheime Versuche die Sache nicht nur beschleunigen, sondern auch in Gang bringen würden. Sie wandte sich deshalb sogar an den neuen Präsidenten Bob Burbank und konnte sich dank ihrer erstaunlichen Überredungskünste seines grundsätzlichen Einverständnisses versichern, dass es eine gute Idee sei, Kriminalität zu heilen. Ohne sich konkret auf irgendetwas einzulassen, half Bob Burbank, zeitraubende bürokratische Hürden zu umgehen und das Projekt geheim zu halten, während er sich selbst für den Fall, dass etwas schief ging, aus allem heraushielt.

Aber es war dann schließlich Madeline, die das Projekt um einen entscheidenden Schritt weiterbrachte. Sie war davon sogar noch mehr angetan gewesen als Alice, hatte aber auch sofort angeführt, Conscience gehe immer noch nicht weit genug. Und im Lauf der nächsten Monate hatte sie Alice schließlich von der Notwendigkeit des umstrittenen, aber schockierend logischen nächsten Schritts überzeugt: Crime Zero.

Als sich Alice im Weggehen noch einmal zur Lichtung umdrehte, sah sie, wie Agent Decker reglos da stand und den Schlangenbaum betrachtete. Sicher würde er gleich seine Kollegen verständigen, damit sie die Umgebung absuchten. Obwohl sie wusste, dass er es ihr nicht gestatten würde, fühlte sich Alice verpflichtet zu bleiben. Sie wollte endlich die Leiche finden. Der Albtraum des Nichtwissens hatte die ganzen letzten zehn Jahre vergiftet.

Sie ging noch ein Stück weiter, blieb dann aber hinter einer Reihe von Büschen stehen und beobachtete, wie Decker zu seinem Wagen zurückkehrte. Zu ihrer Überraschung stieg er jedoch nicht ein und fuhr weg und er griff auch nicht nach seinem Telefon. Stattdessen öffnete er die hintere Tür und nahm einen Spaten und eine Taschenlampe heraus.

Sie beobachtete, wie Decker den Spaten schulterte und die Taschenlampe anmachte. Wie mit einem Schwert durchschnitt er damit das langsam um sich greifende Dunkel, als er auf den Schlangenbaum zuging, dessen mächtiger Stamm sich scherenschnitthaft gegen die tief stehende Sonne abzeichnete.

15

Der Schlangenbaum, Los Altos Verdes, Kalifornien.
Am selben Tag. 17 Uhr 47

Von dem Kurs, den Luke Decker eingeschlagen hatte, gab es kein Abweichen mehr. Doch er konnte sich nicht erinnern, jemals solches Grauen empfunden zu haben, als er sich nun dem mächtigen Baum mit seinen schlangenähnlichen Wurzeln näherte. Sein Körper war in Schweiß gebadet und immer fester legte sich ein Band aus Stahl um seine Brust. Im Laufe seiner Dienstzeit hatte er schon mit allen Sorten von Mördern zu tun gehabt, dabei hatte ihm die physische Bedrohung nie viel zu schaffen gemacht – nicht so, wie das die psychische Bedrohung manchmal tat. Nicht so wie in diesem Moment, als er sich des absurden Gedankens nicht erwehren konnte, an den Schauplatz seiner eigenen Verbrechen zurückzukehren.

Nach seinem Nervenzusammenbruch hatte ihn Sarah Quirke, die FBI-Psychotherapeutin, davor gewarnt, sich so tief in die Mörder hineinzuversetzen, die er jagte, insbesondere dann, wenn er an mehreren traumatischen Fällen gleichzeitig arbeitete. »Wenn Sie mit zu vielen Feuern spielen, verbrennen Sie sich zwangsläufig mal an einem die Finger«, hatte sie gesagt. Er hatte immer geglaubt, damit umgehen zu können. Sich in einen Mörder hineinzuversetzen hieß nicht, hinterher auch etwas von ihm anzunehmen.

Doch als er sich jetzt auf die Wurzeln des großen Baums setzte und die Gedanken des Mörders nachzuvollziehen versuchte, war er sich dessen nicht mehr so sicher. Dieses Mal war der Mörder sein eigen Fleisch und Blut. Diesmal wandelte er in den Fußstapfen seines Vaters und der Gedanke, wie genau seine Füße in sie hineinpassen könnten, ließ ihn schaudern.

Er begann anhand dessen, was er aus Karl Axelmans Akten wusste, ein Täterprofil zu erstellen. Die Mädchen waren über einen Zeitraum von zwanzig Jahren hinweg entführt worden, wobei zwischen den einzelnen Entführungen immer mindestens achtzehn Monate verstrichen waren. Daraus schloss Decker, dass Axelman die Leichen irgendwie konserviert haben musste, damit er sie immer wieder aufsuchen und seine Mordgelüste möglichst lange hinauszögern konnte. Aufgrund seiner ausgeprägten Sammelleidenschaft dürfte Axelman versucht haben, alle Leichen in unversehrtem Zustand zu erhalten, nicht nur die letzten Opfer. Dafür war Platz nötig. Viel Platz.

Decker blickte sich um, dann nahm er den riesigen Schlangenbaum in Augenschein. Er stand auf, ging um seinen Stamm herum und klopfte die Rinde nach hohl klingenden Stellen ab. Nichts.

Dass Axelman die Leichen im Stamm des Baums gehortet hatte, war sehr unwahrscheinlich; dort wären sie zu schnell verwest. Aber Decker hatte schon seltsamere Verstecke gesehen.

Viel wahrscheinlicher war, dass Axelman die Leichen vergraben hatte, möglicherweise in einer schützenden Hülle, um das Eindringen von Würmern und anderen Aasfressern zu verhindern. Aber zugleich wollte er wohl jederzeit Zugang zu ihnen haben. Diese Stelle war zwar abgelegen, aber es kamen immer wieder Leute vorbei. Axelman musste nach einer Möglichkeit gesucht haben, sich die Leichen ansehen zu können, ohne fürchten zu müssen, dabei gestört zu werden. Schon der bloße Gedanke, dabei entdeckt zu werden, hätte seine Fantasien und damit auch seinen Spaß an der Sache massiv beeinträchtigt.

Axelman war Bauarbeiter gewesen; er musste also gewusst haben, wie man ein geräumiges Versteck baute, das man aufsuchen konnte, ohne dabei entdeckt zu werden. Warum Axelman ausgerechnet diese Stelle ausgesucht hatte, konnte Decker nur raten.

Er stieg über die knorrigen Wurzeln und untersuchte den Stamm genauer. Sein Durchmesser betrug mindestens zweieinhalb Meter. Von einer Seite sah der Stamm aus wie ein auf den Kopf gestelltes Y, so, als stünde der Baum auf zwei gedrungenen Beinen. Als Decker weiter um den Stamm herumging, auf die Seite, die noch von den letzten Sonnenstrahlen beschienen war, bemerkte er ein quadratisches Stück Erde von etwa einem Meter Seitenlänge, das zum Teil unter die Höhlung reichte, welche die zwei Beine des Stamms bildeten. Als er den Spaten in die Erde stieß, fuhr ihm der schmerzhafte Rückstoß bis in die Schulter hoch.

Er bückte sich, um Grasbüschel, Laub und Erde zur Seite zu scharren. Dunkles Holz kam zum Vorschein. Weitere Wurzeln, dachte er, bis er eine größere Fläche freigelegt hatte. Schließlich stieß er auf eine quadratische Platte von einem Meter Seitenlänge. Deckers Herz begann schneller zu schlagen; um natürlichen Ursprungs zu sein, war die Oberfläche des Holzes zu glatt. Dann traf sein Spaten auf etwas Metallisches und im schwächer werdenden Sonnenlicht sah Decker einen Schimmer matten Messings. Er ließ den Spaten fallen, kniete nieder und wischte mit den Händen die feuchte Erde von der Mitte der Platte, bis er einen Ring aus Messing entdeckte. Er stellte den Ring senkrecht auf, erhob sich vom Boden und zog daran. Das feuchte Holz ächzte und quietschte, und schließlich bewegte sich die Platte – eine Falltür in die Unterwelt.

Decker verzog wegen der abgestandenen Luft, die aus dem Loch kam, das Gesicht, als er nach der Taschenlampe griff und damit in das modrige Dunkel hinunterleuchtete. Zu seiner Überraschung sah er einen mit Bauholz ausgekleideten Schacht, in den eine Eisenleiter etwa drei Meter tief in die

Erde hinabführte. Das Holz war grün vor Feuchtigkeit, wies aber keine Spuren von Fäulnis auf – eine ordentliche Zimmerarbeit.

Mit einem Stock spreizte Decker die Falltür auf, nahm die Taschenlampe in die Hand und ließ sich in das Loch hinab. Nachdem er mit dem rechten Fuß versuchsweise auf die Leiter getreten war und sich überzeugt hatte, dass sie hielt, stieg er ganz hinunter. Von dem senkrechten Schacht ging ein abschüssiger unterirdischer Gang ab. Decke und Wände waren mit verfugten Balken verkleidet, der Boden mit rutschsicheren Matten belegt. Etwa alle zehn Meter waren perforierte Platten in die Decke eingelassen. Vermutlich handelte es sich dabei um Luftschächte. Überall roch es nach feuchter Erde und Fäulnis.

Decker testete vor jedem Schritt mit seinen Füßen den Untergrund, bevor er mit seinem ganzen Gewicht auftrat und sich vorsichtig in das Dunkel vorantastete. Gleichzeitig suchte er mit der Taschenlampe nach gefährlichen Rissen in der Decke. Abgesehen von einem gelegentlichen Ächzen oder Knarren schien der unterirdische Gang jedoch stabil. Nach etwa zwanzig Metern machte er eine Biegung und endete abrupt. Im Licht der Taschenlampe sah Decker, dass auf der rechten Seite eine breite Betontreppe tiefer in die Erde hinabführte. In der Wand links von ihm befand sich eine rechteckige Betonfläche, so, als wäre eine Türöffnung verschlossen worden. Die Seitenwände der Betontreppe waren nicht mehr mit Holz verkleidet, sondern mit braunen, von einer dicken Schimmelschicht überzogenen Fliesen.

Plötzlich verstand Decker, warum Axelman diesen Ort ausgesucht hatte. Er war Teil des ehemaligen Zoos, der vor über dreißig Jahren beim Bau der exklusiven Villensiedlung, in der Alice Prince wohnte, eingeebnet worden war. Allem Anschein nach war nicht der ganze Zoo zerstört worden. Die unterirdischen Bereiche, die sich nicht mit den Fundamenten der neuen Häuser überschnitten, waren einfach zugemauert und der Natur zurückgegeben worden. Axelman hatte den holzverkleideten Gang gebaut, um sich Zugang zu dem abgesperrten Bereich zu verschaffen.

Der Geruch, der die Betontreppe heraufdrang, war anders; es roch nicht mehr nach Erde, sondern nach etwas anderem – nach irgendeiner Chemikalie, die Decker, auch wenn sie ihm bekannt vorkam, nicht beim Namen nennen konnte. Er war diesem Geruch erst vor kurzem begegnet, aber er konnte sich nicht mehr erinnern, wo. Die Taschenlampe in seiner Hand zitterte, als er langsam die Treppe hinunterstieg. Er versuchte sich einzureden, es läge an der klammen Kälte, aber das stimmte nicht.

Der Strahl der Taschenlampe wurde von einem rostigen Metallschild zurückgeworfen, das an der gefliesten Wand befestigt war: *Terrarium und Aquarium*. Auf dem Boden lag ein weiteres Schild. Es war verbeult und schartig und die Worte *Carolan Construction*, die mit schwarzer Farbe darauf geschrieben standen, waren kaum mehr zu lesen. Axelman musste vor dreißig Jahren hier gearbeitet und sich die Stelle für seine Zwecke vorgemerkt haben. Es konnte nicht allzu schwierig gewesen sein, bereits Vorkehrungen für den Bau seines geheimen Zugangs zu treffen, als er im Auftrag seiner Baufirma sämtliche Öffnungen zumauerte.

Decker kam zu einer Kreuzung in dem braun gefliesten Labyrinth. Ein verblichener Pfeil mit der Aufschrift *Aquarium* zeigte nach rechts und ein fast nicht mehr zu erkennender Pfeil mit unleserlicher Aufschrift zeigte nach links. Inzwischen war der chemische Geruch, der aus dem Aquarium kam, so stark, dass Deckers Augen heftig tränten. Er band sich ein Taschentuch um Mund und Nase. Plötzlich fiel ihm ein, wo er diesen Geruch das letzte Mal wahrgenommen hatte: im Leichenschauhaus von San Quentin. Mit bleiernen Beinen ging er in die Richtung weiter, aus der der Geruch kam.

Erst als er sich schon mehrere Schritte in das Aquarium hinein vorangetastet hatte, merkte er, dass sich der Lichtkegel der Taschenlampe verengt hatte – er musste ihn beim Umbinden des Taschentuchs versehentlich verstellt haben. Rasch drehte er am vorderen Ende der Lampe, und als darauf der Lichtstrahl breiter wurde, stellte er fest, dass sich der Gang stark verengt hatte; die Seitenwände waren auf Armeslänge herangerückt. Außerdem waren die klaustrophobisch nahen Wände nicht mehr gefliest, sondern glatt.

So glatt wie Glas.

Ihm lief ein Schauder den Rücken hinunter und die Haut in seinem Nacken fühlte sich wie elektrisiert an.

Als fürchtete er, auf ein schlafendes wildes Tier zu treten, senkte Decker die Taschenlampe langsam auf den Boden, so dass ihr Lichtstrahl auf die schimmelüberzogenen Fliesen fiel. Und dann, er hatte die Taschenlampe so fest gepackt, dass seine Fingerknöchel weiß hervortraten, bewegte er den Lichtstrahl langsam nach rechts. Dort, wo Fußboden und Wand aneinander stießen, verlief ein Chromstreifen und darüber ein dickes Band aus schwarzem Gummi. Der Gummi diente als Isolierung und das glatte reflektierende Material, aus dem der Rest der Wand bestand, war eine dicke Glasscheibe. Als Decker den Lichtstrahl am unteren Rand der Scheibe entlangführte, stieß er auf ein maschinenbeschriftetes Etikett. Das Etikett gab keine Aufschlüsse über die Spezies irgendeines seltenen Fisches, über seine bevorzugte Nahrung oder seine geographische Verbreitung; es standen lediglich ein Name, ein Datum und ein Ort darauf.

Mandy James. 7. April 1979. Sausalito.

Deckers Brust schnürte sich zusammen und der Geruch wurde plötzlich so ätzend, dass Decker kaum mehr atmen konnte. Er erinnerte sich an den Namen des Mädchens aus Axelmans Akten. Es war eines seiner frühesten Opfer gewesen und ihre Sachen waren in einer der Schachteln in seinem Haus in San José gefunden worden. Mechanisch führte Decker den Strahl der Taschenlampe nach oben, sodass Licht in die klare grünliche Flüssigkeit hinter der Glasscheibe drang.

Das erste, was er in dem gespenstischen grünen Licht ausmachte, war Mandy James' Fuß, der mit einem Seil an einem großen Stein auf dem Boden des Tanks festgebunden war. Als er die Lampe weiter nach oben richtete, sah er den Rest ihres nackten Körpers, der perfekt erhalten in Formaldehyd schwebte.

Decker presste die Hand an seinen Mund und wandte sich

ab. Gleichzeitig knipste er die Lampe aus; er war nicht in der Lage, das Gesicht des Mädchens anzusehen. Die Stirn im Dunkeln an die gegenüberliegende Wand gepresst, versuchte er unter heftigem Würgen die Galle wieder hinunterzuschlucken, die ihm in die Kehle hochgestiegen war. Nach und nach bekam er sich so weit in den Griff, dass er sich wieder aufrichten konnte. Außerstande, sich umzudrehen, knipste er die Taschenlampe wieder an.

Ihm gefror das Blut in den Adern. Durch das Glas starrte ihm ein Gesicht entgegen, herzzerreißend schön, aber mit so entsetzt aufgerissenen Augen, dass er nur laut schreiend davonstürzen konnte. In seiner Panik rannte er blindlings den dunklen Korridor hinunter, umzuckt vom Strahl seiner Taschenlampe, die auf beiden Seiten Ausschnitte grässlicher Bilder aus dem Dunkel stanzte. Eine Galerie gläserner Tanks, jeder mit der tadellos erhaltenen Leiche einer jungen Frau. Im Strahl der Lampe wurden abwechselnd maschinengeschriebene Namen und verzerrte Gesichter beleuchtet, Namen und Gesichter, an die er sich aus den Akten erinnerte.

Erst als er auf der linken Seite an eine geflieste Wand kam, merkte er, dass er in die falsche Richtung gelaufen war. Er blieb keuchend stehen, starrte die Fliesen an und hielt sich die Hand vor den Mund; dabei atmete er sein ausgeatmetes Kohlendioxid in tiefen Zügen wieder ein. Allmählich schlug sein Herz wieder langsamer. Um zum Ausgang zu kommen, müsste er den grausigen Spießrutenlauf zwischen den Leichen hindurch wiederholen. Er blickte sich nach einer Alternative um.

Als er sich langsam zur gegenüberliegenden Wand des Gangs umdrehte, stellte er fest, dass sie ebenfalls gefliest war. Auf dem Boden stand ein roter Kerosinkanister und an der Wand war ein Kästchen mit einem roten Knopf und einem Schalter angebracht. Inzwischen hatte er sich so weit beruhigt, dass es ihm möglich war, die Taschenlampe auf das Kästchen zu richten und zu lesen, was dort in roter Schrift stand. *Zum Starten des Generators Knopf drücken und zehn Sekunden gedrückt halten, dann Schalter umlegen.* Decker holte tief Luft und befolgte die Anweisung, bis er schließlich beim dritten Versuch einen Motor anspringen hörte. Plötzlich war die schützende Dunkelheit verflogen, und eine Reihe von Deckenlampen sowie die in den Tanks angebrachten Lichter enthüllten das ganze Grauen seiner Umgebung. Aber wenigstens konnte er sich in der Helligkeit gegen den Anblick wappnen, der sich ihm bot.

Er befand sich mitten in Axelmans grauenhafter Sammlung. Rechts von ihm, in Richtung Ausgang, befanden sich zehn Tanks, auf jeder Seite fünf. Jeder enthielt, in der chronologischen Reihenfolge der Entführungen, eines der ermordeten Mädchen. Links von ihm waren weitere zehn Tanks, von denen jedoch nur drei gefüllt waren. Die anderen sieben waren zweifellos für weitere Zugänge reserviert. Den Blick geradeaus nach vorn gerichtet, ging Decker zwischen den letzten beiden Opfern hindurch zum hintersten der belegten Tanks. Auf dem Fliesenboden davor stand eine Schachtel, ähnlich denen, die in Axelmans Haus gefunden worden waren. Sie enthielt schimmlige Kleider, ein Paar Turnschuhe und eine Brille. Außerdem eine Tonbandkassette, die mit einem Namen beschriftet war. Jetzt wusste er, warum Karl Axelman nie als Libby Prince' Entführer verdächtigt worden war: Alle ihre Sachen waren hier.

Mit erschreckender Klarheit sah Decker vor sich, was passiert war.

Im Gegensatz zu den anderen Opfern in dieser makabren Galerie war Libby Prince' Ermordung nicht geplant gewesen. Als Karl Axelman eines schicksalhaften Tages seine Trophäensammlung aufsuchen wollte, hatte er sie wahrscheinlich auf einem der Waldwege in der Nähe des Schlangenbaums entdeckt und spontan entführt. Er musste vorgehabt haben, ihre Sachen irgendwann in sein Haus in San José zu bringen, war aber gefasst worden, bevor er dazu gekommen war.

Decker ging in die Hocke und studierte die Mitleid erregenden persönlichen Dinge des Mädchens, die ordentlich gefaltet in der Schachtel lagen. Dabei stellte er fest, dass es ihm genauso schwer fiel, diese Dinge anzusehen wie die Leiche, die links von ihm in der grünlichen Flüssigkeit schwebte. Solange er zurückdenken konnte, war er der Überzeugung gewesen, dass jeder Mensch für seine Entscheidungen verantwortlich war, dass ein Mensch am Ende seines Lebens nach seinen Taten beurteilt werden sollte und nicht schon am Anfang seines Lebens nach den Genen, mit denen er geboren wurde. Für Decker war der freie Wille alles. Ohne ihn hatte das Leben keinen Sinn.

Doch als er sich jetzt zwang, Libby Prince anzusehen, war er sich dessen nicht mehr so sicher. Er hatte sich innerlich darauf vorbereitet, auf die sterblichen Überreste der Opfer seines Vaters zu stoßen, sie in Form von Knochen und Körperteilen zu betrachten und nicht als die menschlichen Wesen, die sie einmal gewesen waren. Als er nun dieses perfekt erhaltene unschuldige Mädchen in dem gläsernen Tank schweben sah, half nichts mehr. Beim Anblick dieses schönen Gesichts, das zu einem stummen Schrei erstarrt war, auf ewig jung und auf ewig gequält, wurde das Gefühl, von den Sünden seines Vaters erdrückt zu werden, immer übermächtiger. Egal, was er tat, er war nun für immer mit einem tiefen Makel behaftet. Und es gab nichts, was er tun konnte, um seine Seele von diesem Makel zu befreien. Seine gesamte berufliche Tätigkeit hatte sich auf der Voraussetzung begründet, dass die Fähigkeit eines Menschen, sich für Gut oder Böse zu entscheiden, durch eine Vielzahl von äußeren Einflüssen geprägt wurde, denen er im Lauf seines Lebens ausgesetzt war. Doch jetzt war er sich dessen nicht mehr so sicher.

Sollte er seine besondere Fähigkeit, das Böse in anderen aufzuspüren, einer natürlichen Veranlagung zu verdanken haben, die er von seinem biologischen Vater geerbt hatte? War ein Dieb nötig, um einen Dieb zu fangen?

Durch das Geräusch hallender Schritte aus seinen Gedanken gerissen, drehte er sich abrupt um. Dann hörte er den Schrei.

16

Als Kathy Kerr zu sich kam, fehlte ihr jedes Gefühl für Zeit und Ort. Ihr Verstand fuhr fort, Purzelbäume zu schlagen und sich selbst Streiche zu spielen, als wäre er von allen guten Geistern verlassen. Obwohl sie wusste, dass ihre Augen noch geschlossen waren, konnte sie das dunkle Gesicht eines Mannes, der eine Pistole und eine Spritze hielt, auf sich zukommen sehen. In ihren Ohren war ein stetes Klopfen, in dem sie allmählich das Geräusch ihres pochenden Herzens erkannte. Ihr Mund war strohtrocken.

Was war passiert? Was *passierte* gerade? Warum konnte sie keinen klaren Gedanken fassen, sich an nichts erinnern?

Und warum konnte sie ihre Arme nicht bewegen?

Sie öffnete die Augen und sah eine nackte Glühbirne über sich, deren grelles Licht ihr fast den Schädel spaltete. Stöhnend schloss sie die Lider wieder und versuchte verzweifelt, sich zu orientieren. Sie erkannte einen Geruch aus ihrer Vergangenheit, einen Anflug von menschlichem Schweiß, überdeckt von Desinfektionsmittel und frischer Farbe – den Geruch von Krankenhäusern oder Gefängnissen.

Als sie erneut versuchte, die Arme zu bewegen, merkte sie, dass sie um ihren Körper geschnallt waren, als umarmte sie sich selbst. Doch sie fand keinen Trost in dieser Umarmung, als sie erkannte, dass sie in einer Zwangsjacke steckte.

Einer Panik nahe, wurde ihr Atmen rascher. Sie hatte keine Ahnung, wo sie war oder wie lange sie schon hier war. Noch nie in ihrem Leben hatte sie sich so einsam und verlassen gefühlt.

Nachdem sie sich zur Seite gedreht hatte, zwang sie sich, vorsichtig die Augen zu öffnen und zu warten, bis sie ihre verschwommene Umgebung deutlicher wahrnehmen konnte. Sie lag in einem kahlen Raum, dessen sämtliche Flächen – Wände, Boden und Decke – im selben gebrochenen Weiß glänzten. Als sie mit dem Kopf gegen den Boden schlug, spürte sie, wie er nachgab. Der reinste Albtraum. Sie war in einer Gummizelle.

Tief Atem holend, versuchte sie ihre bruchstückhaften Gedanken zu ordnen. Nach und nach erinnerte sie sich an die hitzige Auseinandersetzung mit Madeline Naylor wegen der nicht genehmigten Versuche an Kriminellen, an die ungeheuerliche Enthüllung von Karl Axelmans tödlicher Gentherapie, an die fehlenden Forschungsunterlagen und an den Schock, beim Aufschließen ihrer Haustür einem Mann mit einer Pistole und einer Spritze gegenüberzustehen.

Langsam ruhiger werdend, wurde ihr klar, dass man sie vermutlich unter Drogen gesetzt und dann hierher gebracht hatte, um sie mundtot zu machen und in Verruf zu bringen. Zweifellos hatten sich Madeline Naylor und Alice Prince und wer sonst noch in die Sache verwickelt war längst eine glaubhafte Geschichte zurechtgelegt, um zu erklären, warum ihre geniale junge Wissenschaftlerin um ihrer geistigen Gesundheit willen in eine Nervenklinik hatte eingeliefert werden müssen.

Sie grübelte darüber nach, was ihr Entführer gesagt hatte, bevor er ihr die Injektion gegeben hatte – irgendetwas, dass er sie an einen ruhigen Ort bringen würde, wo sie sich ein paar Tage erholen könne. Hieß das, bis zur Wahl, damit sie Pamela Weiss' wichtige Ankündigung nicht verhindern konnte? Kathy fand vorübergehenden Trost in dem Umstand, dass ihr Erinnerungsvermögen allmählich zurückkehrte, aber je mehr sie wieder zu sich kam, desto deutlicher wurde ihr bewusst, dass ihre Lage hoffnungslos war.

Sie überlegte, ob sie um Hilfe rufen sollte, doch ihr Mund war wie ausgedörrt und zweifellos war die Zelle schallisoliert.

Mit einem Gefühl vollkommener Hilflosigkeit auf dem gepolsterten Boden liegend, fragte sie sich, wie sie überhaupt auf die Idee gekommen war, den menschlichen Hang zur Gewalttätigkeit heilen zu wollen.

Bereits während ihrer Schulzeit in England war sie durch die Beschäftigung mit den Schriften Cesare Lombrosos, eines italienischen Arztes des neunzehnten Jahrhunderts, mit dem Gedanken vertraut geworden, für den menschlichen Hang zur Gewalttätigkeit könne es eine wissenschaftliche Erklärung geben. Aufgrund seiner Untersuchungen an Kriminellen war Lombroso zu der Überzeugung gelangt, beim modernen Menschen würden von Zeit zu Zeit bestimmte primitive Instinkte durchbrechen, die sich an der Beschaffenheit der Gesichtszüge ablesen ließen. Sexualverbrecher seien zum Beispiel an ihren vollen Lippen zu erkennen, Mörder an der fliehenden Stirn.

Sofort war Kathy klar gewesen, dass Lombrosos phrenologische Theorien Unsinn waren. Aber so simpel Lombrosos Ideen auch waren, Kathy zog daraus den Schluss, dass Gewaltkriminalität eine Ursache hatte und dass der Mensch von Natur aus mit einem Gewissen ausgestattet war. Nach ihrer Auffassung musste es für alles einen Grund geben.

Während ihres letzten Schuljahrs, nach dem überraschenden Selbstmord ihres jüngeren Bruders Mark, nahm ihr Interesse für dieses Thema geradezu missionarische Züge an. Ohne dass er je auffällig gewesen war, hatte ihr Bruder seit seiner Kindheit an einer Krankheit gelitten, die unter dem wissenschaftlichen Terminus *zwangsneurotische Störung* bekannt ist. Er hatte die fixe Idee, mehrere Menschen ermordet zu haben, und war deshalb nachts durch die Straßen gestreift, um nach seinen verstümmelten Opfern zu suchen. Dabei war ihm auf rationaler Ebene sehr wohl bewusst, dass seine Befürchtungen und Schuldgefühle vollkommen unbegründet waren.

Hätte Kathy etwas von seinem Leiden geahnt, hätte sie ihm helfen können. Es gab Medikamente, mit denen sich der Serotoninspiegel in seinem Gehirn senken und seine Symptome hätten behandeln lassen. Nach seinem Tod nahm ihre Beschäftigung mit der Frage, was Schuldgefühle sind, geradezu zwanghafte Züge an. Warum hatten manche Menschen zu viele und andere keine? Sie war überzeugt, es war genetisch bedingt. Und wenn sich die dafür verantwortlichen Gene bestimmen und modifizieren ließen, gäbe es bald keine sinnlose Gewalt und keine unbegründeten Schuldgefühle mehr.

Doch jetzt war aus ihrem Traum ein Alptraum geworden.

Plötzlich hörte sie, wie sich im Schloss ein Schlüssel drehte, und als die Tür aufging, sah sie ein Paar schwarzer Schuhe die Gummizelle betreten und auf sie zukommen. Die Augen wegen des grellen Lichts zusammengekniffen, blickte sie zu einem großen Mann in einem weißen Kittel auf.

»Wie geht es uns heute?«, fragte er nicht unfreundlich.

»Wer sind Sie? Wo bin ich?«

Als er sich zu ihr herabbeugte, konnte sie sehen, dass er lockiges graues Haar und eine runde Brille hatte. »Nicht doch, nicht doch. So viele Fragen.«

»Es gibt keinen Grund, mich hier einzusperren. Lassen Sie mich sofort frei.«

»Ganz im Gegenteil, wir können Sie auf gar keinen Fall freilassen. Sie müssen etwas sehr Schlimmes getan haben, dass ich Ihnen das hier geben muss.«

Als sie sah, dass er eine Spritze in der Hand hielt, versuchte sie sich wegzudrehen. »Nein, keine Medikamente mehr. Lassen Sie mich mit jemandem sprechen.«

Der Mann lächelte, machte sich lustig über sie. »Also, das können wir auf keinen Fall zulassen. Darum sind Sie doch hier. Lassen Sie mich Ihnen das hier geben. Es wird Ihnen helfen, von all Ihren unangenehmen Erinnerungen loszukommen.« Als er darauf die Spritze ans Licht hielt und zweimal dagegenklopfte, konnte sie sehen, wie an der Spitze der Injektionsnadel ein Tropfen Flüssigkeit austrat und an ihr hinablief. »Nur keine Sorge, die ersten paar Injektionen fügen Ihnen keine bleibenden Schäden zu.« Er sprach in einem ruhigen, zuvorkommenden Ton, als informierte er sie über die Wettervorhersage. »Sie bereiten Sie lediglich auf die vierte vor, die allerdings, muss ich leider sagen, eine etwas nachhaltigere Wirkung hat. Wenn ich recht informiert bin, gibt es in Ihrer Familie einen Fall von Geisteskrankheit. Ihr Bruder, glaube ich?«

»Aber wieso?«, schrie sie. »Wieso?«

»Das weiß ich leider nicht. Doch egal, was Sie getan oder gesehen haben, es bleibt Ihnen nicht mehr viel Zeit, es zu bereuen. Ich finde, Sie sollten jetzt schlafen. Wenn man ein bisschen geschlafen hat, erscheint einem alles gleich in einem klareren Licht.«

An diesem Punkt bekam sie endgültig Panik und schrie, so

laut sie konnte, um Hilfe. Als der Mann neben ihr niederkniete, versuchte sie sich zu wehren, aber die Zwangsjacke war zu eng.

»Beruhigen Sie sich, es gibt nichts, was Sie dagegen tun können. Versuchen Sie also lieber, sich nicht unnötig aufzuregen.« Während er beruhigend auf sie einredete, hielt er sie mühelos fest und gab ihr eine Injektion in den Arm.

Doch sie hörte nicht auf, sich zu wehren. In wachem Zustand konnte sie wenigstens nachdenken. Doch als sie spürte, wie das Mittel zu wirken begann, wurde ihr klar, dass ihr selbst diese Freiheit versagt war.

Während sie in ihrer Verzweiflung mit aller Kraft versuchte, bei Bewusstsein zu bleiben, machte ihr, ähnlich dem Flackern einer Flamme im Dunkeln, nur ein fragiler Gedanke Hoffnung: dass Luke Decker ihre improvisierte telefonische Nachricht gehört hatte und sich etwas einfallen ließ, um ihr zu helfen.

Der Schlangenbaum, Los Altos Verdes, Kalifornien.
Am selben Tag. 18 Uhr 15

Alice Prince schrie nur, als sie die anderen Mädchen sah. Sobald sie Libby sah, verstummte sie.

Sie hatte, so lange es ihr möglich war, gewartet, bevor sie Decker nach hier unten folgte. Sie hatte immer gedacht, es könne nichts Schlimmeres geben als die Albträume, in denen sie mit ansehen musste, wie Libby alle nur erdenklichen Gräuel erdulden musste. Doch als sie jetzt auf den Glastank vor ihr starrte, merkte sie, sie hatte sich getäuscht. So schlimm wie das hier konnte kein Albtraum sein. Sie hob ihre Hand und legte sie gegen die Handfläche ihrer Tochter, die flach gegen das kalte Glas gepresst war.

Decker begann, so behutsam er konnte, zu ihr zu sprechen. »Dr. Prince, Sie sollten lieber nicht hierher kommen. Kommen Sie, ich bringe Sie nach draußen.«

Doch sie stieß ihn weg und ging auf das Glas zu, um beide Händeflächen auf die gläserne Wand von Libbys Grab zu legen. »Und ob ich hierher kommen sollte. Ich hätte schon vor Jahren hierher kommen sollen. Ich hätte hier sein sollen, um meine Tochter vor diesem Ungeheuer zu retten.«

»Kommen Sie«, sagte Decker leise und zog sie von dem Tank fort, um sie aus dieser grauenhaften Galerie hinaus zum Ausgang zu führen.

»Warum?«, stieß sie mit brüchiger Stimme hervor. »Sagen Sie mir nur, warum.«

»Das kann ich nicht. Ich weiß es nicht.«

Aber sie wollte nicht wissen, was mit Libby passiert war. »Sagen Sie mir, Special Agent Decker, warum hat Karl Axelman Ihnen davon erzählt? Warum hat es der Mörder *Ihnen* erzählt?«

Mit einem gequälten Ausdruck in seinen grünen Augen drehte er sich zu ihr um und sah sie an. Er wirkte blass und müde, ein gebrochener Mann.

»Weil er mein Vater war«, sagte er.

17

FBI-Außendienststelle, San Francisco, Kalifornien.
Am selben Tag. 20 Uhr 12

Direktor Naylor wusste nicht, was sie mehr erboste: der Umstand, dass sie nicht darüber in Kenntnis gesetzt worden war, was Axelman Decker erzählt hatte, oder dass Decker Alice Prince in das Horrorkabinett gelassen hatte.

Naylor hätte mit Alice in Los Angeles sein und am Vorabend der Ankündigung von Project Conscience an dem Galadinner für Präsident Bob Burbank und Präsidentschaftskandidatin Pamela Weiss teilnehmen sollen. Doch gerade als der FBI-Jet im Begriff war zu starten, hatte George Raoul, der Leiter des FBI-Büros San Francisco, angerufen, um ihr mitzuteilen, dass Decker Axelmans Leichenversteck gefunden hatte. Raoul hatte sie benachrichtigt, weil Dr. Prince in die Sache verwickelt war und nach ihr gefragt hatte.

Nachdem sie sofort zu Alice gefahren war, die in der Zwischenzeit nach Hause gebracht und medizinisch versorgt worden war, besichtigte sie zunächst die schaurigen Exponate und beschlagnahmte dann das Büro des Leiters der FBI-Außendienststelle San Francisco.

Sie saß an Raouls Schreibtisch und sah Special Agent Decker an. Von dem Videokonferenz-Bildschirm links von ihr blickte Deputy Director Bill McCloud. Sein müdes Gesicht war von tiefen Falten zerfurcht, als er sich am Kopf kratzte. In Washington war es Mitternacht.

»Warum um alles in der Welt haben Sie nicht umgehend weitergeleitet, was Axelman Ihnen gesagt hat?«, fragte sie Decker. »Auf meine Anweisungen hin hat Deputy Director McCloud Sie ausdrücklich gefragt, ob Sie vor Axelmans Hinrichtung irgendetwas Neues aus ihm herausbekommen haben, und dennoch haben Sie kein Wort gesagt. Selbst wenn Axelman behauptet hat, Ihr Vater zu sein, ist das noch lange keine Entschuldigung. Als Leiter einer größeren Abteilung sollten Sie das eigentlich selbst am besten wissen. Genau aus diesem Grund haben wir doch für das Vorgehen in solchen Fällen genaue Vorschriften, Herrgott noch mal: um im Fall einer persönlichen Verwicklung Komplikationen zu vermeiden. Hat Ihnen Axelman sonst noch etwas gesagt?«

Sie wartete, aber Decker antwortete nichts. Er war vollkommen erledigt; er hatte dunkle Ringe unter den Augen, sein Haar war schmutzig, sein Gesicht blass. Sie redete weiter auf ihn ein. »Werden Sie vielleicht endlich geruhen, mir zu antworten, Decker, oder muss ich Sie auf der Stelle suspendieren? Alice Prince, eine sehr gute Freundin von mir, musste sediert werden, nachdem sie die Leiche ihrer Tochter gesehen hatte. Schon allein deswegen würde ich Sie liebend gern feuern. Aber aus irgendeinem Grund beschwört mich McCloud, ein Einsehen mit Ihnen zu haben. Er sagt, wir brauchen Sie, obwohl ich ihm, ehrlich gestanden, nicht glaube. Ihre Personalakte gibt keinen Anlass zu Beanstandungen, aber wenn Sie sich in das von mir geführte FBI nicht einfügen wollen, haben Sie bei uns nichts zu suchen. Haben Sie das verstanden?«

Wieder wartete sie, und wieder blieb Decker still. Sie war

in gleicher Weise überrascht wie verärgert. Schon bei ihren früheren Begegnungen waren sie regelmäßig aneinander geraten. Sie konnte ihn nicht leiden und hielt den psychologischen Hokuspokus, den er in der Abteilung Verhaltensforschung veranstaltete, für überholt. Aber seine Unbestechlichkeit und die Tatsache, dass er Erfolge vorweisen konnte, hatte sie, wenn auch zähneknirschend, immer bewundert. Im Moment war er vollkommen teilnahmslos. Sie wollte herausfinden, was Axelman ihm sonst noch erzählt haben könnte und ob Decker mit seiner berühmten Beobachtungsgabe etwas Verdächtiges an Axelmans Verhalten aufgefallen war, bevor dieser gestorben war. Ihre Befürchtungen, Decker könnte etwas über Crime Zero herausgefunden haben, schienen jedoch unbegründet.

Als wollte er sie in ihrer Annahme bestätigen, griff Decker langsam in die Tasche seiner verdreckten Jacke und holte seine Dienstmarke heraus. »Sie brauchen mich nicht suspendieren. Ich kündige.« Das sagte er ohne Ärger oder sonst eine Emotion, so, als läse er einen Text ab.

An diesem Punkt schaltete sich McCloud über den Bildschirm ein. Er schüttelte den Kopf. »Hey, Spook, immer mit der Ruhe. Fahren Sie erst mal nach Hause und schlafen Sie sich ordentlich aus und dann denken Sie noch mal in Ruhe über alles nach. Okay?«

McCloud wandte sich an Naylor. »Direktor Naylor, es wäre doch sicher besser, später noch mal in Ruhe über alles zu sprechen. Wenn sich die Wogen etwas geglättet haben und wir etwas mehr Abstand zu der Sache haben.« McCloud sah sie beschwörend an. Decker schien alles egal zu sein.

Naylor starrte Decker an. Decker starrte zurück. »Sie sind gefeuert«, sagte sie. »Raus hier.«

Sobald Decker und McCloud weg waren, läutete das Telefon. »Governor Weiss möchte Sie sprechen«, sagte eine Stimme.

»Wie geht's Ali?«, war das Erste, was Pamela Weiss fragte.

»Sie musste sediert werden und ist jetzt zu Hause, aber sie trägt es gefasster, als man meinen möchte. Auf eine verquere Weise, sagt sie, hat es ihr sogar geholfen. Nachdem sie jetzt weiß, Libby hat endlich Frieden gefunden, kann sie sie wenigstens begraben und um sie trauern. Und außerdem, musst du wissen, ist Ali wesentlich stärker, als es auf den ersten Blick scheint. Sie hat mich sogar ausdrücklich gebeten, dir zu sagen, du sollst das als zusätzliche Munition in deiner Ankündigung verwenden. Ich bezweifle zwar, dass sie morgen schon wieder auf den Beinen sein wird, aber ich werde auf jeden Fall kommen.«

»Kann ich mit ihr sprechen?«

»Pam, ich würde sie im Moment lieber schlafen lassen. Ich bleibe über Nacht bei ihr. Ich werde ihr sagen, dass du angerufen hast. Es wird sie bestimmt freuen.«

»Was ist nun eigentlich genau passiert?«

Naylor erzählte ihr die nackten Tatsachen, einschließlich der Dinge, die sie selbst in Axelmans Horrorkabinett gesehen hatte. »Das Ganze ist durch und durch krank, Pam, aber mach dir deswegen keine Sorgen. Konzentriere dich ganz auf die morgige Ankündigung. Das ist genau die Sorte Verbrechen, der Project Conscience ein Ende machen will.«

»Okay, aber sag Ali, ich bin in Gedanken bei ihr.«

»Mache ich auf jeden Fall. Und alles Gute morgen. Wir sehen uns ja dann.«

Müde sah Naylor auf die Uhr. Es war bereits nach neun und sie hatte einen anstrengenden Tag hinter sich. Außerdem war der morgige Tag sehr wichtig. Sie freute sich auf ein Glas Jack Daniels und ein Bad vor dem Schlafengehen. Aber vorher musste sie noch einen Anruf tätigen. Sie hielt den Hörer des Tischtelefons an ihr Ohr und tippte die Nummer ein.

»Jackson«, meldete sich eine tiefe nasale Stimme. Die Hintergrundgeräusche verrieten ihr, dass er in einer Bar war. Unwillkürlich leckte sie sich die Lippen.

»Wie sieht es aus?«

»Gut, Direktor Naylor.«

»Haben Sie ihr die Spritze gegeben?«

»Ja, es ist alles erledigt. Wir haben sie vor ein paar Stunden abgeliefert. Dr. Peters kümmert sich um sie. Sonst war niemand an der Aktion beteiligt. Und der Doc hat uns versichert, er weiß genau, was er zu tun hat.«

Madeline Naylor nickte in das Telefon. Für Dr. Peters stand zu viel auf dem Spiel, um unzuverlässig zu sein. Wenn sie nur einen Bruchteil der Fälle von sexuellem Missbrauch an den Tag brachte, die auf Peters Konto gingen, würde er die nächsten zehn Jahre hinter Gittern zubringen, und wenn er wieder rauskam, konnte er als Arzt einpacken; dann durfte er höchstens noch eine Packung Tylenol aufmachen.

»Sonst noch was?«, fragte Jackson.

»Nein, das wär's für heute. Gute Nacht.« Naylor legte auf und erhob sich von ihrem Schreibtisch. Während sie das Büro verließ und sich auf den Weg zum Ausgang des Gebäudes machte, musste sie wieder an das Schreckliche denken, das sie an diesem Nachmittag gesehen hatte.

Der Zeitpunkt war jedoch günstig. Crime Zero näherte sich seiner kritischen Phase und der Anblick Libbys und der anderen toten Mädchen dürfte Alice in ihrem Entschluss bestärkt haben, ihr gemeinsames Vorhaben zu Ende zu führen. Auch wenn Axelman tot war, gab es immer noch unzählige andere wie ihn, die auf der ganzen Welt ihr Unwesen trieben.

18

Marina District, San Francisco, Kalifornien.
Später am selben Abend

Als Decker vor dem Haus seines Großvaters hielt, war er froh, dass weder Barzini noch einer der anderen Freunde Matty Rheimans zu Besuch da waren. Er war psychisch am Ende und wollte unbedingt allein mit seinem Großvater sprechen.

Im Haus schloss ihn sein Großvater freudig in die Arme. »Das ist aber eine Überraschung, Luke. Ich wusste gar nicht, dass du noch in San Francisco bist.«

»Ich habe einen ziemlich anstrengenden Tag hinter mir, Gramps. Außerdem gibt es Verschiedenes, worüber ich mit dir sprechen muss.«

Seinem Großvater war der niedergeschlagene Tonfall nicht

entgangen, deshalb forderte er ihn auf, im Salon Platz zu nehmen. »Was gibt's, Luke?«

Decker, der sich plötzlich wie ein Kind fühlte, ließ einfach alles aus sich heraussprudeln. Er redete sich all die Ängste und Zweifel, die ihn in den letzten Tagen geplagt hatten, von der Seele: Axelmans Behauptung, seine Mutter vergewaltigt und seinen Vater ermordet zu haben; das Ergebnis des Vaterschaftstests; die Entdeckung von Axelmans grässlicher Sammlung konservierter Leichen.

Nachdem er geendet hatte, holte er tief Luft und bat seinen Großvater, ihm alles zu erzählen, was er wusste. Eine Weile saß der alte Mann nur stumm da und tätschelte zärtlich Deckers Arm, bevor er schließlich vom schweren Schicksal seiner Tochter erzählte.

»Es war ein schrecklicher Abend. Deine Mutter war mit Freunden in die Stadt gefahren. Richard hatte noch dienstlich zu tun, hatte aber mit ihr verabredet, nachzukommen. Die Polizei meint, der Täter muss sie den ganzen Abend beobachtet haben, denn ihre Freunde waren gerade von da weggegangen, wo Rachel und Richard sich verabredet hatten, als sie überfallen wurde.«

Decker drehte sich der Magen um. Seine Mutter war eine hübsche, zierliche Frau gewesen. Sie musste verletzlich und fast kindlich auf Axelman gewirkt haben.

»Laut Aussagen der Polizei hat sie der Täter von hinten überfallen und bewusstlos geschlagen, bevor er sie in eine Durchfahrt schleppte. Als Richard eintraf und deine Mutter nicht finden konnte, muss er nach ihr gerufen haben. Die Polizei glaubt, der Mörder kam aus der Durchfahrt und rief deinem Vater zu, eine Frau sei überfallen worden und brauche Hilfe. Daraufhin lief Richard wahrscheinlich zu deiner Mutter. Und als Richard sich über seine Frau beugte und sie wiederzubeleben versuchte, stach ihn der Mörder von hinten fünfmal in den Rücken. Dann flüchtete der Unbekannte.«

»Hat er meine Mutter vergewaltigt, bevor mein Vater … bevor ihr Mann … nach ihr rief?« Der Umstand, dass er sich korrigieren musste, stieß ihm sauer auf.

»Ja«, sagte Matty leise. »Und der Mann wurde nie gefasst.«

Decker stöhnte und schüttelte den Kopf. Wäre das Verbrechen zehn Jahre später begangen worden, hätte die Polizei Axelman mit Hilfe eines genetischen Fingerabdrucks überführen können. »Was geschah dann weiter?«

»Deine Mutter war außer sich vor Schmerz. Sie war noch nicht einmal ein Jahr verheiratet und seinetwegen zum katholischen Glauben übergetreten. Richard war ihr Ein und Alles. Als sie merkte, dass sie schwanger war, wollte sie nicht abtreiben; nicht nur, weil es gegen ihren Glauben war, sondern auch weil sie sicher war, dass das Kind von Richard war. Sie war fest davon überzeugt, dass aus etwas Schlechtem etwas Gutes entstehen würde.«

»Und ihr kamen nie Bedenken, ich könnte das Kind des Vergewaltigers sein?«, fragte Decker.

Matty hob die Schultern und sein altes Gesicht, das selbst so viel Leid erfahren hatte, legte sich vor Mitgefühl in Falten. »Vermutlich schon, aber sie hat mir gegenüber nie etwas in dieser Richtung geäußert. Und außerdem, welchen Unterschied hätte es schon gemacht? Du warst ihr Kind und keine Mutter hätte ihren Sohn mehr lieben können.« Matty legte seine rechte Hand auf Lukes Gesicht und fuhr mit federleichten Fingern die Konturen von Lukes Zügen nach. »Ich weiß nicht, wie dieser Axelman aussah, aber ich kann dir versichern, dass du Richard so stark ähnelst, dass ich in diesem Moment sein Gesicht fühlen kann. Er war ein guter Mann, und auch wenn du ihn nie kennen gelernt hast, so haben dir doch das Andenken an ihn und deine Mutter gezeigt, wer du bist. Egal, was die Wissenschaft sagt: Was die Dinge angeht, die wirklich zählen, war er dein richtiger Vater. Und vergiss nicht, dass du auch die Gene deiner Mutter hast. Sie waren gute Menschen, Luke, und du bist ein guter Mensch.«

Als Decker seinen Kopf zwischen die Hände nahm, pochten seine Schläfen vor Erschöpfung, so verzweifelt wollte er Mattys tröstenden Worten glauben.

»Jedenfalls«, fuhr sein Großvater fort und klopfte ihm auf die Schulter, »betrachte ich dich ebenso sehr als meinen Sohn wie als meinen Enkel. Ich habe deiner Mutter geholfen, dich großzuziehen. Und ich könnte nicht stolzer auf dich sein.«

Freitag, 31. Oktober 2008. 13 Uhr 51

Es dauerte bis zum nächsten Mittag, bis sich Decker auch mit anderen Ungereimtheiten in Zusammenhang mit dem Fall Axelman befasste. Die Behauptung, sein Vater zu sein, hatte ihn so beschäftigt, dass er darüber an nichts anderes mehr hatte denken können. Doch jetzt drängten sich neue Fragen in den Vordergrund und erforderten seine Aufmerksamkeit. Decker war froh über die Ablenkung.

Warum hatte der eiskalte und gewissenlose Mörder Axelman nicht nur das Versteck der Leichen seiner Opfer verraten, sondern sich auch selbst kastriert? Und warum hatte sich sein Aussehen so rasch so stark verändert?

Irgendetwas musste mit ihm passiert sein. Von sich aus hätte er diese Dinge nicht getan; sie standen in totalem Widerspruch zu seinem Wesen. Und warum interessierte sich Direktor Naylor so dafür – ungeachtet ihrer Freundschaft mit Dr. Alice Prince?

Diese und ähnliche Fragen gingen Decker durch den Kopf, als er mit einer Flasche Bier vor dem Fernseher saß. Rhoda machte sich irgendwo im Haus zu schaffen und Matty saß still in einer Ecke des Salons und las ein Buch in Blindenschrift.

Nachdem Decker dem Fernsehbericht über Karl Axelman und seine Opfer mit einem Druck auf die Fernbedienung entronnen war, war er fast froh, die Gesichter von Governor Pamela Weiss und Präsident Bob Burbank vom Bildschirm lächeln zu sehen. Sie standen hinter einem Rednerpult mit dem Wappen des Präsidenten am Fuß der Watts Towers in South Central Los Angeles, der Hochburg des Verbrechens an der Westküste. Sie waren von einer Menschenmenge umringt und in der unvermeidlichen Journalistenmeute konnte Decker sogar Hank Butchers Lockenkopf ausmachen. Der Fernsehkommentator versprach eine ›bahnbrechende Ankündigung im Kampf gegen das Verbrechen‹.

Bob Burbank stellte Pamela Weiss ohne Zögern als die nächste Präsidentin der Vereinigten Staaten vor und strich die glänzenden Erfolge heraus, die Weiss als Gouverneurin Kaliforniens vor allem auf dem Gebiet der Verbrechensbekämpfung vorzuweisen hatte.

Decker nahm einen Schluck kaltes Bier und folgte unbeteiligt den ersten einleitenden Sätzen, mit denen Weiss ihre Ankündigung begann.

»Erst gestern Abend haben wir vom wahren Ausmaß der Verbrechen des berüchtigten Serienmörders Karl Axelman erfahren. Wie Sie vermutlich noch nicht wissen, war das letzte Opfer des vor kurzem hingerichteten Mörders die Tochter von Dr. Alice Prince, einer engen Freundin von mir.« Decker stöhnte und hätte am liebsten sofort auf einen anderen Sender geschaltet, aber dann gewann doch seine Neugier die Überhand. Auch sein Großvater blickte von seinem Buch auf, während seine Finger auf der Seite verharrten, die er abtastete.

»Leider ist Karl Axelman keineswegs ein Einzelfall. Er wurde hingerichtet, aber es gibt noch genügend andere Axelmans. In unserem Land breitet sich die kriminelle Gewalt wie eine Epidemie aus. Landesweit ist die Mordrate um mehr als zehn Prozent gestiegen, die Vergewaltigungen sogar noch mehr. Bewaffnete Raubüberfälle und Körperverletzungen nehmen so rapide zu, dass unsere überlasteten Polizeikräfte Prioritäten setzen müssen, welche Straftaten sie zuerst bearbeiten.

Abgesehen von den in Zahlen nicht zu erfassenden menschlichen Opfern der Gewaltkriminalität belaufen sich die finanziellen Kosten auf Milliarden Dollar. Durch einen Rückgang der Gewaltkriminalität um nur einen Prozentpunkt könnten pro Jahr fast eineinviertel Milliarden Dollar eingespart werden, die stattdessen in das Gesundheitswesen oder andere wichtige soziale Bereiche fließen könnten.

Aber das ist kein Problem, dem politisch beizukommen ist. Das Verbrechen ist ein gesellschaftliches Krebsgeschwür, das die Menschheit seit ihrem Bestehen vor ein Rätsel stellt. Trotz aller schönen Worte und wohlmeinenden Programme, die bisher erprobt wurden, hat noch keine Gesellschaft ein Rezept gefunden, um den wenigen bösartigen Individuen, die den Rest der Gesellschaft verderben, Einhalt zu gebieten. Und zum Leidwesen Dr. Prince' und der anderen Opfer Axelmans können wir nicht ungeschehen machen, was er getan hat. Oder den Opfern der zahllosen anderen Verbrechen helfen. Aber ich finde, wir können – nein, *müssen* – dafür sorgen, dass sich diese Verbrechen nicht wiederholen. Und genau das ist, was wir hier in Kalifornien zu tun versucht haben.«

Decker starrte mit offenem Mund auf den Bildschirm. Pamela Weiss war im Begriff, die rückläufige Kriminalitätsrate des Bundesstaates Kalifornien als ihr Verdienst hinzustellen. Zu diesem Zweck musste sie eine Erklärung für ein Phänomen abgeben, das während der vergangenen drei Jahre Polizeichefs, Soziologen und Medienexperten des ganzen Landes vor ein Rätsel gestellt hatte.

»Vor acht Jahren haben wir mit der Unterstützung eines visionären Präsidenten, mithilfe der FBI-Führung und unter Mitwirkung von Dr. Alice Prince ein kühnes Projekt in Angriff genommen.«

Die Kamera schwenkte von Weiss und Präsident Burbank auf die rechte Seite des kleinen Podests, wo reglos und mit ausdruckslosem Gesicht Direktor Naylor stand.

»Dieses Projekt hat sich zum Ziel gesetzt, die Kriminalität nicht zu bekämpfen, sondern sie zu behandeln – also in uns allen das Gute wieder zu erwecken. Wir haben es Project Conscience getauft. Und Project Conscience ist auch der Grund für Kaliforniens rückläufige Kriminalitätsrate.«

Bei diesen Worte füllte Pamela Weiss' zuversichtliches Gesicht den ganzen Bildschirm aus. Luke Decker, der auf der Couch ganz nach vorn gerutscht war, starrte wie gebannt auf den Fernseher. Auch Matty hatte das Interesse an seinem Buch verloren und hörte aus seiner Ecke aufmerksam zu.

»Jeder Mensch ist aufgrund seiner Gene mehr oder weniger dafür prädisponiert, Gewaltverbrechen zu begehen. Diesen Tatbestand konnten wir in den letzten acht Jahren zweifelsfrei nachweisen. Durch bestimmte Korrekturen, die wir am Erbgut von etwa sechzehntausend inhaftierten Gewaltverbrechern vorgenommen haben, ist es uns gelungen, ihr Verhalten zum Positiven zu verändern und auf diese Weise die rückläufigen Verbrechenszahlen zu erzielen, die in den letzten Jahren immer wieder für Schlagzeilen gesorgt haben.«

Pamela Weiss hielt inne und deutete mit einer weit ausholenden Handbewegung auf ihre Umgebung. »Sehen Sie sich nur einmal dieses sanierte Viertel um die Watts Towers an, vor denen der Präsident und ich jetzt stehen. Diese Gegend stand einmal für all das, was schlecht war an unseren Städten, doch dank Project Conscience ist sie inzwischen zu einem Symbol des Aufschwungs und der Hoffnung geworden. Und lassen Sie mich Ihnen an dieser Stelle gleich versichern, dass das gentherapeutische Verfahren, dem wir diese positive Entwicklung verdanken, von der FDA strengstens geprüft und als vollkommen unbedenklich zugelassen wurde.«

Decker saß auf der Couch und sah sprachlos zu, wie die Kamera über die sanierten Geschäfte und Häuser von Watts schwenkte. Das musste das Projekt sein, an dem Kathy arbeitete; das Projekt, das auf ihrer Theorie aus der Zeit in Harvard fußte und dessentwegen sie gestern die Besprechung mit Direktor Naylor gehabt hatte.

»Ich kann die Bedenken gut verstehen, die viele von Ihnen angesichts der gewagten Entscheidung haben, eine so radikale Therapie außerhalb der üblichen Versuchsreihen zu erproben. Aber schwere Verbrechen erfordern schwere Entscheidungen. Natürlich war die Sache mit Risiken verbunden, aber das Risiko, nichts zu unternehmen, war erheblich größer. Inzwischen hat sich die Kriminalität in unserer Gesellschaft in einem Maß festgesetzt, das uns solch drastische Maßnahmen angebracht erscheinen ließ; angesichts des Ernstes der Lage waren nicht bloß schöne Worte und große Gesten nötig, sondern konkrete und entschlossene Taten.

Dieses Projekt wurde keineswegs leichtfertig und auf gut Glück in Angriff genommen. Über einen Zeitraum von fast zehn Jahren hinweg wurden unter Mitwirkung führender Fachleute umfangreiche Studien durchgeführt. Diese Untersuchungen wurden an unverbesserlichen Gewaltverbrechern vorgenommen – an Menschen also, die bereits das Recht auf ein Leben als normale Mitglieder der Gesellschaft verwirkt hatten. Aus den Ergebnissen geht ganz klar hervor, dass wir diese Menschen keineswegs unmenschlich behandelt oder für ihr früheres Leben bestraft haben, sondern ihnen vielmehr ein neues Leben geschenkt haben.

Ich glaube an den freien Willen. Ich bin der festen Überzeugung, dass Gene uns zwar aufgrund von Hormonen und komplizierten chemischen Prozessen in unserem Gehirn prädisponieren, uns auf eine bestimmte Art und Weise zu verhalten; letztlich bleibt es aber immer unserer *bewussten Entscheidung* überlassen, wie wir uns in einer bestimmten Situation verhalten. Wir müssen also weiterhin die volle Verantwortung für unsere Taten übernehmen. Diese Therapie erhöht allerdings die Chancen der behandelten Personen, unerwünschte aggressive Reaktionen in den Griff zu bekommen. Sie weckt ihr Gewissen und ermöglicht ihnen, der Versuchung zu widerstehen, sich auf eine sinnlose Schlägerei einzulassen, eine schwere Körperverletzung zu begehen oder eine wehrlose Frau zu vergewaltigen.

Ich lade Sie hiermit ein, mit mir an einer Vision teilzuhaben. An einer Vision von einem besseren Amerika. Durch diese Therapie werden zur Gewalttätigkeit neigende Männer in die Lage versetzt, ihre Energien in sinnvollere Kanäle zu leiten und der Gesellschaft zu nützen, statt ihr zu schaden. Stellen Sie sich eine Gesellschaft vor, in der alle verurteilten Kriminellen einer solchen Behandlung unterzogen werden – in der die Mehrheit der Straftäter eine Gelegenheit erhält, die positiven Seiten ihrer jeweiligen Persönlichkeit neu zu entdecken und eine produktivere, tolerantere und menschlichere Welt zu schaffen. Stellen Sie sich eine solche Gemeinschaft vor. Ein menschlicheres und stärkeres Amerika. Ihr Amerika.«

Weiss hob die rechte Hand und deutete direkt auf die Kamera.

»Und hiermit verspreche ich Ihnen, wenn ich am Dienstag zur Präsidentin dieses Landes gewählt werde, werde ich diesen Traum wahr machen.«

Decker beobachtete, wie Pamela Weiss einen Moment innehielt und mit dem genau richtigen Maß an Teilnahme und Wärme in die Kamera blickte. Sie legte das alles sehr einleuchtend dar, ließ es sogar wünschenswert erscheinen. Das Bier in seinem Mund schmeckte plötzlich schal.

»Lernen sie denn nie dazu?«, schrie Matty plötzlich los.

Die Wut in seiner Stimme ließ Luke abrupt herumfahren. So aufgebracht hatte er seinen sanften Großvater noch nie erlebt. Sein Gesicht war rot und an seinen Schläfen traten die Adern hervor. »Was hast du denn, Gramps?«

»Was ich habe? Du hast doch gehört, was diese Frau gerade gesagt hat, und da fragst du noch, was ich habe? Sie beurteilen die Menschen nach ihren Genen und versuchen sie zu ändern.«

Decker hatte Mühe, seine Wut nachzuvollziehen. »Sie geben das Medikament doch nur verurteilten Schwerverbrechern.«

»Aber das ist nur der Anfang. Zuerst verändern sie mit diesem Mittel nur die Gene von Kriminellen, aber irgendwann kommen sie plötzlich auf die Idee, es jungen Leuten zu geben, die vielleicht Gene haben, die ihnen nicht passen, und zwar schon, *bevor* sie etwas Unrechtes getan haben – nur, weil sie vielleicht mal etwas Unrechtes tun *könnten*. Sie wollen einfach nicht begreifen, dass sich Menschen *bewusst* dafür entscheiden, Böses zu tun, und deshalb werden sie demnächst anfangen, Menschen mit gutem Erbgut von solchen mit schlechtem abzusondern. Ich kann mich noch gut erinnern, wie die Nazis anfingen, *uns* auszusondern. Sie ließen uns den Davidsstern auf unseren Kleidern tragen, damit sie gleich erkennen konnten, wer wir waren. Keine Menschen. Keine Leute wie sie. Sondern Juden. Luke, wir sind mehr als unsere Gene. Du bist mehr als deine Gene. Hat denn wirklich niemand etwas aus der Geschichte gelernt?«

»Aber das ist doch was völlig anderes, Gramps.«

»Wirklich? Und wenn sie nun auf einmal zu der Überzeugung gelangen, du bist, weil du Karl Axelmans Gene hast, ein potenzieller Gewaltverbrecher und solltest deshalb ›behandelt‹ werden?«

Darauf wusste Decker keine Antwort. Er stellte sein Bier auf den Tisch.

»Ja, meine amerikanischen Mitbürgerinnen und Mitbürger, ich bin mit der Billigung Präsident Burbanks Risiken eingegangen und habe konventionelle Methoden infrage gestellt. Und ich bin der festen Überzeugung, dass Amerika jetzt mehr denn je eine starke Führung braucht. Jemanden, der dem Volk nicht dient, indem er sich ständig sich ändernden Meinungen sklavisch *unterwirft*, sondern indem er unbequeme Entscheidungen trifft und das Land in eine bessere und friedlichere Zukunft führt. Wenn Sie diese Vision mit mir teilen, dann geben Sie mir am Dienstag Ihre Stimme, damit wir gemeinsam das Gewissen Amerikas neu wecken können.«

Noch bevor Weiss den letzten Satz ihrer Rede ganz beendet hatte, brach die Menschenmenge um sie herum in stürmischen Applaus aus. Decker drehte sich zu seinem Großvater um, der fassungslos den Kopf schüttelte. In diesem Moment ging die Tür auf und Rhoda betrat den Raum. »Luke«, sagte sie und reichte Decker einen braunen Umschlag. »Das ist mit der Post gekommen.«

»Danke.«

Als er den Umschlag aufriss, fand er eine Diskette und eine kurze handschriftliche Notiz darin. Zu seiner Überraschung war sie von Kathy Kerr:

> Luke, wir müssen unbedingt reden.
> Die Proben in einer der Tüten, die du mir gegeben hast, stimmen mit dem DNS-Profil Karl Axelmans, eines Mörders in der FBI-Datenbank, überein – mit Ausnahme einiger sehr feiner, aber tödlicher Abweichungen, die mit meiner Arbeit an einem Projekt, das sich Conscience nennt, zusammenhängen könnten.
> Was geht hier vor sich, Luke? Du musst irgendeinen Verdacht haben, sonst hättest du nicht mich gebeten, die Proben zu analysieren, statt sie in ein FBI-Labor zu geben. Ich habe dir eine Diskette zur Aufbewahrung beigelegt. Darauf ist sowohl Karl Axelmans ursprüngliches Genom gespeichert als auch das modifizierte Genom von den Proben, die du mir gegeben hast. Aber mach dir deswegen keine Gedanken. Wahrscheinlich habe ich mich bereits mit

dir getroffen, wenn du diesen Brief erhältst. Es ist nichts weiter als eine Vorsichtsmaßnahme.

Aber wir müssen unbedingt miteinander reden. Irgendetwas stimmt da ganz und gar nicht. *Kathy*

Decker, dessen Stirn sich beim Lesen in immer tiefere Falten legte, wusste nicht, was er von der Nachricht halten sollte. Er nahm die Diskette und legte sie auf den Couchtisch. Kathy schrieb, sie sei wahrscheinlich schon vor ihrem Brief hier, aber dem war nicht so. Außerdem schrieb sie, an Axelmans Genen seien geringfügige Veränderungen vorgenommen worden. War das die Erklärung für sein verändertes Äußeres, für den Haarausfall und die Akne? Und war es auch die Erklärung für seine plötzliche Reumütigkeit und seine vollkommen veränderte Persönlichkeit? Oder für Direktor Naylors brennendes Interesse an dem, was Decker von Axelman erfahren haben könnte?

Er wandte sich zum Fernseher und sah die letzten Bilder von der Wahlveranstaltung in Watts. Pamela Weiss stand mit erhobenen Armen triumphierend da. FBI-Direktorin Naylor, die in ihrer Nähe stand, blickte mit einem Ausdruck gelassener Zufriedenheit über die Menge. War Axelman einer der Verbrecher, die für die nicht genehmigten Conscience-Tests als Versuchspersonen hatten herhalten müssen, und war dabei irgendetwas schief gegangen? Etwas, das vertuscht worden war?

»Was ist los, Luke?«, fragte Matty.

»Ich weiß es noch nicht.« Er stand vom Sofa auf, um seine Jacke zu holen, und nahm seine Brieftasche heraus. Dann zog er Kathys Visitenkarte hervor, griff nach dem Telefon und wählte ihre Nummer. Niemand meldete sich. Darauf holte er sein Handy aus der Jackentasche. Er hatte es seit ihrem letzten Gespräch ausgeschaltet. Hatte sie ihm vielleicht eine Nachricht hinterlassen?

Er setzte sich wieder auf die Couch und spielte die aufgezeichneten Anrufe ab. Matty erhob sich von seinem Sessel und setzte sich neben ihn. Kathy hatte ihm tatsächlich eine Nachricht hinterlassen, aber ihr Inhalt unterschied sich kaum von dem ihres Briefs. Es waren auch ein paar alte Nachrichten vom FBI darauf und eine, deren Qualität so schlecht war, dass ihr Luke keine Beachtung schenkte.

»Spiel das noch mal ab«, sagte Matty unvermittelt, den Kopf auf die Seite gelegt, als lauschte er einem Musikinstrument. »Und kannst du es vielleicht etwas lauter drehen? Ich habe Stimmen gehört. Eine klang ziemlich verängstigt.«

Luke stellte das Handy lauter und hielt es sich dicht ans Ohr. Matty hatte Recht. Es war tatsächlich eine Frauenstimme zu hören. Zwar nur ganz leise, aber trotzdem wusste Luke, dass es Kathys Stimme war. »Was wollen Sie?« Ihr melodischer schottischer Akzent war spröde vor Schreck.

»Sie eine Weile aus dem Verkehr ziehen«, sagte eine charakteristische nasale Männerstimme. Sie kam Decker zwar bekannt vor, aber es gelang ihm nicht, sie einer bestimmten Person zuzuordnen.

»Warum?«, schrie Kathy. »Das ist wegen Project Conscience, stimmt's?«

Dann hörte Decker wieder den Mann. »Alles, was man mir gesagt hat, ist, dass Sie ziemlich gestresst sind und vielleicht Dinge sagen, die Sie hinterher bereuen könnten. Wir bringen Sie an einen Ort, an dem Sie eine Weile ausspannen können. Wo es so richtig schön still und friedlich ist.« Decker war sicher, diese Stimme schon einmal gehört zu haben.

Dann kamen Störgeräusche, oder ein Rascheln.

»Nehmen Sie die Spritze weg, Sie Schwein!«

Danach war die Nachricht zu Ende, weil die Aufnahmezeit um war, aber Decker hatte genug gehört.

»War das eine Freundin von dir?«, fragte Matty.

»Eigentlich nicht«, erwiderte Decker, der noch immer versuchte, die Stimme jemandem zuzuordnen. Dann dachte er an Direktor Naylor und wusste plötzlich, wem die nasale Stimme gehörte. Es war jemand, der der FBI-Direktorin treu ergeben war: Associate Director William Jackson, Naylors ranghöchster Rottweiler beim FBI. Hinter Kathys Entführung musste Madeline Naylor stecken; ohne ihre Erlaubnis kratzte sich Jackson nicht mal am Sack. Aber warum wollte Naylor Kathy Kerr aus dem Weg haben? Es musste sich um was

Ernstes handeln, wenn Jackson sich der Sache persönlich annahm und sie nicht nur seinen Handlangern überließ.

Kathy hatte Recht; sie mussten dringend miteinander reden. Mit dem Hörer am Ohr spielte Decker die Nachricht noch einmal ab, und diesmal passte er genau auf, was Jackson sagte.

»... bringen Sie an einen Ort, an dem Sie eine Weile ausspannen können. Wo es so richtig schön still und friedlich ist.«

Deckers erster Gedanke war ein konspiratives Haus des FBI. Er durchforstete sein Gedächtnis und versuchte sich jedes in Erinnerung zu rufen, das er im Großraum San Francisco kannte. Das war auf jeden Fall eine Möglichkeit, aber selbst in konspirativen Häusern gab es Bewohner und Personal. Naylor lag sicher viel daran, dass so wenig Personen wie möglich von Kathys Entführung erfuhren. Aber es musste in der Nähe von San Francisco sein; je länger die Fahrt, desto größer das Risiko einer Entdeckung. Wo gab es eine diskrete Einrichtung, auf die das FBI Zugriff hatte und die sich für die heimliche Unterbringung einer einzelnen Person eignete? Ein Ort, an dem es so richtig schön still und friedlich war?

Plötzlich kam ihm ein Gedanke – der ideale Ort für so etwas. Von dunklen Erinnerungen heimgesucht, drückte Decker eine Kurzwahltaste auf seinem Handy und wartete auf den Wählton.

Nach einem leisen Klicken wurde er von einer höflichen, nüchternen Stimme begrüßt.

»Hallo, mein Name ist Special Agent Luke Decker«, gab er sich zu erkennen. »Sie müssten mich auf Ihrer Liste haben. Ich brauche dringend einen Termin.«

»Was hast du vor?«, fragte Matty.

Decker hob mit einer Beiläufigkeit, die er nicht empfand, die Schultern. »Sie finden und rausholen natürlich.«

19

The Sanctuary, östlich von Modesto, Kalifornien.
Samstag, 1. November 2008. 11 Uhr 17

»Meines Wissens wurde in den letzten drei Tagen niemand eingeliefert, Luke«, sagte Dr. Sarah Quirke mit ihrem leichten walisischen Akzent leise. »Schon gar nicht im Sicherheitsflügel.«

Die zierliche Frau setzte sich an ihren Schreibtisch im Hauptbau des Sanctuary. Sie war Ende vierzig, hatte kastanienbraunes Haar und ein rundes Gesicht und sah Luke Decker durch ihre modische Brille stirnrunzelnd an. Die Hälfte der Sprechzimmerwand hinter ihr nahm ein Panoramafenster ein, durch das Decker im fernen Purpurdunst die High Sierras sehen konnte, die sich gegen den makellos blauen Himmel abhoben. Das Sonnenlicht, das durch das Fenster flutete, betonte den Kupferton in Dr. Quirkes Haar und tauchte den hölzernen Schreibtisch und die Stühle in warmes honigfarbenes Licht. Die Therapiesitzungen mit Dr. Quirke waren die einzigen angenehmen Erinnerungen, die Decker an die vier Wochen hatte, die er nach dem Tod seiner Mutter hier verbracht hatte.

»Luke, was wollen Sie nun eigentlich? Ich bin nur deswegen samstags hergekommen, weil Sie sagten, Sie bräuchten dringend eine Untersuchung – obwohl Sie meiner Meinung nach gesünder sind als die meisten der Ärzte hier. Aber das Einzige, was Sie zu interessieren scheint, ist, ob in den sicheren Räumen neu eingelieferte Patienten untergebracht worden sind. Sie wissen sehr genau, dass es sich hier um ein vom FBI finanziertes Sanatorium für Agenten mit stressbedingten Problemen handelt. Wir therapieren temporäre psychische Störungen und Abhängigkeiten, keinen Wahnsinn. Wir haben lediglich zwei sichere Räume und die sind für kurzfristige Notfälle. Es kommt nur äußerst selten vor, dass sie überhaupt benutzt werden. Darum sagen Sie mir endlich, Luke, worum geht es Ihnen eigentlich?«

Decker ließ sich in seinen Stuhl zurücksinken und massierte sich die Schläfen. Er kam nur ungern hierher zurück und das nicht nur wegen seiner Erinnerungen. Wenn Kathy, wie er vermutete, entführt worden war und im Sanctuary festgehalten wurde, dann musste jemand an höchster Stelle in die Sache verwickelt sein und das hieß, er brachte sich schon allein durch seine Anwesenheit in der Anstalt in Gefahr. An Dr. Quirke hatte er sich nur deshalb gewandt, weil er ihr rückhaltlos vertraute. »Sarah, Sie kennen mich vermutlich besser als sonst jemand, darum machen Sie sich bitte keine Sorgen. Hier geht etwas höchst Eigenartiges vor sich, dem ich unbedingt auf den Grund gehen muss. Das Letzte, was ich möchte, ist, Sie da hineinzuziehen. Glauben Sie mir, es ist sicherer so. Alles, was ich wissen möchte, ist: Haben Sie eine Liste aller Patienten und ihrer Zimmer?«

Dr. Quirke runzelte die Stirn. Es war unschwer zu ersehen, dass sein uneingeschränktes Vertrauen nicht unbedingt im selben Maß erwidert wurde.

»Ich will keine Namen wissen«, sagte er. »Ich will nur wissen, *ob* irgendjemand im Sicherheitsflügel ist.«

Sie zögerte noch einen Moment länger, bevor sie kaum merklich nickte. »Na schön.« Sie sah auf den Computerbildschirm auf ihrem Schreibtisch und begann zu tippen. »Ich habe alle Patienten im Computer und, wie gesagt, in den letzten drei Tagen wurde niemand neu eingeliefert. Was die sicheren Räume im Gartenflügel angeht, wurden sie schon dreieinhalb Monate nicht mehr benutzt. Das letzte Mal war, als ein Patient gewalttätig wurde und über Nacht in Zimmer A untergebracht werden musste.«

»Ihres Wissens befindet sich also im Moment niemand in einem der sicheren Zimmer?«

»So ist es.«

»Sieht irgendjemand hin und wieder in ihnen nach?«

»Nein, weil sie normalerweise leer sind. Höchstens Dr. Peters ab und zu.«

Decker nickte. Er konnte sich an den grauhaarigen Arzt erinnern. Sie hatten sich nie kennen gelernt, aber er hatte ihn während seines Aufenthalts hier oft gesehen und wusste, in welchem Ruf er stand. Peters war mehr Verwaltungsfachmann als Arzt, ein grauer Karrierist, für den zuerst das FBI kam und dann die Patienten. »Ist er immer noch Anstaltsleiter und sorgt dafür, dass das Sanctuary von den Budgetkürzungen verschont bleibt?«

Sie lächelte verhalten. »Ja.«

»Aber Sie haben auch Zugang zum sicheren Flügel?«

»Nun, wie die meisten ranghöheren Ärzte hier habe ich einen Schlüssel. Ich kann jederzeit in den Räumen nachsehen. Oder Dr. Peters anrufen. Wie gesagt, er hat sie wahrscheinlich erst vor kurzem inspiziert.«

Decker hob die Hand. »Nein, tun Sie das nicht. Wenn ich Recht habe, möchte ich Sie oder Dr. Peters da auf keinen Fall hineinziehen. Lassen Sie mich allein in den Zimmern nachsehen. Kein Mensch braucht zu wissen, dass ich hier war, und wenn die Räume leer sind, ist keinerlei Schaden entstanden. Bitte, Sarah, helfen Sie mir. Wenn ich paranoid bin, verspreche ich Ihnen, wirklich einen Termin für eine Untersuchung zu vereinbaren.« Er lächelte sie an, aber er konnte sehen, dass sie seinen Vorschlag ernst nahm.

Nach kurzem Zögern öffnete sie eine Schublade ihres Schreibtisches und griff nach einem Schlüsselbund. »Vielleicht sollte ich doch mitkommen«, schlug sie vor.

Einen Augenblick lang war Decker versucht einzuwilligen, doch dann dachte er an Jackson und Naylor. Er durfte einen der wenigen Menschen, die ihm in seinem Leben wirklich geholfen hatten, nicht in Gefahr bringen. »Vertrauen Sie mir. Geben Sie mir nur die Schlüssel für die Räume, sagen Sie mir, wann im sicheren Flügel am wenigsten los ist und erzählen Sie niemandem von meinem Besuch hier. Wirklich niemandem, selbst wenn jemand Sie ganz direkt danach fragt.«

Dr. Quirke runzelte wieder die Stirn, bevor sie ihm drei Schlüssel gab. »Mit dem großen Schlüssel kommen Sie in den Flügel, die zwei kleineren sind für die beiden Räume. Und jetzt gehen Sie.«

Decker nahm die Schlüssel und dankte ihr.

»Ich weiß wirklich nicht, was das alles soll«, sagte sie, als er ihr Sprechzimmer verließ, »aber ich hoffe bei Gott, dass Sie dort niemanden finden.«

Er schlenkerte die Schlüssel in seiner Hand und lächelte sie an. »Ich hoffe bei Gott, *dass* ich dort jemanden finde.«

Langsam dämmerte Kathy Kerr in ihrem Drogenschlaf Madeline Naylors und Alice Prince' schrecklicher Plan. Er ergab keinen Sinn, aber das zählte wenig. Was zählte, war, dass er alle Motive missachtete, deretwegen sie sich auf Project Conscience eingelassen hatte, und diese Erkenntnis ließ sie im Schlaf laut aufschreien – so laut, dass sie davon wach wurde.

Sobald sie voll bei Bewusstsein war, quälte sie fürchterlicher Durst; ihre Zunge war so stark angeschwollen, dass sie kaum schlucken konnte. Ihre Arme schmerzten von der Zwangsjacke und sie musste dringend Wasser lassen. Daher empfand sie nicht nur Angst, sondern auch Erleichterung, als sie hörte, wie sich ein Schlüssel im Schloss drehte. Sie rollte sich auf die Seite und als sie die Augen öffnete, sah sie ein Paar schwarzer Schuhe in die Zelle kommen.

»Wasser«, krächzte sie. »Ich brauche Wasser.« Noch benommen von den Drogen, schloss sie die Augen und wartete ab, was passieren würde. Sie war zu erschöpft, um sich zu wehren, und hoffte nur, sie bekäme nicht wieder etwas injiziert. »Und außerdem muss ich mal.«

Der Mann mit dem gelockten grauen Haar beugte sich zu ihr herab, rückte seine runde Brille zurecht und lächelte sein freundliches Lächeln. In der rechten Hand hielt er eine Flasche mit einer Flüssigkeit. Sie hatte einen Sauger wie ein Babyfläschchen. »Trinken Sie das. Es wird Ihren Durst löschen und es ist reich an Vitaminen und Mineralstoffen. Etwas feste Nahrung gebe ich Ihnen später. Was das Wasser lassen angeht, tragen Sie eine Windel. Tun Sie sich also keinen Zwang an. Sie bekommen sie gewechselt, wenn Sie das nächste Mal sediert werden.«

»Ich bin doch kein Baby«, krächzte sie und klang trotz ihrer Erschöpfung wütend. »Ich möchte mit jemandem sprechen. Sie können mich hier nicht einfach festhalten.«

»Aber wer wird sich denn gleich so aufregen?«, antwortete der Graugelockte in seinem herablassenden Ton. »Trinken

Sie lieber.« Er kniete nieder, hob ihren Kopf und legte ihn in seinen Schoß. Dann steckte er ihr die Trinkflasche in den Mund. Die Flüssigkeit war kühl und schmeckte nach Orangen-Gatorade. Einen Moment versuchte sie, nicht zu trinken und auf diese Weise die einzige Form von Kontrolle auszuüben, die ihr geblieben war, aber sie war so ausgetrocknet, dass sie sich nicht beherrschen konnte; sie sog an der Flasche und schluckte hinunter, so viel sie konnte.

Beim Trinken spürte sie, wie der Mann sich über sie beugte. So dicht, das sein Kittel ihr Gesicht streifte. Sie schloss die Augen und versuchte die bedrückende Nähe zu ignorieren. Dann spürte sie, wie seine Hand an ihre linke Brust glitt und durch den Stoff der Zwangsjacke ihre Konturen abtastete.

Der schmale geflieste Korridor, der zum Sicherheitsflügel führte, genügte, um die Erinnerungen zurückzuholen. Und bereits ein Blick auf die kleinen beengenden Räume auf beiden Seiten veranlasste Decker, schneller zu gehen. Allein an einem solchen Ort zu sein und die Möglichkeit in Erwägung zu ziehen, die Kontrolle über seinen Verstand zu verlieren, ließ seinen Puls schneller schlagen.

Als er damals als Patient hier war, war er entsetzt über seine Besessenheit, das Böse in anderen zu jagen. Ständige Angst quälte ihn, es könnte eine Sucht sein, die darauf hindeutete, dass er auch selbst böse war. Er war so damit beschäftigt gewesen, Verbrecher aufzuspüren, dass er nicht einmal Zeit gefunden hatte, seine Mutter in den neun Monaten vor ihrem Tod auch nur ein einziges Mal zu besuchen.

Jetzt hatten diese Ängste eine wesentlich solidere Grundlage. Jetzt *wusste* er, dass er die Saat des Bösen in sich trug.

Als Decker die Feuertür zum Sicherheitsflügel aufdrückte, verbannte er diese Gedanken in die hintersten Winkel seines Gehirns und konzentrierte sich ganz auf ein einziges Ziel: Kathy Kerr zu finden und sie hier rauszuholen.

Zuerst wollte sie nicht glauben, dass er ihre Brust mit sexuellen Hintergedanken berühren könnte, doch als Kathy hörte, wie sein Atem einen Moment stockte, und spürte, wie er seinen Unterleib gegen ihre Wange drückte, spuckte sie den Sauger aus.

»Was soll das?«

»Nur keine Aufregung«, sagte er beruhigend und lächelte auf sie herab, als wolle er einen schwierigen Patienten bei Laune halten. Unter dem Haaransatz hatten sich Schweißperlen auf seiner Stirn gebildet. Der glasige Blick seiner durch die Brille vergrößerten Augen ließ sie heftig schaudern. Er stellte die Flasche ab und begann, ihr Gesicht zu streicheln, mit den Fingern um ihren Mund zu fahren und die Konturen ihrer Lippen nachzuzeichnen. Sie konnte das Salz auf seiner Haut schmecken, als er mit den Fingern über ihre glatte Unterlippe streifte. Sie versuchte, ihn zu beißen, aber seine Finger blieben immer gerade außerhalb ihrer Reichweite, während sie gemächlich die Feuchtigkeit ihrer Lippen nachfuhren. Angesichts ihrer totalen Hilflosigkeit ergriff wachsende Panik von ihr Besitz, vor allem als seine Hand zu seinem Unterleib hinabglitt und den Reißverschluss seiner Hose öffnete. Das darf doch nicht wahr sein, schoss es ihr durch den Kopf. Noch vor wenigen Stunden hatte sie kurz vor der Vollendung ihres Lebenswerks gestanden, und jetzt fand sie sich in diesem Albtraum wieder. Sie wehrte sich, als der Mann ihren Kopf in die richtige Position brachte. Aus dem Augenwinkel konnte sie sehen, wie er seinen Penis herauszog und ihn zu bearbeiten begann.

»Ich warne Sie, ich beiße alles, was in meine Nähe kommt«, schrie sie.

Das schien ihn nur noch mehr zu erregen und er versuchte, seinen Unterleib über ihr Gesicht zu manövrieren. Im selben Maß, in dem sein Atem heftiger ging, nahmen ihre Angst und ihre Verzweiflung zu. »Entspann dich«, sagte er. »In ein paar Tagen wirst du dich nicht mehr daran erinnern. Du wirst dich an überhaupt nichts mehr erinnern.«

Sie schloss die Augen und biss die Zähne zusammen. Dann verstummte plötzlich sein heftiges Atmen und von der Tür her ertönte eine Stimme, die sie vor Erleichterung einen tiefen Seufzer ausstoßen ließ.

»Dr. Peters? Was soll das?« Obwohl streng beherrscht, bebte Deckers Stimme vor Wut. Um ihn sehen zu können, versuchte sich Kathy herumzudrehen, aber er war bereits in die Zelle gekommen und zog ihren Peiniger auf die Beine. Als sie nach oben blickte, sah sie, wie Decker den Mann mit der linken Hand packte und ihm mit der rechten ins Gesicht schlug. Es war eine flüssige, schwungvolle Bewegung, wie bei einem Golfschlag. Dem Fausthieb folgten das befriedigende Geräusch, das die zerbrechende Brille des Doktors machte, und ein heiseres Stöhnen. Als Peters zusammensackte, rammte ihm Decker das Knie in den Unterleib. Der Arzt kippte mit bleichem Gesicht vornüber und hielt beide Hände an seinen offenen Hosenschlitz. Kathy hatte eine solche Wut, dass sie sich wünschte, Decker würde immer weiter auf ihn einschlagen. Das tat er aber nicht. Er ließ ihn nur zu Boden fallen, wo er, sich vor Schmerzen krümmend, liegen blieb. Dann deutete Decker auf Kathy und knurrte: »Associate Director Jackson hat mich auf Anweisung von Direktor Naylor hergeschickt, damit ich sie woandershin bringe.« Lukes Miene war ausdruckslos, aber seine grünen Augen leuchteten vor Wut. »Ich soll sie dort unverletzt abliefern. Deshalb hoffe ich, Sie haben ihr nichts getan. Wenn doch, komme ich zurück.«

»Nein, ich habe ihr nichts getan«, wimmerte der Doktor und hob die Hände von seinem Unterleib an seine gebrochene Nase.

»Dann verschwinden Sie und stören mich nicht weiter bei der Arbeit.«

»Aber ich habe ihr noch nicht alle Injektionen gegeben. Direktor Naylor hat gesagt, ich soll sie noch mindestens vier Tage hier festhalten.«

»Wie gesagt, es gelten jetzt neue Anweisungen. Wenn Sie wollen, können Sie ja Jackson oder die Direktorin anrufen. Aber ich sage Ihnen eins: Wenn Sie es tun, dann erzähle ich ihnen auch, was Sie getan haben. Und jetzt gehen Sie mir endlich aus den Augen, Sie krankes Schwein. Ich will Sie nicht mehr sehen, bis ich aus diesem Drecksloch hier wieder draußen bin.« Damit zog Decker den Mann vom Boden hoch und warf ihn aus der Zelle. Dann wartete er einen Moment und lauschte Peters' sich entfernenden Schritten, bevor er neben

Kathy niederkniete und sich wortlos daran machte, ihr die Zwangsjacke abzunehmen.

Die Hände, die gerade ihren Peiniger außer Gefecht gesetzt hatten, waren mit einem Mal unendlich behutsam, als sie Kathy auf die Seite drehten und ihre Arme losbanden. Er konzentrierte sich auf die Riemen und Knoten und achtete vor allem darauf, ihr nicht wehzutun. Sie starrte ihn dabei die ganze Zeit mit großen Augen an, als fürchtete sie, er könnte nicht wirklich sein. Sobald die Zwangsjacke offen war, zog er sie hoch und massierte dabei mit seinen kräftigen Fingern ihre Arme. »Du bist gekommen«, hauchte sie, immer noch ungläubig. »Du hast mich gefunden.«

»Natürlich bin ich gekommen«, sagte er mit einem breiten Grinsen. »Ich will – ich *muss* wissen, was hier eigentlich vor sich geht.«

»Wir müssen sie aufhalten, Luke«, stieß sie hervor. »Sie haben irgendetwas Schreckliches vor.«

»Das habe ich mir fast gedacht.« Er stützte sie, als ihre Beine unter ihr einknickten. »Ich weiß von Project Conscience und ihren Versuchen, die Panne mit Axelman zu vertuschen.«

»Es ist noch viel schlimmer«, fiel sie ihm aufgeregt ins Wort. Als ihr bewusst wurde, wie wenig aufschlussreich ihre letzte Bemerkung war, versuchte sie, erst einmal ihre Gedanken zu sammeln. »Axelmans Tod könnte mehr als nur eine Panne gewesen sein. Ich glaube, es war ein Test für etwas anderes. Die Vorstufe für etwas wesentlich Schlimmeres als Conscience.«

»Wie meinst du das?«

Bevor sie ihm antwortete, kamen Kathy plötzlich wieder Zweifel an dem Geistesblitz, den sie in ihrem Drogentraum gehabt hatte. So weit würden sie doch nicht gehen, dachte sie.

»Luke, ich glaube nicht, dass sie diese Gewaltverbrecher *behandeln* wollen«, sagte sie. »Ich glaube, sie wollen sie *umbringen*.«

ZWEITER TEIL

Die Friedensseuche

20

Neues Militärkrankenhaus, Bagdad, Irak. Montag, 3. November 2008. 1 Uhr 07

Dr. Uday Aziz wusste, die Zeit wurde knapp. Im Verlauf der vergangenen Woche hatte es bei der Republikanischen Garde achtzehn Selbstmordfälle und sechzehn tödliche Hirnblutungen gegeben. Und alles deutete darauf hin, dass das erst der Anfang war. Alle Verstorbenen waren psychisch stabile, körperlich gut trainierte Soldaten unter fünfundzwanzig gewesen.

Vor drei Tagen hatte der wütende irakische Präsident mittels seiner Generäle Dr. Aziz offiziell beauftragt, die Ursachen des Problems zu finden. Der Rais war nicht bereit, die geplante Kuwait-Offensive zur Rückeroberung der reichen Ölvorkommen aufzuschieben. Der Gesichtsverlust war undenkbar. Und da nach den morgigen amerikanischen Präsidentschaftswahlen eine lahme Regierung im Amt sein würde, war der Zeitpunkt für eine Invasion ideal. Aziz wusste, er musste so bald wie möglich die Ursache des Problems und eine Lösung dafür finden, wenn er nicht riskieren wollte, selbst auf die unaufhaltsam anwachsende Liste der Toten zu kommen.

Aber es waren nicht die Drohungen des Rais, die Aziz antrieben, der in seinem Büro in der obersten Etage des tristen Backsteinbaus im Hauptflügel des Neuen Militärkrankenhauses saß. Während er auf seinem Laptop den Bericht zu Ende schrieb, den er morgen Nachmittag den Generälen vorlegen wollte, versuchte er nicht nur aus persönlichen Gründen mit allen Mitteln des Rätsels Lösung zu finden. Er hatte sich nie mit seiner ärztlichen Tätigkeit identifiziert, sondern eher einen bequemen, einträglichen Job darin gesehen als eine Berufung. Doch mit einem Mal fühlte sich Aziz aus ihm unerklärlichen Gründen in fast unerträglichem Maß für diese Todesfälle verantwortlich, so als ob er die Schuld an ihnen trüge. Und mit jedem neuen gemeldeten Fall wurde Aziz nur umso deutlicher bewusst, die einzige Möglichkeit, diese drückende Last zu verringern, war, ein Heilmittel zu finden.

Eine Schreibtischlampe war die einzige Lichtquelle in seinem Büro. Es war bereits ein Uhr morgens vorbei und er war in den letzten vier Tagen weder nach Hause zu seiner Frau und seinen zwei Kindern gefahren noch hatte er jeweils mehr als ein paar Stunden geschlafen. Er hatte sich noch einmal den ersten registrierten Zwischenfall vorgenommen – die Akte eines einundzwanzigjährigen einfachen Soldaten namens Salah Khatib, der erschossen worden war, weil er sich geweigert hatte, vier Deserteure zu exekutieren. Nach dem gründlichen Studium des Obduktionsbefunds und der Untersuchungsberichte hatte Aziz die Daten aller weiteren Selbstmorde und Hirnblutungen aufgenommen und alle Gemeinsamkeiten der zu Tode Gekommenen erfasst.

Den ersten Anhaltspunkt lieferte Khatibs Urin. Wie bei den anderen Todesopfern hatte er eine extrem hohe Konzentration an Androgenen enthalten, was Aziz zu seiner ursprünglichen Annahme geführt hatte, die Todesfälle seien die Folge von Anabolikamissbrauch. Dies schienen auch der Haarausfall und die Akne sowie die ausgeprägte Hodenatrophie vieler Männer zu bestätigen. Des Weiteren war auch die verstärkte Suizidneigung eine bekannte Nebenwirkung von Anabolikamissbrauch.

Doch das Blut sprach eine andere Sprache. Zwar bestätigte es die hohe Androgenkonzentration, aber es enthielt auch enorme Mengen des Enzyms Monoaminoxidase. MAO ist ein Marker für den Neurotransmitterspiegel im Gehirn, insbesondere für den blockierenden Transmitter Serotonin.

Mithilfe eines der zwei Geneskope des Militärkrankenhauses führte Aziz darauf eine gründliche DNS-Analyse von Khatibs Blut durch. Die teuren Gensequenzer waren zwei der insgesamt drei Geräte dieser Art, die es im Irak gab. Das dritte befand sich in einem privaten Klinikbunker unter dem Präsidentenpalast drei Kilometer nördlich von Bagdad.

Beim Vergleich der DNS in Khatibs Militärunterlagen mit

der DNS des seiner Leiche entnommenen Bluts entdeckte Aziz einen feinen, aber gravierenden Unterschied. Durch die Hinzufügung einer Reihe von Regulatorsequenzen waren siebzehn von Khatibs Genen modifiziert worden; diese Sequenzen waren in seinem ursprünglichen Genom nicht vorhanden gewesen und schon gar nicht traten sie im menschlichen Standardgenom auf. Zuerst konnte sich Aziz nicht erklären, warum das so war. Dann prüfte er nach, ob Khatib in den vergangenen Wochen irgendwelche erbgutverändernden Mittel bekommen hatte. In den Unterlagen des Mannes stieß Aziz neben der Vielzahl von Injektionen und Impfungen, die jeder Soldat erhielt, auch auf einen DNS-Impfstoff: die Bioshield-Standardinjektion, die jeder für einen Fronteinsatz vorgesehene Soldat bekam, um ihn gegen biologische Kampfstoffe zu immunisieren und dabei insbesondere gegen diejenigen, die vom Irak selbst eingesetzt wurden. Aufgrund dieser Maßnahme war es möglich, diese Kampfstoffe einzusetzen, ohne damit auch die eigenen Truppen außer Gefecht zu setzen. Trotz der endlosen Konflikte mit den UNSCOM-Inspektionsteams war es ein offenes Geheimnis, dass der Rais heimlich extrem wirksame biologische Kampfstoffe hatte entwickeln lassen. Das war auch der Grund, weshalb der irakische Präsident glaubte, riskieren zu können, sich über den von den USA angeführten UN-Sicherheitsrat hinwegzusetzen und Kuwait erneut zu besetzen.

Allerdings war der Bioshield-Vektor nicht in der Lage, die Gene, die Aziz in Khatibs Genom modifiziert vorgefunden hatte, zu verändern. Der Bioshield-Impfstoff modifizierte lediglich Stammzellen-DNS und immunisierte den Körper gegen die meisten Standardkampfstoffe, während er die Zellen gleichzeitig empfänglicher für stärker spezialisierte Booster-Impfstoffe machte, die entwickelt worden waren, um auch die neuesten biologischen Kampfstoffe unwirksam zu machen. Khatib hatte jedoch nur den Bioshield-Standardimpfstoff bekommen und keine Booster. Und selbst wenn, hätten sie nicht diese Wirkung auf sein Erbgut gehabt. Irgendetwas hatte Khatibs Gene so unterwandert, dass es ihn das Leben gekostet hatte.

Als sie die anderen Selbstmord- und Hirnblutungsopfer genauer unter die Lupe nahmen, stellten Aziz und seine Mitarbeiter fest, dass die Toten alle dieselben Anomalien in den siebzehn Schlüsselgenen aufwiesen. Nachdem sein Team die betreffenden Gene untersucht und herausgefunden hatte, dass sie die Produktion von aggressionsfördernden Hormonen sowie von aktivierenden und blockierenden Neurotransmittern anregten, war Aziz sicher, dass diese Hormone und Neurotransmitter die Ursache des Problems waren. Doch wie und warum waren sie geändert worden?

Er hatte sich auch mit Jewgenia Krotowa in Verbindung gesetzt, der russischen Wissenschaftlerin, die die Oberaufsicht über die irakischen Maßnahmen zur Entwicklung biologischer Kampfstoffe leitete. Laut Aussagen ihres Mitarbeiterstabs hatten nicht alle der Verstorbenen den Bioshield-DNS-Impfstoff erhalten und viele von denen, die ihn bekommen hatten, waren schon Jahre zuvor damit geimpft worden. Wie konnte demnach dieses Vakzin die Ursache sein? Zumal eine Überprüfung aller Chargen des Impfstoffs, die seine und ihre Mitarbeiter im Nachhinein vorgenommen hatten, nichts Ungewöhnliches ergeben hatte. Was war das verbindende Element? Wäre er ein engagierterer Arzt gewesen, hätte er jetzt vielleicht eine Antwort auf diese Fragen parat und könnte mehr Männern das Leben retten.

Er hielt beim Verfassen seines Berichts inne und rieb sich die schmerzenden Stellen an seinem Kinn. Dann griff er nach einer kleinen blauen Schachtel, die neben seinem Laptop stand. Da er vor zwanzig Jahren am University College London Medizin studiert hatte, verstand er mühelos die lateinische Aufschrift des füllhaltergroßen Kartons. Der Text verriet ihm nichts, was er nicht bereits wusste. Während er grübelnd auf das Schächtelchen starrte, fielen vier dunkle Haare auf die Tastatur seines Laptops. Als er sich daraufhin automatisch am Kopf kratzte und die dunklen Strähnen sah, die wie die Fellbüschel eines sich haarenden Hundes herabfielen, durchlief ihn ein heftiges Frösteln.

Plötzlich war alles glasklar.

Der Auslöser der Epidemie war nicht in allen Bioshield-

Seren, sondern lediglich in einigen wenigen, vielleicht sogar nur in einem einzigen zufällig verdorbenen Exemplar. Deshalb hatten seine Mitarbeiter bei der Untersuchung der Chargen nichts Auffälliges entdeckt. Vorausgesetzt, der betreffende Vektor war nicht abgeschwächt oder nichtinfektiös gemacht worden, brauchte nur eine einzige Person von einem schadhaften viralen Vektor infiziert zu werden, um jeden anzustecken, mit dem diese Person in Berührung kam, und damit eine Ketteninfektion auszulösen.

Von der nun auch er befallen war.

Mit zitternden Händen tippte Aziz weiter und schrieb Teile seines Berichts neu. Er musste seine Entdeckung schriftlich festhalten und seine Mitarbeiter sowie Jewgenia Krotowa alarmieren. Wahrscheinlich war Khatib der Indexpatient gewesen und hatte vor seinem Tod andere angesteckt. Die Soldaten lebten auf so engem Raum zusammen, dass die Truppen binnen Wochen, wenn nicht sogar Tagen dezimiert werden konnten. Seine Mitarbeiter mussten die Impfvorräte nach möglichen anderen verdorbenen Impfstoffen durchforsten und diese dann analysieren, um ein Gegenmittel zu finden. Und er musste die Generäle informieren, ihnen klarmachen, dass sie die Offensive abblasen mussten. Ja, so musste man vorgehen, dachte er, während er fieberhaft weitertippte. Plötzlich wurde ihm mit schmerzhafter Deutlichkeit bewusst, wie viele Soldaten in Kürze in den Krieg ziehen würden. Aber vielleicht gelang es ihm, den Konflikt abzuwenden und diese Menschenleben zu retten.

Der Schweiß lief ihm über die Stirn und er fühlte sich so müde, dass er sich am liebsten schlafen gelegt hätte. Aber er durfte jetzt nicht ausruhen; dafür gab es zu viel zu tun.

Als er achtundfünfzig Minuten später vor Entkräftung nicht mehr in der Lage war weiterzutippen, brach er vor Frustration in Tränen aus. Seine linke Hand lag schlaff auf der Tastatur und führte seine Befehle nicht mehr aus. Dann wurde seine ganze linke Körperhälfte taub und seine Stirn fühlte sich an, als legte sich ein Stahlband immer fester um sie. Mühsam nach Luft schnappend, versuchte er sich auf den Bildschirm vor ihm zu konzentrieren.

»O nein«, stöhnte er. »Nein.« Doch die Hirnblutung klang nicht ab, sondern wurde so stark, dass Aziz nur wenige Sekundenbruchteile Schmerzen spürte. Als er vom Stuhl fiel, riss er neben verschiedenen anderen Dingen auf seinem Schreibtisch auch den Laptop mit zu Boden. Sein Körper war bereits leblos, als sein Kopf und der Laptop auf den harten, kalten Boden schlugen, so dass der Bericht, bei dessen Abfassung er gestorben war, gelöscht wurde.

Neben dem Gesicht des Doktors, nur Zentimeter von seinen offen stehenden, blinden Augen entfernt, lag die blaue Schachtel mit dem Bioshield-Impfstoff. Unter dem Bioshield-Markennamen befand sich das Firmenzeichen der Herstellerfirma: eine Zielscheibe aus Chromosomenringen mit einem Pfeil in Form einer Doppelhelix, der den Kern durchbohrte. *Unser Ziel, eine bessere Zukunft* stand als Motto neben dem Firmennamen und der Adresse: *ViroVector Solutions Incorporated, Palo Alto, Kalifornien, USA.*

Marina District, San Francisco, Kalifornien.
Am selben Tag. 16 Uhr 37

»Ich habe das Gefühl, jeden Moment verrückt zu werden. Wie es aussieht, sprengt das den Rahmen von Conscience ganz gewaltig. Ich kann das immer noch nicht glauben. Aber egal, was hier vor sich geht, wir dürfen auf keinen Fall zulassen, dass sie ihr Vorhaben zu Ende bringen.« Kathy Kerr saß in Matty Rheimans Salon und nahm einen Schluck von ihrem Tee.

Während Matty Rheiman von seinem Sessel in der Ecke ruhig zuhörte, ging Decker hektisch im Raum auf und ab. »Haben wir denn eine Wahl?«, fragte er und beugte sich über den Couchtisch, um Kathy einen Stoß mit Fotografien hinzuschieben. Dann nahm er das oberste Foto und reichte es ihr. »Schau, ich war inzwischen zweimal in deinem Haus am Mendoza Drive. Dort wimmelt es von Jacksons Leuten. Wahrscheinlich werden sie bis nach den Wahlen dort bleiben, um zu verhindern, dass jemand, der zufällig vorbeikommt, Alarm schlägt. Es kümmert sie übrigens einen Dreck, ob sie jemand sieht. Das kann nur heißen, dass sie noch nicht wissen, dass du entkommen bist. Es heißt aber auch, sie denken, dass sie sich nicht an das Gesetz zu halten brauchen. Womit sie wahrscheinlich nicht ganz Unrecht haben.«

Kathy Kerr sah sich eine der Aufnahmen an, die Decker von ihrem Haus gemacht hatte. Sie zeigte drei Männer, die seelenruhig an einem grauen Chrysler lehnten, der vor ihrer Haustür geparkt war. Sie erkannte alle drei. Sie hatten Associate Director Jackson begleitet, als sie entführt wurde. Auf einem anderen Foto sah man sie beim Betreten des Hauses. Sie betraten *ihr* Haus, als ob es ihnen gehörte.

»Jackson hat sich allerdings nicht blicken lassen«, sagte Decker. »Höchstwahrscheinlich versucht er inzwischen, sich aus der ganzen Sache rauszuhalten. Er hat eine ziemlich hohe Stellung beim FBI und ist mittlerweile vermutlich zurück nach Washington. Jede Wette, dass seine sauberen Agenten nicht mal wissen, dass Direktor Naylor in die Sache verwickelt ist – nicht direkt jedenfalls.«

»Aber irgendwas müssen wir doch tun können, Luke.«

»Und was?«, erwiderte Decker frustriert. »Kathy, letztlich läuft es doch darauf hinaus, dass dein und mein Wort gegen das der FBI-Direktorin, der Leiterin eines großen Biotech-Unternehmens und der künftigen Präsidentin der Vereinigten Staaten steht. Und ich bin auch noch gerade aus dem FBI entlassen worden. Und nach Weiss' Ankündigung zur Bekämpfung der Kriminalität sehen sie die Meinungsumfragen zur Wahl in Führung – sogar deutlich in Führung. Die Presse und die Polizei haben einen richtigen Narren an ihr gefressen. *Alle* sind plötzlich völlig aus dem Häuschen wegen Pamela Weiss und ihrem Wundermittel gegen die Kriminalität. Über kurz oder lang werden Naylor und ihre Schergen herausfinden, dass du aus dem Sanctuary entkommen bist, und sich auf die Suche nach dir machen. Noch wissen sie nicht, dass ich dich kenne, aber du solltest trotzdem weg von hier.«

Kathy schluckte, sagte aber nichts.

Seit Decker sie aus dem Sanatorium befreit und in das

Haus seines Großvaters im Marina District gebracht hatte, waren fast zwei Tage vergangen. Von schlimmen, durch die Drogen verursachten Albträumen geplagt, hatte sie zunächst die ganze Samstagnacht und den größten Teil des Sonntags unruhig geschlafen. Sonntag nachmittags fühlte sie sich schließlich wieder so weit bei Kräften, dass sie den Abend damit verbringen konnte, ihre Entdeckungen mit Decker, der die ganze Zeit an ihrem Bett gewacht hatte, auszutauschen.

Mithilfe von Deckers Laptop hatte sie zunächst die Veränderungen in Karl Axelmans Genom untersucht, das auf der Diskette, die sie Decker zugeschickt hatte, gespeichert war. Dann machte sie sich mithilfe seines FBI-Zugangscodes daran, nach anderen verdächtigen Todesfällen in San Quentin zu suchen.

Wahrscheinlich verdankte sie Decker ihr Leben, aber wenn sie erwartete, dass er ihre Entrüstung teilte und volles Verständnis für ihre Lage aufbrachte, hatte sie sich getäuscht. Nachdem sie alles, was sie wussten, zusammengetragen hatten, schüttelte Decker den Kopf und sah sie resigniert an, als wolle er sagen: Was hast du anderes erwartet? Project Conscience war seit ihren hitzigen Diskussionen in Harvard ihr großer Lebenstraum gewesen. Warum beklagte sie sich also jetzt, bloß weil es bei seiner Verwirklichung nicht immer ganz sauber zuging?

»Luke, wenn sonst schon nichts, so müssen wir doch zumindest herausfinden, was sie wirklich vorhaben.«

»Liegt das denn nicht auf der Hand? Mach dir doch nichts vor, Naylor und Prince haben deine Idee geklaut und dich dazu benutzt, die FDA auszutricksen. Mit Axelman und den anderen in San Quentin ist irgendwas schief gegangen. Oder vielleicht auch nicht. Und weil sie nicht wollen, dass Zweifel an der Unbedenklichkeit von Conscience aufkommen, haben sie alles vertuscht und dich mundtot gemacht. So einfach ist das. Natürlich möchte ich, dass sie dafür büßen, und ich finde es ungeheuerlich, was sie dir angetan haben, aber du bist jetzt wieder frei und vielleicht ist es im Moment das Beste, du tauchst einfach unter.«

Kathy sah Decker lange unverwandt an. »Also wirklich, es

gab mal Zeiten, da hättest du nichts unversucht gelassen, wenn du das Gefühl hattest, dass irgendwo ein Verbrechen vorlag. Lässt dich das inzwischen kalt?«

»Selbstverständlich lässt es mich nicht kalt. Ich bin nur realistisch. Nehmen wir mal an, wir würden es schaffen, in dein Haus zu kommen und zu deiner Truhe in Rambos Käfig …«

Sie runzelte die Stirn. »*Rockys* Käfig. Der Schimpanse heißt Rocky.«

»Okay, Rockys Käfig. Nehmen wir also an, wir könnten alle deine Disketten und Unterlagen rausholen. Was würde das beweisen?«

Sie seufzte. Mein Gott, das hatten sie doch alles schon gehabt. »Es würde beweisen, dass Conscience auf falschen Daten basiert; dass der ursprüngliche Vektor, mit dem nichts ahnende Häftlinge behandelt wurden, nicht der von der FDA zugelassene Version-Neun-Vektor war.«

Decker schüttelte den Kopf. Sie konnte seine Kiefermuskeln arbeiten sehen. »Und wenn schon. Wen würde das jetzt noch interessieren? Begreifst du denn nicht? Alle *wollen* dieses Wundermittel gegen das Verbrechen, das *du* entwickeln geholfen hast. Und da alle künftigen Behandlungen mit deinem unbedenklichen Version-Neun-Vektor durchgeführt werden – wen kümmert es da schon, dass ein paar Gewaltverbrecher mit einem möglicherweise nicht vollkommen unbedenklichen Mittel behandelt wurden?«

Seine Stimme wurde lauter. »Meine Güte, Kathy, mal abgesehen davon, dass du entführt worden bist, was kümmert *dich* das Ganze überhaupt? Das Ganze ist dein großer Traum. Wenn jemand Grund hat, sauer zu sein, dann ich. Ich habe nie an diesen ›Alles ist nur eine Sache der Gene‹-Quatsch geglaubt. Ich habe mein ganzes Leben lang Mörder und Sexualverbrecher gejagt und bin dabei immer davon ausgegangen, dass ihr Denken und ihr Verhalten von ihrer Vergangenheit bestimmt werden. Damit bin ich bisher auch ganz gut gefahren. Doch jetzt muss ich plötzlich feststellen, dass mein eigener Vater ein besonders widerwärtiger Sexualverbrecher und Serienmörder war. Also bin ich in deiner schönen neuen

Welt der Gene mit einem Mal keinen Deut mehr besser als das Gesockse, das ich gejagt habe.«

Er senkte die Stimme und wandte sich von ihr ab. »Kathy, mir war diese faschistische Idee einer genetischen Prädeterminiertheit schon immer zutiefst zuwider, aber genau das ist es, was du immer wolltest: eine bis ins Letzte durchgestylte Gesellschaft, in der unerwünschte Abweichungen einfach ausgemerzt werden. Wirf du mir also nicht vor, mir wäre alles egal.«

Kathy biss sich auf die Lippe. Matty saß immer noch still in der Ecke. Sie hatte das beunruhigende Gefühl, dass er sie nicht nur sehen, sondern auch ihre Gedanken lesen konnte.

»Das ist nicht fair, Luke«, sagte Matty schließlich ruhig. »Lass sie erst ausreden. Auch ich heiße Kathys Ideen nicht für gut, aber ich bin sicher, ihre Motive sind untadelig. Das hier wollte Kathy doch nicht, oder?«

»Nein, natürlich nicht. Jedenfalls nicht so. Luke, ich kann verstehen, warum du wütend bist, aber ich bin auch wütend. Und ich will versuchen, ihnen einen Strich durch die Rechnung zu machen. Nimm nur mal Axelmans Tod: Aus der Diskette, die ich dir geschickt habe, geht hervor, dass sein Erbgut geändert wurde. Jeder Wissenschaftler kann die Diskette in ein Geneskop einlegen und dir sagen, wie tödlich diese Veränderungen sind. Axelman wurde nicht korrigiert, damit sich sein Verhalten bessert. Die Korrekturen haben ihn umgebracht.«

»Aber er hätte doch sowieso sterben müssen. Er saß in der Todeszelle. Selbst wenn ihnen eine Panne unterlaufen ist – wen interessiert das schon?«

»Aber genau das ist der springende Punkt. Ich glaube nicht, dass es eine Panne war. Glaub mir, ich kenne mich mit viralen Vektoren aus; ich hatte eine gute Lehrerin. Was Axelman und den anderen Häftlingen in San Quentin zum Verhängnis wurde, war zu gut geplant, als dass es die Folge einer zufälligen Mutation gewesen sein könnte. Irgendetwas geht hier nicht mit rechten Dingen zu. Ich weiß zwar nicht, was, aber es geht weit über Conscience hinaus. Da bin ich ganz sicher.«

Seufzend wandte sich Decker wieder Kathy zu. Er blickte ihr forschend in die Augen, als sähe er sie zum ersten Mal. Sie konnte seinen messerscharfen Verstand arbeiten sehen, als er über die Konsequenzen des Gesagten nachdachte.

»Du kannst nicht einfach nichts tun, Luke«, sagte sein Großvater.

»Entschuldige, Gramps, aber würdest du dich da bitte raushalten.« Er wandte sich wieder Kathy zu. »Bist du wirklich sicher, dass es keine Panne war?«

Sie zögerte einen Moment. »Ziemlich sicher. Ja.«

»So sicher, dass du auch dein Leben riskieren würdest, es zu beweisen?«

Sie schluckte schwer und holte tief Luft. »Das war mein ganzes Leben, deshalb schätze ich schon, ja.«

Decker sah sie noch eine Weile länger an, bevor er kaum merklich nickte. Sie sah sehr verletzlich aus in seinem weiten Pullover und den hochgekrempelten Jeans, vor allem aber mit ihrem zerzausten dunklen Haar und der blassen Haut. Aus ihrem Blick sprach allerdings eiserne Entschlossenheit.

Während der letzten paar Tage hatte er beobachtet, wie sie sich im Schlaf herumgeworfen hatte, bis die Drogen, die ihr injiziert worden waren, ihre Wirkung verloren. Er war außer sich gewesen vor Wut, dass die Direktorin des FBI so etwas hatte gutheißen können, ganz abgesehen von dem, was sie sonst noch im Namen des Kampfes gegen das Verbrechen veranlasst haben mochte.

Er war auch wütend auf Kathy, dass sie so naiv war. Sie schien zu denken, dass sich in der großen bösen Welt alles genauso ausbügeln ließe wie die Variablen in einem ihrer Experimente und dass sich Menschen – vor allem Menschen in führenden Positionen – an Regeln und Gesetze hielten. Aber stärker als seine Wut war seine Angst um sie; er wusste, Naylors Leute hatten keine Wahl. Wenn sie sie noch einmal in ihre Hände bekämen, würden sie sie umbringen.

Er glaubte nicht an Kathys Verschwörungstheorie, aber diese Vertuschungsversuche waren weiß Gott kein Hirngespinst. Das war für ihn Anlass genug, um der Sache auf den

Grund gehen zu wollen. Ihm war der Grundgedanke von Conscience zutiefst zuwider und sein fieberhaft arbeitender Verstand förderte ständig neue Ungereimtheiten zu Tage. Kathy hätte den FDA-Schwindel sicher nicht an die große Glocke gehängt; zuerst wäre sie zwar sauer gewesen, aber sobald ihre Wut wieder etwas verraucht war, hätte sie eingelenkt und nicht ihr ganzes Lebenswerk aufs Spiel gesetzt. So gut mussten Naylor und Prince sie gekannt haben. Kathy zu entführen und zu ermorden war also reichlich übertrieben. Und Alice Prince machte nicht den Eindruck, als würde sie zulassen, dass jemandem, den sie so lange kannte und schätzte wie Kathy, ein Leid zugefügt wurde – zumindest nicht auf ihre Veranlassung hin. Ebenso wenig konnten die Todesfälle in San Quentin der Grund sein. Naylor dachte, dass niemand – am allerwenigsten Kathy – von ihnen wusste. Laut offizieller Version waren diese Männer hingerichtet und eingeäschert worden.

Trotz alledem sah Decker nicht ein, warum Kathy ihr Leben dafür riskieren sollte, ein Projekt zu vereiteln, das sie selbst ins Leben gerufen hatte. Ihm wurde jedoch klar, dass sie das, wenn er ihr nicht half, allein versuchen und wahrscheinlich keine fünf Minuten am Leben bleiben würde. Dazu kam noch, dass ihm Matty schon die ganzen letzten zwei Tage in den Ohren lag, er müsse etwas unternehmen, um diesem Wahnsinn ein Ende zu machen.

»Mal angenommen, du könntest das alles beweisen – was ich für sehr unwahrscheinlich halte, weil Naylor und Prince sicher schon Vorkehrungen getroffen haben, dich zu diskreditieren – wem würdest du es dann erzählen?«

»Pamela Weiss.«

»Woher willst du wissen, dass sie nicht daran beteiligt ist?« Es widersprach zwar auch seinem Eindruck von der Präsidentschaftskandidatin, aber er hätte nicht seine Hand dafür ins Feuer gelegt, dass Weiss nichts damit zu tun hatte.

»Weil Naylor bei unserer Auseinandersetzung über dieses Thema darauf bestand, dass Weiss nichts davon erfahren darf. Schon allein bei dem Gedanken, sie könnte es herausfinden, geriet sie in Panik. Ich sage dir doch, wir müssen uns an Weiss wenden.« Kathy deutete auf eines der Fotos, auf dem ihr Haus von hinten zu sehen war. Über dem Gartenzaun war gerade noch das Dach von Rockys Käfig zu erkennen. »Und damit sie uns glaubt, müssen wir uns die Unterlagen beschaffen, aus denen hervorgeht, dass ihre Freundinnen sie hintergehen.«

»Ich schätze mal, Rambo« – Decker korrigierte sich – »ich meine *Rocky*, kann ziemlich laut werden. Und er gerät doch auch bestimmt ziemlich aus dem Häuschen, wenn er dich sieht?«

»Ja, er wird einigen Lärm machen.« Kathy machte ein langes Gesicht. »Willst du damit sagen, solange die Männer nicht weg sind, kommen wir nicht an die Truhe ran?«

»Wenn wir nicht wollen, dass sie auf uns aufmerksam werden, nicht.«

»Mist.«

Doch dann kam Decker eine Idee und er lächelte. »Aber das heißt nicht, dass wir nicht schon ein bisschen Schmutz aufwirbeln können, bevor wir alle Beweise haben. Wir haben immerhin die Axelman-Diskette, und du weißt doch, was in der Truhe ist, oder?«

»Sicher.«

»Und du meinst, Pamela Weiss sollte so schnell wie möglich erfahren, was wir wissen?«

»Natürlich. Bloß wie? Ich sehe keine Möglichkeit, an sie ranzukommen, und selbst wenn, hätte ich schon lange vorher Naylor am Hals.«

»Das stimmt.« Decker griff nach dem Telefon. Er schaltete die Freisprechanlage ein und wählte eine Nummer, die er im Kopf hatte. »Deshalb brauchen wir einen Mittelsmann. Jemanden, der Zugang zu den Großen und Guten hat.«

Kathy sah ihn fragend an, aber er sagte nichts. Matty lächelte, als ahnte er bereits, was Luke tun würde. Das Telefon läutete fünf Mal, bevor sich die vertraute Stimme meldete. »Hank Butcher.« Die Stimme des Journalisten füllte den Raum. Er hörte sich ziemlich erschöpft an.

»Hi, Hank, hier Luke. Kannst du dich noch an den Abend neulich erinnern, als du gesagt hast, du hättest es satt, immer nur Porträts und witzige Features zu machen; dass du dich mal gern in was richtig Großes reinhängen würdest? Wie hast du es gleich wieder genannt? Was Pulitzer-Preis-Verdächtiges?«

Butcher lachte. »Klar, Luke, was sagt man nicht alles nach ein paar Flaschen Bier? Aber sei mir nicht böse, Luke, das ist gerade nicht der günstigste Zeitpunkt, weißt du? Auch wenn du es noch nicht mitbekommen haben solltest: Morgen findet eine der wichtigsten Wahlen in der Geschichte Amerikas statt. Diese Project-Conscience-Ankündigung hat das Blatt in letzter Sekunde noch mal gewendet. Ich habe es sogar geschafft, zu der Wahlparty am Donnerstag eingeladen zu werden, vorausgesetzt, Weiss gewinnt und wird unsere erste Präsidentin. Ehrlich gesagt, kann ich mir im Moment keine Story vorstellen, die dagegen ankommt.«

»Und wenn ich dir sage, meine Story dreht sich genau um den Star dieser historischen Siegesfeier, zu der du am Donnerstag eingeladen bist.«

»Ach ja?«

Decker sah zu Kathy hinüber, die durch ein Nicken ihr Einverständnis gab. »Was hältst du von einem Exklusivinterview mit der Wissenschaftlerin, von der die Idee zu Project Conscience stammt, das Weiss in Ihrer Ankündigung erwähnt hat?«

Butcher schnaubte geringschätzig. »Mit Alice Prince, meinst du?«

»Nein, mit der Person, von der Prince die Idee hat.«

»Okay, sprich weiter.«

»Und was würdest du sagen, wenn an Project Conscience mehr dran ist, als es den Anschein hat?«

»Soll heißen?«

»Im Moment ist ein weit reichendes Vertuschungsmanöver im Gang. Um das Projekt nicht zu gefährden, wurde unter anderem die Wissenschaftlerin entführt, von der die Idee zu dem Projekt stammt. Außerdem wurden die Gesundheitsbehörden getäuscht und eine Reihe von Todesfällen vertuscht, zu denen es infolge der Conscience-Therapie gekommen ist.«

»Du willst mich hier doch nicht auf den Arm nehmen, Luke, oder?«

»Nein.«

»Und ich nehme an, du hast auch Beweise?«

»Sagen wir mal, ich kann dir genügend geben, um unserer künftigen Präsidentin ein paar ziemlich unangenehme Fragen zu stellen. Und du bekommst mehr Beweise.« Decker konnte fast hören, wie Hanks Verstand zu arbeiten anfing und wie er in Gedanken bereits seine Dankesrede für die Verleihung des Pulitzer-Preises entwarf. »Also, Hank, willst du ein Exklusivinterview oder nicht? Falls du kein Interesse hast, kann ich jederzeit jemand anderen anrufen …«

»Jetzt lass diesen Scheiß, Luke«, unterbrach ihn Butcher mit einem kurzen Lachen. »Ich bin ganz Ohr. Erzähl weiter.«

21

ViroVector Solutions, Kalifornien. Mittwoch, 5. November 2008. 6 Uhr

Als das Land mit der Nachricht erwachte, dass es seinen ersten weiblichen Präsidenten gewählt hatte, war TITANIA nicht überrascht. Sie hatte ihre Planung auf Pamela Weiss' Wahlsieg hin ausgerichtet und ihm viele ihrer langfristigen Hochrechnungen zugrunde gelegt.

TITANIA hatte zwar bei den gestrigen Wahlen keine Stimme abzugeben gehabt, aber da sie nie schlief, war sie die ganze Nacht damit beschäftigt gewesen, die computergesteuerten elektronischen Wahlurnen abzufragen und die Stimmen zu zählen. TITANIA wusste daher schon binnen weniger Stunden, dass Pamela den größten Wahlsieg seit Ronald Reagan im Jahr 1984 errungen hatte. Und überrascht war TITANIA über dieses Ergebnis deshalb nicht, weil es nur einen weiteren Dominostein darstellte, der in einer von ihr schon vor langem vorhergesagten Abfolge umfiel.

Wie immer konzentrierte sich ein kleiner Teil von TITANIAS gigantischem neuralem Netz auf Crime Zero; es brachte die Fortschritte in den einzelnen Phasen fortwährend auf den neuesten Stand und nahm geringfügige Revisionen an den von ihm prognostizierten Abläufen vor.

Phase Eins war mittlerweile ebenso abgeschlossen wie das damit zusammenhängende Project Conscience. Nun musste TITANIA überprüfen, wie es mit Phase Zwei voranging. Der Beginn von Phase Drei hing ganz entscheidend davon ab, wie weit sich Phase Zwei nicht über den prognostizierten Rahmen hinausbewegte. Mithilfe ihrer Suchmaschinen durchforstete TITANIA das Internet nach einem Feedback über den Irak.

Indem sie sich in Krankenhaus-Datenbanken und militärische Systeme in Bagdad einloggte, während sie gleichzeitig scheinbar unzusammenhängende Informationsschnipsel von Reuters, CNN, BBC und anderen Presseagenturen im World Wide Web zusammensetzte, entdeckte TITANIA bald die Information, nach der sie suchte.

Die überdurchschnittlich hohe Zahl von Todesfällen, die in den Computern des Militärkrankenhauses in Bagdad registriert waren – lauter Männer unter fünfundzwanzig mit Verdacht auf Hirnblutung –, sowie die davon unabhängigen Berichte über eine unerklärliche Selbstmordwelle in den irakischen Streitkräften verrieten TITANIA alles, was sie wissen musste. Das irakische Militär wurde rasch zu einem Verbreitungsbereich und die Meldungen häuften sich. TITANIA würde diese Meldungen weiter verfolgen und die daraus gewonnenen Erkenntnisse in ihre Prognosen einfließen lassen. Im Moment schien Phase Zwei planmäßig zu verlaufen.

Erst jetzt nahm sich TITANIA Phase Drei vor, die mit Abstand komplexeste des ganzen Projekts. Zuerst fragte sie die entsprechenden Computer in den Zielflughäfen ab, um sich zu vergewissern, dass sich die funkgesteuerten Bakteriophagen-Filter an Ort und Stelle befanden und für ihre sofortige Aktivierung bereit waren. Erst dann machte sich TITANIA an die Revision der prognostizierten Abläufe.

In Phase Zwei kam ein infektiöser Vektor zum Einsatz, der durch Berührung übertragen wurde. Der Phase-Drei-Vektor dagegen wurde über die Atemwege weitergeleitet. Er war aerogen, weshalb seine Verbreitung, wenn er einmal freigesetzt war, wesentlich schneller erfolgen würde und schwerer vorherzusagen war.

Anhand früherer Versuchsdaten wusste TITANIA, wie lange die Inkubationszeit des Crime-Zero-Vektors der Phase Drei im menschlichen Organismus war. Indem sie die Diffusionscharakteristika früherer durch die Luft verbreiteter Pandemien extrapolierte, konnte sie auch die Verbreitung von Phase Drei innerhalb einer bestimmten Population vorhersagen. Als Anhaltspunkte dienten ihr dabei insbesondere die Spanische-Grippe-Epidemie von 1918/19, der fast fünfzig Millionen Menschen zum Opfer gefallen waren, und die jüngsten Ausbrüche der Hongkong-Grippe in den Jahren 1957 und 1961. Indem sie unter Benutzung dieses Basismodells das World Wide Web fortwährend nach empirischen Daten durchsuchte, konnte TITANIA eine Echtzeit-Vorhersage abgeben, wann Crime Zero endgültig abgeschlossen sein würde.

Die ursprüngliche Prognose blieb im Wesentlichen unverändert und setzte den endgültigen Abschluss von Crime Zero weiterhin in etwa drei Jahren an. Vorausgesetzt, es traten keine Abweichungen ein und die menschliche Größe Madeline Naylor kam ihrer nächsten Aufgabe nach, musste TITANIA nur noch zum festgesetzten Zeitpunkt Phase Drei einleiten und warten, dass die letzten Dominosteine fielen.

Als TITANIA ihren Lagebericht per E-Mail an Alice Prince und Madeline Naylor schickte, hatte sie keinen Begriff von den moralischen Aspekten dessen, was sie tat; alles, was sie wusste, war, dass es technisch möglich und zunehmend unausweichlicher war.

Weißes Haus, Washington, D.C.
Donnerstag, 6. November 2008. Mittag

Direktor Naylor mochte es nicht, geküsst zu werden. Bei gesellschaftlichen Anlässen versuchte sie es immer zu umgehen, Leute nach europäischem Brauch mit einem Kuss auf jede Wange zu begrüßen – ob nun angedeutet oder richtig. Ein Händedruck genügte. Aber bei dem Champagnerempfang im Weißen Haus, den Bob Burbank im prunkvollen East Room abhielt, ließ sich Madeline Naylor küssen. Sie hielt dem Präsidenten ihr Gesicht sogar so hin, dass seine Lippen flüchtig die ihren streiften. Und Alice Prince beobachtete sie dabei mit halb entsetztem, halb fasziniertem Gesicht.

In dem Saal mit den böhmischem Kristalllüstern und dem Fontainebleau-Parkettboden war die Schar der Getreuen versammelt, die zu Pamela Weiss' Wahlsieg beigetragen hatten. Wahlkampfberater, Sekretäre, Wahlhelfer und ein paar Journalisten standen in bunt gemischten Gruppen beisammen und gratulierten sich gegenseitig, während livrierte Kellner Tabletts mit Kanapees und Champagner herumtrugen.

Naylor stand mit Alice Prince, Pamela Weiss und Bob Burbank zusammen, während sich dessen Frau Nora mit Weiss' Mann Alan und dem Wahlkampfleiter Todd Sullivan unterhielt.

Der Präsident sprühte vor Charme und Jovialität und bedachte Prince und Naylor mit seinem besten Gregory-Peck-Lächeln. »Nachdem Sie beide ja eigentlich die wahren Helden dieses grandiosen Wahlsiegs sind, könnten Sie vielleicht auch mal einem einfachen Jungen vom Land wie mir erklären, *wie* Conscience nun eigentlich funktioniert?«

»Da dürfen Sie mich nicht fragen«, sagte Naylor lächelnd und widerstand der Versuchung, sich die Lippen zu lecken. Der Präsident war kein einfacher Junge vom Land und seinen Charme ließ er nur deshalb so großzügig spielen, weil ihn Project Conscience gut dastehen ließ – als einen visionären Präsidenten, dem sein Platz in den Geschichtsbüchern sicher war. Aber das sollte Madeline Naylor nur recht sein. Dank seiner aufgesetzten Liebenswürdigkeit hatte sie bereits in die Tat umsetzen können, weswegen sie hergekommen war.

Sie wandte sich Alice Prince zu, die inzwischen den Schock, den sie beim Anblick von Libbys Leiche erlitten hatte, einigermaßen verdaut hatte. Das Begräbnis lag bereits zwei Tage zurück und sie war allmählich etwas gefasster. Wie zu erwarten, hatte sie sich zunächst gesträubt, an der heutigen Veranstaltung teilzunehmen, sodass Madeline Naylor sie an ihre Pläne hatte erinnern müssen. »Es ist die Wissenschaft, der wir zu verdanken haben, dass Conscience funktioniert«, sagte sie und lächelte Alice an.

»Und?« Burbank wandte sich Alice Prince zu. »Können Sie es mir erklären?«

Alice Prince sah Madeline Naylor an und dann wieder den Präsidenten. »Vektoren, Mr. President.«

»Vektoren?«

»Ja, virale Vektoren«, sagte Alice Prince nervös. Sie war sichtlich verärgert, dass Madeline Naylor sie ins Scheinwerferlicht gerückt hatte. »Wissen Sie, Mr. President, bei Project Conscience geht es vor allem darum, die richtige Regulatorsequenz in die richtigen Zellen zu transportieren, und zu diesem Zweck muss ich ein geeignetes Virus entwickeln. Wie eine Mischung aus einem Paket und einem Marschflugkörper kann ein viraler Vektor jede beliebige DNS, die ich ihm einsetze, befördern und an seinem Ziel abliefern. Virale Vektoren verändern die Gene. Mit ihnen kann ich einen Menschen von Grund auf neu gestalten.«

Burbank nahm einen Schluck Champagner. »Wie hoch ist ihre Zielgenauigkeit?«

»Also, je nach Bedarf kann ich ein Virus kreieren, das einen bestimmten Querschnitt der Menschheit oder eine bestimmte Person oder auch nur einen bestimmten Zellentyp befällt.«

»Soll das heißen, es ignoriert jedes andere Ziel und trifft nur, was es treffen soll? Wie eine intelligente Bombe?«

»Darauf läuft es hinaus.«

»Wäre schön, wenn wir bei der Lösung der Irak-Krise auch so präzise vorgehen könnten.«

In diesem Moment schlug die Stimmung um. Die sich zuspitzende Lage in Nahost warf einen Schatten auf die Feier.

»Ja, wie ist der neueste Stand?«, fragte Alice Prince.

Burbank zuckte mit den Achseln und Naylor glaubte Erleichterung in seinem Blick zu entdecken, als wäre er froh, diesen speziellen Kommandostab im neuen Jahr seiner Nachfolgerin übergeben zu können. »Also, wir tun alles in unserer Macht Stehende. Ich kann nur hoffen, dass der Rais doch noch Vernunft annimmt. Aber wie Sie wissen, ziehen nördlich des zweiunddreißigsten Breitengrads weiterhin irakische Truppen auf.«

»Ihm ist doch sicher klar, dass die Alliierten seine Truppen aufhalten werden, wenn sie diese Linie, egal aus welchem Grund, überschreiten?«, sagte Alice Prince.

Burbank nickte. »Aber ja doch. Im Golf liegen neben unseren eigenen auch schon französische und britische Flugzeugträger bereit. In Saudi-Arabien, Kuwait und der Türkei befinden sich Truppen und Kampfflugzeuge in Alarmbereitschaft. Wir sind auf seinen Angriff vorbereitet, aber es scheint ihn nicht zu kümmern.«

»Warum nicht?«, fragte Alice Prince.

»Er hat uns gedroht, jegliche Versuche, seine Wiederinbesitznahme der, wie er sie nennt, irakischen Provinz Kuwait zu verhindern, als schwere Provokation zu betrachten und zum Anlass zu nehmen, ›entsprechende Gegenmaßnahmen‹ zu ergreifen.«

»Aber er hat doch keine Kernwaffen, oder?«

»Nein, noch nicht. Atomwaffen hat er keine. Aber wir glauben, dass er über ein recht beachtliches Arsenal an biologischen Kampfstoffen verfügt. Trotz aller unserer Inspektionen nimmt unser Geheimdienst an, dass er irgendetwas Besonderes in der Hinterhand hat.«

»Und wenn der irakische Präsident eine solche Wunderwaffe zum Einsatz bringt?«

Burbank runzelte die Stirn. »Dann bleibt den Alliierten kaum eine andere Wahl, als Atomwaffen einzusetzen und Bagdad dem Erdboden gleichzumachen.«

Als Naylor sich Pamela Weiss zuwandte, entging ihr nicht,

dass sie dieses sehr reale Szenario mit sichtlicher Besorgnis erfüllte. Die erste Präsidentin der Vereinigten Staaten zu werden war gewiss schön, aber die erste zu werden, die im Groll eine Atomrakete abfeuerte, war eine andere Sache.

Wie um den Ernst der Lage zu unterstreichen, erschien ein groß gewachsener Afroamerikaner in Paradeuniform an Burbanks Seite. General Linus Cleaver war der Vorsitzende der Vereinigten Stabschefs. »Mr. President, könnte ich Sie bitte kurz sprechen?«

Kaum hatte Burbank die Nachricht erhalten, wandte er sich schon wieder Pamela Weiss zu, um ihr, immer noch lächelnd, ins Ohr zu flüstern. Aber Naylor verstand trotzdem, was er sagte. »Tut mir leid, die Feier unterbrechen zu müssen, aber es ist gerade etwas über die Irak-Krise reingekommen. Ich habe im Konferenzzimmer eine Besprechung einberufen. Ich finde, Sie sollten auch daran teilnehmen. Wir müssen in der Übergangsphase eine geschlossene Front bilden. Ich schlage vor, wir treffen uns in zehn Minuten im Oval Office.«

Naylor beobachtete, wie Weiss die Zähne zusammenbiss. »Danke, Bob, ich werde kommen.« Burbank lächelte noch einmal, bevor er auf den Vorsitzenden der Vereinigten Stabschefs zuging. Bei ihm waren Außenminister Jack Manon und Verteidigungsminister Dick Foley.

»Alles okay, Pamela?«, fragte Alice Prince.

»Ja. Aber wie es aussieht, sind meine Flitterwochen bereits vorbei. Wir sehen uns später.«

»Alles Gute«, sagte Naylor und beobachtete, wie sich Pamela von ihrer Familie verabschiedete, bevor sie auf die Tür zuging, die zum Oval Office führte. Kurz bevor Pamela Weiss die Tür erreichte, löste sich ein stämmiger rotblonder Mann in einem dunklen Anzug aus dem Menschengewühl und folgte ihr. Naylor wusste, es war Toshack, der für ihren Schutz zuständige Secret-Service-Mann. Sie mochte ihn nicht. Er zeigte ihr gegenüber nie Angst, nur Höflichkeit. Und da er dem Secret Service angehörte, unterstand er nicht ihrer Befehlsgewalt.

Und dann, gerade als Weiss die Tür erreichte, stellte sich

ihr plötzlich ein auffallend dünner Mann mit lockigem Haar in den Weg und reichte ihr die Hand. Toshack reagierte sofort, schritt aber nicht ein. Alle Anwesenden waren überprüft und durchsucht worden. Weiss schüttelte dem Mann die Hand, ging aber weiter. Offensichtlich hatte sie nicht die Absicht, stehen zu bleiben. Der Mann, der sie lächelnd ansah, schien ihr zu gratulieren.

»Wer ist das?«, fragte Alice Prince die FBI-Direktorin.

Naylor kniff die Augen zusammen und beobachtete die beiden einen Moment, bevor sie nickte. »Ein Journalist, glaube ich. Du weißt schon, er schreibt für *Vanity Fair*. Er hat vor drei Jahren auch mal ein Interview mit Pamela gemacht, als sie von den Demokraten als Bewerberin für das Weiße Haus nominiert wurde. Es kam damals in allen Zeitschriften ganz groß raus. Hat ihr sehr genützt. Hank … äh, Butcher, glaube ich.«

Plötzlich blieb Weiss abrupt stehen und das Lächeln auf ihren Lippen verflog. Butcher sagte etwas und Weiss hörte aufmerksam zu. Dann warf Weiss einen raschen Blick in Naylors Richtung, bevor sie, wieder an den Journalisten gewandt, den Kopf schüttelte und auf ihre Uhr deutete. Nach dem Austausch einiger weiterer Worte zog der Journalist einen Umschlag aus seiner Jacke und reichte ihn ihr. Dann schüttelten sie sich die Hände und Butcher entfernte sich. Weiss sah rasch in den Umschlag und rief Toshack zu sich. Sie sagte kurz etwas zu ihm, dann drehte sie sich um und verließ den Saal.

»Was hat das zu bedeuten?«, fragte Alice Prince Madeline Naylor. »Sie war ja nicht gerade begeistert.«

Zu Naylors Überraschung drehte sich Toshack um und kam auf sie und Alice Prince zu. Der Secret-Service-Mann war höflich, lächelte aber nicht, als er sie ansprach: »Entschuldigen Sie, Dr. Prince und Direktor Naylor, aber Governor Weiss bittet Sie noch heute Abend um eine Unterredung. Sie möchte dringend über etwas mit Ihnen sprechen, was Project Conscience betrifft. Um acht Uhr in Ihrem Büro, Direktor Naylor?«

»In Ordnung«, sagte Naylor mit einem verkrampften Lächeln. Alice Prince befingerte nervös ihren Anhänger.

»Sie hat auch eine Frage an Sie«, sagte der Agent mit ausdrucksloser Miene.

»Ach ja?«, entgegnete Naylor. »Und die wäre?«

»Wer ist Dr. Kathy Kerr?«

22

Mandrake Hotel, Washington, D. C.
Am selben Tag. 13 Uhr 17

Hank Butcher war sehr zufrieden mit sich, während er in der Tiefgarage des neuen Mandrake Hotel, in dem er sich letzte Nacht einquartiert hatte, zu seinem Leihwagen ging. Das Material, das Decker ihm über verschiedene Ungereimtheiten bei Project Conscience zukommen ließ, hatte ausgereicht, sich der Aufmerksamkeit der neu gewählten Präsidentin zu versichern und sie sichtlich aus der Fassung zu bringen. Und mit weiteren Beweisen, die Decker ihm in Aussicht gestellt hatte, würde er eine klasse Story an der Hand haben.

Seine Story.

Etwas, das die Watergate-Affäre und den Lewinsky-Skandal des letzten Jahrhunderts mühelos in den Schatten stellen konnte. Und wenn er es geschickt anstellte, würde es ihm als sein Verdienst angerechnet, die erste Präsidentin der Vereinigten Staaten entlarvt zu haben – *bevor* sie überhaupt ins Amt eingesetzt wurde.

Er blies sich in die Hände. Seit dem Wahltag waren die Temperaturen stark gesunken. Washington befand sich im Griff einer Kältewelle und es war Schnee vorhergesagt. Nachdem er in seinen Wagen gestiegen war, öffnete er seine Aktentasche und prüfte sein Flugticket. Der American-Airlines-Flug vom National Airport nach San Francisco ging in eineinhalb Stunden.

Er nahm sein Handy heraus und drückte eine Kurzwahltaste. Da Deckers Telefon ausgestellt war, hinterließ er ihm eine Nachricht.

»Hi, Luke; hier Hank. Ich habe mit Weiss gesprochen. Sie

hat sehr überzeugend auf schockiert gemacht. Ich würde sogar so weit gehen zu sagen, dass sie nichts von der Sache weiß. Gib mir Bescheid, wenn du den restlichen Kram hast. Ich müsste heute Abend wieder zu Hause sein.«

In diesem Moment betrat eine hoch gewachsene Gestalt die verlassene Tiefgarage. Eine Frau in einem dicken Wintermantel. Obwohl er ihr Gesicht erkannte, konnte er zunächst nicht glauben, dass sie es wirklich war. Sie war selten allein, normalerweise immer von ihrem Gefolge umringt. Sie blieb stehen und sah auf ihre Uhr, als ärgerte sie sich, dass die Person, die sie abholen sollte, noch nicht da war. Sie musste im Mandrake an einem geheimen Treffen teilgenommen haben. Es wäre nicht das erste Mal, dass in dem diskreten Hotel irgendwelche inoffiziellen Abmachungen getroffen wurden. Um vor neugierigen Blicken verborgen zu bleiben, hatte sie wahrscheinlich angeordnet, dass man sie hier unten abholte.

Butcher hatte schon bei dem Empfang im Weißen Haus überlegt, ob er sie ansprechen sollte, sich dann aber dafür entschieden, erst die Reaktion der frisch gewählten Präsidentin abzuwarten. Außerdem hatte ihm Decker eingeschärft, unbedingt die Finger von ihr zu lassen, solange sie nicht mehr wussten. Aber diese Gelegenheit konnte er sich unmöglich entgehen lassen. Er öffnete die Tür.

»Direktor Naylor?«

Sie war erschrocken und auf der Hut, als sie sich zu ihm herumdrehte. »Ja?«

»Mein Name ist Hank Butcher. Ich habe Sie auf dem Empfang im Weißen Haus gesehen. Dürfte ich Ihnen ein paar Fragen stellen?«

Sie bedachte ihn mit einem vernichtenden Blick. »Sie können so viele Fragen stellen, wie Sie wollen, aber ich bezweifle, dass ich sie Ihnen beantworten werde. Ich habe es eilig.« Mit einem erneuten Blick auf die Uhr wandte sie sich von ihm ab und dem Ausfahrtschild zu.

Er stieg aus dem Wagen. »Kommen Sie, Direktor. Nur ganz kurz. Es dreht sich um Project Conscience. Eigentlich wollte ich Sie schon im Weißen Haus danach fragen, aber zuerst wollte ich Pamela Weiss' Stellungnahme hören.«

»Tut mir leid, aber ich habe es, wie gesagt, eilig. Ich muss zum National.« Sie zog ein Handy aus der Tasche.

»Nein, rufen Sie keinen Wagen. Ich muss auch zum Flughafen. Ich nehme Sie gern mit. Dann können wir uns unterwegs unterhalten, einverstanden?«

»Lieber nicht.«

Butcher bedachte sie mit einem verschlagenen Grinsen. »Und wenn ich Ihnen sage, dass ich alles weiß über die Vertuschungsversuche in Zusammenhang mit Project Conscience? Und dass ich alle Beweise bekommen werde, die nötig sind, um den ganzen Schwindel auffliegen zu lassen? Weigern Sie sich auch dann noch, mit mir zu sprechen?«

Ihm entging die Bestürzung in ihrer Miene nicht, als sie die Augen zusammenkniff. »Und wenn ich Ihnen sage, Sie wurden falsch informiert, und zwar von Leuten, die die wichtigste Initiative zur Verbrechensbekämpfung seit der Einführung des genetischen Fingerabdrucks sabotieren wollen?«

Butcher öffnete die Beifahrertür seines Wagens. »Nun, ich würde sagen, vielleicht haben Sie Recht. Aber dazu muss ich Ihre Version der Geschichte hören. Die neu gewählte Präsidentin war für eine unmittelbare Stellungnahme zu beschäftigt, vielleicht können Sie eine abgeben.«

Naylor zögerte einen Moment, bevor sie resigniert seufzte. »Na schön. Wenn ich nur meinen Mitarbeitern noch kurz Bescheid sagen dürfte, wo ich bin.« Sie hielt das Handy an ihre Lippen und sprach kurz hinein. »Aber, Mr. Butcher«, fuhr sie fort, »was ich Ihnen erzählen werde, bleibt unter uns. Und ich erzähle es Ihnen nur, damit Ihnen klar wird, warum diese Initiative nicht sabotiert werden darf.«

»Ganz wie Sie meinen«, sagte er, als sie in den Wagen stieg.

Bis sie den Potomac erreichten, hatte es zu schneien begonnen. Doch Butcher achtete nicht auf die großen Flocken, die vom Himmel fielen.

»Also, dann erzählen Sie mir, was es mit Dr. Kerr wirklich auf sich hat. Sie hat schwere Anschuldigungen gegen Sie erhoben.«

»Sehen Sie, Dr. Kerr ist unbestritten eine hervorragende Wissenschaftlerin und in der Anfangsphase wäre Conscience ohne ihre Arbeit nicht möglich gewesen, aber in den letzten sechs Jahren wurde sie menschlich immer unberechenbarer. Nach ihren anfänglichen bahnbrechenden Leistungen blieb ihrer Arbeit zusehends der Erfolg versagt und die meisten Fortschritte im Rahmen des Projekts gingen auf das Konto von Dr. Alice Prince, nicht auf ihres. Gerade in letzter Zeit wurde sich Dr. Kerr ihres Stellenwerts innerhalb des Projekts, das sie nach wie vor als das ihre betrachtet, immer unsicherer.

Deshalb schlug Alice Prince ihr vor, dass jede von ihnen die Verdienste an dem Projekt zu gleichen Teilen für sich in Anspruch nehmen sollte; Kathy Kerr jedoch verlangte eine jedes vernünftige Maß sprengende finanzielle Entschädigung sowie die ganze Anerkennung für sich allein; andernfalls, drohte sie, werde sie alles hinwerfen. Selbstverständlich können wir nicht zulassen, dass ein so wichtiges Projekt wie dieses von einer einzigen Person sozusagen als Geisel genommen wird – egal, wie viel sie dazu beigetragen haben mag. Deshalb haben wir ihre Kündigung angenommen, doch jetzt versucht sie anscheinend das ganze Projekt zu diskreditieren.«

Im dichter werdenden Schneegestöber tauchte der Flughafen vor ihnen auf. »Sie behauptet, Sie hätten sie in einer Nervenklinik einsperren lassen.«

Naylor lachte auf. »Haben Sie für diesen Unsinn Beweise? Ich habe Sie eigentlich immer für einen seriösen Journalisten gehalten.«

»Kathy Kerr ist nicht die Einzige, die behauptet, Sie hätten sie in eine Anstalt gesteckt. Ich habe einen Zeugen.«

»Ach ja? Wen?«

»Seinen Namen darf ich Ihnen nicht nennen«, erwiderte er. »Noch nicht, jedenfalls.«

»Hören Sie, Mr. Butcher, wie sollte jemand etwas bestätigen können, was nicht den Tatsachen entspricht, es sei denn, er lügt. Ich haben Sie nach Beweisen gefragt, nicht nach irgendwelchen Behauptungen vom Hörensagen.«

»Ich erwarte jeden Moment weitere Beweise«, sagte Butcher. »Dr. Kerr sagt, sie hat Aufzeichnungen, die zehn Jahre zurückreichen.«

Sie näherten sich dem Hauptterminal und den Abgabestellen für die Leihwagen. Als Butcher sich Direktor Naylor zuwandte, um sie zu fragen, wo sie abgesetzt werden wollte, griff sie ruhig in ihre Jacke, zog mit einer einzigen schnellen Bewegung eine Pistole heraus und hielt sie ihm an den Unterleib. »Bitte nehmen Sie die Einfahrt für die Langzeitparker, Mr. Butcher. Wenn Sie nicht genau tun, was ich sage, drücke ich ab.« Die Pistole wurde fest gegen seine Hoden gedrückt, aber trotzdem dauerte es ein oder zwei Sekunden, bis er eine Reaktion zeigte. Sein Verstand konnte einfach nicht fassen, was geschah.

Butcher atmete abrupt aus und Director Naylor beobachtete zufrieden, wie sein Grinsen verflog und sein Gesicht blass wurde.

Es war nicht leicht gewesen, Butcher glauben zu machen, er sei der Räuber und sie die Beute. Aber sie hatte keine andere Wahl gehabt. Weil sie rasch und unauffällig herausfinden wollte, was er wusste, konnte sie Butcher nicht ihren Schergen überlassen.

Unmittelbar nachdem Toshack sie nach Kathy Kerr gefragt hatte, hatte sie mit Jackson telefoniert. Kerr war verabredungsgemäß Dr. Peters übergeben worden. Naylor hatte Dr. Peters nicht erreichen können, aber Peters konnte Kathy nicht freigelassen haben; dafür stand für ihn zu viel auf dem Spiel. Sie musste herausbekommen, wer sie befreit hatte und warum. Schon die bloße Vorstellung, Kathy Kerr könnte Pamela alles erzählen, versetzte sie in Panik. Dazu durfte es auf keinen Fall kommen.

Um herauszufinden, wo Hank Butcher in Washington wohnte, hatten zwei Anrufe genügt. Sie erfuhr, dass er am Morgen sein Zimmer im neu eröffneten Mandrake Hotel bezahlt und einen Platz in der 16Uhr46-Maschine der American Airlines vom National Airport nach San Francisco gebucht hatte; sein Leihwagen stand in der Tiefgarage des Hotels.

Nach einer kurzen Unterredung mit Alice, in der sie abgesprochen hatten, was sie Pamela Weiss am Abend erzählen würden, hatte sie ein Taxi zum Mandrake genommen und dort gewartet. Sobald Butcher sie entdeckt hatte, war alles Weitere ganz einfach gewesen.

Jetzt konnte *sie ihn* interviewen.

»Was soll das?«, fragte er, seine Stimme mindestens eine Oktave höher als zuvor. »Sie glauben doch nicht im Ernst, dass Sie damit durchkommen? Ich bin Journalist, Herrgott noch mal.«

»Seien Sie still und fahren Sie zum Langzeitparker-Parkplatz.«

Inzwischen schneite es so stark, dass die Sicht nur noch wenige Meter betrug. Butcher redete weiter beschwörend auf sie ein, während er, ihren Anweisungen folgend, durch die automatische Sperre fuhr und schließlich, umgeben von hunderten bereits dick eingeschneiter Autos, in der Mitte des riesigen Areals parkte. Sein Gesicht leuchtete grünlich und war von einer glänzenden Schweißschicht überzogen, als er den Motor abstellte und sich ihr zuwandte. An seinen Augen konnte sie ablesen, dass er einer Panik nahe war. Gut.

»Geben Sie mir die Schlüssel.«

Er zog den Schlüssel ab und gab ihn ihr. »Was wollen Sie?«, fragte er.

»Wer hat Kerr aus dem Sanctuary befreit?«

»Das kann ich Ihnen nicht sagen. Ich habe ihm versprochen, es nicht zu verraten. Ich muss meine Quellen decken.«

Sie drückte die Pistole fester in seinen Unterleib, bis er vor Schmerzen das Gesicht verzog. »An Ihrer Stelle würde ich im Moment an etwas anderes denken als an Ihre Quellen. Glauben Sie mir, Mr. Butcher, wenn Sie mir nicht sagen, was ich wissen will, werde ich Sie erschießen und mich dazu in jeder Hinsicht berechtigt fühlen. Wir haben etwas in Angriff genommen, das für das künftige Überleben unserer Spezies von entscheidender Bedeutung ist. Etwas, das viel zu wichtig ist, als dass wir einigen wenigen gestatten könnten, es zu sabotieren.«

Inzwischen hatte Butcher die Hosen wirklich voll. »Aber wenn ich es Ihnen sage, woher weiß ich, dass Sie mich nicht trotzdem erschießen?«

»Mein Gott, Ihr Journalisten müsst immer Fragen stellen. Sie können es nicht wissen. Aber ich versichere Ihnen, wenn Sie es mir nicht sagen, werden Sie mich noch anflehen, Sie zu erschießen.«

Sie blickte ihm in die Augen und entsicherte die Pistole.

»Okay, okay, ich sage es Ihnen. Er heißt Luke Decker; er hat sich telefonisch mit mir in Verbindung gesetzt.«

»Decker? Special Agent Luke Decker? Im Ernst?«

»Ja. Er hat mir erzählt, wie er Kathy Kerr aus dem Sanctuary befreit hat und wie die FDA getäuscht wurde. Und auch, dass Axelmans Tod wahrscheinlich eine Panne war, die Sie vertuschen wollten – oder auch irgendetwas anderes.«

»Hat er Ihnen gesagt, was dieses ›Irgendetwas anderes‹ sein könnte?«

»Nein, er hat nur gesagt, Kathy Kerr hätte einen ganz bestimmten Verdacht, aber nichts Konkretes. Das war auch, wonach ich Pamela Weiss auf dem Empfang gefragt habe, aber sie schien nichts darüber zu wissen.«

Naylor grinste. »Oh, das ist tatsächlich so, Mr. Butcher; sie weiß absolut nichts über diese Geschichte. Und so soll es auch bleiben. Würden Sie jetzt bitte aussteigen.«

Über sein Gesicht huschte ein Ausdruck der Erleichterung, gefolgt von neu erwachender Angst. »Warum? Was haben Sie mit mir vor?«

»Mr. Butcher, steigen Sie aus dem Wagen oder ich erschieße Sie da, wo Sie gerade sitzen. Wenn Sie weglaufen oder um Hilfe rufen, erschieße ich Sie. In diesem Schneesturm wird Sie außerdem sowieso niemand sehen oder hören.«

Sobald er ausgestiegen war, dirigierte sie ihn nach hinten. »Öffnen Sie den Kofferraum.«

Zitternd vor Angst und Kälte kam er ihrer Aufforderung nach. Im Kofferraum waren ein kleiner Koffer und ein Laptop. Ansonsten war er leer.

»Steigen Sie in den Kofferraum.«

»Bei der Kälte?«

»Los! Oder ich erschieße Sie.«

Einen Augenblick dachte sie, er würde sich sträuben, aber dann setzte er sich auf die Stoßstange und ließ sich von ihr in den Kofferraum stoßen. Dort blieb er dann zitternd liegen, blickte durch seine Brille zu ihr hoch und sah sie flehentlich an.

»Zum Schluss noch zwei Dinge zu Ihrem Trost«, sagte sie. »Erstens sterben Sie nicht nennenswert früher, als Sie das ohnehin gemusst hätten. Zweitens kommen Sie im Vergleich zu dem, was ich mit Dr. Kerr und Special Agent Decker anstellen werde, noch gut weg.« Damit feuerte sie eine perfekt platzierte Kugel in Butchers Stirn und schloss den Kofferraum.

Nachdem sie sich vergewissert hatte, dass niemand sie in dem Schneetreiben auf dem riesigen Parkplatz beobachtete, nahm sie ein Schweizer Messer aus ihrer Innentasche und schraubte damit die Nummernschilder des Leihwagens ab. Sie tauschte das hintere gegen das eines Saab aus, der zehn Autos weiter stand, das vordere gegen das eines Chevy zwei Reihen weiter hinten. Der ganze Vorgang dauerte zwölf Minuten, aber er sollte dafür sorgen, dass Hank Butchers Leihwagen, und damit auch seine Leiche, wochenlang nicht gefunden wurde, vor allem, wenn das Wetter weiter kalt blieb. Und dann würde es keine Rolle mehr spielen.

Auf ihrem Weg zu dem Wartehäuschen für den Zubringerbus drehte sie sich immer wieder um und beobachtete, wie ihre Fußspuren im unablässig fallenden Schnee verschwanden. Trotz der Gefahr, sich zu exponieren, war es ein befriedigendes Gefühl, einen Job persönlich erledigt zu haben und das auch noch gut. Es erinnerte sie an ihre Anfangszeit als Agentin, als sie eine der Besten ihrer Klasse an der FBI-Akademie in Quantico war und in den ersten sechs Monaten zwei Mordfälle zu lösen geholfen hatte; allerdings hatte sie damals für ihre Bemühungen eine Kugel ins linke Bein und eine in die rechte Schulter verpasst bekommen. Sie empfand keinerlei Reue über ihre Tat. Sie war notwendig und auf lange Sicht würden die moralischen Aspekte keine Rolle mehr spielen. Im Schutz des Wartehäuschen holte sie ihr Handy heraus und wählte Associate Director Jacksons Nummer.

»Jackson«, ordnete sie an, als er abnahm, »finden Sie Dr.

Peters und beseitigen Sie ihn. Er hat unseren Gast entkommen lassen. Dann finden Sie Luke Decker. Dr. Kerr wird bei ihm sein.«

»Decker?«

»Ja, derselbe Decker, der Sie jedes Jahr beim Schießwettbewerb in Quantico schlägt. Finden Sie beide und bringen Sie sie zu mir. Natürlich darf außer Ihren Leuten sonst niemand beim FBI davon erfahren. Klar?«

»Ja. Aber was ist, wenn ich sie Ihnen nicht lebend bringen kann?«

Naylor blickte auf, der Zubringerbus näherte sich durch das Schneetreiben. Sie sah auf die Uhr und überschlug rasch, dass ihr, wenn sie vom Terminal ein Taxi nahm, noch genügend Zeit bliebe, um sich vor dem Treffen mit Pamela Weiss mit Alice abzusprechen.

»Direktor«, drängte die Stimme am Telefon, »kann ich sie töten, wenn es sein muss?«

Als Madeline Naylor zu den endlosen Reihen von Autos zurückblickte, war sie schon nicht mehr in der Lage festzustellen, in welchem sich die rasch erkaltende Leiche Hank Butchers befand. »Natürlich können Sie das, Jackson. Sie können machen, was Sie wollen. Nur sehen Sie zu, dass Sie sie erwischen.«

23

Irak. Am selben Tag. 22 Uhr 07

Der Präsidentenpalast in Babylon, hundert Kilometer südlich von Bagdad, war eine von fünfzig Residenzen, die seit dem Krieg von 1990 gebaut worden waren. Seine hemmungslose Prachtentfaltung erschien obszön in einem Land, in dem viele Menschen wegen der anhaltenden internationalen Sanktionen in bitterer Armut lebten. Die älteren Paläste mitgezählt, besaßen der Rais und seine Familie inzwischen achtzig solcher Residenzen im ganzen Land.

Dr. Jewgenia Krotowa stand in einem der militärischen

Planungsräume und verlagerte das Gewicht ihres massigen Körpers von einem Fuß auf den anderen, während sie die sechs mit abgeschaltetem Ton laufenden Fernsehbildschirme an der hinteren Wand betrachtete; auf jedem lief ein anderer Kabelsender. Diese flackernden Bilder aus der modernen Welt standen in krassem Gegensatz zum altmodischen Prunk des Palasts – zu seinen Marmorsäulen und dicken Teppichen, zu den vergoldeten Stühlen und dem Alabasterspringbrunnen in dem hell erleuchteten Innenhof, in den man durch die Bogenfenster hinausblickte.

Die protzige Zurschaustellung von Reichtum beeindruckte Jewgenia Krotowa nicht. Seit sie ihre Seele dem Teufel verkauft hatte, konnte sie nichts mehr schockieren. Vor zehn Jahren war sie stellvertretende Leiterin des staatlichen russischen Forschungszentrums für Virologie und Biotechnologie in Koltsowo gewesen und hatte an einem illegalen Projekt zur Entwicklung biologischer Kampfstoffe mitgewirkt. Aber Russland war arm und nicht einmal in der Lage, ihr das magere Gehalt zu zahlen, das ihr von Rechts wegen zustand. Der Irak hatte den Iran und Nordkorea überboten, um sich neben Krotowas Fachwissen auch der Geheimnisse zu versichern, die sie mit sich außer Landes schaffen konnte.

In einer bitterkalten Januarnacht des Jahres 1998 war Jewgenia schließlich mit ihrem Mann und ihren drei Töchtern geflüchtet, um die nächsten zehn Jahre das gigantische Forschungsprojekt zu leiten, das der Irak zur Entwicklung biologischer Kampfstoffe ins Leben gerufen hatte. Sie verdiente mehr Geld, als sie je würde ausgeben können, und hatte ein gutes Leben, aber sie war eine streng bewachte Gefangene, ein gekaufter Besitz des Rais. Es war ihr verboten, das Land zu verlassen, und ihre Familie wurde ständig überwacht. Doch Dr. Jewgenia Krotowa gestattete sich nicht, ihre Entscheidung infrage zu stellen. Reue brachte niemandem etwas.

Jetzt allerdings steckte sie in Schwierigkeiten. Aziz war gestorben, bevor er die sich häufenden Todesfälle bei der Republikanischen Garde hatte aufklären können, und weil er sie in seine Nachforschungen einbezogen hatte, war nun sie in den Palast bestellt worden, um mit Antworten aufzuwarten. Die Trauer, die sie über Aziz' Tod verspürt haben mochte, wurde von ihrer Frustration bei weitem übertroffen. Nun war es an ihr, den drei Generälen das Unerklärliche zu erklären. Warum hatte ihr Aziz nicht wenigstens ein paar Anhaltspunkte hinterlassen, bevor er gestorben war? Ihr einziger Trost war, dass nur die Generäle hier waren und nicht der Rais selbst.

Nachdem sie die Generäle begrüßt hatte, blieb sie in der Mitte des Raums stehen. Es war spät und sie war müde. Sie wollte sich setzen, aber sie wurde nicht gebeten, auf einem der bequem aussehenden Stühle um den langen Tisch Platz zu nehmen. Stattdessen ließen sie sie stehen und befragten sie weiter. Stirnrunzelnd versuchte sie, nicht auf die flackernden Bildschirme über den Schultern der Generäle zu achten und sich auf ihre Fragen zu konzentrieren.

»Dr. Krotowa, wissen Sie nun, was die Ursache ist, oder wissen Sie es nicht?« General Akram war der größte der drei Männer. Er behielt sie scharf im Auge, während er sprach, und seine Stimme war barsch. Obwohl Akram ein Dummkopf war, der seinen Posten nur seiner entfernten Blutsverwandtschaft mit dem Rais zu verdanken hatte, war er angeblich für die medizinischen Belange innerhalb der Armee zuständig.

»Nicht genau, aber ich bin überzeugt, Dr. Aziz war der Lösung des Rätsels sehr nahe. Zuerst dachte er, es wäre eine Folge von Anabolikamissbrauch, doch jetzt ist Aziz selbst gestorben und die Tatsache, dass bei ihm die gleichen Symptome aufgetreten sind, deutet darauf hin, dass die Krankheit, an der diese Männer gestorben sind, ansteckend ist.«

»Ansteckend?«, fragte General Rashani, ein kleiner kahlköpfiger Mann mit Brille. Er hörte sich skeptisch an. »Aber diese Männer sind an einer Hirnblutung gestorben oder haben Selbstmord begangen. Wie kann das ansteckend sein?«

»Das ist, was Aziz herauszufinden versuchte. Es könnte ein komplexes Virus oder ein Prion sein oder auch etwas vollkommen Neuartiges, was die DNS und die chemischen Prozesse im Gehirn dieser Männer verändert hat. Aziz schrieb in der Nacht seines Todes seine Erkenntnisse auf. Ich habe versucht, seine Aufzeichnungen zu retten, aber sein Computer ging kaputt und das meiste wurde gelöscht. Aber in den Fragmenten, die wir von seiner Festplatte retten konnten, haben wir, glaube ich, doch etwas gefunden.«

»Aber woran es genau liegt oder wie man es heilen kann, wissen Sie nicht?«

»Noch nicht. Meine Mitarbeiter überprüfen noch einmal alle Tests, die Aziz' Leute an den Patienten durchgeführt haben. Außerdem nehmen wir gegenwärtig gründliche Autopsien an den Gehirnen der Verstorbenen vor, um Genaueres zu erfahren. Aber das erfordert alles Zeit.«

»Diese Zeit haben Sie – haben *wir* – aber nicht mehr. Wir erwarten jeden Moment den Befehl des Rais, gegen Kuwait zu marschieren.«

»Aber Sie können unmöglich einen Feldzug starten, solange wir nicht mehr wissen. Dieses Phänomen ist nicht nur auf die Al-Taji-Kaserne beschränkt. Inzwischen sind mindestens hundert Männer gestorben und es werden immer mehr. Wir müssen unbedingt feststellen, wie weit sich diese Epidemie schon ausgebreitet hat, wenn wir sie eindämmen wollen. Wenn Sie das nicht tun, werden Sie noch mehr Männer verlieren.«

»Im Krieg sterben immer Menschen«, sagte General Akram. »Wenn Sie nicht erklären können, was hier vor sich geht, werden wir wie geplant weitermachen. Wenn diese Krankheit nicht ansteckend ist, ist das Ganze kein Problem. Und wenn sie ansteckend ist, dann erfüllen diese Männer wenigstens noch einen Zweck, bevor sie sterben.«

»Aber das ist …«, setzte sie an, bevor sie der dritte General mit einem finsteren Blick zum Schweigen brachte.

»Das steht hier nicht zur Debatte«, erklärte er.

Jewgenia Krotowa biss sich auf die Lippe und überlegte sich eine geschicktere Verhandlungsstrategie. Es war gefährlich, die Generäle noch mehr gegen sich aufzubringen, als sie das bereits getan hatte. Doch bevor sie etwas sagen konnte, hörte sie eine Englisch sprechende Stimme. Die drei Generäle drehten sich zu der Fernsehwand herum und Jewgenia bemerkte, dass der rechte obere Bildschirm, auf dem CNN lief, laut gestellt war. Die Stimme, die sie hörte, war die des amerikanischen Präsidenten. Er stand auf einem Podest und am unteren Bildschirmrand waren die Worte eingeblendet: *Bob Burbank, live aus dem Weißen Haus*. Hinter ihm waren vier Männer und eine Frau. Einer der Männer trug Uniform. Der Präsident hatte schon ein paar Minuten gesprochen, als Jewgenia, die gut Englisch sprach, sich darauf konzentrierte, seine Ansprache auf dem Bildschirm zu verfolgen.

»Ich hoffe inständig, dass der Präsident des Irak Vernunft annimmt und den zweiunddreißigsten Breitengrad nicht überschreitet. Wenn er es doch tut, sehen sich die Alliierten verpflichtet, seine Offensive zu stoppen. Er soll sich darüber im Klaren sein, dass wir mit aller Entschiedenheit und Härte vorgehen werden, weil wir der festen Überzeugung sind, jedes Zögern würde ihn nur weiter ermutigen. Unsere konventionellen Streitmächte befinden sich in Einsatzbereitschaft, um seine Armee zu vernichten, und wir werden diese Streitmacht *unverzüglich* losschlagen lassen, sobald auch nur ein irakischer Stiefel, Panzer oder Kampfjet diese Linie im Sand überschreitet.«

Das Gesicht des Präsidenten war blass, seine Augen müde. Sein Gesichtsausdruck beunruhigte Jewgenia; es war das Gesicht eines Mannes, der eine schreckliche Wahrheit aussprach.

»Wir wissen, dass der irakische Präsident gedroht hat, mit unkonventionellen Waffen zurückzuschlagen. Dennoch werden wir uns ihm nicht beugen. Wir *dürfen* uns ihm nicht beugen. Das Letzte, was wir wollen, ist, einen Konflikt heraufzubeschwören, geschweige denn, ihn eskalieren zu lassen. Aber der irakische Präsident muss wissen, dass er uns, sollte er auch nur noch einen Schritt weiter gehen, keine andere Wahl lässt, als dies mit allem Nachdruck zu unterbinden. Das Katz-und-Maus-Spiel, das er seit achtzehn Jahren mit der UNO treibt, muss endlich ein Ende finden. Unsere Geduld ist erschöpft.«

Plötzlich wankte Präsident Burbank und wischte sich den Schweiß von der Stirn. Zuerst dachte Jewgenia, seine eigene Rede ginge ihm so nahe, doch dann merkte sie, es war mehr als das. Er sah krank aus. »Während ich das sage, gebietet der Präsident des Irak über das größte Zerstörungspotenzial, das wir je gesehen haben. Sein weiteres Vorgehen wird darüber entscheiden, ob wir zum nuklearen Gegenschlag gegen ihn und sein Land ausholen.« Burbank hielt inne und blickte mit ausgezehrtem Gesicht in die Kamera. »Ich hoffe, er überlegt sich gut, was er tut.«

Nachdem er geendet hatte, trat Stille ein, nicht nur im Palast, sondern auch auf dem Bildschirm, im Besprechungszimmer des Weißen Hauses. Die Generäle reckten die Hälse über die Rückenlehnen ihrer Stühle und starrten auf den Fernseher. In diesem Moment – die Journalisten begannen gerade, ihre Fragen zu stellen – spielte sich vor ihren Augen eine unglaubliche Szene ab. Plötzlich fasste sich Bob Burbank an die Brust und ging in die Knie. Und noch bevor er sich am Rednerpult festhalten konnte, sank er zu Boden. Nach einem Moment des Schocks brach auf dem Bildschirm ein wilder Tumult los. Secret-Service-Männer mit dunklen Sonnenbrillen bildeten einen Kreis um den Präsidenten. Journalisten verließen ihre Plätze, um nach vorn zu stürzen, und die Adjutanten des Präsidenten rannten vollkommen aufgelöst durcheinander.

Nun richtete sich die Kamera auf einen der Männer, die hinter dem Präsidenten gestanden hatten. Der große, dünne Mann, den ein aufgeregter Kommentator als Vizepräsident Smith vorstellte, schien fassungslos, wie gelähmt vor Schrecken. »Ich bin sicher, diese schreckliche Situation wird bald jemand in den Griff bekommen«, erklärte der CNN-Kommentator mehr aus Hoffnung als aus Gewissheit. Aber am entsetzten Gesicht des Vizepräsidenten konnte Jewgenia erkennen, dass der Gezeigte nicht dieser Jemand sein würde.

In diesem Moment ertönte ein lautes Pochen und die Kamera richtete sich wieder auf das Rednerpult. Dort klopfte die Frau, die hinter dem Präsidenten gestanden hatte, mit der Hand auf das Mikrofon und blickte unverwandt in die Kamera. Sie sah auffallend gut aus und hatte das kastanienbraune Haar zu einem fülligen Pony geschnitten. Ihr offenes

Gesicht hatte etwas sehr Energisches, und obwohl sie über den Vorfall nicht weniger schockiert war als alle anderen, hatte sie die Situation voll im Griff.

»Nehmen Sie bitte wieder Platz; diese Ansprache ist noch nicht beendet«, sagte sie. Ihre Stimme war nicht laut, aber sie sprach so ruhig und klar in das allgemeine Durcheinander, dass plötzlich alle innehielten und sich ihr zuwandten. Einer nach dem anderen gingen die Journalisten an ihre Plätze zurück, und als die Secret-Service-Männer und zwei Sanitäter den Präsidenten hochhoben und aus dem Raum trugen, kehrte allmählich wieder Ruhe ein. Ein Mann, offensichtlich der Arzt, kam ans Rednerpult und flüsterte der Frau etwas ins Ohr, worauf sich ihre Brust angesichts dieser neuen Informationen wie zu einem schweren Seufzer hob.

»Ich bin Pamela Weiss, die neu gewählte Präsidentin der Vereinigten Staaten von Amerika. Man hat mich gerade davon in Kenntnis gesetzt, dass Sie eben Zeugen eines Herzinfarkts wurden. Präsident Burbank wird jetzt auf schnellstem Weg ins Krankenhaus gebracht, wo ihm jede nur erdenkliche ärztliche Hilfe zuteil werden wird. Eine umfassende Erklärung erhalten Sie, sobald Genaueres über seinen Zustand bekannt ist.«

Nach kurzem Zögern blickte sie sich nach dem Vizepräsidenten um, der immer noch mit fassungsloser Miene wie versteinert dastand. Pamela Weiss räusperte sich und Jewgenia Krotowa konnte sehen, wie sich die neue Präsidentin innerlich wappnete. Jewgenia konnte nicht umhin, die Frau zu bewundern, als sie fortfuhr: »Ich bin sicher, das ganze Land ist in diesem Augenblick in Gedanken und Gebeten bei unserem Präsidenten und seiner Familie. Aber deswegen soll niemand denken – weder Freund noch Feind –, dass das irgend etwas ändert. Die Haltung der Vereinigten Staaten und der Vereinten Nationen gegenüber dem Irak bleibt unverändert. Das Wort des Präsidenten gilt.«

Darauf wurde der Ton leiser, bis nur noch das stumme Geschehen auf dem Bildschirm zu sehen war. Jewgenia Krotowa drehte sich um. Sie fragte sich, wer den Fernseher bedient hatte. Doch die Generäle saßen, die Hände lose an ihren Seiten, wortlos da und versuchten zu verarbeiten, was sie gerade gehört und gesehen hatten.

Plötzlich drehte sich einer der Stühle an dem großen Tisch und hinter seiner hohen Lehne kam der Rais zum Vorschein. Er war in voller Uniform und hielt eine Fernbedienung in der Hand. Sein dichtes schwarzes Haar und sein Schnurrbart zeigten noch immer keine Spuren von Grau und er hatte dicke Hängebacken. Wie es seine Gewohnheit war, hatte er die Besprechung belauscht, um herauszubekommen, was Krotowa wirklich dachte.

»Jetzt können wir die Offensive auf keinen Fall mehr aufschieben, Dr. Krotowa«, sagte er gut gelaunt. »Wir haben diesen fantastischen Kampfstoff, den Sie entwickelt haben, und wir haben diese einmalige Gelegenheit.« Er lächelte, als er sie ansah, aber sie wusste, der Anlass seines Lächelns war das, was er im Fernsehen gesehen hatte, nicht das, was sie zu den Generälen gesagt hatte.

»General Akram«, fuhr er fort, ohne den Blick von ihr abzuwenden, »Sie und die anderen veranlassen alle nötigen Schritte, um die Invasion wie geplant zu starten. Der Zeitpunkt ist ideal. Egal, was diese neue Präsidentin sagt, die Amerikaner werden abgelenkt sein.«

Dann winkte er Jewgenia Krotowa mit der Fernbedienung zu sich heran, als steuerte er sie damit. »Kommen Sie.«

Nervös ging sie an den Generälen vorbei und blieb vor dem Rais stehen. Lächelnd winkte er sie immer näher zu sich heran, bis sie sich zu ihm hinabbeugte, sodass sein dichter Schnurrbart fast ihre Wange streifte. Sein Atem roch nach kaltem Zigarrenrauch. »Finden Sie heraus, woran diese Soldaten sterben«, flüsterte er, »oder ich bringe Sie und Ihre ganze Familie um.« Das Lächeln wich beim Sprechen nicht von seinem Gesicht, aber sie glaubte jedes Wort, das er sagte.

24

Mendoza Drive, Kalifornien.
Am selben Tag. 19 Uhr 37

Als Kathy und Luke vor Kathy Kerrs abgelegenem Haus am Mendoza Drive auf der Lauer lagen, ahnten sie nichts von den Vorfällen auf dem Capitol Hill. Ihnen ging es im Moment nur darum, unbemerkt in das Haus zu gelangen.

»Sie sind weg«, sagte Decker und stieg wieder ins Auto, nachdem er Kathys Haus zum dritten Mal innerhalb der letzten Stunde gründlich in Augenschein genommen hatte. »Aber wir sollten auf keinen Fall lange bleiben, wenn wir reingehen. Sie finden sicher bald raus, dass du entkommen bist. Fünf Minuten. Wie abgemacht. Nicht länger.«

Kathy, die auf dem Beifahrersitz des gemieteten Ford Taurus saß, nickte wortlos.

Er wandte sich zu ihr. »Bist du sicher, dass du dir das antun willst?«

»Ja«, antwortete sie und blickte unverwandt auf das Haus. Es sah genauso aus wie immer, doch jetzt erschien ihr die weiße Fassade, die sie immer mit so viel Zuneigung betrachtet hatte, düster und unheilvoll, so, als lauerte eine dunkle Bedrohung hinter ihren Fenstern. Plötzlich konnte sie wieder ganz deutlich vor sich sehen, wie ihr Jackson, mit einer Pistole und einer Spritze bewaffnet, hinter der Haustür auflauerte. »Bist du sicher, dass im Haus niemand mehr ist?«

»An sich schon. Ich habe nichts übersehen. Es ist niemand mehr da. Du hast doch keine Alarmanlage oder irgendwelche Lichter, auf die ich achten muss, oder?«

Sie schüttelte den Kopf. »Nein. Aber sollten wir, bevor wir reingehen, nicht lieber noch mal deinen Journalistenfreund anrufen, ob er schon mehr von Pamela Weiss gehört hat?«

Decker griff achselzuckend nach dem Handy, das auf dem Armaturenbrett lag, und wählte eine Nummer. Der Wählton füllte das Wageninnere und dann schaltete sich Hank Butchers Mailbox ein. Decker legte auf. Es hatte keinen Sinn, eine weitere Nachricht zu hinterlassen.

»Mist«, sagte Kathy. »Warum macht er sein Handy nicht wieder an?«

»Nur keine Aufregung. Aufgrund seiner Nachricht wissen wir, dass Pamela Weiss wahrscheinlich nichts mit der Sache zu tun hat. Und vermutlich meldet sie sich erst wieder bei ihm, wenn sie selbst alles nachgeprüft hat. Hank ist nicht schüchtern. Er ruft bestimmt zurück, wenn es etwas Neues gibt. Und wenn er das tut, wird er den Rest deines kostbaren Beweismaterials haben wollen.« Deckers Augen blitzten im Dunkeln, als er sie anlächelte. »Wollen wir?«

Sie holte tief Luft, griff nach dem leeren Stoffbeutel, den sie mitgebracht hatte, und stieg aus. »Gehen wir!«

Sie fischte den Zweitschlüssel unter dem rechten Blumentopf heraus und schloss die Haustür auf. Im Haus war es still und außer dem leichten Geruch von abgestandener Luft schien alles unverändert. Es war, als wären die letzten paar Tage nichts weiter als ein böser Traum gewesen. Sich durch die dunklen Räume vorantastend, führte sie Decker in den hinteren Teil des Hauses.

Sobald sie in den Garten hinaustrat, begann Rocky aufgeregt zu kreischen. Sie konnte ihn im Mondlicht am Maschendrahtgeflecht des großen hölzernen Käfigs stehen sehen. Seine Zähne blitzten weiß, als er sie vor Freude über das Wiedersehen irre angrinste. Sie rannte auf die Tür zu, löste die Verriegelung und betrat den Käfig. Rocky sprang sie schnatternd und kreischend an und warf sie mit seiner stürmischen Umarmung fast um. Als Decker ihr zu Hilfe eilte, wandte sich Rocky abrupt ihm zu und bleckte die Zähne.

»Nicht, Rocky«, sagte Kathy rasch und streichelte Deckers Gesicht. »Er tut mir nichts. Er ist ein Freund.« Decker blieb stehen und rührte sich nicht, während Rocky ihn misstrauisch beschnupperte. Dann streckte der Schimpanse eine lange Hand aus und klopfte ihm derb auf die Schulter. Es war eine widerwillige Geste, die er mehr Kathys als Deckers wegen machte, aber sie signalisierte, dass der Affe den Freund akzeptierte.

Als Kathy Rockys Nahrungsvorräte in dem automatischen Futterspender im hinteren Teil des Käfigs kontrollierte, stellte sie fest, dass sie fast aufgebraucht waren, genauso wie das Wasser im Trinkwasserbehälter daneben. Der Käfig musste sauber gemacht werden, aber ansonsten schien Rocky die Tage der Vernachlässigung bestens überstanden zu haben. Also ging Kathy zu dem Reifen, der von dem Baum in der Mitte des Käfigs hing, griff in den Reifen hinein, tastete nach einem Stück Klebeband und zog es ab. An dem Klebeband war ein Schlüssel befestigt.

Mit dem Schlüssel schloss sie das Vorhängeschloss der Truhe auf und klappte den Deckel hoch. Beim Anblick ihrer Aufzeichnungen und persönlichen Erinnerungsstücke fiel ihr ein Stein vom Herzen – alles unangetastet, alles unversehrt. Sie griff nach dem Stoffbeutel. »Es ist noch alles hier.«

Decker, der Schmiere stand, sah auf die Uhr. »Sehr gut. Dann beeil dich.«

»Nur keine Hektik, es dauert nicht lange. Ich packe nur noch ein paar von Rockys Sachen zusammen und wir können gehen.«

»Rockys Sachen? Warum?«

Sie war damit beschäftigt, ihre Aufzeichnungen durchzusehen und alle wichtigen in den Beutel zu stecken. Zum Schluss stopfte sie auch noch die Disketten hinein. »Wir können ihn doch nicht hier lassen.«

Verärgert schüttelte Decker den Kopf. »Warum denn nicht? Er ist groß und hässlich genug, um auf sich selbst aufzupassen. Herrgott noch mal, Kathy, nicht er steckt in Schwierigkeiten, sondern du. Wo willst du ihn überhaupt unterbringen?«

»Ich kenne in dem Zoo unten in Atascadero jemanden, der sich um ihn kümmert, bis das hier vorbei ist. Komm«, sagte sie beiläufig und nahm den Beutel, »gehen wir.«

Decker runzelte zwar die Stirn, sagte aber nichts, als er sie an der hohen Douglasfichte vorbei zum Haus führte. Sie lächelte zum dunklen sternenfunkelnden Himmel hoch, als Rocky, seine Hand in der ihren, neben ihr herging. Zum ersten Mal seit Tagen schöpfte sie wieder Hoffnung, doch plötzlich ließ Rocky ihre Hand los und verschwand im Dunkeln. Als sie sich erstaunt umdrehte, sah sie noch, wie Decker den

Beutel mit den Disketten und Unterlagen fallen ließ, bevor er sich auf sie warf. Sie landete flach auf dem Boden und wurde von Decker hinter den Stamm der Fichte gezerrt.

Dann hörte sie sie – zwei Männer kamen, sich flüsternd unterhaltend, aus dem Haus. Einer von ihnen hob etwas, das er in seiner Hand hielt, hoch und der ganze Garten wurde in so helles Licht getaucht, dass sie den Blick zu Boden senken musste. Drei Meter neben dem Baumstamm lag, in dem grellen Licht deutlich sichtbar, der Beutel mit ihren Unterlagen; sein Inhalt war über den Rasen verstreut.

»Scheiße«, zischte Decker und drückte sie noch fester gegen den Stamm. »Was wollen die hier?«

»Keine Ahnung«, antwortete sie erschrocken, als erwartete er tatsächlich von ihr, dass sie die Antwort wusste.

»Rambo war wirklich eine große Hilfe«, knurrte Decker.

»*Rocky*«, verbesserte sie ihn automatisch. Die Lampe leuchtete jetzt direkt auf den Baum, hinter dem sie sich versteckten.

Mit finsterem Gesicht zog Decker seine Pistole aus dem Schulterholster. »Wenn du mich fragst, sollte er besser Bambi heißen!«

»Ich hab dir doch gesagt, er ist inzwischen lammfromm.«

»Darauf wäre ich aber an deiner Stelle mal lieber nicht so stolz. Im Moment könnten wir ein bisschen altmodische Aggressivität verdammt gut gebrauchen.«

Sie hörte die Männer auf den Beutel mit ihren Unterlagen zugehen und ihn aufheben. Es war frustrierend, aber sie konnten nichts dagegen tun. Das Licht war so hell, dass sie, wenn sie oder Decker auch nur ein Stückchen hinter dem Baumstamm hervorkämen, nicht nur geblendet, sondern auch ganz deutlich zu sehen sein würden. »Ich hab dir doch gesagt«, zischte sie. »Rocky wird nur aggressiv, wenn ich bedroht werde.«

Decker sah sie mit einem ironischen Grinsen an, das ihr trotz der Gefahr ein Lächeln entlockte. »Kathy, ich kann zwar nicht für dich und Bambi sprechen, aber ich bin schon des Öfteren bedroht worden und du kannst mir glauben, das hier fällt auch darunter.«

Plötzlich durchschnitt das Spucken einer schallgedämpften Waffe die Nacht und Kathy spürte, wie eine Kugel mit voller Wucht in den Baumstamm schlug. Dann forderte sie eine Männerstimme auf: »Kommen Sie raus oder wir kommen Sie holen.«

25

Hoover Building, FBI-Hauptquartier, Washington, D. C. Am selben Abend

»Madeline, das Ganze wächst uns über den Kopf. Vielleicht sollten wir die Sache etwas langsamer angehen und uns darüber klar werden, was wir da eigentlich tun.« Alice Prince rückte ihre Brille zurecht und spielte an ihrem Anhänger herum.

Die FBI-Direktorin saß in ihren Sessel zurückgelehnt und trommelte mit den Fingern auf den Schreibtisch. Sie waren allein in ihrem Büro im vierten Stock des Hoover Building in der Pennsylvania Avenue. Es war ein bedrückender maskuliner Raum, entworfen, um ihn vor dem Zugriff elektronischer Überwachungsinstrumente zu schützen, mit einer dunklen Holzvertäfelung über den bleiverkleideten Wänden und mit Fotografien von Naylors berühmten Vorgängern. Das auffälligste Merkmal des Büros war jedoch die peinliche Ordnung, die darin herrschte. Die Stöße mit Unterlagen waren so sauber aufgeschichtet, dass nicht ein Buch oder Blatt Papier vorstand. Sogar die Blöcke und Stifte auf Naylors Schreibtisch waren wie mit dem Lineal ausgerichtet. Aber sie hatte ja schon als Kind ihre Umgebung fest unter Kontrolle gehabt. Sogar noch mehr als Alice. »Jetzt beruhige dich erst mal, Alice, ja? Es ist alles unter Kontrolle.«

Alice Prince stand auf und schritt im Raum auf und ab. Es war keineswegs alles unter Kontrolle. Und was das Wichtigste war, sie selbst hatte sich nicht unter Kontrolle. Sie war es gewohnt, Projekte wie Conscience oder Crime Zero auf einer rein theoretischen Ebene zu planen, während sie die praktischen Aspekte normalerweise anderen überließ. Madeline Naylor hatte heute zwei Männer ermordet und sie war daran beteiligt.

Obwohl es Madeline war, die dem Präsidenten den Todeskuss verabreicht hatte, fühlte sich Alice für die Ermordung Burbanks direkt verantwortlich. Immerhin war sie es gewesen, die den viralen Vektor, den Madeline sich auf die Lippen geschmiert hatte, gentechnisch hergestellt hatte; sie hatte ihn eigens zu dem Zweck geschaffen, die Herzzellen einer ganz bestimmten Person – des Präsidenten – zu befallen. Der mit seiner individuellen DNS-Sequenz übereinstimmende Vektor spürte jede letale Abweichung auf, die es in seinem Herz gab, und ließ sie beschleunigt zur Auswirkung kommen. Während er bei jedem anderen Menschen wirkungslos gewesen wäre, hatte Madelines Kuss bei Bob Burbank tödliche Folgen.

Er hatte seinen Zweck erfüllt. Unter Berufung auf das Verfassungsamendement von 2002 hatten Senat und Kongress Pamela Weiss vor zwei Stunden als Präsidentin vereidigt und damit ihre Amtseinsetzung vorverlegt. Der Vizepräsident hatte keinen Einspruch erhoben.

Aber Madeline hatte auch den Journalisten umgebracht – bloß weil er die falschen Fragen stellte. Inzwischen war Kathy Kerr wieder auf freiem Fuß, und sie war wahrscheinlich der einzige Mensch auf der Welt, der sich ähnlich gut mit viralen Vektoren auskannte wie sie selbst. Wenn jemand über das Know-how verfügte, Crime Zero zu stoppen, dann Kathy Kerr. In Alice' Augen hatten sie die Sache nicht annähernd unter Kontrolle.

»Vielleicht sollten wir Crime Zero abblasen und es bei Conscience belassen. Es wäre noch nicht zu spät.«

Madeline Naylor schüttelte den Kopf. »Hör auf, dir Sorgen zu machen. Du weißt genau, langfristig gibt es keine Alternative zu Crime Zero. Das haben wir doch alles schon ausführlich besprochen und du kennst die Argumente besser als ich. Es wird bestimmt klappen. Von Kathy Kerr haben wir nichts zu befürchten. Pamela muss jeden Moment eintreffen.

Ich werde dir alles erklären, wenn sie weg ist. Halte dich einfach an das, was wir besprochen haben. Nicht mehr. Nicht weniger. Okay?«

Alice setzte sich mit einem tiefen Seufzer.

»Jetzt stell dich nicht so an, Ali, du weißt, dass ich Recht habe. Hatte ich bisher nicht immer Recht? Denk an Libby. Denk an die Zukunft. Denk an unseren Traum. Versuch einfach, nur die Vorteile zu sehen – für alle. Okay?«

Das Telefon läutete und Madeline nahm ab. Sie lauschte kurz in den Hörer, und als sie danach aufsah, forderten ihre dunklen Augen Alice' Unterstützung ein. »Sie ist hier.«

Die frisch vereidigte Präsidentin warf zwei Blätter Papier auf den Tisch. »Ich habe genau zehn Minuten Zeit. Sagt mir, was hier eigentlich vor sich geht. Ich habe schon genug Probleme, da will ich mich nicht auch noch mit Project Conscience herumschlagen müssen. Das Letzte, was ich jetzt gebrauchen kann, ist ein Journalist, der mir wegen genau des Projekts auf den Zahn fühlt, dem ich meine Wahl zu verdanken habe.«

Pamela Weiss war in Schwarz gekleidet und ihr Gesicht war blass.

»Pamela, wir können alle Fragen, die du vielleicht hast, beantworten«, erklärte Madeline mit unerschütterlicher Ruhe. Sie trank einen Schluck Mineralwasser und schien von Pamelas Ärger in keiner Weise tangiert.

»Also, dieser Journalist, Hank Butcher, hat mir eine Liste mit Fragen gegeben, zu denen ich Stellung nehmen soll, bevor er mit neuen Beweisen an die Öffentlichkeit geht.« Pamela Weiss klatschte mit der Hand auf die Blätter, die sie gerade auf den Tisch geworfen hatte. »Fangen wir gleich mit der ersten an. Wer ist Dr. Kathy Kerr? Sie behauptet, Project Conscience ist lediglich eine Vorstufe für wesentlich drastischere Maßnahmen, die sich offensichtlich die *Ermordung* von Kriminellen zum Ziel gesetzt haben und nicht ihre Heilung. Etwas Derartiges käme natürlich überhaupt nicht in Frage! Außerdem hat es in San Quentin anscheinend ein paar Todesfälle gegeben, zu denen es durch eine Mutation eures Vektors gekommen ist.«

Pamela Weiss richtete sich auf, verschränkte die Arme und ging, mit den Fingern ihrer rechten Hand auf den linken Arm trommelnd, um den Tisch herum. Sie war nicht nur wütend, merkte Alice jetzt, sie war auch verletzt.

»Und das ist noch nicht alles«, stieß sie mit gepresster Stimme hervor. »Dr. Kerr behauptet auch, dass sich das Serum, das wir heimlich an Kriminellen getestet haben, von dem unterscheidet, das von der FDA zugelassen wurde. Und dass ihr sie in eine Nervenklinik habt einliefern lassen, damit sie diese ›Verschwörung‹ nicht aufdecken könnte.«

Alice befingerte schwer atmend das Amulett an ihrem Hals. Madeline sah sie unverwandt an. »Also, fangen wir am besten mit Dr. Kathy Kerr an«, begann darauf Alice. »Möglicherweise habe ich sie schon mal erwähnt. Sie ist eine in England geborene Wissenschaftlerin, deren Arbeiten über die Aggressionshemmung bei männlichen Primaten mich ursprünglich auf die Idee zu Conscience gebracht haben. Ich konnte sie vor neun Jahren als Leiterin unserer Forschungsabteilung gewinnen und seitdem arbeitet sie für mich. Sie ist eine hervorragende Wissenschaftlerin, aber sehr labil. Außer ihrer zoologischen Grundlagenforschung hat sie in den letzten Jahren wenig zu unserem Projekt beigetragen und wurde deshalb zunehmend verbitterter. Als wir für ein Serum, an dessen Entwicklung sie nicht beteiligt war, die FDA-Zulassung erhielten, fühlte sie sich übergangen. Daraufhin versprach ich ihr, ihre Beteiligung an dem Projekt stärker in den Vordergrund zu stellen, aber davon wollte sie nichts wissen.«

Alice war nicht wohl dabei, lügen zu müssen, aber es ging nicht anders. Madeline hatte es gesagt.

Pamela runzelte die Stirn. »Was willst du damit sagen? Dass sie diese Behauptungen aus reiner Boshaftigkeit aufgestellt hat?«

»Im Wesentlichen, ja.«

Pamelas Stirn legte sich in noch tiefere Falten. »Im Wesentlichen? Soll das heißen, einige davon sind wahr? Was ist mit diesen Todesfällen in San Quentin? Auf diesem Blatt Papier ist eine ganze Liste von Symptomen aufgeführt; Symptome, die entweder zum Selbstmord oder zu einer Hirnblutung führen.«

»Das ist passiert, ja.«

»Was!«

»Aber es war ein Versehen.«

»Ein Versehen? Da hat Dr. Kerr Hank Butcher aber etwas anderes erzählt. Es ist wirklich kein Wunder, dass er denkt, wir hätten es darauf angelegt, Gewaltverbrecher zu töten. Wie kam es dazu?«

Alice rückte ihre Brille zurecht. »Diese Männer haben verdorbene Impfstoffe bekommen. Aber das war ein Einzelfall. Bei einer Routineüberprüfung wurde die schlechte Charge entdeckt und wir konnten gerade noch verhindern, dass weitere Versuchspersonen damit geimpft wurden. Die tödlichen Proben wiesen deutliche Abweichungen vom Originalserum auf, das wir an den anderen getestet haben. Irgendjemand muss an dieser Charge herumgepfuscht haben.«

»Herumgepfuscht?«

»Beweisen können wir zwar nichts. Aber nach einer Überprüfung aller Herstellungsschritte blieb als einziges schwaches Glied in der Kette Kathy Kerr übrig. Sie hat Zugang zu den meisten ViroVector-Einrichtungen und sie verfügt über das nötige Know-how. Wie es scheint, konnte sie sich eine Weile überhaupt nicht mehr mit dem Projekt identifizieren, sodass sie möglicherweise die Charge sabotiert hat, um das ganze Projekt in Verruf zu bringen. Zum Glück haben wir es entdeckt, bevor die Sache höhere Wellen schlagen konnte.«

»Aber was ist mit Axelman, Alice? Man könnte es auch so sehen, dass du versucht hast, ihn aus Rache für Libby umzubringen.«

Bevor Alice etwas erwidern konnte, schaltete sich Madeline ein. »Dass Axelman auch Libby auf dem Gewissen hatte, erfuhr Alice doch erst nach seiner Hinrichtung. Das war reiner Zufall. Und bevor du fragst, Pamela«, fügte sie hinzu, »ja, wir haben diese Todesfälle zu vertuschen versucht. Es war nichts mehr an der Sache zu ändern. Diese Männer warteten ohnehin auf ihre Hinrichtung und jeder Skandal hätte den Erfolg von Conscience und deine Wahl gefährdet. Egal, ob es nun falsch oder richtig war, was wir getan haben, Pamela, wir haben es getan, um dich zu schützen. Das Land braucht dich als Präsidentin und es braucht Project Conscience. Nichts von dem, was wir getan haben, geschah in der Absicht, dich zu hintergehen. Wir sind deine treuesten Freundinnen. Wir würden dir nie wissentlich schaden. Das musst du uns einfach glauben.«

Pamela Weiss sah die beiden Freundinnen unverwandt an, während sie über das Gesagte nachdachte. Sie wirkte sehr müde und mitgenommen, und Alice entging nicht, dass sie ihnen glauben wollte, um sich auf andere, wichtigere Dinge konzentrieren zu können. »Und wenn nun dieser Journalist beweisen kann, dass Axelmans DNS verändert wurde?«

»Täte das überhaupt nichts zur Sache«, erwiderte Madeline mit Nachdruck. »Dieses Schauermärchen, dass da angeblich jemand ganz gezielt Kriminelle töten will, ist doch kompletter Unsinn. Im Lauf der letzten acht Jahre wurden sechzehntausend Männer behandelt, ohne dass bei irgendeinem von ihnen irgendwelche Probleme aufgetreten sind. Und da Axelmans Leiche wie die der fünf anderen Häftlinge aus San Quentin eingeäschert wurde, lassen sich keine weiteren Rückschlüsse mehr ziehen, *warum* sich ihre DNS verändert hat. Und übrigens, um nicht völlig das Gefühl für die Relationen zu verlieren: Axelman war ein Mörder. Er hatte, genau wie die anderen, keine Angehörigen. Selbst wenn der Journalist noch so viele Beweise beschaffen könnte, würde es keinen Menschen interessieren. Anscheinend hat Kathy Kerr Nachforschungen angestellt und versucht nun mit dem, was sie herausgefunden hat, möglichst viel Schmutz aufzuwirbeln. Aber sie hat für keine ihrer Behauptungen echte Beweise.«

Pamela Weiss massierte sich die Schläfen. »Aber was ist mit dem von der FDA zugelassenen Serum? Dr. Kerr behauptet, es wurde erst vor vier Jahren entwickelt – also zu einem Zeitpunkt, als ihr schon lange mit den nicht genehmigten Versuchen an Kriminellen begonnen hattet. Handelt es sich hier um zwei unterschiedliche Seren?«

Alice Prince hob die Schultern. »Auch hier wieder, genau gesprochen, ja. Es gibt geringfügige Unterschiede, aber sie sind absolut unerheblich. Mit Sicherheit nichts, weswegen man die FDA behelligen müsste.«

Pamela Weiss setzte sich und stützte den Kopf in die Hände. »Warum habt ihr euch dann um keine FDA-Genehmigung für das Serum bemüht, das wir getestet haben?«

»Weil wir es verbessert haben. Beim ursprünglichen Serum gab es noch gewisse Bedenken hinsichtlich möglicher Nebenwirkungen.«

»Was zum Beispiel?«

Als Alice Prince zögerte, beugte sich Pamela Weiss erwartungsvoll vor.

»Es bestand ein geringfügiges Risiko, dass es Hoden- und Prostatakrebs verursachen könnte«, sagte Alice.

»Krebs?« Pamela schrie das Wort fast. »Die Therapie, die wir getestet haben? Die Therapie, der ich meine Wahl zu verdanken habe, verursacht Krebs?«

»Nein, tut sie nicht. Es besteht nur ein verschwindend geringes Restrisiko, dass sie Krebs auslösen könnte. So gering, dass es statistisch nicht signifikant ist. Trotzdem hielten wir es für besser, das abzustellen, und haben deshalb ein verbessertes Serum entwickelt, das wir an gesunden Freiwilligen getestet haben, um es von der FDA zugelassen zu bekommen. Dieser Vektor ist Version Neun. Selbstverständlich wird bei allen künftigen Behandlungen dieser neue Vektor verwendet.«

Pamela Weiss rang mühsam um Beherrschung. »Dann habt ihr also die FDA belogen? Und mich auch?«

Madeline Naylor schüttelte den Kopf. »Pamela, du siehst das vollkommen falsch. Wir haben über sechzehntausend Männer getestet und alle haben von der Behandlung profitiert. Gewisse Risiken mussten wir einfach eingehen, andernfalls wäre das ganze Projekt gescheitert. Mag sein, dass wir dir gegenüber offener hätten sein sollen, aber ich entschied mich dagegen, weil es dich kompromittiert hätte, wenn wir es dir gesagt hätten.«

»Jetzt bin ich auch kompromittiert.«

»Nein, bist du nicht. Wenn der Journalist irgendetwas Konkretes in der Hand hätte, hätte er es verwendet. Dr. Kerr will nur aus persönlichen Gründen etwas Schmutz aufwirbeln. Sie ist eine verbitterte Frau mit einem Fall von psychischer Labilität in der nächsten Verwandtschaft. Sie hat keine wirklichen Beweise und ehrlich gesagt, selbst wenn sie welche hätte, täte es jetzt nichts mehr zur Sache. Die Öffentlichkeit und die Medien begeistern sich zusehends mehr für deine Vision von einer Zukunft ohne Verbrechen. Sie möchten, dass sie Wirklichkeit wird. Pedantische Haarspaltereien über feine Unterschiede zwischen einem Gen-Impfstoff und einem anderen können jetzt nichts mehr an der Sache ändern. Tatsache ist, dass in Zukunft alle Kriminellen mit einem von der FDA zugelassenen Vakzin geimpft werden, das einwandfrei wirkt. Das ist das Einzige, was die Leute interessiert. Der Journalist hat keine Sensationsmeldung an der Hand, glaub mir.«

Sichtlich hin und her gerissen, blickte Pamela Weiss wieder auf das Blatt Papier. Doch Alice Prince konnte sehen, dass ihr Widerstand langsam erlahmte. »Trotzdem, was wir getan haben, war nicht richtig.«

Madeline richtete sich entschlossen auf. »*Du* hast nichts Falsches getan. Das trifft nur auf uns zu. Aber wenn du dich reinwaschen und zurücktreten willst, bitte. Niemand zwingt dich, diese historische Gelegenheit beim Schopf zu ergreifen und eine Geißel der Menschheit zu heilen. Wenn du das möchtest, trete auch ich zurück, obwohl es vollkommen sinnlos wäre. Gewiss, wir haben ein paar kleine Fehler gemacht, aber wir haben damit etwas Gutes von wesentlich größerer Tragweite bewirkt.«

»Und wie stellt ihr euch zu Dr. Kerrs Behauptung, ihr hättet ihre Entführung angeordnet und sie in einer FBI-Nervenklinik festgehalten, um sie am Reden zu hindern?«

Madeline klatschte mit einem abschätzigen Schnauben in die Hände. »Also, das beweist nur, dass sie tatsächlich bloß Stunk machen will. Auch wenn es immer mehr so aussieht, dass sie tatsächlich in eine Nervenklinik gehört, habe ich sie nicht in eine solche einliefern lassen. Also mal ehrlich, Pamela, es gibt wirklich wichtigere Dinge, über die du dir Gedanken machen solltest, als eine durchgeknallte Wissenschaftlerin, die sich an ihren Mitarbeitern rächen will, und einen Journalisten, der sich Hoffnungen auf den Pulitzer-Preis macht. Schlag dir das einfach aus dem Kopf. Es tut mir leid, wenn wir dich verletzt haben, weil wir dir nicht alles erzählt haben. Aber genau das ist der Grund, warum wir es nicht getan haben. Überlass diesen lästigen Kleinkram uns und kümmere du dich lieber darum, dass der Irak nicht den Dritten Weltkrieg auslöst.«

Bevor Pamela Weiss dazu kam, etwas zu antworten, läutete das Telefon auf dem Tisch. Alice Prince nahm ab und lauschte in den Hörer. »Ja, Special Agent Toshack, President Weiss ist hier. Ja, sie wird in fünf Minuten bei Ihnen sein. Danke.« Sie lächelte und legte den Hörer auf. »Nun, Madam President, Ihre Secret-Service-Garde wartet darauf, Sie zum Pentagon zu eskortieren.«

Pamela Weiss stand auf und Alice Prince erhob sich von ihrem Platz, um sie zu umarmen. »Bitte, Pam«, sagte sie, »denk immer daran, dass wir deine Freundinnen sind. Wenn du dich auf jemanden verlassen kannst, dann auf uns.«

»So, wie ich die Sache sehe, Pam«, fügte Madeline Naylor hinzu und schloss sie in ihre sehnigen Arme, »bist du zu einer großen Reise aufgebrochen, und unsere Aufgabe ist es, dich dabei nicht zu Fall kommen zu lassen. Ich für meine Person werde alles tun, um das zu verhindern. Alles.«

Einen Augenblick sah Pamela Weiss beide prüfend an, bevor sie ganz leicht nickte und lächelte. Sie schien zufrieden, sogar gerührt. »Sagt mir nur noch eines, bevor ich gehe. Was wollt ihr wegen Kathy Kerr unternehmen? Sie scheint ein ziemlich unsicherer Kantonist zu sein.«

Madeline Naylor lachte nur. »Mach dir deswegen mal keine Sorgen, Pamela. Das soll nicht dein Problem sein. Wir werden mit ihr reden.«

Alice Prince beobachtete, wie Pamela Weiss, begleitet von zwei Secret-Service-Agenten, davoneilte. Wie es schien, hatte ihre kleine Vorführung Pamelas Befürchtungen weitgehend zerstreut, aber Kathy Kerr stellte weiterhin ein Problem dar.

Nachdem die Präsidentin gegangen war, dachte Alice Prince noch einmal im Stillen über das Gespräch nach und Madeline Naylor schien das Gleiche zu tun. Alice Prince sah auf die Uhr; der Firmenjet würde sie in einer Stunde nach San Francisco zurückbringen.

»Denkst du, sie glaubt uns?«, fragte sie, bereits im Gehen begriffen.

Madeline Naylor nickte. »Ja. Weil sie keine Beweise hat. Und weil sie uns glauben *möchte.*«

»Aber was machen wir mit Kathy Kerr?«

Madeline ließ sich lächelnd in ihren Sessel zurücksinken und verschränkte wie ein Mann die Hände hinter dem Kopf. Ihre dunklen Augen leuchteten und sie wirkte überraschend zuversichtlich. »Nun, Hank Butcher hat mir erzählt, dass Dr. Peters sie entkommen ließ. Und unmittelbar vor Pamelas Eintreffen rief mich Jackson an und teilte mir mit, dass Dr. Peters bereits bestraft worden ist – für immer. Jackson ist Kathy dicht auf den Fersen. Er glaubt bereits zu wissen, wo er sie finden kann. Er weiß, wer sie befreit hat.«

»Wer?«

Madeline Naylor zog zögernd die linke Augenbraue hoch. »Luke Decker.«

Alice Prince spürte, wie sich etwas Hartes und Kaltes in ihrem Magen zusammenzog. Das letzte Mal hatte sie Decker in der makabren Leichengalerie gesehen, in der Axelman Libby aufbewahrt hatte. »So also hat Kathy von der Sache mit Axelman Wind bekommen?«

»Ja, sie scheinen sich von früher zu kennen. Aber das spielt jetzt keine Rolle. Für so etwas sind Jacksons Leute Spezialisten.«

Als Madeline Naylor ihre Freundin aus dem Büro begleitete, sagte sie: »Hast du übrigens die letzte E-Mail von TITANIA schon gelesen, Ali? Alles läuft nach Plan. Nachdem wir uns Burbanks entledigt haben, brauchen wir nur noch dazusitzen und zu warten. Was Kathy Kerr und Luke Decker angeht, werden sie nicht mehr lange stehen bleiben. Es sind schon wesentlich größere Dominosteine umgefallen als sie.«

In der schwarzen Limousine, die sie ins Pentagon brachte, griff President Weiss in ihren Mantel und holte die Liste und die Diskette heraus, die Hank Butcher ihr gegeben hatte. Die Diskette gab sie Toshack, dem Kommandanten der Secret-Service-Garde. Er war ein mittelgroßer, breitschultriger Mann mit rotblondem Haar und einem Grübchen im Kinn, das den Eindruck erweckte, als würde er gleich lächeln, was er jedoch selten tat.

»Bringen Sie diese Diskette zu Major General Allardyce beim USAMRIID. Sagen Sie ihm, ich möchte die darauf enthaltenen Daten genauestens analysiert haben. Außerdem möchte ich, dass Sie eine Dr. Kathy Kerr für mich überprüfen. Ziehen Sie aber keine anderen Behörden hinzu. Bis wann kann ich mit den ersten Antworten rechnen?«

»Bis wann wollen Sie sie?«

»Lieber gestern als heute.«

»Das dürfte kein Problem sein, Madam President.«

26

Mendoza Drive, Kalifornien.
Am selben Tag. 19 Uhr 48

Frustriert drückte Luke Decker Kathy fester gegen den Baumstamm. Sie saßen in der Falle. Er checkte das Magazin seiner SIG-Pistole und überlegte, ob er um den Baum herumfassen und die Lampe ausschießen könnte. Aber das war ziemlich unwahrscheinlich.

Der Helligkeit des Lichts nach zu schließen, handelte es sich um ein tragbares FBI Max Light. Ausgestattet mit einer 2000-Watt-Birne und einem 5-Zentimeter-Reflektor, konnte ihr regulierbarer Lichtstrahl die Nacht zum Tag machen und ein ungeschütztes Auge blind machen.

»Ich schlage vor, Sie kommen jetzt hinter dem Baum hervor«, sagte die Stimme mit der Lampe. »Falls wir Sie holen müssen, können wir nicht für Ihre Sicherheit garantieren.«

»Ach ja, klar«, brummte Decker. »Weil euch ja so viel an unserer Sicherheit liegt.« Als er, die Augen beschirmend, nach links sah, konnte er ganz schwach Rockys Käfig erkennen, aber wenig sonst. Alles, was er mit absoluter Sicherheit sagen konnte, war, dass die Stimme nicht die von Jackson war. Und da das Reden hundertprozentig Jackson übernommen hätte, war er offensichtlich nicht hier. Aber zwei seiner Leute waren hier. Das genügte. Während einer die Lampe hielt, konnte der andere im Kreis um sie herumgehen.

»Kathy«, flüsterte Decker, so ruhig er konnte, »halt die Augen offen, ob sich von hinten jemand anschleicht. Mach dir das Licht der Lampe zunutze, gib Acht, ob du vielleicht irgendwo einen Schatten oder eine rasche Bewegung siehst.«

Obwohl sie vor Angst riesengroße Augen hatte, musste er ihr zugute halten, dass sie erstaunlich gefasst war. »Was hast du vor?«, fragte sie.

»Keine Ahnung. Aber egal was, ich sollte mich beeilen.« Er holte tief Luft und ging seine Möglichkeiten durch. Aber er hatte nur eine: sich rechts hinter dem Baum hervorzuwälzen und auf die Stimme zu feuern. Wahrscheinlich würde er nichts treffen, aber wenigstens würde es den Mann veranlassen, die blöde Lampe zu bewegen, und dann konnte Kathy versuchen zu fliehen. Vermutlich überlegten sie es sich zweimal, Kathy hier zu erschießen: Selbst für die FBI-Chefin dürfte es nicht ganz einfach werden zu erklären, warum Dr. Kerr ohne Grund in ihrem eigenen Garten erschossen worden war. Decker dagegen würde auf alles feuern, was er vor den Lauf bekam. »Kathy«, sagte er, ohne sie anzusehen. »Wenn ich zu feuern anfange, läufst du nach links und siehst zu, dass du irgendwie hier wegkommst.«

»Und was ist mit dir?«

»Herrgott noch mal. Widersprich mir wenigstens dieses eine Mal nicht.«

Er hörte, wie sie kurz protestierte. Doch dann gab sie seufzend nach: »Okay.«

Jede Faser seines Körpers angespannt, packte er die Pistole mit beiden Händen und setzte dazu an, hinter dem Baumstamm hervorrollen, um so viele von den siebzehn Kugeln seiner SIG abzufeuern wie möglich, als er plötzlich wildes Gebrüll und einen markerschütternden Schrei hörte.

Gleichzeitig geriet das grelle Licht ins Stottern und Luke hörte das kurze Plopp einer schallgedämpften Waffe. Dann flackerte der Lichtstrahl wild und warf wie eine chaotische Lasershow Lichtsegmente in den Nachthimmel. In dem Lichterzucken konnte Decker einen Mann ausmachen, der mit einem außer Rand und Band geratenen Tier rang. Ein zweiter Mann rannte auf die verschlungenen Gestalten zu und richtete seine Pistole auf sie. Doch offensichtlich hatte der Mann mit der Pistole Angst, seinen brüllenden Partner zu treffen. Ohne eine Sekunde länger zu zögern, packte Decker Kathy am Arm und zog sie vom Boden hoch.

»Los«, schrie er. »Schnell weg hier.«

»Und meine Unterlagen?«

Decker riss an ihrem Arm und zerrte sie hinter sich her. »Lass sie. Lauf.«

»Aber wir können Rocky nicht einfach im Stich lassen!«

In diesem Moment verstummten die Schreie und die Lampe flog durch die Luft und landete vor ihnen auf dem Boden. Ihr Strahl richtete sich von ihnen weg und in seiner Hektik registrierte Decker gerade noch, dass die Lampe von einem abgetrennten menschlichen Arm gehalten wurde. Er schnitt eine Grimasse und sprang darüber. »Wegen Rocky würde ich mir mal keine Gedanken machen«, rief er und zog Kathy in der Hoffnung, sie möge die Lampe nicht sehen, hinter sich her. »Er kann, glaube ich, ganz gut allein auf sich aufpassen.«

Doch das dumpfe Zischen zweier weiterer Schüsse sollte ihn rasch eines Besseren belehren. Rocky stöhnte einmal auf, dann verstummte er. Das Geräusch seines zu Boden fallenden Körpers war unverkennbar. »Komm«, schrie Decker und zerrte Kathy durch die Glastür ins Haus.

Sie liefen durchs Haus und auf die Straße, wo Decker vier Schüsse auf die zwei Vorderreifen des grauen Chrysler ihrer Verfolger abfeuerte, bevor er zu seinem Leihwagen weiterrannte, hineinsprang und kurz wartete, bis Kathy auf der Beifahrerseite einstieg. Er steckte den Zündschlüssel ins Schloss und startete den Motor. Als er wendete und den Mendoza Drive hinunterbrauste, sah er im Rückspiegel eine Gestalt aus dem Haus kommen und die Arme in Schusshaltung hochreißen. Decker wurde es kalt im Bauch. Aber es waren nicht die Schüsse, die ihm Angst machten, es war der Umstand, dass sie seinen Wagen gesehen hatten und nun auf seine Spur kommen konnten.

Und wenn sie bereits herausgefunden hatten, dass er in die Sache verwickelt war? Die Tatsache, dass er selbst in Gefahr geriet, machte ihm nichts aus – das war nichts Neues für ihn. Um sich selbst machte er sich keine Sorgen.

Viel mehr beunruhigte ihn, dass diese Geschichte gigantische Dimensionen annahm; sie geriet zunehmend außer Kontrolle.

Er wandte sich Kathy zu. Sie sah blass aus. »Wir dürfen keine Zeit verlieren«, stieß er hervor und trat aufs Gas.

Kathy Kerr versuchte den bitteren Geschmack in ihrem Mund hinunterzuschlucken, als sie auf der Route 101 auf die Lichter von Downtown San Francisco zurasten. Die Unterlagen, die sie brauchten, die einzige Hoffnung, ihre Behauptungen beweisen zu können, befanden sich noch in ihrem Haus.

Sie bemerkte den anderen grauen Chrysler nicht, der in der Gegenrichtung an ihnen vorbeirauschte. In jedem Auto, das sie sah, schienen lächelnde Menschen zu sitzen, die ein normales, sorgloses Leben führten und nichts davon mitbekamen, wie sich das ihre geändert hatte.

Als sie am Wegweiser zum Flughafen vorbeikamen, wandte sie sich Decker zu, aber er blickte weiterhin stur geradeaus. Er fuhr, so schnell er konnte, aber es schien ihm weniger darum zu gehen, seinen Verfolgern zu *ent*kommen, als rechtzeitig irgendwo *an*zukommen. Decker schlug mit der flachen Hand auf das Lenkrad und fluchte: »Scheiße, Scheiße, Scheiße. Wie konnte ich nur so blöd sein?«

»Was?«

»Wenn sie herausfinden, dass ich in die Sache verwickelt bin, werden sie Matty dazu benutzen, sich uns zu schnappen. Wir müssen ihn so schnell wie möglich in Sicherheit bringen.«

Als sie begriff, was er meinte, wurde ihr das wahre Ausmaß der Sache klar. Hier ging es nicht mehr nur darum, Madeline Naylor und Alice Prince aufzuhalten. Vielleicht hatte Luke Recht gehabt, als er ihr dazu riet, unterzutauchen. Was hatte sie damit erreicht, dass sie geblieben war? Sie brachte die Menschen, die ihr geholfen hatten, in Gefahr.

In San Francisco angekommen, nahm Decker die South

Van Ness Avenue zum Marina District. Sie passierten Pacific Heights und bogen in den Broadway. Kathy entging nicht, wie sich die Falten auf Lukes Stirn vertieften, während er schweigend dahinfuhr. Als Mattys Haus vor ihnen auftauchte, kniff er die Augen zusammen. Die Tür stand weit offen und hinter den Fenstern brannte kein Licht.

Decker fuhr an den Straßenrand und stellte den Motor ab. Seine Stimme war gedämpft, als er zu ihr sagte. »Mein Großvater lässt immer mindestens ein Licht brennen. Und nicht mal er lässt die Haustür sperrangelweit offen stehen. Warte hier so lange, Kathy. Ich gehe im Haus nachsehen.« Damit sprang er aus dem Wagen, rannte die Treppe hinauf und verschwand im Haus.

Entgegen seiner Bitte stieg Kathy aus und folgte Decker vorsichtig ins Haus. Sie drückte auf den Schalter für die Dielenlampe, aber nichts passierte. Es war, als wären alle Birnen durchgebrannt. Nach und nach gewöhnten sich ihre Augen so weit an die Dunkelheit, dass sie sich mithilfe des Mondlichts und des durch die Fenster dringenden Scheins der Straßenlampen orientieren konnte. Im Esszimmer links von ihr herrschte fürchterliches Chaos. Schubladen waren herausgerissen worden, ihr Inhalt über Tisch und Boden verstreut. Stühle waren umgestürzt, die Polsterung herausgerissen. Rechts von ihr, durch die offen stehende zweiflügelige Tür des Fernsehzimmers, war ein ähnliches Durcheinander zu sehen. Das war entweder das Werk von Einbrechern oder es sollte danach aussehen. Aber wenn Jackson und seine Leute dahintersteckten – wie waren sie so schnell auf Deckers und Mattys Spur gestoßen?

»Gramps? Wo bist du?«, kam Deckers Stimme von oben herab. Kathy folgte ihm die Treppe hinauf. Bevor sie oben ankam, hörte sie Decker noch einmal nach seinem Großvater rufen, aber diesmal war es weniger eine Frage als ein fassungsloser Aufschrei.

Kathy rannte die restlichen Stufen nach oben und nach links zum Musikzimmer. Auf dem Boden des Flurs lag Mattys Labrador Brutus. Die Zunge hing ihm aus dem Maul und seine weit offenen Augen waren glasig. In dem glänzenden

Fell an seinem Hals waren zwei rote Löcher. Diese Schweine hatten einen Blindenhund erschossen. Sowohl die Tür des Musikzimmers als auch die großen Glastüren, durch die man auf den Balkon und die Bay hinausblickte, standen offen. Die kräftige Brise, die in den Raum wehte, schien das Mondlicht mit sich hereinzutragen. Licht strömte durch die offenen Fenster und bildete ein gespenstisches Trapez auf dem Teppich. Der Rest des Raums lag im Dunkeln, aber das Zerstörungswerk war trotzdem deutlich zu sehen: vom Flügel gestoßene Fotos, eine auf den Boden geworfene Geige, daneben das zersprungene Metronom.

In der Mitte des Raums kauerte Decker, silbern glänzende Tränen auf den Wangen. Er hielt seinen Großvater in den Armen und betrachtete die Hände des alten Mannes. Schließlich sprach er mit so erstickter Stimme, dass Kathy die Hände an den Mund legen musste, um nicht lauthals loszuschreien. Zu ihrem Entsetzen gesellten sich frische Schuldgefühle. Das hatten sie getan, um sie zu finden.

»Sie haben ihm die Finger gebrochen.« Deckers Augen schienen im Mondschein zu leuchten, als er sich ihr zuwandte. »So schlimm waren nicht mal die Nazis.«

Um den Schmerz und die Wut, die in ihm aufwallten, im Zaum zu halten, drückte Luke Decker seinen Großvater fester an sich.

Schuldbewusst führte er sich vor Augen, wie dieser tapfere alte Mann hatte leiden und schließlich sterben müssen, weil er ihn schützen wollte; dieser Mann, der schon so viel erduldet und so viel gegeben hatte. Jackson musste herausgefunden haben, dass Decker an Kathys Flucht beteiligt gewesen war. Daraufhin hatte er zwei seiner Leute zu Kathys Haus geschickt, während er selbst hierher gekommen war. Doch wie hatte Jackson herausbekommen, dass er in die Sache verwickelt war? Dr. Peters konnte es ihm nicht erzählt haben, weil Peters nicht wusste, wer er war. Und über sein Auto konnten sie nicht so schnell auf seine Spur gekommen sein. Die einzige einleuchtende Erklärung war, dass Hank Butcher geredet hatte.

Aber seine Wut und seine Schuldgefühle waren nichts im Vergleich zu seinem Schmerz über den Tod seines Großvaters. Am liebsten hätte er laut losgeheult. Ohne Matty fühlte er sich, als triebe er steuerlos auf hoher See, ohne Anker, sein Kompass war über Bord gegangen und mit ihm auch die Rettungsleine zu seiner eigenen Anständigkeit. Matty war sein Anker gegen das Wissen gewesen, dass Axelmans Blut in seinen Adern floss; die bloße Gewissheit, von Matty abzustammen, hatte Decker Hoffnung gegeben.

Doch jetzt war sein Großvater tot.

Decker blickte auf Mattys faltiges Gesicht und schloss ihm die starren blauen Augen. Er streichelte Mattys Kopf und schwor, seinen Tod zu rächen und dafür zu sorgen, dass er nicht umsonst gestorben war.

Er hörte, wie Kathy dicht neben ihm niederkniete, und spürte, wie ihre Arme sich um seine Schultern legten. »Ich kann gar nicht sagen, wie leid mir das tut, Luke«, flüsterte sie mit gebrochener Stimme. Ihre zarten Hände strichen behutsam über seinen Hals, so, wie er seinen Großvater gestreichelt hatte. »Wenn du mir nicht geholfen hättest, wäre das alles nicht passiert.«

»Es ist aber passiert.« Er wandte sich ihr zu und sah den Schmerz in ihren Augen. »Kathy, du hattest Recht. Hier muss es um mehr gehen als nur um Conscience. Wir müssen herausfinden, was sie wirklich vorhaben, und wir müssen sie aufhalten. Ich könnte es nicht ertragen, wenn Matty umsonst gestorben …«

In diesem Moment hörte er das Geräusch.

Decker erstarrte und die Tatsache, dass Kathy abrupt den Atem einsog, verriet ihm, dass auch sie es gehört hatte.

Ein Schritt – nicht mehr als ein, zwei Meter hinter ihnen.

Dann eine Männerstimme, tief und geschmeidig. »Sie werden Hilfe brauchen«, war alles, was sie sagte.

Als er herumwirbelte, sah Decker eine große Gestalt aus dem Dunkel treten und über ihm stehen bleiben. Zwei weitere Männer standen hinter ihr. Decker brauchte einen Moment, um das blauschwarze Haar und die markante aristokratische Nase Joey Barzinis zu erkennen. Barzini kniete nieder, aber er war so groß, dass er immer noch zu stehen schien. Seine klaren blauen Augen schimmerten im Mondlicht feucht; sein Kinn jedoch wirkte noch energischer als sonst, als er Mattys verkrümmten Körper betrachtete. Wie ein Vater, der zaghaft sein Erstgeborenes berührt, streckte er die Hand aus und untersuchte behutsam Mattys gebrochene Finger. Decker entging nicht, wie der große Mann zusammenzuckte und den Kopf schüttelte.

»Mein Freund, mein Freund«, flüsterte er. »Was haben sie nur mit dir gemacht?« Dann wandte er sich Decker zu und plötzlich bekam seine Stimme einen barschen Ton. »Ihr Großvater hat mir am Telefon erzählt, Sie würden in ernsten Schwierigkeiten stecken. Nachdem er mir erklärt hat, worum es geht, versprach ich ihm, noch heute Abend vorbeizukommen, um zu sehen, ob ich irgendwie helfen könnte.« Er hielt inne. »Ich wünschte, ich wäre früher gekommen.«

Barzini sah Kathy an und dann wieder Decker. »Die einzige Möglichkeit, Matty zu helfen, besteht jetzt darin, Ihnen beiden zu helfen. Kommen Sie mit. Ich muss ganz genau wissen, was Sache ist.« Decker überlegte, was er wirklich über Barzini wusste. Obwohl es hieß, es bewege sich bei ihm alles im Rahmen der Legalität, las sich die Liste seiner Freunde und Verwandten wie ein *Who's Who* des organisierten Verbrechens. Doch sein Großvater hatte ihn gemocht und geschätzt wie sonst kaum jemanden – auf jeden Fall genug, um ihn um Hilfe zu bitten, als er und Kathy in Schwierigkeiten steckten. Wenn Joey Barzini für Matty gut genug gewesen war, dann musste er es für ihn erst recht sein.

»Luke«, sagte Barzini, als wäre ihm das Misstrauen in seinem Blick nicht verborgen geblieben. »Ich weiß von Matty, was Sie von meinen verwandtschaftlichen Beziehungen halten. Häufig bin ich auch selbst nicht gerade stolz auf sie.« Plötzlich verzog sich sein distinguiertes Gesicht zu einem Lächeln, ein flüchtiges Aufblitzen schimmernder weißer Zähne.

»Aber manchmal können sie sehr nützlich sein.«

27

Alexandria, Washington, D. C.
Freitag, 7. November 2008. 2 Uhr 30

FBI-Direktor Naylor war verärgert, dass es einige von ihnen schon wieder geschafft hatten, ihrer Entdeckung zu entgehen. Sie drückte ab und ging weiter. Es machte sie rasend, dass sie immer wieder zurückkamen, egal, wie schnell sie sie tötete. Es gelang ihr nie, sie total auszurotten.

Das Insektenspray gezückt wie eine Pistole, schritt sie die ordentlichen Zeilen von Yuccapalmen, Usambaraveilchen und seltenen Orchideen im Wintergarten ihres Hauses im exklusiven Washingtoner Vorort Alexandria ab. Durch das Glasdach des klimatisierten Raums blickte ein frostiger Mond aus dem wolkigen Himmel herab. Der an das geräumige Wohnzimmer grenzende Wintergarten war ein zusätzlicher Raum ihres Hauses. Ganz aus Glas, gestattete er ihr die fast totale Kontrolle über alles, was dort wuchs.

Nachdem sie sich vergewissert hatte, dass alles so war, wie es sein sollte, öffnete sie die Tür zum Wohnzimmer, goss sich ein Glas Jack Daniels ein und machte es sich in ihrem Sessel vor dem großen Fernseher in der Ecke bequem. Im Wohnzimmer gab es nur wenig Raum für Gemälde. Zwei der Wände wurden von einem großen steinernen Kamin und dem Durchgang zum Wintergarten eingenommen, eine dritte war vom Fußboden bis zur Decke voll mit Büchern und vor der vierten türmten sich in ähnlicher Weise Tonbandkassetten und CDs.

Naylor trug nach dem Duschen einen blauen Bademantel und das lange weiße Haar fiel lose auf ihre Schultern herab. Ihr blasses, mittlerweile ungeschminktes Gesicht wirkte fast transparent, wie hauchdünnes Perlmutt. Sie richtete die Fernbedienung auf die Multimedia-Anlage, und als Wagner-Klänge den Raum erfüllten, ließ sie sich von ihnen forttragen, weg von den Verpflichtungen ihres Amtes, weg von Crime Zero, Kathy Kerr und Luke Decker, hin zu einem freundlicheren, friedvolleren Ort.

Laut TITANIA war alles in bester Ordnung, weshalb sie sich einredete, dass sie im Augenblick nicht mehr tun konnte. Sie würde sich bald schlafen legen und den Wecker auf sechs Uhr stellen; sie brauchte nur wenige Stunden Schlaf.

Wie immer, wenn sie abschalten wollte, dachte Naylor an den Garten und was sie für ihre geliebten Pflanzen tun konnte. Als sie nun ihren Gedanken freien Lauf ließ, kehrten diese zu ihrem vierzehnten Geburtstag und Alice' Geschenk zurück.

Außer Alice hat Madeline in der Schule keine Freunde. Die meisten anderen Kinder finden ihre forsche Art und ihr stachliges weißes Haar zu eigenartig oder zu bedrohlich. Deshalb ist es kein Wunder, dass sie an ihrem vierzehnten Geburtstag, zumal er auch noch auf einen Samstag fällt, keine Geschenke oder Glückwunschkarten bekommt.

Aber sie ist nicht unglücklich darüber. Ihre Großmutter, Mrs. Preston, tut ihr Bestes. Die alte Dame verbietet ihr zwar, Jungen einzuladen; sie duldet keine Männer im Haus; sie findet, dass sie ›anders‹ sind und dass man ihnen nicht trauen darf. Aber das macht Madeline überhaupt nichts aus und gegen Alices Besuche hat ihre Großmutter nichts einzuwenden. Zum Geburtstag überrascht die alte Frau Madeline zum Frühstück mit Erdbeeren mit Sahne und einem Glas Schokoladenmilch.

Es ist Juni und die Sonne scheint. Nach dem Frühstück geht Madeline in den Garten. Ihre Großmutter lebt in einem großen herrschaftlichen Haus und Madeline liebt es, seine vielen alten Räume zu erforschen, aber am schönsten findet sie es im Garten. Er ist so groß, dass Madeline einen kleinen, durch eine Mauer abgeteilten Bereich ganz für sich allein haben darf. Hier kann sie pflanzen und tun, was sie will. An seinem wackligen Tor hat sie ein Schild mit der Aufschrift *Eintritt verboten* angebracht. Sogar ihre Großmutter klopft an, bevor sie mit Madelines kalter Limonade und den trockenen Keksen eintritt.

An ihrem Geburtstag kümmert sich Madeline wie üblich um ihre Blumen und jätet das Unkraut. Sie hat sich eine streng geregelte Welt geschaffen, mit exakt abgezirkelten Beeten und unkrautfreien Wegen. Reihen von Sonnenblumen stehen neben penibel gepflegten Ringelblumen. Auch heute ist sie wie an den meisten Tagen damit beschäftigt, die Ameisen zu töten, die die Wege und Beete heimsuchen. Ihr Garten ist der einzige Ort, an dem sie alles, was sie verabscheut, in die Welt draußen verbannen kann. Hier kann sie sich einreden, dass die bösen Männer, die ihren Vater umgebracht haben, bestraft werden; und dass ihre Mutter, die sie verlassen hat, zurückkommen wird. Hier hat sie alles unter Kontrolle.

Doch die aufdringlichen Ameisen hören nicht auf, ihre Traumwelt zu stören. Egal, was sie tut und was sie versucht, sie wird sie nicht los. Die Beete sind durchsetzt von den Löchern, die Madeline gegraben hat, um den Ameisenbau zu finden. In jeder der vier Ecken des von einer Mauer umgebenen Gartens ist ein leeres Mayonnaiseglas voll toter Ameisen. Die Gläser sollen den anderen als Abschreckung dienen, aber sie scheinen das Problem nur zu verstärken. Egal, wie schnell sie die Biester tötet, sie kehren immer wieder zurück.

»Madeline, Madeline«, ruft eine zarte, aufgeregte Stimme über die Mauer. »Bist du da?«

»Ja, komm rüber.«

Der Garten von Alice' Eltern ist auf der anderen Seite der Mauer. Und sie klettert oft hinüber, um mit Madeline in ihrem Geheimgarten zu spielen. Beim Anblick ihrer unbeholfen über die Mauer kletternden Freundin muss Madeline lachen.

»Hör sofort zu lachen auf oder du kriegst dein Geschenk nicht«, droht Alice, als sie neben den Sonnenblumen auf der Erde landet. Ihre Brille sitzt schief und trotz des warmen Wetters trägt sie ein langärmeliges Kleid.

»Ein Geschenk?« Gegen ihren Willen ist Madeline plötzlich ganz aufgeregt. »Du hast mir ein Geschenk mitgebracht?«

»Nur ein kleines.« Alice sieht die Löcher in der Erde an. »Aber du wirst es bestimmt gut finden.« Als sie in ihren Beutel greift, rutscht ein Ärmel ihres Kleides hoch und Madeline sieht einen gelb-violetten Fleck in Form einer großen Hand auf ihrem Unterarm.

»Wer war das?«, fragt sie. Wie Alice zu dem Fleck gekommen ist, braucht sie nicht zu fragen. Madeline ist selbst oft genug von ihrem Vater geschlagen worden, um sich mit blauen Flecken auszukennen.

Alice schüttelt verlegen den Kopf und zieht den Ärmel rasch wieder nach unten. »Ach, das ist doch gar nichts.«

»War das dein Dad?«, bohrt Madeline weiter. Alice' Vater ist ein angesehener Arzt, aber Madeline ist nicht überrascht. Ihr Vater war ein angesehener Polizist und trotzdem hat er sie geschlagen. Sie ist wütend, dass ihre Freundin so behandelt worden ist, aber es erfüllt sie auch mit einer gewissen Genugtuung. Sie hat Alice immer um ihre perfekten Eltern beneidet, doch seit sie weiß, dass auch Alice' Vater schlecht ist, fühlt sie sich ihr stärker verbunden. »Schlägt er dich oft?«

Aber Alice weicht ihrer Frage aus. »Willst du nun dein Geschenk oder nicht?«

Madeline dringt nicht mehr weiter in sie. »Aber klar, sicher.«

Als Alice das winzige Päckchen aus dem Beutel holt und ihr in die Hand legt, ist Madelines erste Reaktion Enttäuschung. Das in blaues Papier eingepackte Röhrchen ist kleiner als einer ihrer Finger. »Mach es auf«, sagt Alice nervös und rückt ihre Brille zurecht. »Hoffentlich gefällt es dir.«

Madeline entfernt das blaue Papier, unter dem ein kleines Fläschchen zum Vorschein kommt. Es sieht so aus wie die Augentropfen ihrer Großmutter.

Madeline öffnet es und riecht daran. »Ahornsirup?« Sie lässt einen Tropfen auf ihren Finger fallen, um den Inhalt zu probieren, aber Alice schreit entsetzt auf.

»Nicht essen! Du darfst das auf keinen Fall in den Mund nehmen!«

»Warum nicht? Was ist es?«

Alice nimmt ihr das Fläschchen aus der Hand und beugt sich über eine Ameisenstraße am Fuß der Gartenmauer. Sie zupft ein Blatt von einem der Sonnenblumenstiele und legt es den Ameisen in den Weg. Dann nimmt sie das Fläschchen und gibt einen Tropfen Flüssigkeit auf das Blatt. »Jetzt pass auf.«

Madeline sieht zu, wie die Ameisen zunächst um den Tropfen herumgehen, bevor ein paar von ihnen davon naschen.

»Ist das Gift?«, fragt sie entzückt.

»Es ist besser als nur Gift.«

Nach einer Weile machen die fressenden Ameisen anderen Ameisen Platz, damit auch sie von dem Tropfen kosten können. »Was bewirkt es dann?«

»Also«, setzt Alice stirnrunzelnd zu einer Erklärung an, »wenn es stimmt, was ich gelesen habe, locken der Ahornsirup und die Chemikalien, die ich zusammengemischt habe, die Ameisen an, sodass sie davon fressen. Wenn sie dann in ihren Bau zurückkehren, kotzen sie alles, was sie gefressen haben, aus, damit die Ameisenköniginnen davon fressen. Die Chemikalien müssten die Königinnen töten, bevor sie Eier legen können. Die Grundsubstanz ist Trichlophon, aber zur Verbesserung der Wirkung habe ich noch etwas anderes hinzugefügt. Es wirkt so langsam, dass es nicht nur die Ameisen tötet, die es fressen, sondern das ganze Volk. Und du brauchst nicht mehr ständig den ganzen Garten umzugraben; die Ameisen nehmen dir die Arbeit ab.«

Madeline ist so beeindruckt, dass sie begeistert juchzt. »Wahnsinn. Und das hast du selbst gemacht?«

»Aber klar. Es war gar nicht so besonders schwierig. Einen Teil der Chemikalien habe ich aus Dads Schuppen und den Rest habe ich mir im Chemiesaal der Schule besorgt. Es müsste eigentlich dein Ameisenproblem lösen – ein für alle Mal.«

Biep biep biep.

Das hartnäckige Signal des Telefons neben dem Fernseher unterbrach Naylors Träumereien. Die Lautstärke der Laser Disk wurde automatisch heruntergefahren und aus den Lautsprechern kam eine angenehme Frauenstimme: »Ein dringender Anruf für Sie. Nehmen Sie bitte ab.«

Verärgert über die Störung in ihrer selbst geschaffenen Glocke der Selbstreflexion, griff Naylor nach dem Telefon, dachte aber, während sie langsam die Orientierung wiederfand, immer noch daran zurück, wie Alice' Zaubertrank binnen weniger Wochen buchstäblich jede einzelne Ameise aus ihrem Garten getilgt hatte.

»Madeline, hier Bill McCloud. Ich sitze gerade vor dem Satellitenbildschirm im Krisenzimmer des Hauptquartiers. Vielleicht wollen Sie ja auch herkommen und sich das ansehen. Ich glaube, der Irak wird gleich in Kuwait einfallen.«

Hoover Building, Washington, D. C.
Am selben Tag. 3 Uhr 07

Eine halbe Stunde später war Direktor Naylor im FBI-Krisenzimmer im Erdgeschoss des FBI-Hauptquartiers in der Pennsylvania Avenue und sah auf einen zweieinhalb mal eineinhalb Meter großen Bildschirm. Rechts von ihr war Deputy Director Bill McCloud. Er wirkte noch grauer als sonst. Außer ihm saßen in dem gedämpft beleuchteten Raum noch drei weitere hohe FBI-Beamte um den Tisch. Auf einer Warmhalteplatte neben der Tür stand eine Kanne mit starkem Kaffee, dessen Aroma den Raum erfüllte.

»Tun sie es also tatsächlich«, sagte McCloud und rieb sich die stahlgrauen Augen. Sein sonst so lockerer texanischer Singsang klang angespannt.

»Ganz so sieht es aus«, sagte Naylor, die gebannt auf den Bildschirm sah. Sie versuchte ruhig zu klingen, aber es fiel ihr nicht leicht. TITANIA zufolge dürfte das nicht passieren. »Sind alle nationalen Kontingente einsatzbereit?«

»Jawohl«, sagte Associate Deputy Director Ray Tate, ein kleiner Mann mit mächtigem Brustkorb, der die Ermittlungsabteilung des FBI leitete. »Wir haben die Liste der Irak-Sympathisanten auf den neuesten Stand gebracht. Die größten Risikofaktoren werden überwacht und können notfalls umgehend festgenommen werden. Alle potenziellen Ziele für terroristische Anschläge befinden sich in höchster Alarmbereitschaft.«

Naylor nickte stumm und blickte weiter auf den Bildschirm. Die Aufnahmen, die darauf zu sehen waren, stammten vom Nachrichtensender CNN, dessen Überwachungssatelliten genauso gut waren wie die der Regierung. Das goldene CNN-Logo in der rechten oberen Ecke hob sich nur schwach von dem hellen Hintergrund ab. Im Moment sagte ihr das Luftbild gar nichts, tausende dunkler Flecken, die sich über einen hellgelben Untergrund bewegten. Es sah aus wie eine Mikroskopaufnahme von erkrankten Zellen, die sich in einem Organismus ausbreiteten.

»Möchten Sie den CNN-Kommentar hören?«, fragte einer der Agenten hinter ihr.

»Ja«, sagte sie, den Blick weiter unverwandt auf den Bildschirm geheftet und nicht willens, sich auf eine Unterhaltung einzulassen.

»Einfach unglaublich«, sagte ein Sprecher mit einem britischen Akzent. »Dank unseres Zugriffs auf den Kamagachi-Hochauflösungssatelliten sind wir in der Lage, Ihnen Bilder zu zeigen, bei denen es sich möglicherweise um die ersten Live-Aufnahmen vom Ausbruch eines Krieges handelt. Hier erleben Sie aus unmittelbarer Nähe, wie Geschichte gemacht wird. Während ich hier spreche, versuchen unsere Techniker, eine noch stärkere Vergrößerung zu erhalten. Es ist ein klarer Tag im Irak und wir müssten jeden Augenblick jeden einzelnen Panzer erkennen können. Die Panzer sind inzwischen weniger als zwanzig Kilometer vom zweiunddreißigsten Breitengrad entfernt – und ich brauche wohl niemanden, der jetzt zusieht, daran zu erinnern, dass diese Linie im Sand ein Sperrgebiet markiert, das seit dem Golfkrieg nicht mehr überflogen und seit acht Jahren auch von keinerlei irakischem Militär mehr überschritten werden darf. Überquert also die Republikanische Garde diese Grenzlinie zum Südirak, erklärt sie damit ihre Absicht, in Kuwait einzufallen. Wenn das, worauf alles hindeutet, eintritt, sehen sich die verbündeten Streitkräfte der Vereinten Nationen unter der Führung der Vereinigten Staaten zum Einschreiten gezwungen.«

Naylor rutschte auf ihrem Stuhl nach vorn. Zumindest rechtfertigte das die Entscheidung, die irakische Armee als Verbreitungszone für den Start von Crime Zero Phase Zwei auszuwählen. Nicht nur, dass sich diese Nation besonders kriegerisch gab, stellte der Konflikt auch eine ideale Gelegenheit dar, Phase Zwei in der Praxis zu erproben, bevor für den Beginn von Phase Drei grünes Licht gegeben werden konnte. Wegen der Irak-Krise hatten sie Phase Zwei sogar zeitlich vorgezogen. Jetzt sah es allerdings so aus, als hätten sie sie nicht genügend weit vorgezogen. Was sie hier beobachteten, dürfte eigentlich gar nicht passieren. Es durfte nicht zum Krieg kommen. Nicht, nachdem so viel Zeit verstrichen war.

Sie nahm gerade einen Schluck schwarzen Kaffee, als das Bild kurz vom Bildschirm verschwand und gleich darauf in stärkerer Vergrößerung zurückkam. Jetzt waren sogar die Kennzeichen einzelner Panzer zu erkennen; tausende von ihnen rückten in Gefechtsformation durch das baum- und strauchlose Gelände vor. Sogar die aus den Geschütztürmen hervorstehenden Helme der Panzerkommandanten konnte sie ausmachen. Sie fragte sich, ob auch Alice dieses Schauspiel irgendwo mitverfolgte. Pamela bestimmt, wahrscheinlich im War Room tief unter dem Pentagon.

»President Weiss und die Regierungschefs anderer Großmächte haben bestätigt, dass die UN-Truppen die irakischen Panzer angreifen und zerstören werden, falls sie diese Linie überqueren«, fuhr der Sprecher fort. »Die Frage, die sich jetzt alle stellen, ist, was wird der Präsident des Irak als Nächstes tun? Unbestätigten Meldungen zufolge hat er mindestens zehn Sprengköpfe mit einem neuen Endzeitvirus auf strategisch wichtige Stellen rund um den Erdball gerichtet. Jeder davon kann unverzüglich abgefeuert werden, sollten seine Truppen daran gehindert werden, das von ihm als irakische Provinz angesehene Kuwait mit seinen reichen Ölvorkommen wieder in Besitz zu nehmen.

Für den Fall, dass der Irak biologische Kampfstoffe einsetzt, plädieren die Alliierten für einen Atomschlag gegen Bagdad. Für Pamela Weiss, die neue amerikanische Präsidentin, ist dies sicherlich eine Feuertaufe. Für all jene, die weiterhin in Zweifel stellen, ob eine Frau über die nötige Entschlossenheit verfügt, einen Krieg zu führen, wird diese Frage möglicherweise schon bald beantwortet werden.«

Die Satellitenkamera schwenkte über die Wüste und der Bildschirm war gesprenkelt von den dunklen Umrissen der vorrückenden Kriegsmaschinerie. Vielleicht hatte sich TITANIA getäuscht, dachte Naylor. Vielleicht lagen die Hochrechnungen des Computers um ein oder zwei Tage daneben, sodass sie jetzt gleich den Ausbruch des letzten Kriegs der Menschheitsgeschichte miterleben würde.

Beim Anblick des gewaltigen Truppenaufgebots wurde sie an eine Episode aus dem Werk des griechischen Geschichtsschreibers Herodot erinnert, in der der Perserkönig Xerxes beim Anblick seines über den Hellespont nach Griechenland übersetzenden Heeres in Tränen ausbricht. Auf die Frage, warum er weine, erwidert Xerxes, er vergieße seine Tränen über die tausende von Männern, die er an sich vorüberziehen sehe, weil in hundert Jahren nicht einer von ihnen mehr am Leben sein werde.

Naylor trank ihren Kaffee trockenen Auges. Nur ein Mann konnte so etwas empfinden, während er zusah, wie andere Männer in einen barbarischen Krieg zogen. Sie wusste, dass alle Soldaten auf dem Bildschirm vor ihr in einem Bruchteil dieser Zeit tot sein würden – und mit ihnen viele andere. Doch sie empfand keine Trauer, kein Bedauern.

Einige der Panzer auf dem Bildschirm brachen aus der Formation aus. Dann weitete sich der Kamerablickwinkel und die Vergrößerung nahm ab. Gleichzeitig wurde eine rote Linie eingeblendet, der sich der geordnet anrückende Schwarm schwarzer Punkte schon gefährlich weit genähert hatte. Madeline Naylor konnte sich gut vorstellen, wie Pamela Weiss jetzt im War Room zusammen mit ihren Beratern Entscheidungen traf und sich dabei einbildete, *sie* hielte das künftige Geschick der Menschheit in ihren Händen.

Mit einem Mal löste sich die geordnete Phalanx von Punkten auf. Einige hielten sogar an. Doch Madeline Naylor bemühte sich so sehr, sie mit bloßer Willenskraft zum Anhalten zu bringen, dass sie nicht sicher sein konnte, ob sie sich das Ganze nicht bloß einbildete.

»Sie sind inzwischen weniger als fünfzehn Kilometer vom zweiunddreißigsten Breitengrad entfernt«, fuhr der Sprecher mit immer höher werdender Stimme fort. »Die rote Linie zeigt die Grenze an, die sie nicht überschreiten dürfen. Halt! Da scheint sich gerade etwas zu tun …«

Es war tatsächlich so, auch wenn Naylor nicht feststellen konnte, was genau passierte. Weit vorgebeugt, ihre Kaffeetasse fest umklammernd, beobachtete sie, wie die Panzer immer langsamer fuhren und schließlich ganz anhielten.

»Das Bild stärker vergrößern«, sagte McCloud neben ihr ungeduldig.

Wie in Befolgung seines Befehls veränderte sich das Bild und diesmal war die Vergrößerung so stark, dass Naylor beinahe einzelne Gesichter erkennen konnte. Aber noch schien sich nichts zu tun.

»Die Spannung steigt ins Unerträgliche«, fuhr der Sprecher fort. »Was werden sie tun? Warten sie auf den endgültigen Befehl zum Vorrücken?«

Doch dann löste sich die Schlachtordnung allmählich auf. Einige der Panzer wendeten. Desgleichen zahlreiche Truppentransporter. Von den anhaltenden Lkws sprangen Soldaten, warfen ihre Waffen weg und gingen einfach davon.

»Wahnsinn«, entfuhr es McCloud leise. »Was ist da denn plötzlich los?«

Naylor sah nur zu und versuchte mit bloßer Willenskraft zu bewirken, dass es so weiterginge.

»Wenn ich es nicht mit eigenen Augen sähe, würde ich es nicht glauben«, stieß der Sprecher aufgeregt hervor. »Dutzende von Panzern und Truppeneinheiten machen kehrt. Viele werfen ihre Waffen weg und gehen einfach in die Wüste davon. Wie es aussieht, versuchen Offiziere und Soldaten, sie mit Gewalt daran zu hindern. Aber sie haben keine andere Möglichkeit, sie zurückzuhalten, als sie zu erschießen, was inzwischen tatsächlich viele tun. Unbegreiflicherweise schlagen jedoch die Deserteure – und es sind tausende – nicht zurück. Sie machen einfach kehrt und gehen davon.

In den über zwanzig Jahren, die ich nun schon aus aller Welt über bewaffnete Konflikte berichte, habe ich noch nie etwas Derartiges gesehen. Und während die Zahl der Deserteure immer weiter zunimmt, drehen nun auch die restlichen

Panzer um. Nachdem wir schon ganz dicht am Rand eines Atomkrieges standen, wurde, wie es scheint, noch einmal in letzter Sekunde eine weltweite Katastrophe abgewendet.«

Die im Raum anwesenden Männer brachen in spontanen Applaus aus.

Madeline Naylor wurde von euphorischer Genugtuung ergriffen. TITANIA hatte Recht gehabt, ihre Berechnungen hätten exakter nicht sein können. Die Gefahr eines Atomkriegs war abgewendet worden. Die Menschheit war vor der blinden Zerstörungswut der Männer gerettet worden.

Sie konnte sich gut vorstellen, wie jetzt der Rest der Welt, Pamela Weiss eingeschlossen, erleichtert aufatmete. Nachdem Pamela das gesehen hatte, würde vielleicht sogar sie die Vorteile erkennen, die das Projekt mit sich brachte. Endlich wurde Crime Zero Realität und die Zukunft zeigte sich in einem rosigeren Licht.

28

Tiburon, Kalifornien.
Am selben Tag. 0 Uhr 11

Immer wieder an ihrem Rotwein nippend, stocherte Kathy Kerr in ihrem Teller mit dampfenden Tagliatelle herum. Sie stand unter extremer Anspannung. Obwohl heftige Schuldgefühle ihren Magen zusammenkrampften, zwang sie sich, etwas zu essen, denn sie brauchte Energie und Kraft. Immer wieder kam sie zu dem Schluss, dass irgendwie alles ihre Schuld war.

Sie saß zusammen mit Luke Decker und Joey Barzini an einem schlichten Holztisch in der Küche von Barzinis Haus. Trotz Barzinis offensichtlichem Reichtum war sein großes, schönes Haus in Tiburon in erster Linie ein gemütliches Familiendomizil. In der geräumigen Küche hingen zahlreiche Bilder seiner fünf inzwischen erwachsenen Kinder in allen verschiedenen Altersstufen. Trotz der anheimelnden Atmosphäre ließ Kathys Hochspannung nicht nach und Decker, spürte sie, ging es genauso. Offensichtlich hatte Barzini Hausangestellte, aber Kathy hatte noch keinen zu Gesicht bekommen. Die Pasta hatte Barzinis Frau Carmela gekocht, die nun die Zimmer für sie bereitmachte.

Decker, noch immer unter Schock, trank nur stumm seinen Wein, das Essen rührte er nicht an. Er hatte es Barzinis Leuten überlassen, die Sache mit der Polizei zu klären und sich um die Leiche seines Großvaters zu kümmern. Um Luke und Kathy aus allem herauszuhalten, hatte sich Barzini eine Geschichte zurechtgelegt: Er habe seinen Freund Matty besuchen wollen und bei dieser Gelegenheit die Leiche entdeckt. Eine Limousine hatte die drei über die Golden Gate Bridge nach Tiburon gebracht.

Bei der Ankunft in seinem Haus hatte ihnen Barzini erzählt, dass der Präsident gestorben und Pamela Weiss vereidigt worden war. Der Schock über die jüngsten Ereignisse steckte ihnen so tief in den Knochen, dass keiner von ihnen wirklich in der Lage war, diese Neuigkeit zu verarbeiten. Jetzt, kurz nach Mitternacht, sah man Decker seine Erschöpfung auch an. Doch trotz Barzinis wiederholter Aufforderungen, sie sollten sich ausruhen, bestanden Kathy und Decker darauf, erst noch Verschiedenes zu erledigen, bevor sie sich schlafen legten.

»Fangen Sie ganz von vorn an und erzählen Sie mir alles«, sagte Barzini, der einen großen Espresso trank.

Immer noch unschlüssig, ob sie Barzini trauen konnte, sah Kathy Decker an. Der erwiderte ihren Blick mit einem Achselzucken, das zu sagen schien: Haben wir denn eine Wahl?

Also schilderte sie in den folgenden fünfzehn Minuten, worum es bei Project Conscience ging und was in den letzten paar Tagen passiert war. Sie erzählte Barzini von Deckers Vaterschaftstest und wie sie dadurch auf Axelman und die anderen Todeskandidaten in San Quentin gestoßen war, die mit einer tödlichen Gentherapie, ähnlich Conscience, behandelt worden waren. Dann schilderte sie, wie sie von Madeline Naylors Leuten entführt und von Decker aus dem Sanctuary befreit worden war.

Zum Schluss berichtete sie, wie Decker sich mit dem Journalisten Hank Butcher in Verbindung gesetzt und Pamela Weiss durch ihn das Beweismaterial zugespielt hatte und welchen weiteren Verlauf der Abend daraufhin genommen hatte.

»Und das ist also, was Sie heute Abend gemacht haben?«, fragte Barzini. »Die Unterlagen geholt?«

»Ja, und währenddessen wurde Matty umgebracht«, antwortete Decker leise. »Und wir haben es nicht mal geschafft, die Unterlagen an uns zu bringen.«

»Wie wichtig sind diese Unterlagen?«, wollte Barzini wissen. »Was lässt sich damit wirklich beweisen?«

»Dass die nicht genehmigten Conscience-Versuche an Kriminellen mit einem nicht hundertprozentig unbedenklichen Vektor durchgeführt wurden«, sagte Kathy.

Barzini runzelte die Stirn. »Obwohl die Endversion des Vektors, die sie künftig verwenden wollten, von der FDA zugelassen wurde?«

»Ja.«

Barzini sah Kathy verständnislos an. »Nur damit ich Sie nicht falsch verstehe. Bei diesen nicht genehmigten Versuchen wurde die Gesundheit einiger weniger Schwerverbrecher aufs Spiel gesetzt, um ein verbessertes, von der FDA zugelassenes Mittel zu entwickeln, mit dem sich die Gewaltkriminalität radikal reduzieren lässt? Ich kann ja verstehen, dass es etwas peinlich gewesen wäre, wenn die Sache vor den Wahlen ans Licht gekommen wäre, aber jetzt, wo Conscience zugelassen und Weiss im Amt ist, was sollte es diese Leute da noch groß kümmern, wer davon erfährt? Sie könnten ihr Vorgehen mühelos rechtfertigen. Jedenfalls bräuchten sie nicht gleich reihenweise Leute umzubringen, um nichts davon an die Öffentlichkeit dringen zu lassen. Oder jedenfalls nicht mehr.«

»Aber die Daten auf den Axelman-Disketten beweisen, dass bei ihren Versuchen mindestens eine Person ums Leben gekommen ist.«

Barzini schüttelte den Kopf. »Sie könnten bestimmt geltend machen, es war eine Panne, ein Versehen. Und auch hier war der Betroffene wieder ein zum Tode Verurteilter. Die ungeheuren Vorteile stehen in keinem Verhältnis zu dem geringfügigen Schaden, der dabei entstanden ist. Warum sollten sie Matty umbringen, um Sie zu finden? Warum jetzt überhaupt noch jemanden umbringen? Das muss einen anderen Grund haben.«

Kathy seufzte. »Genau das ist es doch. Ich kann *beweisen*, dass sie Axelman umbringen wollten. Ich weiß, wie kompliziert es gewesen sein muss, den viralen Vektor herzustellen, der diese Wirkung hatte, und wie ähnlich er dem gutartigen Conscience-Vektor war. Deshalb können sie mich nicht einfach laufen lassen. Sie planen irgendeine größere Sache und fürchten, ich könnte ihnen einen Strich durch die Rechnung machen.«

Decker beugte sich vor. »Die Frage ist also, was haben sie vor? Sobald wir das wissen und beweisen können, können wir ihnen das Handwerk legen.«

Barzini nahm bedächtig einen Schluck von seinem Espresso. »Was *glauben* Sie, dass sie vorhaben?«

Kathy hob die Schultern. »Also, ich dachte, sie würden versuchen, Kriminelle zu töten, aber Luke glaubt nicht, dass sich das politisch durchsetzen ließe. Allerdings fällt mir keine bessere Erklärung ein. Vielleicht haben sie es ja nur auf Schwerstverbrecher abgesehen? Es ließen sich einige Kosten einsparen, wenn die schlimmsten Verbrecher einfach krank werden und sterben würden. Außerdem würde eine solche Dezimierung der Gefängnisinsassen sicher nicht für allzu großes Aufsehen sorgen. Den Wähler kümmert es doch nicht die Bohne, was im Hochsicherheitstrakt eines Gefängnisses los ist. Was ich nicht weiß, macht mich nicht heiß. Und wer beklagt sich schon, wenn die Steuern gesenkt werden?«

Decker runzelte die Stirn. »Irgendwie leuchtet es mir zwar nicht ganz ein, aber mir fällt auch keine bessere Theorie ein. Ich weiß nur, dass sie Matty wegen dieser Sache umgebracht haben, und deshalb möchte ich herausfinden, worum es dabei geht, und es verhindern. Komm schon, Kathy, du hast jahrelang mit diesen Leuten zusammengearbeitet. Wo könnten sie die Unterlagen für ein Geheimprojekt aufbewahrt haben?«

Kathy Kerr dachte kurz nach. »Keine Ahnung. Ich habe praktisch zu fast allen Einrichtungen bei ViroVector Zugang, aber mir ist nichts aufgefallen. Andererseits wusste ich ja nicht einmal etwas von ihren geheimen Versuchen mit Conscience.«

»Ist dir nie mal irgendetwas Ungewöhnliches aufgefallen?«, bohrte Decker weiter. »Ich weiß ja auch nicht – irgendwelche Dokumente, irgendwas in der Art.«

»Irgendwo müssen sie die Daten aufbewahrt haben«, sagte Barzini, der sich allmählich für die Sache erwärmte. »Könnte Dr. Prince sie in ihrem Büro weggeschlossen haben? In einem Safe zum Beispiel?«

Es war das Wort ›Safe‹, das den Ausschlag gab. Plötzlich erinnerte sich Kathy wieder an ihre letzte Begegnung mit Alice Prince bei ViroVector. Es war im Mutterschoß, unmittelbar nachdem sie von der FDA-Zulassung erfahren hatte. Alice Prince hatte einen Ampullenbehälter vor ihr versteckt und ihn dann überstürzt in den Safe zurückgestellt. Alice Prince' gekühlter Panzerschrank hatte schon immer zur festen Einrichtung des Mutterschoßes gehört – ein Depot für Dr. Prince' Lieblingsprojekte –, und niemand, am allerletzten Kathy, hatte ihm jemals Aufmerksamkeit geschenkt.

Sie stand auf, suchte den Laptop und das Handy aus den Sachen heraus, die sie aus Mattys Haus mitgenommen hatten, und kam damit an den Tisch zurück. Sie steckte das Laptop-Modem in das Handy, loggte sich in das Hauptmenü von ViroVectors Network-Manager ein und klickte die Zugangsermächtigungsliste an. Schließlich stieß sie leise ein zufriedenes »Ja« aus. Sie hatte sich nicht getäuscht: Ihr Name, mit einem silbernen Schlüssel daneben, stand immer noch auf der Liste. Alice und Madeline waren sich so sicher, sie mundtot gemacht zu haben, dass sie es nicht der Mühe wert befunden hatten, TITANIA zu sagen, ihr den Zugang zum Firmengelände zu verwehren.

»Hast du was gefunden?«, fragte Luke.

»Jedenfalls weiß ich jetzt einen Ort, an dem wir suchen können.«

»Ja?«, sagte Barzini.

»Alle Proben in den Kühlschränken von ViroVector sind mit einem Strichcode gekennzeichnet. Fährt man mit einem Laserlesestift über diesen Strichcode, wird im Zentralcomputer automatisch eine Datei geöffnet, und zwar völlig unabhängig davon, wer den Lesestift betätigt. Diese Datei enthält alle technischen Daten über die Probe und eine Zusammenfassung der Ziele und Hintergründe des Projekts. Das ermöglicht es unter schwierigen Bedingungen arbeitenden Wissenschaftlern, sich raschen Zugang zu diesen Daten zu verschaffen.«

In Deckers Augen flammte neues Feuer auf. Er nickte. »Der Strichcode ruft die Ziele eines Projekts und die genauen Formeln jeder Probe auf? Und man braucht keinen anderen Code, um Zugang zu diesen Informationen zu erhalten?«

»Nein, aber du musst an die Probe rankommen und mit dem Lesestift von TITANIA darüberfahren. Die Ampullen, an die ich dabei vor allem denke, befinden sich an einem sehr sicheren Ort.«

Barzini grinste. »Kein Ort ist vollkommen sicher.«

»Dieser kommt dem aber ziemlich nahe. Die Proben sind in einem Safe gelagert, der sich in einem Bio-Sicherheitslabor der Kategorie Fünf befindet, dem so genannten Mutterschoß. Und glauben Sie mir, dort ist es nicht so kuschelig, wie es sich anhört.«

Sie beschrieb ihnen kurz den Mutterschoß – die Sicherheitsmaßnahmen, die Schutzkleidung, die Kontaminationsgefahr und die Ampullen in dem Panzerschrank, den sie Alice Prince hatte abschließen sehen, als sie zum letzten Mal dort gewesen war. »Ich schätze, ich komme immer noch rein, weil sie mich nicht von der Liste der Zutrittsberechtigten gestrichen haben. TITANIA sorgt mit Kameras, Alarmanlagen und Stahltüren dafür, dass keine Unbefugten die Labors betreten. Die Schlösser sind DNS-codiert, aber meine Daten sind anscheinend immer noch gültig. Wenn ich allerdings mal drinnen bin, brauche ich Hilfe, um in den Safe reinzukommen. Und Hilfe, um das Zeug aus ihm rauszubekommen.«

»Wegen des Safes machen Sie sich mal keine Gedanken«,

sagte Barzini. »Wenn Sie ihn mir etwas genauer beschreiben oder vielleicht sogar das Modell nennen könnten, kann ich vermutlich jemanden auftreiben, der Ihnen etwas bastelt, womit Sie ihn aufbekommen können.«

Kathy dachte kurz nach. »Er ist schwarz, ungefähr hüfthoch, mit einer großen silbernen Wählscheibe vorn dran. Und er ist gekühlt. Oben auf der Tür steht in großen roten Buchstaben der Markenname. Irgendwas wie Lemka, mit einer Zahl dahinter. Einhunderteins, glaube ich.«

Barzini nickte. »Große rote Schrift? Gekühlt? Klingt nach einem Lenica Eins Null Eins. Aus der Schweiz. Gute Qualität, aber mit einem richtig eingestellten Quantenimpulsmesser durchaus zu knacken.«

»Womit?«, fragte Kathy.

»Keine Angst, das ist ein elektronisches Gerät zur Entschlüsselung von Codes«, erklärte ihr Decker. »Damit befassen wir uns später. Aber wenn wir etwas finden, was sollen wir nach draußen schaffen? Dann wird doch alles kontaminiert?«

Daran hatte Kathy bereits gedacht. »Wir nehmen nur Informationen; sonst nichts.« Sie wandte sich Barzini zu. »Könnte ich was zu schreiben haben?«

Er reichte ihr einen Kugelschreiber. »Nehmen Sie Ihre Serviette.«

Rasch zeichnete sie einen Aufriss der Hauptkuppel mit den konzentrischen Kreisen der unterirdischen Bio-Sicherheitslabors und der Klinik und dem Leichenschauhaus darunter. »Bei ViroVector spielt sich das meiste unter der Erde ab. Es gibt zwar Notausgänge, die aus dem Laborkomplex führen, aber nur Mitarbeiter mit Sicherheitsstatus Gold kennen die Codes für die luftdichten Türen. Wir müssen den regulären Eingang zur Hauptkuppel benutzen, um in die Labors zu kommen.«

Sie deutete auf das Zentrum der unterirdischen Labors. »Ich werde hier in den Mutterschoß runtergehen. Vorausgesetzt, Joey kann mir sagen, wie ich in den Safe komme, und vorausgesetzt, ich finde dort etwas, dann kann ich es auch einscannen.« Sie deutete auf das Erdgeschoss der Kuppel.

»Allerdings musst du zu diesem Zweck im Vorraum über dem Laborkomplex warten, Luke. Dort gibt es ein Terminal und einen Drucker. Mit dem Terminal können Daten auf einer Diskette gespeichert werden und der Drucker fertigt einen Ausdruck an. Du machst den Drucker an und legst eine unbeschriebene Diskette in das Terminal ein. Dann schicke ich die Hauptdaten vom Mutterschoß-Terminal an den Drucker und kopiere die genaueren Daten auf die Diskette. Das ist die gängige Praxis, um Informationen aus dem Mutterschoß zu bekommen, ohne eine Kontamination zu riskieren.«

Decker dachte kurz nach. Dann nickte er. »Gut, aber wie kommen wir rein und wieder raus, ohne entdeckt oder aufgehalten zu werden?«

»Mit Sicherheitsstatus Silber kann ich eine zweite Person mitnehmen, wenn sie sich einem DNS-Check unterzieht. Aber wir müssen immer noch …«

»Hey, hey, hey. Das ist genug für heute Nacht. Wir sollten jetzt wirklich besser Schluss machen.« Barzini stand auf und hob seine großen Hände. »Sie wissen, was Sie brauchen und wo Sie es wahrscheinlich finden werden. Ist doch wunderbar. Aber jetzt wird es höchste Zeit, dass Sie sich ein wenig schlafen legen. Ich werde noch ein wenig herumtelefonieren. Bis morgen früh müsste ich dann ein paar Leute haben, die Ihnen bei Observation, Transport und Ausrüstung helfen. Sie können Ihnen sagen, wie Sie am besten auf das Firmengelände kommen und sie werden Ihnen einen Impulsmesser und einen Safe beschaffen, damit Sie schon mal ein bisschen üben können.« Barzini lächelte. »Diese Leute verstehen etwas von ihrem Geschäft, aber ich möchte noch einmal ausdrücklich darauf hinweisen, dass sie nichts mit mir zu tun haben.« Sein Lächeln wurde breiter. »Bedauerlicherweise halten sich nicht alle Mitglieder meiner Familie so streng an die Gesetze wie ich.«

29

Weißes Haus, Washington, D. C.
Am selben Tag. 9 Uhr 30

Zuerst kamen Erleichterung und Euphorie, dann Besorgnis und schließlich Angst. Am Morgen nach dem spektakulären Rückzug der Iraker durchlief die amerikanische Regierung die ganze Bandbreite der Emotionen. Die Besorgnis und die Angst stellten sich jedoch erst einige Stunden später ein, als Pamela Weiss mehr Informationen erhielt.

Trotz ihrer Müdigkeit lächelten der Verteidigungsminister und der Außenminister, als sie den uniformierten Vorsitzenden der Vereinigten Stabschefs um halb zehn Uhr vormittags ins Oval Office begleiteten. Das sonst so nüchterne Trio hatte fast etwas Federndes im Schritt; sie waren Männer, die eine Galgenfrist erhalten hatten.

Zunächst konnte sich niemand die irakische Kehrtwendung erklären. Dann gingen um elf Uhr von der CIA und vom britischen MI5 die ersten Meldungen über eine mysteriöse Epidemie ein, die in der irakischen Armee ausgebrochen war. Die ersten Reaktionen darauf waren zunächst noch positiv. Das Land war als kriegerisch bekannt, weshalb alles, was seine Kampfkraft minderte, als vorteilhaft angesehen wurde. Auf Militärstützpunkten, wo die Truppen auf engstem Raum zusammenlebten, waren solche Infektionen nichts Ungewöhnliches.

Um dreizehn Uhr vierzig gingen erste Geheimdienstmeldungen ein, die mysteriöse Seuche sei ernster als die üblichen Epidemien; sie führe entweder zu einer tödlichen Hirnblutung oder zum Selbstmord des Erkrankten und scheine bereits auf die Zivilbevölkerung übergegriffen zu haben. In einer anderen Meldung war davon die Rede, die erkrankten Personen seien ausschließlich Männer.

Der Umstand, dass die Epidemie – wenn es denn eine war – nicht bekannt war und sich ausbreitete, machte der Präsidentin und ihren Beratern wegen möglicher weitreichenderer Folgen ernste Sorgen. Die Vereinten Nationen und die World Health Organization kamen unverzüglich überein, sämtliche Grenzen zum Irak, die bereits streng überwacht wurden, total abzuriegeln und niemanden mehr hinein- oder herauszulassen. Über das ganze Land wurde eine Quarantäne verhängt.

Es waren dann vor allem die in ausführlicheren Meldungen beschriebenen Symptome, die Anlass zu ernsten Befürchtungen gaben. President Weiss zog zwei beschriebene Seiten aus einer Schublade des imposanten Schreibtischs, der das Oval Office beherrschte, und las stirnrunzelnd die zweite davon. Nachdem sie ihre Berater gebeten hatte, das Büro kurz zu verlassen, griff sie nach dem abhörsicheren Telefon und wählte eine Nummer, die sie auswendig wusste. Doch dann hielt sie inne und überlegte es sich anders.

In Washington war es vierzehn Uhr eins, in San Francisco drei Stunden früher. Sie wählte eine der zwei Nummern, die unten auf der Seite standen. Als niemand abhob, versuchte sie es in der Hoffnung, es wäre sein Büro, unter der zweiten Nummer. Es meldete sich eine Frauenstimme.

»Bedaure«, sagte die Frau, ohne zu fragen, wer am Apparat war. »Ich bin Mr. Butchers Assistentin und habe ihn eigentlich schon gestern Nacht aus Washington zurückerwartet, aber aus irgendeinem Grund scheint er seinen Flug versäumt zu haben. Ich rechne allerdings jeden Moment mit seinem Anruf oder dass er persönlich hier auftaucht. Es tut mir leid, aber es ist sonst überhaupt nicht seine Art, mir nicht Bescheid zu geben, wo er ist. Kann ich ihm etwas bestellen? Er wird Sie umgehend zurückrufen.«

»Danke, nicht nötig.« Pamela Weiss wurde blass. »Ich versuche es später noch mal.« Sie holte tief Luft und bat die Telefonzentrale des Weißen Hauses, sie mit Fort Detrick in Maryland zu verbinden. »Hier ist die Präsidentin. Ich muss umgehend mit dem Kommandanten sprechen.«

Binnen weniger Sekunden war Major General Thomas Allardyce MD vom United States Army Research Institute of Infectious Diseases, dem Forschungsinstitut der US Army für Infektionskrankheiten, am Apparat. »Guten Tag, Madam President, ich nehme an, Sie rufen wegen der Diskette an, die mir Special Agent Toshack gebracht hat.«

»Ja, ich hoffe, Sie haben niemandem davon erzählt. Nicht einmal beim USAMRIID.« Sie verschliff die Abkürzung zu ›Jusamrid‹.

»Selbstverständlich nicht.«

»Was können Sie mir dazu sagen?«

»Nun, auf der Diskette ist zweimal das Genom einer Person gespeichert. Die beiden Genome sind jedoch nicht ganz identisch. Das zweite weist in siebzehn Genen geringfügige Abweichungen auf.«

»Was könnten diese geringfügigen Abweichungen bewirken?«

»Tja, eine ganze Menge.«

»Was zum Beispiel?«

Während Pamela Weiss seinen Ausführungen lauschte, blickte sie auf ihren Schreibtisch und verglich die Geheimdienstberichte mit den zwei Seiten, die Hank Butcher ihr zusammen mit der Diskette gegeben hatte. Nachdem der Arzt geendet hatte, stellte sie ihm noch eine Frage, bevor sie sich bei ihm bedankte und auflegte.

Danach saß sie lange wortlos da und versuchte sowohl ihre Gedanken als auch ihre Gefühle zu ordnen. Schließlich fasste sie einen Entschluss und drückte einen Knopf auf ihrem Schreibtisch, um den Leiter der Sicherheitsabteilung zu rufen.

Special Agent Mark Toshack betrat den Raum und reichte ihr wortlos einen Ordner. Sie schlug ihn auf und überflog die darin enthaltenen Fotos und Aufzeichnungen. Sie bestätigten nur ihre Befürchtungen. »Danke, Mark«, sagte sie schließlich. »Allerdings muss ich Sie bitten, noch etwas für mich zu tun. Auch in diesem Fall möchte ich, dass Sie nur Secret-Service-Angehörige hinzuziehen, und Sie dürfen keine Zeit verlieren.«

ViroVector Solutions, Kalifornien.
Am selben Tag. Mittag

»Also, wenn ihr meinen Rat hören wollt, ich würde es nicht tun. Die wichtigste Grundregel in diesem Geschäft lautet, man geht nicht in ein Rattenloch. Man vergewissert sich immer, dass es einen Ausgang gibt. Und dieser Mutterschoß hört sich an wie die Mutter aller Rattenlöcher.«

Stöhnend nahm Decker Barzinis Cousin Frankie Danza das Fernglas weg und richtete es auf die Hauptkuppel von ViroVector. »Besten Dank, aber das ist an sich nicht die Art von Rat, die wir uns vorgestellt haben.«

Luke Decker und Kathy Kerr saßen in Frankies Mercedes-Van, der an der Hauptstraße geparkt war, und blickten auf das ViroVector-Gelände hinab. Frankie Danza war ein Strich von einem Kerl mit einer Glatze, nervösen Händen und einer Camel, die an seiner Unterlippe festgewachsen zu sein schien. Die anderen zwei Männer in seiner Begleitung hatten sich nicht vorgestellt und ihre Gesichter luden nicht zu weiteren Fragen ein.

Decker wurde die Ironie seiner augenblicklichen Situation nur am Rande bewusst. Ihm waren im Lauf der letzten paar Tage wesentlich merkwürdigere Dinge passiert, als mit der Gegenseite zusammenzuarbeiten. Nachdem Joey Barzini sie heute Morgen eher oberflächlich miteinander bekannt gemacht hatte, hatten Frankie und seine Männer Decker und Kathy in ein Lagerhaus in der Nähe von Fisherman's Wharf gebracht. Dort hatten die zwei namenlosen Männer Kathy einen Impulsmesser gegeben und ihr beigebracht, wie man damit einen Safe wie den im Mutterschoß aufbekam. Während der dreistündigen Sitzung hatte sich ihre Unterhaltung kein einziges Mal über die engen Grenzen der anstehenden Aufgabe hinausbewegt.

Und jetzt versuchte ihnen Frankie Danza zu erklären, welche Probleme es mit sich brachte, wenn man sich unerlaubten Zutritt zu einem intelligenten Gebäude verschaffte und hinterher auch wieder nach draußen kommen wollte.

Frankies Van war neben einem beeindruckenden blauen Schild geparkt, auf dem in meterhohen Buchstaben *White Heat Science Park* stand. Auf dem Gelände befanden sich aufstrebende kleine Hightech-Firmen – die einzigen Gebäude, die an das relativ abgelegene ViroVector-Gelände angrenzten. Auf der anderen Seite lagen ein großer künstlich angelegter See und das elfte Loch des Bellevue Golf and Country Club.

Das satte, von perfekt angeordneten Bäumen durchsetzte Grün der gepflegten Rasenflächen des ViroVector-Geländes wurde lediglich von einigen Tennisplätzen, einem Hubschrauberlandeplatz, mehreren Parkplätzen und den riesigen Produktionshallen unterbrochen – und von der gläsernen Kuppel, die wie ein gigantischer außerirdischer Mond im Mittelpunkt der Anlage saß.

Das Gelände war von einem hohen Maschendrahtzaun umgeben; zur Straße hin befand sich ein Tor. Entlang der Grundstücksgrenze und an allen wichtigen Punkten der Anlage waren fünf Meter hohe Masten mit Sensoren und Überwachungskameras aufgestellt.

»Reinzukommen ist kein Problem«, sagte Frankie Danza. »Vor allem, wenn Kathy eine Zutrittsgenehmigung hat. Wenn die Genehmigung in Ordnung ist, stellt der Überwachungscomputer keine Fragen und macht auch sonst keinen Ärger. Aber er wird Sie ständig im Auge behalten und ab und zu werden auf den Monitoren in der Kuppel Ihre Gesichter zu sehen sein. Wenn zufällig diese Dr. Prince da drinnen ist und Sie sieht, ist die Kacke gewaltig am Dampfen. Sie können aber zur Tarnung eine Kopfbedeckung tragen. Die andere Gefahr ist, dass Sie da drinnen jemandem begegnen. Aber auch dieses Risiko lässt sich begrenzen, wenn Sie erst ziemlich spät reingehen.

Das größte Problem ist, dass es nur einen Weg nach draußen gibt. Wenn Sie nicht rechtzeitig wieder rauskommen, schließt Sie dieser Scheißcomputer da drinnen ein. Und wenn Dr. Prince Sie auf einem der Monitore entdeckt, während Sie gerade im Mutterschoß sind, und Alarm schlägt – Wumm! –, dann sind Sie geliefert.

Ich kannte mal einen Typen, der in Hongkong in eine Bank eingebrochen ist. Ein nagelneues intelligentes Gebäude der Kategorie A am Kowloon Harbour. Reinzukommen war kein Problem. Hat den Computer reingelegt, alle Sensoren ausgetrickst. Hat's bis in den Tresorraum geschafft. Sogar die Zeitschloss-Codes hat er mit einem Quanten-Codebreaker geknackt. Aber dann, als die ganze Mannschaft im Tresorraum war, hat sie der Computer dort eingeschlossen. Plötzlich gingen die einen halben Meter dicken Türen zu und dann wurde die ganze Luft rausgesaugt. Ende der Vorstellung. Am nächsten Tag wurden sie entdeckt – nur noch ein Haufen Leichen. Das ist das Problem mit intelligenten Gebäuden. Lassen einen rein, aber nicht mehr raus.«

»Besten Dank für die aufmunternden Worte«, sagte Kathy. »Haben Sie vielleicht auch ein paar Ideen?«

»Also, wenn Sie unbedingt da reinwollen, kann ich nur eins sagen: Achten Sie auf das Timing. Wenn ich Sie recht verstanden habe, macht der ganze Laden für alle Mitarbeiter außer denen mit Sicherheitsstatus Gold um zehn dicht. Das heißt, bis zehn müssen Sie wieder raus sein. Wenn Sie dann noch in der Kuppel sind, schließt Sie der Computer ein. Selbst wenn Sie schon draußen sind, kriegt er Sie noch. Diese harmlosen Zäune, die um das ganze Gelände laufen, sind sozusagen die Haut des Computers. Wenn Sie versuchen, irgendwie durch den Zaun zu kommen, spürt er Sie sofort auf und schickt ein paar tausend Volt in Ihre Richtung. Also, Regel Nummer eins: Bis zehn *müssen* Sie das Gelände verlassen haben.

Regel Nummer zwei: Damit Sie möglichst wenig Leuten begegnen, gehen Sie so spät wie möglich rein. Wann verlassen die meisten Angestellten das Gelände?«

Kathy hob die Schultern. »Bis sieben sind die meisten weg. Danach arbeiten, wenn überhaupt jemand, nur noch wenige. Es ist praktisch noch nie vorgekommen, dass nach sechs noch jemand in den Mutterschoß runtergeht. Das ist nicht der richtige Ort, wenn man müde ist und dazu neigt, Fehler zu machen.«

Frankie nickte. »Regel Nummer drei: Nehmen Sie sich

genügend Zeit. Sich an diese Regel zu halten ist am schwersten, weil kein Mensch sagen kann, was genügend ist. Wie lange brauchen Sie, um an das Zeug ranzukommen? Kalkulieren Sie mindestens eine halbe Stunde dafür ein, den Safe aufzukriegen.«

Kathy dachte kurz nach. »Ich muss vorher einen Bioschutzanzug anziehen und hinterher muss ich durch die Dekontaminationsduschen. Angenommen, wir finden eine brauchbare Probe, dürfte es nicht länger als zehn Minuten dauern, die Datei zu scannen und oben bei Luke im Vorraum auf einer Diskette zu speichern. Ich würde sagen, wir brauchen eine Stunde, allerhöchstens.«

Frankie nickte. »Dann planen Sie zwei ein. Das heißt, wir liefern Sie um acht am Haupttor ab und holen Sie vor zehn wieder dort ab. Bis dahin sehen Sie lieber zu, dass Sie mit dem Impulsmesser noch etwas mehr Übung kriegen. Und dann fangen Sie lieber schon mal an zu beten, dass Sie im Mutterschoß niemand erwischt. Hört sich ganz so an, als könnte man dort verdammt leicht hopsgehen.«

ViroVector Solutions, Kalifornien.
Am selben Tag. 19 Uhr 59

Bis acht Uhr hatten sich die meisten Büros auf dem ViroVector-Gelände geleert, nur TITANIA war noch unermüdlich an der Arbeit. Die elektronischen Rezeptoren des Biocomputers durchforsteten das World Wide Web, überprüften sämtliche Daten, die auch nur im Entferntesten etwas mit Crime Zero zu tun hatten, und fütterten sein neurales Netz unablässig mit allen wichtigen Informationen. Seine Luftröhren atmeten mit exakter Regelmäßigkeit, während er einen Großteil der gleichen Informationen absorbierte, die President Weiss von ihren Geheimdienstquellen erhalten hatte.

TITANIA verfügte über keine moralische Richtschnur, an der sie die zunehmende Zahl der von ihr registrierten Todesfälle hätte bewerten können. Der Supercomputer konnte die

Zahl der Todesfälle und ihre Ursachen nur ganz objektiv mit seinen Prognosen vergleichen. Der Tod Bob Burbanks und die Vereidigung von President Weiss waren ebenso gespeichert wie der Rückzug der Iraker und die sich ausbreitende Epidemie. TITANIAS Berechnungen zufolge waren im Irak bereits über neuntausend Menschen wegen Crime Zero gestorben und innerhalb der betroffenen demographischen Gruppen würde die Zahl der Todesopfer weiter zunehmen. Anders als für die Präsidentin der Vereinigten Staaten waren diese Zahlen für TITANIA kein Grund zur Besorgnis.

Auch fand TITANIA nichts Ungewöhnliches dabei, als sie auf einer elementareren Ebene künstlicher Wahrnehmung die Aktivierung eines der DNS-Scanner registrierte, die den Zugang zum Firmengelände überwachten. Wie das Unterbewusstsein eines Menschen nahm TITANIAS Basisbetriebssystem, das über die Sicherheit von ViroVector wachte, zur Kenntnis, dass das Genom, das von der Handfläche einer gegen den Sensor gedrückten menschlichen Hand abgelesen wurde, mit einem Genom in ihren Personalakten übereinstimmte. Und da dieses Genom über den Sicherheitsstatus Silber verfügte und sich die zweite nicht zutrittsberechtigte Person zu einem DNS-Scan bereit erklärte, gestattete TITANIA unverzüglich den Zutritt, ohne ihre höheren Bewusstseinsschichten damit zu behelligen, etwa so, wie das Unterbewusstsein eines Menschen die Atmung steuert und das Bewusstsein nur dann alarmiert, wenn es ein Problem entdeckt.

TITANIAS Augen jedoch folgten den zwei Besuchern auf Schritt und Tritt und beobachteten jede ihrer Bewegungen.

30

ViroVector Solutions, Kalifornien. Am selben Tag. 20 Uhr

»Bitte legen Sie Ihre Handfläche auf den Sensor«, sagte die Stimme am Haupttor von ViroVector. Decker stellte verwundert fest, dass das Tor nicht besetzt war. Zumindest nicht von einem Menschen.

Der große Wärter in der Pförtnerloge war ein lebensechtes Hologramm, sein Gesicht ein Konglomerat aus den Zügen bekannter männlicher Filmstars. Dem Aufkleber am Fenster zufolge stand er auf einem KREE8 Holo-Pad, Modell 6. »Ist er dazu da, Besucher abzuwimmeln oder willkommen zu heißen?«, flüsterte Decker Kathy zu.

Achselzuckend nahm Kathy ihre Hand vom Sensor, damit Decker seine ablesen lassen konnte. Sie wirkte nervös, was er ihr nicht verdenken konnte. »Mach dir deswegen mal keine Gedanken. Er ist nur hier, um Eindruck zu schinden, damit jeder gleich sieht, was sie bei ViroVector technologisch schon alles drauf haben.«

»Das ist ihm jedenfalls hervorragend gelungen«, sagte Decker, der ein leichtes Hitzegefühl auf seiner Handfläche spürte, als ihm der Sensor eine mikroskopisch dünne Hautschicht abschälte, um seine DNS zu scannen. In einem Anfall von Panik fragte er sich plötzlich, ob der Scanner vielleicht in der Lage war, Axelmans Gene in seiner DNS zu erkennen und ihm den Zutritt zu verwehren.

»Willkommen, Dr. Kerr«, sagte das Hologramm, nachdem Deckers Handfläche abgelesen worden war. »Bitte geben Sie den vollen Namen Ihres Begleiters an.«

»Luke Decker.« Sie sprach in ein kleines Mikrofon an der Wand des Pförtnerhäuschens.

»Danke, Dr. Kerr.«

Im selben Moment glitt das mächtige Tor lautlos auf und sie waren drinnen.

Als Decker sich kurz umdrehte, sah er hundert Meter die Straße hinunter die Lichter von Frankie Danzas Van. Frankie und seine Leute hatten ihn und Kathy vor einer Stunde hergebracht. Sie hatten im Van gesessen und die letzten Nachzügler beim Verlassen des Firmengeländes beobachtet und schließlich noch einmal eine halbe Stunde gewartet, nachdem der letzte ViroVector-Angestellte gegangen war. Der Parkplatz war leer und die Anlage schien verlassen. Punkt zwanzig Uhr gingen sie, in der Hoffnung, Kathys Zutrittsgenehmigung wäre noch gültig, zum Tor. Es war ein Vabanquespiel, aber jetzt waren sie drinnen. Aber wie Frankie gesagt hatte, war das der einfache Teil.

Als Decker Kathy zu der gigantischen Kuppel folgte, die wie ein erbarmungsloses Raumschiff im abendlichen Dunkel glomm, glaubte er die Stiche hunderter unsichtbarer Augen zu spüren, die ihn beobachteten.

»An sich sollte niemand mehr hier sein«, sagte Kathy, als sie sich der Treppe näherten, die zum Eingang hinaufführte. »Wenn du trotzdem jemandem begegnen solltest, lächelst du ihn einfach freundlich an.« Vor ihnen konnte er zwei massive gläserne Doppeltüren sehen, in die *ViroVector* graviert war. Als er einen Blick durch sie hindurchwarf, stellte er zu seiner Erleichterung fest, dass die Eingangshalle bis auf zwei Leute, die sich vor den Toiletten angeregt unterhielten, leer war.

»Um die Tür zu öffnen, musst du deine Hand wieder auf den Sensor legen«, sagte Kathy.

»Hat hier jede Tür diese blöden Sensoren?«

»Ja. TITANIA möchte gern wissen, wo jeder ist.«

»Na großartig«, brummte Decker und legte seine Hand auf die Stahlplatte.

Als er sich beim Betreten der Eingangshalle kurz umblickte, sah er auf dem Parkplatz ein Scheinwerferpaar die Dunkelheit durchbohren. Eine Limousine fuhr an der Kuppel vorbei. Möglicherweise lag es an seiner Nervosität, aber er war sicher, auf dem Beifahrersitz einen Blick auf Direktor Naylors weißes Haar erhascht zu haben.

»Scheiße«, fluchte er.

Kathy hatte sie ebenfalls gesehen. »Versuch einfach nicht daran zu denken. Komm.« Sie packte ihre Umhängetasche fester und führte ihn durch eine Tür im hinteren Teil des Foyers zu einem langen Gang. An seinem Ende befand sich eine gelbe Tür mit einem schwarzen Bio-Warnzeichen darauf. »Leise«, zischte sie, als sie an einer Stahltür vorbeigingen, auf der in schwarzer Schrift *TITANIA Smart Suite* stand. Dahinter war ein tiefes Summen zu hören.

Als sie die gelbe Tür erreichten, wurden ihre Handflächen erneut gescannt. Die Tür öffnete sich, ein steriles weißes Ambiente bar jeder Wärme und Farbe umfing sie. Und in dem Moment, in dem sich die luftdichte Tür hinter ihnen schloss, bildete Decker sich ein zu hören, wie die Tür der Smart Suite aufging.

Aber was Decker gehört hatte, war nicht die Tür zur Smart Suite, sondern das Geräusch, das TITANIA machte, wenn sie dachte.

Und in der Smart Suite liefen die Drähte heiß. Beide Hauptdisplays – die riesige Bildschirmwand und das KREE8 Holo-Pad am Kopfende des Konferenztischs – waren in Betrieb. Und im hinteren Teil des Raums zeigten die kleinen Monitore rasch wechselnde Ansichten der ViroVector-Anlage, wie TITANIA sie durch ihre Überwachungskameras sah.

Das auf dem Pad abgebildete Hologramm war ein dreidimensionaler Globus von eineinhalb Meter Durchmesser, der sich einen Meter über dem Boden langsam drehte. Die Qualität des Hologramms war so gut, dass der Eindruck entstand, als wäre der silberne Globus tatsächlich im Raum vorhanden. Die einzelnen Erdteile, in die mit einer dünnen schwarzen Linie die Landesgrenzen eingezeichnet waren, waren von roten, grünen und blauen Schichten überzogen, die sich in den Ballungszentren wie bei einer dreidimensionalen topographischen Karte zu Bevölkerungsbergen auftürmten und die demographische Zusammensetzung des jeweiligen Landes wiedergaben. Im Gegensatz zu den statischen Farbschichten, die den Rest der Welt bedeckten, pulsierte das Rot im Irak, als wäre es lebendig.

Tippte man mit der Fingerspitze auf ein bestimmtes Land, teilten sich die Farbschichten und gaben den Blick auf die Angaben der relativen und absoluten Größe der jeweiligen demographischen Gruppe in dem betreffenden Land frei. Die absoluten Bevölkerungszahlen änderten sich ständig, da sie den Geburten und Todesfällen Rechnung trugen, die anhand der Angaben in den zahlreichen Datenquellen des World Wide Web errechnet wurden. Auch die steigende Zahl der Weltbevölkerung auf der Bildschirmwand fluktuierte. Zuletzt stand sie auf 6.567.987.601.

Unter dem Bevölkerungszählwerk befand sich eine nicht für jeden zu entschlüsselnde Legende, die angab, wofür die einzelnen Farben standen. Neben Rot stand *Ziel*, neben Grün *Träger*, neben Blau *Korrigiert*. Neben jeder Farbe war ein Zählwerk, das die zahlenmäßige Stärke des betreffenden Bevölkerungssegments angab.

Alice Prince' Augen leuchteten vor Erregung, als sie, ganz allein im Raum, den Globus betrachtete, dessen irisierende Farben sich in den dicken Gläsern ihrer Brille spiegelten. Nachdem sie letzte Nacht Zeuge des irakischen Rückzugs geworden war, fühlte sie sich wie ein neuer Mensch. Der Ausbruch eines dritten Weltkriegs war abgewendet worden und die letzten Zweifel, die sie noch gehabt haben mochte, hatten endgültig aufgehört, sie zu quälen. Crime Zero war ein rechtmäßiges Vorhaben und es ließ sich praktisch umsetzen. Angesichts des planmäßigen Verlaufs von Phase Zwei sprach nichts mehr dagegen, schon in wenigen Tagen Phase Drei zu starten. Und die Vision war so viel reiner und klarer, wenn man sie in ihrer klinischen Gesamtheit betrachtete, ungetrübt von jeder Verwicklung mit nackten menschlichen Realitäten.

TITANIA begann mit der Berechnung des voraussichtlichen globalen Gesamtverlaufs von Phase Drei.

Am oberen Rand der Bildschirmwand erschien eine Zeitachse mit dem heutigen Tag als Stunde Null, von dem ab die Monate und Jahre des simulierten Verlaufs gezählt wurden.

In jedem der für Phase Drei ausgewählten Indexländer begannen die farbigen Schichten zu pulsieren. Doch kaum hatten die Epizentren zu leuchten begonnen, breiteten sich schwarze parabelförmige Kurven, die für die Verbreitung zu Land, zu Wasser und in der Luft standen, wie Spinnenbeine auf dem Globus aus. Binnen weniger Tage pulsierten im größten Teil der so genannten hoch zivilisierten Länder alle Farbsegmente auf der Zeitlinie. Nur die abgelegensten Regionen Südamerikas, wie Amazonien und Patagonien, sowie die Antarktis, Zentralafrika und die Inseln nördlich von Neuseeland, waren noch nicht betroffen.

Nach zehn Tagen hörte in den wichtigsten Nationen das rote Farbsegment, das für *Ziel* stand, zu pulsieren auf und leuchtete stattdessen konstant. Bald folgten auch die anderen Länder und binnen weniger Wochen leuchteten neunzig Prozent der roten Segmente auf dem Globus zum Zeichen dafür, dass hier die Bevölkerungszahlen rückläufig waren. Nach einem Monat war, mehr oder weniger stark, jedes Land betroffen. Auf dem Hauptbildschirm stieg die Zahl der Weltbevölkerung immer langsamer bis auf 2.408.876.654 und begann dann zu fallen. Nach zweieinhalb Monaten war die Zahl um fast dreihundert Millionen zurückgegangen; nach sechs Monaten hatte sich der Bevölkerungsschwund verdoppelt und nach einem Jahr hatte sich die Zahl um mehr als eineinviertel Milliarden reduziert. Nach sechsunddreißig Monaten und drei Tagen waren alle Spuren von Rot auf der Welt verschwunden.

Die geschrumpften Bevölkerungsberge setzten sich nur noch aus zwei Farbschichten zusammen: aus Grün und Blau, *Träger* und *Korrigiert*.

Die Weltbevölkerung war in drei Jahren um fast zweieinhalb Milliarden Menschen zurückgegangen, ein Bevölkerungsschwund, der fünfzigmal so groß war wie der nach der großen Grippeepidemie von 1918.

Nachdem die Zeitachse zwanzig Jahre weitergedreht worden war, begann die Zahlenanzeige wieder langsam zu steigen und zu den wachsenden Bevölkerungsbergen in jedem Land kam eine neue Schicht mit unterschiedlichen Blauschattierungen.

Der silberne Globus wurde jetzt von beruhigenden Blau- und Grüntönen beherrscht. Der grelle rote Ausschlag war ein für alle Mal ausgemerzt.

Als TITANIA ihre Vision wie ein Zuschlagen des Unvermeidlichen vor ihr ausbreitete, hatte Alice das Gefühl, etwas

Heiliges zu betrachten: eine reinigende Flut, zu deren Ausbruch sie ihr Teil beigetragen hatte. Sie war so gebannt vom Anblick des Globus, dass sie nicht hörte, wie Madeline Naylor den Raum betrat.

»Schön, nicht?«, sagte Madeline.

»Jetzt lässt es sich nicht mehr aufhalten«, sagte Alice mit einem Seufzen.

»Da wäre nur noch eine Kleinigkeit, die es vorher zu erledigen gilt«, sagte Madeline.

»Was denn jetzt noch?«

»Decker und Kerr sind noch nicht aus dem Verkehr gezogen. Jackson kümmert sich zwar darum, aber …«

»Das spielt doch jetzt keine Rolle mehr, oder?« Alice blickte weiter auf den schimmernden Globus und das Neue Eden, für das er stand.

»Wahrscheinlich nicht«, sagte Madeline. »Aber trotzdem wüsste ich gern, wo sie sind.«

Sie hätte nur TITANIA zu fragen gebraucht. Der Biocomputer hätte ihr umgehend Luke Deckers und Kathy Kerrs genauen Aufenthaltsort nennen können. Und wenn sie auf die vier Bildschirme hinter sich geblickt hätte, auf denen ständig wechselnde Ansichten des Firmengeländes zu sehen waren, hätte sie vielleicht sogar einen flüchtigen Blick auf eine Gestalt in einem blauen Chemturion-Bioschutzanzug erhascht, die den Mutterschoß betrat.

31

Mutterschoß, ViroVector Solutions, Kalifornien.
Am selben Tag. 20 Uhr 32

Als die Glastür des Mutterschoßes zischend hinter ihr zuging, prickelten unter dem gummierten Schutzanzug die ersten Schweißperlen auf Kathy Kerrs Haut. Beim Betreten des Firmengeländes war sie nervös, aber gefasst gewesen und der Umstand, dass sie Direktor Naylor gesehen hatte, hatte sie eher angespornt als gelähmt. Doch jetzt, hier im Mutterschoß, nur vom Geräusch ihres Atems begleitet, spürte sie, wie sich zunehmende Anspannung ihrer bemächtigte. Diesmal war es anders als bei ihren bisherigen Besuchen.

Die Uhr über der Tür stand auf 20:32. Um 21:30 würde TITANIA den Mutterschoß hermetisch abriegeln. Einschließlich der lebenswichtigen halben Stunde, die für die Dekontaminationsprozedur erforderlich war, musste Kathy das Gelände verlassen haben, bevor es TITANIA Punkt 22 Uhr abschloss. Somit blieben ihr achtundfünfzig Minuten, um mit Hilfe des Impulsmessers den Safe zu öffnen, zu finden, wonach sie suchte, und die Daten oben bei Decker mit Hilfe des Computers und des Druckers zu speichern. Die Zeit war knapp. Sie wagte erst gar nicht daran zu denken, dass ein anderer Wissenschaftler in die Biolabors herunterkommen könnte. Dann wäre sie geliefert.

Sie holte tief Luft und ging an den ersten Kühlschränken vorbei in die Ecke, wo der hüfthohe Safe stand. Über der kleinen Tastatur für das elektronische Kombinationsschloss war eine Klappe von der Größe eines Taschenbuchs. Sie war so, wie sie sie in Erinnerung hatte, und sah beruhigenderweise genauso aus wie die an dem Lenica 101, an dem sie geübt hatte; aber hundertprozentig sicher war sie nicht.

Auf der Arbeitsplatzstation neben Alice Prince' Safe war ein Datensichtgerät. Kathy schaltete es ein und öffnete die Verbindung zu dem Terminal eine Etage höher, wo Decker mit einer Packung neuer Disketten wartete, bereit, alle Daten, die sie fand, zu kopieren.

Die Tastatur war doppelt so groß wie üblich, mit einem sterilen Schutzüberzug aus Plastik über den großen, flachen Tasten. Mit ihren in Handschuhen steckenden Fingern tippte sie ungelenk eine Nachricht an Luke ein.

»Bin drinnen. Safe gefunden. Bei dir oben alles klar? Disketten und Drucker bereit?«

Und dann kam, nach scheinbar endlosen Sekunden, die Antwort.

»Hier oben alles bestens. Viel Glück.«

Sie blickte auf die dünne, scheckheftgroße Chromplatte in ihrer linken Hand: der Impulsmesser, von dem jetzt alles abhing. Indem er sich nuklearmagnetische Schwingungen und flüssige Moleküle zunutze machte, entschlüsselte der Quanten-Codebreaker mit Hilfe von Qubits, die im Gegensatz zu den klassischen binären Bits gleichzeitig in multiplen Zuständen existieren können, die einzelnen Bestandteile eines Codes nicht sequenziell, sondern in Parallelzeit. Das Gerät war schnell und leistungsstark, aber würde es für ihre Zwecke ausreichen? Während sie sein LC-Display und die zwei hauchdünnen Drähte betrachtete, die wie zerbrechliche Fühler an einem Ende hervorstanden, rekapitulierte sie noch einmal die einzelnen Schritte ihres Vorgehens. Mit Hilfe der Magnetplatte auf der Rückseite des Quantenimpulsmessers befestigte sie die Box über der Tastatur für das Kombinationsschloss des Safes. Nachdem sie sich, immer Frankies Warnung im Kopf – ›Wenn das Ding runterfällt, ist es im Eimer‹ –, vergewissert hatte, dass es fest saß, klappte sie die von einem Federscharnier gehaltene Plastikabdeckung der Safetastatur nach oben und befestigte sie mit Klebeband, sodass die Tasten offen dalagen. Dann nahm sie die zwei feinen Drähte, die aus dem Gerät hervorstanden, zwischen die Fingerspitzen und suchte die zwei winzigen Löcher am oberen Rand der Tastatur. »Mit ein bisschen Übung dürfte das nicht allzu schwer sein«, hatte man ihr gesagt.

Aber es war beim Üben schon nicht einfach gewesen und es war jetzt nicht einfach. Zuerst konnte sie nicht einmal die Löcher finden, und nachdem sie sie endlich gefunden hatte, hätte sie fast entnervt aufgegeben. Die Schutzhandschuhe, die sie trug, waren noch dicker als die, mit denen sie geübt hatte. Sie waren zwar dafür gedacht, ihrem Träger größtmögliche Bewegungsfreiheit zu gewähren, aber zwei hauchdünne Drähte in zwei winzige Löcher einzuführen zählte offensichtlich nicht zum Spektrum der Anwendungsmöglichkeiten.

»Nur keine Hektik«, redete sie sich gut zu. »Und immer schön Zeit lassen.« Aber Zeit war das Einzige, was sie nicht im Überfluss hatte. Ohne sich aus der Ruhe bringen zu lassen, strich sie die zwei Zentimeter langen Drähte mit einer Hand glatt und richtete sie nach den zwei Löchern aus. Sobald sie auch nur auf den geringsten Widerstand stießen, verbogen sie sich sofort, weshalb sie ganz langsam und behutsam eingeführt werden mussten. Alles hing davon ab, dass der Kontakt mit der Elektronik im Innern des Schlosses hergestellt wurde. Frankies Leute hatten ihr beigebracht, die Drähte zu schuckeln, wie sie es genannt hatten; das hieß, man musste die Drähte ganz leicht ins Vibrieren bringen, bis sie einen Weg in die Öffnung fanden. Aber dieses ›Schuckeln‹ erforderte Fingerspitzengefühl, und diesen Luxus gestatteten ihr die Handschuhe nicht.

Sie spürte, wie ihr der Schweiß von der Stirn rann. Am liebsten hätte sie sich den Helm heruntergerissen, um ihn wegzuwischen, aber so blieb ihr nichts anderes übrig, als sich die Tropfen aus den Augen zu blinzeln. Sie hatte längst zu zählen aufgehört, wie oft einer der Drähte umknickte, wenn es ihr endlich gelungen war, beide in die Löcher einzuführen, und wie oft sie wieder von vorn beginnen musste. Ihre Arme schmerzten bereits vor Anstrengung, als sechsundzwanzig Minuten später endlich ein leises Piepsen ertönte und der Impulsmesser zum Leben erwachte. Über die LC-Anzeige rasten Ziffern, während das Gerät simultan nach den einzelnen Zeichen suchte, aus denen sich der Code zusammensetzte.

Kathy wandte sich dem Computerterminal zu und nahm den Lesestift aus seiner Halterung. Um zu testen, ob er funktionierte, fuhr sie damit über den Strichcode auf einer der Ampullen im Hauptkühlschrank. Sofort erschien auf dem Bildschirm ein Menü, mit dessen Hilfe man die genetische Zusammensetzung der Probe in der Ampulle, den Verlauf der klinischen Tests und die wichtigsten Gründe und Zielsetzungen abfragen konnte. Beruhigt stellte sie die Ampulle zurück und wartete, dass der Impulsmesser seine Arbeit tat.

Das Gerät brauchte nur fünfeinhalb Minuten für sein Kunststück, dann erschienen sechs Leuchtzeichen auf dem Display: 666%£5. Vorsichtig streckte sie einen Finger aus und gab den Code ein. Die Tür ging lautlos auf.

»Der Safe ist auf«, tippte sie eine Nachricht an Luke und sah auf die Uhr. Sie hatte etwas mehr als eine halbe Stunde Zeit, um zu kopieren, was sie brauchte. Das müsste genügen.

Sie nahm einen Behälter mit zigarrengroßen bunten Ampullen heraus, stellte ihn auf die Arbeitsfläche neben dem Terminal und las die Etiketten. Den zwei roten Ampullen, auf denen *Conscience* stand, schenkte sie keine weitere Beachtung. Dagegen jagten ihr die zwei Wörter auf den drei grünen Ampullen einen Schauder über den Rücken.

Crime Zero.

Worin unterschied sich der Inhalt der Ampullen? Um sich alle Beweise zu beschaffen, musste sie die Daten aller drei speichern. Plötzlich kamen ihr die verbleibenden siebenundzwanzig Minuten überhaupt nicht mehr lang vor.

Sie tippte: »Glaube, Projekt heißt Crime Zero. Brauchen zwei weitere Disketten. Mindestens drei Ampullen. Könnten alle wichtig sein.«

»Reicht für drei die Zeit?«, wollte Luke sofort wissen.

»Ich hoffe es.«

Kathy nahm die Ampulle, auf der *Crime Zero (Phase Eins – Telomerentest)* stand und fuhr mit dem Lesestift über den Strichcode.

Statt sich anzusehen, was auf dem Bildschirm erschien, klickte sie sofort das Symbol für Speichern an und wählte das Laufwerk des Computers eine Etage höher.

Die Datei war umfangreich. Das Uhrsymbol am unteren Bildschirmrand bewegte sich unerträglich langsam, während es anzeigte, das Herunterladen würde sieben Minuten dauern. Falls die anderen beiden Dateien auch so groß waren, konnte Kathy von Glück reden, wenn sie alle Daten nach draußen schaffen konnte, bevor TITANIA den Mutterschoß dicht machte. Sie sah zu den anderen zwei Terminals im Mutterschoß hinüber, aber bei Decker oben gab es nur einen Computer, sodass sie immer nur eine Diskette überspielen konnte.

Während sie wartete, zog sie die Drähte des Quantenimpulsmessers aus dem Safe, entfernte auch das Gerät selbst und sah sich nach einem Versteck dafür um. Da es kontaminiert war, konnte sie es nicht mehr aus dem Mutterschoß mitnehmen. Andererseits, und das traf besonders für Alice Prince zu, würde es jedem, der es im Mutterschoß entdeckte, verraten, dass sie hier gewesen war. Schließlich warf sie das Gerät in einen Ampullencontainer, schloss den Deckel und stellte den Behälter ganz hinten in das unterste Fach des größten Kühlschranks.

Bis sie wieder zum Bildschirm zurückkehrte, war die Crime-Zero-Datei überspielt worden. Blieben noch achtzehn Minuten.

»Bereit für Diskette zwei?«, tippte sie an Luke.

»Alles klar.«

Fast im selben Atemzug griff sie nach der Ampulle mit der Aufschrift *Crime Zero (Phase Zwei – Kontrollierter Versuch)* und fuhr mit dem Lesestift darüber. Sobald auf dem Bildschirm angezeigt wurde, dass die Datei geöffnet war, sendete sie sie nach oben zu Luke. Wieder sah sie auf die Uhr am unteren Bildschirmrand. Das Überspielen dieser Datei würde acht Minuten dauern. Blieben noch zehn Minuten. Für Phase Drei war also praktisch keine Zeit mehr.

Sie beschloss, die letzte Crime-Zero-Ampulle auf einem zweiten Terminal einzuscannen, um sich wenigstens ihren Inhalt anzusehen. Zu diesem Zweck schaltete sie das Terminal neben dem Geneskop ein.

In diesem Moment ertönte eine zarte Frauenstimme. »Es ist jetzt einundzwanzig Uhr fünfzehn. Die Bio-Sicherheitsstatus-Fünf-und-Vier-Einrichtungen werden in genau fünfzehn Minuten geschlossen. Falls Sie dies nicht schon getan haben, sollten Sie jetzt die Arbeitsplatzstationen räumen und sich bereitmachen, das Gebäude zu verlassen. Das ViroVector-Gelände wird Punkt zweiundzwanzig Uhr geschlossen.«

Kathy blickte auf den Bildschirm, von dem Crime Zero Phase Zwei nach oben zu Luke gesendet wurde. Noch über drei Minuten. Ein Auge immer auf der Digitaluhr über der Tür des Mutterschoßes, wandte sie sich den Daten auf dem zweiten Terminal zu.

Sie machte sich sofort daran, zu den technischen Daten von Crime Zero Phase Drei vorzuscrollen, und überflog dabei die Zusammenfassung im Schnelldurchlauf. Wörter und Wendungen sprangen ihr entgegen. ›Gentechnisch veränderter Grippevektor – Chimäre – respiratorische Übertragung –

Y-Chromosom-Auslöser – Project-Conscience-Regulatorgene – hormonelle Störung – telomerenbestimmte Zeitauslösung.‹ Für sich allein genommen, war jedes Wort und jede Wendung harmlos, aber die Implikationen, die sich aus ihrer Häufung ergaben, waren beängstigend.

Kathys Herz flatterte wie die Flügel eines gefangenen Vogels, als sie rasch zur Zusammenfassung der Zielsetzungen weiterscrollte. Was sie dort las, war so ungeheuerlich, dass ihr der Atem stockte. Doch was sie am meisten schockierte, war die Tatsache, dass das Ganze auf einer vollkommen amoralischen, rein wissenschaftlichen Ebene durchaus Sinn machte. Mit erschreckender Deutlichkeit wurde Kathy klar, dass Crime Zero für das stand, was dabei herauskam, wenn man ihre Entdeckung in letzter Konsequenz in die Praxis umsetzte. Zum Teil trug sie die perverse Verantwortung für das, was Alice Prince und Madeline Naylor taten.

Ihr Herz krampfte sich zusammen.

Oder vielleicht schon getan *hatten*.

»Sie haben noch genau zehn Minuten Zeit, bevor die Status-Fünf-und-Vier-Einrichtungen geschlossen werden«, teilte ihr die zarte Frauenstimme mit.

Kathy holte tief Luft und eilte an den ersten Monitor.

»Bereit für die dritte Diskette?«, tippte sie.

»Keine Zeit mehr«, antwortete Decker. »Komm sofort rauf.«

»Die Zeit muss reichen. Erklärung später.«

»Wenn du unbedingt meinst«, folgte Deckers Antwort auf dem Fuß. »Dritte Diskette eingelegt. Beeil dich!!!!!«

Sie stürzte zum zweiten Terminal zurück, wählte Deckers Diskettenlaufwerk und klickte auf ›Speichern‹. Nach Abschluss des Überspielvorgangs blieben ihr nur noch wenige Sekunden, um die Terminals auszuschalten, bevor sie den Mutterschoß verließ. Niemand durfte erfahren, dass sie hier gewesen war.

Sie behielt ständig die Uhr im Auge, als sie die Ampullen so, wie sie sie vorgefunden hatte, in ihrem Behälter verstaute und in den Safe zurückstellte.

»Die Labors der Bio-Sicherheitsstufen Fünf und Vier schließen in genau fünf Minuten.«

»KOMM RAUS!«, las sie von Luke auf dem Bildschirm.

Aber sie musste erst noch jede Spur ihres Eindringens verwischen.

»Vier Minuten.«

Falls Naylor und Prince davon erfuhren, starteten sie Phase Drei vielleicht früher als geplant. Vorausgesetzt, sie hatten es nicht bereits getan. Sie drückte die Safetür zu.

»Drei Minuten.«

Sie rannte zu dem großen Kühlschrank zurück und vergewisserte sich, dass der Impulsmesser gut versteckt war.

»Zwei Minuten.«

Sie machte das erste Terminal aus und vergewisserte sich, dass alles so war, wie sie es vorgefunden hatte.

»Eine Minute.«

Mach schon, brüllte sie das zweite Terminal an, als könnte sie es mit bloßer Willenskraft dazu bringen, die Daten schneller zu senden.

Dann war es endlich fertig. Sie schaltete es aus und ging, so rasch es ihr Anzug erlaubte, zur Tür, drückte den Knopf, um sie zu öffnen, und verließ den Mutterschoß.

Sie war dreiundvierzig Sekunden unter der Zeit, als die luftdichte Tür zischend hinter ihr zuging.

»Der Mutterschoß ist jetzt geschlossen«, sagte die körperlose Frauenstimme. »Das Haupttor von ViroVector wird in einer halben Stunde abgeschlossen. Nach zweiundzwanzig Uhr kann das Gelände nicht mehr verlassen werden. Wenn Sie es nicht schon getan haben, machen Sie sich bitte zum Gehen bereit.«

»Okay, okay, ich hab's gehört«, sagte Decker laut. Er nahm an, dass Kathy rechtzeitig aus dem Mutterschoß gekommen war. Kein Alarm war ertönt. Zumindest bisher noch nicht.

Er stand neben dem einzigen Computer in dem sterilen weißen Raum. Links von ihm war die Tür zu der Schleuse, hinter der Kathy verschwunden war, um zu den Hochsicherheitslabors und zum Mutterschoß hinunterzufahren. Rechts von ihm war der Ausgang zu dem Gang, der in die Eingangshalle führte.

Nachdem er die dritte Diskette aus dem Computer genommen hatte, beschriftete er sie und steckte sie mit den anderen in seine Tasche. Dann schaltete er das Terminal aus und setzte sich an den Schreibtisch. Er konnte nichts tun als warten. In Erwartung, dass jeden Moment jemand hereinkam, blickte er alle paar Sekunden zum Ausgang.

Er sah auf die Uhr. Kathy musste erst durch die Dekontaminationsduschen und ihren Anzug ausziehen, bevor sie diesen technologischen Albtraum verlassen konnten. Und sie mussten bald hier raus.

Während er wartete, überlegte er, warum wohl Kathy die Daten über die dritte Ampulle von Crime Zero unbedingt hatte kopieren wollen, selbst auf die Gefahr hin, im Mutterschoß eingeschlossen zu werden. Zwei hätten doch bestimmt auch genügt.

»Los, raus hier«, rief Kathy, die plötzlich durch die Tür der Schleuse geplatzt kam.

Decker nahm seine Tasche, sprang vom Stuhl auf und rannte zum Ausgang. »Wir haben noch etwa zwölf Minuten. Nichts wie weg hier.«

Sie liefen an der Smart Suite und am Cold Room vorbei ins Foyer und verließen die Kuppel. Draußen auf dem Gelände war es so still wie zuvor.

Am Haupttor legte Decker seine Hand auf den Scanner. Seine Anspannung begann sich erst zu legen, als das Tor aufging.

Wenige Sekunden später tauchte Frankie Danzas Van auf und hielt mit lautem Reifenquietschen vor dem Tor.

Mit einem erleichterten Seufzer ging Decker mit Kathy auf das getönte Fenster auf der Fahrerseite zu. Er öffnete die Tür und erstarrte.

Am Steuer saß nicht Frankie Danza. Nicht, dass Decker das tatsächlich mitbekam, denn seine ganze Aufmerksamkeit galt der Revolvermündung, in die er starrte.

»Lassen Sie die Tasche fallen! Sofort!«, forderte der Mann auf dem Fahrersitz Decker auf und drückte ihm den Revolverlauf an die Stirn.

32

Inzwischen hatten die Medien auch schon einen Namen für die Epidemie gefunden, die in den Reihen der irakischen Armee wütete: die Friedensseuche. Einige amerikanische und britische Boulevardblätter stellten sie sogar als eine gute Sache hin: eine Geißel Gottes, die über die Kriegstreiber hereingebrochen war.

Nach dem irakischen Rückzug am Freitag hatte die World Health Organization die über den Irak verhängte Quarantäne mit Unterstützung des UN-Sicherheitsrats noch verschärft. Aus Angst, die mysteriöse Seuche könnte auf sie übergreifen, setzten die angrenzenden Länder die Quarantäne strikt durch. Die Zahl der Toten wurde schon jetzt auf über dreißigtausend geschätzt und stündlich fielen der Epidemie mehr Iraker – Soldaten wie Zivilisten – zum Opfer. Allerdings waren bisher, wenn überhaupt, so gut wie keine Frauen und Kinder davon befallen worden.

Die World Health Organization, Médecins sans Frontières und das Rote Kreuz entsandten unverzüglich speziell ausgerüstete Teams, um den Ursachen der Epidemie auf den Grund zu kommen und Strategien zu ihrer Eindämmung zu entwerfen. Sogar die US Army hatte ein Spezialistenteam des Epidemic Intelligence Service vom Center for Disease Control in Atlanta entsandt. Binnen weniger Stunden war der Irak in den Augen der Weltöffentlichkeit von einem gefährlichen Aggressor zu einem hilfsbedürftigen Krüppel geworden.

Bis Samstag lagen die ersten Befunde vor, die darauf hindeuteten, dass sich die Krankheit auf den Hormonspiegel und die chemischen Prozesse im Gehirn auswirkte. Es wurde die, allerdings durch nichts begründete Hoffnung geäußert, die Epidemie werde nicht durch die Luft übertragen und somit könnte sie wenigstens an ihrer Ausbreitung gehindert werden, wenn man nur entsprechend drastische Maßnahmen ergriff.

Es wurden Meldungen laut, der bis zu diesem Zeitpunkt absolut uneinsichtige irakische Präsident habe den Kurden gegenüber sein Bedauern über die Gräueltaten der Vergangenheit ausgedrückt und sich bei der kuwaitischen Führung für seine aggressive Haltung entschuldigt. Zuerst wurden diese Reuebekundungen – falls die Meldungen tatsächlich stimmten – als ein zynischer Versuch gesehen, sich zu einem Zeitpunkt, da der Irak im Chaos versank, mit seinen Feinden gut zu stellen. Doch nach und nach deuteten sie darauf hin, dass auch er von der Friedensseuche befallen war.

Angesichts der wachsenden Hysterie in der amerikanischen Öffentlichkeit belagerte die Presse das Weiße Haus und verlangte von der neuen Präsidentin eine Stellungnahme. Vertreter sensationslüsterner Blätter wollten wissen, ob die Seuche vielleicht absichtlich in die Welt gesetzt wurde – sozusagen ein genialer Präventivschlag der neuen Regierung. War die Friedensseuche, inspiriert vom Erfolg von Project Conscience – der propagierten biologischen Methode zur Abschaffung der Kriminalität –, nur der nächste Schritt in diese Richtung – eine biologische Methode zur Abschaffung des Krieges?

Diese Spekulationen dementierte Pamela Weiss aufs Entschiedenste und betonte stattdessen, sie nehme die Epidemie im Irak sehr ernst und habe Bagdad die volle Unterstützung der Vereinigten Staaten angeboten. Sie erklärte, die Menschheit müsse sich trotz aller Differenzen gegen ihren gemeinsamen Feind verbünden: gegen diese Seuche.

Überraschenderweise fragten wenige Journalisten, ob die Friedensseuche auf Amerika übergreifen könne. Und wenn dem so sei, wann sie sich dort ausbreiten werde.

Das war eine Frage, die Pamela Weiss nicht beantworten konnte.

Samstag, 8. November 2008. Morgen

Kathy Kerr musste die Augenbinde sehr lange tragen. Das Flugzeug war seit mindestens vier Stunden unterwegs, vielleicht sogar länger. Das monotone Dröhnen der Triebwerke und die Handgelenksfesseln aus Nylon verstärkten das Gefühl der Isolation, das von ihr Besitz ergriffen hatte. In der Kabine roch es nach billigem Eau de Cologne und nach Passagierflugzeugtoiletten. Aber das war kein Passagierflugzeug; so viel war ihr klar.

Es waren mindestens zwei weitere Männer bei ihnen in der Kabine, aber sie wusste nicht, wo sie saßen. Es war ihr ein gewisser Trost, dass Decker drei Sitze weiter saß. Sie hatten so gut wie nichts miteinander gesprochen, seit sie in den Van und dann in das Flugzeug verfrachtet worden waren. Die Zeit hatte nur gereicht, ihm das Wichtigste über Crime Zero zuzuflüstern – beziehungsweise, was sie über Phase Drei wusste. Danach hatten sie kein Wort mehr gesprochen. Es gab nichts zu sagen.

Tiefe Hoffnungslosigkeit bemächtigte sich ihrer. Dieses Projekt war so ungeheuerlich und von so gigantischen Dimensionen, dass es ihr plötzlich völlig unerheblich erschien, ob sie die Behörden darüber benachrichtigte oder nicht. Decker hatte Recht gehabt: Sie hätte nach Hause fahren sollen, solange sie noch die Gelegenheit dazu hatte. Bloß weil sie diesen Albtraum in Gang gesetzt hatte, hieß das noch lange nicht, dass sie ihn aufhalten konnte. Das war global, unausweichlich und endgültig.

Luke Decker rutschte unruhig auf seinem Platz herum, um eine bequemere Haltung zu finden. Trotz allen Nachdenkens war er noch immer auf keine einleuchtende Erklärung gekommen, warum sie noch am Leben waren. Wenn zutraf, was Kathy ihm über Crime Zero erzählt hatte, hätten sie längst tot sein müssen. Für Naylor musste es klar sein, dass er und Kathy über das Projekt Bescheid wussten. Die FBI-Direktorin hatte gar keine andere Wahl, als sie zum Schweigen bringen zu lassen.

Decker schüttelte den Kopf; er wurde nicht schlau aus dem Ganzen. Alice Prince hatte einen schweren Schicksalsschlag erlitten und war vermutlich nicht von Natur aus bösartig. Hinter ihrer Mitwirkung an Crime Zero standen vermutlich idealistische Träume, die ihr vor den Realitäten der ungeheuren menschlichen Verluste einfach die Augen verschlossen.

Die treibende Kraft war sicher Naylor, und wenn ihn sein Gefühl nicht täuschte, war das schon immer so gewesen.

Warum waren sie also noch am Leben?

Als er hörte, wie das Fahrgestell ausgefahren wurde, und spürte, wie die Maschine zur Landung ansetzte, glaubte er, bald eine Antwort auf diese Frage zu bekommen.

Als das Flugzeug schließlich stand, wurde Decker in die Kälte hinausgetragen und zusammen mit Kathy wieder in einen Van verfrachtet. Als dieser losfuhr, wurden ihnen die Augenbinden abgenommen. Decker studierte die zwei Männer, die mit ihnen in dem fensterlosen Laderaum saßen. Deckers Tasche mit den Disketten lag neben den Füßen des kleineren, rotblonden Mannes. Es waren typische Agenten, mit dunklen Anzügen und unergründlichen Mienen, aber er kannte keinen von beiden.

Decker setzte die einzelnen Fakten zusammen. Das Flugzeug war eine Regierungs- oder Militärmaschine gewesen und die Tatsache, dass der Van sie so ohne weiteres auf dem Rollfeld hatte abholen können, deutete darauf hin, dass sie nicht auf einem normalen Verkehrsflughafen gelandet waren.

Auf dem Boden hatten sie wenigstens eine Chance zu entkommen. Decker lächelte Kathy matt an. Sie sah blass und müde aus, aber sie lächelte zurück.

Decker wandte sich dem kleineren Agenten zu. Seiner Körpersprache nach zu schließen, führte er das Kommando. »Wissen Sie, was auf den Disketten ist, die Sie uns abgenommen haben?«

Der Mann verzog keine Miene, so, als hätte er die Frage nicht gehört. Decker sprach weiter, ganz ruhig, wie mit einem Verbündeten. »*Wollen* Sie denn nicht mal wissen, was auf den Disketten ist?« Er spürte, wie seine Wut unaufhaltsam stieg. »Sollten Sie aber. Weil Sie nämlich auch davon betroffen sein werden, und zwar früher, als Sie glauben. Gibt Ihnen das nicht wenigstens ein bisschen zu denken?«

Noch immer sagte der Mann nichts.

Decker, der sonst immer sehr beherrscht und vernunftbetont war, versuchte nicht mehr, die Kränkungen und die Wut der letzten Tage hinunterzuschlucken. Gerade als seine Verbitterung und Frustration ihren Höhepunkt erreichten, hielt der Van abrupt an; im selben Moment schritt Decker zur Tat.

Es gab keinen Plan, keine mit kühler Überlegung durchdachte Kriegslist, nur eine Explosion lange aufgestauter Energie. Als der Motor ausging, war deutlich zu sehen, wie die Aufmerksamkeit von seinen beiden Bewachern nachließ. Sie blickten in Richtung Führerhaus. In diesem Moment sprang Decker nach vorn und versetzte, die Hände wie einen Knüppel schwingend, dem größeren Mann einen Schlag gegen den Kopf, sodass er zu Boden stürzte. Sich den Schwung seiner Bewegung zunutze machend, schmetterte er die Arme wie bei einer mit beiden Händen geschlagenen Rückhand gegen das Kinn des kleineren Mannes, sodass dieser mit dem Kopf gegen die Seitenwand des Van geschleudert wurde. Deckers Knöchel brannten vor Schmerz und an einem Gelenk platzte die Haut auf. »Schnapp dir seine Knarre«, schrie er, von einem gewaltigen Adrenalinstoß aufgeputscht.

Kathy tastete unter der Jacke des zu Boden gestreckten Mannes herum und zog schließlich einen schwarzen Revolver hervor. Das Gleiche tat Decker bei dem anderen Mann, der, noch bei Bewusstsein, gegen die Seitenwand des Van gesackt war und sich den Kopf hielt. Außerdem stieß er die Tasche, die vor dem Mann auf dem Boden lag, in Richtung Tür. Während er noch überlegte, wie er die Tür aufbekommen könnte, wurde sie von außen geöffnet.

Er riss den Revolver hoch und richtete ihn auf eine kleine Personengruppe, deren Silhouette sich gegen den Nachthimmel abzeichnete. Eine Respekt einflößende Frauengestalt trat vor; sie war flankiert von vier Männern, die ihre Waffen gezogen hatten und direkt auf ihn richteten.

»O Gott«, stieß Kathy hinter ihm hervor.

Decker stand der Mund offen. Was machte sie hier?

»Was ist hier los?« Die Stimme der Frau war fest und energisch. Sie sah erst Kathy, dann Decker an und blickte schließlich an ihm vorbei auf den rotblonden Mann, der sich benommen aufrichtete. »Special Agent Toshack, was ist passiert?« Die Frau wirkte müde und blass, aber ihr Auftreten ließ keinen

Zweifel daran, dass sie sich vollkommen im Griff hatte. »Ich habe Ihnen gesagt, Sie sollen sie zu mir bringen, nicht, sich mit ihnen zu prügeln.«

Verdutzt drehte Decker sich um und beobachtete, wie der Mann auf seinen auf dem Boden liegenden Kollegen zukrabbelte, der wieder zu sich zu kommen schien. Toshack massierte sich das Kinn und bedachte Decker mit einem reuigen Grinsen. »Ich glaube, da war Special Agent Decker etwas anderer Meinung. Und wie man sieht, weiß er sie ja auch verdammt gut zum Ausdruck zu bringen.«

»Was ist mit Brown?«, fragte die Frau.

Der Mann untersuchte seinen stöhnenden Partner. »Er wird es überleben.«

Die Frau schüttelte verständnislos den Kopf. Dann reichte sie, ohne sich um Deckers Revolver zu kümmern, Kathy die Hand. »Willkommen in Fort Detrick, Dr. Kerr. Nachdem ich inzwischen zu der Überzeugung gelangt bin, dass wir auf der gleichen Seite stehen, ist es mir eine große Freude, Sie kennen zu lernen. Ich bin Pamela Weiss.«

Sprachlos schüttelte Kathy ihr die Hand.

Dann wandte sich die Präsidentin Decker zu und deutete auf die Tasche zu seinen Füßen. »Werden Sie mich jetzt erschießen, Special Agent Decker? Falls nicht, könnte ich dann vielleicht haben, was Sie bei ViroVector entwendet haben?«

Zunächst rührte sich Decker nicht. Er überlegte immer noch, auf welcher Seite sie stand. Schließlich ließ er den Revolver sinken und hob die Tasche auf, hielt sie aber dicht an seiner Seite. »Ich glaube, wir wollen alle sehen, was auf diesen Disketten ist, Madam President.«

33

ViroVector Solutions, Kalifornien. Am selben Tag. 10 Uhr 09

Samstagmorgen entdeckten zwei ViroVector-Wissenschaftler das kleine elektronische Gerät aus Chrom im Mutterschoß. Verärgert stellten die zwei Forscher, die unter Termindruck einen viralen Vektor gegen Alzheimer entwickelten, fest, dass ein Teil des ihnen zugeteilten Kühlschranks beschlagnahmt worden war.

Als sie sich bei Alice Prince beschwerten, reagierte diese zunächst nur verärgert. Das Letzte, was sie jetzt brauchen konnte, waren kleinkarierte Auseinandersetzungen über Laborkapazitäten. Doch als niemand erklären konnte, worum es sich bei dem Gerät handelte und wie es in den Mutterschoß gelangt war, wich ihre Gereiztheit wachsender Besorgnis.

Sie schlüpfte in ihren Bioschutzanzug und begab sich in den Mutterschoß, um sich das Gerät selbst anzusehen. Es war im untersten Fach eines der Kühlschränke in einem Behälter versteckt worden. Auf ihre Anfrage teilte ihr TITANIA mit, dass in den letzten Tagen nur Personen mit einer Zutrittsgenehmigung im Mutterschoß gewesen waren. Selbstverständlich hatte TITANIA alle Personen, die den Mutterschoß und die Biolabors betreten hatten, auch namentlich festgehalten. Alice Prince stockte der Atem, als sie auf der Liste dieser Personen Kathy Kerrs Namen entdeckte und zu ihrer Bestürzung auch noch feststellen musste, dass sie gestern Nacht mit Luke Decker hier war. Das war vollkommen ausgeschlossen. Sie und Madeline waren doch selbst hier gewesen. Doch dann fiel ihr ein, dass sie Kathys Zutrittsgenehmigung nicht gelöscht hatte – Madeline hatte gesagt, das sei nicht nötig. Für TITANIA war Kathy Kerr also weiterhin berechtigt, zu kommen und zu gehen, wie es ihr passte.

Alice Prince ging rasch zum Safe und gab mit der Tastatur die Kombination ein. Nachdem die Tür aufgegangen war, nahm sie den Behälter heraus und untersuchte die plombierten Verschlüsse der Ampullen. Alles schien so, wie sie es hinterlassen hatte. Dann nahm sie eine der Crime-Zero-Ampullen und fuhr mit dem Lesestift darüber. Auf dem Monitor erschien das Projekt-Menü. In der rechten unteren Ecke waren Zeitpunkt und Datum des letzten Scans angegeben: 21:22,7. November. Gestern.

Bedrückt ging Alice Prince zum Telefon, um Madeline Naylor Bescheid zu sagen.

Heathrow Airport, London.
Am selben Tag. 14 Uhr 12

Immer schon war Heathrow einer der größten Flughäfen der Welt. Als dann noch 2005 der erste Abschnitt von Terminal 5 eröffnet wurde, setzte er sich unangefochten an die Spitze. Die riesige Anlage bildete eine eigene Stadt mit über hunderttausend Beschäftigten, in der jährlich fast achtzig Millionen Fluggäste abgefertigt wurden.

Im Samstagnachmittagstrubel bekam kaum jemand überhaupt mit, dass drei der Abflugs- und Ankunftstunnels zwei Stunden lang geschlossen waren. Die Passagiere wurden zu anderen Flugsteigen umgeleitet; der Abfertigungsbetrieb wurde dadurch nur unerheblich gestört. Entsprechend nahm auch niemand Notiz von den zwei Männern in blauen Overalls, die einen mit weißen Schachteln beladenen Handwagen in einen der geschlossenen Flugsteige schoben. Die Overalls der zwei Männer trugen das gleiche Firmenlogo wie die Schachteln: *AirShield Industries*. Aus einem kleinen blauen Aufdruck darunter ging hervor, dass AirShield Industries eine Tochtergesellschaft der ViroVector Solutions Incorporated in Palo Alto, Kalifornien, war.

Es war eine Routinemaßnahme. Der Computer hatte gemeldet, dass ein paar Patronen leer waren, und die genauen Seriennummern der entsprechenden Ersatzpatronen angegeben, gegen die sie ausgetauscht werden sollten. Die Männer taten nur, was ihnen aufgetragen worden war. Keiner von ihnen wäre auf die Idee gekommen, sich über diesen Auftrag weitere Gedanken zu machen. Sie konnten unmöglich ahnen, welche Konsequenzen ihr Tun haben würde.

Der Flugsteig war leer und auf der Anzeigetafel, auf der sonst Flugnummer und Zielort angegeben waren, blinkte jetzt: *Wegen Reparaturarbeiten geschlossen*. Wie in den meisten Großflughäfen kamen auch in den Abflugs- und Ankunftstunnels von Heathrow Bakteriophagen-Luftreiniger zum Einsatz. Die Fluggäste waren sich größtenteils gar nicht bewusst, dass sie mit Bakterien abtötenden Phagen sterilisiert wurden, wenn sie sich an Bord eines Flugzeugs begaben oder es verließen. Ein leichter, mit einem frischen, seifigen Duft durchsetzter Luftstoß war der einzige Hinweis darauf, dass sie der mit Phagen angereicherten Luft ausgesetzt wurden – eine Maßnahme, die als sinnvolle Sicherheitsvorkehrung angesehen wurde.

Nachdem die zwei Techniker die verlassenen Schalter für Pass- und Flugscheinkontrolle und die leeren Sitzreihen des Warteraums passiert hatten, öffneten sie eine Tür mit der Aufschrift *Zutritt nur für Berechtigte*. Sie führte zu dem weit verzweigten Netz von Gängen unter den Abfertigungstunnels hinab, durch die man an die einzelnen Luftreiniger-Patronen herankam. Die Männer ließen den Handwagen vor der Tür stehen und stiegen, jeder mit einem Karton, die Treppe hinunter. Vor ihnen tat sich ein langer chromverkleideter Gang auf, von dem links eine Reihe luftdichter Türen abgingen. Auf jeder Tür stand eine Zahl, die der Nummer des darüber liegenden Flugsteigs entsprach.

Der erste Mann öffnete mit Hilfe eines Schlüssels Tür Nummer achtundzwanzig, hinter der sich der niedrige Gang unter dem Bakteriophagen-Luftschacht auftat. Sein Kollege ging zur Tür daneben. Geduckt arbeitete sich der erste Techniker zu der kleinen Wartungskammer vor, wo er rasch den sechzig mal sechzig Zentimeter großen Abzug der Luftreinigungsanlage entdeckte, der ein Stück aus der Decke hervorstand. Als er das Gitter entfernte, kamen ein roter Knopf mit der Aufschrift *Schließen* und ein grünes Licht zum Vorschein. Neben dem Knopf befand sich ein Hebel, mit dem sich die zylindrische Patrone mit den sechs Ampullen, von denen jede eine andere bakterienspezifische Bakteriophage enthielt, aus ihrer Halterung lösen ließ.

Nachdem der Mann auf den roten Knopf gedrückt hatte, glitt die luftdichte Tür hinter ihm zu. Als das grüne Licht zum Zeichen dafür, dass keine Luft mehr eindringen oder austreten konnte, rot aufleuchtete, überprüfte der Mann routinemäßig die Nummer auf dem Karton, nahm die neue Patrone heraus und legte sie auf den Boden.

Dann legte er den Hebel um und entfernte die verbrauchte Patrone. Nachdem er sich davon überzeugt hatte, dass sie intakt war, legte er sie in den leeren Karton. Als er dabei die sechs kreisförmig angeordneten Ampullen wie immer kurz inspizierte, stellte er zu seiner Verwunderung fest, dass die meisten von ihnen noch mindestens halb voll waren. Er machte sich deswegen jedoch keine weiteren Gedanken; er führte die Anweisungen des Computers aus.

Ohne lange zu überlegen, setzte er die neue Patrone in die Halterung ein. Zwischen den zwei Behältern war kein Unterschied. Die leichte farbliche Abweichung einer Ampulle interessierte ihn nicht. Das war nicht seine Aufgabe. Und er bemerkte auch nicht, dass in einer Ecke des Gehäuses eine winzige, aber leistungsstarke Funkantenne angebracht war. Nachdem er das Gitter wieder über der Abzugsöffnung befestigt hatte, nahm er die Schachtel und verließ den Wartungsschacht. Auftrag erledigt.

Früher hatte er sich immer gesagt, seine Tätigkeit sei wichtig, weil sie dazu beitrug, die Gesundheit der Menschen zu schützen, aber inzwischen interessierte ihn nicht mehr, was er tat. Hauptsache, er konnte die Hypothek abzahlen.

Vielleicht hätte es ihn aber interessiert, wenn er gewusst hätte, dass auch in fünf anderen Flughäfen der Welt zehn Wartungstechniker wie er und sein Kollege unwissentlich dazu beitrugen, die Welt für immer zu verändern.

34

USAMRIID, Fort Detrick, Maryland.
Am selben Tag. 12 Uhr 23

»Sie alle haben die Basisdaten auf den Disketten gesehen, die Dr. Kerr und Special Agent Decker aus den ViroVector-Labors entwendet haben. Die dritte Diskette zeigt uns, dass Phase Drei in nächster Zukunft mittels Fernbedienung aktiviert werden soll. Wir müssen also mit dem Schlimmsten rechnen und entsprechende Vorkehrungen treffen.

Außerdem müssen wir eine umfassende Strategie zur Bekämpfung der Phase-Zwei-Epidemie im Irak ausarbeiten, einschließlich entsprechender Vorkehrungen für den Fall, dass sie auf andere Länder übergreift. Niemand der hier Anwesenden sollte auf Protokoll oder Rang Rücksicht nehmen. Sagen Sie frei heraus, was Sie denken. Und wenn wir noch Mitarbeiter für unser Team brauchen, holen wir sie um Gottes willen auf der Stelle an Bord. Hier handelt es sich um eine Nationale-Sicherheits-Direktive Sieben. Ernster kann die Lage nicht werden.«

President Weiss wirkte ausgelaugt, als sie zu den Angehörigen der Sondereinheit sprach, die sich um den Tisch im Hauptkonferenzsaal versammelt hatten. Kathy konnte gut verstehen, warum die Präsidentin so starkes persönliches Interesse an der Sache zeigte. Wenn *sie* schon ein furchtbar schlechtes Gewissen hatte, weil Alice Prince und Madeline Naylor sich ihre Arbeit an Project Conscience zunutze gemacht hatten, um diese Ungeheuerlichkeit zu entwickeln und zu testen, was musste dann erst in Pamela Weiss vorgehen? Sie waren ihre Freundinnen und sie hatte ihnen vorbehaltlos vertraut. Project Conscience hatte maßgeblich zu ihrem Wahlerfolg beigetragen. Und nun hatten Prince und Naylor aus ihrem, wie sie glaubte, gemeinsamen Traum einen grässlichen Albtraum gemacht.

Kathy hatte in der Zwischenzeit erfahren, dass es die auffallende Ähnlichkeit zwischen Axelmans Symptomen und denen der Friedensseuche im Irak gewesen war, die Weiss veranlasst hatte, Toshack nach ihr suchen zu lassen. Mit einem Fakultätsfoto der Stanford University bewaffnet, hatten Toshack und seine Männer die FBI-Direktorin beschattet, in dem Glauben, sie würde sie zu Kathy führen. Nachdem sie gestern Abend Naylor zu ViroVector gefolgt waren, hatten sie die Männer in Frankie Danzas Van entdeckt und außer Gefecht gesetzt. Anschließend hatten sie sich am Tor auf die Lauer gelegt und gewartet, dass Kathy und Decker auftauchten.

Seit sie vor drei Stunden hier eingetroffen waren, hatte die Zeit nur für eine Mahlzeit, eine kurze Sichtung der Disketten und ein paar kurze Worte der Begrüßung gereicht. Nun ließ sich Kathy in ihren Stuhl zurücksinken und blickte in die Runde: Neben Decker saß die Präsidentin der Vereinigten Staaten von Amerika, umgeben von sechs anderen Personen, die versuchten, einen Ausweg aus diesem Wahnsinn zu finden.

Der große Farbige in Uniform, der rechts von Weiss saß, war General Linus Cleaver, der Vorsitzende der Vereinigten Stabschefs. Daneben, ebenfalls in Uniform, ein Mann mit einem kantigen Kinn. Major General Tom Allardyce MD war der Leiter des USAMRIID, aber er hatte darum gebeten, mit Tom angesprochen zu werden. Neben ihm saß eine Frau mit einem schmalen Gesicht, langem dunklem Haar und intelligenten, wachsamen Augen. Dr. Sharon Bibb leitete den Epidemic Investigation Service des CDC in Atlanta. An ihrer Seite war Deputy Director Bill McCloud vom FBI. Der große schlanke Mann mit dem modischen Haarschnitt und dem ausgeprägten Südstaatenakzent vertrat die Hazardous Materials Response Unit des FBI. Er und Luke kannten sich bereits. Die zwei anderen Männer waren Todd Sullivan, Pamela Weiss' neuer Stabschef, und Jack Bloom, der Vorsitzende des Doomsday Committee. Die Aufgabe des Doomsday Committee, das Teil der National Security Agency war, bestand darin, die denkbar schlimmsten Katastrophenszenarios durchzuspielen und für den Fall, dass sie tatsächlich einmal Wirklichkeit wurden, entsprechende Gegenmaßnahmen zu erarbeiten. Allein die Tatsache, dass Bloom hier war, gab Anlass zu ernster Besorgnis.

Als Erster ergriff Major General Tom Allardyce das Wort und deutete auf die auf dem Tisch bereitliegenden Tabellen, in denen der Inhalt der Disketten zusammengefasst war. »Ich schlage vor, wir vergewissern uns zunächst, dass wir uns alle über den vollen Umfang der Folgen von Crime Zero im Klaren sind und uns über unser weiteres Vorgehen einig sind, bevor wir die einzelnen Aufgabenbereiche verteilen. Kathy, nachdem Sie am besten mit der Materie vertraut sind, könnten Sie uns vielleicht eine kurze zusammenfassende Darstellung der drei Phasen geben, wie sie sich Ihnen darstellen?«

Mit einem Blick auf die Tabellen skizzierte Kathy in groben Zügen die Hintergründe von Project Conscience. Ihr entging nicht, wie Pamela Weiss das Gesicht verzog, als sie schilderte, wie Dr. Prince und Direktor Naylor sich ihre, Kathys, Forschungsarbeiten zu Conscience zunutze gemacht hatten, um einen geschlechtsspezifischen Vektor zu entwickeln.

Kathy nahm einen Schluck aus ihrem Wasserglas. »Phase Eins war eine Versuchsreihe mit sechs Häftlingen in San Quentin, unter ihnen auch Karl Axelman. Dabei wurden die modifizierten Gene in einen abgeschwächten viralen Vektor eingesetzt, der sich wiederum in den Stammzellen des Patienten festsetzte. Das heißt, die Behandlung – wenn man sie so nennen will – wirkte nur bei der Person, die das Mittel injiziert bekam. Der Vektor steuerte Zellen im Hypothalamus des Gehirns und in den Hoden an. Die neuen genetischen Anweisungen erhöhten den Hormon- und den Neurotransmitterspiegel des Patienten in geradezu aberwitzigem Maß; während einerseits die Aggressivität der Zielperson verstärkt wurde, quälte sie sich gleichzeitig mit suizidalen Schuldgefühlen. Erklärtes Hauptziel dieser Phase war, festzustellen, ob diese Therapie den Patienten zunächst unfähig zur Gewalttätigkeit machen und dann innerhalb eines vorher festgelegten zeitlichen Rahmens zu seinem Tod führen würde.«

»Innerhalb eines vorher festgelegten zeitlichen Rahmens?«

»Wenn der Vektor und die in ihm enthaltenen modifizierten Gene richtig eingestellt waren, ließ sich im Voraus festlegen, in welchem Alter der Patient sterben würde.«

»Wie?«, fragte Dr. Bibb, die ihre Tabellen studierte. »Anhand der Länge der Telomeren?«

»Genau.«

»Was sind Telomeren?«, wollte General Linus Cleaver wissen.

Kathy sah Sharon Bibb fragend an, ob sie vielleicht diese Frage beantworten wollte, doch die Wissenschaftlerin überließ das Kathy. »Telomeren sind die Schutzkappen auf den Chromosomenenden, ähnlich denen an den Enden von Schnürsenkeln. Mit zunehmendem Alter teilen sich unsere Zellen und die Telomeren erodieren. Wenn das Virus entsprechend eingestellt ist, kann es anhand der Länge der Telomeren das Alter eines Wirts erkennen. Dazu müssen Sie wissen, dass Alice Prince über ein ungeheures Arsenal an viralen Vektoren verfügt. Sie kann fast alles machen, was sie will.

Phase Zwei war der Schritt von streng kontrollierten Laborbedingungen zu einer realen Lebenssituation. Um die Tragweite ihrer Vision unter Beweis zu stellen, suchten sich Prince und Naylor dafür eine besonders kriegerische Nation aus, vermutlich um die Menschen damit zu beeindrucken, dass sie sogar einen Krieg verhindern können. Immerhin gibt es kein größeres Gewaltverbrechen.«

»Ich glaube, sie wollten damit ganz besonders auch Sie beeindrucken, Madam President«, flocht Decker ruhig ein.

Pamela Weiss runzelte die Stirn, sagte aber nichts.

»Aus der Diskette geht eindeutig hervor«, fuhr Kathy fort, »dass sie die Infektionswelle mit einer einzigen verdorbenen Probe Bioshield-Impfstoff ausgelöst haben. Wie die meisten militärischen Großmächte wird auch der Irak von ViroVector beliefert. Vermutlich hat der Irak eine größere Menge DNS-Vakzine bestellt, um seine Truppen damit zu impfen. Da dürfte es für Dr. Prince kein Problem gewesen sein, TITANIA, dem Zentralcomputer von ViroVector, Anweisung zu erteilen, der Lieferung an den Irak eine manipulierte Probe beizufügen. Im Gegensatz zu Phase Eins ist dieser Vektor jedoch ansteckend. Er ist ein Hand-zu-Mund-Erreger, der durch Berührung übertragen wird.«

»Aber warum haben sie nicht gleich einen ansteckenderen Vektor verwendet?«, fragte Jack Bloom.

»Vermutlich wollten sie sichergehen, dass sie ihn wieder unter Kontrolle bekommen, falls er nicht die erwartete Wirkung zeigt«, antwortete Kathy. »Im Irak sollte letzten Endes getestet werden, wie sich diese Form der Behandlung im größeren Maßstab bewährt, vor allem auch in Hinblick auf die Frage, bei wem sie wirkt und bei wem sie *nicht* wirkt. Der Vektor selbst ist so beschaffen, dass er jeden infiziert, der darin enthaltene DNS-Modifikator jedoch tut seine Wirkung nur bei Männern. Alice Prince und Madeline Naylor wollten dafür sorgen, dass ihr intelligenter Killer nur das tötete, was er auch wirklich töten sollte.«

»Ersten Geheimdienstmeldungen zufolge«, meldete sich General Cleaver zu Wort, »ist genau das der Fall. Im Irak sind bisher noch keine Frauen oder Kinder von der Krankheit befallen worden.«

Kathy nickte. »Befallen wurden sie von der Krankheit vermutlich schon, bloß zeigen sich bei ihnen die Symptome nicht. Das Geniale am Crime-Zero-Vektor ist, dass durch ihn nur Gene derjenigen Personen verändert werden, wo dies beabsichtigt ist, dass er aber alle als Infektionsträger benutzt. Ebola und Marburg laufen sich selbst zu Tode, weil die Opfer normalerweise sterben, bevor sie das Virus weitergeben können. Das ist bei Crime Zero anders. Phase Zwei lebt weiter; es gibt kein Ende!«

»Aber wie zum Teufel wollen die das alles so genau kalkulieren?«, fragte McCloud. »Pandemische Seuchen sind höllisch schwer in den Griff zu kriegen. Wie wollen sie da eine künstlich in die Welt setzen, die sich genau so verhält, wie sie das wollen?«

»Mit Hilfe von TITANIA, dem Supercomputer von ViroVector«, sagte Kathy. »Alice Prince und Madeline Naylor sind die Komponisten, aber der Dirigent ist mit an Sicherheit grenzender Wahrscheinlichkeit TITANIA. Der Computer orchestriert alles und überwacht jede Phase genauestens, bevor er zur nächsten übergeht. Und es ist die letzte Phase, die wirklich genial ist. Phase Drei ist ohne Übertreibung eine Glanzleistung.«

Kathy blätterte in dem Stoß Tabellen, der vor ihr lag. Als sie bei den letzten anlangte, zitterten ihre Hände. »Der Phase-Drei-Vektor setzt alle vorangegangenen Prozesse außer Kraft. Wurde eine Person von Phase Zwei befallen, überschreibt Phase Drei alle bisherigen genetischen Veränderungen mit seinen eigenen Anweisungen. Dieser Vektor ist wirklich ein Geniestreich. Wie bei Phase Zwei befällt er zwar jeden, aber die Symptome treten nur bei bestimmten Bevölkerungsgruppen auf. Und selbst hier wieder sind die Auswirkungen je nach dem Alter der Befallenen unterschiedlich. In diesem Vektor verbindet sich das Beste von Conscience mit dem Schlimmsten von Crime Zero. Das Ganze ist beängstigend raffiniert.«

»Könnten Sie das vielleicht etwas näher erklären?«, sagte Weiss.

»Also, zuallererst ist dieser Vektor so konzipiert, dass er zwar Frauen jeder Altersgruppe infiziert, ohne dass jedoch irgendwelche Symptome bei ihnen auftreten. Sie haben den viralen Vektor zwar in den Zellen ihrer Atemwege und können ihn an andere weitergeben, bleiben aber selbst bis auf einen leichten Husten gesund. Das hat zur Folge, dass sich das Virus nicht selbst den Nährboden entzieht. Bei Jungen, die noch nicht in die Pubertät gekommen sind, sieht die Sache dagegen schon etwas anders aus. Ihr Erbgut wird durch den Vektor verändert, allerdings nur innerhalb des Rahmens, in dem Conscience die Gene modifiziert. Infizierte präpubertäre Jungen müssen nicht sterben, sondern bekommen ihre Gene lediglich so kalibriert, dass sie ungeachtet ihrer natürlichen Prädisposition weniger zur Gewalttätigkeit neigen. Außerdem werden ihre Keimzellen davon betroffen. Das heißt, sie geben diese Modifikationen ihres Erbguts an die Kinder weiter, die sie einmal zeugen werden. Sie haben es im Vergleich zu den infizierten postpubertären Männern noch gut getroffen.«

Sie machte eine Pause, um Atem zu holen.

»Wie im Fall des Phase-Zwei-Vektors werden alle postpubertären Männer, die vom Phase-Drei-Virus befallen werden, zunächst der Fähigkeit zu gewalttätigem Handeln beraubt;

dann sterben sie. Da sich dieses Virus an den Telomeren auf den Chromosomenenden seines Wirts orientiert, hängt der Zeitpunkt des Todes vom Alter ab. Das heißt, als Erstes sterben die Jungen. Postpubertäre Männer unter fünfundzwanzig werden in einigen Monaten sterben. Als Letzte betroffen werden ältere Männer, die am wenigsten gewalttätig sind und am meisten Wissen weitergeben können. Sie werden in etwa drei Jahren sterben. Ein entscheidender Punkt bei diesem Vektor ist, dass er auf dem Grippevirus basiert. Das heißt, er wird durch die Luft übertragen und über die Atemwege aufgenommen. Schon durch das bloße Einatmen des Vektors wird eine Person infiziert. Dank des modernen Luftverkehrs wird er sich in vierundzwanzig Stunden auf dem ganzen Erdball ausgebreitet haben.«

Nach einem Moment des Schweigens ergriff Sharon Bibb das Wort. Sie sprach mit der Monotonie eines Menschen, der unter Schock steht. »Darf ich das vielleicht kurz mal im Kontext erläutern. Die bisher größte Pandemie ereignete sich 1918 nach dem Ersten Weltkrieg. Wie ein Steppenbrand breitete sich das Grippevirus in Asien, Amerika und einem ohnehin schon geschwächten Europa aus. Wir alle wissen, dass der Erste Weltkrieg Millionen Menschen das Leben kostete, aber diese Zahl der Opfer war nichts im Vergleich zu den fünfzig Millionen, die die Spanische Grippe dahinraffte. Allein in Indien starben zwanzig Millionen Menschen. Aber das hier ließe selbst diese Zahlen harmlos erscheinen. Wenn Phase Drei zum Ausbruch kommt, sterben in den nächsten drei Jahren fast zweieinhalb Milliarden Menschen.«

»Alle Männer«, ergänzte Decker. »Die Logik, die hinter dem Ganzen steht, ist wirklich bestechend. Gewaltverbrecher begehen Gewaltverbrechen. Gewaltverbrecher sind Männer. Keine Männer mehr heißt also: keine Gewaltverbrechen mehr. Auf der Erde bleiben außer Frauen nur noch Jungen mit modifizierten Genen übrig. Gewaltverbrechen, Kriege und alle sonstigen sinnlosen Akte der Gewalt werden durch einen einzigen, allerdings gigantischen Akt der Gewalt ein für alle Mal aus der Welt geschafft. In wenigen Jahrzehnten wächst ein neuer Bestand an friedfertigen Männern heran und gewalttätige Männer gehören der Vergangenheit an.« Er gab einen tiefen Seufzer von sich. »Ein hohes Maß an visionärer Kraft kann man diesem Plan auf keinen Fall absprechen. Und, President Weiss, ich glaube, Sie sind als feste Größe bei der Verwirklichung dieser Vision eingeplant.«

Mit bestürztem Gesicht wandte sich Pamela Weiss Luke Decker zu. »Wenn dem so ist, kann ich sie dann noch dazu bringen, Vernunft anzunehmen?«

Je länger er die Diskussion über die drei Phasen von Crime Zero verfolgte, desto deutlicher wurde Luke Decker bewusst, welche Rolle Madeline Naylor und Alice Prince der Präsidentin in ihrer schönen neuen Welt zugedacht hatten.

Project Conscience war nicht nur der Vorläufer von Crime Zero, es hatte Pamela Weiss auch zu ihrer Wahl verholfen. Obwohl Prince und Naylor geplant hatten, das große Sterben in einem Zeitraum von drei Jahren zu staffeln, waren die zu erwartenden logistischen Probleme dennoch enorm. Sie brauchten eine starke weibliche Führerpersönlichkeit, die politische Kontinuität gewährleistete und verhinderte, dass die Welt, insbesondere die USA, im Chaos versank, wenn das Massensterben einsetzte.

»Warum sind Prince und Naylor noch nicht verhaftet?«, fragte Jack Bloom vom Doomsday Committee.

»Weil aus der dritten Diskette nicht hervorgeht, wie oder wo das aerogene Virus in Umlauf gebracht werden soll«, antwortete Deputy Director McCloud. »Es ist nicht auszuschließen, dass sie dafür eine Vielzahl von Vorkehrungen getroffen haben. Mit Sicherheit wissen wir im Moment nur, dass den strikten Zeitplänen auf der Diskette zufolge Phase Drei frühestens in ein paar Tagen eingeleitet werden soll. Direktor Naylor ist eine außerordentlich clevere Frau. Wir lassen sie und Alice Prince überwachen, aber festnehmen lassen möchte ich sie erst, wenn wir wissen, wie wir uns ihnen gegenüber verhalten sollen.«

Bloom runzelte die Stirn. »Aber sie könnten das Virus eben in diesem Moment freisetzen. Ist es nicht mit einem wesentlich höheren Risiko verbunden, sie auf freiem Fuß zu lassen, als sie festzunehmen, damit sie keinen Schaden mehr anrichten können?«

Decker schüttelte den Kopf. »Ich glaube, Bill hat Recht. Unser einziger Vorteil ist im Moment, dass Naylor und Prince nicht ahnen, dass wir Bescheid wissen. Sie haben es nicht eilig, und das ist unser Vorteil. Sie betrachten sich nicht als Terroristen oder Psychopathen, sondern eher als Ärzte, die eine schwere Krankheit heilen. Sie haben alles bis ins Kleinste geplant und werden nichts überstürzen, solange wir sie nicht dazu zwingen. Sie wollen die Welt nicht zerstören; sie wollen sie retten. Sie halten sich für die Guten.«

»Was schlagen Sie also vor?«, fragte Weiss. »Dass wir einfach warten, bis sie die Welt retten?«

Decker lächelte. »Nein, Madam President, ich finde, *Sie* sollten persönlich mit ihnen sprechen. Zum Teil tun die beiden das alles für Sie und wollen, dass Sie ihnen helfen. Lassen Sie sich vor dem Treffen mit ihnen auf keinen Fall anmerken, dass Sie Bescheid wissen. Bitten Sie sie unter dem Vorwand, wegen der Friedensseuche ihren Rat einholen zu wollen, um ein Treffen. Appellieren Sie an sie als Freundinnen. Konzentrieren Sie sich auf Alice Prince und führen Sie ihr vor Augen, welch hohen menschlichen Preis ihr Vorhaben hat. Sie ist die Schwachstelle. Naylor, würde ich sagen, steht voll hinter der Sache; sie lässt sich vermutlich nicht umstimmen. Soviel ich weiß, findet Dr. Prince Crime Zero von seiner Grundidee her zwar gut, scheut aber in letzter Konsequenz doch vor den damit verbundenen Folgen zurück. Gibt es in Ihrer Familie jemanden, den sie besonders ins Herz geschlossen hat?«

Weiss erblasste. »Mein dritter Sohn, Sam, ist ihr Patenkind.«

Decker nickte. »Wie alt ist er?«

»Er ist schon in der Pubertät, wenn Sie das meinen. Dreizehn.« Weiss holte tief Luft. »Ihn würde es als einen der Ersten treffen.«

Decker nickte wieder. »Machen Sie sich das zunutze. Zeigen Sie ihr Ihren Schmerz. Sorgen Sie dafür, dass Dr. Prince Ihren potenziellen Verlust mit dem Verlust ihrer Tochter Libby in Zusammenhang bringt. Führen Sie ihr, in aller Deutlichkeit, vor Augen, dass sie Sam genauso brutal ermorden würde, wie Axelman Libby ermordet hat. Falls Alice Prince anbeißt, hilft sie uns vielleicht, Naylor zur Vernunft zu bringen und zu verhindern, dass sie den Geist aus der Flasche lässt. Möglicherweise hilft sie uns sogar bei der Bekämpfung der Friedensseuche.«

Weiss' Gesicht war ausdruckslos, wie versteinert.

»Ich werde mich bei ViroVector mit ihnen treffen«, sagte sie.

»Gute Idee«, sagte Allardyce. »Wir könnten das Firmengelände abriegeln und auf diese Weise verhindern, dass sie oder irgendwelche gefährlichen Stoffe, die sie dort vielleicht aufbewahren, nach draußen gelangen. Dann hätten wir sie, ganz gleich, wie Ihr Treffen verläuft, auf jeden Fall schon mal in sicherem Gewahrsam.«

Sharon Bibb tippte mit den Fingern auf den Tisch. »Das mag ja alles schön und gut sein. Trotzdem müssen wir vom Schlimmsten ausgehen. Wir müssen an einem Impfstoff gegen die Friedensseuche und gegen Phase Drei arbeiten – falls sie wirklich freigesetzt wird.«

Allardyce nickte. »Das Problem ist, dass es sich dabei um hochkomplexe rekombinante virale Vektoren handelt. Die meisten meiner Leute verfügen nicht über die hierfür erforderlichen Spezialkenntnisse. Jedenfalls nicht, um schnell eine Lösung zu finden. Prince hat für die Entwicklung Jahre benötigt; wir haben – wie viel? – ein paar Monate?«

Bibb seufzte zustimmend. »Das gilt auch für Atlanta. Wir sind auf die Bekämpfung natürlich auftretender Viren spezialisiert.«

In der darauf eintretenden Stille richteten sich alle Blicke auf Kathy.

»Wie lange sind *Sie* schon auf diesem Gebiet tätig, Kathy?«, fragte die Präsidentin.

Kathy fuhr sich nervös durchs Haar und ließ dann die Schultern hängen, als würde ihr plötzlich eine schwere Last aufgebürdet. »Fast zehn Jahre.«

»Mit Alice Prince?«, fragte Sharon Bibb.

Kathy nickte.

»Und Crime Zero basiert auf Ihrer Arbeit«, sagte Allardyce mit einem bedächtigen Nicken.

»Ja, so ist es leider«, hauchte Kathy.

Darauf beugte sich Pamela Weiss vor und sah Kathy direkt an. »Ich möchte, dass Sie die Sondereinheit leiten, die nach einem Impfstoff forscht. Würden Sie das tun? *Können* Sie das tun?«

Luke beobachtete, wie Kathy zögerte, bevor sie zaghaft nickte.

Darauf wandte sich die Präsidentin Sharon Bibb und Allardyce zu. »Sie stellen Dr. Kerr alles Personal und sämtliche technischen Mittel zur Verfügung, die sie benötigt.«

Beide nickten.

»Wo sollen wir das zentrale Forschungslabor einrichten?«, fragte Bibb. »In Atlanta oder hier beim USAMRIID?«

»Ich persönlich würde lieber an einem Ort arbeiten, mit dem ich vertraut bin«, meldete sich Kathy zu Wort. »Und wo ich eine große Bibliothek mit entsprechenden Proben zur Hand habe. Warum nicht bei ViroVector? Der Mutterschoß dort ist das technisch fortschrittlichste virologische Labor, in dem ich jemals gearbeitet habe.«

Allardyce hob resigniert die Schultern. »Nun, die dortigen Einrichtungen werden sich nach dem Treffen der Präsidentin mit Prince und Naylor fest in unserer Hand befinden. Das wäre also kein Problem. Und es gibt dort doch auch einen Bunker, oder nicht?«

»Ja, und ein U-Boot«, sagte Kathy.

»Einen Bunker?«, fragte Todd Sullivan.

»Eine Klinik der Bio-Sicherheitsstufe Vier«, klärte ihn Allardyce auf.

»Und ein U-Boot?«

»Ein Leichenschauhaus der Bio-Sicherheitsstufe Vier«, sagte Kathy.

Darauf trat kurzes Schweigen ein.

»Okay«, sagte Weiss, »einverstanden. Dann zum nächsten Punkt.« Sie wandte sich Jack Bloom zu. »Welche Vorkehrungen sind für den Fall getroffen, dass alles den Bach runtergeht?«

Bloom schob sich eine Strähne schwarzen Haars aus der Stirn und zog ein Blatt Papier aus seinem Aktenkoffer. Decker konnte sehen, dass es sich um Flash-Papier handelte: Das leiseste Züngeln einer Flamme und es löste sich in Rauch auf. »Es versteht sich von selbst, dass diese Informationen diesen Raum nicht verlassen dürfen. Wir müssen zwar für die schlimmste aller Möglichkeiten planen, aber zugleich müssen wir den Medien und der Öffentlichkeit die Sache in einem denkbar günstigen Licht darstellen. Das Ausbrechen einer Panik muss mit allen Mitteln vermieden werden. Alle Übungen, die von einer Behörde in diesem oder irgendeinem anderen Land in Zusammenhang mit der Verbreitung eines durch die Luft übertragenen Pathogens durchgeführt wurden, haben gezeigt: Wenn in der Bevölkerung eine Panik ausbricht, ist die Kacke echt am Dampfen.

Auf internationaler Ebene trifft das selbstverständlich genauso zu. Wir sagen den Staatschefs anderer Nationen auf keinen Fall die ganze Wahrheit über Phase Drei, solange wir nicht sicher sind, dass sie tatsächlich eingeleitet wurde. Hier lautet die wichtigste Grundregel: Wir geben den Leuten nur Informationen, wenn sie etwas Sinnvolles damit anfangen können.

Nach außen stellen wir den Sachverhalt also folgendermaßen dar: Wir versuchen einen Impfstoff gegen die Friedensseuche im Irak zu finden, während wir gleichzeitig Vorkehrungen für den extrem unwahrscheinlichen Fall treffen, dass sich die Epidemie über die Grenzen des Irak hinaus ausbreitet. Diese Sicherheitsvorkehrungen werden nicht näher spezifiziert, aber falls sie publik werden, begründen wir sie mit extremer Vorsicht.

Beginnen wir mit dem denkbar schlimmsten Szenario. Landesweit wurden fünfundfünfzig Massengräber angelegt, mindestens eines in jedem Bundesstaat. Sie existieren schon mehrere Jahrzehnte, die größten fassen bis zu fünfzigtausend Leichen. In den meisten Fällen handelt es sich um stillgelegte Bergwerke, Steinbrüche und natürliche Höhlen. Allerdings sind die gegenwärtigen Kapazitäten unserem Problem nicht annähernd gewachsen. Also machen wir uns auf die Suche nach weiteren geeigneten Stellen.« Er blickte mit einem grimmigen Lächeln auf. »Zumindest haben Direktor Naylor und Dr. Prince, unsere zwei Todesengel, daran gedacht, den Sterbenden Zeit zu lassen, die Toten zu begraben.

Die Liste der Schlüsselpersonen, zu denen auch jene gehören, die für die Aufrechterhaltung der lebensnotwendigsten Infrastruktur des Landes unerlässlich sind, wurde auf den neuesten Stand gebracht. Allen, die auf dieser Liste stehen, wurde ein Platz in einer Isolierstation zugeteilt. Auch was das angeht, haben unsere Todesengel vorausgedacht. Da sie dafür gesorgt haben, dass Frauen ausgebildet wurden, alle lebenswichtigen Funktionen zu übernehmen, könnte sich die Beeinträchtigung der allgemeinen Alltagsabläufe selbst im Schlimmstfall in erträglichen Grenzen halten.«

Bloom machte eine Pause und blickte in die blassen Gesichter der um den Tisch Versammelten. »Oh, es ist keineswegs alles so schlimm. Noch nicht jedenfalls«, fügte er mit einem sarkastischen Lächeln hinzu. »Um auch mal die positiven Seiten zu zeigen: Wir verfügen über zahlreiche Mittel, diese Sache unter Kontrolle zu bekommen und zu verhindern, dass dadurch Schaden entsteht.« Er wandte sich McCloud zu. »Möchten Sie uns vielleicht kurz erläutern, Bill, was das FBI diesbezüglich alles vorzuweisen hat?«

McCloud beugte sich vor und verschränkte die Hände auf dem Tisch. »Grundsätzlich nur den üblichen Standardkram, aber davon jede Menge. Unter anderem befindet sich in jeder größeren Stadt eine Ninja-Einheit in Einsatzbereitschaft, die für Geiselbefreiungsaktionen ausgebildet ist und mit komplettem Körperschutz, Racal-Bioschutzanzügen und Envirochem-Sprays ausgerüstet ist. Ähnliche Einheiten werden für die Absperrung von ViroVector eingesetzt, wenn sich die Präsidentin dort mit Naylor und Prince trifft. Außerdem werde ich ein Team von IT-Spezialisten damit beauftragen, TITANIA unter unsere Kontrolle zu bekommen.«

Die Geiselbefreiungs-Ninjas hatten Decker schwer beeindruckt, als er sie einmal in Quantico beim Training beobachtet hatte. Er hoffte, sie und ihre Schutzausrüstung würden nicht benötigt.

Während Weiss am Ende der Besprechung noch einmal jedem seine Aufgabe zuwies, gestattete sich Decker zum ersten Mal, an morgen zu denken. Nachdem er vor drei Stunden hier eingetroffen war, hatte er Barzini angerufen. Auch wenn es ihm verboten war, über Crime Zero zu sprechen, hatte er Joey zumindest sagen können, dass ihm und Kathy nichts fehlte. Barzini hatte ihm mitgeteilt, dass Mattys Begräbnis am nächsten Tag stattfinden würde, und Decker wollte es so einrichten, dass er daran teilnehmen konnte.

Er wandte sich McCloud zu, während er sich vom Tisch erhob. »Halten Sie mich bitte auf dem Laufenden, Bill, ja? Ich muss zwar morgen ein paar Stunden zu einem Begräbnis, aber ansonsten möchte ich hier unbedingt mitmachen.«

McCloud klopfte ihm mit einem trockenen Lachen auf die Schulter. »Mitmachen? Sie haben Nerven, Spook, Sie stecken hier doch mitten drin.«

35

**Smart Suite, ViroVector Solutions, Kalifornien.
Sonntag, 9. November 2008. 10 Uhr 30**

Alice Prince versuchte die Bedenken, die in ihrem Bauch rumorten, nicht hochkommen zu lassen. An sich war nichts besonders Ungewöhnliches daran, dass Pamela wegen der Epidemie im Irak ihren Rat einholen wollte. Sie und Madeline waren ihre ältesten Freundinnen und ViroVector konnte ganz konkrete praktische Hilfestellungen leisten. Es überraschte sie nur, dass sie es nicht schon früher getan hatte. Das Auftauchen des Impulsmessers im Mutterschoß konnte nichts Gutes bedeuten. Aber bloß weil Kathy Kerr jetzt über Crime Zero Bescheid wusste, hieß das nicht, dass auch Pamela Weiss etwas davon wusste.

Alice saß rechts von Madeline am Ende des Konferenztisches, von wo aus sie beide den Hauptzugang zur Smart Suite sehen konnten. Hinter ihnen war die Monitorwand, deren Bildschirme und Kameras den Raum überwachten.

Unabhängig davon, wie Alice die Sache sah, hatte Madeline in ihrer wachsenden Paranoia mittlerweile so extreme Sicherheitsvorkehrungen getroffen, dass auch Alice das Undenkbare zu denken begann. Was war, wenn Pamela wirklich von ihrer Beteiligung an Crime Zero erfahren hatte? Die Vorstellung ließ sie heftig erschaudern.

Wenn Pamela dagegen wirklich nur wegen der Epidemie im Irak Hilfe wollte, stellte dieses Treffen eine hervorragende Gelegenheit dar, sie schon einmal vorsichtig darauf vorzubereiten, was passieren *könnte*: auf die Möglichkeit, dass Crime Zero Realität wurde.

Alice schlang sich die Kette ihres Anhängers um den kleinen Finger. Insgeheim hoffte sie, Associate Director Jackson, Madelines Mann fürs Grobe, täuschte sich nicht mit seiner Vermutung, wo Luke Decker und Kathy Kerr sein könnten. Sie mussten unbedingt aus dem Verkehr gezogen werden.

Über die Sprechanlage teilte ihnen eine Stimme mit, die Präsidentin sei eingetroffen und werde umgehend zu ihnen gebracht. Stehend, aber ohne sich vom Tisch zu entfernen, beobachtete Alice, wie zwei Mitarbeiter die Tür öffneten, die Präsidentin in den Raum führten und sich wieder entfernten. Zu Alice' Erleichterung machte Pamela keine Anstalten, sie und Madeline zu umarmen, sondern begnügte sich mit einer zurückhaltenden verbalen Begrüßung. Sie wirkte angespannt und erschöpft.

Zu ihrer Überraschung war Pamela allein gekommen. Ohne Berater. Ohne Verstärkung.

Alice' Herz begann etwas schneller zu schlagen.

»Wie lange kennen wir uns eigentlich schon?«, fragte Pamela mit einem traurigen Lächeln. »Doch bestimmt schon dreißig Jahre.«

Alice warf einen nervösen Blick zu Madeline hinüber, aber die FBI-Direktorin verzog keine Miene.

»Ja, in etwa«, antwortete Alice.

Pamela nickte. »Und wir sind Freundinnen, oder nicht?«

»Die besten Freundinnen«, bestätigte ihr Madeline.

»Und ihr wisst, ich habe euch nie belogen. Ich habe euch nie bewusst getäuscht.«

Inzwischen schlug Alice' Herz so rasch, dass sie sicher war, Madeline, wenn nicht sogar Pamela am anderen Ende des Tischs, könnten es hören.

»Und ich habe dich auch nie belogen«, erwiderte Madeline.

»Und was ist mit den Lügen, was Conscience angeht?«

»Sie haben dir keinen Schaden zugefügt. Sie waren nur zu deinem Besten«, antwortete Madeline. Alice konnte kaum glauben, wie ruhig Madeline war.

Pamela hielt inne, und als sie schließlich Alice ansah, war es, als blickten diese unglaublich blauen Augen ins Innerste ihrer Seele. »Wusstest du, dass die Symptome der Epidemie im Irak identisch mit denen sind, die bei Axelman und den anderen Häftlingen im Todestrakt von San Quentin aufgetreten sind?«

Alice wusste nicht, was sie darauf erwidern sollte.

»Ich habe da ein Problem, bei dem ich eure Hilfe brauche. Ich werde euch eine einzige Frage stellen, und falls euch unsere Beziehung etwas bedeutet, möchte ich, dass ihr sie mir – eurer Freundin und eurer Präsidentin – wahrheitsgemäß beantwortet.« Pamela wandte sich wieder Madeline zu. »Wisst ihr, was diese Epidemie im Irak ausgelöst hat?«

Alice wurde abwechselnd heiß und kalt. Das war ihre Chance, alles zu gestehen, Pamela alles zu erzählen und sie in ihre Pläne einzuweihen.

»Nein«, sagte Madeline stirnrunzelnd, als wäre diese Frage vollkommen absurd. »Nein, natürlich nicht. Nein.«

Pamela wandte sich wieder Alice zu, die glaubte, das Schimmern von Tränen in Pamelas Augen sehen zu können. »Was sagt meine älteste Freundin?«

Alles in Alice drängte danach, Ja zu sagen, aber Madeline zog ihren Blick auf sich und sah sie eisig an.

»Nein.« Alice war sich schon in dem Moment, in dem diese eine Silbe über ihre Lippen kam, der Konsequenzen ihres Leugnens bewusst.

Den Blick weiter auf Alice geheftet, nickte Pamela langsam. »Und würde eine von euch etwas tun, was mir schaden könnte?«

»Selbstverständlich nicht«, sagte Madeline rasch.

»Oder meiner Familie?«

»Nein«, sagte Madeline.

Doch Alice fiel es nicht so leicht, so rasch zu lügen. »Nein«, flüsterte sie schließlich.

»Könntest du mir dann vielleicht etwas erklären, Alice?« Jetzt waren Pamelas Augen eindeutig feucht. Alice hasste Auseinandersetzungen, vor allem mit ihrer Freundin, in ihrem Innern tobte ein heftiger Kampf. »Würdest du mir bitte sagen, warum du meinen Mann und meine Söhne umbringen willst? Warum willst du dein eigenes Patenkind ermorden?«

Alice schnappte nach Luft. Ihre Kehle schnürte sich plötzlich so fest zusammen, dass sie kaum mehr atmen konnte.

»Pamela, was redest du denn da?«, sagte Madeline, immer noch ruhig.

Aber Alice war alles andere als ruhig. Sie schüttelte den Kopf. »Aber ich will deine Familie nicht umbringen.«

»Wenn das so ist, Alice, dann hilf mir um meiner Kinder und um Libbys willen, Crime Zero zu stoppen.«

Das Schweigen schien Stunden anzuhalten. Alice wandte sich Hilfe suchend an Madeline, aber diese schien genauso schockiert.

»Du musst dir über eines im Klaren sein, Pamela«, sagte Madeline schließlich und stand auf. »Wir haben alles nur für dich getan.« Sie klang eher wütend als besorgt. »Wir können dir alles erklären.«

In diesem Moment erhob sich die Präsidentin, ging zur Tür und öffnete sie. »Ich möchte, dass das noch jemand zu hören bekommt. Auch eine alte Freundin von euch, die den wissenschaftlichen Part wesentlich besser verstehen wird als ich.«

Alice sah Kathy Kerr in den Raum kommen. Die zweite Frau, die sie betrogen hatte.

»Erzählt uns alles«, sagte die Präsidentin und winkte Kathy zu sich. »Wir hören.«

36

Hills-of-Eternity-Friedhof, Colma, Kalifornien. Am selben Tag. 11 Uhr

Colma war die einzige amtlich registrierte Stadt der Welt, in der die Zahl der Toten die der Lebenden überstieg. Seit 1902, als Stadt- und Bezirksverwaltung alle Begräbnisse im Stadtgebiet von San Francisco gesetzlich untersagten, befanden sich auf dem Gelände dieser unmittelbar an den San Francisco Airport angrenzenden Nekropole die meisten Friedhöfe der Bay Area.

Luke Decker verspürte einen leichten Schauder bei diesem Gedanken, während er half, Mattys Sarg über die sanft gewellten Rasenflächen des Hills-of-Eternity-Friedhofs zu tragen – eines der drei ausschließlich jüdischen Friedhöfe in Colma. Als er noch ein kleiner Junge war, hatte ihm einmal ein Lehrer erzählt, wenn man alle Toten seit Bestehen der Menschheit zusammenzählte, wäre ihre Zahl niedriger als die der Milliarden, die heute auf der Erde lebten. Er fragte sich, ob das auch dann noch zutreffen würde, wenn nicht verhindert werden konnte, dass Crime Zero seinen verhängnisvollen Lauf nahm.

Als sie das Grab erreicht hatten, ließen Decker und die anderen Träger den Sarg zu Boden. Decker konnte kaum glauben, wie schwer er war, obwohl Matty so klein gewesen war. »Alles klar?«, flüsterte Joey Barzini, als sie den Sarg auf die Gurte stellten, mit denen er in die Erde hinabgelassen werden sollte.

Decker nickte und lächelte den großen Mann an. Er war gerührt, dass Joey, der katholisch war, während seiner Abwesenheit alle Freunde seines Großvaters verständigt und die nötigen Schritte veranlasst hatte, dass das Begräbnis nach jüdischem Brauch begangen wurde. Decker war nicht religiös, obwohl seine Mutter ihn im katholischen Glauben ihres Mannes erzogen hatte. Dennoch empfand er es als tröstlich, dass Matty in Einklang mit den Werten begraben wurde, die er sein Leben lang so hochgehalten hatte.

Nach jüdischem Brauch war der Begräbnistermin zum frühestmöglichen Zeitpunkt angesetzt worden – damit der Heilungsprozess beginnen konnte. Mattys Leiche war von der Chevra Kaddisha nach den Regeln des Kavod Hamet sorgfältig gewaschen und in die handgenähten weichen Tachrichim-Leinengewänder gehüllt worden, bevor sie schließlich in den Oron, den hölzernen Sarg, gelegt wurde.

Trotz seiner Trauer und Wut über die Umstände fand Decker, dass beim Begräbnis und der ihm vorangegangenen Trauerfeier eine seltsam heitere Stimmung herrschte. Es war ein herrlicher Tag mit strahlend blauem Himmel und auf den saftig grünen Rasenflächen der Hills of Eternity hatten sich über zweihundert Menschen versammelt, darunter die zwei FBI-Agenten, die McCloud zu Deckers Schutz abgestellt hatte. Bei der Trauerfeier hatte eine Gruppe von Mattys Freunden vom San Francisco Symphony Orchestra seine Lieblingspassagen aus Werken Paganinis und Debussys gespielt. Zumindest zeigte Mattys Begräbnis also seine Lebensfreude ebenso sehr, wie es ein Zeichen für seinen Tod setzte.

Während er dem Kaddisch lauschte, fühlte sich Decker plötzlich seltsam allein. Und zu seiner Überraschung merkte er, wie schön er es gefunden hätte, Kathy neben sich stehen zu haben. Es kam ihm eigenartig vor, dass sie nach allem, was sie in letzter Zeit durchgemacht hatten, jetzt nicht bei ihm war.

Er dachte an das, woran sein Großvater immer geglaubt hatte, an seine feste Überzeugung, dass die Menschen wesentlich mehr waren als die Summe ihrer Gene. Er erinnerte sich daran, wie Matty ihn getröstet hatte, nachdem er erfahren hatte, dass Axelman sein leiblicher Vater war: wie er sein Gesicht berührt und ihm versichert hatte, er sei ein guter Mensch; und dass er, ungeachtet seines Blutes, wesentlich mehr sein, Mattys, Enkel und der Sohn seiner Mutter sei als der Karl Axelmans.

Angesichts des Wahnsinns von Crime Zero wurde Decker die Weisheit der Worte seines Großvaters plötzlich in aller Deutlichkeit bewusst. Ein Mensch ließ sich nur nach seinen Taten beurteilen. Alles andere zählte nicht. Auch wenn bei den Entscheidungen, die ein Mensch traf, Einflüsse aus Vergangenheit und Gegenwart eine Rolle spielten, war letzten Endes jeder für das verantwortlich, was er tat. Und zum ersten Mal seit langem spürte Decker wieder so etwas wie inneren Frieden.

Doch als sich nun das Grab mit Erde füllte, traten ihm brennende Tränen in die Augen. Decker war kein rachsüchtiger Mensch – er hatte zu viel gesehen und erlebt, um zu glauben, Rache würde ihm mehr als vorübergehende Genugtuung verschaffen. Sollte er jedoch Associate Director William Jackson und seinen Schergen jemals wieder begegnen, würde er sich vielleicht dennoch dazu hinreißen lassen.

Während Decker noch mit den Tränen kämpfte, merkte er nicht, wie fünfzig Meter von der Trauergemeinde entfernt ein Chrysler hinter einer Baumgruppe anhielt. In dem Wagen saßen drei Männer. Das Gesicht des stattlichen Mannes auf dem Beifahrersitz wurde zum Teil durch das Fernglas verdeckt, mit dem er die Trauergäste beobachtete. Er lächelte, als sein Blick auf Decker haften blieb, der neben einem großen Mann in der vordersten Reihe stand.

Hätte sich Decker in diesem Moment umgedreht, hätte er den Wagen erkannt und gemerkt, dass es nicht schwierig war, Jackson noch einmal zu begegnen.

Associate Director William Jackson hatte ihn bereits gefunden.

Smart Suite,
ViroVector Solutions, Kalifornien.
Am selben Tag. 11 Uhr 12

Kathy Kerr, die in der Smart Suite von ViroVector neben President Weiss stand, war bestürzt, wie fest die beiden Frauen von dem überzeugt waren, was sie taten. Und wie viel Alice Prince daran gelegen war, dass die Präsidentin sie verstand.

Madeline Naylor und Alice Prince kannten Kathy fast zehn Jahre und hatten vor kaum mehr als einer Woche versucht, sie umzubringen. Trotzdem sprach keine Spur von Scham aus Madeline Naylors Blick, nur Hass. Alice Prince würdigte sie nicht einmal eines Blickes. Hinter ihnen, auf der Monitorwand, bemerkte Kathy die winzigen Kameras, die ihr und der Präsidentin überallhin folgten, als beobachtete TITANIA sie.

»Du musst das verstehen, Pamela.« Alice Prince war aufgestanden und beugte sich vor, als wollte sie eine Rede halten. So leidenschaftlich hatte Kathy sie noch nie erlebt. Die Augen hinter ihrer Brille leuchteten vor Angst und Fanatismus. »Crime Zero wird der Gewalt auf der Welt ein Ende machen. In drei Jahren werden praktisch alle Gewaltverbrechen, Kriege eingeschlossen, ausgerottet sein. Gerade du, Pam, musst doch am ehesten verstehen, dass der *Homo sapiens* mit seinen Massenvernichtungswaffen die einzige Spezies auf der Welt ist, die sich in der Lage befindet, sich selbst auszulöschen. Die Irak-Krise, die uns fast an den Rand eines Atomkriegs gebracht hätte, beweist, dass die Menschheit nur noch einen tödlichen Feind hat, den sie fürchten muss: sich selbst.

Früher haben wir die Männer durchaus gebraucht. Neben dem Beitrag, den sie zur Fortpflanzung leisteten, beschützten sie uns vor wilden Tieren und versorgten uns mit Nahrung. Ihre Aggressivität und ihr Tatendrang halfen uns, die Erde zu kultivieren und schließlich zu beherrschen. Doch als Spezies sind wir zu schnell zu erfolgreich geworden. Mit dieser rasanten Entwicklung konnte die Evolution nicht Schritt halten. Jetzt, wo wir die Erde beherrschen, fällt den Männern eine andere Rolle zu – aber dafür sind die Männer noch nicht reif. Aufgrund unserer enormen technischen Fortschritte in allen möglichen Bereichen sind wir nicht mehr auf ihren Schutz angewiesen – oder auf ihre Jäger-und-Sammler-Qualitäten. Körperliche Kraft – ihr wichtigstes Plus – ist längst überflüssig. Nicht einmal mehr für die Fortpflanzung brauchen wir sie noch.«

Alice sprach rasch und ohne Stocken. Die Wörter brachen in einem ununterbrochenen Schwall aus ihr hervor. Ihr Gesicht glühte, als hätte sie Fieber, und es schien ihr sehr viel daran zu liegen, dass Weiss ihre Motive nicht nur verstand, sondern auch guthieß. Selbst wenn die Präsidentin sie hätte unterbrechen wollen, hätte es, das spürte Kathy, nichts genutzt. Alice Prince schien nicht einmal eine Pause zu machen, um Atem zu holen. Pamela Weiss stand die ganze Zeit vollkommen reglos da, ihr ganzes Gewicht auf den Zehenspitzen, so als stünde sie in einem reißenden Strom und stemmte sich gegen die unnachgiebige Strömung.

»Sogar der männliche Tatendrang, vor Jahren noch eine positive Eigenschaft«, fuhr Alice Prince fort, »hat inzwischen zur Folge, dass sich die Männer nicht mehr damit zufrieden geben, die Führungsposition unserer Spezies zu halten und sparsam mit den Ressourcen der Erde umzugehen. Stattdessen kehren sie jetzt ihre räuberischen und beschützenden Instinkte gegeneinander. Pamela, sie nutzen der Spezies nicht mehr, sie schaden ihr nur noch. Über neunzig Prozent aller Gewaltverbrechen werden von Männern begangen. An den restlichen Straftaten sind sie zumindest beteiligt. So gut wie jeder Krieg wurde bisher von Männern geführt, ohne dass wir einen Nutzen davon gehabt hätten. Wir sind eine Spezies, die zu implodieren droht, weil die Männer sich nicht weiterentwickeln.

Der Evolution muss nachgeholfen werden und genau das ist es, was wir mit Crime Zero tun können. Verstehst du das nicht? In drei Jahren werden nur noch Frauen und Kinder existieren. Die korrigierten Jungen wachsen heran und zeugen eine neue Sorte Männer, die den heutigen Anforderungen genetisch besser gerecht werden. Binnen einer Generation wird die Welt neu erstehen, mit einer gesicherten Zukunft. Keine Gewaltverbrechen, keine Kriege, keine Genozide mehr. Begreifst du das nicht?«

Bevor die Präsidentin oder Kathy etwas erwidern konnten, ergriff Madeline das Wort. Sie sprach zwar gefasster und sachlicher als Alice, aber auch sie war von glühender Überzeugung getragen. Ihre dunklen Augen glänzten wie polierter Gagat und ihr sonst so blasses Gesicht war gerötet. »Überleg doch mal, Pamela: Eine einmalige Säuberung, ein radikales Ausleseverfahren und die Welt wird sich zum Besseren verändern. Und es funktioniert; wir haben es getestet. Seit den Vorfällen im Irak wissen wir, dass sich das Erbgut der Männer so verändern lässt, dass sie zu keinen Gewalttaten mehr fähig sind. Phase Zwei von Crime Zero hat den Ausbruch eines dritten Weltkriegs verhindert. Außerdem wissen wir inzwischen, dass Kinder, die noch nicht in die Pubertät gekommen sind, nicht davon betroffen sind. Diese Jungen werden zu Männern heranwachsen – zu besseren Männern. Es braucht keine Vergewaltigungen, keine sinnlosen Morde mehr zu geben.«

»Und keine Libbys mehr«, fügte Alice hinzu.

»Wir werden kein FBI mehr brauchen«, fuhr Madeline fort, »und auch kein Militär und keine Waffen. Mein Gott, du machst dir keine Vorstellungen, was ich beim FBI und vor Gericht alles erlebt habe: die Abscheulichkeiten, die Männer ohne einen vernünftigen Grund begehen. Ihre Gewalttätigkeit verhilft ihnen nicht einmal zu nennenswerten Vorteilen. Pamela, Crime Zero ist die einzige Möglichkeit, diesem Wahnsinn ein Ende zu machen. Wir bewahren die Menschheit davor, sich selbst zu zerstören. Wenn es je ein notwendiges Übel gegeben hat, dann das hier. Verstehst du denn nicht? Hier geht es nicht darum, Menschen zu töten; hier geht es darum, sie zu *retten*. Es geht darum, uns alle zu retten.«

»Aber warum haben Sie es nicht einfach bei Project Conscience belassen?«, fragte Kathy in dem Bemühen, diese wahnsinnige Logik zu begreifen. »Wenn Sie sich zum Ziel gesetzt hätten, jeden unilateral mit dem Conscience-Vektor zu infizieren, könnte ich das ja fast noch verstehen. Aber fast zweieinhalb Milliarden Menschen zu töten, um die Gewalt auszurotten …«

»Dabei lassen Sie aber doch den entscheidenden Punkt außer Acht«, sagte Alice verzweifelt, als *müsste* Kathy sie verstehen. »Project Conscience wäre der Entwicklung immer hinterhergehinkt. Alle heute lebenden Männer sind genetisch *und* milieubedingt verdorben. Männer sind ein Krebsgeschwür geworden. Sie waren durchaus einmal gesunde Zellen im ›Gesamtkörper Menschheit‹, doch mittlerweile sind sie eine Gefahr für den Fortbestand der Spezies. Um Krebs zu heilen, muss man die bösartigen Zellen *entfernen* – und zwar alle, denn wenn auch nur eine einzige Zelle übrig bleibt, wird sie die Krankheit erneut verbreiten. Wir müssen noch einmal ganz von vorn anfangen, mit einer neuen Welle, die dem ›Gesamtkörper Menschheit‹ nützt, ihn nicht untergräbt. Wir müssen so und nicht anders verfahren, weil wir die Männer eben *nicht* ausrotten wollen. Um sie vor sich selbst zu schützen, müssen wir ihnen helfen, sich weiterzuentwickeln.«

»Man muss das Ganze doch auch mal in einem größeren Zusammenhang sehen«, machte Madeline Naylor geltend. »Was sind ein paar verlorene Jahrzehnte und Tote schon im großen weltgeschichtlichen Ganzen? Wir entwickeln uns schon seit tausenden von Jahren, und wenn wir jetzt handeln, werden wir überleben, um uns weitere tausende von Jahren entwickeln zu können. In dreißig oder vierzig Jahren werden die Menschen die Weisheit unserer Entscheidung einsehen. Sie werden in einer matriarchalischen Gesellschaft leben, in der mehr Gleichheit unter den Menschen herrscht und in der ihre von Aggression und Zerstörung geprägte Vergangenheit nur noch eine schlechte Erinnerung sein wird.«

Naylor verschränkte die Hände. »Pamela, du kannst, du *wirst* in dieser Phase des Übergangs die Führung übernehmen. Du bist im Moment die einzige Frau, die an der Spitze einer Weltmacht steht. Du bringst die denkbar besten Voraussetzungen mit, um dieses Land und die Welt sicher durch diese Übergangsphase zu führen.«

Pamela Weiss' Gesicht war grau vor Bestürzung, so als wären ihre alten Freundinnen wildfremde Ungeheuer, die sie zum ersten Mal sah. »Aber was ist mit den guten Männern? Nicht *alle* Männer sind schlecht. Was ist mit meinem Mann? Oder mit meinen Söhnen, Alice? Sam ist dein Patenkind und er ist gerade in die Pubertät gekommen. Womit willst du rechtfertigen, sie *alle* umzubringen? Du kannst Libby nicht zurückholen, indem du meine Kinder umbringst.«

Kathy sah, wie Alice Prince plötzlich verunsichert den Blick senkte. Über ihre Züge legte sich ein Ausdruck tiefer Traurigkeit.

»Alles hat seinen Preis«, sagte Madeline Naylor. »Das ist dir doch hoffentlich klar? Man bekommt nichts umsonst.«

»Alice, es muss doch ein Vakzin für Phase Zwei und Drei geben«, sagte Kathy. »Sie entwickeln für jeden Vektor, den Sie entwerfen, auch gleich einen Impfstoff mit. Sie haben mir immer gesagt, das könnte sich einmal als sehr nützlich erweisen, wenn ein Vektor mutiert und neutralisiert werden muss.«

»Alice«, beschwor die Präsidentin ihre alte Freundin, »es ist noch nicht zu spät. Wir können das Massensterben im Irak immer noch aufhalten. Du kannst immer noch helfen, diesem Wahnsinn ein Ende zu bereiten.«

Alice Prince sah Madeline Naylor unsicher an. Es gelang Kathy nicht, ihren Blick zu deuten.

»Es gibt kein Mittel gegen Crime Zero«, erklärte Madeline Naylor mit Nachdruck. »Crime Zero *ist* das Mittel. Und damit, Pamela, wirst du dich wohl oder übel abfinden müssen.«

Langsam bekam Kathy genug. Kurz entschlossen ging sie am Tisch entlang auf die zwei Frauen zu. Gleichzeitig drehte sich Pamela Weiss nach der Tür um und öffnete sie, worauf Bill McCloud und vier Männer in schwarzer Schutzkleidung den Raum betraten. »Ich kann einfach nicht glauben, dass ich mich so in euch täuschen konnte«, sagte sie zu Madeline und Alice. »Wie konntet ihr jemals denken, ich könnte diesen Wahnsinn auch nur ansatzweise unterstützen?« Sie wandte sich McCloud zu. »Nehmen Sie sie fest.«

»Du kannst Crime Zero nicht aufhalten, Pamela«, sagte Madeline. »Du kannst deinem Schicksal nicht entrinnen.«

Alice senkte ihren Blick zu Boden. Sie bot ein Bild tiefen Unbehagens.

»Und ob sie das kann«, sagte Kathy, die nur noch einen halben Meter von Madeline Naylor entfernt war.

Als darauf die FBI-Direktorin ihre rechte Hand öffnete, kam darin ein flaches schwarzes Kästchen zum Vorschein, das wie eine TV-Fernbedienung aussah. »Ich finde, Phase Drei sollte jetzt beginnen.«

In diesem Moment stürzte sich Kathy auf die Fernbedienung.

Oder versuchte es zumindest.

Sie griff daneben und verlor fast das Gleichgewicht. Sie konnte sich gerade noch fangen, prallte aber gegen Naylor. Nur spürte sie nichts; sie kam nicht mit ihr in Berührung.

In ihrer momentanen Verwirrung blickte Kathy zu Boden. Dabei fiel ihr Blick auf die schwarze Platte mit dem brennenden grünen Lämpchen.

Schlagartig war ihr alles klar. Sie hatte auch selbst schon auf die KREE8-Technik zurückgegriffen, um vergrößerte dreidimensionale Abbildungen von Vektor-DNS-Molekülen vorzuführen und zu untersuchen. Sie dachte an die automatische Überwachung am Tor und an die Kameraobjektive, die von der Bildschirmwand in den Raum blickten und Prince und Naylor ermöglichten, alles im Raum mit Hilfe von TITANIA zu beobachten.

Sie wandte sich einem verdutzten McCloud und einer fassungslosen Präsidentin Weiss zu. »Sie sind nicht hier«, erklärte sie stockend. Sie konnte selbst kaum glauben, was passiert war. »Weder Madeline Naylor noch Alice Prince sind leibhaftig anwesend.«

»Was soll das heißen?«, fragte McCloud, dem das Blut aus dem Gesicht wich. Seine Männer hatten Alice Prince und Madeline Naylor das Firmengelände betreten sehen und inzwischen das ganze Gelände unter ihre Kontrolle gebracht. »Sie müssen hier sein.«

»Das ist eine Holo-Pad-Zone. TITANIA hat das dreidimensionale Bild der beiden von einer anderen Quelle hierher projiziert.«

»Und wo sind sie?« Weiss starrte auf das Hologramm, auf die lächelnden Gesichter ihrer alten Freundinnen. »Ali, Madeline, lasst diesen Unsinn. Wo seid ihr?«

»Wir bringen nur zu Ende, was wir begonnen haben«, sagte Madeline Naylor mit einem Blick auf die Fernbedienung. »Während ich das sage, werden mindestens sechs Flughäfen auf der ganzen Welt mit Crime-Zero-Phase-Drei-Vektoren ausgestattet, damit sie über ihre Bakteriophagen-Luftreinigungssysteme in Umlauf gebracht werden können. Und ich kann jede Anlage von hier aktivieren.« Darauf verschwanden sie und Alice Prince mit einem frostigen Lächeln.

Kathy schlug sich mit den Händen an den Kopf. »Mein Gott, wir müssen sie unbedingt finden. Sie könnten ...« Da sie nicht wusste, was sie sagen sollte, verstummte sie wieder.

Dem blanken Entsetzen in den Mienen von Weiss und McCloud nach zu schließen, bestand keine Notwendigkeit, etwas zu sagen.

Private Luxussuite,
San Francisco Airport, Kalifornien.
Am selben Tag. 11 Uhr 47

Madeline Naylor empfand in gleichem Maß Wut und Erleichterung. Wut, weil Pamela Weiss von Crime Zero erfahren hatte, bevor sie Kerr und Decker zum Schweigen hatten bringen können, Erleichterung, weil sie für alle Eventualitäten vorgesorgt hatte. Vielleicht würde ja Jackson Decker erledigen. Das wäre eine kleine Entschädigung. Während sie die drei KREE8 3-D-Aufnahmegeräte zusammenpackte, blickte sie durch das Fenster auf die Abflughalle unter ihnen.

»Mach doch nicht so ein Gesicht, Ali. Das ist nicht das Ende der Welt.« Sie hielt lächelnd die Fernbedienung in der Hand, mit der sie die Phagen-Luftreiniger aktiviert hatte. »Es ist der Anfang.«

Aber Alice erwiderte ihr Lächeln nicht. »Mir wäre lieber, wir hätten nicht gelogen. Vielleicht hätten wir Pamela überzeugen können, wenn sie uns noch vertraut hätte; wenn sie verstanden hätte, was wir erreichen wollen.«

Naylor schüttelte den Kopf. »Das kannst du vergessen. Pamela musste schon immer vor der Wahrheit beschützt werden. Sie ist Demokratin, Herrgott noch mal, eine Liberale. Freiwillig hätte sie da nie mitgemacht. Aber freiwillig oder nicht, jetzt hat sie keine Wahl mehr. Zumindest konnte sie uns keinen Strich durch die Rechnung machen.«

Es war Madeline Naylors Idee gewesen, mit Alice schon vor halb sieben Uhr morgens in der Smart Suite von ViroVector die nötigen Vorbereitungen zu treffen und sich anschließend ihren Sicherheitsstatus Gold zunutze zu machen, um das Firmengelände durch einen der unterirdischen Inspektionsschächte zu verlassen. Nachdem sie mit einem bereitstehenden Leihwagen zum Flughafen gefahren waren, hatten sie mit einer von Naylors sechs auf verschiedene Namen ausgestellten Kreditkarten eine private Luxussuite auf der Mezzaninetage über der Abflughalle gemietet. In der Suite, die über ein eigenes Besprechungszimmer und Bad verfügte, waren sie vollkommen ungestört.

Indem Alice Prince mit Hilfe des Telefonanschlusses der Suite ihren Laptop und die KREE8 3-D-Aufnahmegeräte mit TITANIA koppelte, war es ihnen möglich, den Eindruck zu erwecken, als wären sie bei der Besprechung mit Pamela in der Smart Suite anwesend.

»Mach endlich, Alice, wir müssen uns beeilen. Jetzt ist keine Zeit mehr, sich Gedanken zu machen.« Naylor griff in eine ihrer olivgrünen Umhängetaschen, die alles enthielten, was sie auf der Flucht brauchen würde, und nahm die Päckchen mit schwarzem und rotbraunem Haartöner und ein Paar Kontaktlinsen heraus. Vielleicht würde die Welt in ein paar Jahren, wenn Gras über die Sache gewachsen war, die Genialität ihrer Tat begreifen und sie als Heldinnen feiern. Doch vorerst mussten sie untertauchen.

Auf ihrem Weg ins angrenzende Bad wandte sich Madeline zu Alice um, die immer noch am Konferenztisch saß und ins Leere starrte. »Wir haben noch einiges zu erledigen und wir müssen unser Flugzeug erreichen.«

»Haben wir wirklich das Richtige getan?«, fragte Alice unvermutet.

Naylor ging zum Laptop und rief die Datei mit den Abflugzeiten auf. Zuerst sah sie unter Heathrow nach. Die Passagiere des Fluges BA 344 von British Airways begaben sich bereits von Gate 28 an Bord. Dasselbe Bild bot sich ihr in Sydney, Rio, Singapur, Nairobi und Los Angeles. Sie lächelte zufrieden. »Natürlich haben wir das Richtige getan. Außerdem ist es jetzt zu spät, sich noch Gedanken zu machen. Es lässt sich nicht mehr rückgängig machen. Die Evolution hat begonnen.«

37

Hills-of-Eternity-Friedhof, Kalifornien.
Am selben Tag. 12 Uhr 01

Als Decker über den Rasen zu dem schwarzen Mercedes ging, den Joey Barzini ihm geliehen hatte, spürte er ein leichtes Prickeln im Nacken, so als würde er beobachtet. Hätte er sich daraufhin nicht umgedreht, hätte er den Wagen nicht bemerkt.

Das Begräbnis war vorbei. Die meisten der Trauergäste waren bereits weggefahren, um an der Begräbnisfeier in Barzinis Haus teilzunehmen. Decker war noch zurückgeblieben, um ganz allein von Matty Abschied nehmen zu können. Seine zwei FBI-Aufpasser hatte er mit dem Versprechen vorausgeschickt, in zwanzig Minuten nachzukommen.

Nachdem er in den Mercedes gestiegen war, verstellte er den Rückspiegel so, dass er den grauen Chrysler im Auge behalten konnte, der in hundert Meter Entfernung hinter einer Baumgruppe stand. Sie waren zu dritt. Der dunkelhäutige Mann auf dem Beifahrersitz war Associate Director William Jackson.

Decker startete den Motor und fuhr langsam los, ließ aber den Chrysler keine Sekunde aus den Augen. Er empfand keine Angst, nur eiskalte Entschlossenheit. Der Wagen hinter ihm war keine Bedrohung. Er war eine Gelegenheit.

Er vergegenwärtigte sich die kurvenreichen Straßen, die aus der riesigen Friedhofsanlage führten, und überlegte, an welcher Stelle Jackson zuschlagen würde. Dann suchte er die Stelle aus, an der er zuschlagen würde.

Er checkte die Pistole in seiner Jacke und legte den Sicherheitsgurt an. Obwohl er den Chrysler von hinten näher kommen sah, machte er keine Anstalten, schneller zu fahren, sondern behielt seine gemächlichen dreißig Stundenkilometer bei. Die Straße vor ihm war verlassen und auf der Hauptstraße hinter dem Friedhofstor herrschte kaum Verkehr. Es schien, als wären er und die drei Männer hinter ihm die einzigen Lebenden in dieser Stadt der Toten.

Inzwischen war der Chrysler nur noch wenige Meter hinter ihm. Er konnte Jacksons grinsendes Gesicht deutlich erkennen.

Hinter dem Tor bog Decker nach rechts in die von Bäumen gesäumte Hauptstraße, die das Mosaik von Friedhöfen durchschnitt. Auch jetzt erhöhte er sein Tempo nicht, sondern ließ den Chrysler noch näher kommen. Er konnte die Unschlüssigkeit im Rattengesicht des Fahrers sehen. Würde der Mann beschleunigen und ihn überholen, seitlich neben ihm herfahren oder warten? Jackson schien ihm keine Anweisungen zu geben.

Deshalb nahm ihm Decker die Entscheidung ab. Er hielt abrupt an, legte den Rückwärtsgang ein und stieg voll aufs Gas.

Die Wucht des Zusammenpralls war ungeheuer, aber Decker war darauf gefasst. Während der Chrysler bockend stehen blieb und Jackson den Kopf des Fahrers vom Armaturenbrett zurückzog, stellte Decker die Automatik des Mercedes wieder auf Vorwärtsfahrt und stieg erneut aufs Gas. Er hatte auf der geraden, verlassenen Straße bereits dreihundert Meter zurückgelegt, bis der Chrysler die Verfolgung aufnahm. Doch statt seinen Vorsprung zu nutzen, um zu entkommen, stieg Decker wieder auf die Bremse, sprang aus dem Wagen und blieb mitten auf der Straße stehen. Er zog seine Pistole, nahm sie in beide Hände und richtete sie auf den nahenden Chrysler. Der Wagen beschleunigte. Decker würde ihn sicher nicht verfehlen. Er hatte bei der Schießausbildung schon wesentlich schwierigere Ziele getroffen.

Die erste Kugel brachte den linken Vorderreifen zum Platzen und riss den Wagen nach links. Eine zweite war nicht nötig. Der Chrysler kippte fast seitlich um, bevor er heftig schleudernd gegen eine große knorrige Eiche krachte. Decker nahm kaum Notiz von dem bewusstlosen Fahrer oder dem zusammengesunkenen dritten Mann auf dem Rücksitz, als er auf das Autowrack zurannte.

Jackson fummelte an der Tür herum und versuchte aus dem Wagen zu kommen. Er hatte eine klaffende Schnittwunde auf der Stirn und sein linker Arm schien gebrochen.

Decker öffnete die Tür, zog ihn aus dem Wagen und ließ

ihn auf den reifenzerfurchten Seitenstreifen sinken. Dann drückte er ihm den Lauf seiner SIG in den Nacken und beugte sich zu ihm hinunter.

»Warum mussten Sie ihm unbedingt die Finger brechen?«

»Es war nicht meine Schuld«, winselte Jackson. Sein nasales Gejammere brachte Decker noch mehr auf. »Direktor Naylor hat mich dazu gezwungen. Ich musste Sie unbedingt finden. Wenn er uns gesagt hätte, wo Sie sind, wäre ihm nichts passiert.«

Deckers Finger krümmte sich stärker um den Abzug. »Jetzt haben Sie mich ja gefunden.«

»Aber ich sollte Sie nicht umlegen. Ich sollte Sie und Kathy Kerr zum Flughafen bringen, sobald ich Sie gefunden habe. Sie haben angerufen ...«

Plötzlich zuckte eine Frage durch die Glut von Deckers Wut. »Wann haben sie angerufen?«

»Ich weiß nicht. Vor ein paar Stunden.«

»Und Sie sollten mich zum Flughafen bringen?«

»Ja, um sich mit ihnen zu treffen.«

Decker überkam eine tiefe, fast betäubende Ruhe.

Er nahm sein Handy aus der linken Hosentasche und wählte Bill McClouds Nummer. Bevor er etwas sagen konnte, erzählte ihm McCloud, wie Naylor und Prince sie hinters Licht geführt hatten.

»Sie können weiß Gott wo sein.« McCloud klang ungewohnt angespannt. »Laut Aussagen unserer IT-Spezialisten können sie diese Hologramm-Nummer von überall abgezogen haben, wo es einen digitalen Telefonanschluss gibt. Den größten Teil von TITANIA haben unsere IT-Leute bereits unter Kontrolle, aber für viele der höheren Funktionen ist anscheinend eine andere Art von Zugangsgenehmigung erforderlich. Unsere Leute arbeiten zwar daran, aber im Moment haben wir noch keinen blassen Schimmer, wo sie stecken könnten.«

»Ich schon, glaube ich«, sagte Decker abrupt.

»Wirklich?« McCloud hörte sich verblüfft an.

»Ich habe William Jackson hier und er sagt, sie sind am Flughafen.«

»Scheiße. Wir lassen ihn auf der Stelle hermetisch abriegeln. Wir gehen von außen nach innen vor, damit wir niemanden vorwarnen.« Decker hörte, wie sich McCloud vom Telefon abwandte und einen Befehl bellte.

Dann kam er wieder zurück. »Wir können den ganzen Flughafen binnen weniger Minuten abriegeln. Aber wir müssen sehen, dass wir möglichst dicht an Naylor und Prince rankommen, bevor sie irgendwas in Gang setzen, mal vorausgesetzt, sie haben es nicht schon getan.«

»Ich habe bereits eine Idee«, sagte Decker, »aber dafür benötige ich etwas Hilfe.«

»So viel Sie brauchen. Was wollen Sie tun?«

»Das Einzige, was ich kann: mich selbst als Köder benutzen. Prince und Naylor haben Jackson beauftragt, mich zu ihnen zu bringen.« Decker drückte Jackson die SIG in den Nacken. »Und ich werde schon dafür sorgen, dass mein Freund hier genau tut, was ich ihm sage.«

Luxussuite, San Francisco Airport, Kalifornien.
Am selben Tag. 12 Uhr 37

Madeline Naylor hatte für alle Eventualitäten vorgesorgt, aber das hatte sie nicht vorhersehen können.

Sie stand vor dem Spiegel im Bad und bewunderte ihr kurzes kupferfarbenes Haar mit den schwarzen Wurzeln. Von ihrem schulterlangen weißen Haar war keine Spur mehr zu sehen. Sie hatte es zweimal gefärbt, so dass sie jetzt aussah wie eine Brünette mit gefärbtem Haar. Sie war begeistert, wie stark es sie veränderte. Um die Verwandlung perfekt zu machen, trug sie blaue Kontaktlinsen und ein langes geblümtes Kleid. Sie zog so gut wie nie Kleider an und schon gar keine geblümten.

»Jetzt bist du dran, Alice«, sagte sie beim Betreten des Besprechungszimmers.

Aber Alice hatte sich nicht verwandelt. Sie hatte sich nicht einmal von der Stelle bewegt.

»Was hast du denn? Du hast ja noch nicht mal angefangen.«

»Ich weiß.«

»Na, dann beeil dich! Wir müssen los.«

Stirnrunzelnd spielte Alice am Anhänger ihrer Halskette herum. Sie machte einen abwesenden Eindruck.

»Alice?«

Das Läuten ließ sie aufschrecken. Naylor ging zu den grünen Umhängetaschen und fischte ihr Handy heraus.

»Ja.« Sie hauchte das Wort in den Hörer.

»Ich habe Decker«, sagte Jackson. Der Empfang war schlecht, aber trotz des Rauschens konnte sie seine nasale Stimme erkennen. »Sie sagten, ich soll ihn zu Ihnen bringen. Wir sind jetzt am Flughafen. Im östlichen Mezzanin, wo sie die neuen Läden bauen, bei der großen Calvin-Klein-Werbetafel. Hier ist so gut wie nichts los.«

Naylor runzelte die Stirn. Das passte ihr jetzt überhaupt nicht in den Kram.

»Wer ist es?«, fragte Alice Prince.

»Jackson. Er hat Decker.« Naylor sprach wieder in den Hörer. »Töten Sie ihn!«

»Nein, warte!«, rief Alice plötzlich und riss ihr das Telefon aus der Hand. »Nein, tun Sie ihm nichts. Ich möchte mit ihm sprechen. Wo ist er?«

Naylor lachte ungläubig. »Du kannst nicht mit ihm sprechen. Wie stellst du dir das vor? Dafür reicht die Zeit nicht.« Sie versuchte Alice Prince das Telefon zu entreißen, aber Alice ließ es erst los, nachdem sie sich mit Jackson verabredet und aufgelegt hatte. Dann kehrte sie Naylor den Rücken zu und setzte sich auf die Taschen.

Jetzt wurde Naylor richtig wütend. So widerspenstig hatte sie Alice noch nie erlebt. »Alice, du triffst dich jetzt nicht mit Decker. Du veränderst jetzt sofort dein Aussehen und kommst mit mir!«

»Nein«, sagte Alice ruhig. Ihre Hand war in ihrer Tasche.

Naylor ging auf ihre Freundin zu, aber bevor sie sie erreichte, drehte Alice sich mit einer kleinen Pistole in ihren zitternden Händen zu ihr um. »Madeline, ich möchte dich nicht erschießen, aber glaub mir, notfalls werde ich es tun. Lass mich einfach gehen.«

Naylor wusste nicht, was sie sagen sollte; sie starrte ihre Freundin nur fassungslos an. Alices rundes Gesicht war gerötet und in ihren Augen standen Tränen. Und Naylor hatte nicht den geringsten Zweifel, dass ihre scheue, sanfte Freundin sie erschießen würde, falls sie versuchte, sich auf sie zu stürzen. »Das verstehe ich nicht. Was hast du vor?«

»Geh ins Bad zurück.«

Das tat Naylor. »Wir haben alles genau so gemacht, wie wir es geplant haben. Was hast du denn auf einmal?«

Alice machte die Badezimmertür zu und schloss sie von außen ab. Naylor hörte, wie sie den Schlüssel abzog und einsteckte. »Ich komme wieder zurück und lasse dich raus«, hörte Naylor sie durch die Tür sagen.

Naylor konnte es einfach nicht glauben. »Sag mir endlich, was du vorhast, Herrgott noch mal!«

Darauf trat erst einmal Stille ein, durchbrochen nur vom schwachen Echo eines Schluchzens. Dann, ganz langsam, mit stockender Stimme, erklärte ihr Alice alles.

Und sobald sie das tat, warf sich Naylor mit voller Wucht gegen die Badezimmertür, um sie aufzubrechen.

38

San Francisco Airport, Kalifornien.
Am selben Tag. 12 Uhr 56

Alice Prince fiel keine andere Möglichkeit ein als diese. Madeline würde es verstehen, wenn sie sich wieder beruhigt hatte. Sie musste einfach.

Alice Prince durchquerte die Abflughalle, in der es von Reisenden wimmelte. Sie blickte zu der riesigen Calvin-Klein-Reklametafel und den blanken Betonpfeilern des neuen, noch im Bau befindlichen Einkaufszentrums hinauf.

Nachdem sie über eine Absperrung aus blauem Plastikband gestiegen war, an der ein Schild mit der Aufschrift

Baustelle. Zutritt verboten befestigt war, ging sie auf eine Tür zu, hinter der eine mit Farbdosen und Leitern voll gestellte Treppe nach oben führte.

Es tat Alice Prince leid, Madeline mit der Pistole bedroht zu haben. Aber sie hatte keine andere Wahl gehabt. Madeline war einfach zu dominant. Immer kommandierte sie sie herum, immer drehte sie alles so hin, wie es ihr gerade passte. Schon seit sie Kinder waren. Seit Madeline ihr klargemacht hatte, warum es richtig war, Alice' Vater zu bestrafen. Wenn sie nur an diesen Tag auf dem Eis dachte, schnürte sich ihr die Brust zusammen. Es bestärkte sie aber auch in der Überzeugung, dass richtig war, was sie jetzt tat.

Der zugefrorene See in der Nähe ihres Hauses in Baddington ist schön und Alice läuft gern dort Schlittschuh – außer wenn ihr Vater mitkommt. Alice weiß nicht, ob sie ihren Vater mag, denn wenn er betrunken ist, schlägt er sie und ihre Mutter. Aber inzwischen ist sie daran gewöhnt, und es ist ihr peinlich, dass es ihre Freundin Madeline weiß.

Im Januar, eine Woche vor ihrem fünfzehnten Geburtstag, gehen Alice und Madeline zusammen Schlittschuh laufen. Es ist an einem Samstagnachmittag und so kalt, dass fast ihr Atem gefriert. Der Himmel ist von einem blassen Blau und der kleine, von Fichten gesäumte See glitzert in der untergehenden Nachmittagssonne. Das hintere Ende ist mit einem Seil abgesperrt und ein Schild warnt *Vorsicht. Einbruchgefahr.*

Wegen der Kälte sind nur wenige Schlittschuhläufer auf dem Eis, sodass die beiden Mädchen fast den ganzen See für sich allein haben.

Bis Alice' Vater kommt und sich ihnen anschließt. Sie merkt sofort, dass er betrunken ist, weil er ihr befiehlt, mit ihm Schlittschuh zu laufen. Sie will nach Hause gehen, aber Madeline hält sie zurück. Madeline trägt eine knallrote Jacke mit einer Kapuze und ihr weißes Haar steht darunter hervor wie Eiszapfen. Mit ihren dunklen Augen starrt sie Alice' Vater finster an und fährt mit Alice im Schlepptau seelenruhig auf ihn zu. Und wie zwei kleine Enten folgen sie ihm um den See.

Alice' Vater ist ein großer Mann mit roter Nase und rotem Gesicht. Seine Triefaugen blicken unter einer russischen Pelzmütze hervor, mit der er wie ein wütender Grizzlybär aussieht. »Folgt mir«, ruft er, »alle beide!«

Dann läuft er große Kreise. Ihr Vater ist ein guter Schlittschuhläufer und er wird immer schneller. Alice kennt dieses Spiel nur zu gut. Irgendwann wird der Vorsprung ihres Vaters so groß, dass er sie einholt, und wenn er sie lachend überholt, wird er sie mit der Aufforderung, schneller zu laufen, umstoßen.

Aber heute kommt es anders, weil Madeline dabei ist. Im Gegensatz zu Alice ist Madeline eine gute Sportlerin. Sie flitzt nur so übers Eis und zieht Alice in ihrem Windschatten mit.

Je schneller Alice' Vater übers Eis gleitet, umso schneller wird auch Madeline; und Alice merkt, Madeline ist noch lange nicht an ihre Grenzen gestoßen. Sie hält lediglich mit ihm Schritt – nicht schneller, aber auch nicht langsamer als er, sodass ihr Abstand gleich bleibt. Aber ihr Vater gibt nicht auf. Er läuft ohne Pause weiter und versucht die zwei Mädchen einzuholen.

Da es schon spät ist, sind inzwischen auch die letzten Schlittschuhläufer nach Hause gegangen. Der See ist verlassen. Aber hinter Madeline fühlt sich Alice sicher. Es ist, als hätte sie Flügel an den Füßen, sodass nichts und niemand sie einholen kann.

Es vergehen noch einmal zehn Minuten, bis ihr Vater schließlich merkt, dass er nicht gewinnen kann, und die Lust verliert. Er bleibt plötzlich stehen und deutet auf die Absperrung.

»Fahrt doch mal am Seil entlang«, befiehlt er ihnen. Er hat jetzt diesen brutalen, herrischen Ausdruck im Blick, den sie so hasst. »Oder habt ihr etwa Angst?«

Wenn Madeline dabei ist, hat Alice keine Angst. Und dann treibt Madeline das Spiel auf die Spitze.

»Ich fahre auf der *anderen* Seite des Seils, wenn Sie mitkommen«, sagt sie zu Alice' Vater. »Oder haben *Sie* etwa Angst?«

Sein Gesichtsausdruck ändert sich und er runzelt die Stirn.

Er kommt auf sie zu und nun bekommt es Alice doch mit der Angst zu tun. Madeline dreht sich schnell um, nimmt Alice an der Hand und führt sie auf die Absperrung zu.

»Kommt zurück«, ruft er.

Aber Madeline zieht Alice einfach weiter mit sich. Ihre Schlittschuhe zischen über das Eis. Zum ersten Mal in ihrem Leben spürt Alice, was es bedeutet, Macht zu haben. Es kümmert sie nicht, was er ihr tun wird, wenn sie nach Hause kommt; in diesem Moment strömt das Feuer der Auflehnung durch ihre Adern.

»Nein«, ruft Alice über ihre Schulter. »Komm doch und fang mich.«

Dann duckt sich Madeline und gleitet mit Alice trotz der Warnung auf dem Schild unter dem hüfthohen Seil durch. Alice stemmt die Schlittschuhe in das Eis, um anzuhalten, und dreht sich zu ihrem Vater um.

Er starrt sie von der anderen Seite des Seils finster an. »Alice, komm sofort zurück. Tu, was ich sage. Sofort!«

»Bleib«, flüstert Madeline neben ihr. »Hier bist du in Sicherheit.« Madelines Augen leuchten und auf ihren durchgefrorenen Lippen liegt ein aufgeregtes Lächeln. Hier ist das Eis so dünn, dass man das dunkle Wasser unter ihren Schlittschuhen sehen kann.

Plötzlich ruft Madeline Alice' Vater zu: »Wenn Sie Alice schlagen wollen, müssen Sie schon hierher kommen.«

Sein Gesicht wird rot vor Wut.

»Nicht, Madeline«, warnt Alice. Sie weiß, wie gemein ihr Vater werden kann. »Sonst tut er dir auch noch was.«

Madeline schüttelt den Kopf. »Er tut mir schon nichts. Pass auf.«

Alice bewundert Madelines Mut, aber der Ausdruck in ihren Augen gefällt ihr nicht.

»Wir warten«, stichelt Madeline. »Oder haben Sie etwa Angst?«

Er kann nicht glauben, dass die Mädchen so frech sind, und wartet einen Moment. Dann knurrt er wie ein Tier und steigt über das Seil. Vorsichtig setzt er die erste Kufe auf das dünne Eis, dann die zweite. Und als er merkt, dass das Eis trägt, sieht er sie mit einem hämischen Grinsen an. »Wer hat jetzt Angst?«, faucht er und stürzt sich auf Alice.

Einen Augenblick lang packt sie die Angst, doch dann hört sie ein lautes Knacken und Madeline zieht sie auf das Seil zu und steigt darüber.

Es geht alles ganz schnell.

Einen Moment steht ihr Vater noch da und starrt sie finster an, im nächsten bricht er ein, klammert sich am Rand des Lochs fest und versucht sich auf das glatte Eis zurückzuziehen. Sie wartet, bis das Spritzen aufhört, bevor sie näher an die Einbruchstelle herangleitet.

»Wirf mir das Seil her«, befiehlt er ihr. Er ist wütend, aber zum ersten Mal entdeckt sie auch Angst in seinen Augen.

Sie steht da und blickt auf ihn hinunter, und bevor sie ihm zu Hilfe kommen kann, hält Madeline sie zurück. »Sieh einfach nur zu!«, flüstert sie.

»Beeil dich!«, drängt ihr Vater. »Ich kann mich nicht mehr lange festhalten!« Seine Stimme bekommt etwas Flehentliches, als er merkt, dass sie ihm nicht zu Hilfe eilt. Er versucht verzweifelt, sich mit den Händen auf dem glatten Eis festzuhalten. Aus dem Blick, mit dem er zu ihr hochsieht, spricht inzwischen das blanke Entsetzen. »Bitte, Alice, hilf deinem Papa«, bettelt er. »Hilf mir. Wirf mir das Seil zu.«

Aber sie ist außerstande, sich von der Stelle zu rühren. Madeline hält sie zwar nicht wirklich zurück, aber sie unterstützt ihre Untätigkeit. Es vermittelt Alice ein gutes Gefühl, auf ihren Vater hinabzublicken und ihn betteln zu sehen. Sie hat schon längst zu zählen aufgehört, wie oft *er* drohend über *ihr* gestanden hat, ohne auf ihr Flehen einzugehen.

Trotzdem möchte sie zu ihm gehen und ihm helfen, während sie beobachtet, wie er den Halt auf dem Eis verliert und immer tiefer in das eisige Wasser gleitet.

Aber Madeline flüstert ihr ins Ohr: »Lass ihn untergehen. Lass ihn aus deinem Leben verschwinden. Du brauchst ihn nicht. Du liebst ihn nicht. Er tut dir nur weh.« Er beginnt zu schluchzen, aber sie kann sich nicht von der Stelle rühren. Madeline berührt sie zwar nicht einmal, aber Alice hat trotzdem das Gefühl, von ihr zurückgehalten zu werden.

»Hilf mir«, schreit er entsetzt.

Aber Alice ist wie gelähmt. Sie ist nicht in der Lage, ihm zu helfen.

Ein letztes Mal bäumt sich ihr Vater verzweifelt auf und versucht noch einmal zu schreien, aber er versinkt und das Wasser erstickt seine Schreie. Alice steht da und beobachtet, wie ihr Vater unter dem Eis wild um sich schlagend unter ihre Füße treibt. Und während sie entsetzt nach unten starrt, nimmt Madeline sie an der Hand und führt sie vom See. »Du brauchst keinen Vater«, versichert ihr Madeline. »Ich habe auch keinen Vater. Wir brauchen nur uns. Dein Geheimnis ist bei mir gut aufgehoben. Was du getan hast, war nicht falsch.«

Aber das stimmte nicht. Im Grunde ihres Herzens wusste Alice ganz genau, dass es nicht richtig war, was sie getan hatte. Zur Strafe dafür wurde ihr vor zehn Jahren ihre Tochter genommen. Und ihr ganzes Leben war sie durch ihre Schuld an Madeline gefesselt und stand unter ihrer Knute. Sie musste immer glauben, Madeline habe in allem Recht; etwas anderes zu glauben wäre gleichbedeutend mit dem Eingeständnis gewesen, dass es falsch gewesen war, ihren Vater sterben zu lassen. Jetzt erst akzeptierte sie, dass es falsch war – wie so vieles andere.

Als sie die Tür zum Zwischengeschoss erreichte, blieb Alice kurz stehen. Jackson hatte gesagt, er würde Decker an der Calvin-Klein-Reklametafel zurücklassen. Ohne sich um das große Schild mit der Aufschrift *Vorsicht Bauarbeiten. Zutritt verboten* zu kümmern, öffnete sie langsam die Tür und trat auf das Mezzaningeschoss hinaus.

Sie wandte sich nach links und spähte durch eine Lücke zwischen den Reklametafeln auf das Menschengewimmel in der Abflughalle hinunter. Eine Gruppe Geschäftsmänner in dunklen Anzügen stürmte durch den Haupteingang. Sie kamen offensichtlich von einem Kongress und hatten sich verspätet, da sie ungeduldig durch die Menge preschten und fast einen Kinderwagen umstießen, während sie sich wie ein schwarzer Keil durch eine Gruppe von Frauen und Kindern schoben.

Alice verschwamm alles vor den Augen und das Gewimmel unter ihr glich nicht mehr Menschen, sondern Zellen in einer Petrischale. Einige dieser Zellen waren gut und gesund, aber andere waren bösartig – männlich. Sie stellte sich vor, wie die dunklen, rücksichtslosen männlichen Zellen vernichtet wurden, sodass die übrig gebliebenen Zellen mehr Bewegungsspielraum hatten. Dann stellte sie sich vor, wie sie sich alle behutsamer und rücksichtsvoller bewegten und aufeinander eingingen, statt sich zu bekämpfen. Einen Augenblick lang bestärkte und ermutigte diese Vision Alice. Doch dann sah sie noch einmal hin und die ermutigende Wärme verflog.

Als sie sich umdrehte, sah sie Decker, genau wie Jackson gesagt hatte, neben der Calvin-Klein-Reklametafel an eine Säule gelehnt sitzen. Er trug einen schwarzen Anzug, hatte die Hände auf den Rücken gefesselt und ein Stück Klebeband über dem Mund. Als sie in seine grünen Augen blickte, schien er eher überrascht als erschrocken. Er blickte die ganze Zeit an ihr vorbei, als erwartete er, dass hinter ihr noch jemand auftauchte.

Sie beugte sich zu ihm hinab und zog das Klebeband von seinem Mund. Es war nicht sehr kräftig und ging leicht ab. Seine Lippen darunter waren trocken.

»Wo ist Naylor?«, fragte Decker. Für Höflichkeiten war jetzt keine Zeit. Das Gelingen seines Plans hing davon ab, dass auch sie herkam. Wenn sie nur Alice Prince fassen konnten, während Naylor mit Phase Drei entkam …

Alice Prince lächelte. »Sie ist nicht wichtig. Sie ist gut aufgehoben.«

Decker versuchte Ruhe zu bewahren. Nachdem er Jackson gezwungen hatte, Naylor anzurufen, hatte er ihn McClouds Leuten übergeben und war hierher geeilt. McCloud hatte den Flughafen bereits abriegeln lassen, und obwohl Decker noch keinen der Ninjas sehen konnte, wusste er, dass sie ganz in der Nähe waren, bereit, jeden Moment zuzuschlagen.

»Was haben Sie mit Phase Drei gemacht?«, fragte er.

Als Alice Prince es ihm erzählte, verflog all seine Hoffnung.

Doch dann kam sie mit ihrem Gesicht ganz dicht an seines heran und erklärte ihm alles andere. Nicht sicher, ob er auch wirklich richtig hörte, beugte er sich zu ihr vor. Dann griff sie nach dem tropfenförmigen Amulett an ihrem Hals und hob es an ihren Mund, als wollte sie hineinbeißen.

In diesem Moment sah Decker zwei FBI-Ninjas hinter Alice Prince auftauchen. Sie hatten ihre Waffen auf sie gerichtet und hielten Anti-Viren-Sprays gezückt.

Alles lief wie in Zeitlupe ab.

Alice Prince folgte Deckers Blick und wandte sich um. Dann stand sie auf, riss das Amulett von der Kette und biss es in der Mitte durch. In einer Hälfte steckte eine winzige Nadel.

Die Ninjas rannten auf sie zu.

»Nein«, rief ihnen Decker zu. Er konnte die Panik in Alice Prince' Augen sehen.

Sie wich gegen das hüfthohe Geländer zurück und kippte nach hinten. Sie unternahm keinen Versuch, sich festzuhalten, sondern behielt beide Hände an ihrem Amulett. Und dann fiel sie über das Geländer.

Decker griff nach ihr, bekam aber nur das entzweigebrochene Amulett zu fassen, dessen Inhalt auf die Menschenmenge unter ihnen hinabtröpfelte. Seine Sinne waren plötzlich so geschärft, dass er sich einbildete, sehen zu können, wie die winzigen Tröpfchen, wunderschön anzusehen in dem gebrochenen Licht, auf die Menschen in der Abflughalle hinabschwebten.

»Nein«, schrie er noch einmal und stürzte sich auf Alice Prince. Sie breitete die Arme aus und schloss sie im Fallen um ihn.

»Spook«, rief McCloud hinter ihm, aber Decker fiel ebenfalls. Alice Prince stieß ihm die Ampullennadel in den Arm. Unter ihnen brach wildes Geschrei los.

Alice Prince lächelte. Sie hielt sein Gesicht ganz dicht an ihres, schlang ihren Körper um seinen. »Für Libby«, hauchte sie.

Dann war nichts mehr.

Alice Prince war erschrocken, als sie die bewaffneten Männer in Bioschutzanzügen sah. Doch sobald sie merkte, dass es eine Falle war, aus der es keinen Ausweg gab, verflog ihre Panik.

Sie spürte keine Todesangst. Bald würde sie mit Libby vereint sein. Sie hatte alles getan, was sie konnte. Es schien ihr durchaus passend, dass es Decker sein sollte, der Sohn des Mörders ihrer Tochter.

Sie lächelte auch noch, als sie sich beim Aufprall auf einem Gepäckwagen das Genick brach, sodass sie sofort tot war.

Madeline Naylor kam zu spät. Es war nicht zu fassen. Wie gelähmt stand sie inmitten des Menschengedränges und musste zusehen, wie die zwei Körper herunterstürzten. Bei ihrem Aufprall entstand ein Geräusch wie von zwei schweren Matratzen, die auf trockenes Reisig fielen: ein kurzes dumpfes Knacken.

Nachdem sie die Badezimmertür aufgebrochen hatte, war sie hierher gerannt, um Alice zurückzuhalten und vor sich selbst zu schützen. Aber das war ihr nicht gelungen. Ihre Freundin war tot. Alice lebte nicht mehr.

Wie in Trance zwängte sie sich zwischen den aufgeregt durcheinander schreienden Menschen hindurch, um einen Blick auf die zwei Körper zu werfen, die auf einem Stapel zerdrückter Gepäckstücke lagen. Decker war wie in einer Parodie zweier erschöpfter Liebender über Alice zusammengesunken. Mit zusammengekniffenen Augen blickte Madeline Naylor auf Alice' Hals und wandte sich dann ab.

Seltsam abwesend registrierte sie die Ninjas in Racal-Schutzanzügen, die die zwei Körper umringten und die Eingänge sicherten. Ihr gespenstisches Äußeres verstärkte in ihr das Gefühl, dass das alles gar nicht real war. Dennoch war sie sich der Gefahr bewusst, in der sie schwebte. Ihre Tarnung war nicht hundertprozentig und sie würden nach ihr Ausschau halten. Sie musste schnellsten weg von hier. Vollkommen automatisch ging ihr Verstand die einzelnen Schritte durch, die nötig waren, um einen Flughafen abzuriegeln. Sie erinnerte sich an die Übung, die sie am JFK geleitet hatte.

Kurz entschlossen zog sie sich ihre grüne Tasche über die Schulter und tastete mit der Hand nach der Glock darin. Dann bahnte sie sich, ohne die Hand vom Griff ihrer Waffe zu nehmen, langsam einen Weg durch die Menge und steuerte auf die Tür neben dem Barnes-and-Noble-Buchladen zu. Die meisten Ninjas waren damit beschäftigt, die Menge daran zu hindern, das Gebäude zu verlassen. Niemand nahm Notiz von ihr, als sie sich in das Labyrinth von Wartungsschächten unter der Abflughalle davonstahl.

Alice hatte einmal erwähnt, dass die AirShield-Techniker, die die Bakteriophagen-Patronen der Luftreinigungsanlagen auswechselten, unter der Abflughalle einen Umkleideraum und eine Dusche hatten. Die Treppe führte zu einem langen, mit Neonröhren beleuchteten Gang hinab, an dessen Wänden dicke Leitungsrohre verliefen. Gerade als sie sich nach rechts wenden wollte, sah sie ein Schild, auf dem ein Pfeil nach links zum Umkleideraum deutete. Auf dem Schild waren sechs Firmenlogos; das oberste war das von AirShield.

Die Tür war abgeschlossen, aber sie war nicht sehr stabil und ließ sich mühelos eintreten. In dem dunklen kleinen Raum schlüpfte Madeline Naylor in einen AirShield-Overall und setzte sich eine Mütze auf, bevor sie den Flughafenplan studierte, der hinter einer schmutzigen Plastikhülle an der Wand befestigt war. Sie bog die Schutzhülle zurück und zog den Plan heraus. Es gab einen Gang, der am Gepäckabfertigungsbereich vorbei unter den Rollfeldern hindurch zur Umzäunung an Ausgang 3C führte. Dort hatte sie am ehesten eine Chance zu entkommen.

Ohne den wenigen Leuten, an denen sie vorbeikam, Beachtung zu schenken, schritt sie unter flackernden Neonröhren durch endlos lange Gänge. Ihre Gedanken kreisten vor allem um die Frage, wie viel Zeit ihr noch blieb, bis das FBI den ganzen Flughafen abgeriegelt hatte. Seit Jacksons Anruf, der vermutlich Teil der Falle war, hatte McCloud hinreichend Zeit gehabt, die Hauptzugänge zu besetzen. Die Übungen, bei denen sie in der Vergangenheit große Flughäfen hatte abriegeln lassen, hatten nie länger als fünfzehn Minuten gedauert. Über die Luft übertragene Pathogene am Entweichen zu hindern war allerdings etwas schwieriger. Jeder Mann in der ersten Absperrungsreihe musste einen kompletten Bioschutzanzug tragen. Und die Männer mit ihren Sprays mussten vor allem dort gehäuft eingesetzt werden, wo sich die meisten Reisenden befanden. Die Grenzen des Flughafengeländes dagegen würden nur schwach besetzt sein. Zumindest während der ersten Stunde.

Nach einer Weile näherte sie sich einem großen Knotenpunkt, von dem laut Plan alle wichtigen Gänge unter dem Rollfeld abgingen. Hätte *sie* die Abriegelungsaktion organisiert, hätte sie dort einen Mann postiert, um diese Ausgänge zu sperren. Sie kannte McCloud und das Standardvorgehen in solchen Situationen, daher wusste sie, dass auch er und seine Agenten genau das tun würden. Sie konnte also entweder versuchen, auf einem anderen Weg daran vorbeizukommen oder den Knotenpunkt zu ihrem Vorteil zu nutzen.

Sie ging langsamer und wischte sich den Schweiß von der Stirn. Die dicken freiliegenden Rohre, die auf der rechten Seite des Gangs verliefen, waren heiß; McCloud hatte also die Klimaanlage abgestellt, um die Verbreitung der kontaminierten Luft zu unterbinden. Zehn Meter vor der Kreuzung blieb Madeline Naylor stehen und stellte ihre grüne Tasche auf den Boden. Nach kurzem Lauschen hörte sie zwei Stimmen. Ein Mann und eine Frau. Um sich zu vergewissern, dass sie allein waren, lauschte sie noch einmal. Dann ging sie auf den Knotenpunkt zu. Sie versuchte nicht, besonders leise zu sein. Sie bewegte sich ganz normal und ohne jede Hektik, eine Wartungstechnikerin, die in ihrem Overall ihrer täglichen Arbeit nachging.

Sie sah die unheimliche Gestalt in dem schwarzen Schutzanzug, bevor der Mann darin auf sie aufmerksam wurde, aber sie versuchte nicht, ihm aus dem Weg zu gehen.

»Halt, FBI«, sagte der Mann, als er sie entdeckte. Seine Stimme hörte sich seltsam an durch den Lautsprecher des Schutzanzugs, so als käme sie aus einem Telefonhörer. »Tut mir leid, Ma'am, aber Sie dürfen hier nicht weitergehen. Sie müssen zum Terminal zurück.«

»Was ist denn los?« Damit der Mann sie nicht erkannte,

verlieh sie ihrer Stimme einen derberen Ton. »Ich muss hier aber noch alles Mögliche kontrollieren.« Sie griff in ihre Tasche. »Schauen Sie, ich habe einen Ausweis und alles.«

Der Mann richtete seine Waffe auf sie und seine Kollegin stellte sich neben ihn.

»Auch wenn Sie einen Ausweis haben«, sagte sie. »Sie können hier nicht weiter. Gehen Sie einfach wieder zurück. Damit es keinen Ärger gibt.«

»Was ist passiert?«, fragte Naylor, scheinbar besorgt. »Warum haben Sie so komische Anzüge an?«

Der Mann ließ seine Waffe sinken und lächelte sie durch sein Glasvisier an. Es war ein freundliches, beruhigendes Lächeln. »Sie brauchen keine Angst zu haben. Gehen Sie einfach in den Terminal zurück. Dort wird man Ihnen alles erklären.«

Sie hob die Schultern. »Na schön.«

»Also dann«, sagte der Mann und wandte sich bereits mit seiner Kollegin ab.

Naylor hatte ihre Pistole in weniger als einer Sekunde aus ihrer Tasche gezogen und die zwei FBI-Agenten – *ihre* Agenten – waren in weniger als vier Sekunden tot.

Zwei Minuten später steckte sie im schwarzen Bioschutzanzug der Agentin und verfolgte mithilfe des integrierten Kopfhörers, was die anderen Agenten machten. In etwas mehr als sechzehn Minuten war sie außerhalb des Sicherheitskordons und mit einem gestohlenen Auto unterwegs in die Stadt.

Crime Zero Phase Drei war in Umlauf. Aber sie hatte im Kopfhörer etwas gehört – etwas, das Alice Prince und Luke Decker betraf. Und das hieß, dass sie die Hände noch nicht in den Schoß legen konnte. Sie versuchte beim Fahren nicht an Alice zu denken. Später war noch genügend Zeit, um sie zu trauern. Zuerst musste sie ihr Vermächtnis wahren.

DRITTER TEIL

Crime Zero

39

Flug BA 186 nach Kalkutta, Indien. Montag, 10. November 2008. 8 Uhr

Die Passagiere des British-Airways-Flugs 186 von London nach Kalkutta waren die Ersten, die von einem mit Crime Zero Phase Drei kontaminierten Bakteriophagen-Luftreinigungssystem infiziert wurden. Zunächst würde die Infektion ganz harmlos beginnen, mit einem leichten Husten und einer Erkältung.

Jedes Virus hat eine bevorzugte Wirtszelle, ob das nun bei der Mosaikkrankheit das Blatt einer Tabakpflanze ist oder der CD4-Subtyp von T-Lymphozyten bei einem an Aids erkrankten Menschen. Nicht anders verhielt es sich mit dem genmanipulierten Crime-Zero-Phase-Drei-Virus. Das durch eine Atemwegsinfektion übertragene aerogene Virus befällt als Erstes die Zellen der Lunge. Sobald es sich dort eingenistet hat, wandert es in seine Zielzellen im Hypothalamus des Gehirns, in den Atemwegen und, bei Männern, in den Hoden. Dann beginnt die tödliche Mutation, beginnt das Virus die DNS dieser Zellen durch seine eigene zu ersetzen. Unter Zuhilfenahme der genetischen Informationen, die es dort vorfindet, hinterlässt das Virus seine eigenen genetischen Anweisungen, die sich dann auf drei verschiedene Arten in ihren menschlichen Wirten replizieren.

Außer einem leichten Husten, der helfen würde, die Infektion zu übertragen, würde das Virus bei den weiblichen Passagieren keine weiteren Symptome hervorrufen.

Auch bei den sechsunddreißig präpubertären Jungen an Bord bliebe der Husten das einzige unangenehme Symptom. Binnen einiger Tage würde der virale Vektor allerdings in seinen Zielzellen im Hypothalamus des Gehirns sein Arsenal an Regulatorsequenzen abladen. Diese Regulatorsequenzen würden eine Feinabstimmung der siebzehn Gene vornehmen, die bei den Jungen Aggressivität und Hemmungen steuerten. Ihre Genome würden sich verändern und der Spiegel des hemmenden Neurotransmitters Serotonin würde für den Fall, dass er zu niedrig war, steigen oder, wenn er von Natur aus hoch genug war, gleich bleiben. Entsprechend würde auch die Ausschüttung stimulierender Transmitter wie Dopamin und Nor-Adrenalin angepasst, wenn sie zu hoch wäre. Die Höhe des künftigen Testosteronspiegels der infizierten Jungen würde so angelegt, dass er eine bestimmte Toleranzschwelle nicht überschritt. Die Jungen würden also, ohne es zu merken, eine subtile Veränderung durchlaufen. Ihr Hang zur Gewalttätigkeit würde sich in Richtung friedliche Kooperation verschieben und es würde ihnen leichter fallen, ›sich zu benehmen‹. Andere Symptome würden bei ihnen nicht auftreten.

Bei den zweihundertzehn postpubertären Männern würde es nicht bei einem leichten Husten bleiben, wobei der Zeitpunkt, zu dem die anderen Symptome auftraten, vom Alter des Betreffenden abhängig war. Die anfängliche genetische Programmierung wäre dieselbe wie bei den Jungen und in der aggressionsgehemmten Phase, die darauf eintreten würde, würde sich der Zustand der betroffenen Männer zunächst stabilisieren, so wie sich zum Beispiel auch der Zustand eines HIV-Infizierten stabilisieren kann, bevor er endgültig an Aids erkrankt.

Der Beginn des Einschmelzungsprozesses hing dann von den das Alter anzeigenden Telomeren an den Chromosomenenden ab. Bei den Jüngsten würde er nach sieben oder acht Tagen einsetzen, bei den Ältesten nach drei Jahren.

Zu den unmittelbaren körperlichen Symptomen der Einschmelzung gehörten neben Haarausfall, Akne und schrumpfenden Hoden auch all jene, die in Zusammenhang mit extremen Angstzuständen auftreten. An psychischen Symptomen war mit chronischen Angstzuständen, Halluzinationen, paranoiden Wahnvorstellungen und zwanghaften Ruminationen zu rechnen. Wenn der Betroffene binnen weniger Tage an einer Gehirnblutung starb, war der Tod eine Erlösung für ihn. Ein Teil der Erkrankten würde sich selbst das Leben nehmen.

Alle Männer an Bord der British-Airways-Maschine würden innerhalb der nächsten drei Jahre sterben. Allerdings nicht, bevor jeder Ehemann, Vater, Bruder, Sohn, Geliebte und Großvater jeden, der in die Reichweite seines Atems gekommen war, mit Crime Zero angesteckt hatte.

Binnen weniger Tage würden die Passagiere des BA-Flugs 186 von London nach Kalkutta Crime Zero auf allen fünf Erdteilen verbreitet haben. Die Zahl der Infizierten betrüge dann bereits hunderte von Millionen. Binnen einer Woche wären nur die entlegensten Gebiete der Erde noch nicht von der Epidemie befallen. Und dann begännen die jüngsten Männer, die sich an Bord des Flugzeugs befunden hatten, zu sterben.

ViroVector Solutions, Kalifornien.
Am selben Tag. 3 Uhr

Die anderen Wissenschaftler bezeichneten es bereits als ein Schleifenvirus. Aber Kathy Kerr sah es mehr nach der Schlinge eines Henkers aus, nach einem Scharfrichter in Virusform, der wahllos alle Männer lynchen würde, wenn man ihn nicht baldigst daran hinderte. An die Tür des Konferenzzimmers im äußersten Ring der ViroVector-Biolabors war die Vergrößerung einer Elektronenmikroskopaufnahme geheftet. Sie zeigte Luke Deckers Blut in 100 000facher Vergrößerung. Auffälligstes Merkmal der Aufnahme war ein Gebilde, das aussah wie eine Schleife mit einem geringelten Teufelsschwanz. Es war das Crime-Zero-Virus, von dem es in Luke Deckers Blut jede Menge gab.

Kathy Kerr bereiteten die unübersehbaren genetischen Unterschiede zwischen dem Virus, mit dem Alice Prince Luke infiziert hatte, und dem Crime-Zero-Phase-Drei-Virus immer noch Kopfzerbrechen. Doch auf ihren Vorschlag hin, sie genauer zu untersuchen, hatten Bibb und die anderen angeführt, auch wenn Luke im Koma liege, gebe es im Moment dringendere Probleme, mit denen es sich zu befassen gelte. Wahrscheinlich hatte Alice Prince verschiedene Versionen von Crime Zero entwickelt und diejenige, die sie in ihrem Anhänger gehabt hatte, war einfach eine frühere Version, die größere Ähnlichkeit mit dem Phase-Eins-Vektor aufwies als mit Phase Drei. Obwohl ihr die Sache keine Ruhe ließ, war Kathy klar, dass sie sich auf Phase Drei konzentrieren musste.

»In einer Woche? Vollkommen ausgeschlossen! Unmöglich!« Jim Balke, der kleine, schmuddelige Betriebsleiter von ViroVector, der für die Produktionsanlagen auf dem Firmengelände zuständig war, rieb sich nervös die geröteten Augen und nahm einen weiteren Schluck Kaffee. »Wir müssen uns realistischere Ziele stecken. Wir werden uns damit abfinden müssen, dass viele Menschen sterben werden. Unmengen von Menschen. Daran können wir nichts ändern.«

»Aber nur aus diesem Grund sind wir doch hier«, stöhnte Sharon Bibb. »Damit wir versuchen, die Zahl der Toten zu begrenzen.« Sie hatte sich das dunkle Haar aus dem schmalen Gesicht gestrichen, in dem der Stress tiefe Spuren hinterlassen hatte. Der aufgeklappte Laptop und die Papierstöße vor ihr zeugten von den Stunden angestrengter Arbeit, die hinter ihr lagen. Links neben ihr kritzelten die genialen Schlossberg-Zwillinge Mel und Al, die Sharon Bibbs Team am CDC in Atlanta angehörten, in irgendwelchen Tabellen herum und zeigten sich gegenseitig, woran sie gerade arbeiteten, ohne dabei auch nur ein Wort zu wechseln. Es war bereits nach drei Uhr morgens und die Wände ringsum waren mit Flipchart-Papier bepflastert. Jeder Bogen war mit Ideen aus den Brainstormings des Forscherteams voll geschrieben.

»Aber eine Woche ist einfach nicht lang genug«, sagte Jim Balke noch einmal. »Sie können von Glück reden, wenn Sie es in einem Jahr schaffen. Selbst wenn wir schon ein Vakzin hätten, bräuchte die Pharmaindustrie ein halbes Jahr, um genug davon zu produzieren und zu verteilen, um allein die Bevölkerung der Vereinigten Staaten zu impfen. Da wird uns keine Zeit bleiben, um es vorher zu testen.«

»Jetzt stellen Sie sich doch nicht so an, Jim«, knurrte Major General Tom Allardyce. Er stand auf und ging mit vorgerecktem Kinn im Raum auf und ab. Zwei andere USAMRIID-Wissenschaftler blickten am anderen Ende des Tisches auf einen Laptop, verglichen Oligonucleotidsequenzen mit dem Crime-Zero-Genom und suchten nach Anhaltspunkten für einen Impfstoff.

»Natürlich ist eine Woche verdammt wenig Zeit. Aber wir haben keine andere Wahl. Wenn Sie sich schon jetzt mit dem Massensterben abfinden wollen, meinetwegen. Aber hören Sie mit diesem Gejammere auf. Wenn wir ein Gegenmittel finden, werden uns andere Länder helfen, es zu produzieren. Nachdem Crime Zero freigesetzt wurde, hat die Präsidentin unverzüglich alle anderen Staatschefs informiert. Alle haben sich einverstanden erklärt, die Bevölkerung noch nicht darüber in Kenntnis zu setzen, aber sie treffen bereits Vorkehrungen zur Eindämmung der Epidemie. Die Russen haben uns spontan ihre Produktionsstätten und ihre Kenntnisse auf dem Gebiet der ABC-Waffenproduktion zur Verfügung gestellt. Jim, Sie spielen eine ganz wesentliche Rolle bei der Klärung der Frage, *wie* wir damit in kürzester Zeit in die Massenproduktion gehen können.«

Kathy Kerr massierte sich die Schläfen und blickte auf das Flipchart neben der Tür. Mit blauem Marker waren zwei sich senkrecht schneidende Achsen darauf eingezeichnet. Vom Schnittpunkt des Diagramms stieg eine steile rot eingezeichnete Exponentialkurve auf. Die horizontale Achse stand für die Zeit, wobei der 9. November, das Datum des Vortags, als Stunde Null eingetragen war. Die vertikale Achse stand für die Zahl der Männer, unterteilt in Altersgruppen. Von der roten Kurve führten drei schwarze Linien zu der horizontalen Zeitachse: die erste bei sieben Tagen, die zweite bei einem Jahr und die dritte bei drei Jahren. Neben der ersten Linie stand: ›Männer beginnen zu sterben – 30 Millionen pro Woche.‹ Neben der zweiten: ›Mindestens 1,2 Milliarden Männer sind tot.‹ Neben der dritten standen nur drei Wörter: ›Alle Männer tot.‹

Kathy atmete tief durch und suchte wenigstens aus dem Umstand, dass sie ein so hochkarätiges Forscherteam um sich hatte, etwas Trost zu schöpfen. Sowohl Sharon Bibb als auch

Allardyce hatten jeweils zwei ihrer besten und kreativsten Mitarbeiter mitgebracht. Über die Schwarzmalerei Jim Balkes, der als Betriebsleiter von ViroVector für die Massenproduktion der Seren und viralen Vektoren zuständig war, war Kathy auf eine perverse Art sogar froh: Sie schien die anderen zu beflügeln.

Alle Angehörigen des Teams trugen grüne Operationskittel. Nicht einer von ihnen hatte geschlafen, seit McClouds Agenten bestätigt hatten, dass ein Luftreinigungsschacht am LAX Airport von Los Angeles mit Crime Zero kontaminiert worden war und mindestens zwei Flugzeuge mit infizierten Passagieren das Virus verbreiteten. Bei einer weltweiten Überprüfung anderer größerer Flughäfen wurde auch im Londoner Flughafen Heathrow eine Crime-Zero-Kontamination entdeckt, die aber letztlich nichts mehr zur Sache tat. Eine einzige Kontamination genügte. Crime Zero war in Umlauf. Die Welt war infiziert.

»Konzentrieren wir uns auf die wichtigsten Dinge, die zunächst zu tun sind«, sagte Kathy. Sie wandte sich den zwei USAMRIID-Wissenschaftlern zu, die am Laptop arbeiteten. Einer war ein großer stiller Mann mit einem dichten roten Schnurrbart, der Floyd Harte hieß. Seine Kollegin, Rose Patterson, war eine schlanke Farbige mit riesengroßen Augen und einem Verstand, der ihnen in nichts nachstand. »Für den Grundimpfstoff müssen wir uns auf die Entwicklung von *antisense*-Oligonucleotiden konzentrieren, um die genetischen Anweisungen von Crime Zero aufzuheben. Und ich kann Ihnen nur Recht geben: Das wird seine Zeit dauern. Aber ich denke auch daran, dass Alice bereits ein Gegenmittel entwickelt haben könnte. Das hat sie normalerweise immer getan. Sobald die IT-Leute Zugang zu allen Dateien von TITANIA haben, können wir dort nach dem Code suchen. Vielleicht gibt es doch eine Möglichkeit, das Verfahren zu beschleunigen.«

Kathy sah Jim Balke an. »Und noch etwas. Wenn wir uns Gedanken darüber machen, wie wir die Bevölkerung mit diesem Vakzin impfen, sollten wir uns das nicht so vorstellen, dass wir hergehen und jedem Einzelnen eine Spritze verpassen. Wir müssen Feuer mit Feuer bekämpfen. Wir müssen einen viralen Vektor entwickeln, der uns die Verbreitung des Impfstoffs abnimmt.«

»Ja, das könnte klappen«, sagte Al Schlossberg unvermutet und wandte sich seinem Zwillingsbruder Mel zu. Die beiden an der Johns Hopkins ausgebildeten Virologen waren gut eins achtzig groß und hatten dunkles lockiges Haar, runde Nickelbrillen und stark vorstehende Adamsäpfel. Unter ihren grünen Kitteln spitzten identische Fliegen hervor. Sie traten fast nur zu zweit auf und waren intelligent genug, um die Richtigkeit der These unter Beweis zu stellen, dass zwei Köpfe besser waren als einer.

Mel schien über das, was Al sagte, nachzudenken: »Ja, das könnte machbar sein, aber wir müssten …«

Al nickte. »Sicher, aber wenn wir …«

»Ja, das müsste gehen«, pflichtete ihm Mel bei. Beide sprachen, ohne eine Miene zu verziehen, und nahmen an, jeder könnte ihrer scheinbar telepathischen Unterhaltung folgen.

»Was könnte gehen?«, fragte Bibb ungehalten.

»Also«, begann darauf Al, als spräche er übers Wetter. »Wir wissen, Crime Zero Phase Drei bedient sich eines widerstandsfähig gemachten Orthomyxovirus, Gattung A, Subtyp H2N28, das die Antigene H2 und N28 auf seinen Stacheln trägt.«

»Dieser Vektor eignet sich außerordentlich gut«, fuhr sein Zwillingsbruder nahtlos fort, »weil diese Gattung sehr oft in Verbindung mit besonders schweren Epidemien und tödlichen Pandemien auftritt. Seine Tropfennuklei haben weniger als vier Mikrometer Durchmesser und schweben nach ihrer Ausstoßung mehrere Stunden lang in der Luft.«

»Seine virale Resistenz gegen Austrocknung«, übernahm Al, »wurde so weit verbessert, dass er in einem vernebelten Tröpfchen sogar länger als das robuste Masernvirus feucht bleibt.« Er hielt inne. »Was wir also tun müssen, ist, einen Vektor mit noch besseren infektiösen Eigenschaften zu finden oder zu entwickeln, um unseren Impfstoff so schnell wie möglich in der Bevölkerung zu verbreiten. Dann können wir genau so, wie Crime Zero die Krankheit verbreitet, das Vakzin verbreiten.«

»Trotzdem sehe ich noch nicht recht, wie wir genug davon herstellen sollen«, jammerte Jim Balke. Es bereitete ihm sichtliches Kopfzerbrechen, wie seine zwei großen, aber keineswegs über unbegrenzte Möglichkeiten verfügenden Produktionsanlagen im Nordteil des ViroVector-Geländes die erforderlichen Mengen herstellen sollten.

»Aber genau das ist doch der springende Punkt«, sagte Kathy. »Wir müssen einen infektiösen Vektor entwickeln, der sich selbst verbreitet – ein ansteckendes Heilmittel, wenn Sie so wollen. Crime Zero wird durch die Menschen verbreitet. Wenn wir es wirksam bekämpfen wollen, muss das Gegenmittel genauso vorgehen. Solange also der Vektor nur genügend wirksam und schnell ist, müssen wir nur geringe Mengen davon produzieren. Wenn der Crime-Zero-Grippevektor eine brave Familienkutsche ist, muss unser Vakzin ein Ferrari sein.«

Kathy hielt inne, um die vor ihr liegenden Unterlagen zurate zu ziehen. Bestürzt stellte sie dabei fest, wie viele Stadien sie durchlaufen mussten, um an diesen Punkt zu gelangen, vorausgesetzt, es gelang ihnen überhaupt, ein Gegenmittel zu entwickeln. Aber sie gab sich Mühe, Zuversicht zu verbreiten. »Sobald wir einen Impfstoff und einen Vektor haben, müssen wir sie zusammensplicen, um ein geeignetes Vakzin zu bekommen. Sobald uns das gelungen ist und Jim dafür gesorgt hat, dass wir die Produktionskapazitäten erhöhen können, müssen wir das Gegenmittel umgehend in Umlauf bringen.«

Kathy wandte sich Tom Allardyce zu. »Im Anfangsstadium werden uns Ihre Leute natürlich auch helfen, aber ganz besonders sind wir auf sie angewiesen, wenn es darum geht, das Ganze waffentauglich zu machen.«

»Verstehe«, sagte Allardyce. »Wir selektieren bereits eine Gruppe infizierter Freiwilliger, um das Gegenmittel an ihnen zu testen. Und gemeinsam mit den Briten, Israelis und Russen arbeiten wir an der Logistik für die Verbreitung des Virus. Natürlich wird das davon abhängen, was genau wir von Ihnen bekommen, aber wir spielen bereits alle Verbreitungsmöglichkeiten durch, angefangen von verschiedenen Bomben- und Sprengkopftypen bis hin zu Flugzeugkapazitäten und Luftbewegungen. Also zumindest in diesem Punkt können Sie beruhigt sein: Wenn Sie einen Impfstoff finden, werden wir auch für seine Verbreitung sorgen.«

Kathy versuchte, so zuversichtlich zu erscheinen wie er, als sie nickte. Das war der Haken an der Sache. Zuerst mussten sie ein Gegenmittel finden. Sie klappte ihren Laptop auf und tippte die wichtigsten Schritte ein. »Okay, wenn sich das USAMRIID-Team von Rose und Floyd mit mir auf das Vakzin konzentriert, kümmern sich Sharon, Al und Mel um die Entwicklung eines Vektors. Die Produktion ist Jims Aufgabe und Tom ist für die Verbreitungslogistik zuständig.« Sie blickte in die Runde und alle nickten. »Gut, dann schlage ich vor, wir kommen alle sechs Stunden zusammen, um über Fortschritte und Probleme zu sprechen. Sonst noch Fragen?«

»Eine Sache«, meldete sich Tom Allardyce zu Wort. »Wie nennen wir das Ganze?«

Floyd Harte, ein stiller USAMRIID-Wissenschaftler, hob wie ein Schüler im Unterricht zaghaft den Arm. »Wie ich die Sache sehe, warten jetzt sämtliche Männer der Welt auf ihre Hinrichtung. Einige sind früher fällig als andere, aber in drei Jahren sind alle tot. Was wir hier also versuchen, ist, ihnen zu einem Aufschub zu verhelfen.«

Alle nickten.

»Also gut.« Kathy tippte ein Kurzprotokoll der Besprechung in den Laptop ein. »Dann werden wir es Project Reprieve nennen.«

40

Fairview Hotel, San Francisco, Kalifornien.
Am selben Tag. 9 Uhr 17

Billy Caruso beobachtete, wie die Frau durch die Schwingtür in das dunkle Hotelfoyer kam und über den verblichenen, abgetretenen Teppich auf ihn zuging. Und schon ordnete er sie ein. Billy gehörte zu den Zuschauern des Lebens und war stolz darauf. In den zweiundvierzig Jahren seines Daseins hatte er schon alles Mögliche durch das kleine Hotel seiner Familie ziehen sehen – jedenfalls den gesamten Bodensatz des Lebens. Ihn konnte nichts mehr schockieren und er brüstete sich damit, einen Menschen nur ansehen zu müssen, um seine Lebensgeschichte zu kennen.

Er unterteilte seine Klientel in zwei Gruppen: diejenigen, die ihr Zimmer stundenweise bezahlten – meistens Nutten und Freier –, und diejenigen, die länger blieben, oft viel länger. Ein Typ – angeblich hieß er Frank Smith, nicht, dass Billy das interessiert hätte – war schon fast einen Monat in Zimmer elf eingemietet. Dann war Billy letzten Dienstag spät nachts von lautem Reifenquietschen, gefolgt von drei Schüssen, geweckt worden. Billy wusste, wann er sich wo rauszuhalten hatte, und rief weder die Polizei noch sonst wen an. Es überraschte ihn auch nicht, als am Tag darauf an der Rezeption eine Gangstertype mit einer Handvoll Geldscheine auf ihn wartete und sie ihm mit den Worten in die Hand drückte: »Mr. Smith ist ausgezogen. Sein Zimmer muss sauber gemacht werden.«

Tatsache war – Billy war das von Anfang an klar gewesen – dass ›Mr. Smith‹ vor der Mafia auf der Flucht war. Alles an ihm hatte darauf hingedeutet: die auffälligen Wölbungen seiner Sporttasche, die dunkle Brille, die Alkoholfahne und die zitternden Hände. Aber erst als Smith einmal die Brille abnahm und Billy die Augen des Kerls zu sehen bekam, wusste er, dass seine Tage gezählt waren. Es waren verängstigte Augen, die schon halb tot aussahen.

Während er nun also beobachtete, wie die Frau auf ihn zukam, nahm er einen Kaugummistreifen aus dem Päckchen auf der zerkratzten Theke und schob ihn sich in den Mund. Billy trank so gut wie nichts, nahm keine Drogen und ließ sich nur dann eine Nutte kommen, wenn seine Frau verreist war, was selten vorkam. Billy verschaffte sich seine Kicks, indem er das Leben *beobachtete*, nicht indem er es lebte. Das war sicherer.

»Und?«, fragte er lächelnd. »Was kann ich für Sie tun?« Wie seine Mama immer gesagt hatte: Manieren kosten nichts.

»Ich brauche ein Zimmer.«

Er taxierte sie scharf. Sie hatte sich das Haar in so einem komischen Kupferton gefärbt, aber an den Wurzeln fing es bereits an dunkel rauszuwachsen. Sie war groß und mager, weshalb ihr Alter schwer zu schätzen war. Sie konnte zwischen vierzig und sechzig sein. In der rechten Hand hielt sie eine fast aus den Nähten platzende Tasche. Sie trug eine leichte Strickjacke über ihrem langen geblümten Kleid und die obligatorische dunkle Brille. Billy schätzte, dass mindestens achtzig Prozent seiner Gäste dunkle Brillen trugen – was ziemlich sonderbar war, wenn man bedachte, wie duster es im Foyer war.

»Wollen Sie länger bleiben?«, fragte er, bereits in Erwartung einer vagen Antwort.

»Nur ein paar Tage.« Ihre Stimme zitterte.

»Ihr Name?«

»Simone Gibson.«

Na klar, dachte Billy, und er war Martin Luther King.

»Wie zahlen Sie?« Wieder wusste er, sie würde sagen, in bar. Und prompt griff sie, ebenfalls wie erwartet, in ihre Tasche und nahm ein paar Scheine heraus. Ihre Hände zitterten, als sie ihm das Geld gab. Sie schien es verdammt eilig zu haben, auf ihr Zimmer zu kommen. Er vermutete, wenn man ihr den Ärmel ihrer Strickjacke hochzog, käme ein Geflecht aus Einstichlöchern zum Vorschein. Eine Fixerin auf Turkey. Wahrscheinlich eine alte Nutte auf der Flucht vor ihrem Luden.

Nachdem er ihre Lebensgeschichte erraten hatte, verlor Billy das Interesse an ihr und überlegte nur noch vage, wie lange ihr Zuhälter brauchen würde, sie zu finden, und ob sie zu alt wäre, um einen Gedanken an sie zu verschwenden.

»Zimmer elf«, sagte er und händigte ihr den Schlüssel aus. Er schätzte, sie würde den Fleck auf dem Teppich nicht bemerken. Falls sie sich beschwerte, würde er sagen, es wäre Ketchup. Er schob sich einen weiteren Kaugummistreifen in den Mund und hoffte, der nächste Gast würde es ihm etwas schwerer machen. Manche Leute waren einfach zu leicht zu durchschauen.

Kaum hatte Madeline Naylor Zimmer elf betreten, schloss sie die Tür hinter sich ab und verkeilte sie mit einem der Stühle. Statt ihre Sachen auszupacken, nahm sie den Laptop aus der Tasche und stellte ihn auf den wackligen Tisch am Fenster. Den Wagen mit dem gestohlenen schwarzen Bioschutzanzug darin hatte sie in einer verschließbaren Garage abgestellt.

Sie brauchte zwei Minuten, um den Laptop an Strom- und Telefonnetz anzuschließen, ihn einzuschalten und TITANIAS Zugangsnummer zu wählen. Sie verzichtete darauf, ihren Gold-Zugangscode zu verwenden; möglicherweise war er gesperrt worden oder wurde von McClouds Leuten überwacht. Stattdessen tippte sie einen zehnstelligen Code ein, der eine elektronische Hintertür öffnete, die Alice oft benutzte, um in TITANIA hineinzukommen, und die ihr den Zugang zu allen Dateien verschaffte. Es war kaum anzunehmen, dass die IT-Spezialisten des FBI diesen Zugang finden würden, und wenn doch, konnten sie ihn zumindest nicht dazu benutzen, ihren Standort festzustellen.

Sofort erschien auf dem türkisgrünen Bildschirm ein Auswahlmenü. Im Hintergrund, schemenhaft wie ein Wasserzeichen, war das ViroVector-Logo zu sehen.

Rasch klickte sie das Such-Symbol am oberen Bildschirmrand an. Falls es Kerr und den anderen gelungen war, sich Zugang zu der Datei zu verschaffen, musste sie sie schnellstens finden. Sie konnte immer noch nicht glauben, dass Alice das getan hatte, ohne ihr etwas davon zu sagen.

Sie tippte ›Crime-Zero-Gegenmittel‹ in das Suchfeld.

TITANIA reagierte binnen weniger Sekunden. »Auf dem

sicheren X-Laufwerk eine Datei gefunden. Dateiname: modifiziertes Gegenmittel für Crime Zero Phase Drei.«

Naylor lächelte. Sie konnte ihr Gesicht im türkisfarbenen Bildschirm gespiegelt sehen. Ihre Finger tanzten über die Tastatur, während sie die erforderlichen Fragen beantwortete und ihren Befehl eingab. Die dringendste Aufgabe war erledigt.

Als Nächstes rief sie die ViroVector-Grundrisse auf. Auf dem Bildschirm erschien eine Karte des Firmengeländes mit allen über- und unterirdischen Einrichtungen, einschließlich der Zugangstunnels.

Nach dem Anklicken des Personal-Icons erschien eine Liste aller Personen, die sich gerade auf dem Gelände befanden. Vor einem Großteil der Namen stand ›Besucher‹, weshalb Naylor annahm, dass es sich bei ihnen um Agenten handelte, die das Gelände sicherten. Später konnte sie die Datenbank für das FBI-Personal nach einigen der Namen abfragen. Jetzt hing alles davon ab, dass sie wusste, mit wem sie es zu tun hatte. Mit der Maus wählte sie zwei Namen auf der Liste aus: Kathy Kerr und Luke Decker. Kerr leuchtete rot auf, Decker grün. Dann klickte sie das Aufenthaltsort-Icon an.

Zunächst trat eine Pause ein, da TITANIA die Aufzeichnungen der Türsensoren überprüfen musste; dann leuchtete im äußersten Ring der unterirdischen Laboranlage ein roter Punkt auf, der sich auf den Mittelpunkt der in konzentrischen Kreisen angelegten Labors zubewegte; er zeigte an, wie Kerr in den Mutterschoß ging. Es verlieh Naylor ein Gefühl von Überlegenheit, jedem Schritt ihrer Beute folgen zu können.

Der grüne Punkt blinkte tief unter der Erde, unter den Biolabors, und er bewegte sich nicht von der Stelle. Decker war in der Klinik der Bio-Sicherheitsstufe Vier. In diesen zwei leuchtenden Punkten kristallisierte sich Naylors Aufgabe; sie waren der Grund, weshalb sie nicht einfach untertauchen und die Jahre des Übergangs abwarten konnte. Um den planmäßigen Ablauf von Crime Zero sicherzustellen, musste sie diese beiden Punkte auslöschen.

Aber zunächst musste sie sich ausruhen. Sie stand auf und

ging zum Bett. Es war unbequem, aber das störte sie nicht. Sie nahm die Fernbedienung vom Nachttisch, machte den Fernseher an und schaltete auf CNN. Auf dem Bildschirm war ein Reporter zu sehen, der vor einer Menge jubelnder, Transparente schwingender Frauen stand. Die meisten der Frauen trugen T-Shirts mit Slogans wie *Schluss mit der Männerherrschaft* und *Das schwächere Geschlecht ist das einzige Geschlecht.*

Der Reporter sagte: »Während die allgemeine Besorgnis zunimmt, dass sich die so genannte Friedensseuche über die Grenzen des Irak hinaus ausbreitet, begrüßen einige Gruppen in den USA den Ausbruch der Epidemie und hoffen, dass sie auch auf unser Land übergreift. Bisher waren alle Opfer der Epidemie männlichen Geschlechts und manche Frauenrechtlerinnen sehen darin die endgültige Abrechnung für die Jahrhunderte ›männlicher Tyrannei‹, wie sie es nennen.«

Madeline Naylor schüttelte den Kopf. »Ach, Alice, warum musstest du das nur tun?« Ein Welle tiefer Trauer brandete über sie hinweg.

Während sie an ihre Freundin dachte, beobachtete sie, wie die Frauen ihre Sprechchöre anstimmten. Sah man einmal von der zweitrangigen Anhänglichkeit an einen Liebhaber oder Familienangehörigen ab, waren sich doch alle Frauen insgeheim einig, dass Männer überflüssig waren. Tief in ihrem Innern wussten sie, dass alles Schlechte auf der Welt von den Männern kam; sie wollten es sich nur nicht eingestehen. »Alle hätten es verstanden, Ali. Du wärst eine Heldin gewesen.«

Naylor konnte kaum mehr die Augen offen halten, aber zumindest war sie sich inzwischen über ihr weiteres Vorgehen im Klaren. Wenn sie sich ausgeruht und die erforderlichen Vorbereitungen getroffen hatte, würde sie die einzigen noch existenten Bedrohungen von Crime Zero vernichten. Dann konnte die Welt endlich anfangen, ihre Energien dafür zu verwenden, eine neue Zukunft aufzubauen, statt für die Erhaltung ihrer kranken Vergangenheit zu kämpfen.

41

ViroVector Solutions, Kalifornien.
Donnerstag, 13. November 2008. 14 Uhr 06

Kathy Kerr traute kaum ihren Augen, als sie auf den leeren Bildschirm starrte. »Was soll das heißen, sie wurde gelöscht?«

Louis Stransky, der FBI-Computerspezialist, der an TITANIA arbeitete, hob mit einem gequälten Blick die Schultern. »Wie gesagt, Kathy, wir haben zwar jetzt Gold-Zugang. TITANIA gehört uns. Aber die Datei ist weg. Sie war aber mal da, weil Alice Prince ein Inhaltsverzeichnis angelegt hat. Aber jetzt ist sie weg.«

Kathy, die vor dem Bildschirm im Besprechungszimmer der Labors der Sicherheitsstufe Eins saß, ließ die Schultern hängen. Sie hatte mehrere Tage kaum geschlafen, sich nur hin und wieder auf einem oben in der Kuppel aufgestellten Feldbett ein, zwei Stunden hingelegt. Seit Montag versuchte sie mit Harte und Patterson die Anweisungen, die Crime Zero enthielt, zu sequenzieren und zu entschlüsseln. Erst wenn ihnen das gelungen war, konnten sie damit beginnen, einen sicheren Impfstoff zu entwickeln und in Produktion zu geben. Doch je öfter sie die umfangreichen Iterationen durch das Geneskop laufen ließen, desto deutlicher wurde Kathy bewusst, dass sie mehr Zeit brauchten, wesentlich mehr Zeit.

Insgeheim hatte sie darauf gesetzt, Alice Prince' Vakzin verwenden zu können. Sie kannte Alice' Arbeitsweise und hatte gedacht, es käme nur darauf an, es zu finden. Nachdem Stransky sie im Mutterschoß angerufen und ihr mitgeteilt hatte, dass sie endlich Gold-Zugang zu TITANIA hatten, war sie überzeugt, die Suche hätte nun eine Ende. Aber dem war nicht so. Die Datei war gelöscht und Kathy wusste nicht, wo sie sonst nach einer Abkürzung suchen sollte. Jetzt blieb nur noch die Möglichkeit, mit den langwierigen Arbeitsgängen weiterzumachen, die erforderlich waren, um ohne irgendwelche Anhaltspunkte ein sicheres Gegenmittel zu entwickeln, und das alles in dem Wissen, dass in der Zwischenzeit Millionen von Männern starben.

»Wissen Sie, wer die Datei gelöscht hat? Oder wann?«

Stransky schüttelte den Kopf. »Keine Ahnung. Sie wurde vollständig gelöscht, keine Spur mehr davon. Aber es kann noch nicht lange her sein, weil sonst der Verweis im Verzeichnis auch automatisch gelöscht worden wäre. Falls Sie dabei an Madeline Naylor denken, ich habe ihren Gold-Zugang gesperrt. Sie dürfte jetzt also nicht mehr reinkommen.«

Plötzlich ertönte ein lautes Piepen, aber Kathy war so in Gedanken versunken, dass sie es kaum wahrnahm.

»Wollen Sie nicht drangehen?«, fragte Stransky.

»Wie bitte?«

»Ihr Pager.«

Abwesend griff sie nach dem Pager an ihrem Hosenbund. Sie blickte auf die LCD-Anzeige und einen Moment hob sich ihre Stimmung.

Decker war endlich zu Bewusstsein gekommen.

Klinik der Bio-Sicherheitsstufe Vier,
ViroVector Solutions, Kalifornien.
Am selben Tag. 14 Uhr 21

Er war lebendig begraben gewesen. Er stand im Begriff, wieder geboren zu werden.

Durch die gespenstischen transparenten Wände konnte er aus dem Dunkel weiße Geister zu ihm hereinblicken sehen. Das Rauschen in seinen Ohren hörte sich an wie sein eigenes Blut, das durch seine Adern strömte. Es roch nach Desinfektionsmitteln und anderen Chemikalien.

Er war eines der konservierten Opfer seines Vaters, eingesperrt in einem durchsichtigen unterirdischen Gefängnis. Das war, warum er solche Schmerzen hatte, warum ihm sein ganzer Körper weh tat.

Es fiel ihm schwer, sich zu bewegen. Er war an eine ganze Batterie chromblitzender, fiepender Apparaturen und Monitore angeschlossen. Das Rauschen kam von einem Luftrohr rechts neben seinem Kopf. Als er sich herumwälzte, wurde diese Aktion mit einem unerträglichen Stechen quittiert, das seine linke Seite hinunterschoss und sich spürbar von dem Grundschmerz abhob, der seinen ganzen Körper umschloss. Das Brennen in seiner Brust raubte ihm den Atem und ließ ihn nach Luft schnappen, als wäre er kurz vor dem Ertrinken.

Aber er bekam von dem Schmerz einen klaren Kopf, sodass er sich besser konzentrieren konnte. Er lag in einem in einer Plastikblase eingeschlossenen Bett. Links von ihm war ein Paar wendbarer Handschuhe in die Plastikwand eingelassen – sein einziger Kontakt mit der Außenwelt.

Es war das einzige Bett in dem kleinen kahlen Raum. Der Geist schwebte nach links, aus seinem Blickfeld. Dann kam er näher zu ihm heran und lächelte durch eine gläserne Sichtscheibe. Mit einer eigenartigen, von weit her kommenden Stimme sagte der Geist, es sei alles in Ordnung mit ihm und er solle sich ausruhen.

Aber es war gar kein Geist; es war eine Frau in einem weißen Bioschutzanzug. Warum trug sie einen Schutzanzug? Und warum befand er sich unter dieser Glocke?

Stöhnend verglich er dieses düstere, surreale Erwachen mit den unzähligen Malen, die er in Mattys Haus aufgewacht war. Hier drang kein strahlender Sonnenschein durch die Fenster. Einen Augenblick lang fragte er sich, ob er die Sonne jemals wieder aufgehen sehen würde. Doch so angestrengt er auch lauschte, er konnte den Klang der Violine seines Großvaters nicht heraufbeschwören, nur den rasselnden Rhythmus der Luftpumpe seines Betts und das stumpfe Fiepen der Apparaturen ringsum.

Trotzdem empfand er ein seltsames Wohlbefinden. Wie das Wasser eines Teichs, in dem sich der Schlamm setzt, klärte sich sein Verstand allmählich. Bruchstückhaft kehrten die Erinnerungen zurück: der Flughafen, Alice Prince, das Amulett um ihren Hals, der Sturz. Aber da war noch etwas, etwas Wichtigeres, auf das sein zersprungenes Gedächtnis zukroch.

42

White-Heat-Forschungspark, Palo Alto, Kalifornien. Am selben Tag. 14 Uhr 30

Der smaragdgrüne Jeep Cherokee hielt auf dem höchsten Punkt der Anhöhe über dem Forschungspark und dem angrenzenden ViroVector-Gelände.

Durch ihr Fernglas konnte Madeline Naylor sehen, dass keine Presseleute davor kampierten. Das war gut. Die meisten Fernsehanstalten nahmen an, dass sich die Bemühungen zur Bekämpfung der Friedensseuche auf das USAMRIID in Maryland und das CDC in Atlanta konzentrierten und die Behörden hatten nicht versucht, sie von dieser Meinung abzubringen. Es ärgerte Madeline Naylor, dass Pamela Weiss die Freisetzung von Crime Zero noch immer nicht bekannt gegeben hatte und die Bevölkerung damit der Möglichkeit beraubte, schon einmal damit zu beginnen, sich auf das Unvermeidliche vorzubereiten.

Der Forschungspark neben dem ViroVector-Gelände war abgeriegelt worden. Die Tore waren von Polizisten besetzt und niemand durfte hinein oder hinaus. Deshalb konnte sie nicht, wie ursprünglich geplant, durch einen der an der Umzäunung endenden Inspektionstunnels auf das Gelände gelangen. Aber das war nicht weiter schlimm. Dank gründlicher Vorbereitung wusste sie, was sie zu tun hatte.

Die zwei Beutel auf dem Rücksitz des gemieteten Jeeps enthielten alles, was sie brauchte. Und neben ihr, auf dem Beifahrersitz, war ein Stoß mit Computerausdrucken. Vom obersten Blatt lächelte ihr das Gesicht einer Frau entgegen. An seinem oberen Rand stand *FBI-Personal-Datenbank. Streng geheim.*

In diesem Moment näherte sich auf der Hauptstraße ein schwarzer Van. Er hatte getönte Fenster und eine seltsame Luftfilterungsvorrichtung auf dem Dach. Es handelte sich um einen der speziell ausgerüsteten Bio-Sicherheits-Vans des FBI, die für den Transport von Agenten durch kontaminierte Zonen eingesetzt wurden. Naylor beobachtete, wie er durch das Haupttor fuhr. Er hielt vor der Kuppel an, drei Gestalten in schwarzen Racal-Bioschutzanzügen stiegen aus. Alle waren Frauen. Laut TITANIAS Personallisten war jeder FBI-Ninja, der auf dem ViroVector-Gelände Dienst tat, ein weiblicher Agent. Man wollte kein Risiko eingehen. Alle trugen die ganze Zeit vollständige Schutzkleidung – allerdings nicht, um sich vor Ansteckung zu schützen, sondern um zu verhindern, dass sie einen der männlichen Angehörigen des Forschungsteams in den Labors ansteckten. Dank dieser Maßnahme mussten die weiblichen Agenten nicht die ganze Zeit auf dem Firmengelände bleiben. Sie konnten in Schichten Dienst tun und wieder in die kontaminierte Welt zurückkehren.

Diese Regelung kam Madeline Naylor sehr gelegen.

Klinik der Bio-Sicherheitsstufe Vier,
ViroVector Solutions, Kalifornien.
Am selben Tag. 14 Uhr 35

Beim Anblick Lukes schluckte Kathy ihre Enttäuschung und Frustration über Alice' gelöschte Datei hinunter. Sie war erleichtert, dass Decker aus seinem Koma aufgewacht war, und konnte nur ahnen, wie schlecht es ihm ging.

Sie wollte ihm zu verstehen geben, dass es nicht Alice' Amulett gewesen war, das das Virus freigesetzt hatte. Sie wusste nicht einmal genau, wie ansteckend die Version von Crime Zero war, die Decker injiziert bekommen hatte. Luke war nur vorsichtshalber unter Quarantäne gestellt worden, um in seinem komatösen Zustand versorgt werden zu können.

Luke Decker lag mit dick verbundenem Kopf in seinem Bett. Er sah so allein aus, wie er, abgeschnitten von jeder menschlichen Berührung, unter der durchsichtigen Plastikglocke lag. Sie wünschte sich, sie könnte einfach zu ihm hineinfassen und ihn so schnell von seiner Krankheit befreien, wie er sie aus dem Sanctuary befreit hatte. In diesem

Moment, als sie ihn vollkommen hilflos vor sich liegen sah, wurde ihr klar, dass sie ihn nicht noch einmal verlieren wollte.

»Hallo, Luke«, sagte sie. »Wie geht es dir?«

Sein Lächeln überraschte sie. Sie fragte sich, welche Schmerzmittel er bekommen hatte.

»Es ist mir schon besser gegangen.« Seine Stimme hörte sich schwach an. Wegen der Ohrenschützer, die sie von der Luftzirkulation in ihrem Schutzanzug abschirmten, musste sie sich anstrengen, um ihn hören zu können. Plötzlich runzelte er die Stirn, als versuchte er sich an etwas zu erinnern. »Komm näher ran, Kathy. Ich bin sicher, da ist irgendetwas Wichtiges, was ich dir unbedingt sagen sollte.«

»Mach dir deswegen mal keine Sorgen«, sagte sie. »Es fällt dir schon wieder ein.« Sie setzte sich neben sein Bett, steckte ihren rechten Handschuh durch einen der wendbaren Handschuhe in der Seite der Plastikglocke und hielt seine Hand. Durch die Schichten von Latex konnte sie spüren, wie er sie fest ergriff. »Bevor du versuchst, mir etwas zu sagen, sollte ich vielleicht erst dir ein paar Dinge sagen.«

Langsam erklärte sie ihm, wie Alice Prince und ein Gepäckstapel seinen Sturz gebremst hatten. Alice Prince war sofort tot gewesen, aber er war mit einem gebrochenen Arm, ein paar Rippenbrüchen, einer Gehirnerschütterung und einer Reihe blauer Flecken davongekommen. Dann erzählte sie ihm von Crime Zero: dass es sich inzwischen unkontrollierbar auf der ganzen Welt ausbreitete; dass es nur eine Frage der Zeit war, bis das große Sterben losging.

Sie erklärte ihm, dass ihn Alice Prince mit einer früheren Version von Crime Zero infiziert hatte und dass er deshalb unter Quarantäne gestellt worden war, damit er für den Fall, dass er ansteckend war, keinen der Angehörigen des Forscherteams infizierte, die in den ViroVector-Labors an der Entwicklung eines Gegenmittels arbeiteten. Sie versicherte ihm, dass er aufgrund seines Alters erst in einem Jahr in das tödliche Stadium eintreten würde und dass sie bis dahin auf jeden Fall einen Impfstoff entdeckt hätten.

»Was ist mit Madeline Naylor?«, flüsterte er.

Sie schüttelte den Kopf. »Wir wissen nicht, wo sie ist, aber McCloud ist sicher, sie wird gefasst.«

Decker hörte ihr stirnrunzelnd zu und stieß schließlich einen tiefen Seufzer aus, als würde ihm endlich etwas klar oder als erinnerte er sich an etwas Wichtiges.

»Ich glaube, wir haben schon einen Impfstoff«, hauchte er.

»Nein, Luke, leider nicht.« Vielleicht hätte sie ihm nicht so viel erzählen sollen. Decker war eben erst aus dem Koma erwacht. »Auch wenn wir im Moment noch kein Vakzin haben, werden wir bestimmt eines finden. In TITANIA waren zwar die Daten eines Gegenmittels gespeichert, aber die Datei wurde gelöscht.«

»Nein, nein, es ist nicht im Computer.«

Verständnislos runzelte Kathy die Stirn. »Und wo ist es dann?«

Mit einem rätselhaften Lächeln nahm Decker seine gesunde Hand aus der ihren und deutete auf sich: »Ich bin ziemlich sicher, es ist hier drinnen.«

Inzwischen war Decker die Sache so klar wie nur irgendetwas.

Noch bevor Kathy ihn fragen konnte, was er damit meinte, erzählte er ihr von seinem Treffen mit Alice Prince am Flughafen.

»Sie hat mir den Impfstoff gegeben, Kathy. Sie hat es mir selbst gesagt. Er war in ihrem Amulett. Irgendwie wurde ihr doch noch klar, was sie da angerichtet hatte. Sie wollte, dass ich mich bei Weiss für sie entschuldige und dafür sorge, dass ihr Patenkind wieder gesund wird.«

Kathy hörte fassungslos zu, während Decker stockend zu Ende erzählte. Er konnte sehen, dass sie ihm nicht so recht glauben wollte, so als fürchtete sie, seine Geschichte könnte vielleicht doch nicht wahr sein. »Aber woher willst du wissen, dass sie dir nichts vorgemacht hat?«

»Ich weiß es einfach, Kathy. Warum hätte sie mich belügen sollen? Sie hatte nur noch wenige Augenblicke zu leben.«

»Es sieht jedenfalls tatsächlich so aus, als wäre dieses Mittel eine Version von Crime Zero. Und deine Gene haben sich bereits verändert: Dein Serotoninspiegel steigt und deine Testosteron- und Katecholaminspiegel sinken.« Kathy schien etwas einzufallen. »Wenn es wirklich ein Gegenmittel ist, müsste es genau umgekehrt wie Crime Zero wirken. Vielleicht sind also deine Anfangssymptome …«

»Kathy«, unterbrach Decker sie. »Ich verstehe kein Wort von dem, was du da sagst. Du kennst dich mit diesen Dingen wesentlich besser aus als ich. Warum infizierst du mich nicht einfach mit Crime Zero Phase Drei und wartest ab, was dann passiert? Wenn ich das Virus bereits in mir habe, ist es sowieso schon egal. Und wenn ich das Gegenmittel in mir habe, lernen wir vielleicht etwas daraus.«

Zuerst reagierte Kathy nicht.

»Jetzt stell dich nicht so an, Kathy, ich komme mir hier drinnen vollkommen überflüssig vor und das wäre etwas, womit ich mich wenigstens etwas nützlich machen könnte. Tu mir also den Gefallen. Gib mir diese blöde Bazille, damit ich auch mein Teil zu den Kriegsvorbereitungen beitragen kann.«

Kalkutta, Indien.
Am selben Tag. 15 Uhr 11

Der Altersunterschied der beiden indischen Jungen, die im Tollygunge Club schwammen, betrug zwei Jahre. Der ältere Bruder, Babu Anand, war vierzehn. Er war der jüngste postpubertäre Mann an Bord der British-Airways-Maschine von Heathrow nach Kalkutta gewesen. Er musste beim Schwimmen häufig husten.

Vier Tage nach der Infektion hatte das Crime-Zero-Virus seine DNS in die Zellen der Lungen und Atemwege des Jungen transportiert. Von dort war sie zu den Zellen in seinen Hoden und im Hypothalamus seines Gehirns weitergewandert. Jeder dieser Zielbereiche war jetzt eine Verstärkungszone, in der immer mehr von der DNS des Virus produziert wurde.

Babus jüngerer Bruder war ebenfalls infiziert worden, aber er war noch nicht in der Pubertät. Bei ihm war das Virus gutartig. Er wurde lediglich korrigiert, aber ansonsten verschont.

Dagegen war der ältere Bruder für Crime Zero ein Mann, der sich von anderen Männern nur durch die fatal langen Telomeren seiner Jugend unterschied. Sein Leben würde vorüber sein, bevor es richtig begonnen hatte.

43

Smart Suite, ViroVector Solutions, Kalifornien.
Samstag, 15. November 2008. 14 Uhr 18

Als Kathy Kerr das Reagenzglas in ihrer rechten Hand hochhielt, starrten alle zwölf Augenpaare in der Smart Suite, einschließlich das der amerikanischen Präsidentin, wie gebannt darauf. Es galt nach wie vor zwei wichtige Punkte zu klären, aber trotzdem fand es Kathy faszinierend, dass diese zwei Fingerbreit Flüssigkeit in ihrer Hand vielleicht die Rettung der Menschheit bedeuteten.

»Und wie funktioniert das Ganze?«, wollte die Präsidentin wissen. Pamela Weiss blickte aus dem Weißen Haus via Bildschirm in die Smart Suite herein. Neben ihr saß Stabschef Todd Sullivan. Jack Bloom vom Doomsday Committee der National Security Agency und General Linus Cleaver, der Vorsitzende der Vereinigten Stabschefs, sowie Deputy Director McCloud vom FBI blickten von den drei anderen Bildschirmen. Alle waren in Washington.

Der Rest des Kernteams saß um den langen Konferenztisch der Smart Suite. Der Einzige, der fehlte, war Luke Decker.

»Das Vakzin wirkt in zwei Phasen«, begann Kathy Kerr. »Zuerst löscht es die schädlichen DNS-Anweisungen, die Crime Zero erteilt hat, um sie durch seine eigenen neuen Anweisungen zu ersetzen.« Sie wandte sich der Monitorwand zu. »TITANIA, das Hologramm bitte.« Sofort erschien über dem Holo-Pad am Ende des Tischs eine mehrfarbige DNS-Spirale, die sich langsam um ihre eigene Achse drehte. Dann teilten sich die Sprossen der spiralenförmigen Strickleiter und die beiden Seiten der Doppelhelix gingen wie ein sich öffnender Reißverschluss auseinander, um sich jeweils mit einem anderen, kürzeren DNS-Stück mit gegensätzlichen Nukleotidbasen zu verbinden und zwei Spiralen zu bilden. »Wenn sich eine Zelle teilt, spaltet sich, wie Sie hier sehen, die DNS in den Chromosomen und formiert sich neu. Die beiden Hälften der Sprossen – oder Nukleotidpaare – können sich nur auf eine ganz bestimmte Art neu verbinden. Mithilfe einer entsprechenden *antisense*-Sequenz im Vakzin spüren sie die Sequenz des Erbguts auf, die Crime Zero abgeändert hat, um sich dann mit ihr zu verbinden und die Änderung der genetischen Anweisungen rückgängig zu machen.« Wieder begann sich das DNS-Hologramm zu teilen, aber diesmal schwebte ein neuer DNS-Abschnitt heran, der sich mit der sich spaltenden Sequenz verband und sie auf diese Weise neutralisierte. »Sobald das gelungen ist, kommt eine zweite Sequenz ins Spiel, deren Aufgabe darin besteht, die genetischen Instruktionen auf ein verträgliches Maß zurückzustufen.«

»Das hört sich alles sehr schön an«, wandte Bloom ein. »Aber woher wissen wir, dass es auch funktioniert?« Sein Gesicht war noch blasser als sonst und er hatte dunkle Ringe unter den verquollenen Augen. Kathy konnte nur raten, was er und seine Leute seit ihrem letzten Treffen alles getan hatten, um Vorkehrungen für den Weltuntergang zu treffen. »Haben Sie das Vakzin schon getestet?«

Kathy hielt einen Moment inne, bevor sie erklärte, wie Decker das Gegenmittel von Alice Prince erhalten hatte. Dabei wies sie ausdrücklich darauf hin, dass einer von Alice Prince' Hauptbeweggründen gewesen war, Pamela Weiss' Familie, und vor allem ihr Patenkind, zu retten. Die Präsidentin nickte, aber auch wenn sie von Alice Prince' Geste gerührt war, ließ sie es sich nicht anmerken. »Als Luke zu sich kam, erzählte er mir, was passiert war. Um zu testen, ob er tatsächlich das Gegenmittel in seinem Blut hat, bat er mich, ihn mit Crime Zero Phase Drei zu infizieren – was ich auch getan habe.«

»Und was ist dann passiert?«, fragte Pamela Weiss.

»Sehen Sie selbst.« Kathy ging zur Tür der Smart Suite und öffnete sie, worauf Decker eintrat und neben ihr Platz nahm. Er trug den linken Arm in Gips und hinkte leicht, aber der Kopfverband war ihm bereits abgenommen worden. »Bei Luke zeigt Crime Zero keine Wirkung«, sagte Kathy. »Wie Sie gerade an dem Hologramm gesehen haben, wird das Virus unschädlich gemacht, weil das Vakzin alle von Crime Zero befallenen Zellen in seinem Blut aufspürt und repariert.«

Im Raum brach spontaner Applaus los. Sogar Jack Bloom lächelte.

»Und wie soll es jetzt weitergehen?«, fragte Pamela Weiss, nachdem wieder Stille eingetreten war. Sie erweckte den Eindruck, als wüsste sie sehr genau, dass in der guten Nachricht, die sie gerade erhalten hatte, auch eine Reihe von schlechten verpackt sein mussten. »Ich gehe mal davon aus, dass dieser eine Tropfen von diesem Mittel nicht die ganze Welt retten wird?«

Kathy nickte. »Das ist natürlich richtig. Doch bevor wir uns mit der Frage befassen, wie wir das Vakzin in der Bevölkerung verbreiten, sollten wir uns eines kleinen Hakens an der Sache bewusst werden, der erklärt, warum wir ursprünglich dachten, Luke Decker wäre mit Crime Zero infiziert.« Sie räusperte sich. Decker wusste, was sie als Nächstes sagen würde, und sie wusste, dass er deswegen sehr verärgert war. »Alice Prince hat bei der Entwicklung dieses Vakzins eine interessante Nebenwirkung eingebaut. Es heilt Männer zwar von den letalen Auswirkungen von Crime Zero, aber zugleich verändert es ihr Erbgut in ähnlicher Weise wie Project Conscience. Männer und Jungen werden also nicht wieder in denselben Zustand wie vor der Infektion zurückversetzt. Vielmehr wandelt das Vakzin ihr Genom dahingehend ab, dass es, mit geringfügigen Abweichungen, genauso aussieht wie nach einer Behandlung mit meinem von der FDA zugelassenen Conscience-Serum – außer dass es auch ihre Keimzellen befällt. Um es kurz zu sagen: Alle männlichen Wesen werden rekombinante Organismen. Sie tragen fremde DNS in sich.«

»Und das heißt?«, fragte Todd Sullivan.

Als Decker ihm antwortete, war seine Stimme ruhig, aber Kathy konnte seine Anspannung in jedem Wort mitschwingen hören. »Es heißt, dass Sie die Männer nicht retten können, ohne sie für immer zu ändern. Männer und Jungen sowie ihre Kinder werden von Natur aus nicht mehr so gewalttätig und aggressiv sein, wie sie es einmal waren. Kurz, die Männer werden nie mehr dieselben sein. *Ich* werde nie mehr derselbe sein.«

Darauf trat längeres Schweigen ein, bevor Pamela Weiss fragte: »Wie fühlen Sie sich im Moment, Luke?«

»Ganz okay, würde ich sagen. Glauben Sie mir, ich empfinde weiterhin Wut und Aggressivität – vor allem über das hier. Aber anscheinend neige ich inzwischen von Natur aus dazu, mich für weniger aggressive Optionen zu entscheiden. Was das genau bedeutet, muss sich allerdings erst noch zeigen.«

Pamela Weiss wandte sich wieder Kathy zu. »Haben wir eine Alternative?«

Kathy tauschte mit Bibb, Allardyce und den anderen einen raschen Blick aus, bevor sie antwortete. »Wir haben darüber nachgedacht – und sind zu der Überzeugung gelangt, dass wir, mit ein wenig Glück, wahrscheinlich schon in ein paar Monaten ein neues Gegenmittel entwickeln könnten – allerdings gibt es keine Garantie dafür, dass es nicht andere, möglicherweise schlimmere Nebenwirkungen hätte.«

»Und bis dahin«, fügte Allardyce hinzu, »hätten wir natürlich hunderte Millionen von Männern verloren. Egal, was wir unternehmen, werden in ein paar Tagen die ersten Männer sterben. Dieser Kompromiss ist die einzige Möglichkeit, einem hohen Prozentsatz von Männern das Leben zu retten.«

»Und«, sagte Kathy und hielt das Reagenzglas hoch, »das Serum, das wir von Luke gewonnen haben, ist dafür gedacht, dem Patienten injiziert zu werden. Selbst wenn wir uns also darauf einigen sollten, es trotz seiner Nebenwirkungen zu verwenden, würde es Jahre dauern, um genügende Mengen davon herzustellen, um jeden infizierten Mann auf der Welt damit zu impfen.« Sie wandte sich Jim Balke zu, der heftig nickte.

»Deshalb«, fuhr Kathy fort, »lässt sich dieses Problem nur lösen, wenn wir auf eine Impfung im üblichen Sinn verzichten und das Gegenmittel in einen gentechnisch veränderten viralen Vektor einsetzen, der sich auf die gleiche Weise verbreitet wie die Seuche. Und genau daran arbeitet Sharons Team bereits.«

Kathy übergab an Sharon Bibb und nahm wieder Platz. Die Zwillinge, Bibb und Kathy hatten fast die ganze Nacht damit zugebracht, die einzelnen Möglichkeiten durchzusprechen, und waren schließlich alle zum selben Schluss gelangt. Angenommen, sie wollten den nicht ganz optimalen Impfstoff einsetzen, mussten sie schleunigst einen extrem ansteckenden Vektor finden, der nicht nur durch die Luft übertragen wurde, sondern auch widerstandsfähig genug war, um längere Zeit in der Luft zu überleben. Der Vektor, auf den sie alle immer wieder zurückkamen, schien bis auf zwei Nachteile in jeder Hinsicht ideal. Ein Nachteil ließ sich gentechnisch abstellen, aber dem anderen war nicht so einfach beizukommen. Ihre einzige Hoffnung war, dass Pamela Weiss einen Ausweg wusste.

Sharon Bibb stand auf und strich ihr schwarzes Haar zurück. Wie alle anderen sah sie blass und müde aus, aber ihre Stimme strotzte vor Entschlossenheit. »Wesentlich ist«, begann sie, »dass wir einen Vektor verwenden, der noch ansteckender, schneller und widerstandsfähiger ist als der für Crime Zero verwendete Grippevektor. Das hätte zur Folge, dass Toms Leute, mit Unterstützung der Luftstreitkräfte anderer Großmächte, nur wenige Bomben abwerfen müssten, wenn sie dies ganz gezielt und unter Berücksichtigung großräumiger Luftbewegungen über den großen Ballungszentren der Länder täten. Des Weiteren könnten wir für unsere Zwecke auf dieselben Flughafen-Luftreinigungssysteme zurückgreifen, derer sich Prince und Naylor zur Verbreitung von Crime Zero bedient haben.«

»Und haben Sie ihn denn schon gefunden?«, fragte General Cleaver. »Diesen Wundervektor für Reprieve?«

»Wir denken schon. Allerdings gibt es da noch zwei Probleme. Erstens ist das Virus, an das wir gedacht haben, absolut tödlich – für Männer wie für Frauen. Wir müssen also unbedingt alle schädlichen Gene des Virus entfernen, bevor wir sie durch das therapeutische DNS-Vakzin ersetzen. Sonst könnte das zur Folge haben, dass es uns nicht nur nicht gelingt, die Männer zu retten, sondern dass wir auch noch das Leben der Frauen gefährden.«

»Okay«, sagte Bloom. »Gehen wir mal davon aus, Sie können verhindern, dass das Gegenmittel den Patienten tötet. Was ist der zweite Haken an der Sache?«

Bibb räusperte sich. »Das Virus, mit dem wir das Gegenmittel verbreiten müssten, ist das Pockenvirus, das laut einem völkerrechtlichem Beschluss im Juni 1999 vernichtet werden musste. Wir am CDC und die Russen in Koltsowo hatten die letzten Restbestände, die jedoch damals alle vernichtet wurden.« Bibb hielt inne und bedachte die Präsidentin mit einem vielsagenden Blick. »Angeblich.«

»Was meinen Sie mit ›angeblich‹?«, fragte Weiss. »Meines Wissens wurden tatsächlich unsere gesamten Bestände vernichtet.«

»Das ist richtig«, bestätigte Bloom. Er sagte es in einem Ton, als äußerte er eine Tatsache, keine Meinung. Es war klar, dass er Dinge wusste, vor denen selbst der Präsident geschützt war. »Die Frage ist: Haben die Russen ihre auch vernichtet? Sie waren bei der Entwicklung biologischer Kampfstoffe immer skrupelloser als wir und wurden oft schwer wiegender Verstöße gegen die Konvention über biologische Kampfstoffe und Toxine von 1972 überführt – sowohl von uns als auch von den Briten.«

Präsidentin Weiss dachte einen Moment stirnrunzelnd nach. »Um keine Missverständnisse aufkommen zu lassen: Ich habe später einen Termin beim UN-Sicherheitsrat und möchte deshalb genau wissen, welche Möglichkeiten wir haben. Läuft es letzten Endes darauf hinaus: Um überhaupt eine Chance zu haben, die männliche Hälfte der Weltbevölkerung zu retten, müssen wir ein Gegenmittel verwenden, das sie genetisch für immer verändern wird – ob es ihnen passt oder nicht?«

Kathy – und Sharon Bibb neben ihr – nickten.

»Und wenn wir auf dieses unvollkommene Gegenmittel zurückgreifen«, fuhr Weiss fort, »gibt es nur eine Möglichkeit, es in der Bevölkerung zu verbreiten: Wir müssen ein Pockenvirus in unseren Besitz bringen, damit wir es gentechnisch so abwandeln können, dass es sich als Infektionsträger des Heilmittels einsetzen lässt?«

»Richtig«, bestätigte Bibb.

Weiss atmete tief aus. »Okay, dann werde ich mal mit dem russischen Präsidenten sprechen.«

Allardyce nickte. »Wir haben uns bereits die Freiheit genommen, Kontakt mit Präsident Tabtschow aufzunehmen und ihm zu erklären, dass sie wegen der augenblicklichen Krise dringend mit ihm sprechen möchten.« Prompt erwachte in der Wand, die die Smart Suite von TITANIAS Cold Room trennte, der fünfte Bildschirm zum Leben und ein breites, hängebackiges Gesicht blickte auf sie herab.

»Präsident Tabtschow, hier spricht President Weiss«, begann Pamela Weiss. »Sie sind über die Brisanz der Situation im Bilde – für den üblichen Austausch von Höflichkeiten ist deshalb keine Zeit. Wir brauchen in einer dringenden Angelegenheit Ihre Hilfe.« Weiss legte dem russischen Präsidenten in groben Zügen dar, worum es ging. Sie tat es klar verständlich und mit einem sicheren Einblick in die Problematik der Sache. Der russische Staatschef hörte wortlos zu, und nachdem Pamela Weiss geendet hatte, legte sich der Anflug eines Lächelns über sein breites Gesicht.

»Sie möchten also wissen, ob die Russen, wie vereinbart, ihre Pockenbestände vernichtet haben? Oder ob wir geschwindelt haben?«

»So direkt möchte ich es nicht ausdrücken«, erwiderte Weiss mit einem ähnlichen Lächeln. »Sagen wir doch einfach, wir müssen zum Wohl der ganzen Menschheit unbedingt alle noch existierenden Pockenbestände ausfindig machen. Jede Unterstützung bei der Auffindung dieser Bestände wäre zu unserem beiderseitigen Vorteil.«

Einen Augenblick lang gefror das riesige Gesicht auf dem Bildschirm; es war bar jeden Gefühls und Ausdrucks. Dann erwachte es wieder zum Leben und Tabtschow wandte sich nach links. Es folgte eine längere hitzige Diskussion auf Russisch mit einem auf dem Bildschirm nicht sichtbaren Berater, bevor sich der Präsident wieder der Kamera zuwandte. Kathy spürte, wie ihr Herz vor gespannter Erwartung schneller schlug. Es war paradox, dass sie auf eine gefürchtete Krankheit aus dem Mittelalter angewiesen waren, um das gentechnisch am höchsten entwickelte Virus zu bekämpfen, das je geschaffen worden war.

»So leid es mir tut«, sagte Tabtschow mit einem langsamen Kopfschütteln, »aber entgegen Ihrer offensichtlichen Vorurteile haben wir unsere Bestände tatsächlich vernichtet.« Kathy glaubte förmlich spüren zu können, wie den Anwesenden der Mut sank. »Aber«, der russische Präsident hob seine große Hand, »Ende der Neunzigerjahren stiegen einige unserer besten Wissenschaftler aus unserem virologischen Forschungsprogramm aus. Sie waren skrupellos und hatten nur finanzielle Interessen im Augen. Wir vermuten, dass einige von ihnen mehr mitgenommen haben als nur ihr fachliches Können.« Wieder wandte sich Tabtschow seinem unsichtbaren Berater zu, als wolle er etwas bestätigt bekommen. »Es gibt eine Person, die haben könnte, was Sie suchen.« Er hielt inne und sein großflächiges Gesicht verzog sich zu einem traurigen Lächeln. »Was wir jetzt *alle* suchen.«

Sutter Street, San Francisco, Kalifornien.
Sonntag, 16. November 2008. 3 Uhr

Lana Bauer schlief immer nackt. Das tat sie schon seit ihrer Kindheit. Und jetzt schlief sie in ihrem Apartment in der Sutter Street so fest wie ein Baby. Zum ersten Mal seit Wochen hatte sie das ganze Wochenende frei. Gestern Abend war sie ausgegangen und hatte ziemlich viel getrunken.

Sie träumte von ihrem Job. In letzter Zeit war er noch anstrengender gewesen als sonst. Es war erst ihr dritter größerer Auftrag, aber irgendetwas daran war eigenartig; sie wusste nicht genau, was in dieser Firma eigentlich los war, aber wichtig war es – so viel stand fest.

Das Fenster neben ihrem Bett war offen und die Nachtluft wehte die Vorhänge ins Zimmer. Die sanfte Bewegung war Teil der Geräuschkulisse, weshalb sich Lana Bauer kaum im Schlaf bewegte, als die Gestalt draußen auf der Feuerleiter das Fenster ein paar Zentimeter weiter hochschob und ins Zimmer kletterte. Sie wachte nicht einmal auf, als sich eine Hand auf ihren Mund legte. Erst das Klicken des Revolvers drang durch ihre Träume.

Sie öffnete die Augen und war augenblicklich hellwach. Ein Revolverlauf deutete auf ihr rechtes Auge und eine Hand drückte auf ihren Mund. Aus dem Dunkel blickte eine hoch aufgeschossene Gestalt auf sie herab.

»Ich muss Ihnen ein paar Fragen stellen«, sagte die Gestalt. »Und ich würde Ihnen raten, sie zu beantworten.«

Zwei Stunden später war Lana Bauer tot, mit einer Kugel im Stirnlappen ihres Gehirns.

44

Al-Manak-Babynahrungsfabrik, Bagdad, Irak. Am selben Tag. Vier Stunden später

Die Welt spielte verrückt. Zivilisten schützten sich vor ihren eigenen infizierten Soldaten. Feinde wurden Verbündete und jetzt wurden auch noch tödliche Seuchen zu Lebenselixieren. Doch Jewgenia Krotowa beklagte sich nicht. Sie ging durch die langen dunklen Korridore der Al-Manak-Babynahrungsfabrik im Norden Bagdads, die als Tarnung für das größte der sieben irakischen Labors für biolgische Kampfstoffe diente.

Die Tatsache, dass der irakische Präsident vor kurzem an der Friedensseuche gestorben war, bedeutete für Jewgenia Krotowa und ihre Familie einen Aufschub der Hinrichtung, die wegen ihres Unvermögens, die Krankheit zu heilen, über sie verhängt worden war. Dennoch bangte sie weiter um ihr Leben. Die Zahl der Toten im Irak wurde bereits auf nahezu hunderttausend geschätzt und in den überstürzt errichteten Konzentrationslagern in der Wüste starben immer noch viele – vor allem infizierte Soldaten. Die Maßnahmen waren brutal, aber notwendig und inzwischen schien es, als bekäme man die Seuche langsam in den Griff.

Nun hatten sich die Amerikaner mit dem neuen Rais in Verbindung gesetzt und ihm Geld und Hilfe für den Wiederaufbau seines leidgeprüften Landes angeboten. Allerdings hatten sie sich Zugang zu Jewgenia Krotowas Schätzen ausbedungen, um eine durch die Luft übertragene Variante der Seuche zu bekämpfen, die die Welt außerhalb der hermetisch abgeriegelten Grenzen des Irak heimsuchte. Sie hatten vor einem Massensterben von geradezu biblischen Dimensionen gewarnt, das bereits in wenigen Tagen einsetzen würde. Aber mit ihrer Hilfe könnten sie die Welt, den Irak eingeschlossen, gegen die geheimnisvolle Seuche impfen.

Während sie in die unter der Fabrik verborgenen Labors hinabfuhr, dachte Jewgenia über die Ironie des Schicksals nach, dass es nun ausgerechnet an ihr und ihren todbringenden Forschungsarbeiten der letzten zehn Jahre liegen sollte, diese Apokalypse zu verhindern.

Nachdem sie geduscht und ihren Schutzanzug angezogen hatte, stieg sie in das düstere Labyrinth von Betonschächten hinab, in denen ihr Arsenal an Pathogenen lagerte. Sie öffnete eine fünfzehn Zentimeter dicke Stahltür, die wegen der UNSCOM-Inspektoren getarnt war, und ging einen weiteren Gang hinunter, von dem ein großer Raum mit verbeulten Stahlwänden abging: der unterirdische Teststand für biologische Sprengköpfe. Am Ende des Gangs führte eine weitere Stahltür in einen Raum, dessen Wände von Stellagen voller Ampullen gesäumt waren. Jewgenia Krotowa trat an das Regal an der Rückwand und nahm ein Gestell mit Ampullen von seinem obersten Bord. Sie stellte es auf den Edelstahltisch in der Mitte des Raums und betrachtete die vier Ampullen, die es enthielt – ihre vier apokalyptischen Reiter.

Die erste Ampulle enthielt das Ebola-Virus. Die zweite enthielt eine abgewandelte, resistentere Variante davon, die eine hundertprozentige Mortalität garantierte. Die dritte enthielt das Weltvernichtungsvirus, das den letzten irakischen Präsidenten ermutigt hatte, den Amerikanern zu trotzen und in Kuwait einzufallen. Es handelte sich dabei um eine Chimäre: eine Kreuzung aus Ebola und anderen Viren, die es aerogen machten. Möglich gemacht hatte diese Chimäre nur der Inhalt der vierten Ampulle – ein Virus, das so selten war, dass man es als einzigartig auf der Welt bezeichnen konnte. Dieses Virus war der Grund, weswegen der Irak keine Kosten gescheut hatte, sich der Dienste Jewgenia Krotowas zu versichern. Und jetzt sah es mit einem Mal so aus, als hätte Gott, und nicht der Teufel, über ihr gewacht, als sie es aus Russland herausschmuggelte. Sie hielt die vierte Ampulle mit dem resistent gemachten Pockenvirus hoch und schüttelte bei ihrem Anblick staunend den Kopf: Diese mittelalterliche Geißel der Menschheit würde nun vielleicht ihre Rettung sein.

Quarantänestation Vier,
Ballygunge Hospital, Kalkutta, Indien.
Am selben Tag. 23 Uhr 28

Am siebten Tag hatte sich Crime Zero endgültig in den Zellen von Babu Anands Hypothalamus und Hoden festgesetzt.

Wegen der Jugend des Patienten war das erste Stadium der durch das Virus ausgelösten Erkrankung nur von kurzer Dauer. Die Telomeren auf seinen Chromosomen und das SRY-Gen in seinem Y-Chromosom leiteten unverzüglich die letzte, tödliche Phase ein. Die Ausschüttung von Androgenen erfolgte so rasch und intensiv, dass binnen Stunden nässende Pusteln in seinem Gesicht aufbrachen. Das Haar begann ihm büschelweise auszufallen und seine Stimme wurde tiefer.

Er wurde auf schnellstem Weg ins Krankenhaus gebracht, wo er sich infolge der extremen Angstzustände, die durch die ungeheuer hohe Adrenalinkonzentration in seinem Blut ausgelöst wurden, unter heftigen Zuckungen in seinem Bett herumwälzte. Auch die Ausschüttung der anderen Gehirnstimulatoren Dopamin und Norepinephrin nahm zu und stieg blitzschnell auf ein unerträgliches Maß. Gleichzeitig war inzwischen auch der Zufluss des Hemmers Serotonin so hoch, dass sein Blut mit Monoaminoxidase gesättigt war.

Sein Gehirn wurde enormen Stromstößen ausgesetzt, die durch einen ebenso massiven wie widersprüchlichen neuralen Austausch ausgelöst wurden; es musste zum einen mit extrem starken aggressiven Stimuli fertig werden und befand sich zum anderen im eisernen Klammergriff emotionaler Hemmung. Wie der Motor eines Autos, das mit Vollgas und durchgetretener Bremse gefahren wird, wurde sein entzündetes Gehirn buchstäblich zerrissen, als es vergeblich versuchte, diese widersprüchlichen Kräfte zu vereinbaren.

Was von seinem sich auflösenden Verstand noch übrig war, wurde beherrscht von Halluzinationen, panischer Angst und heftigen Schuldgefühlen.

Während sein Gehirn implodierte und sich selbst zerquetschte, schoss sein Blutdruck in einer als Cushing-Syndrom bekannten Schockreaktion abrupt in die Höhe. Das kündigte seinen unmittelbar bevorstehenden Tod an. Sein Gehirn brauchte Blut zum Überleben, und weil die durch die Entzündung hervorgerufenen Schwellungen wichtige Arterien blockierten, erhöhte sein Körper den Blutdruck weiter, um mit Gewalt Blut ins Gehirn zu befördern. Das daraus resultierende Überschreiten der Blutdruckspitzenwerte löste zunächst im ganzen Körper und schließlich im Gehirn eine Reihe von Blutungen aus. Den Eintritt des Todes zeigte ein hämorrhagisches Nasenbluten an.

Die letzten Minuten seines Lebens waren der Aufmerksamkeit der Behörden nicht entgangen. Schon eine Stunde nach seiner Einlieferung in das Krankenhaus hatten hohe Beamte des indischen Gesundheitsministeriums von seinen rätselhaften Symptomen und den Ergebnissen der verschiedenen Untersuchungen Kenntnis erhalten. Und noch bevor Babu Anands Leiche erkaltet war, wurde an die Regierungschefs der wichtigsten Großmächte eine verschlüsselte Nachricht geschickt.

Crime Zero Phase Drei hatte sein erstes Opfer gefordert.

45

Der Mutterschoß, ViroVector Solutions, Kalifornien. Am selben Tag. 21 Uhr 17

»Das musst du dir mal ansehen, Luke«, sagte Kathy Kerr. »Es ist wunderschön.« Im Mutterschoß war es dunkel. Nur das Elektronenmikroskop hüllte ihren Schutzhelm in eine grüne Aura.

Als Decker jedoch Kathys Platz einnahm und die submikroskopische Zelllandschaft betrachtete, konnte er nichts Schönes an dem Virus entdecken. Der Conscience-Vektor, den Kathy ihm vorher gezeigt hatte, sah aus wie ein Heiligenschein und Crime Zero wie eine Spirale. Dagegen erinnerte ihn der Project-Reprieve-Vektor an einen verbeulten Halbmond.

Kathys Aussagen zufolge war der komplexe virale Vektor, den er gerade ansah, eine Kreuzung aus der DNS des Gegenmittels in seinem Körper und dem Pockenvirus, das sie vom Irak bekommen hatten. Das DNS-Vakzin war unter enormem Aufwand hergestellt worden und verfügte über das Potenzial, die Menschheit zu retten. Aber schön war es deshalb noch lange nicht.

Innerhalb von einer Stunde nach der Unterredung zwischen dem amerikanischen und dem russischen Präsidenten hatte man Kontakt mit dem Irak aufgenommen. Der neue Rais war vernünftigen Argumenten zugänglicher als der alte und infolge der Krise in seinem Land gefügiger. Dennoch war er, was die Motive der Amerikaner anging, sehr misstrauisch und hatte zunächst nicht zugeben wollen, dass sein Land noch über Pockenbestände verfügte. Erst nachdem ihm Pamela Weiss ihre Hilfe beim Wiederaufbau der Infrastruktur des Irak und ein Heilmittel gegen die Seuche, die sein Land heimsuchte, in Aussicht gestellt hatte, waren sie sich schließlich einig geworden.

Die eigentliche Sensation war jedoch nicht, dass der Irak tatsächlich noch über Pockenbestände verfügte, sondern dass ihnen Jewgenia Krotowa eine von ihr entwickelte besonders resistente Variante schickte. Dieses Virus war für ihre Zwecke so optimal, dass Kathy sich zu der Bemerkung veranlasst fühlte, wie überhaupt noch jemand ruhig schlafen könne bei dem Gedanken, dass eine Wissenschaftlerin vom Kaliber Krotowas im Irak an der Entwicklung biologischer Kampfstoffe arbeite.

Die Schlossberg-Zwillinge hatten in der vergangenen Woche einen Großteil der Vorarbeiten geleistet, sodass, als das manipulierte Virus eintraf, Kathy, Sharon Bibb und ihre Mitarbeiter den Splicing-Prozess überspringen und die *antisense*-Sequenz mit der Pockenvirushülle verbinden konnten. Danach hatten sie sich davon überzeugt, dass alle nötigen genetischen Eigenschaften an ihrem Platz waren und jeder der eingesetzten Abschnitte die entsprechenden Anweisungen erteilen würde, sobald er seine Zielzellen erreichte. Jim Balke hatte im Pilotbioreaktor eine Charge viraler Tröpfchen reproduziert, von denen sich Decker gerade eines ansah.

»Ich glaube, wir können loslegen«, sagte Kathy neben ihm. Hinter dem Visier des Schutzhelms glühte ihr Gesicht vor Aufregung. »Wir müssen nur noch testen, ob es wirkt und ob es unbedenklich ist. Aber wenn dem so ist, können wir Crime Zero in den Griff bekommen. Das ist doch gut, Luke. Findest du nicht auch?«

»Aber klar doch, natürlich. Wirklich toll.« Trotzdem war ihm nicht wohl bei der Sache. Er hatte in den letzten paar Tagen versucht, sich über die Konsequenzen dieses ›Heilmittels‹ klar zu werden. Er war immer noch wütend, dass seine Gene verändert waren. Er war natürlich nicht froh darüber, Axelmans Gene zu besitzen, aber es waren seine *eigenen* und er hatte gerade begonnen, sich mit ihnen abzufinden. Jetzt hatte ihn die Genetik des Rechts beraubt, sich mit seiner eigenen Vergangenheit auseinander zu setzen.

»Was hast du denn, Luke?«, fragte Kathy, die ihn aufmerksam beobachtete.

»Ich weiß auch nicht. Du hast natürlich Recht; das ist die beste, die *einzige* Möglichkeit. Trotzdem werde ich das Gefühl nicht los, dass es irgendwie nicht richtig ist.«

»Was sollte daran nicht richtig sein? Vorausgesetzt, es funktioniert, werden wir alle Männer retten.«

»Genau das ist doch der Punkt. Das werden wir eben nicht. Die Männer, wie wir sie bisher kannten, werden trotzdem sterben. Ich muss einfach ständig daran denken, dass die Überlebenden andere Menschen sein werden. Vielleicht bessere, vielleicht schlechtere – aber auf jeden Fall andere. Auch ich werde anders sein. Oder bin ich es vielleicht schon?« Um besser Dampf ablassen zu können, hoffte er, Kathy möge ihm widersprechen. Aber sie sagte nichts; sie stand bloß da und nickte, als verstünde sie seinen Standpunkt.

»Begreifst du denn nicht«, fuhr er fort, »dass die Männer entgegen allem, was Alice Prince und Madeline Naylor von ihnen halten mochten, einem ganz bestimmten Zweck dienen. Natürlich sind Männer aggressiver als Frauen, sie begehen den größten Teil aller Gewaltverbrechen und sie wollen lieber beherrschen als verhandeln. Und natürlich suchen sie den Kitzel der Gefahr und lieben das Risiko. Aber genau dieser Trieb und diese Aggressivität sind es, die sie veranlassen, es mit den Weltmeeren aufzunehmen und mit den Weiten des Weltraums und mit allem anderen von der Religion bis hin zu Tyrannen. Ob nun zum Guten oder Schlechten, es sind die Männer, nicht die *Frauen*, denen wir jeglichen Fortschritt verdanken; nicht ausschließlich, aber zum überwiegenden Teil. Unverbesserliche Schwerverbrecher mit Project Conscience zu behandeln ist eine Sache, aber den Tatendrang jedes gegenwärtig und künftig lebenden Mannes zu bremsen eine ganz andere. Die Folgen für die Zukunft könnten verheerend sein.«

»Aber doch sicher nicht so verheerend wie das, was passieren wird, wenn wir nichts tun.«

»Natürlich«, gab Luke zu. »Aber irgendwie stinkt es mir trotzdem.«

Kathy lächelte. »Schau, ich weiß, es ist ein Kompromiss. Aber ich will dir mal was sagen, Luke: Mit ein paar veränderten Genen bist du mir lieber als tot. Und noch etwas solltest du dabei nicht außer Acht lassen: diese Veränderungen, ob nun durch Conscience oder Crime Zero, werden einschneidendere Folgen für die Zivilisation haben als jede andere Maßnahme in unserer Geschichte. Allerdings – sie wurde *nicht* von Männern geplant und in die Tat umgesetzt. Vielleicht beweist das auf eine perverse Art, dass Frauen wesentlich mehr Tatendrang besitzen, als die Männer ihnen zutrauen. Wer weiß? Vielleicht ist die Menschheit ganz und gar nicht dem Untergang geweiht, sondern wird vielmehr davon profitieren, dass zur Abwechslung mal beide Geschlechter ihre Geschicke leiten.«

Decker zuckte mit den Achseln. »Ich hoffe nur, du hast Recht.«

Auch Kathy hoffte, dass sie Recht hatte. Seit der Freisetzung von Crime Zero war eine Woche vergangen und bald würden die ersten Männer sterben und die Zahl der Toten würde immer rascher zunehmen, bis der Impfstoff – Nebenwirkungen hin oder her – in Umlauf gebracht wurde.

Plötzlich ging leise zischend die Tür des Mutterschoßes auf und Kathy sah zwei Gestalten in blauen Chemturion-Bioschutzanzügen hereinkommen. Hinter den Visieren ihrer Schutzhelme erkannte sie die Gesichter von Sharon Bibb und Major General Tom Allardyce.

Allardyce rieb sich die in Handschuhen steckenden Hände. Aufgeregter konnte sich Kathy einen hohen Militär nicht vorstellen. »Es ist alles vorbereitet«, verkündete er. »Wir haben zwanzig infizierte Freiwillige – lauter Soldaten. Alle haben sich einverstanden erklärt, dem Reprieve-Pockenvakzin ausgesetzt zu werden. Jeder ist mit einem Gensequenz- und Bluttest-Armband ausgestattet. Aus den Gen- und Blutuntersuchungen müsste bis morgen früh hervorgehen, ob sie eine Heilungschance haben. Wir rekrutieren auch schon weibliche Freiwillige, und sobald wir Gewissheit haben, dass es bei Männern wirkt, werden wir es an ihnen testen – um sicher zu gehen, dass es unbedenklich ist. Vorausgesetzt, alle Tests fallen positiv aus, könnten, nein, *sollten* wir bis morgen Abend einen Impfstoff haben.

Unter Berücksichtigung vertriebstechnischer Gesichtspunkte wurden bereits hier, in England, Russland, China,

Irak, Brasilien und Australien Produktionsstätten eingerichtet. Sie warten nur darauf, dass sie, bei einem entsprechenden Ausgang unserer Tests, grünes Licht von uns erhalten. Dann werden alle eine Datei mit der vollständigen Gensequenz und den bei der Herstellung des Vakzins zu beachtenden Besonderheiten erhalten. Im Gegenzug stellen uns alle Großmächte die erforderlichen Kontingente an Militär- und Zivilmaschinen zur Verfügung, um jedes Ballungszentrum der Erde mit dem viralen Vektor zu bombardieren. Außerdem werden wir globale Großwetterlagen analysieren, um uns ihre Auswirkungen auf die Luftbewegungen innerhalb regionaler Mikroklimata für unsere Zwecke zunutze zu machen und dadurch die durch die Luft erfolgende Verbreitung des Vakzins besser steuern zu können. Weiter unterstützt werden diese Maßnahmen durch den Einsatz der Bakteriophagen-Luftreinigungsanlagen in allen größeren Flughäfen der Erde. Schon nächste Woche werden wir die Welt einem nie da gewesenen Flächenbombardement unterziehen. Dann kann sich Crime Zero nirgendwo mehr verkriechen.«

»Sie werden die Proben und die Gensequenz des Impfstoffs aber erst herausrücken, wenn Sie sicher sind, dass er wirkt und unbedenklich ist?«, fragte Decker.

»Selbstverständlich«, erwiderte Allardyce. »Bisher wissen wir noch zu wenig über das Vakzin. Es könnte genauso gut unwirksam oder, noch schlimmer, tödlich sein. Wir rücken es auf keinen Fall heraus, solange wir nicht wissen, dass es absolut einwandfrei ist.« Er ging zu einem weißen Gerät, das neben dem Geneskop stand. Es hatte keinen Monitor, nur eine Reihe von Lämpchen, einen großen roten Knopf und auf einer Seite eine Tastatur. Es war erst vor kurzem aufgestellt worden. »Das ist eine Secure Data Unit, kurz SDU genannt. Die Verbindung zu TITANIA oder sonst einem Netzwerk wird erst hergestellt, wenn man einen sechsstelligen Buchstabencode eingibt und den roten Knopf drückt. Erst dann, und nur dann, werden die auf ihrem Laufwerk gespeicherten Daten auf sicheren Leitungen an die Produktionsstätten gesendet. Bis dahin ist diese SDU ein kugel- und hackersicherer Datenspeicher.

Genauso wie die Daten befinden sich jetzt auch alle Proben des Impfstoffs, einschließlich derer, die von Jim Balke im Pilotproduktionsbereich der Bio-Sicherheitsstufe Vier hergestellt wurden, hier in diesem Safe oder bei den Versuchspersonen unten im Bunker. Das heißt, alles, was wir an Daten und Material in Zusammenhang mit dem Vakzin haben, ist hier, im Kern der Laboranlage.«

»Wenn das so ist«, sagte Decker mit einem ironischen Grinsen, »können wir nur hoffen, dass es hier unten zu keinem Zwischenfall kommt.«

Allardyce lächelte hinter seinem Visier. »Machen Sie sich da mal keine Gedanken. Das ist einer der sichersten Orte der Welt.«

Kathy bereitete mehr der zeitliche Ablauf Kopfzerbrechen. »Können wir das Vakzin nicht schneller testen? Sie sagten, Sie müssten erst abwarten, bis es an Männern getestet ist, bevor Sie es an Frauen testen können. Warum?«

»Weil weibliche Freiwillige nicht so einfach zu finden sind«, antwortete Sharon Bibb, »und außerdem wollen wir, ehrlich gesagt, nicht das Leben von Frauen aufs Spiel setzen, solange wir nicht wissen, dass Reprieve bei Männern tatsächlich wirkt. Crime Zero würde Frauen keinen Schaden zufügen, aber bei Reprieve wissen wir das nicht, vor allem, solange wir den Pockenvektor, den wir von Krotowa bekommen haben, nicht richtig abgeschwächt haben.«

Kathy runzelte die Stirn. »Aber jetzt zählt doch jede Minute. Es gibt fast dreihundert Millionen junge Männer auf der Welt. Die jüngsten von ihnen werden eine Woche nach ihrer Infizierung sterben. Das heißt, unsere jüngsten Männer können jeden Augenblick wegsterben wie die Fliegen. Wir müssen sofort damit beginnen, Frauen zu testen. Jede Stunde kann hunderttausende von Menschenleben bedeuten.«

»Augenblick«, sagte Allardyce. »Warten wir erst ab, bis wir ein Okay von den Männern haben. Falls Reprieve nicht wirkt oder, schlimmer, wenn sie daran sterben, hätte es keinen Sinn, das Leben von Frauen aufs Spiel zu setzen.«

Plötzlich piepte der Computer neben Alice Prince' Safe.

»Was soll das nun wieder?«, brummte Allardyce und wandte sich dem Monitor zu.

»Es kommt gerade eine Meldung herein«, sagte Sharon Bibb, die mit Kathy beobachtete, wie auf dem Bildschirm eine kurze Nachricht erschien.

»Mist«, entfuhr es Decker leise, als er den Text las.

Auf dem Bildschirm war das Foto eines indischen Jungen. Der streng geheimen Meldung zufolge war er das erste offiziell registrierte Opfer von Crime Zero. Er war vor etwas über einer Stunde gestorben. Die Zeit war abgelaufen. Das Sterben hatte begonnen.

Kathy fasste einen Entschluss.

46

ViroVector Solutions, Kalifornien.
Montag, 17. November 2008. 2 Uhr 12

Niemand hielt den großen FBI-Ninja in dem schwarzen Bioschutzanzug an. Da er am Haupttor wegen des Schutzanzugs den DNS-Sensor nicht benutzen konnte, verschaffte er sich Zugang, indem er auf der Behelfstastatur die erforderlichen Codes eingab. Einmal auf dem ViroVector-Gelände, gab er sein persönliches Sendezeichen durch. Außerdem kannte er alle Passwörter, wenn er von der Einsatzleitung über seinen Kopfhörer aufgefordert wurde, sie zu nennen.

Es war nach zwei Uhr morgens und im Firmengelände war es ruhig. Über seinen Kopfhörer hatte der Ninja mit dem Namensschild *Special Agent Lana Bauer* mitbekommen, wo die anderen Agenten waren, und konnte ihnen deshalb mühelos aus dem Weg gehen. Die wenigen Personen, die ihm auf dem Weg zu der verlassenen Kuppel begegneten, schenkten ihm keine Beachtung.

Als Madeline Naylor schließlich vor dem Eingang der Kuppel stehen blieb und ihren Beutel fester in die Hand nahm, empfand sie keine Furcht, nur eiskalte Entschlossenheit. Ein Wissenschaftler in einem weißen Kittel hatte die Tür der Kuppel geöffnet, um etwas frische Luft nach drinnen zu lassen. Er machte keine Anstalten, auf sie zuzukommen oder auch nur Notiz von ihr zu nehmen. Es war, als entpersönlichte sie ihr Schutzanzug, als machte er sie unsichtbar. Lana Bauers Adresse hatte sie in den FBI-Personalunterlagen gefunden. Die FBI-Agentin lebte allein in San Francisco, ihr Apartment war leicht zu finden. Bevor sie sterben musste, hatte Lana Bauer ihr alles erzählt, was sie über die Sicherheitsvorkehrungen vor Ort wissen musste, einschließlich aller Codes und der Verteilung der Wachen.

Zwischen ein und sechs Uhr morgens war ViroVector wie ausgestorben; die Personen, die auf dem Firmengelände geblieben waren, schliefen in der Kuppel. Man verließ sich darauf, dass TITANIA die auf dem Gelände patrouillierenden Wachen alarmieren würde, falls sich eine unbefugte Person Zugang verschaffte. Allerdings hatte Bauer gesagt, man rechne eigentlich nicht mit Eindringlingen.

Naylor wollte Lana Bauer nicht umbringen, aber sie hatte keine andere Wahl. Alles andere war zu riskant. Sie hatte ihr zweimal in den Kopf geschossen, ihre Leiche in einen Teppich gewickelt und unters Bett gerollt. Lana Bauer würde früh genug entdeckt werden, aber nach dieser Nacht spielte das keine Rolle mehr.

Wieder dachte Madeline Naylor an Luke Decker und Kathy Kerr. Alice hatte ihr gesagt, sie werde den Impfstoff Decker geben, und Kathy Kerr, das wusste Naylor, verfügte über das Know-how, um ihn für ihre Zwecke anzuwenden. Beides zusammen war gefährlich.

Madeline Naylor konnte sich zwar nicht vorstellen, wie Kathy Kerr Crime Zero auf globaler Ebene an seiner Ausbreitung hindern wollte, aber möglicherweise gelang es ihr, einen Impfstoff zu entwickeln, der die Wirkung von Crime Zero erheblich einschränkte. Und solange sich Crime Zero nicht total ausbreitete, war alles umsonst. Wenn ein paar bösartige Zellen – und seien es auch nur ganz wenige – übrig blieben, würde der Krebs früher oder später wieder zurückkehren.

Klinik der Bio-Sicherheitsstufe Vier,
ViroVector Solutions, Kalifornien.
Am selben Tag. 2 Uhr 25

Kathy Kerr sah auf die Uhr an den medizinischen Geräten neben ihrem Bett. Sie hatte kein Auge zugetan. Möglicherweise hatte sie einen verhängnisvollen Fehler begangen.

Da niemand etwas tun konnte, solange die Ergebnisse des Versuchs mit den zwanzig männlichen Freiwilligen nicht vorlagen, nutzten die Angehörigen des Forscherteams die Gelegenheit dazu, ein paar Stunden in der Kuppel zu schlafen. Nachdem sie sich zurückgezogen hatten, war Kathy heimlich in den Mutterschoß zurückgekehrt und hatte sich eine Probe des Reprieve-Vakzins genommen. Sie hinterließ neben dem Geneskop einen Zettel, auf dem sie erklärte, was sie vorhatte, und ging nach unten in einen der Quarantäneräume.

Sie hatte den Reprieve-Pockenimpfstoff vor vier Stunden inhaliert und lag seitdem unter der Plastikglocke. Gleich nachdem sie erfahren hatte, dass das erste Crime-Zero-Opfer gestorben war, war ihr klar, dass sie etwas unternehmen, das Vakzin an sich selbst testen musste. Wenn ihr nichts passierte und wenn es bei den Männern wirkte, würden sie Zeit sparen und hunderttausende von Menschenleben retten. Da die anderen sicher nicht zugestimmt hätten, hatte sie ihnen nichts von ihrem Vorhaben erzählt. Zu jenem Zeitpunkt war sie sich ganz sicher, dass es das einzig Richtige war und dass Reprieve wirken würde.

Jetzt kamen ihr große Zweifel.

Sie sah auf das Chromarmband an ihrem linken Handgelenk. Ein kleiner Sensor mit einer Nadel an seinem inneren Rand überwachte ihr Blut und ihre DNS. Das Armband hatte eine Flüssigkristallanzeige mit zwei kleinen Fenstern von der Größe eines Digitaluhr-Displays. Auf einem LCD-Fenster ließen sich ihre Blutwerte ablesen, auf dem anderen der Zustand ihres Genoms. Im Moment zeigten beide noch nichts an. In zwei oder drei Stunden würden jedoch auf den kleinen Displays die ersten Informationen blinken und ihr anzeigen, ob mit ihr alles in Ordnung war oder ob es Komplikationen gab. Komplikationen konnten ihren sofortigen Tod zur Folge haben oder langfristige Genmutationen, die sich erst später in ihrem Leben bemerkbar machen würden – wie kurz oder lang dieses Leben auch werden mochte.

Sie wusste, dass irgendwo hier unten im Knast auch zwanzig Männer lagen, die ebenfalls getestet wurden. Aber sie fühlte sich ihnen nicht wirklich verbunden. Sie waren infiziert, im wahrsten Sinn des Wortes dem Tod geweiht, und hatten deshalb nichts zu verlieren, als sie sich zur Einnahme des Impfstoffs bereit erklärten. Kathy dagegen hatte von Crime Zero nichts zu befürchten, war sich aber nur zu gut über die schrecklichen Komplikationen im Klaren, die auftreten konnten, wenn der genetische Impfstoff verrückt spielte und ihre DNS durcheinander brachte. Was sie tat, war richtig, so viel stand fest. Aber ihr war alles andere als wohl bei dem Gedanken, sich eine mutierte Variante der Pocken oder irgendein schreckliches Hybrid aus dem Pockenvirus und Crime Zero zuzuziehen. Allein bei der Vorstellung, unter ihrer Haut könnten bereits die Pocken gären, überkam sie das Bedürfnis, sich im Gesicht zu kratzen.

Bis zu diesem Augenblick hatte sie keine Zeit gehabt, an etwas anderes zu denken als an eine Möglichkeit, der Seuche Herr zu werden. Im Wachzustand waren ihre Gedanken nur um diese eine Frage gekreist und wann immer sich eine Gelegenheit gefunden hatte, sich ein wenig auszuruhen, war sie sofort eingeschlafen, ohne noch lange zum Nachdenken zu kommen. Doch jetzt konnte sie nicht einschlafen, und ihren Gedanken stand es plötzlich frei, sich mit anderen Dingen zu beschäftigen als mit dem Virus. Zum ersten Mal seit dem Beginn dieser ganzen Geschichte wurde ihr in vollem Umfang die Ungeheuerlichkeit dessen bewusst, was geschehen war – was gerade *geschah*.

Selbst jetzt noch konnte sie kaum glauben, dass nicht einmal drei Wochen vergangen waren, seit Madeline Naylor sie im Sanctuary einsperren zu ließ. Wer würde ihrer Familie in England erzählen, was passiert war, wenn sie starb? Würde das überhaupt noch eine Rolle spielen, wenn Crime Zero die

Erde verwüstete? Und was würde sie tun, wenn sie überlebte und der Reprieve-Impfstoff wirkte? Ihr Traum von Conscience wäre dann in wesentlich größerem Umfang Wirklichkeit geworden, als sie sich das je erträumt oder auch gewünscht hatte. Was würde sie als Nächstes tun?

Mithilfe dieser Fragen und Zukunftsgedanken gelang es ihr, ihre Angst vor der Gegenwart in Schach zu halten. Einigermaßen zumindest.

Dann sah sie die Tür des Quarantäneraums aufgehen und eine große Gestalt in einem Bioschutzanzug hereinkommen. Mit zusammengekniffenen Augen spähte Kathy durch die geriffelte Plastikglocke auf die näher kommende Gestalt. Sie reckte den Hals, um einen Blick auf das Gesicht erhaschen zu können, aber in dem schwachen indirekten Licht konnte sie nicht durch das Visier sehen. Jeder Muskel ihres Körpers spannte sich an, als die Gestalt die Hand nach der Plastikwand der Schutzglocke ausstreckte. Und dann, als sie den Helm drehte, erkannte sie das Gesicht.

»Dachte ich mir doch fast, dass du irgend so was Blödes tun würdest«, sagte Decker.

Kathy wusste nicht, was sie sagen sollte.

»Na ja!« Decker setzte sich auf den Stuhl neben ihrer Glocke. »Nachdem du es nun mal getan hast, dachte ich, du hättest vielleicht nichts gegen ein wenig Gesellschaft. Ich weiß, wie es da drinnen ist. Auf jeden Fall nicht besonders witzig.«

47

Dekontaminationsraum,
ViroVector Solutions, Kalifornien.
Am selben Tag. Zwei Stunden später.

Sharon Bibb war ziemlich erledigt, als sie im Dekontaminationsraum zwischen den Labors der Bio-Sicherheitsstufe Drei und Vier in ihren blauen Bioschutzanzug schlüpfte. In dem Raum gab es eine Reihe Schließfächer, mehrere Duschen und

Toiletten sowie einen Kleiderständer zum Aufhängen der Bioschutzanzüge. An der hinteren Wand befanden sich zwei Waschbecken und ein Bord voller Flaschen mit Bleiche und verschiedenen virenabtötenden Chemikalien. Es war halb fünf Uhr morgens und nichts regte sich. Nach ihrem Treffen mit Allardyce, Kathy Kerr und Luke Decker war Sharon Bibb nach oben in die Hauptkuppel gefahren, um eine Kleinigkeit zu essen und in den provisorischen Unterkünften ein paar Stunden zu schlafen.

Sie hatte mit Allardyce vereinbart, die zwanzig männlichen Versuchspersonen um fünf Uhr morgens zu untersuchen und ihn unverzüglich zu verständigen, wenn die Ergebnisse positiv waren. Sobald sie dann ihre Befunde dem Rest des Teams vorgelegt und die Genehmigung der Präsidentin eingeholt hatte, konnte sie den Code in die SDU eingeben und die Gensequenz sowie die Details über den Reprieve-Vektor an die verschiedenen Produktionsstätten senden. Den Code kannten nur Allardyce, Kathy Kerr und sie.

Sie gähnte zweimal. So müde war sie nicht mehr gewesen, seit sie 1999 wegen des Ausbruchs einer Ebola-Epidemie im Kongo gewesen war. Sie hatte ihren Mann und ihre zwei Kinder zu Hause in Atlanta fast zwei Wochen nicht mehr gesehen. Schon der bloße Gedanke, ihren Mann durch Crime Zero zu verlieren, versetzte sie in Panik. Das Reprieve-Vakzin würde wirken. Es *musste* wirken.

Sie blieb vor der Tür stehen, die in den Kern der Anlage führte, wo sich neben den Labors der Bio-Sicherheitsstufe Vier und dem Mutterschoß auch der Lift befand, der in die Klinik und in das Leichenschauhaus hinabführte, um ihren Schutzanzug sorgfältig nach Rissen abzusuchen.

Dass außer ihr noch jemand im Dekontaminationsraum war, merkte sie erst, nachdem sie das sechsstellige Passwort eingegeben und ihr Auge durch das Visier des Schutzhelms hatte scannen lassen. Wegen der Ohrenschützer, die das Rauschen der Belüftung ihres Anzugs dämpfen sollten, hörte sie das leise Rascheln erst, als es unmittelbar hinter ihr war. Noch bevor sie sich umdrehen konnte, ging die Tür vor ihr auf und sie spürte, wie sich etwas Hartes in ihren Rücken bohrte.

»Einfach weitergehen und nicht umdrehen«, zischte eine kalte Frauenstimme hinter ihr. »Ich habe Sie den Code eintippen sehen. Um ganz reinzukommen, brauche ich nur eines Ihrer Augen. Sie haben also die Wahl. Entweder nehmen Sie mich als Ihren Gast mit oder ich nehme Ihnen ein Auge raus und verschaffe mir allein Zutritt zum Mutterschoß.«

Sharon Bibb war zu schockiert, um etwas zu sagen, und noch bevor sie sich eine Antwort zurechtlegen konnte, wurde sie durch die Tür in den gläsernen Gang dahinter gestoßen. Verzweifelt spähte sie durch die gläsernen Trennwände in die Labors der Sicherheitsstufe Vier. Sie waren leer. Alle anderen waren oben in der Kuppel und schliefen.

»Gehen Sie weiter«, befahl die Stimme hinter ihr, als sie an den Liften zum Bunker und zum so genannten U-Boot vorbeikamen. Sie wurde auf die Tür am Ende des Gangs zugeschoben.

Madeline Naylor fiel ein Stein vom Herzen. Sie war fast am Ziel. Von der Glastür des Mutterschoßes prangte ihr bereits das Bio-Warnzeichen mit dem großen Schriftzug *Bio-Sicherheitsstufe Fünf* entgegen.

Nachdem sie sich Zugang zum ViroVector-Gelände verschaffte hatte, war sie Schritt für Schritt in den Kern des Biolaborkomplexes vorgedrungen. Um anderen Agenten aus dem Weg zu gehen, hatte sie ständig den Funk abgehört. Dabei wurde ihr klar, dass die Bewacher hauptsächlich an Schlüsselstellen entlang der Umzäunung postiert waren, während sich im Laborkomplex selbst um diese Zeit, wenn überhaupt, nur ganz wenige Agenten aufhielten – möglicherweise um den Wissenschaftlern nicht im Weg zu sein. Das Schwierigste hatte sie allerdings noch vor sich; sie musste sich Zugang zum Zentrum des Laborkomplexes verschaffen, wo der Mutterschoß war. Nicht nur, dass sie die dafür erforderlichen Zugangscodes nicht hatte, sie musste sich auch einer Netzhautkontrolle unterziehen.

Auf ihrem Weg durch die nicht so streng gesicherten äußeren Ringe der Anlage hatte sie sich vor allem das zunutze gemacht, was sie von ihren früheren Besuchen mit Alice Prince im Mutterschoß wusste. Die Labors der Bio-Sicherheitsstufen Eins bis Drei waren menschenleer, nur das Summen der Geräte und Klimaanlagen störte die Stille. Schließlich hatte sie den Dekontaminationsraum erreicht, die Pforte zur Hot Zone. Geduldig hatte sie hinter einer Reihe von Schließfächern gewartet, dass jemand kam und sie nach drinnen mitnahm.

Diese Person war Dr. Sharon Bibb – der Name stand auf ihrem Schutzanzug.

»Weitergehen«, befahl Madeline Naylor und schob ihr Opfer auf die Tür des Mutterschoßes zu. »Und jetzt aufmachen. Ich bin direkt hinter Ihnen.«

Bibb zögerte einen Moment und Naylor merkte, dass die Wissenschaftlerin den ersten Schock überwunden hatte und an einen Ausweg dachte.

»Los, schnell«, drängte Naylor und drückte Bibb, um ihr keine Zeit zum Nachdenken zu lassen, die Pistole fester in die Seite.

Nachdem Bibb auf der Tastatur neben der Tür mit ruhigen Fingern den Code eingetippt hatte, blieb sie still stehen, damit der Laser ihre Retina scannen konnte. Als die Tür aufglitt, sah Naylor auf die Uhr. Noch etwa eine Stunde, bis sich die ersten Wissenschaftler wieder an die Arbeit machen würden. Sie musste sich also beeilen, wenn sie die Bombe legen und wieder nach draußen kommen wollte, bevor sie hochging. Sie spürte das tröstliche Gewicht der Bombe in der Einkaufstasche, die sie in ihrer linken Hand hielt; sie war klein, ein einfaches Modell, aber stark genug, um eine der Wände aus Sicherheitsglas zum Zerspringen zu bringen. Daraufhin würde TITANIA einen Großalarm auslösen. Der Computer würde den Kern des Laborkomplexes mit luftdichten hitzeresistenten Platten isolieren und die Labors der Sicherheitsstufen Vier und Fünf sowie die Klinik und das Leichenschauhaus hermetisch von der Außenwelt abriegeln. Wenn dann der Alarm nicht von außen aufgehoben wurde, würde TITANIA, um jeden lebenden Organismus innerhalb des abgeriegelten Bereichs zu vernichten, zunächst eine Flut von virenabtötenden Bleichmitteln und Chemikalien einströmen lassen und ihr dann ein Bombardement mit UV-Strahlen und schließlich ein Feuerinferno von dreitausend Grad hinterherschicken. Kein menschliches Wesen, keine Seuche und kein Impfstoff würde das überleben.

Als die Tür des Mutterschoßes ganz offen war, stieß Naylor Bibb nach drinnen und folgte ihr. Das Erste, was ihr auffiel, war die erst vor kurzem aufgestellte SDU. Beim FBI hatte sie schon des öfteren mit solchen Geräten gearbeitet. Sie kamen immer dann zum Einsatz, wenn Daten gespeichert werden sollten, die so brisant oder wertvoll waren, dass man das Risiko nicht eingehen wollte, dass sie verloren gingen oder in falsche Hände gerieten. Von Dateien in einer SDU wurden so gut wie nie Kopien angefertigt. Das konnte nur heißen, dass jegliche Fortschritte, die Kathy Kerr bei der Entwicklung eines Gegenmittels gemacht hatte, in diesem Kasten gespeichert sein mussten. Sie waren hier gesichert.

»Und jetzt«, Naylor stellte ihren Beutel auf den Boden und richtete die Pistole auf Bibbs Visier, »sagen Sie mir, wie weit Sie bereits gekommen sind und wo ich Kathy Kerr finden kann.«

Da entdeckte sie den Zettel neben dem Geneskop. Er war von Kathy und beantwortete alle ihre Fragen.

Luke Decker schreckte aus dem Schlaf hoch. Zuerst wusste er nicht, wo er war, so dicht befand sich das Glas vor seinem Gesicht und so laut war das Rauschen in seinen Ohren. Dann merkte er, dass er in einem Bioschutzanzug steckte und auf dem Stuhl neben Kathys Plastikglocke eingeschlafen war.

Er sah auf die Digitaluhr neben dem Bett. 04:47. Rasch wandte er sich Kathy zu. Sie hatte sich zu einer Kugel zusammengerollt. Ihr dunkles Haar war über das Kissen verteilt, ihr Mund stand halb offen. Er versuchte auf das Armband an ihrem Handgelenk zu sehen, aber es war unter der Bettdecke verborgen.

»Kathy, aufwachen!«

Sie öffnete die Augen und blickte einen Moment verwirrt um sich.

»Wie fühlst du dich? Was zeigt das Armband an?«

Sie riss die Augen auf und war plötzlich hellwach. Ihre Hand kam unter der Decke hervorgeschossen und das Armband wurde sichtbar. Beide LCD-Fenster, Blut- und Genomanzeige, waren grün.

»Was heißt das?«, fragte Decker, plötzlich nervös.

Kathy sah ihn mit ungläubiger Miene an; dann lächelte sie. »Es ist nichts passiert. Ich weiß zwar nicht, ob Reprieve auch wirkt, aber unbedenklich ist es. Grün bedeutet, die Chancen, dass es irgendwelche schädlichen Nebenwirkungen hat, sind so gering, dass sie statistisch nicht signifikant sind.«

»Na«, sagte er und reichte ihr ihren Schutzanzug, »dann nichts wie raus hier.«

48

Kathy konnte sich nur mit Mühe ein erstes aufkeimendes Triumphgefühl verkneifen, während sie mit Luke im Lift zum Laborkomplex hinauffuhr. Beide trugen weiße Krankenhaus-Bioschutzanzüge. Wenige Minuten zuvor waren sie in den Bunker geeilt, um nach den männlichen Versuchspersonen zu sehen. Alle schliefen und ihre Genwerte hatten sich deutlich gebessert.

Langsam begann Kathy daran zu glauben, dass sie die drohende biologische Katastrophe verhindern konnten. Als sie Decker ansah und daran dachte, wie er gestern an ihrem Bett gewacht hatte, überkam sie ein Gefühl sehr starker Zusammengehörigkeit. Gemeinsam hatten sie Crime Zero aufgedeckt und gemeinsam hatten sie den scheinbar aussichtslosen Kampf aufgenommen, es zu vereiteln. Und jetzt waren sie dicht, ganz dicht vor ihrem Ziel.

Die Lifttür ging auf, Decker trat nach draußen und wandte sich nach links, in Richtung Mutterschoß. Durch das Glas konnte Kathy bereits in sein Inneres sehen. Beim Anblick einer Gestalt in einem blauen Chemturion-Bioschutzanzug, die sich über eine der Arbeitsflächen beugte, begann sie schneller zu gehen. »Schau, Sharon ist schon auf. Sie wird bestimmt Augen machen, wenn wir es ihr erzählen.«

Sie tippte den Zugangscode für den Mutterschoß ein und ließ sich die Netzhaut scannen. Als die Tür leise zischend aufglitt, eilte sie, gefolgt von Decker, nach drinnen.

Kathy verstand zunächst nicht, warum Sharon Bibb sich so komisch gegen das Geneskope lehnte, und ging deshalb näher zu ihr hin. Buchstäblich im selben Moment, in dem sie das Einschussloch in Sharons Schutzhelm entdeckte und merkte, dass sie tot war, sah sie auch die Gestalt in dem schwarzen FBI-Bioschutzanzug. Die Gestalt hatte ihr den Rücken zugekehrt und kauerte, über einen Stahlkasten gebeugt, vor dem Kühlschrank, hinter dessen Glastür viele der virulentesten und tödlichsten Viren der Welt, darunter Ebola und Marburg, gelagert waren.

Entsetzt blieb Kathy stehen, als sich der schwarze Helm zu ihr herumdrehte. Und obwohl auch in Madeline Naylors dunklen Augen die erste Reaktion Überraschung war, als sie Kathy erkannte, lächelte die ehemalige FBI-Direktorin.

Luke Decker brauchte ein paar Sekunden, um die Situation zu verstehen. Acht Meter von ihm entfernt kauerte Madeline Naylor über etwas, das nach einer kleinen Bombe aussah. Dreieinhalb Meter hinter Naylor, im Niemandsland zwischen ihnen, war ihr Beutel. Und darauf lag ihre Pistole.

Kathy stand rechts von ihm. Die SDU mit allen Daten über das Reprieve-Vakzin, die nun dringendst gesendet werden mussten, befand sich links von ihm. Aber er kannte den Code nicht. Den wusste nur Kathy.

Ihm entging nicht, dass auch Naylor die Situation blitzschnell erfasst hatte. Sie war unschlüssig, ob sie mit dem Scharfmachen der Bombe fortfahren oder nach ihrer Pistole greifen sollte.

Kathy sah die SDU an. Offensichtlich wurde ihr gerade klar, dass alles verloren war, wenn die Daten nicht schnellstens gesendet wurden.

Einen atemlosen Augenblick lang rührte sich keiner der drei. Sie starrten sich nur gegenseitig an.

Dann stürzte Decker auf die Pistole zu und rief Kathy zu: »Sende die Daten. Sofort!«

Plötzlich stürmten alle drei, so schnell es ihre sperrigen Schutzanzüge zuließen, über den weißen Fliesenboden.

Decker und Naylor, die beide auf die Pistole zustürzten, prallten zusammen und gingen zu Boden.

Decker stöhnte laut auf, als er mit seinem noch schmerzenden Körper auf dem Boden landete und mit dem gebrochenen Arm gegen Naylors Helm schlug. Direkt vor ihm lag Madeline Naylor, die ihn hasserfüllt anstarrte, rechts neben ihm konnte er die Bombe sehen. Das schwarze Kästchen hatte eine Digitalanzeige, auf der in roten Ziffern 9:01 stand, vermutlich die Minuten eines Countdown.

Dann fixierte Naylor Kathy, die über der SDU stand und den Sendecode eintippte. Sie rappelte sich hoch und trat gegen Deckers gebrochenen Arm, sodass er einen Augenblick lang nichts anderes tun konnte, als sich vor Schmerzen zu winden. Das machte sich Naylor zunutze, um sich auf Kathy zu stürzen und sie von der SDU fortzustoßen, bevor Kathy den großen roten Sendeknopf drücken konnte, der die Reprieve-Daten an die Produktionsstätten gesendet hätte.

Mit zusammengebissenen Zähnen griff Decker mit seiner gesunden Hand nach der Bombe, aber sie ließ sich nicht öffnen und war nur mit einem Einwegschalter versehen. Er war kein Sprengstoffexperte, aber er hatte bei der Grundausbildung genug gelernt, um sagen zu können, dass es sich um ein simples Basismodell handelte, das sich vor allem durch seine einfache Handhabung auszeichnete. Sobald der Zeitzünder einmal eingeschaltet war, flog das Ding zum eingestellten Zeitpunkt in die Luft, ohne dass sich daran noch etwas ändern ließ. Die einzige Möglichkeit, der Explosion zu entgehen, war, sich schnellstens aus dem Staub zu machen.

Dann entdeckte er Madeline Naylors Glock unter dem Safe. Sie musste bei ihrem Zusammenprall dorthin gerutscht sein. Er schob seinen gesunden Arm unter den Safe und versuchte sie herauszuziehen, stieß sie aber mit den Fingerspitzen nur weiter von sich fort. Er versuchte es aus einem anderen Winkel und gewann auf diese Weise ein paar Zentimeter;

gerade genug, um sie herausziehen zu können. Da hörte er hinter sich das Geräusch von zerbrechendem Glas. Doch als er sich herumdrehte und die Waffe auf Naylor richtete, merkte er rasch, dass die Sache nicht so einfach werden würde.

Außer sich vor Wut hatte Madeline Naylor mit beiden Händen Kathy Kerrs Helm gepackt.

Sharon Bibb hatte ihr nicht viel erzählt, bevor sie starb, aber Kathys Zettel hatte ihr genug verraten. Besser hätte es gar nicht kommen können. Da Kathy Kerr in der Klinik lag, würde sie bei der Bombenexplosion sterben. Auch die Daten in der SDU und die Proben des Impfstoffs würden vernichtet. Und wenn TITANIA wegen der Explosion den Hochsicherheitsbereich hermetisch abriegelte und jedes Leben darin auslöschte, würden zusammen mit Dr. Kerr auch alle elektronischen und organischen Spuren des Vakzins vernichtet. Eine optimale Lösung.

Doch dann tauchten Decker und Kerr im Mutterschoß auf.

Der verletzte Decker machte keine Probleme, aber Kathy Kerr hatte in der Zwischenzeit fast den ganzen Code für die Übertragung der Vakzin-Daten eingegeben. Alles hing jetzt davon ab, dass die Daten auf keinen Fall nach draußen gelangten. Alles musste vernichtet werden. Deshalb hatte sie sich kurz entschlossen auf Kathy gestürzt, um sie von der SDU wegzustoßen.

Kathy setzte sich zwar verzweifelt zur Wehr, aber Naylor rammte mit Kathys Helm die Glastür eines der Kühlschränke, sodass reihenweise Ampullen auf dem Boden zerbrachen und alle nur erdenklichen Killerviren von Ebola bis Marburg und Hanta freigesetzt wurden. Madeline Naylor hatte Kathy, die von dem Schlag betäubt war, im Schwitzkasten und hielt sie mit dem Gesicht ganz dicht über den virenübersäten Boden.

Doch jetzt hatte Decker ihre Pistole.

»Werfen Sie die Waffe weg, Decker«, rief sie, »oder ich reiße ihr den Helm runter. Dann ist sie in wenigen Minuten tot.«

»Wir könnten alle in wenigen Minuten tot sein«, sagte Decker mit aufreizender Gelassenheit. Er hielt die Pistole weiter auf sie gerichtet. »In sechs Minuten, um genau zu sein. Dann geht Ihre Bombe hoch. Kathy, alles okay?«

Aber Kathy sagte nichts. Sie hing schwer in Madeline Naylors Armen, die sie wie einen Schutzschild vor ihren Körper hielt.

Plötzlich sah Madeline Naylor durch die Glaswände des Mutterschoßes, wie drei Gestalten in blauen Bioschutzanzügen durch die Labors der Sicherheitsstufe Vier auf den Mutterschoß zurannten. Sie ging kurz ihre Möglichkeiten durch und stellte fest, dass ihr keine Wahl blieb. Sie musste sterben. Aber vorher würde sie noch dafür sorgen, dass der Mutterschoß zerstört und Crime Zero geschützt wurde. Sie presste Kathy fester an sich und drückte auf den Schließmechanismus neben der Tür. Mit einem leisen Zischen glitten die zwei Riegel in ihre Verankerungen. Jetzt konnte der Zugang zum Mutterschoß nur noch von innen geöffnet werden.

»Decker«, drohte sie, »einen Schritt in Richtung SDU und ich bringe sie um.«

Kathys Schweigen half Decker nicht weiter. Er wusste nicht, ob sie noch dazu gekommen war, den vollständigen Code in die SDU einzugeben – ganz abgesehen davon, dass er selbst diesen Code nicht kannte. Während er also auf den großen roten Knopf starrte, war ihm sehr deutlich bewusst, dass nichts passieren würde, wenn der Code nicht vollständig eingegeben war. Und wenn er sich in seine Richtung bewegte, würde Naylor Kathy zweifellos töten. Deckers einzige Hoffnung war, dass Kathy zu sich kam, bevor die Bombe in fünf Minuten hochging.

Draußen konnte er Allardyce und die Schlossberg-Zwillinge hilflos gegen die Glasscheiben klopfen und zu ihnen herein blicken sehen. Wenn er sie hätte hören können, hätte ihm Allardyce wenigstens den Code sagen können.

»Ich dachte, Sie sind gegen Gewalt«, sagte er zu Madeline Naylor. »Und trotzdem haben Sie schon mehr Menschen umgebracht als die meisten Mörder, die ich überführt habe. Und wenn Sie mit Crime Zero Erfolg haben, werden Sie für mehr

Morde verantwortlich sein als alle Männer zusammen genommen – lebende und tote. Alle meine Geschlechtsgenossen wären dann beim Morden nicht so effektiv gewesen wie Sie. Wo soll da die Logik sein? Bloß weil sie gegen Mord ist, ermordet eine Frau – ausgerechnet auch noch die Leiterin des FBI – jeden erwachsenen Angehörigen des anderen Geschlechts?«

»Wie wollen gerade Sie das verstehen?«, zischte Naylor. »Ihr Vater hat reihenweise junge Mädchen ermordet. Da sehen Sie selbstverständlich keinen Anlass, Ihresgleichen auszurotten.«

Kathy schien zu sich zu kommen; durch das Visier konnte Decker erkennen, wie sich ihr Blick klärte. Wenn er auf den roten Knopf drückte, rettete er *vielleicht* zweieinhalb Milliarden Männer. Aber Kathy würde er *mit Sicherheit* töten. Er musste warten, bis sie den Code bestätigte.

»Mir ist natürlich klar, dass wir das Böse unter uns aufspüren und ausmerzen müssen«, sagte er zu Naylor. »Nichts anderes habe ich mein Leben lang getan. Aber ein Gewaltverbrecher ist jeder, der ein Gewaltverbrechen begangen hat, nicht einfach bloß ein Mann. Ein Gewaltverbrecher ist jemand wie Sie.«

Das brachte Naylor sichtlich aus der Fassung. Sie hielt jetzt Kathy nicht mehr ganz so fest und konzentrierte sich auf Decker.

Der hielt den Blick unverwandt auf Kathy gerichtet, als er fast schreiend fortfuhr: »Die wahre Ironie besteht darin, dass *Sie selbst* der verbrecherische Abschaum sind, gegen den Sie so kämpfen. Zuallererst sollten Sie sich selbst ausrotten, bevor Sie sich auf andere konzentrieren.«

Naylor bedachte ihn mit einem giftigen Lächeln. »Was Sie denken, spielt jetzt keine Rolle mehr. In wenigen Minuten wird dieses Labor und alles, was sich darin befindet, restlos zerstört. Crime Zero lässt sich nicht mehr aufhalten. Ich finde es nur schade, dass ich seine positiven Auswirkungen nicht mehr mitbekommen werde. Aber das ist nur ein geringer Preis für das Wissen, dass alle Ihre Versuche, mir einen Strich durch die Rechnung zu machen, umsonst waren.«

Plötzlich sagte Kathy: »Der Code ist vollständig eingegeben. Drück den Knopf.«

Einen Moment sah Decker sie an, dann Naylor.

»Ein Schritt in seine Richtung und ich bringe sie um«, drohte Naylor.

Jetzt sah die Sache plötzlich ganz anders aus. Ein Knopfdruck würde Millionen, *Milliarden* Männern das Leben retten. Aber er würde auch Kathys Tod bedeuten. Rein logisch betrachtet, war die Entscheidung ganz einfach, nur spielten inzwischen ganz andere Dinge herein, denen mit Logik allein nicht beizukommen war. In diesem Moment wurde Decker bewusst, wie viel Kathy ihm bedeutete und wie viel er verlieren würde. Aber er wusste auch, dass es keine andere Wahl gab.

Die Wissenschaftler, die sich hinter den Glaswänden des Mutterschoßes aneinander drängten, verfolgten gebannt das Drama, das sich vor ihren Augen abspielte.

»Wie stabil ist das Glas hier drinnen?«, fragte Decker.

»Sehr«, sagte Kathy.

Bevor Naylor reagieren konnte, hob Decker seinen gesunden Arm, zielte auf den roten Metallknopf der SDU und drückte ab. Da Naylor dadurch einen Moment abgelenkt wurde, gelang es Kathy, sich von ihr loszureißen und zur Tür zu laufen. Wutentbrannt stürzte sich Naylor mit hassverzerrtem Gesicht auf Decker. »Nein!«, heulte sie auf wie ein verwundetes Tier. »Nein!«

Decker sah gerade noch, wie das grüne Licht unter der Tastatur aufleuchtete – das Zeichen, dass die Daten gesendet wurden. Dann hatte Naylor ihn erreicht. Wie eine Besessene auf ihn einprügelnd, schlug sie ihm die Pistole aus der Hand und stieß ihn zu Boden. Hinter sich konnte er hören, wie Kathy den Knopf zum Öffnen der Tür drückte und nach ihm rief.

»Luke! Luke!«

»Lauf!«, rief er. »Kümmere dich nicht um mich!«

Er stieß Naylor mit seinem gesunden Arm zurück und erhob sich auf die Knie. Links neben ihm lag die kleine Bombe. Das Display zeigte noch eine Minute an. Außer sich vor Wut griff er nach dem metallenen Kästchen, und als Madeline

Naylor wieder auf ihn losging, schlug er ihr damit das Plexiglasvisier ihres Schutzhelms ein. Das Zischen der entweichenden Luft mischte sich mit ihren Schreien. Er hatte sich noch nicht ganz aufgerichtet, als Kathy bereits neben ihm war und ihn zur Tür zog.

»Komm!«, schrie sie. »Ohne dich gehe ich nicht.«

Doch währenddessen hatte sich auch Madeline Naylor, die irren Augen von der kontaminierten Luft bereits heftig gerötet, wieder aufgerichtet. Sie hielt ein Stück des Visiers in der Hand und holte damit aus wie mit einem Messer. Er musste die Tür erreichen; schon der kleinste Riss in seinem Schutzanzug bedeutete seinen sicheren Tod. Kathy hielt die Tür des Mutterschoßes für ihn offen und in wenigen Sekunden würde die Bombe hochgehen. Mit letzter Kraft hechtete er durch die Tür und riss Kathy mit sich auf den Gang hinaus, wo Allardyce und die anderen standen und sie ganz nach draußen zogen. Als er sich kurz umdrehte, sah er, wie Naylor mit vor Hass leuchtenden Augen zu einem letzten Sprung auf ihn ansetzte. Doch sie kam Sekundenbruchteile zu spät. Ihn nur um wenige Zentimeter verfehlend, prallte sie mit ihrem ausgestreckten Arm gegen die zugleitende Tür.

Madeline Naylor konnte es nicht fassen. Schwer atmend saß sie in der verseuchten Luft des Mutterschoßes auf dem Boden und starrte auf ihren gestauchten Arm. Es war ihr egal, dass sie nur noch Sekunden zu leben hatte, bis die Bombe hochging.

Sie hatte sich das alles ganz anders vorgestellt. Aus ihrer Vision von Crime Zero wurde nun doch nichts. Viele Männer – vielleicht Millionen – würden sterben, *aber nicht alle*.

Überlebte nur ein einziger männlicher Erwachsener, war die Reinheit ihrer Vision getrübt. Alle Männer auszurotten war eine Großtat, die den Fortbestand der Spezies sicherte. Nur einige von ihnen zu töten war kaum mehr als ein verabscheuungswürdiger Mord.

Mit einem Mal überkamen sie heftige Schuldgefühle. Nicht, weil sie so *viele* Männer, sondern weil sie so *wenige* getötet hatte.

Und als sie den Zünder der Bombe klicken hörte, schrie sie vor Schmerz und Enttäuschung, nichts verändert zu haben, laut auf.

Doch Madeline Naylor täuschte sich, auch wenn im selben Augenblick die Explosion ihren Körper in Fetzen riss und TITANIA den Mutterschoß hermetisch abriegelte und mit Chemie und Hitze alles Leben darin auslöschte.

Sie hatte alles verändert.

Nachdem er aus dem Mutterschoß gehechtet war, wurde Decker von Allardyce zur Tür des Dekontaminationsraums gezogen. Die Stahltür schien eine Ewigkeit zu brauchen, um aufzugehen, und noch länger, um sich hinter ihnen wieder zu schließen. Doch kaum befand er sich mit Kathy und den anderen in Sicherheit, hörte und spürte er, wie eine gewaltige Explosion den Kern der Laboranlage erschütterte. Im selben Moment ließ TITANIA bereits massive schwarze Schutzschilde über die Tür herab, durch die sie gerade gekommen waren, und riegelte die Hot Zone hermetisch ab, bevor der Computer sie von innen heraus säuberte.

Da war ein Bild, das Decker auch noch verfolgte, als Kathy bereits in der Dekontaminationsdusche seinen Schutzanzug mit Bleiche bespritzte. Den hasserfüllten Blick, mit dem Naylor ihn angestarrt hatte, würde er sein ganzes Leben lang nicht mehr vergessen.

49

War Room, Pentagon, Virginia.
Sonntag, 23. November 2008. 11 Uhr 06

Im Vergleich zur Smart Suite von ViroVector war der War Room des Pentagon riesig. Die endlosen Reihen von Computern waren mit Männern und Frauen in Uniform besetzt. Die über fünfzehn Meter hohe und doppelt so breite Stirnseite des Raums, die sich wie der Horizont zu krümmen schien, war mit Bildschirmen gekachelt. Auf dem in der Mitte, der drei mal zweieinhalb Meter maß, war eine Weltkarte zu sehen.

Die anderen, kleineren Bildschirme waren unten mit Legenden versehen, die den gezeigten Standort angaben. Auf vielen waren United-States-Airforce-Stützpunkte im In- und Ausland zu sehen. Einige zeigten auch Filmmaterial internationaler Nachrichtensender. Auf den restlichen Bildschirmen waren Luftwaffenstützpunkte anderer Nationen wie die Englands, Frankreichs, Israels und sogar des Irak zu sehen, die sich alle auf ein gemeinsames Ziel konzentrierten.

Seit das Reprieve-Vakzin vor sechs Tagen an die über den ganzen Erdball verteilten Produktionsstätten weitergeleitet worden war, waren alle inzwischen durchgeführten Tests erfolgreich verlaufen. Unter Major General Allardyce' Oberaufsicht waren daraufhin unter strenger Einhaltung der entsprechenden Angaben die erforderlichen Bomben hergestellt worden. Und nun stand in Erwartung des endgültigen Einsatzbefehls auf der ganzen Welt eine Armada von Flugzeugen bereit, um den Impfstoff zu verbreiten.

Drei Tage zuvor hatte Pamela Weiss auf einer UN-Vollversammlung in New York den Staatschefs der Welt die Risiken und Vorteile des Vakzins erläutert. Zugleich hatte sie die jüngsten Sterbeziffern in Zusammenhang mit dem durch die Luft übertragenen Crime-Zero-Vektor bekannt gegeben. Weltweit belief sich die Zahl der Todesopfer bereits auf Millionen – eine ganze Generation junger Männer, die gerade in die Pubertät gekommen waren, war ausgelöscht worden. Keine Nation war verschont geblieben.

Über die Langzeitfolgen der Nebenwirkungen war es zu einigen Diskussionen gekommen, doch alle hatten sich schließlich darauf geeinigt, dass die Vorteile die Risiken bei weitem überwogen. Zum ersten Mal in der Geschichte der Vereinten Nationen war eine Resolution ungeachtet jeglicher politisch, religiös oder historisch bedingten Feindschaften von allen Nationen unterzeichnet worden. Die Einigung war in einer Rekordzeit von vierzehn Minuten erzielt worden.

Über den Umfang der globalen Luftarmada gab es keine genauen Zahlen, aber zuverlässigen Schätzungen zufolge setzte sie sich aus über einer halben Million Zivil- und Militärmaschinen zusammen. Es war das größte Bombardement, das die Welt je erlebt hatte, und viele Optimisten prophezeiten, es würde auch das letzte sein.

Nach dem Abwurf der ersten Bomben erschienen winzige rote Lichtpunkte auf dem großen Bildschirm in der Mitte. London und Paris leuchteten rot auf, gefolgt vom Rest Europas. Dasselbe Bild bot sich wenig später in den Vereinigten Staaten und Kanada sowie in Südamerika, Afrika und Asien. In diesen riesigen dünn besiedelten Gebieten waren die Lichtpunkte kleiner und konzentrierten sich auf die größeren Städte. Doch die Punkte wurden rasch größer und begannen sich je nach den Windverhältnissen zu verformen. Als sie schließlich ineinander flossen, war das Vakzin flächendeckend zur Verbreitung gelangt.

Kathy Kerr, die mit Luke Decker auf der Zuschauergalerie im hinteren Teil des Saales stand, schüttelte ungläubig den Kopf.

Nichts mehr würde wie früher sein. Im selben Maß, in dem das sich ausbreitende Rot für die Rettung stand, stand es auch für eine Revolution – beziehungsweise für eine selbst verhängte Evolution.

Die Menschheit hatte sich unwiderruflich verändert. Sie war gezwungen worden, sich weiterzuentwickeln, und hatte gewissermaßen eine neue Spezies geschaffen. Der *Homo sapiens* war tot. Ein neuer Mensch wurde geboren.

»Was wird uns die Zukunft bringen, Kathy?«, fragte Decker, ohne den Blick vom Bildschirm abzuwenden.

Kathy ergriff seine Hand und lächelte ihn an. »Ich weiß es nicht, aber ich hoffe, etwas Gutes.«

Er drückte ihre Hand. »Mein Gott! Ich auch. Ich auch.«

Epilog

San Francisco, Kalifornien.
Mittwoch, 23. November 2108

Der Mann war alt, aber das Haus war älter. Er legte die Geige beiseite und rückte seinen Sessel näher an das offene Fenster, das auf die Bucht hinausging. Jetzt begann die eigentliche Feier. Am Himmel explodierende Feuerwerkskörper erhellten die Nacht. Die Kinder hatten sich vermutlich schon den Menschenmassen unten bei der Brücke angeschlossen. Auch er hätte hingehen können, aber er blieb lieber hier und sah zum Himmel hoch.

Er drehte sich zur Seite und brachte das Teleskop in eine bessere Position. Die bunten Explosionen blendeten ihn fast, als er durch das Okular blickte. Er fand es etwas eigenartig, die Pax Centennia – den hundertjährigen Frieden – mit Explosionen zu feiern. Man hatte sogar in Erwägung gezogen, die alten Waffen auszugraben und riesige Freudenfeuer zu machen – Leuchtfeuer des Friedens.

Mit steifen Beinen erhob er sich von seinem Sessel und ging zu dem alten Flügel. Unter den vielen Fotos stach eines hervor. Es zeigte ein lächelndes Paar mit einem Baby. Im Hintergrund ragte eine alte Kirche auf und neben dem glücklichen Paar stand eine attraktive Frau mit einem bekannten Gesicht. Er lächelte stolz. Nicht viele Menschen konnten behaupten, im Beisein eines amerikanischen Präsidenten getauft worden zu sein. Beim Betrachten des Bildes dachte er daran, was seine Elterngeneration aus den letzten hundert Jahren – seinen hundert Jahren – gemacht hatte.

In diesem Jahr war wegen der Hundertjahrfeier viel über die *Große Veränderung* gesprochen worden. Wenig über ihren hohen Preis – achtzehn Millionen junge Männer waren gestorben, dreimal so viele, wie im Dritten Reich Juden ermordet worden waren. Das lag jetzt alles lange zurück. Stattdessen wurden zahlreiche Mitglieder des World Council nicht müde, ihre Vorzüge herauszustreichen. Die meisten waren froh, in den Genuss einer beispiellosen Phase weltweiten Friedens und Wohlstands gekommen zu sein. Einige beklagten allerdings auch, der technologische Fortschritt sei ohne den Katalysator Krieg nicht mehr das, was er einmal gewesen war, und Blake habe Recht gehabt mit seiner Behauptung, ohne Konflikt gebe es keinen Fortschritt.

Sein Vater Luke hatte ihm häufig Geschichten von einer anderen Welt erzählt, als er noch Menschen von unvorstellbarer Bösartigkeit gejagt hatte. Aber er hatte auch von Abenteuerlust und Tapferkeit und dem anerkennenswerten Bedürfnis erzählt, für das zu kämpfen, was man für richtig hielt. Sogar seine Mutter Kathy hatte oft von der *Notwendigkeit* gesprochen, für etwas, woran man glaubte, zu kämpfen.

Er wandte sich wieder dem Teleskop zu und richtete es auf den Himmel – nicht auf das belanglose menschliche Feuerwerk, sondern auf die majestätischen Planeten dahinter. Er richtete es auf die Venus und dann auf Proxima Centauri, den am nächsten gelegenen Stern, der lediglich achtunddreißig Millionen Kilometer entfernt war. Er stellte sich vor, was jemand sähe, der von dort sein Teleskop auf die Erde richtete. Einen Planeten von mittlerer Größe, der um einen ganz normalen Stern am Rand eines ganz normalen Spiralnebels kreiste, der selbst wieder nur eine von Millionen Milchstraßen war.

Als ein Schatten über Proxima Centauri hinwegzog, begannen seine gebrechlichen Schultern zu zittern. Plötzlich sah er das Universum nur noch als eine riesige Welt: die Milchstraßen, ihre Kontinente; die Planeten, ihre Länder.

Noch einmal stellte er sich vor, er würde aus dem All auf die Erde hinabblicken. Was er sah, war ein einsamer Planet, reich an Bodenschätzen. Ein friedlicher, anständiger Planet, der sich über den niederen Aggressionstrieb erhoben hatte.

Er sah einen Planeten, der sich nicht mehr zu verteidigen wusste.

DANKSAGUNG

Die Person, in deren Schuld ich am tiefsten stehe, ist meine Frau Jenny, die immer meine getreue Komplizin war. Sie hat von Anfang an geholfen, den Plot und die Figuren zu recherchieren, gute Ideen weiterzuentwickeln und schlechte zu streichen. Sogar als es am Ende zu einer Katastrophe kam und ich bereits dachte, das gesamte fertige Manuskript verloren zu haben, bewahrte sie als Einzige Ruhe und rettete die Computerdatei.

Das andere große Dankeschön gilt Bill Scott-Kerr, meinem Lektor bei Transworld, der ungewöhnlich viel Zeit, Mühe und Geduld investiert und maßgeblich zur Verbesserung der Story beigetragen hat.

Für die Recherchen zu *Crime Zero* waren folgende Quellen von unschätzbarem Wert: *A Mind to Crime* von Anne Moir und David Jessel, *Das sogenannte Böse. Zur Naturgeschichte der Aggression* von Konrad Lorenz, *Virus X* von Dr. Frank Ryan und *In the Blood* (dt. *Gott und die Gene*) von Steve Jones. Mit wissenschaftlichem Rat aus erster Hand haben mir Susan Robinson und Sejal Patel zur Seite gestanden, die mit ihren Ph. D.s allzu gewagte Höhenflüge meiner Fantasie ausgemerzt und zurechtgerückt haben. Betty Cordy hat unermüdlich immer wieder neue Fassungen des Buches gelesen und mir mit ihrer konstruktiven Kritik und ihrem Zuspruch Mut gemacht. Auch Bill Reinka, Simon Hoggart und Richard Cordy bin ich für ihre Beiträge zu Dank verpflichtet.

Last, but not least möchte ich schließlich meinem hervorragenden Agenten Patrick Walsh danken.